König der Ratten

Roman

Rolf-René Schneider

FSC
www.fsc.org
MIX
Papier aus verantwortungsvollen Quellen
Paper from responsible sources
FSC® C105338

Impressum:
Rolf-René Schneider: Der König der Ratten
1. Auflage, illustriert

www.rolfrene-schneider.de
Buchtitelgestaltung: Sinfoweb, Nicola Wöhrl
Gestaltung Innenteil und Buchrücken:
Werkstatt für Grafik, Claudia Balzer

ISBN 9783746030845
Herstellung und Verlag:
BoD – Books on Demand, Norderstedt

Dieses Buch ist meinem Vater,
Lothar Karl Schneider gewidmet,
als Dank für seine vielen Spaziergänge
und Inspirationen in und um
den Heiligenberg in Heidelberg.
Der Philosophenweg trägt seinen Namen...

Sein Sohn

Rolf-René

Seine nackten Füße in den Sandalen huschten wie Ratten über das nasse Pflaster der alten Römerstraße. Vorbei an Ginsterbüschen und moosbewachsenen Felsen. Sein Atem ging stockend, sein Gesicht war verzerrt von Anstrengung und Angst. Dabei war es nicht sein eigenes Leben, um das der alte Mönch fürchtete.

Nein, das hatte er längst hingegeben, an dem Tag, an dem er dem Orden beigetreten war. Er, der alte Sachsen-Krieger, der gewaltige Schwertkämpfer, der dem Ruf Gottes gefolgt war. Er war auch jetzt bereit, sein Leben zu opfern für das, was er unter seiner Kutte trug: Den Schatz seines Ordens, der Grund, warum man ihn und seine Brüder verfemte und verfolgte ...

Zwölf Mönche waren es gewesen, die vor knapp zehn Jahren mit dem Schiff aus Irland gekommen waren. Zwölf Mönche, die sich eine neue Heimat auf dem Berg bauten. Zwölf Mönche, die das Geheimnis hüteten. Ein Geheimnis, das man ihnen in Irland anvertraut hatte. Und das die Brüder zu Papier brachten. Ein Geheimnis, für das in der Welt noch kein Platz war!

Wittiges war der Letzte seines Ordens. Elf seiner Brüder waren gestorben. Acht bei einem Brand, der ihr kleines Kloster verwüstet hatte. Zwei waren geflohen. Vom Kloster war wie durch ein Wunder nur die kleine Kapelle übrig geblieben, in der man den alten Abt Innozenz beerdigt hatte. Wittiges war überzeugt, dass der Verstorbene seine schützende Hand über ihn und die Kapelle gehalten hatte.

Wittiges, der Sachse, war ein stattlicher Mann. Auf seiner Wange prangte die Narbe eines Schwerthiebes, den er in seinem letzten Kampf erhalten hatte. Heute war Wittiges alt, seine Augen waren getrübt, aber die Kraft, mit der er glaubte, war ungebrochen!

Außer Atem erreichte er die Pforte der Kapelle. Er schlüpfte durch eine Seitentür in das alte verfallene Gemäuer. Kurz blieb er stehen, um Luft zu schöpfen. Er schaute rüber zum Altar, unter dem das Grab von Innozenz lag. Viel war nicht davon übrig geblieben, von der kleinen Kapelle, der letzten Zuflucht der Brüder. Wittiges hastete durch den mit Fackeln erleuchteten Kreuzgang, Schweiß stand ihm auf der Stirn. Seine spärlichen Haare klebten am Kopf, das Blut trommelte ihm in den Ohren. Er näherte sich dem Altar, der von Kerzen erleuchtet war. Die braune, unscheinbare Kutte schwang um seine Knöchel. Der Gegenstand, den er darunter verbarg, bremste seine Schritte. Das einzige Geräusch waren seine Sandalen auf dem steinernen Boden.

Herr, hilf mir, meinen Weg zu Ende zu gehen!, flehten seine Gedanken.

Er bat nicht um sein Leben. Das hatte er längst verlernt. Schon in der Zeit als Krieger. Damals glaubte er noch an Walhalla, wo er mit anderen toten Kriegern an einer Tafel sitzen würde. Heute an die Auferstehung von Gottes Sohn.

Ehrfürchtig näherte er sich der Brüstung mit dem Altar. Das goldene Kreuz hatten die Brandstifter geraubt. Dahinter, fünf Meter tief gähnte unter ihm das Grab von Innozenz, dem Abt. Wittiges blieb stehen, seine alten Hände tasteten nach dem schweren Buch unter der Kutte. Das letzte, das einzige Exemplar! Und nur er konnte es noch retten vor der Gier der Menschen nach Macht. Für eine Sekunde spürte er die Last der Verantwortung. Seine gichtigen Finger umklammerten die Schrift, wie ein Greifvogel seine Beute. *Wie viel Wissen stand darin geschrieben?...Wie viel Blut klebte an diesen Sei-*

ten?....Sein Blick fiel auf die Grabplatte unter ihm. *Gab es ein besseres Versteck, als die letzte Ruhestätte eines Toten? Des Mannes, der sie von Irland hier herüber geführt hatte? Der in einer finsteren Nacht die letzten Geheimnisse eines Druiden erfahren hatte – heidnisches Wissen!* Das Kerzenlicht reflektierte ein silbernes „Y“ auf dem ledernen Einband und zauberte so etwas wie Erleichterung auf das verwitterte Gesicht des Mönches. Erleichterung war das Letzte, was Wittiges in seinem Leben spürte.

Ein schwerer silberner Leuchter blitzte im Licht der Kerzen. Wittiges sah den Schlag nicht kommen. Das Buch wirbelte über die Brüstung hinunter zum Grab. Der Mönch war schon tot, bevor sein Kopf dumpf auf den Steinboden schlug.

Aus dem Dunkel der Kapelle schälte sich die Silhouette des Mörders. Sein Gesicht verhüllte eine Kapuze, die er tief über den Kopf gezogen hatte. Zu seinen Füßen das Mordwerkzeug: Der silberne Leuchter, der jetzt blutverschmiert war und mit einem hässlichen Geräusch über den Boden rollte.

Der Mann unter der Kapuze beugte sich vor, schaute über die Brüstung hinunter auf das Grab. Ächzend schob sich die Grabplatte zur Seite, verschluckte das Buch, wie der hungrige Schlund eines Drachen. Eine Flut von Ratten quoll aus der dunklen Öffnung hervor und überschwemmte die Steinplatte. Angewidert richtete sich der Mörder auf. Aus der Kapuze, die sein Gesicht verbarg, kroch Atem hervor, wie kalter Rauch. Auf seiner Brust baumelte eine Kette mit einem silbernen **Y**. Der Mörder trug das Gewand eines Mönches.

Kapitel 1

1300 Jahre später

Der Wind wehte den Herbst von den Bäumen. Raschelnd taumelten die Blätter auf das nasse Pflaster der alten Stadt. Heidelberg, Anfang Oktober.

Aus einem kleinen Turm in der Stadtmauer kletterte ein Falke. Der Greifvogel äugte hinüber auf die andere Neckar-Seite, flog dann mit einem Schrei auf. Ein Schrei, den die Menschen im Lärm des Alltags schon lange nicht mehr hörten. Der kleine Raubvogel ließ sich im Herbstwind über den Fluss tragen, auf die andere Seite des Neckar, auf den Heiligen Berg, dessen Kloster Heidelberg seinen Namen gegeben hatte, vor Tausenden von Jahren.

Das Kloster war verschwunden. Nur noch ein düsteres Colosseum aus der Zeit von Hitlers braunen Horden war übrig geblieben. Es besetzte den Heiligenberg wie ein Krebsgeschwür. Überall zwischen den Treppen wucherte Unkraut. Die Spätnachmittagssonne blinzelte zwischen den leeren Zweigen der Bäume hindurch. Auf dem Wipfel einer alten Eiche ließ sich der Falke nieder. Die Stille wurde unterbrochen durch das nervige Rollen eines Skateboards. Auf dem Brett balancierte ein Junge mit Bag-Hosen und einer Baseball-Mütze, die er verkehrt herum aufgesetzt hatte, und die nur mühsam die roten Haare des Fahrers bändigen konnte. Markus Wohlfahrt, gerade fünfzehn geworden, skatete sich seinen Frust von der Seele. Ein wagemutiger Sprung, geschickt behielt er das Gleichgewicht. Seine Beine federten den Aufprall ab. Er landete auf den bröckeligen Stufen der Arena. Markus beugte die Knie und nahm die Geschwindigkeit seines Skateboards mit, wieder ein Sprung nach unten, doch diesmal bröselte unter den Rädern eine poröse Stufe....

Markus ruderte mit den Armen, das Board wirbelte durch die Luft, Markus stürzte auf das Dornengebüsch zu.
„Kacke!“, schrie er, bevor er unsanft auf den Boden einer Senke knallte, die unter dem Dornengebüsch versteckt lag.

Für einen Moment blieb Markus wie betäubt liegen. Seine Hand suchte nach dem Schmerz auf seiner Wange, wo Dornen blutige Kratzer hinterlassen hatten.

Aber nichts tat so weh wie die Erkenntnis, dass sie wieder nicht gekommen war! Ilona, das schönste Mädchen des Gymnasiums hatte ihn versetzt. *Mal wieder! Zwei Stunden hatte er gewartet, ganz schön lange, fand er und ganz schön doof. Nach dem letzten Mal schon hatte er sich geschworen, sich nie wieder mit ihr zu verabreden. Aber da war etwas an ihr, gegen das er sich nicht wehren konnte. War es ihr Lächeln? Die Hoffnung? Das heimliche Versprechen, dass er ihr doch etwas bedeutete? Mehr als die anderen? Oder war es einfach nur seine eigene Blödheit?* Markus wollte die Antwort nicht wissen, nicht jetzt. Er war gestürzt.

Sein Blick begann, umher zu wandern. Er entdeckte seine Mütze, die im Dornengestrüpp festhing, das Skateboard, das wie ein Käfer auf dem Rücken lag und dessen Räder sich noch immer drehten. Das alte Mauerwerk mit den Brombeerbüschen, die sich mit tausend Dornen gegen jeden Eindringling wehrten. Eine Eidechse, die die letzten Sonnenstrahlen genutzt hatte und nun über die Steine huschte in die Sicherheit des Gestrüpps. *Eine seltsame Stimmung umfing ihn, die er nicht einordnen konnte.* Etwas Mystisches und zugleich Unheimliches. Markus schüttelte die Gedanken ab. *Seit dem Tod seines Vaters litt er unter dieser Vorstellung, mehr zu sehen, als andere. Er spür-*

te Dinge, die andere nicht einmal ahnten. Markus hasste es. Er sprach mit niemandem darüber. Nicht einmal mit seiner Mutter! Nur mit Max, seinem besten Freund. Der Einzige, der sich nicht darüber lustig machte.

Markus rappelte sich mühsam auf. Dabei stieß sein Fuß gegen einen Brocken, der aus der Sandsteinplatte herausgebrochen war. Er beugte sich vor, spähte in die Öffnung hinein: nichts als schwarze Dunkelheit! Doch, da war etwas! Etwas blinkte silbrig! Markus ging auf die Knie, um besser sehen zu können. Von dem silbrigen Etwas schien eine seltsame Anziehungskraft auszugehen!

Markus spürte, wie sein Herz schneller zu pochen begann. Er versuchte, seinen Puls zu beruhigen, in dem er ein paar Mal tief ein- und ausatmete. Wieder fiel sein Blick auf die dunkle Öffnung im Stein. *Irgendwie wurde er das Gefühl nicht los, dass ihn jemand beobachtete. Irgendjemand, der ihn sah, aber er ihn nicht.* Markus blickte um sich. Nur der Wind sang raschelnd ein Lied aus grauer Vorzeit. Es war so, als würde ihm jemand befehlen. Eine Stimme, die nur **er** hören konnte, eine Stimme tief in seinem Innern. Markus krempelte die Ärmel seiner Jacke hoch. Vorsichtig griff er nach unten in die Dunkelheit hinein. Seine Hand suchte. Er spürte ein Kribbeln. Erschrocken zog Markus seinen Arm aus dem finsteren Loch. Über seinen Unterarm krabbelte eine große schwarze Spinne.

„Hau ab!“, schrie Markus und fegte sie von seinem Arm. Eilig lief die Spinne über den Boden, um im Mauerwerk zu verschwinden. Markus blies erleichtert die Luft aus den Wangen.

„Was mache ich hier eigentlich, ich Idiot?“, fragte er sich laut.

Der Wind wehte ein paar Herbstblätter von den Bäumen und ließ sie auf der Steinplatte tanzen. Der Junge schaute noch einmal in die dunkle Öffnung. Ein kalter Schauer kroch ihm über den Rücken.

„Markus, Du Feigling!“, sagte der Junge zu sich selbst. Dann ließ er seinen Arm wie ein Seil nach unten, vorsichtig und immer bereit, seine Hand sofort zurück zu ziehen. Seine Finger tasteten. Er spürte einen Widerstand. Markus zog daran. Das Ding gab nach. Markus riss seinen Arm nach oben und fiel dabei selber nach hinten. Ein Totenkopf kam ans Tageslicht, in dessen schwarzen Augenhöhlen Markus Zeige- und Mittelfinger steckten – wie in einer Bowlingkugel. Markus prallte vor Schreck zurück:

„Oh Scheiße!“, schrie er entsetzt. Markus schüttelte seine Hand, um sich von dem Totenkopf zu befreien. Der Schädel kullerte auf den Boden, rollte davon, blieb liegen. Scheinbar grinsend schaute der Tod den Jungen an. Aus der zertrümmerten Schädeldecke kletterte eine Ratte.

Bevor Markus sich von dem Schreck erholen konnte, ertönte der spitze, triumphierende Schrei eines Greifvogels. Markus schaute nach oben, spürte einen Windzug, das Schlagen von mächtigen Flügeln. Bevor die Ratte das rettende Gebüsch erreichen konnte, bohrten sich die Krallen des Falken in den Körper der Beute. Markus prallte zurück, schlug sich den Kopf am Mauerwerk, während der Falke sich davonschwang, in seinen Fängen das todgeweihte Nagetier.

Markus rang keuchend nach Luft. Japsend zog er ein Asthmaspray aus seiner Jacke, sprühte sich hastig einen Stoß in den Mund. Er spürte Erleichterung. Langsam normalisierte sich seine Atmung wieder. Der Junge ließ das Spray wieder in der Tasche verschwinden. *Erneut wanderten seine Augen* zu dem Loch im Boden, warum eigentlich?

Tu es nicht!, sagte jemand zu ihm. Markus merkte, dass er es selbst war. Tu es doch!, sagte die andere Stimme in ihm, von der Markus nicht wusste, woher sie kam. Wie ein Indianer robbte er bäuchlings zu dem Loch zurück. Noch einmal spähte er in den düsteren Abgrund. Wieder dieses silberne Blinken.

Viel schlimmer kann es nicht kommen!, schoss es ihm durch den Kopf. Sein Arm kroch in die Öffnung. Markus hatte das Gefühl, als gehörte der Arm gar nicht zu ihm, als führte er ein eigenständiges Leben. Er bekam etwas zu fassen, er zog daran, Staub und Sand bröselten heraus, ergossen sich auf die Steinplatte.

Im Licht des Spätherbstes lag der Gegenstand vor ihm, eingehüllt in ein zerfasertes Leinentuch, aus dem etwas silbrig blitzte. Markus schlug das Leinentuch vorsichtig zurück, blickte auf ein altes Buch. Ein verwitterter Ledereinband mit einem silbernen Beschlag, der Markus zu blenden schien. Der Junge kniff für eine Sekunde die Augen zusammen, bevor er den Staub von dem Buch pustete. Zögerlich wollte er es aufschlagen. Da blätterte ein Windstoß die Seiten um. Markus blickte auf eine Handschrift in einer ihm unverständlichen Sprache:

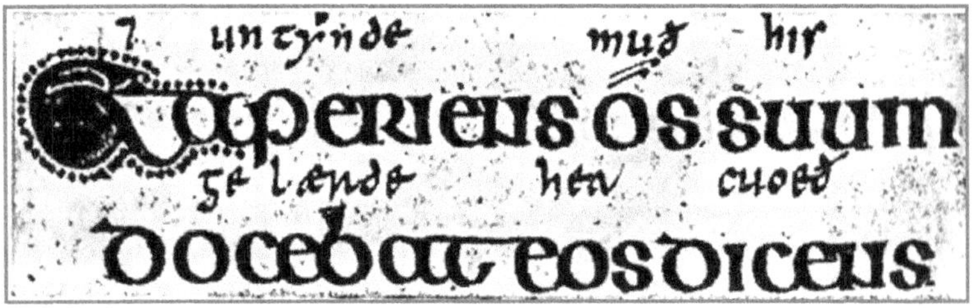

Markus klappte das Buch zu. Er griff nach dem Skateboard, als sein Blick erneut auf den Totenschädel fiel. Er beugte sich runter, umhüllte ihn sorgfältig mit den Resten des Tuches, bevor er ihn sanft in das Erdloch zurück schob. Dann versiegelte er die Platte, indem er einen großen Stein darüber legte. Markus wischte den Sand auf der Platte zur Seite, entdeckte eine Inschrift in Latein: **Innozenzius.**

„So heißt Du also!“, murmelte Markus. „Und Du hast den Kopf verloren! Ich habe ihn Dir zurückgegeben, vergiss das nicht!“

Kapitel 2

Die Altstadt wimmelte von Touristen. Sie drängten sich um die Sehenswürdigkeiten, fotografierten Fachwerkhäuser mit Wasserspeiern und Skulpturen. Das alte Hotel Ritter mit seiner Steinfassade, das den Eindruck erweckte, als würden auch heute noch Adlige ein- und ausgehen. Heute übernachteten dort reiche Russen und Japaner.

Markus umkurvte geschickt die Menschenansammlungen, fuhr mitten durch eine Reisegruppe. Die Rollen des Skateboards holperten über das Pflaster. Das Buch in seinem Rucksack machte die Sprünge mit. Vor einem kleinen winkligen Buchladen in einem Fachwerkhaus stoppte Markus mit einer Olly-Bewegung seine Fahrt. Mit der Fußspitze kickte er das Board in seine rechte Hand. Sein Blick kletterte die Fassade hinauf. Über der Tür stand kaum lesbar: **Antiquariat Kovac**. Das Efeu hatte die Buchstaben fast verschluckt. Er musste herausfinden, was er da in seinem Rucksack hatte. Das Antiquariat schien ihm dafür die beste Adresse, obwohl ihm der alte Buchhändler immer ein bißchen seltsam vorkam.

Die Holztür mit dem schmiedeeisernen Gitter stand sperrangelweit offen. Markus spähte hinein: niemand zu sehen. Vorsichtig betrat er den Laden. Seine Schuhe quietschten auf dem Holzboden. Er lehnte das Board gegen den Türrahmen. Es war still, sehr still. Nur die Geräusche von draußen drangen schwach in die Bücher-Oase.

Der Junge mit den strahlend blauen Augen und den Sommersprossen um die Nase schaute sich um, die Sonne warf staubige Kringel über alte Bücher. Markus nahm seinen Rucksack von der Schulter und holte das Buch heraus.

Unbemerkt tauchte in seinem Rücken hinter einem Stapel Bücher der Kopf eines alten Mannes mit buschigen Augenbrauen, grauem Bart und langen weißen Haaren auf. Seine Augen waren so schwarz wie die Weste, die er trug.

„Na, mein Junge, was gefunden?“, sprach der Alte Markus von hinten an. Erschrocken wandte sich Markus um, streckte ihm das Buch entgegen:

„Ja, das hier!“, sagte er.

Die kohlrabenschwarzen Augen des Mannes fixierten den Jungen, dann griff er nach dem Buch. Er schlurfte rüber zur Theke und legte es mitten auf die Tischplatte.

„Und jetzt möchtest du wissen, was es wert ist?“, brummelte der Buchhändler. Er schlug das Buch auf, die Seiten schienen sich bei der kleinsten Berührung wie von selbst umzublättern. Mit belegter Stimme sagte er:

„Wo hast du das her?“

Markus antwortete vorsichtig:

„Gefunden.“

Ambrosius Kovac, der Buchhändler, runzelte kurz die Stirn, bevor er weiter blätterte:

„So, so gefunden?! Nun, scheint ziemlich alt zu sein. Aber schau’ dich um, Junge!“ Er breitete die Arme aus, drehte sich zu den Regalen.

„Alte Bücher hab’ ich genug! Aber wenn du es mir ein paar Tage lässt, kann ich dir vielleicht sagen, was du da gefunden hast.“

Dabei wanderte das Buch immer mehr in Richtung des Alten, ohne dass der es berührte. Der Junge bemerkte es. Plötzlich schnellte seine Hand vor, hielt das Buch fest.

„Ich überleg’s mir nochmal!“, sagte er laut und deutlich.

Kovac tat, als sei nichts geschehen:

„Überleg es dir gut, Junge! Überleg es dir gut!“

Markus nickte:

„Hab’ ich schon!“

Dabei zog er das Buch wieder zu sich heran, nahm es vom Tisch und verstaute es umständlich in seinem Rucksack. Der Alte beobachtete ihn dabei. Abrupt drehte sich Markus um und ging Richtung Tür. Die Augen des Alten bohrten sich wie Pfeile in seinen Rücken. Fluchtartig verließ Markus den Laden. Die Tür blieb offen.

Wieder auf der Straße bemerkte der Junge, dass er sein Skateboard vergessen hatte. Ohne die Buchhandlung zu betreten, mit dem Rücken zur Tür, tastete seine Hand nach dem Board am Türrahmen. Er zog es ins Freie. Dabei fiel sein Blick noch einmal ins Innere. Gespenstisch leer lag der Buchladen im Schatten des trüben Herbstlichtes. Von dem Alten keine Spur.

Vor dem Laden atmete Markus tief durch. Er ließ das Skateboard auf den Boden gleiten, griff nach seinem Handy. Er wollte Max erreichen, seinen besten Freund. Er musste ihm unbedingt erzählen, was er gefunden hatte. Max war der Praktische von ihnen beiden. Wenn mit Markus mal wieder die Fantasie durchging, holte ihn der Freund immer wieder auf den Boden der Tatsachen zurück. Markus tippte in sein Handy hinein und begann über die Straße zu rollen.

Plötzlich tauchte ein Touristenbus mit überhöhter Geschwindigkeit vor ihm auf. Wie eine Wand aus Blech und Stahl, rollte der Bus auf den Jungen zu. Reifen quietschten, ein wütendes Hupen! Markus riss entsetzt den Mund auf, der Schrei blieb stumm auf seinen Lippen – der Bus würde ihn zermalmen! Im letzten Moment packte ihn eine Hand, riss Markus zur Seite. Das Skateboard rollte davon, das Handy schlitterte über das Pflaster. Markus blickte hoch in die freundlichen Augen seines Lebensretters: Wolfgang Zimmermann, der Apotheker im weißen Kittel, mit der Aufschrift **Adler-Apotheke**.

„Alles okay, Markus?“, fragte er.

Der Junge nickte stumm, der Schrecken stand ihm im Gesicht. In diesem Moment lehnte sich der Busfahrer aus dem Fenster und schrie:

„Kannst du nicht aufpassen?"

Zimmermann rief entrüstet zurück:

„Wenn hier einer aufpassen muss, dann Sie, Blödmann!"

Er deutete auf das Schild mit dem Symbol „**Fußgängerzone**".

Markus erholte sich langsam von dem Schreck:

„Ohne Sie wär' ich jetzt platt!", sagte er dankbar. Der Junge bückte sich, sammelte sein Handy auf. Zimmermann schüttelte den Kopf, fuhr sich mit der Hand durch seine dunklen Haare, die er zu einem Zopf gebunden hatte. Seine grauen Augen lächelten Markus an:

„Diese Touristen sehen vor lauter Sehenswürdigkeiten die Menschen nicht mehr!"

Markus rang sich ein schiefes Lächeln ab.

Wolfgang Zimmermann spielte schon lange eine Rolle in seinem Leben. Er kannte die Krankheit, die mit dem Tod seines Vaters begonnen hatte und die Markus vor allen versteckte: seine Atemnot, seine Asthma-Anfälle, deren Ursache irgendwo in seiner Seele lagen. Das Spray hatte ihm der Apotheker besorgt. Unter der Hand. Es war ihr Geheimnis. Nur seine Mutter wusste davon und sie war schließlich Ärztin.

Zimmermann war Mitte vierzig, schätzte Markus. Seine Apotheke lag schräg gegenüber in einem kleinen Fachwerkhaus, über dessen Tür die Jahreszahl 1798 eingemeißelt war. Nach einer kurzen Ehe und einer langen Scheidung lebte er dort alleine. Die Apotheke hatte er geerbt. Sie war seit über zweihundert Jahren im Besitz seiner Familie. Zimmermann hätte gerne Medizin studiert, aber das Erbe ließ ihm keine Wahl. Tradition verpflichtete. Deshalb war er „Quacksalber" geworden, wie er sich an guten Tagen gerne selber nannte. Aber eigentlich wurde diese saloppe Formulierung seiner Berufung nicht gerecht!

Während der Junge sein Skateboard aufklaubte, registrierte der Apotheker die zerrissene Hose und das, von den Dornen zerschrammte Gesicht des Jungen:

„Schon viel erlebt heute, was?"

Markus nickte stumm. Seine Hand ballte sich um das Board. Zimmermann gab ihm lachend einen Klaps:

„Na, Hauptsache überlebt!"

„Danke nochmals!", sagte Markus.

Der Apotheker zuckte mit den Schultern:

„Wofür?"

Markus skatete davon.

Der Blick des Apothekers fiel auf einen Gegenstand im Rinnstein: ein Buch. Es war Markus aus dem Rucksack gefallen, ohne dass er es gemerkt hatte. Der Apotheker hob es auf.

Erst ein paar Meter die Straße hinunter fühlte der Junge, dass etwas anders war. Der Rucksack war so leicht, so verdammt leicht. *Das Buch! Es war nicht mehr da!* Mit einer harschen Bewegung drehte Markus das Skateboard um neunzig Grad. Sein Blick fand Zimmermann, der seelenruhig mit dem geöffneten Buch auf der Straße stand und las. Markus fuhr auf ihn zu.

„Mein Buch!" rief er.

„Ach, ist das deins?", erwiderte Zimmermann und schlug es zu.

Markus bremste. Der Apotheker nahm das Buch und steckte es in den Rucksack des Jungen. Markus drehte sich zu dem Apotheker um.

„Pass auf Deine Sachen auf, Markus, und sieh zu, dass du nicht unter die Räder kommst!"

„Geht klar!", antwortete Markus und skatete endgültig davon. Einerseits mochte er Zimmermann, andererseits erinnerte ihn der Apotheker an seine Schwäche, die er so gerne verheimlicht hätte.

Eine Wellblechhalle am Rande der Stadt. In einem Industriegebiet, das an den Stadtwald grenzte. In der Mitte der Halle ein großer Boxring. Überall Sandsäcke und Punchingballs, auf die junge Boxer eindroschen. Es roch nach Schweiß und Haue. Im Ring drängte ein viel größerer Junge einen kleinen, etwas dicklichen in die Enge. Ein Schlaghagel prasselte auf Max, den kleinen Dicken, nieder. Obwohl er die Deckung hochgenommen hatte, kassierte Max ein paar Schläge. Aber Schläge war Max gewöhnt, seit seiner Kindheit.

Am Seil lehnte Ulrich Fischer, er trug Trainingshosen, Turnschuhe und ein T-Shirt mit der Aufschrift: **Geben ist seliger denn Nehmen!** Der großgewachsene Mann mit den breiten Schultern war der Trainer der Jungs und Inhaber der Boxschule. Seine etwas schiefe Nase in dem sympathischen Gesicht verriet seine sportliche Vergangenheit. Obwohl seine Gesichtszüge die Härte eines alten Kämpfers trugen, zeigten die Lachfalten um die grau-grünen Augen, dass es noch eine andere Seite gab. Fischer rief in den Ring:

„Mensch Max, gegen dich ist ein Tanzbär das reinste Bewegungswunder! Du musst mehr auspendeln!“

Max lugte vorsichtig hinter der Deckung hervor, rüber zu Ulrich. Der Blick des Jungen sagte: „Verstanden!“ Max befreite sich aus der Ecke, pendelte den nächsten Schlag des großen Jungen tatsächlich mit einer Kopfbewegung ins Leere. Seine Rechte zischte vor, knallte an das Kinn des Gegners, der umfiel wie ein Sack und benommen im Ring liegen blieb. Max schaute auf ihn runter.

„Ab geht er, der Peter!“, kommentierte Max grinsend seinen

Schlag. Ulrich Fischer kletterte durch die Seile in den Ring. Nur mühsam konnte er sein Grinsen unterdrücken. Dennoch tadelte er:

„Max, Peter ist dein Sportkamerad! Also behandel' ihn gefälligst mit Respekt! Los, hilf ihm hoch!" Max beugte sich widerstrebend runter, zog den größeren Jungen nach oben, dessen Nase blutete. Peter musterte ihn finster. In seinem Gesicht stand Rache.

In diesem Moment rollte Markus auf seinem Skateboard in die Halle. Über Max rundes Gesicht ging ein Strahlen:

„Ey, Markus, alter Skate-Honk!"

Markus erwiderte das Lächeln des Freundes:

„Hi, Champ!"

Max beeilte sich, aus dem Ring zu steigen, aber Fischer hielt ihn an seinem T-Shirt fest:

„Hey, hey, hey, Sportsfreund, nicht so schnell! Erst verabschieden!"

Max grinste über die Schulter seinen Trainer an, stapfte rüber zu Peter, der in der Ecke lehnte und noch immer sichtlich benommen war. Max verabschiedete sich von seinem Sparringspartner, indem er die Boxhandschuhe an seine stupste.

„Nächstes Mal gibt`s auf die Fresse, Dicker!", zischte Peter lautlos.

Max murmelte zurück: „Wenn Du das Echo verträgst!"

Während Ulrich sich taub stellte für den Dialog der beiden Kampfhähne, befreite er Max von seinen Boxhandschuhen. Max kletterte aus dem Ring, Ulrich rief ihm nach:

„Sei bloß pünktlich, du Sandsack!"

Max wandte sich um: „Wie'n Gong, Trainer!"

Ulrich schmunzelte. Er mochte den Jungen. Ein Straßenkind, auf der Suche nach Geborgenheit. Aber das würde Max niemals zugeben. Niemals! Nicht ihm gegenüber. Vielleicht gegenüber Markus.

Max legte den Arm um Markus Schulter. Die beiden gingen davon. Ulrich Fischer schaute ihnen kurz nach. Er spürte, wie wichtig Max die Freundschaft zu Markus war. *Obwohl sie so verschieden waren oder vielleicht gerade deshalb,* dachte der Trainer. Er wandte sich an den Verlierer: „Und wir beide müssen noch an der Deckung arbeiten!"

Eine weiße Ratte lief wie aufgedreht in einem Laufrad. Vor ihrem Käfig standen zwei Ärzte in weißen Kitteln, die auf das Tier runter sahen: Ein schlanker, stattlicher Mann mit graumeliertem Haar und ebenmäßigen Gesichtszügen. Seine leicht gebogene Nase verriet seine Durchsetzungskraft. Professor Doktor Bernhard Faber, Leiter des privaten Krebsforschungsinstituts in Heidelberg, sah auf eine aristokratische Art und Weise gut aus. Alles an ihm wirkte harmonisch. Das Auffälligste an ihm waren seine bernsteinfarbenen Augen, hinter denen er seine Gedanken verbarg und dennoch jeden zu durchschauen schien. Es waren die Augen eines Wolfes. Neben ihm ein kleinerer Mann, mit lichtem Haar und einer Drahtgestellbrille, Doktor Robert Brandstätter, sein Assistent.

„Ist es nicht ein wunderbares Exemplar?", fragte Brandstätter und drehte nervös an einem blauen Siegelring an seiner rechten Hand. Prof. Faber deutete auf die Ratte:

„Ob sie weiß, wie viel Hoffnung todkranker Menschen sie in sich trägt?" Brandstätter schaute den Professor vor sich entrüstet an:

„Seien Sie sicher, Herr Professor, sie weiß es!"

Faber ging einen Schritt zurück, blickte irritiert auf Brandstätter, schüttelte den Kopf:

„Manchmal, Herr Kollege, habe ich den Eindruck, Sie lieben Ratten mehr als Menschen!"

Der Summer war zu hören, die Tür öffnete sich, im Türrahmen stand eine blonde hübsche Frau im weißen Kittel: Dr. Sabine Wohlfahrt, die Mutter von Markus. Sie war attraktiv, ohne im üblichen Sinne schön zu sein. Sie strahlte Energie und Intelligenz aus, die sich in ihren tiefblauen Augen spiegelte. Es waren die Augen von Markus. Sie ließ die Chipkarte in der Tasche ihres Kittels verschwinden. Die beiden Forscher wandten sich ihr zu. Die Augen der Ärztin wanderten von einem zum anderen:

„Wo ist die Ratte, Herr Professor?", fragte Dr. Wohlfahrt. Prof. Faber schaute den kleinen, freudlosen Mann neben sich an. Ein süffisantes Lächeln spielte um seine Lippen:

„Wen meint die Kollegin bloß, Dr. Brandstätter? Haben Sie eine Vorstellung?"

Der Angesprochene warf seinem Chef einen verärgerten Blick zu. Brandstätter verstand keinen Humor. Schon gar nicht, wenn es um Ratten ging.

Stattdessen nahm Brandstätter eine Ratte aus dem Käfig, ließ sie sich über den Arm laufen:

„Sie werden es nicht glauben, Frau Kollegin, aber Versuchstier H136 hat keine Metastasen mehr!", sagte er stolz. „Alle verschwunden, in den letzten drei Wochen! Ein Triumph ihrer Selbstheilungskräfte. Deshalb habe ich dem Tier einen Namen gegeben: Heinrich! Heinrich der Tapfere! Das hat sie sich verdient…."

„Sind Sie sicher?", fragte die attraktive Ärztin voller Zweifel.

Prof. Faber mischte sich ein.

„Sicher ist man nie! Aber ich habe eine Gewebeprobe entnehmen lassen! Überzeugen Sie sich selbst!" Er deutete dabei auf das Elektronen-Mikroskop auf dem Tisch.

Dr. Sabine Wohlfahrt schob ein Glasplättchen unter die Lichtquelle, schaute dann durch das Elektronenmikroskop, blickte dann hoch zum Bildschirm über dem Tisch, wo das Ergebnis sichtbar wurde:

„Aber das würde ja bedeuten ...“, sagte sie.

Faber lächelte unmerklich: „Ja, ja, das würde es! Aber nur, wenn sich die Ergebnisse in den nächsten Wochen bestätigen sollten ...“

Brandstätter ergänzte stolz: „Dann wären wir allen anderen zum ersten Mal einen Schritt voraus! Wir, das kleine, private Krebsforschungsinstitut aus Heidelberg!“

Dr. Sabine Wohlfahrt war in Gedanken versunken. Die Worte von Dr. Brandstätter erreichten ihr Ohr, aber ihre Seele hörte sie nicht: *Warum nicht früher? Warum erst jetzt?.... Dann hätte Markus noch seinen Vater und ich meinen Mann!*, schoss es ihr durch den Kopf.

„Hören Sie überhaupt zu, Frau Kollegin?“, riss Brandstätter die Ärztin aus ihren Gedanken.

Dr. Wohlfahrt knipste ihr Lächeln an:

„Ihnen immer, Dr. Brandstätter!“

Der Mann war ihr ein Rätsel. Er hatte seinen Doktortitel mit Auszeichnung bestanden und schien außer den Ratten kein Privatleben zu haben. Niemand wusste, wo er wohnte und keiner interessierte sich wirklich für ihn. Und er sich nicht für andere. Doktor Robert Brandstätter war erst dreiundvierzig Jahre alt, sah aber durch seine beginnende Glatze wesentlich älter aus.

Im Gegensatz zu Professor Faber, der jünger wirkte, als die fünfzig, die er gerade geworden war. Faber trug stets Anzugweste und Anzughose aus edlem Stoff unter dem Kittel, um seine elegante Erscheinung zu unterstreichen. Er strahlte Vertrauen aus, war ein strahlender Mittelpunkt der Feste der besseren Heidelberger Gesellschaft. Ein Mann, den die Frauen verehrten. Und dennoch lebte er seit Jahren allein. Über sein Privatleben war ansonsten nichts bekannt. Es hieß, er habe einmal geerbt, von einer alten Dame, um die er sich bis zu ihrem Tod gekümmert hatte. Aus ihrem Nachlass soll er das Institut finanziert haben. Es blieb ein Gerücht.

In letzter Zeit hatte Doktor Sabine Wohlfahrt das Gefühl, dass der Professor mehr als nur berufliches Interesse an ihr hatte. Aber das würde sie nicht zulassen, schon wegen Markus nicht.

Es war so, als hätte Faber ihre Gedanken gelesen. Er zog zwei Karten aus den Taschen seines Kittels:

„Ich habe Karten für die Oper heute Abend: Parzival! Und ich würde mich sehr freuen...“, seine Bernsteinaugen bekamen einen grünen Schimmer. Sie schienen auf den Grund ihrer Seele blicken zu können. Er drückte ihr beide Karten in die Hand.

„Bringen Sie meine mit!“, sagt er, ohne ihre Antwort abzuwarten. Er ging davon. *Er hatte sie überrumpelt! Einfach überrumpelt!* Doktor Wohlfahrt ärgerte sich über sich selbst und trotzdem war da auch ein Schuss Bewunderung für diesen Mann.

Unterhalb des Schlosses warf die alte Festung herbstliche Schatten auf die Bank, auf der Max saß. Er hielt das Buch auf den Knien, betrachtete die Seite, die er aufgeschlagen hatte. **Sie zeigte einen Mönch, der ein Buch umklammerte und zu seinem Kloster hochschaute, aus dem Flammen schlugen.** Um Max herum fuhr Markus mit seinem Skateboard Schlangenlinien. Max schaute auf:

„Das hast du gefunden? Neben einem Totenkopf...? Krass...! Und warum hast du den Schädel nicht gleich mitgenommen, du Hirni?“

Markus bremste sein Board: „Tote soll man ruhen lassen!“

Max blätterte wortlos weiter, schüttelte plötzlich den Kopf:

„Kannste knicken den Scheiß. Is’ ja megakanackisch, oder checkst du, was da steht?“

Markus zuckte als Antwort mit den Schultern und sprang mit seinem Skateboard auf die Bank neben den Freund. Er schaute ihm über die Schulter, während Max weiterblätterte.

„Keine Ahnung, was das für ’ne Sprache ist!“, sagte Markus.
Max kratzte sich am Kopf: „Was willste mit einem Buch, das man nicht lesen kann?“

Max klappte das Buch zu. Die beiden Jungs schauten auf das versilberte **Y** auf dem ledernen Einband. Max tippte drauf:
„Ist das echt Silber?“
Markus nickte bejahend: „Echt!“
Jetzt war Max beeindruckt:
„Wow, vielleicht kann man’s ja bei Ebay verticken – für 20 Euro Sofort-Kauf!“
Markus tippte sich an die Stirn:
„Spinnst du? Das ist doch viel mehr wert! Locker!“
Max schaute zweifelnd den Freund an: „Woher willst du das wissen?“

Es war Abend geworden. In den Fenstern einiger Häuser grinsten schon Kürbisköpfe. Halloween warf seine Schatten voraus. Markus und Max gingen schweigend durch die abendlichen Straßen. Es begann leise zu tröpfeln. Markus spürte das Buch in seinem Rucksack, das Board hatte er unter den Arm geklemmt. Der Regen wurde stärker. Die Jungs beschlossen, ihn zu ignorieren. Markus schaute den Freund von der Seite an:
„Vermisst du eigentlich deinen Vater?“, fragte Markus unvermittelt.
Max schnaubte verächtlich:
„Ganz bestimmt nicht. Der war doch meistens besoffen und dann hat er mich verhauen. Ein richtiges Arschloch! Kann ich locker drauf verzichten!“
„Und was ist mit Ulrich?“, hakte Markus nach.
Max grinste schief: „Wenn du die Wahl hast: Knast oder Uli?“
Er zuckte mit den Schultern. Es entstand eine Sekunde des Schweigens, das Max mit seinem typischen Lachen unterbrach. Ein Lachen, hinter dem der fröhliche Junge seine Einsamkeit verbarg.

„Nee, eigentlich ist Uli ganz okay! Und meine letzte Chance!"
Max blieb stehen, hinter ihm grinste ein Halloween-Kürbis.
„Die beste, die ich je hatte!", fügte er hinzu.

Die beiden Jungs gingen weiter. Markus ahnte, dass Max nie eine richtige Familie gehabt hatte. Irgendwann war der Freund auf die schiefe Bahn geraten, hatte Autos geknackt, um auf sich aufmerksam zu machen. Man hatte ihn verurteilt und in ein Reha-Camp gesteckt, Boxen als Therapie. Und Uli, sein Trainer, war nun sein Ersatzvater geworden. Max murmelte vor sich hin:

„Wenn ich das versaue....!"

„Wirst du schon nicht!", widersprach Markus.

Eine alte Straßenlaterne beleuchtete die Jungs im Regen.

„Und Du?", fragte Max vorsichtig. „Vermisst Du Deinen Vater eigentlich?"

Markus schaute geradeaus: „Wie verrückt!", presste er hervor.

Max merkte, dass er seinem Freund zu nahe getreten war.

„Sorry!", murmelte er mitfühlend.

Markus zog die Baseballkappe tiefer ins Gesicht:

„Schon okay!", antwortete er. „Du kannst ja nix dafür!"

Max legte ihm seine Boxerhand auf die Schulter:

„Keiner kann was dafür!"

„Außer dieser verdammte Krebs!", sagte Markus leise. Die beiden Jungs klatschten sich zum Abschied ab, liefen dann in verschiedene Richtungen davon.

Markus rannte durch die einsamen Gassen. Der Regen war jetzt zum Wasserfall geworden. Ein kleiner Dachvorsprung versprach Schutz. Markus stellte sich unter, nahm seine durchweichte Baseballkappe vom Kopf, wischte sich mit der Hand die nassen Haare aus dem Gesicht. Jetzt erst merkte er, dass er nicht alleine war. Neben ihm lehnte eine Gestalt. Markus erkannte Ambrosius Kovac, den seltsamen Buchhändler. Markus zuckte zusammen. *Ausgerechnet der!*, durchfuhr es Markus.

„Sauwetter! Was, Junge?", sagte der Alte.

Markus nickte stumm. Sein Blick fiel auf den zusammengefalteten Regenschirm des Alten. Kovac spannte ihn auf.

„Wollen wir uns den teilen?“

Dabei hielt er den Regenschirm ein Stück über Markus. Der Junge schüttelte heftig den Kopf:

„Nein, nein! Regen macht mir nichts aus!“

„Mir auch nicht!“, antwortete der Alte. Er faltete den Schirm zusammen und trat seelenruhig hinaus in den Regen. Markus blickte dem Buchhändler nach: Für eine Sekunde sah es so aus, als würde es überall regnen, nur nicht über Ambrosius Kovac! Markus rannte ins Freie. Im Nu war er klitschnass; er musste sich getäuscht haben!

Kapitel 3

Ein kleines Häuschen auf einem Hügel gelegen. Eine bessere Gegend, bürgerlich, nicht protzig. Aus einem silbernen VW Golf stieg Dr. Sabine Wohlfahrt, ging eilig auf das Haus zu, vorbei an einem Kastanienbaum, an dem eine alte Kinderschaukel rostete. Der Regen hatte nachgelassen, von den Blättern tropfte es.

Sie betrat das Haus, machte einen großen Schritt über das Skateboard im Flur.

„Markus, bist du da?“, rief sie nach oben. Aus dem oberen Stockwerk kam Markus die Treppe hinunter, ein Handtuch in der Hand, mit dem er sich die Haare trocknete.

„Na, wie war dein Tag?“, fragte seine Mutter und umarmte ihn. Markus ließ die Umarmung über sich ergehen.

„Och, nix besonderes! Wie immer!“, antwortete er knapp. Sabine Wohlfahrt hängte ihren Mantel auf, betrachtete ihren Sohn liebevoll: „Kein Tag ist wie der andere!“

Markus zuckte mit den Schultern:

„Max besucht, Skateboard gefahren und...“

Sie musterte ihn von oben nach unten:

„Schramme im Gesicht und Hose zerrissen!“, fuhr seine Mutter fort. Markus schaute an sich herunter, entdeckte den Riss über dem Knie: „Uups! Und, wie war’s bei dir?“

Die Ärztin betrat das Wohnzimmer: Eine große Couch zum Kuscheln, luftige Sessel, Bücher in einem Regal, ein Fernseher, überall Windlichter mit weißen Kerzen, gemütlich, ohne kitschig zu sein. Markus folgte ihr, ließ sich in einen Sessel fallen. Sie nahm ihm das Handtuch aus der Hand und wollte ihm die Haare trocken rubbeln. Sie wusste, dass Markus es hasste und ließ es dann auch sein.

„Ganz ehrlich, ich glaube, wir sind einen Schritt weitergekommen!“, berichtete sie. Markus, dessen Haare nach allen Seiten standen, schaute sie skeptisch an:

„Echt?“

Die Ärztin entzündete mit einem langen Streichholz eine Kerze: „Vielleicht ist es ja nur ein kleiner Schritt, aber viele kleine Schritte bedeuten in der Forschung den Fortschritt!"

Markus folgte ihr mit den Augen, sie drehte sich zu ihm um.

„Oder wenigstens ein Funken Hoffnung!"

Markus stand auf. Sein Blick streifte ein Urlaubsfoto im Silberrahmen auf der Kommode. Sabine Wohlfahrt, Markus und sein Vater strahlten in die Kamera. Ein Bild, dass es nie mehr geben würde!

„Papa hatte auch noch Hoffnung, bis zuletzt!", sagte Markus. Es klang trotzig. Markus verließ das Wohnzimmer, ließ das Handtuch liegen. Sabine Wohlfahrt verharrte, erschrocken über die heftige Reaktion ihres Sohnes. Sie hörte, wie Markus die Treppe nach oben polterte und die Tür zu seinem Zimmer hinter sich zuschlug. Das tat er immer dann, wenn es um den Tod seines Vaters ging. Sie kannte diese Reaktion. Sie spürte den unausgesprochenen Vorwurf, der zwischen ihnen stand, wie eine unsichtbare Wand. Sie wusste, dass Markus ihr bis heute nicht verziehen hatte, dass ausgerechnet sie als Ärztin seinem Vater nicht hatte helfen können. Markus war damals noch zu klein gewesen, um zu verstehen, dass auch ihre Möglichkeiten begrenzt waren, dass es kein Allheilmittel gegen den Tod gab. Monate später hatte sie ihre Praxis geschlossen und war in die Forschung gegangen, zu Professor Faber. *Nie wieder wollte sie einen geliebten Menschen verlieren!*

Sabine Wohlfahrt ging rüber zur Kommode. Sie nahm das Foto im Silberrahmen in die Hand.

„Verzeih` mir!", sagte sie leise zu dem Foto. Sie war sich selbst nicht sicher, ob sie ihren Mann oder ihren Jungen meinte. Aus ihrer Handtasche zog die Ärztin die beiden Opernkarten. *Parzival – am liebsten würde sie Faber anrufen und absagen! Aber das ging nun mal nicht, denn sie hatte auch seine Karte! Das hatte er geschickt gemacht! Er kannte ihre Situation. Und er wusste genau, was er tat. Für eine Absage war es jetzt zu spät.*

Schweren Herzens ging Sabine Wohlfahrt zum Treppenabsatz:

„Markus! Ich muss noch mal weg!“, sie lauschte nach oben.

„Okay!“, kam die lustlose Antwort aus Markus Zimmer.

„Es dauert auch nicht lange!“, hoffte sie.

„Schon okay!“, hallte es aus Markus Zimmer.

„Danke für Dein Verständnis, Markus!“, rief sie nach oben und bekam keine Antwort.

Die Nacht senkte sich über Heidelberg. Über dem Schloss leuchtete der Mond und schob die Wolken zur Seite, wie lästige Möbel. In der Altstadt flammten die Lichter auf. Aus den Studentenkneipen drang Musik und bierseliger Frohsinn. Eine Gruppe von Corps-Studenten in Uniform und Säbel stolzierte mit stolzgeschwellter Brust zum Verbindungslokal. Vorbei an Touristen, die sie neugierig begafften. Im **Alten Simpel** sang ein Männerchor knackige Studentenlieder.

Die Oper glich einem Ozeandampfer auf dem Meer: Hell erleuchtet in der Dunkelheit der Herbstnacht. Sabine Wohlfahrt schritt die Treppen hinauf.

Festlich gekleidete Menschen mit Programmheften eilten an ihr vorbei. Sabine Wohlfahrt trug ein schwarzes Kleid, darüber einen Mantel und einen langen Schal. Es war das Lieblingskleid ihres Mannes. Immer, wenn sie es trug, hatte er glänzende Augen bekommen und sie bewundernd angeschaut.

„Du siehst aus, wie eine Königin auf dem Weg zum Thron!“, hatte er dann zu ihr gesagt.

Aber dieses Mal war es ein anderer Mann, der sie bewundernd anschaute: Professor Dr. Bernhard Faber, der im Smoking und Mantel am Treppenabsatz stand und sie mit einem Lächeln begrüßte.

„Ich bringe den schönen Schwan zu Parzival!“, sagte er.

„Ach, hören Sie auf!“, antwortete Dr. Wohlfahrt. „Ich bin nur gekommen...!“

„Weil Sie meine Karte haben!“, lächelte Faber und hakte sich unter. Sie durchquerten das Foyer, gaben ihre Mäntel an der Garderobe ab. Vor ihnen ein Frau, die einen Pelzmantel über den Tresen schob und die Garderobenmarke entgegen nahm. Sie drehte sich um und wirkte überrascht, als sie Faber und Wohlfahrt unvermittelt gegenüberstand. Ihre grünen Augen flogen von einem zum anderen, blieben dann an Faber hängen. Um ihren aufreizend geschminkten Mund, spielte ein Lächeln: „Oh, Parzival persönlich!“, sie wandte sich an Markus Mutter. „Und die geheimnisvolle Frau vom See!“

Ein Hauch von Ärger grub sich in Fabers Gesicht.

„Darf ich vorstellen: Xenia Morgan-Basten, eine langjährige Bekannte!“, sagte Faber. Mit einer eleganten Handbewegung wies er auf die Ärztin:

„Dr. Sabine Wohlfahrt. Sie ist neu in unserem Institut und eine echte Kapazität!“

Die Forscherin nickte unmerklich der fremden Frau zu.

„Da bin ich mir sicher, bei Deinen Ansprüchen!“, entgegnete die Basten süffisant. Jetzt war es Sabine Wohlfahrt, die unbehaglich vom einen zum anderen blickte, um heraus zu finden, was hier gespielt wurde. Fabers Hand tastete nach ihrem Handgelenk, um ihr zu zeigen: „Ärgere Dich nicht!“

Dabei sprach er die Basten direkt an:

„Ich wusste gar nicht, dass Du Dich für Wagner interessierst?“

Die Basten hatte den Griff von Faber registriert. Sie lächelte dünn.

„Oh, es gibt einiges, was Du nicht weißt, und was mich interessiert! Wagner gehört nun mal dazu, was dagegen?“ Sie blickte demonstrativ die Ärztin an, bevor sie davon schritt. Dabei folgten ihr die bewundernden Blicke anderer Männer, die in einer Schlange standen, um ihre Garderobe abzugeben.

Markus Mutter atmete aus:

„Was war denn das?“

Faber hatte mittlerweile ihre Mäntel abgegeben und die Marke an sich genommen, dabei wie selbstverständlich seine Hand auf ihren freien Rücken gelegt. Sie ließ es geschehen. Sie durchquerten das Foyer, das erfüllt war vom erwartungsvollen Stimmengewirr der Operngäste.

Faber spürte, dass er seiner Begleitung noch eine Antwort schuldig war:

„Frau Basten leitet eine der renommiertesten Schönheitskliniken! Sie profitiert dabei von den Nebenprodukten unserer Forschung!“, erklärte er. Die Wohlfahrt nickte:

„Die sich dann andere für teures Geld ins Gesicht schmieren!“

Faber brach in Lachen aus. Das Eis war gebrochen, das alte Vertrauen wieder da. Die Ärztin schenkte dem Professor einen Seitenblick:

„Na, dann, Parzival…!“, sagte sie.

Markus wälzte sich in seinem Bett hin und her. Er träumte schlecht. Auf seinem Nachttisch lag das Buch. Der Mond schickte einen Strahl in das Zimmer des Jungen. Der Strahl schien umher zu wandern, beleuchtete das Skateboardposter von Tony Hawk, den kleinen, wackeligen Ikea-Schreibtisch mit dem Computer, die Bücher in dem schiefen Regal, das unter der Last zusammenzubrechen drohte. Der Strahl wanderte weiter über den Rucksack, der in einer Ecke lag, hin zu dem Buch auf dem Nachttisch. Das silberne Ypsilon auf dem Buchdeckel reflektierte den Mondstrahl auf den Jungen, dessen Kopf auf der Seite lag. Markus, der eben noch fest geschlafen hatte, begann heftiger zu atmen. Sein Atem war kalt und strömte wie ein frostiger Hauch aus seinem halbgeöffneten Mund. Das Buch schien zu erwachen.

Im Institut rannte Dr. Robert Brandstätter durch einen leeren kahlen Flur, auf den eine Neonleuchte ihr kaltes Licht warf. Brandstätter war in Eile, sein Kittel flatterte hinter ihm her, wie die Flügel einer Fledermaus. Er lief auf eine rote Lampe zu, die über einer Tür zum Labor alarmierend blinkte und begleitet wurde von einem nervig schnarrenden Geräusch. In seiner Eile steckte er die Chipkarte falsch herum rein, fluchte gereizt. Brandstätter drehte die Karte um, steckte sie wieder ein, die Tür öffnete sich mit einem Summen.

Mit schnellen Schritten ging Brandstätter rüber zu den Käfigen mit den Ratten. Die Tiere waren in heller Aufregung, rannten im Kreis, hin und her, tobten wild in ihren Laufrädern.

Brandstätter blieb konsterniert stehen:

„Was ist denn hier los?“

Er rannte von Käfig zu Käfig, wo überall dasselbe aufgeregte Durcheinander herrschte. Zwei Ratten hatten sich ineinander verbissen. Brandstätter schlug wütend mit der Faust gegen den Käfig:

„Was ist denn in euch gefahren? Was habt ihr denn, verdammt noch mal?“ Sein Blick wanderte die Käfige entlang. Gehetzt rannte er zurück. Vor dem Käfig mit Versuchstier H136 blieb er stehen. Ein kleines Schild mit dem Namen **Heinrich** klebte an der Scheibe. Die Hoffnung der Forschung verhielt sich ruhig und unauffällig. Brandstätter lächelte erleichtert: „Wenigstens einer vernünftig, was, Heinrich?!“ Er beugte sich vor, um sein Lieblingstier genauer in Augenschein zu nehmen. In diesem Moment sprang die Ratte gegen die Glaswand des Käfigs, direkt auf Brandstätters Gesicht zu. Mit einem Schrei des Schreckens prallte der Forscher zurück, verlor das Gleichgewicht und stürzte zu Boden.

„Elende Ratte!“, fluchte er und in seinem Blick stand abgrundtiefer Hass.

Kapitel 4

Es war die Sekunde, in der Markus aus dem Schlaf schreckte. Er riss die Augen auf, saß mit einem Schlag aufrecht. Der kalte Atem war verschwunden. Markus blinzelte, schaute um sich, versuchte, sich zu orientieren. Sein Blick erfasste das Buch auf dem Nachttisch. Er knipste die Lampe an, nahm das Buch zur Hand, legte es vor sich auf die Bettdecke. Markus stopfte sich ein Kissen in den Rücken und begann, in dem Buch auf seinen Knien zu blättern.

Er schaute auf eine Zeichnung, die eine ganze Seite einnahm. **Ein graubärtiger Mann stand auf einer Klippe, unter ihm brandete das Meer. Er hielt eine Mistel in seiner Hand, reckte sie hoch in die Wolken hinein. Es sah aus, als würde es gleich zu regnen beginnen, so schwer hingen die Wolken herab.** *Der graubärtige Mann auf der Klippe erinnerte ihn an Ambrosius Kovac,* den sonderbaren Buchhändler aus der Altstadt. Markus schüttelte den Gedanken ab. Wahrscheinlich spielte seine Phantasie ihm wieder einen Streich. Er hatte sich schon immer mehr als andere in die Welt der Bücher versenken können. Wenn er las, wurde er Teil des Geschehens. Die Grenzen verschwammen, die Bilder wurden real! Markus kniff die Augen zusammen, um sich von dem Bild zu lösen. Die nächste Zeichnung: **Ein Junge stand am Ufer eines Sees. Über den See fuhr ein Nachen. Ein Mann in einer Kapuze, dessen Gesicht nicht zu sehen war, steuerte das Boot. Darin lag ein toter König, die Krone auf dem Haupt, das Schwert auf seiner Brust. Der Junge am See schien verzweifelt zu schreien, als wollte er diese Fahrt aufhalten**. Markus nahm eine Lupe aus der Schublade und hielt sie über die Zeichnung. *War er der Junge am Ufer? Und der tote König sein Vater? Oder bildete er sich das alles nur ein?* Erschrocken legte Markus die Lupe zur Seite.

Draußen war Wind aufgekommen, Fensterläden klapperten, schlugen heftig gegen die Hauswand. Markus, in Boxershorts, schlüpfte unter der Bettdecke hervor, das Buch blieb aufgeschlagen auf der Decke liegen. Markus ging barfuß zum Fenster, öffnete es. Hinter seinem Rücken bewegten sich die Seiten des Buches weiter. Markus wollte den Fensterladen fixieren. Sein Blick fiel hinaus in die stürmische Nacht. Er blickte auf die Kinderschaukel am Ast der Kastanie. Die Schaukel schwang im Wind hin und her. Gebannt schaute der Junge hin. Bilder aus der Vergangenheit stiegen in ihm hoch:

Markus sah sich selbst als kleiner Junge auf der Schaukel sitzen. Ein Mann schob von hinten die Schaukel an. Der Junge und der Mann lachten.

Markus schloss die Augen: in seinem Kopf lebte das glückliche Bild seines Vaters und ihm. Sein Vater hatte immer Zeit für ihn gehabt. Es gab nie ein „Jetzt nicht!"! Es gab immer das Jetzt! Markus Vater arbeitete von zu Hause aus. Er betrieb ein kleines Architektenbüro im Schuppen hinter dem Haus. Sie bauten gemeinsam Burgen, Brücken und Luftschlösser. Sie strichen gemeinsam den Zaun oder fuhren Rad. Sie brauchten nicht viele Worte, sein Vater und er, um sich zu verstehen. Sie fühlten sich auch leise wohl miteinander. Und manchmal, wenn Markus Mutter, die bis spät in ihrer Praxis arbeitete, nach Hause kam, saßen beide auf dem Sofa und grinsten sie an, wie Verschwörer. Sie waren Freunde fürs Leben, Markus und sein Vater. Und dann hatte sich ein Leben verabschiedet. Für immer!

Fast widerstrebend öffnete er die Augen. Die Schaukel im Garten hatte an Schwung verloren.

„Bist Du es, Papa? Papa?", fragte der Junge leise in die Dunkelheit. Doch die Nacht gab keine Antwort. Die Bilder in seinem Kopf verschwanden, die Schaukel im Garten kam zur Ruhe, der Wind legte sich, das Buch hinter seinem Rücken hörte auf, zu blättern. Markus wandte sich schweren Herzens vom Fenster ab. Er sah nicht mehr die Fußstapfen, die im nassen Rasen unter der Kastanie ihre Eindrücke hinterließen und sich langsam entfernten.

Parzival machte Pause. Professor Faber führte Dr. Wohlfahrt an eine Sektbar. Er bestellte zwei Gläser. Sie nippten daran.

„Ganz schön anstrengend! Drei Stunden mit einem Helden, der sich nicht entscheiden kann!“, entschuldigte sich Faber. Die Ärztin schaute den gutaussehenden Forscher von der Seite an.

„Der unschuldige Held, der schuldig wird, und nur deshalb, weil er nie die richtigen Fragen zur richtigen Zeit stellt! Haben wir Forscher da nicht etwas mit ihm gemeinsam?“

Faber schaute sie überrascht an, dann schlich sich ein Lächeln in sein Gesicht. Er nickte:

„Ja!“, sagte er. „Unsere Aufgabe ist es, die richtigen Fragen zur rechten Zeit stellen! Und dabei bleibt keiner unschuldig! Jeder Fortschritt fordert Opfer!“

In diesem Moment klingelte Fabers Handy. Er zog es heraus, blickte sie entschuldigend an, drehte sich dann ab und meldete sich.

Als er sich wieder umdrehte, war er leichenblass.

„Brandstätter!“, flüsterte er heiser.

Er hatte ihn angerufen. Irgendetwas ging vor im Institut. Brandstätter brauchte Fabers Hilfe. Die Forscherin bot an, mit zu kommen, aber Faber lehnte ab.

„Genießen Sie den letzten Akt! Und bringen Sie meinen Mantel mit!“

Er drückte ihr die Garderobenmarke in die Hand und rannte davon. Als die Ärztin aufblickte, stand Xenia Morgan-Basten vor ihr.

„Schau an, Parzival lässt seinen Schwan einfach stehen!"

Die schöne Frau konnte ihren Triumph kaum verbergen. Die Ärztin spürte hinter der Fassade eine unbegründete Bösartigkeit. Dr. Sabine Wohlfahrt beschlich ein unbehagliches Gefühl.

Markus saß im Dunklen aufrecht in seinem Bett. Er konnte nicht schlafen. *Wo bloß seine Mutter blieb? So lange ging doch keine Oper der Welt!* Sein Blick wanderte zu den Leuchtziffern des Radioweckers. 2:34 Uhr zeigten sie an. Das Buch lag aufgeschlagen dem Boden. Plötzlich hörte er unten den Schlüssel in der Tür und die Schritte seiner Mutter im Flur. Sie war nach Hause gekommen. Markus rutschte tiefer unter die Decke, schloss die Augen. Das Buch auf dem Fußboden schlug sich von alleine zu.

In den Fenstern des Heidelberger Schlosses spiegelte sich die Sonne eines frühen Oktobermorgens. Sie hüllte eine Schar von Touristen in ein goldenes Licht. Die Besucher, mit Rucksäcken und Kameras bewaffnet, scharten sich um einen Mann in Kordhosen und dickem Pullover: Otto Engelhardt, der Schlossführer. Seit über 30 Jahren schon erzählte er den Besuchern des berühmten Schlosses die Geschichte und Geschichten rund um das alte Gemäuer. Manchmal hatte Otto selbst das Gefühl, schon ein Teil des Mauerwerks zu sein. Besonders morgens, wenn er nach einer feucht-fröhlichen Nacht in den Spiegel schaute. Dann sah Otto einen Mann mit Knollennase, listigen Augen und dem beschwingten Humor vieler Rebsorten, die sich in seinem Gesicht verewigt hatten.

Otto blühte auf, wenn Markus und seine Freunde ihn besuchten und geduldig seinen sagenhaften Erzählungen lauschten.

Mittlerweile war Otto für die Freunde selbst zur sagenhaften Gestalt geworden.

Mit dem geübten Witz des Erzählers wandte er sich an seine Zuhörer: „Aber der heimliche Herrscher war nicht etwa der Kurfürst, sondern der Hofnarr, ein Zwerg aus Italien! Kleinwüchsig und heimtückisch. Er bewachte die Weinschätze und: Er soll gestorben sein, als er sein erstes Glas Wasser trank."

Verhaltenes Lachen. Otto genoss die Aufmerksamkeit:

„Wenn Sie mich fragen, treibt er noch heute sein Unwesen im Keller!" Staunendes, ungläubiges Gemurmel machte die Runde. Otto kam in Fahrt: „Ja, ja, Sie können mir ruhig glauben! Ich weiß, wovon ich rede! Die Menschen nannten ihn Perkeo und wissen Sie warum?"

Er schaute wieder erfolgsheischend um sich. Seine listigen Augen zwinkerten:

„Immer wenn man ihn fragte, ob er noch einen trinken wollte, antwortete er auf Italienisch: „Perché no? – Warum nicht?!"

Otto schmunzelte: „Übrigens, eine Antwort, die Ihren Schlossführer mit dem Schlossgeist verbindet!"

Die Besucher lachten. Otto öffnete eine kleine Tür, trat zur Seite:

„Bitte sehr..."

Hinter dem Rücken der Touristen griff Otto in seine Tasche, holte einen silbernen Flachmann hervor und nahm verstohlen einen kleinen Schluck. Alte Mauern machten nun mal durstig!

Zur gleichen Zeit tummelten sich die Schüler auf dem Schulhof des Leibniz-Gymnasiums. Kleine Cliquen standen zusammen und schwatzten über andere. Auf der Mauer des Schulhofs baumelte unbeeindruckt ein Mädchen mit wilden dunklen Locken, Jeans und Turnschuhen mit den Beinen. Neben ihr lag eine dürftig eingerichtete Schulmappe: ein paar Bücher, die von einem Ledergürtel zusammengehalten wurden.

Cäcilia Harenberg interessierte sich nicht für das Getuschel hinter ihrem Rücken. Cäcilia war besonders. Eine Außenseiterin, die sich ihre eigene Welt geschaffen hatte. Alle nannten sie **Zecke**, weil sie nur schwer abzuschütteln war, wenn sie sich in etwas verbissen hatte. Das war in den seltensten Fällen der Lernstoff. Und schon gar nicht die Welt ihrer Eltern, die eine Kneipe in der Altstadt betrieben und sie mit ihrem Woodstock-Getue nervten. Spät-Hippies, die immer noch in der Vorstellung lebten, dass die Erde ein Blumenmeer war und alle Menschen liebenswert. So, wie Rudi und Doro, Zeckes Eltern. Zecke war ihnen virtuell entkommen. Ihre Welt war das Internet mit all seinen Abenteuern und Falltüren. Und wie so oft hatte sie auch die letzte Nacht vor dem Computer verbracht.

Ihr Gesicht hellte sich auf, als sie Markus erkannte, der in großen Kurven am Schultor vorbeiskatete, seinen Rucksack auf dem Rücken, seine Baseballmütze verkehrt herum aufgesetzt. Cäcilia streckte ihr Bein aus und zwang ihn, vom Board zu springen.

„Hey, Markus! Gib' mir mal Mathe!“

Markus nahm seinen Rucksack von der Schulter, legte ihn auf die Mauer, zog wortlos ein Heft heraus. Er kannte das schon. Jeden Morgen das Gleiche. Trotzdem stellte er die Frage, deren Antwort er schon kannte: „Machst du eigentlich nie deine Hausaufgaben, Zecke?“

Zecke zuckte mit den Schultern:

„Warum denn...? Alles was ich wissen muss, hole ich mir aus dem Internet. Ist doch cool, oder?“

Markus sprang neben sie auf die Mauer, reichte ihr das Heft mit den Formeln. Das Mädchen fummelte ein zerknautschtes

Etwas aus dem umgürtelten Bücherchaos, zog einen Stift aus ihren wilden Haaren, die wie die Zweige eines Tannenbaums von ihrem Kopf abstanden. Markus betrachtete sie, während sie abzuschreiben begann. Zecke war ihm ein Rätsel. Er bewunderte ihre unangepasste Art, die sich um nichts scherte. Sie war ein klasse Kumpel, aber auf die Idee, dass sie auch ein Mädchen war, war er noch nie gekommen! Sie bemerkte seinen Blick, schaute hoch: „Du bist ja echt fit! Ich kapier` das nie!"

„Lernen hilft!", grinste Markus.

„Elender Streber!", lächelte Cäcilia zurück. Sie mochte Markus. Die Schulglocke trieb sie zur Eile an. Zecke begann, schneller zu schreiben.

Ein Porsche-Cabrio, dessen Farbe so schreiend rot war, wie der Lippenstift seiner Fahrerin, lenkte Markus Aufmerksamkeit auf sich. Obwohl es noch kühl war, fuhr die Frau am Steuer mit offenem Verdeck. Markus kannte sie, jeder in Heidelberg wusste, wer sie war: Xenia Morgan-Basten, eine elegante Erscheinung, mit großer Sonnenbrille und langen schwarzen Haaren, die sie unter einem Kopftuch versteckt hatte. Sie leitete eine Schönheitsklinik vor den Toren der alten Stadt und war selbst ihr bestes Aushängeschild. Neben ihr saß ihre Tochter Ilona, ihr Ebenbild in blond! Das begehrteste Mädchen der Schule! Sie war es, auf die Markus vergeblich gewartet hatte, im alten Colosseum. Markus auf der Mauer durchzuckten wieder diese komischen Bauchschmerzen, die er nicht einordnen konnte. Zecke folgte seinem Blick und verzog beim Anblick der blonden Schönheit ihr Gesicht!

Ganz ihrer Wirkung bewusst, stieg Ilona aus dem Wagen. Sie trug Stiefel und einen zu kurzen Rock. Aufreizend warf sie ihr blondes Haar nach hinten, schüttelte es. Elegant fielen die Haare wieder in die Frisur zurück. Die Magenschmerzen von Markus wurden schlimmer.

„Ilona!“, rief die Mutter ihrer Tochter hinterher, die schon fast am Schultor war. Halbherzig drehte sich das Mädchen um. Ilona wusste schon, was jetzt kommen würde.

„Streng Dich an!“, rief die Frau im Cabrio. „Schönheit allein macht noch keine guten Noten!“

„Aber dicke Knete, Mama! Das weißt Du doch am besten!“, antwortete Ilona patzig. Sie stolzierte durch das Schultor, Markus und Zecke ignorierte sie dabei völlig.

Markus ließ Zecke sitzen und sprang von der Mauer auf sein Skateboard, rollte hinter Ilona her.

„Hey, Ilona!“, rief er.

Ilona zögerte, blieb dann widerstrebend stehen.

„Hi!“, antwortete sie desinteressiert.

Markus sprang vom Board:

„Warum bist du gestern nicht gekommen? Wir waren doch verabredet!“

„Echt, waren wir das?“, überlegte Ilona scheinbar.

„Ja!“, nickte Markus. „Oben, beim alten Kloster...“

„Beim Kloster? Bin ich Nonne oder was?“, antwortete Ilona schnippisch. Dann setzte sie ihr aufreizendes Lächeln auf:

„Sorry, Markus, muss ich ....echt vergessen haben!“

Markus blieb für eine Sekunde die Luft weg. *Vergessen! Sie hatte ihn einfach vergessen! Wie einen alten Turnschuh! Jetzt bloß* nicht nach dem Spray greifen! Ilona hätte es eh nicht bemerkt. Sie hatte ihren Weg bereits fortgesetzt, überquerte unter dem neidischen Getuschel der anderen Schülerinnen den Hof.

Kurz vor den Stufen zum Schulgebäude hatte Markus sie wieder eingeholt.

„Wie wäre es mit heute?“ fragte Markus und bremste sein Board.

Ilona betrachtete den Jungen mit den roten Haaren und der Baseballmütze abschätzend:

„Heute ist ganz schlecht. Wir schreiben doch morgen Englisch!“

„Ach so…“, sagte Markus enttäuscht. „Englisch.“

Er spürte die Ausrede. Als hätte Ilona sich jemals für Englisch interessiert.

„Ich wollte eigentlich ins Kino!“

„Vielleicht nächste Woche!“, antwortete das schöne Mädchen unbestimmt und scharwenzelte die Treppe hoch.

„Vielleicht nächste Woche?“, ahmte eine Stimme Ilona nach.

Markus drehte sich um. Hinter ihm stand Zecke, seinen Rucksack in der Hand und verdrehte die Augen. Eine Gruppe Mädchen begann zu kichern. „Lass das, Zecke!“, ärgerte sich Markus.

„Schon okay!“, lenkte Zecke ein, streckte ihm dabei den schweren Rucksack entgegen. „Sag mal, was hast`n da für`n schweres Teil in deinem Rucksack?“

Mit der anderen Hand zog sie das Buch halb heraus. Für eine Sekunde blitzte das Ypsilon auf dem Einband. Markus riss ihr den Rucksack aus der Hand, das Buch rutschte zurück.

„Geht dich überhaupt nichts an!“, murrte er.

„Ja, dann!“, reagierte Zecke beleidigt: „Danke für Mathe und tschüss!“ Das Mädchen mit den wilden Locken stürmte an Ilona vorbei, die stehengeblieben war. Während Zecke im Schulgebäude verschwand, drehte Ilona sich um und schenkte Markus ein aufforderndes Lächeln. Da war es wieder, das komische Gefühl. *Oh Scheiße!*, dämmerte es Markus. *Ich werde mich wieder mit ihr verabreden und sie wird wieder nicht kommen!*

In Gedanken schulterte Markus seinen Rucksack. Für einen kurzen Moment fühlte er die Last des geheimnisvollen Buches. Vom Schultor ertönte ein Pfiff. Ein Pfiff, den Markus kannte. Am Tor lehnte Max, in Kapuzenshirt und Jeans.

„Hey, Markus, Du Skate-Honk! Was willst`n in dem Lernknast?“

Markus zögerte. *Eigentlich ging er gern zur Schule. Aber*

heute nicht. Heute war alles irgendwie anders. Er schaute noch mal zum Gebäude hin, schlenderte dann langsam auf den Freund zu.

Der Schlosshof leerte sich. Die Touristen verabschiedeten sich plappernd von den alten Mauern. Fremdenführer Otto Engelhardt ging mit langsamen, gemächlichen Schritten auf eine schwere Eichentür zu. Sie führte in die unterirdischen Gewölbe des Schlosses, dorthin, wo einst der Zwerg Perkeo geherrscht hatte. Umständlich nahm Otto einen Schlüsselbund von seinem Gürtel. Er steckte den Schlüssel in das Schloss. Die Tür schwang auf, wie das Gähnen eines Geistes. Otto blickte in die schwarze Leere einer finsteren Kellertreppe, die muffig roch und nach unten führte und deren letzte Stufen in der Dunkelheit verschwanden. Ein Hauch von Kälte schlug ihm entgegen. Otto verharrte fröstelnd. Er lauschte. Ein Geräusch. Es hörte sich an, als würde jemand im Erdreich graben. Das Geräusch verstummte plötzlich. Otto tastete vorsichtig ins Dunkel, seine Hand bekam eine Weinflasche zu fassen. Er zog sie ins schummrige Licht des Gewölbes und betrachtete ihr Etikett, es war Wein aus Italien:

„Mille grazie, Perkeo!“, bedankte er sich in die Dunkelheit des Kellers.

Otto hatte es plötzlich eilig. Er riskierte noch einen flüchtigen Blick nach unten in die schwarze Leere des Gewölbes. *Manchmal war es besser, nichts zu sehen!* Dann drehte er sich rasch um. Hinter seinem Rücken, am Fuße der Treppe, zeichnete sich eine Mönchsgestalt wie ein Scherenschnitt ab. Der Mönch hatte die Kapuze tief ins Gesicht gezogen, einen Spaten in der Hand. Die schwere Eichentür schlug zu und tauchte die Gestalt wieder ins Dunkel.

Otto drehte den Schlüssel im Schloss, lehnte sich mit der Weinflasche gegen die schwere Eichentür.

„Im Wein steckt Wahrheit! Aber will man sie auch wissen?“, murmelte er vor sich hin. Leise lachend ging er über den Hof davon.

Kapitel 5

Max und Markus kämpften sich durch das Dornengestrüpp am Heiligenberg. Die Dornen schienen sie festzuhalten, als wollten sie ihr Eindringen verhindern. Max riss sich los, stach sich dabei in den Finger: „Aua! Scheiße! Hier soll das sein?“, wunderte sich der Junge. „Is’ ja ‘n krasses Versteck!“

Dabei lutsche er sich das Blut von seinem Mittelfinger.

Die beiden Freunde standen jetzt direkt vor dem Grab von Innozenz. Markus Augen suchten die Steinplatte, mit der das Grab versiegelt war. Er entdeckte sie ein paar Meter weiter. Das Grab wirkte plötzlich schutzlos.

„Oh nein!“, sagte Markus.

„Was ist?“, fragte Max nach. Wortlos ging Markus zu dem Spalt im Boden, krempelte sich die Ärmel hoch, fasste vorsichtig nach unten, suchte tastend in dem Loch. Seine Hand griff ins Leere. Fassungslos zog er seinen Arm wieder ins Freie.

„Alles weg! Kein Schädel, nichts!“

Max schob den Freund zur Seite:

„Lass mich mal!“

Max Arm schlängelte sich mühsam in das Loch hinein. Als er seinen Arm wieder zurückziehen wollte, blieb er stecken.

„Und?“, fragte Markus besorgt.

Max zog an seinem Arm, sein Kopf lief rot an:

„Markus! Markus, ich krieg den Arm nicht mehr raus! Hilf mir!“

„Mach doch keinen Scheiß!“, fuhr Markus ihn an.

„Ich schwör’s Dir! Mein Arm! Da hält mich was fest! Irgendwas!“, rief Max panisch. Markus begann ebenfalls an Max Arm zu ziehen.

„Nun mach doch! Zieh!“, schrie Max.

Markus zog mit aller Kraft.

Plötzlich gab die Öffnung Max Arm frei. Markus verlor das Gleichgewicht, fiel mitsamt seinem Rucksack auf den Rücken, blieb wie eine Schildkröte liegen. Das Buch rutschte heraus. Markus schaute hoch in das grinsende Gesicht von Max, der über ihm stand. Markus begriff, dass der Freund ihn buchstäblich auf den Arm genommen hatte:

„Oh nein! Du hast mich verarscht, Du Hirni - das war alles nur Show!“ Max wedelte lachend mit dem Leinentuch, das er aus dem Grab heraus befördert hatte. Das Tuch, in dem das Buch und später der Kopf des toten Mönchs eingewickelt gewesen war. Eine Wolke aus Staub und Erde umhüllte die Jungs. Markus hustete.

„Auf jeden Fall haben wir ganz schön viel Staub aufgewirbelt!“, grinste Max. Markus rappelte sich auf, beugte sich vor, lugte noch einmal in die Graböffnung. Dann drehte er sich zu dem Freund um:

„Ich schwör’s Dir, Max, da war ein Kopf! Und der hatte ein ziemliches Loch!“

„Du auch!“, grinste Max von oben herab. Aus dem Rucksack rutschte langsam das Buch, als wollte es wieder in das Grab zurück kriechen. Max hielt es mit seinem Fuß auf.

Markus verstaute den Bücherschatz hastig wieder in seinem Rucksack. Mit dem Fuß schob er die Steinplatte über das offene Grab und verschloss es. Irgendwie wollten die beiden Jungs nur weg von dem unheimlichen Ort. Gemeinsam kämpften sie sich zurück durch das Dornengestrüpp. Hinter ihnen schlüpfte unbemerkt eine Ratte aus einem Spalt am Grab.

„Irgendjemand muss von diesem Versteck gewusst haben!“, grübelte Markus laut vor sich hin. Max drückte die Dornen vorsichtig zur Seite:

„Ja, und?“

„Sag mal, raffst Du`s nicht? Dann weiß der auch von dem Buch!“, antwortete Markus genervt.

„Du meinst, es gehört jemand?“, fragte Max. „Und wenn

schon! Selber schuld! Wer's findet, dem gehört's! Alte Max-Regel!"

Über ihnen kreiste ein Falke am stahlblauen Herbsthimmel.

Im Institut saßen die Ärzte der Krebsforschung Heidelberg an einem langen Tisch. Professor Faber am Kopfende wurde flankiert von Dr. Brandstätter und Dr. Wohlfahrt. Um sie herum ein Dutzend Forscher in weißen Kitteln. Die Stimmung war gedrückt. Faber wandte sich an die Runde.

„Unser Versuchstier H136 ist in den Morgenstunden verendet. Dr. Brandstätter und ich haben die ganze Nacht vergeblich versucht, das Tier und damit unsere jahrelange Arbeit am Leben zu erhalten..."

Brandstätter drehte nervös an einem Siegelring am vierten Finger seiner rechten Hand.

„Ich habe keine Erklärung, absolut keine Erklärung!", sagte er tief betroffen. Dr. Sabine Wohlfahrt schaute auf den auffälligen Ring des Kollegen, ein schwarzer Onyx, in den etwas eingraviert war, was sie nicht erkennen konnte. Faber ergriff wieder das Wort:

„Es bedeutet für uns Einschnitte in jeder Beziehung: Finanziell, personell und persönlich - wenn es uns nicht gelingt, die Ursachen zu analysieren und zu neuen Ergebnissen zu kommen, um nicht in der Bedeutungslosigkeit der Forschung zu verschwinden!"

Alle in der Runde schauten betreten. Die Ärztin schob ihren Stuhl zurück, schlug die Beine übereinander. Sie blickte von Faber zu Brandstätter und zurück. *Rückschläge hatte es immer gegeben, seit sie in diesem Institut arbeitete. Das gehörte zur Forschung. Nur dies Mal stimmte etwas nicht! Ganz und gar nicht!* Die Ärztin spürte, wie die Lüge durch den Raum waberte, wie schlechter Atem.

Was die Kollegen nicht wussten: Sie war noch in der Nacht zurückgekehrt ins Institut. Sie hatte die Vorstellung vor dem Finale verlassen, um zu helfen! Aber sie hatte niemanden angetroffen, weder Professor Faber noch Doktor Brandstätter. Nur das Rascheln der Ratten in ihren Käfigen war zu hören gewesen. Nachtaktive Tiere. Im letzten Käfig mit der Aufschrift „Heinrich" lag Versuchstier H 136 auf der Seite, tot. Die Ratte der Hoffnung war gestorben.

Wie also konnte Professor Faber behaupten, er und Brandstätter hätten die ganze Nacht um das Leben der Ratte H136 gekämpft? Was verheimlichte man ihr? Und warum?

Das Schloss lag wie ein schlafender Drache in der Nachmittagssonne. Max und Markus durchwanderten die Räume, riefen abwechselnd nach Otto. Ihre Rufe hallten gespenstisch durch die Säle. Der Kronleuchter klirrte wie ein Schrank voller Gläser. Die Kurfürsten an den Wänden schienen den beiden nachzublicken. Otto war nirgends zu finden. Ihr Weg führte sie zu der schweren Eichentür, die zu Perkeos Keller führte. Sie stand sperrangelweit offen.

Markus blieb an der obersten Stufe stehen, rief hinunter in die Dunkelheit: „Otto? Bist du da unten?"

„Unten? Unten? Unten?", rief der Keller als Echo zurück.

„Hier riecht's komisch!", meinte Max mulmig.

„Das sind bestimmt die alten Fässer mit dem Wein!", antwortete Markus. Er rang sich ein Lächeln ab: „Und wo Wein ist, ist auch Otto!"

Ein Hauch von Kälte schwappte aus dem Keller herauf, jagte ihnen einen Schauer über den Rücken. Markus legte die Hände

wie einen Trichter um seinen Mund und rief zaghaft:
„Otto? Ich bin's, Markus!"

Keine Antwort! Der Junge beugte sich vor, um etwas sehen zu können. Dabei rutschte das Buch aus dem offenen Rucksack über seinen Kopf hinweg, schlitterte polternd die Treppenstufen hinunter in die Finsternis von Perkeos Weinkeller. Erstarrt blieben die Freunde oben stehen und schauten dem Buch nach, das von der Dunkelheit verschluckt wurde. Markus fand als erster seine Sprache wieder:

„Scheiße...", sagte er.

„Und jetzt?", fragte Max.

„Holen wir's wieder! Was sonst?", sagte Markus. Er versuchte, entschlossen zu klingen.

„Dann mach' mal!", grinste Max schief. Sie schauten sich an. Markus Hand tastete nach einem Schalter. Aber da war nichts, außer kaltem, nassen Mauerwerk.

„Ich geh dann mal vor!", machte Markus sich Mut.

„Okay!", sagte Max gedehnt. „Ich bleib dann ganz dicht hinter Dir!" Schritt für Schritt tasteten sich ihre Füße die feuchte Treppe hinunter. Max blieb hinter Markus. Die Angst folgte ihnen.

Endlich waren sie unten im Keller angekommen.

„Fünfundzwanzig Stufen!", sagte Max tonlos.

In diesem Moment schlug oben mit einem Knall die Tür zu. Die beiden Freunde schreckten zusammen. Der letzte Schimmer von Licht erlosch. Um sie herum nur undurchdringliche Schwärze.

„Das war die Tür!", sagte Markus trocken.

„Scheiß dunkel!", ergänzte Max.

Sie lauschten in die Finsternis.

„Bist Du noch da?", fragte Max.

„Sei mal ruhig! Da ist was!", wisperte Markus.

Um sie herum raschelte es. Max schluckte.

„Bei mir auch! Überall!"

Max griff in seine Tasche, dann flammte ein altes Zippo-Feuerzeug auf. Er schwenkte es hin und her.

„Kannst Du was erkennen?“, fragte Markus.

Die Flamme des Feuerzeugs erlosch. Max versuchte, es wieder in Gang zu bringen, drehte an dem Rädchen.

„Nun komm schon!“, fluchte Max. „Mach endlich Licht, du blödes Ding!“ Wieder loderte die Flamme auf.

Die Jungs starrten runter zu ihren Füssen. Sie standen in einem Heer von wuselnden Ratten. Einige versuchten, an den Beinen der Jungs hoch zu klettern. Im Licht der Flamme sah Markus, dass eine bereits auf Max Kopf saß, eine auf seiner eigenen Schulter. Nacktes Entsetzen erfasste sie. Ihre Schreie hallten durch den Keller. Die Jungs schlugen um sich, versuchten, die Tiere abzuschütteln. Gehetzt rannten sie die Treppe nach oben. Auf halber Strecke merkte Markus, dass er das Buch in seiner Panik vergessen hatte. Er rief nach oben:

„Max! Das Buch!“

Max, der schon ein paar Stufen weiter war, drehte sich um:

„Nee, das glaub‘ ich jetzt nicht!“

„Is‘ aber so!“, fluchte Markus.

Stufe für Stufe kehrte er zurück nach unten, vorbei an dem Meer von Ratten. Zwischen dem braunen und grauen Gewusel blitzte das Ypsilon auf dem Buchdeckel kurz auf. Markus beugte sich nach vorne, seine Hände bekamen den Ledereinband zu fassen. Mit einem Ruck zog er das Buch unter den Rattenleibern hervor, schüttelte ein Nagetier ab, das hartnäckig am Einband knabberte. Stolpernd rannte er die Treppe wieder hinauf, hoch zu Max, der auf ihn gewartet hatte.

Da flog die schwere Eichentür auf, im Türrahmen stand Otto. Die Jungs liefen direkt in ihn hinein.

„Jungs! Was macht ihr denn hier?“ machte der Schlossführer seinem Entsetzen Luft. „Da unten, das ist Perkeos Reich – da habt ihr nix zu suchen. Da hat niemand was zu suchen, auch ich nicht." Otto schlug die Tür zu. Auf der Tür prangte ein großes **Y** aus Kreide, das vorher nicht dagewesen war.

Sonnenlicht sickerte durch die Fenster wie Sand in einer Sanduhr. Max, Markus und Otto standen gebeugt über dem geheimnisvollen Buch, das aufgeschlagen auf einem schweren Eichentisch lag. Der Schlossführer blätterte darin, blickte auf die Schrift.

„Hmm, könnte altgälisch sein.", murmelte er. Otto schaute auf, wandte sich direkt an seine jungen Freunde:

„Wird heute noch zum Teil in Irland gesprochen und in Wales. Die Sprache der Kelten!"

Markus blickte ihn fragend an:

„Wer könnte das geschrieben haben?"

Otto lachte:

„Da gibt es nicht viele Möglichkeiten. Überleg mal! Wer konnte damals schon schreiben?"

„Meine Vorfahren bestimmt nicht!", grinste Max.

Otto betrachtete Markus grüblerisch:

„Und das hast Du aus einem Grab, mit der Aufschrift **Innozenz**, richtig?" Markus nickte.

„So hießen damals nur Mönche. Und die waren auch die Einzigen, die schreiben konnten! Aber eigentlich nur in Latein.", versicherte Otto. Er drehte mit dem Finger das Buch einmal um die eigene Achse, bis es wieder richtig vor ihnen lag.

„Außer, sie hatten etwas zu verbergen!", schmunzelte der Fremdenführer.

„Was und vor wem?", wollte Markus wissen. Otto blickte skeptisch, nahm das Buch in beide Hände und roch an dem Einband. Er schlug es auf und ließ die Seiten rauschen wie einen Fluss. Er legte das Buch zurück auf den Tisch.

Wie von selbst blätterte eine Seite auf, ein Bild sprang ihnen entgegen: **Ein zwergenhafter Mann stand auf einem Tisch, einen Humpen in seiner Hand. Er prostete einer**

Figur zu, deren Gesicht unter einer Kapuze versteckt war. Seine knochige Hand hielt einen Becher, aus dem eine rote Flüssigkeit tropfte. Zu seinen Füßen saßen Ratten, die zu ihm aufblickten.

Nur mühsam konnten sich die Jungs von der Zeichnung losreißen. Sie schauten sich erschrocken an.

„Dieses Buch ist voller Symbole!“, stellte Otto fest und schlug es so heftig zu, dass der Tisch zitterte. Markus kam es vor, *als wollte Otto damit den Bann brechen. Den Bann der Symbole!* Otto kratzte sich am Kopf. Sein Blick ruhte auf dem silbernen **Y** auf dem Einband. Er, der sonst so gerne plauderte, war plötzlich merkwürdig still geworden!

„Otto, was hat das zu bedeuten, dieses **Y**?“, brach Markus das Schweigen. Der Schloßführer fuhr nachdenklich mit dem Finger an dem **Y** entlang. „So genau weiß das keiner, aber es gibt Vermutungen...!“, antwortete er kryptisch, zog dann seinen Flachmann aus der Tasche und nahm einen Schluck. *Den hatte er jetzt gebraucht!*

Markus, Max und Otto gingen nebeneinander durch einen großen, langsam verblühenden Schlossgarten. Rosenblätter lagen auf dem Weg, Herbstlaub raschelte unter ihren Füssen. Otto begann zu erzählen:

„Es soll das geheime Zeichen der Druiden gewesen sein, dieses Ypsilon. Es steht für **ynis vitrin**, die Jenseitswelt der Kelten!“

„So `ne Art Paradies?“, fragte Markus.

„Mehr so was wie das ewige Leben!“, murmelte Otto.

„Scheint aber nicht geklappt zu haben!“, mischte sich Max ein. Er machte mit der flachen Hand eine Bewegung, als würde man ihm die Kehle durchschneiden.

Otto deutete auf das Buch, das Markus unter dem Arm trug:

„Auf jeden Fall scheint es mir so, als wollte der Verfasser etwas mitteilen, was für die Menschen seinerzeit wohl sehr wichtig war!“, fuhr Otto fort. Dann grinste er:

„Oder vielleicht sogar noch ist! Das Wissen scheint jedenfalls gefährlich gewesen zu sein!“, sagte Otto mit einem plötzlichen Krächzen in der Stimme.

„Vielleicht hatte der Typ da oben deshalb ein Loch im Kopf?“, meinte Max trocken.

„Wer?“, fragte Otto.

„Der Totenschädel aus dem Grab!“, erklärte Markus.

„Innozenz, der Unschuldige. Vielleicht war er ja gar nicht so unschuldig!?“, grinste Otto schief.

„Und deshalb hat ihm jemand den Schädel eingeschlagen!?“, fragte Max. „Krass!“

Das Trio stand jetzt vor einem großen Springbrunnen mit einem Wasserspeier. Otto zuckte mit den Schultern:

„Kann ich dir nicht beantworten! Jedenfalls nicht, wenn ich nüchtern bin!“ Er zog wieder seinen Flachmann aus der Jackentasche und nahm einen tiefen Schluck. Markus warf dem Wasserspeier einen mißtrauischen Blick zu. Der Wasserspeier trug den Kopf eines verunstalteten Mannes, aus dessen Mund das Wasser sprühte. Markus fühlte sich plötzlich unbehaglich.

„Aber ich kenne jemand, der könnte was wissen!“, riss ihn Otto aus seinen Gedanken. „Dafür müsste ich ihm aber das Buch zeigen können!?“

Für eine Sekunde war es still, nur das Plätschern des Wassers war zu hören. Schließlich reichte Markus dem Schlossführer das Buch:

„Okay, Otto, aber nur bis morgen!“

„Und versauf's nicht!“, sagte Max.

„So groß, kann das Fass nicht sein...!“, lachte Otto.

Das Buch unter dem Arm eilte er mit schnellen Schritten davon. Markus schaute noch einmal zu dem häßlichen Wasserspeier hin. *Für einen Augenblick schien es ihm, als würde der ihm hämisch die Zunge heraus strecken* – aber es war nur der Wasserstrahl, der das Licht der Herbstsonne reflektierte.

Im kalten Neonlicht des Labors zog Sabine Wohlfahrt ein Kühlfach auf, in dem eine tote Ratte lag. Das Versuchstier H136, die Ratte der Hoffnung. Die Forscherin schaute zu dem leeren Käfig, an dem noch immer das Namensschild **Heinrich** klebte. Der Name, den Brandstätter dem Versuchstier H 136 gegeben hatte. *Was ging hier vor und warum zog man sie nicht ins Vertrauen?* Der Türöffner summte. Prof. Faber betrat den Raum. Die Ärztin fühlte sich seltsam ertappt. Mit einer beiläufigen Bewegung schob sie die Ratte in das Kühlfach zurück.

„Die Hoffnung stirbt zuletzt, Frau Kollegin! Jedenfalls in der Forschung!“, kam Faber freudlos lächelnd auf sie zu. Sie nickte:

„Und sie steht als Erste wieder auf!“

Verblüfft blieb Faber stehen, starrte die Ärztin an.

„Sie haben Recht!“, sagte er. „Sie haben völlig Recht!“

Faber ging an ihr vorbei zu dem leeren Käfig. Er schaute hinein, als könne er es nicht glauben. Die Ärztin sprach in seinen Rücken. Ihre Stimme war leise aber eindringlich:

„Und es war wirklich nichts mehr zu machen, gestern Nacht?“

Abrupt drehte er sich um. Er wirkte gekränkt.

„Glauben Sie, Dr. Brandstätter hätte nicht alles versucht? Sie wissen doch, wie er ist! Für ihn bedeutet der Tod von H 136 eine persönliche Niederlage! Er liebt seine Tiere und wenn sie versagen....“, er führte den Gedanken nicht fort. Eine Sekunde später hatte er sich wieder im Griff. Er lächelte, kam auf sie zu, schaute mit seinen Bernsteinaugen die Ärztin an:

„Übrigens, Sie haben Besuch!“

Die Tür summte erneut. Markus betrat mit seinem Rucksack das Labor. Lächelnd ging die Ärztin auf ihren Sohn zu:

„Markus!“, strahlte sie. „Das ist aber schön, dass Du mich abholst!“

Er hielt sein Skateboard unterm Arm. Sein Blick streifte kurz Professor Faber. Er nickte ihm zu, bevor er sich wieder seiner Mutter zuwandte.

„Wollte nur mal sehen, was du so machst!“, verdrückte Markus ein paar Worte. Faber ging an Mutter und Sohn vorbei Richtung Tür, dann blieb er stehen, drehte sich, machte ein paar Schritte auf den Jungen zu, streckte ihm seine Chipkarte entgegen:

„Mit der hast Du hier überall Zutritt. Ist meine eigene. Also schau Dich ruhig um. Nutze die Gelegenheit.“

Markus blickte eine Sekunde lang unsicher zu seiner Mutter, die ihm aufmunternd zunickte. Dann ergriff er die Chipkarte des Professors und bedankte sich.

„Übrigens Markus, nichts ist so spannend, wie der Blick in die Zukunft! Und genau das tun wir hier, wir blicken in die Zukunft!“, sagte Professor Faber. „Auf unsere Weise! Und Deine Mutter ist ein wichtiger Teil unseres Projekts!“, erklärte Faber.

Markus wusste nicht, was er darauf sagen sollte. Einerseits war er stolz auf seine Mutter, andererseits lehnte er es ab, dass sie von einem anderen Mann beurteilt wurde. *Er konnte nicht sagen, wieso oder warum.* Markus verscheuchte das Gefühl, nickte dann zustimmend und verließ den Raum.

„Gib mir 20 Minuten!“, rief seine Mutter ihm nach. „Dann bin ich fertig hier.“

Die Tür fiel ins Schloss, sie schaute Faber an:

„Sehr großzügig von Ihnen, ihm Ihre Karte zu geben!“

Faber setzte sein gewinnendes Lächeln auf. „Man muss doch was für den Nachwuchs tun! ...Und mit Speck fängt man bekanntlich Mäuse!“, lachte er.

„Oder Ratten!“, fügte sie lakonisch hinzu.

Er nickte:

„Oder Ratten! Übrigens, netter Junge, Ihr Markus! Wie geht es ihm eigentlich?“

Sie schaute erstaunt zu ihm auf:

„Ich denke, er kommt ganz gut zurecht!“, die Ärztin verkniff sich ein Lächeln. „Zumindest nach außen hin!“

„Und seine Asthma-Anfälle?“, wollte der Professor wissen.

Dr. Wohlfahrt zögerte, bevor sie antwortete:

„Sie verraten, wie es wirklich in ihm aussieht!“

„Wer verrät das schon gerne!“, ergänzte Faber und lachte plötzlich leise. „Wissen Sie eigentlich, wie froh ich bin, dass Sie da sind? Mit Brandstätter alleine würde ich es nicht aushalten!“

Bevor die Ärztin noch etwas sagen konnte, drehte Faber sich um und verließ mit schnellen Schritten den Raum. Dr. Wohlfahrt wartete bis die Tür hinter ihm ins Schloss fiel, dann zog sie die Kühlschublade mit der toten Ratte wieder auf.

Der Türsummer brummte wie eine Hummel. Markus betrat vorsichtig einen neuen Laborraum und schaute auf den gebeugten Rücken von Dr. Robert Brandstätter, der sich alleine im Raum befand. Der Forscher, im weißen Kittel und mit Gummihandschuhen, blickte durch ein Elektronenmikroskop. Seine Drahtgestellbrille hatte er dazu in seine schütteren Haare geschoben.

Das Geräusch des Türsummers ließ ihn den Kopf wenden. Dr. Brandstätter richtet sich auf und lächelte:

„Ich nehme an, der junge Wohlfahrt!?“

„Markus!“, verbesserte der Junge und ging vorsichtig ein paar Schritte in den kühlen Raum.

„Dann komm rein, Markus!“, erwiderte Brandstätter und stand auf.

Erst jetzt entdeckte Markus, dass über Brandstätters Kittel eine weiße Ratte lief. Sie verschmolz fast mit seinem weißen Kittel. *Wie ein Blitz schossen Markus die Geschehnisse im Schlosskeller durch den Kopf.* Instinktiv ging Markus einen halben Schritt zurück. Brandstätter, der es bemerkte, lächelte beruhigend:

„Keine Angst! Ist ganz harmlos, viel harmloser als Doggen.“ Er verringerte den Abstand: „Wenn du willst, kannst du sie ruhig streicheln!“

Markus war erstarrt. *Alles, nur das nicht, dachte er.*

„Danke, mein Bedarf an Ratten ist für heute gedeckt!“

Brandstätter drehte dem Jungen den Rücken zu und ging zurück zu seinem Mikroskop. Die Ratte saß in seiner Halsbeuge. Mit dem Kopf deutete der Forscher auf das Mikroskop:

„Schau mal hier durch, dann siehst du, wie eine Krebszelle gefressen wird! Du erlebst sozusagen live die Zerstörung eines Monsters! Der wichtigste Teil unserer Forschung!“

Markus stellte sich neben den Forscher, immer darauf bedacht, Abstand zu der Ratte zu halten. Er beugte sich vor, schaute durch die Linse, richtete sich wieder auf. Sein Blick fiel auf einen Monitor an der Wand, auf dem das Geschehen unter dem Mikroskop vergrößert wurde. Zwei Protoplasma ähnliche Gebilde verschlangen sich gegenseitig. Es sah so aus, als würde ein Pacman einen anderen Pacman fressen. Aber Pacmann war ein Computerspiel, das Markus nicht mochte.

Brandstätter deutete auf die Ratte, die jetzt seinen Arm hinunter lief:

„Das haben wir alles ihnen zu verdanken – im Mittelalter brachten sie uns die Pest, glaubten die Menschen! Aber das stimmt nicht! Es war ein Floh, den sie mittransportierten, als Parasit. Sein Stich löste die größte gesundheitliche Katastrophe der Weltgeschichte aus! Und der Ratte gab man die Schuld! Aber jetzt gibt sie ihr Leben für die Heilung für Millionen Menschen!“ Markus musste an seinen Vater denken. Für ihn hatte es keine Heilung gegeben.

„Wusstest du eigentlich, dass es viel mehr Ratten als Menschen gibt? Sie sind die wahren Herrscher der Welt!“, holte Brandstätter den Jungen wieder zurück in die nüchterne Wirklichkeit des Labors.

„Und Dr. Brandstätter ist der heimliche König der Ratten!“, sagte eine Stimme hinter ihnen. Prof. Faber hatte unbemerkt den Raum betreten und schaute über den Rand einer Kaffeetasse zu Dr. Brandstätter hinüber. Dieser reagierte verärgert:

„Besser Rattenkönig, als Rattenfänger, Herr Professor, oder!?“ Er riss sich die klebrigen Gummihandschuhe von den Fingern. Markus Blick fiel auf den Siegelring an seiner Hand. In dem Onyx funkelte ein silbernes **Y**. Markus beschlich ein seltsames Gefühl.

Der Herbstabend breitete sich wie ein samtenes Tuch über die alte Stadt. Die ersten Laternen flammten auf. Der scharfe Wind hatte die Touristen in die Kneipen und Restaurants getrieben. Otto Engelhardt ging zielstrebig durch die wenig belebten Gassen. Mit einer Flasche Wein in der Hand und dem Buch von Markus unter dem Arm, pfiff er fröhlich vor sich hin. Sein Weg führte ihn vorbei an Fachwerkhäusern, die sich aneinander schmiegten, so als hätten sie Angst, umzufallen. Pfeifend kam Otto an der **Adler-Apotheke** von Wolfgang Zimmermann vorbei, der gerade einen kleinen Verkaufswagen mit Duschöl zurück in die Apotheke schob.

„Na, Otto, Hochsaison?“, rief der Apotheker gutgelaunt. Otto blieb stehen: „Bei mir das ganze Jahr. Halb Japan war schon da!“

„Und, was macht die Pumpe? Haste noch von deinen Pillen?“, fragte der Apotheker. Otto schüttelte den Kopf:

„Hab’ ich in den Abfluss gespült...“ Er hielt die Flasche Rotwein hoch: „Das hier ist meine Medizin! Rotwein aus der Toskana! Nicht verschreibungspflichtig!“

„Aber mit erheblichen Nebenwirkungen!“, grinste der Apotheker.

Otto zog ein Gesicht, seine Knollennase leuchtete, seine listigen Augen funkelten:

„Nur bei falscher Dosierung!“

Zimmermann entdeckte das dicke Buch unter Ottos Arm: „Schwere Lektüre, was, Otto?"

„Aber bestimmt nicht trocken...!", erwiderte dieser und wedelte mit der Rotweinflasche. Dabei lachte er leise vor sich hin und setzte seinen Weg fort. Zimmermann schaute ihm hinterher, bevor er in seiner Apotheke verschwand. Das Buch unter Ottos Arm kam ihm bekannt vor.

Der alte Turm in der Stadtmauer wirkte wie ein Wächter aus vergangener Zeit. Standhaft und unerschütterlich, mit einem schwarzen Schieferdach wie ein Helm. Im oberen Stockwerk brannte Licht. Eine kleine, niedrige Tür war ins Mauerwerk eingelassen. An der Tür hing ein schwerer schmiedeeiserner Klopfer. Otto stellte die Weinflasche ab und klopfte. Die Tür war nicht verschlossen, schwang nach innen auf. Otto stieg leise fluchend die steile Treppe nach oben. *Langsam wurde er zu alt für solche Leibesübungen. Aber am Ende lohnte es sich immer*. Schwer atmend betrat er einen Raum, der so rund war wie der Turm selber.

Schwere dunkle Möbel, ein Schreibtisch auf dem sich Bücher türmten. Am einzigen Fenster ein Fernrohr, das über die Stadt blickte. Im Zimmer brannten Kerzen, die flackerndes Licht spendeten. In der Rundung einer Nische stand auf einem kleinen Marmortisch zwischen zwei schweren Sesseln ein Schachspiel mit wertvollen Elfenbeinfiguren. Darüber baumelte ein Windlicht, mit einer dicken Kerze. Otto war auf der Schwelle stehen geblieben und blickte in den Raum, der ebenso gemütlich wie geheimnisvoll wirkte. Eine Stimme aus dem Halbdunkel fragte:

„Weiß oder schwarz?"

Otto trat lächelnd ein:

„Weiß!" Er hielt die Flasche hoch: „Du weißt ja, ich bin gerne am Zug!"

Er stellte die Flasche auf den Tisch, ließ sich in einen der großen Sessel fallen und legte das Buch behutsam auf seinen

Schoß. Zwei alte Hände stellten zwei Gläser links und rechts des Schachbrettes hin. Noch war nicht zu erkennen, wer der andere Schachspieler war. Otto nahm das schwere Buch, streckte es dem Mann, der im Halbdunkel geblieben war, entgegen:

„Kannst Du Dir das mal anschauen?"

Die alten Hände griffen nach der Schrift, schlugen sie auf, hielten sie in das Licht einer Kerze. Die Stimme aus dem Dunkeln sagte:

„Es gibt Bücher, die hat man verschwinden lassen und es gibt Bücher, für die hat man sogar getötet. Und manche Bücher sollte man niemals aufschlagen!"

Der Mann trat ins Licht. Es war Ambrosius Kovac, der unheimliche Buchhändler. Er klappte das Buch mit einem heftigen Knall wieder zu. „Jedes Buch hat sein eigenes Schicksal! So, wie Du und ich!"

Vom Turm der Marktkirche schlug es Mitternacht. Der Mond schickte schüchtern sein Licht durch das kleine Turmfenster mit dem Fernrohr. Die Kerzen waren fast nieder gebrannt, die Figuren des Schachspiels umgefallen. Nur der schwarze Turm auf dem Schachbrett stand noch aufrecht auf seiner Position. Ein Windstoß fegte durch das Zimmer und den Turm vom Brett. Er kullerte auf den Boden. Eine einsame Ratte kletterte über das Schachbrett, näherte sich der Rotweinflasche, die nur noch einen Rest beherbergte. Neugierig schnupperte sie daran, machte Männchen, lehnte sich dagegen. Die Flasche kippte um, der Rest des Weins ergoss sich über das Schachbrett. Niemanden schien es zu kümmern. Der Turm war menschenleer.

Kapitel 6

Die Bäume hatten sich in den Farben des Herbstes maskiert. Es roch nach Moder am Morgen. Max joggte an der Seite von Ulrich, seinem Trainer, durch den Wald. Sie hatten Handtücher im Nacken und trugen Jogginganzüge. Ihre Schritte federten auf dem weichen Boden.

Max schnaufte, blickte seinen Trainer von der Seite an:

„Wie lange hab' ich denn noch Bewährung, Uli?"

„Dein ganzes Leben lang!", grinste Ulrich freundlich. Er rannte voraus, während Max die Antwort erst mal verdauen musste. Ein paar Meter weiter schloss er wieder auf:

„Wie meinst`n das?"

„Du willst dich doch ändern...?! Das geht nicht von heut' auf morgen!", antwortete der Trainer. „Aber ich will kein anderer Mensch werden...", murrte Max. Ulrich zog väterlich die Augenbrauen hoch:

„Musst du auch nicht, Max, du musst nur das rausholen, was ohnehin in dir steckt! Und jetzt beweg' deinen Arsch!"

Der Trainer verschärfte das Tempo. Max bemühte sich, aufzuholen:

„Und was ist, wenn ich es nicht schaffe, Weltmeister zu werden?" Ulrich blieb stehen, so dass Max fast in ihn reingelaufen wäre. Schwer atmend blickte der Junge treuherzig zu seinem Trainer auf. Ulrich unterdrückte ein Grinsen:

„Boxweltmeister musst du hier drin werden", er tippte mit seinem Finger auf die Stelle, wo Max Herz wild pochte.

„Große Boxer hatten auch immer ein großes Herz!" Ulrich lief voraus, sprach dabei weiter:

„Alle anderen waren nur Schläger! Hast du gehört, Max? Nur Schläger!" Ulrich merkte, dass keine Antwort kam und drehte sich um: von Max keine Spur. Nur das Gebüsch raschelte im Wind. Ulrich legte die Hände wie einen Trichter an den Mund

und rief laut in den Wald hinein:

„Max, wo steckst du?“

Es blieb ein einsamer Ruf.

Max und Markus stiegen aus der Bergbahn, die sie zum Schloss gebracht hatte. Max trottete hinter dem Freund her, ließ ein wenig den Kopf hängen. Markus drehte sich zu ihm um:

„Komm beeil’ dich, gleich geht die Führung los – vorher will ich mein Buch wieder haben!“

Sie schlüpften durch ein verrostetes Gittertor in den Schlossgarten. Das Tor quietschte, als hätte es Schmerzen. Markus bemerkte, dass Max nicht richtig bei der Sache war.

„Was ist?“, fragte er besorgt.

„Weißt du eigentlich, was ich riskiere?“, murmelte Max. Gewissensbisse nagten an ihm. Er war einfach abgehauen, dabei wollte er Uli nicht enttäuschen. Nicht Uli.

„No risk, no fun! Sagst du doch immer selbst!“, zitierte ihn Markus.

„Da versteht Uli keinen Spaß, das sag ich dir!“, überging Max den Einwand des Freundes.

„Schieb`s doch einfach auf mich!“, versuchte Markus dem Freund einen Ausweg aufzuzeigen.

„Stimmt ja auch, irgendwie!“, grinste Max dankbar. Sein rundliches Gesicht erhellte sich.

Die beiden gingen schweigend durch den verblühenden Schlossgarten. Ihre Schritte knirschten im Kies. Markus trat auf etwas zwischen den Kieselsteinen. Er blieb stehen, bückte sich und hob es auf. Es war der weiße Elfenbein-Turm eines Schachspiels. Er betrachtete seinen Fund in der offenen Hand.

„Wie kommt der denn hier her?“, rätselte er. Max war schon weiter gegangen Richtung Brunnen. Markus ließ die Figur in der Hosentasche verschwinden. Max Stimme schreckte ihn auf:

„Markus! Markus, komm, schnell!“

Markus spurtete los. Er holte Max ein, der am Rand des Brunnens stehen geblieben war. Beide starrten auf ein Paar Beine, die regungslos über den Brunnenrand hingen und einen Arm, dessen Hand zur Faust geballt war. Der Rest des Körpers lag im Brunnen, der Kopf unter Wasser.

„Meine Fresse!", flüsterte Max. Die Jungs näherten sich langsam, spähten über den Brunnenrand. Sie ahnten, was sie sehen würden! Das Wasser verzerrte die Gesichtszüge des Toten. Seine Augen und der Mund waren weit aufgerissen. Herbstblätter verdeckten gnädig den grausigen Anblick. „Otto! Mein Gott, das ist Otto!", stammelte Markus.

Max wiederholte mit fassungslosem Entsetzen:

„Er ist tot, Markus!! Otto ist tot! Unser Otto!"

Markus versuchte, das Entsetzen in Worte zu fassen: „Er ist ertrunken, Max! Otto ist ertrunken! Das kann doch gar nicht sein!"

Der Schock lähmte sie. Die Erkenntnis, dass irgendetwas Otto aus dem Leben gerissen hatte, schwebte wie eine Bedrohung über dem Schlossgarten. Eine Bedrohung, die unsichtbar war und unbegreiflich. Markus schaute zu dem Wasserspeier hin, an dem Blut klebte. *Stand in seiner häßlichen Steinsfratze nicht eine Warnung? Hatte er den Wink gestern nicht verstanden?* Die Angst kroch Markus den Rücken hoch und legte ihre kalten Hände auf seine Schultern.

Eine Glocke begann vom Schlossturm zu schlagen, die beiden Jungs schauten sich an. Das Unfassbare spiegelte sich in ihrem Blick.

„Weg hier!", sagte Max. „Nur weg hier!"

Markus lief los. Als er sich umdrehte, stand Max aber noch immer am Brunnenrand.

„Was machst du da, Max? Komm endlich!", rief Markus in Panik. Nach einer gefühlten Ewigkeit setzte sich Max in Bewegung. Die Freunde rannten den langen Kiesweg entlang, verschwanden durch das schmiedeeiserne Tor, das scheppernd hinter ihnen zuschlug. Es klang wie böses Gelächter.

Im alten Kloster am Heiligenberg saßen Markus und Max im Schneidersitz auf der Grabplatte des Mönches Innozenz. Beide versuchten, das Erlebte zu verarbeiten, jeder für sich.

„Meinst du, der ist ermordet worden?“, unterbrach Max die Sprachlosigkeit. „Vielleicht war er ja nur besoffen und ist gestolpert!?“ „Du kennst doch Otto! Der war besoffen sicherer als nüchtern!“, widersprach Markus dem Freund. Max überlegte, nickte dann:

„Irgendwie voll der Horrorfilm! Und wir mittendrin!“ Markus stemmte sich in die Höhe. Der scharfe Herbstwind blies über die Grabplatte.

„Otto ist tot und unser Buch ist weg!“, stellte Markus nüchtern fest.

„Nicht ganz!“, widersprach Max und stand ebenfalls auf. Umständlich fummelte er ein Stück zusammengeknülltes Papier aus seiner Hosentasche und entfaltete es vor den Augen des Freundes. Es war der Rest einer Seite aus dem Buch. Eine Zeichnung. Am oberen Ende abgerissen. **Das Bild zeigte eine Priesterin, die zwischen den Steinen von Stonehenge hervor trat. Sie hielt eine Mistel in der Hand, die aussah, wie ein Y**.

„Woher hast du das?“, fragte Markus fassungslos.

„Von Otto!“, antwortete Max.

Markus blieb der Mund offen stehen:

„Von Otto?“, wiederholte er.

„Er hatte es in seiner Faust, da oben am Springbrunnen!“, sagte Max.

„Weißt Du, was das heißt, Max?“, fragte Markus.

„Nö!“, antwortete Max treuherzig.

„Denk doch mal nach! Er muss das Buch noch gehabt haben, da oben am Brunnen!“

„Und ein anderer hat’s ihm weggenommen?!“, rätselte Max.

„Meine Fresse! Du meinst, Otto....“, Max suchte nach Worten: „Ist gestorben, weil jemand unser Buch wollte?“

Markus nickte stumm.

„Wow! Voll das gefährliche Geschreibsel!“, überlegte Max beeindruckt. Wind kam auf und raschelte im Dornengebüsch. Die Jungs fröstelten plötzlich. Über ihnen bohrte sich ein Falke in den Himmel.

Die Herbstsonne blinzelte schräg vom Himmel. Markus stand auf seinem Skateboard und hatte die Hand auf die Schulter von Max gelegt, ließ sich auf diese Weise vom Freund durch die Altstadt ziehen. Das Kopfsteinpflaster holperte unter den Rädern des Boards. Markus hatte Mühe, das Gleichgewicht zu halten.

„Vielleicht sollten wir doch zur Polizei gehen, Max!?“, meinte Markus über die Schulter des kleineren Boxers hinweg. Max blieb unvermittelt stehen, so dass Markus fast in ihn hinein skatete.

„Bist du bescheuert? Ich mit meinem Vorstrafenregister! So unschuldig kann ich gar nicht gucken. Ich schwör’s dir, die finden Otto auch ohne uns!“

„Und mein Buch? Was ist mit meinem Buch?“, fragte Markus.

„Kannste knicken – oder willste wirklich wissen, wer’s jetzt hat?“, sagte Max und setzte sich wieder in Bewegung.

Auf der rechten Straßenseite tauchte der Buchladen von Ambrosius Kovac auf. Markus ließ den Freund los, bremste und sprang von seinem Brett. An der Tür hing ein Schild: **Geschlossen**. Max warf Markus einen fragenden Blick zu. Doch der ging entschlossen zur Tür, rüttelte kurz an der Klinke, während Max ein paar Schritte zurück blieb. Die Tür hielt, was das Schild verkündete.

Wolfgang Zimmermann, der vor seiner Apotheke stand und eine Zigarette rauchte, beobachtete die beiden von der anderen Straßenseite. „Zwecklos!", rief er ihnen zu. Max und Markus fühlten sich seltsam ertappt, ohne zu wissen, warum.

„Ach ja?", meinte Max.

„Wieso?", fragte Markus nach.

Zimmermann blies den Rauch in die kalte Herbstluft:

„Mittwochs spielt der alte Kovac immer Schach und am nächsten Tag bleibt sein Laden dicht! Jedenfalls bis mittags!"

„Ach so, mit wem spielt er denn?", fragte Markus argwöhnisch.

„Mit wem wohl? Mit Otto, natürlich!", antwortete Zimmermann. „Ich glaub', der hat noch nie gegen den Alten gewonnen!"

Die beiden Freunde verständigten sich mit einem schnellen Blick. Zimmermann warf seine Zigarette weg und ordnete mit einer eitlen Handbewegung den Haarzopf, der ihm in den Nacken fiel.

„Aber ich glaube, Schach ist bei denen nur ein Vorwand, um einen zu trinken! Jedenfalls für Otto!", fügte er mit einem Schmunzeln hinzu, bevor er in seiner Apotheke verschwand. Markus griff in seine Tasche, holte den weißen Turm heraus und hielt ihn Max hin:

„Weißt du, was das bedeutet?", flüsterte er.

Max nickte:

„Ja! Ich muss jetzt ganz dringend zum Training – Du weißt, ich bin Boxer auf Bewährung!"

Die beiden Jungs klatschten sich ab, Max lief davon.

Markus war stehen geblieben. Sein Blick fiel auf das Schild an der Tür des Buchladens, auf dem jetzt plötzlich **Geöffnet** stand. Markus atmete tief durch. Für eine Sekunde schwebte seine Hand über der Türklinke, dann drückte er sie vorsichtig nach unten. Die Tür öffnete sich mit einem Glockenton.

Markus betrat erneut die verstaubte Welt des Buchladens. Verhalten rief er den Namen von Kovac – keine Antwort. Dabei bewegte er sich zwischen den Buchstapeln vorwärts, legte das Skateboard auf die Ladentheke.

„Sind Sie da?“, rief er noch einmal. „Herr Kovac?“

Nichts war zu hören. Die Stille im Laden hatte etwas Lauerndes. Sein Blick kletterte an den Regalen hoch. Eine freistehende Bücherwand mit einer Reihe von ledergebundenen Wälzern in der obersten Reihe, direkt unter der Decke, fiel ihm auf. Die Bücher schienen Ähnlichkeit zu haben mit seinem Fund aus dem Grab. Markus entdeckte eine Leiter auf einer fahrbaren Schiene. Behutsam zog er sie in seine Richtung. Bevor er nach oben stieg, rief er noch einmal in den Raum:

„Hallo? Ist da jemand?“

Niemand antwortete.

Sprosse für Sprosse stieg Markus die hölzerne Leiter nach oben. Das alte Holz knarrte. Es klang wie ein Seufzen. Auf halbem Weg blieb er stehen, blickte nach unten. Das Sonnenlicht warf eine staubige Fahne in den Raum. Die Bücherstapel auf dem Boden schienen ein Auge auf den Eindringling zu haben. Markus setzte seinen Weg fort. Oben angekommen, las er leise murmelnd die Titel von den Bücherrücken, die sich vor ihm aufreihten:

„Das Geheimnis der Kelten“, „Mystica – Das Rätsel von Stonehenge“, „Merlin – Magie und Macht“, „Die Mönche vom Heiligenberg“. Seine Hände griffen nach dem Buch „Die Mönche vom Heiligenberg“. Es war schwer und an den Ecken angefleddert. Er schlug es auf.

„Es waren irische Mönche, die sich auf der Flucht aus ihrer Heimat am Heiligenberg ansiedelten...“, las er.

Die Welt um ihn herum versank. Markus lehnte sich gegen die Bücherwand, um nicht herunter zu fallen.

„Sie brachten etwas mit, was verboten war.“, las Markus weiter. Ein leises Knacken von Holz unterbrach die Stille. Da war jemand. Markus erstarrte. Er schlug das Buch zu, wollte es hastig zurückstellen, schob dabei die schweren Bücher zur Seite und blickte unvermittelt in die rabenschwarzen Augen von Ambrosius Kovac, der auf der anderen Seite der Bücherwand ebenfalls auf einer Leiter stand. Markus prallte zurück, sein Schrei hallte durch den Laden. Er ruderte mit den Armen und fiel polternd die Leiter hinunter, gefolgt von den dicken Wälzern, die er auf der Suche nach Halt aus dem Regal gerissen hatte. Ein Bücherstapel auf dem Boden dämpfte seinen Aufprall. Benommen blieb er liegen, versuchte, sich zu orientieren. Er schaute auf, über ihm stand der alte Buchhändler, der sich zu ihm herunterbeugte:

„Wirklich wertvolle Bücher sind schwer zu finden! Manchmal muss man dafür hoch hinaus!"

Mühsam rappelte sich Markus auf, wischte mit seinen Händen über seine Hosenbeine.

„Hast Du irgendwas Spezielles gesucht?", forschte der Alte. „Vielleicht kann ich Dir ja helfen!?"

Markus schüttelte stumm den Kopf. Der Buchhändler tappte hinter seinen Tresen.

„Ein gutes Buch zu lesen, ist wie träumen mit offenen Augen!", brummelte der Alte. „Und manchmal, manchmal, Markus, können sie sogar zu Albträumen werden, die guten Bücher!"

Die Worte des Buchhändlers schienen aus weiter Ferne zu kommen. Die Gedanken kreisten in Markus Kopf: *Ottos Tod, sein verschwundenes Buch und das Schachspiel in der Nacht. Was hatte das alles miteinander zu tun?* Trotzig fasste er in seine Hosentasche, zog den weißen Elfenbeinturm vom Schachspiel heraus und knallte ihn auf den Tresen.

„Das hier habe ich bestimmt nicht geträumt!", sagte Markus aufgebracht. Während der Antiquariatshändler auf die Schachfigur starrte, schnappte sich Markus sein Skateboard und rannte aus dem Laden. Dabei schlug er die Tür so heftig hinter sich zu, dass die Glocke gleich mehrfach schrillte. Kovac drehte den weißen Turm in seinen Fingern.

„Schach, mein Freund!", sagte er leise.

Draußen im kühlen Licht der Herbstsonne rang Markus nach Atem. Die Begegnung mit dem Alten saß ihm noch in allen Gliedern. Er zog sein Spray heraus, wollte gerade inhalieren, da sah er sie: Ilona kam die Straße hinunter, das Handy am Ohr. Sie trug blickdichte Strümpfe und einen Rock, der bei jedem Schritt wippte. Blitzartig ließ Markus das Spray wieder in seiner Jackentasche verschwinden. Doch das schöne Mädchen hatte nur Augen für einen jungen Mann, der neben einem Auto stand und viel älter war als sie. Sie küsste ihn flüchtig, ohne das Handy vom Ohr zu nehmen. Markus Magenschmerzen meldeten sich zurück. Ilona stieg in den Wagen, die beiden fuhren davon. Markus griff enttäuscht in seine Jackentasche, holte das Asthmaspray heraus. Er inhalierte. *Was war er nur für ein Idiot gewesen? Was hatte er sich bloß eingebildet? Sie hatte sich längst anders entschieden und er, Markus, spielte gar keine Rolle! Nicht bei Ilona!* Die Erkenntnis traf den Schüler wie ein Schlag in die Magengrube!

Max näherte sich im Dauerlauf dem Boxcenter im Industriegebiet. Hier hatte Heidelberg all seine Romantik verloren. Max blieb abrupt stehen, als er die beiden Polizisten sah, die gerade das Gelände verließen und auf ihr Auto zugingen. Sie rauschten an ihm vorbei.

Max war auf der Hut, als er die Halle betrat. Trainer Uli, der am Seil lehnte und zwei Boxer im Ring coachte, entdeckte seinen Schützling, der unschlüssig am Eingang verharrte. Demonstrativ schaute Uli auf seine Uhr, während Max schuldbewusst auf ihn zu trottete.

„Was wollte denn die Polizei hier?“, fragte der Junge, bevor Uli ihm Vorhaltungen machen konnte.

„Fragen, was du so treibst!“, lehnte sich Uli über das Seil.

Max machte ein Gesicht wie Regenwetter.

„Ich hätt’s ihnen auch gerne gezeigt!“, fuhr der Trainer fort. „Aber du hattest es ja so verdammt eilig heute Morgen, ganz im Gegensatz zu heute Abend!“ Wieder blickte der Trainer auf seine Uhr.

„Sorry, Trainer!“, sagte Max kleinlaut. „War echt wichtig!“

„So? Dann zieh’ dich jetzt mal um, dann zeig ich dir mal, was wirklich wichtig ist!“, meinte Uli. Dabei sprang er vom Podest und gab seinem Schützling einen freundschaftlichen Klaps auf den Rücken. Erleichtert marschierte Max in Richtung Umkleidekabine. Uli rief ihm nach:

„Und keine faulen Tricks mehr, okay?“

Max nickte:

„Keine Tricks mehr, Trainer! Nur im Ring!“ Er verschwand in der Kabine. Uli schüttelte ungläubig den Kopf.

Er fühlte sich verantwortlich für den Jungen, seit Max eines Tages vor seiner Tür stand. Heimatlos und verunsichert, was die Zukunft ihm bringen würde. Abgeschoben aus dem Heim für schwer erziehbare Jungs, abgestempelt als hoffnungsloser Fall, der früher oder später sowieso im Knast landen würde. Uli erinnerte sich noch genau an den Tag, als Max an seine Tür klopfte. Seine Schuhe waren durchgelaufen, die Hose aufgerissen. Seine wenigen Habseligkeiten hatte Max in eine kleine Sporttasche gestopft. Geld hatte er keins. Nur ein paar alte Boxhandschuhe, die ihm eine Nummer zu groß waren, hingen ihm um den Hals. Uli schloss Max sofort ins Herz, trotz seiner Eskapaden oder gerade wegen ihnen. Uli, der keine eigenen Kinder hatte und alleine lebte, erkannte sich in vielen Dingen in diesem Jungen wieder. Umso größer war seine Sorge, dass der kleine Boxer wieder rückfällig werden könnte. Er war sich bewusst, dass Max und er noch einen langen Weg zu gehen hatten. *Einen Weg, den Uli gerne mit dem Jungen gehen wollte! Aber das hing nicht alleine von ihm ab!*

Der Herbstabend dämmerte über der Universitätsstadt. In einem vollen Hörsaal der Universität stand Professor Faber vor seinen Studenten, die aufmerksam seinen Worten lauschten.

„Haben wir uns nicht alle schon mal gefragt, wo Gott ist, wenn geliebte Menschen sterben?“ Es war mucksmäuschenstill geworden im Saal.

„Ich sage Ihnen, Gott ist immer da, wo Menschen verantwortlich handeln!“, fuhr der Professor fort.

„Das gilt für heute, das galt aber auch schon für unsere Vorfahren. Nehmen Sie einmal die Kelten: sie glaubten schon vor tausenden von Jahren an die Heilkraft der Mistel – ohne Krebs als Krankheit überhaupt zu kennen. Ein Wissen, das verloren gegangen ist und das wir erst neu entdecken mussten. Wer sagt uns, wie viel Wissen noch in der Vergangenheit steckt? Vielleicht gibt es tatsächlich so etwas wie ein ewiges Leben und wir haben es nur noch nicht entdeckt?! Aber vielleicht ist es auch ein Geheimnis, das unsere Vorfahren mit ins Grab genommen haben!“

Der Professor lächelte über seine Formulierung.

„So paradox es klingen mag: Es ist unser aller Aufgabe, dieses Wissen wieder ins Leben zurück zu holen! Ich appelliere an Sie, verhelfen Sie verlorenem Wissen zur Auferstehung!“

Die Anspannung im Hörsaal löste sich in Beifall auf. Professor Faber nickte kurz und verließ dann den Hörsaal.

Für ihn war jede Vorlesung ein persönlicher Triumph. Seine Studenten waren wie Jünger für ihn, die ihm durch den Irrgarten der Wissenschaft folgten. Und er war ihr Messias! Eine Bestätigung, die er zeitlebens gesucht hatte. Er, der Einser-Schüler, dessen Leistungen Zuhause nie wirklich gewürdigt wurden.

Seine Eltern waren nichts anderes gewohnt. Es gab in der Familie keine Versager. Faber wurde Klassensprecher, Schulsprecher und machte den besten Abschluss an der Uni. Faber war Elite. Und das würde er bleiben. Seine Eltern lebten schon lange nicht mehr. Er vermisste sie nicht.

Markus skatete auf das kleine Haus auf dem Hügel zu. Durch das erleuchtete Fenster sah er seine Mutter in der Küche hantieren.

„Na, wie war`s?", fragte sie freundlich, als ihr Sohn die Küche betrat. „Okay!", antwortete Markus, zog seine Jacke aus und hängte sie über einen Stuhl. Dr. Sabine Wohlfahrt ließ nicht locker:

„Arbeit zurück gekriegt?"

„Nö!", antwortete der Junge einsilbig und begann unaufgefordert den Tisch zu decken. Klirrend stellte er das Geschirr hin. Es hörte sich an, wie ein Protest.

„Ich würde gerne mal wieder Papa besuchen!", platzte es aus Markus heraus. Sabine Wohlfahrt, die gerade die Spaghetti abtropfen ließ, wandte sich überrascht um:

„Ja, das sollten wir tun, Markus! Das sollten wir wirklich tun!"

Sie stellte die Nudeln auf den Tisch, beide setzten sich und begannen zu essen.

„Brauchst Du eigentlich noch Dein Spray?", fragte sie.

Markus zuckte mampfend mit den Schultern: „Manchmal!"

Das Gespräch kam nur schleppend in Gang. Mutter und Sohn hingen beide ihren Gedanken nach.

„Ich weiß, es ist blöd, Markus, aber ich muss noch mal weg!", sagte die Ärztin plötzlich.

„Schon wieder?", murrte der Junge. „Ist es denn so wichtig?"

Er wirkte enttäuscht. Seine Mutter spürte es. Sie beugte sich vor, nippt an ihrem Weinglas und schaute den Jungen lange an:

„Es gibt Dinge, die sollte man erledigen, Markus, bevor sie einem den Schlaf rauben! Verstehst Du das?"

Markus legte die Gabel hin:

„Klar doch! Verstehe ich total!“, sagte er halbherzig. Markus schob den Teller weg und stand auf.

„Ich will keinen neuen Vater!“, sagte er unvermittelt und sah seiner Mutter dabei fest in die Augen. Dann verließ er wortlos die Küche. Die Ärztin hörte die Tür zu seinem Zimmer zuschlagen.

„Mist, verdammter!“, fluchte sie leise. Markus glaubte, sie würde sich mit einem anderen Mann treffen. Sie dachte nicht daran, ihrem Sohn einen neuen Vater vorzusetzen. Denn das, was Markus und seinen Vater verbunden hatte, war viel mehr als ein Vater-Sohn-Verhältnis. Sie waren Freunde. Kumpels. Vertraute. Und manchmal auch Verbündete, gegen sie. Das lag daran, dass Stefan, der von zu Hause aus arbeitete, immer viel mehr Zeit hatte, als sie, die praktische Ärztin. Stefan kümmerte sich nachmittags um Markus, während sie oft bis spät abends in der Praxis schuftete. Sie verdiente das Geld und Stefan sich die Liebe von Markus. Es gab nie Diskussionen deshalb. Sie hatte das lächelnd hingenommen, ohne eifersüchtig zu sein. Im Gegenteil, sie war glücklich über diese enge Bindung. Die Wohlfahrts waren eine Einheit. Bis zu dem Tag, als der Tod Stefan aus ihrer Mitte riss.

In seinem dunklen Zimmer hatte sich Markus vor den Computer gesetzt. Der Bildschirm erleuchtete sein Gesicht. Seine Gedanken rasten. *Was war mit Otto passiert und warum? Hatte das alles mit seinem Buch zu tun?* Markus stützte seinen Kopf in die Hände. *Und welche Rolle spielte dabei dieser unheimliche Antiquariatshändler Kovac?* Unten schlug die Haustür zu. Er hörte den Wagen seiner Mutter anspringen. Markus tippte in seinen Computer das Stichwort **Heiligenberg**. Ein Link öffnete sich.

„Alles begann zweitausend Jahre vor dem Christentum…“, las Markus. „In einer Welt, über der der Nebel der Geschichte hängt. Es gab keine Schrift, nichts wurde niedergelegt. Das Wissen um Leben und Tod wurde von Generation zu Generation mündlich weitergegeben. Es waren die Druiden, die Hohepriester von Stonehenge, die das Wissen bewahrten. Doch dann, tausend Jahre später änderte sich alles. Das Wissen bekam eine Schrift! Eine Schrift, die tödlich war, für die, die sie lesen konnten!“ Markus erschrak. *Mein Buch!,* durchfuhr es ihn.

Ausgerechnet jetzt meldete sich das Chatprogramm. Markus schaute drauf: eine Nachricht von Zecke.

„Oh nein!“, murmelte er vor sich hin. Doch Zecke war nicht so leicht abzuschütteln.

„Was machst Du?“, stand da. „

Nichts Besonderes! Und Du?“, antwortete Markus.

„Muss gleich meinen Eltern in der Kneipe helfen! Hast Du Lust, vorbei zu kommen?“, fragte Zecke virtuell nach.

„Weiß nicht!“, wehrte Markus ab.

„Überleg`s Dir!“, war Zeckes letzte Nachricht.

Markus blies die Luft aus den Wangen und schob dann seinen Stuhl zurück. *Ausgerechnet Zecke, die Nervensäge!*

Ein großer, dunkler Raum mit einer Fensterfront zum Flur. Die Jalousien waren heruntergelassen. Die einzige Lichtquelle eine kleine Lampe auf einem Tisch, an dem sich Dr. Sabine Wohlfahrt über eine tote Ratte beugte. Konzentriert sezierte sie das Tier, legte Gewebeproben auf kleine Glasplättchen. Es war Nacht und sie war alleine im Institut. Das einzige Geräusch war das eintönige Summen der Klimaanlage, die kalte Luft in das Labor beförderte. Ein Schauer lief Dr. Sabine Wohlfahrt über den Rücken. Aber es war nicht die Kälte! Den ganzen Tag schon hatte sie über H 136 nachgedacht. Die Ratte mit dem Namen

Heinrich. Sie hatte keine Anzeichen gezeigt, dass sie von jetzt auf gleich verenden würde. Das war ungewöhnlich. Das konnte Dr. Wohlfahrt nicht auf sich beruhen lassen, das widersprach all ihren wissenschaftlichen Erfahrungen. Deshalb hatte sie Markus allein gelassen. Deshalb war sie jetzt hier. Mitten in der Nacht. Sie wollte Gewissheit!

Vor dem Institut stieg Dr. Brandstätter aus seinem Wagen. Dunkel lag das Gebäude vor ihm. Nur im obersten Stockwerk ein kleiner Lichtschein. *Hatte er vergessen, das Licht zu löschen? Er war sicher, dass er als Letzter das Institut verlassen und alle Lichter gelöscht hatte!* Dr. Brandstätter runzelte die Stirn und ging mit entschlossenen Schritten auf den Eingang zu.

Dr. Wohlfahrt war so in ihre Arbeit vertieft, dass sie aufschreckte, als im Flur nach einander die Neonlampen aufflammten. Durch die Jalousien sah sie Dr. Brandstätter mit schnellen Schritten durch den Gang eilen. Noch im Laufen zog er seine Chipkarte aus dem Jackett. Mit einem Summton öffnete sich die Tür, Dr. Brandstätter trat ein.

Vor ihm lag das Labor im Dunkeln. Er knipste das Deckenlicht an. Wie ein Raubtier, das die Witterung aufnahm, wanderte sein suchender Blick durch den Raum. Er schaute rüber zum Elektronenmikroskop, dann zu den Kühlschränken. Er bemerkte, dass eine Tür nicht ganz geschlossen war, einen Spaltbreit offen stand. Schritt für Schritt ging Brandstätter darauf zu. Seine Augen schienen dabei jeden einzelnen Gegenstand im Raum zu rastern. Er öffnete den Kühlschrank und entdeckte, dass ein Fach klemmte, nicht ganz zurück geschoben war. Mit dem Handballen behob er den Fehler. Er schloss den Kühlschrank, blieb lauernd stehen, versuchte, das Detail zu entdecken, das ihm entgangen war. Schließlich stieß er sich vom Kühlschrank ab und ging Richtung Ausgang, knipste das Licht aus. Die Tür fiel ins Schloss. Draußen im Gang flammten die Neonlichter wieder auf und verlöschten erst, als Brandstätter in den Fahrstuhl stieg.

Hinter einem Schrank kroch Dr. Sabine Wohlfahrt hervor. Sie zitterte am ganzen Körper. Sie wagte es nicht, das Licht anzuknipsen, blieb im Dunkeln stehen und versuchte, ihren Puls zu beruhigen. In der Dunkelheit fuhren ihre Gedanken Karussell. *Warum hatte sie sich versteckt, vor einem Kollegen, mit dem sie tagsüber arbeitete?* Sie hatte nicht nachgedacht, sondern instinktiv gehandelt! Sie spürte eine Gefahr, von der sie nicht wusste, wo sie her kam! Misstrauen überschwemmte sie wie eine Welle, in die sie unversehens geraten war. Sie würde in Zukunft auf der Hut sein müssen vor den eigenen Kollegen. Sie zog erneut das Kühlfach mit der toten Ratte auf und starrte auf den Kadaver.

„Wer bist Du wirklich?“, fragte die Ärztin.

Markus rannte durch die nächtlichen Straßen der Stadt. Der kalte Wind hatte ihn seine Baseballjacke zuknöpfen lassen. Er lief an Studentenkneipen vorbei, aus denen laute Musik und bierselige Stimmung ihm entgegen schwappte. Er bog in die Untere Straße und stand vor der Kneipe von Zeckes Eltern. Sie hieß **Woodstock.**

Musik aus den sechziger Jahren plätscherte Nostalgie auf das Kopfsteinpflaster. Markus stellte sich auf die Zehenspitzen und spähte durchs Fenster. Windlichter und Kerzen tauchten die Kneipe in ein sanftes Zauberlicht. Er sah, wie Zecke ein Tablett mit Biergläsern zwischen den Tischen balancierte. Das Mädchen lachte mit den Gästen und erschien Markus plötzlich so anders.

Markus machte einen Schritt auf den Eingang zu, blieb dann aber doch stehen. Noch einmal schaute er durchs Fenster, so als wollte er sichergehen, dass er sich nicht irrte. Seine Augen suchten wieder Zecke. Er entdeckte sie unter einem Kronleuchter mit Kerzen. Das flackernde Licht umhüllte ihre Haare, wie ein goldener Kranz. Er hörte ihr Lachen. Zecke schien ihm plötzlich fremd. Da war etwas an ihr, was er bisher übersehen hatte: Ein Zauber, der Zecke zu Cäcilia werden ließ!

In der Kneipe schaute Cäcilia auf die Uhr an der Wand. Sie zeigte ihr, Markus würde nicht mehr kommen. Das Mädchen ging ein paar Schritte zum Fenster und blickte hinaus in die von Laternen mühsam beleuchtete Gasse. Instinktiv wich Markus ein paar Schritte in die Dunkelheit zurück. Zeckes scherenschnittartige Umrisse verschwanden vom Fenster. Markus steckte die Hände in die Taschen und machte sich auf den Weg nach Hause.

Der kühle Herbstwind wehte Markus um die Nase. In seinem Kopf ratterte es: *Zecke hatte auf ihn gewartet. Tat sie das öfters? Ilona hatte noch nie auf ihn gewartet. Ihr war er völlig gleich. Zecke offensichtlich nicht!* Der Gedanke verwirrte den Jungen. Die Magenschmerzen kamen zurück, aber dieses Mal fand er sie aufregend.

In Gedanken trottete er durch die Altstadt. Aus dem Weinlokal **Zur Herbstrebe** trat ein schickes Paar. Der Mann trug einen langen, auffälligen Schal, die Frau unter dem Mantel ein Abendkleid: Es waren Professor Faber, der Chef seiner Mutter, und Xenia Morgan-Basten, die Mutter von Ilona. Sie wirkten seltsam vertraut und verabschiedeten sich mit einem flüchtigen Kuss auf die Wange, bevor sie in verschiedene Richtungen davon gingen. *Anscheinend hatte Faber das Werben um seine Mutter aufgegeben*, dachte der Junge erleichtert. Trotzdem würde er die Begegnung für sich behalten. Markus begann zu rennen. Er wollte vor seiner Mutter wieder zu Hause sein.

Das Institut am nächsten Morgen. Die Fenster warfen das Sonnenlicht zurück. Dr. Sabine Wohlfahrt stand an einem Kaffeeautomaten, als Professor Faber neben sie trat. Während der Kaffee in den Becher schäumte, sprach der Professor die Ärztin an:

„Ich mach' mir langsam Sorgen um Brandstätter...!"

Sie schaute ihn fragend an:

„Wieso?"

„Irgendwie wird er immer merkwürdiger!", sagte er.

Die Ärztin zog verwundert die Augenbrauen nach oben.

„Jetzt behauptet er schon, gestern Abend sei jemand im Institut gewesen!" Sie griff nach dem Kaffeebecher, nahm einen Schluck, um Zeit zu gewinnen.

„Wer soll das gewesen sein? Da gibt es ja wohl nicht viele Möglichkeiten!", antwortete sie scheinbar ungerührt.

Bevor Faber etwas sagen konnte, näherte sich Dr. Brandstätter mit einer Zeitung unterm Arm.

„Morgen!", grüßte Brandstätter kurz. Faber und Wohlfahrt nickten ihm zu. „Schon gelesen?", hielt der Forscher seinen Kollegen die Tageszeitung vor die Nase. Dr. Wohlfahrts Augen flogen über die Schlagzeile: **Fremdenführer tot im Schlossbrunnen - Unfall oder Mord?** - daneben prangte ein Bild von Otto. Die Ärztin riss Brandstätter die Zeitung aus der Hand.

„Mein Gott!", sagte sie fassungslos. „Wer sollte einem harmlosen Mann so etwas antun?"

„Wieso?", fragte Brandstätter verständnislos.

Dr. Wohlfahrt reichte die Zeitung weiter an Professor Faber. Der wiegelte ab:

„Es wird ein Unfall gewesen sein! Er trank ja wohl gerne einen, das wusste jeder!"

Die Ärztin schaute in die Forscher-Runde:

„Was auch immer der Grund war, das wird meinen Sohn sehr treffen!“ Brandstätter runzelte die Stirn:

„Was hat Ihr Sohn mit diesem Säufer zu tun?“

„Otto ist, war“, korrigierte sich die Ärztin „Ein wunderbarer Geschichtenerzähler – mein Sohn hat das sehr geschätzt.“

„Und jetzt ist er selbst Geschichte“, sagte Brandstätter ungerührt.

Faber schüttelte den Kopf:

„Herr Kollege, Herr Kollege! Menschen mit Ihrer Einstellung haben selten Freunde!“

„Da wären wir im Moment in der Mehrheit, Herr Professor!“, lächelte Brandstätter leise. Dr. Sabine Wohlfahrt nahm ihren Kaffee und ließ die beiden stehen. Die Männer schauten ihr über die Schulter nach.

Hinter einer aufgeschlagenen Zeitung versteckt saßen Max und Markus auf einer Mauer, unterhalb des Schlosses. Max spähte von der Seite in die Zeitung.

„Und? Steht da auch was von uns drin?“, fragte der kleine Boxer besorgt. „Wie denn?“, sagte Markus. „Weiß doch keiner, dass wir was damit zu tun haben!“

„Das glaubst auch nur du!“, erwiderte Max. „Die wissen immer mehr, als sie schreiben!“

„Ach, Quatsch!“, sagte Markus.

„Wer hat denn die Erfahrung mit der Presse – du oder ich? Ich war schon zwei Mal im Polizeibericht“, Max sprang von der Mauer: „Und jetzt gehe ich erst mal in Deckung!“

In diesem Moment begann vom nahen Waldfriedhof das Totenglöckchen zu schlagen.

„Otto!“, sagte Max.

Markus faltete die Zeitung zusammen, warf sie in einen Papierkorb. Die Jungs liefen davon, Richtung Friedhof.

Das Läuten des Totenglöckchens endete mit einem traurigen Ton. Der Sarg mit Ottos sterblichen Überresten wurde von vier Friedhofsangestellten zwischen den Gräbern hindurch geschoben. Hinter dem Sarg schritt ein Pfarrer, seine Messdiener und die Trauergemeinde. Ein halbes Dutzend Menschen, mehr waren es nicht. Die Sargträger passierten einen großen Friedensengel aus Marmor, hinter dem Max und Markus in Deckung gegangen waren.

„Ottos letzte Führung!", flüsterte Markus dem Freund zu.

„Mit verdammt wenig Publikum!", kommentierte Max trocken.

Der Trauerzug hatte das Grab erreicht. Der Pfarrer trat ans Kopfende der ausgehobenen Grube und begann zu predigen. Die beiden Jungs waren gerade dabei, sich aus der Deckung zu wagen, da schlug die schmiedeeiserne Friedhofstür erneut zu: Schwere Schritte näherten sich. Max und Markus schauten gebannt hin. Ein Mann mit schwarzem Hut, unter dem seine schlohweißen Haare hervorschauten, stapfte durch den Kies: Ambrosius Kovac, der Buchhändler. Vor dem Friedensengel verharrten seine Schritte. Die Freunde hielten den Atem an. Markus Hand tastete nach dem Spray. Dann endlich setzte der Alte seinen Weg fort Richtung Grab.

„Was will der hier?", flüsterte Max.

„Du hast doch gehört, sie waren Schachpartner!", antwortete Markus. „Und Otto der Verlierer!", erinnerte sich Max.

Kapitel 7

Die alte Villa auf der anderen Seite des Neckars thronte zwischen den Weinbergen, wie eine Königin auf ihrem Stuhl: mehrere Stockwerke, schmiedeeiserne Balkone und im obersten Stockwerk ein riesiges Bleiglasfenster, das von der Decke bis zum Boden reichte. Es zeigte eine Venus, die aus dem Schaum stieg. Eine breite Auffahrt führte durch einen Park, in dem Gärtner Laub rechten. Auf einer geräumigen Terrasse ruhten Frauen auf Liegen, eingewickelt in Bademäntel. Einige von ihnen sahen aus wie Mumien.

Im weißen Kittel schlängelte Xenia Morgan-Basten, die Chefin der Schönheitsklinik **Venus**, durch die Reihen ihrer Patientinnen. Sie wechselte ermunternde Worte, blieb immer wieder stehen, vermittelte das Gefühl, in guten Händen zu sein. Frauen auf der Suche nach ewiger Schönheit saugten ihre Versprechungen auf, wie trockene Schwämme das Wasser. Xenias Handy klingelte, sie meldete sich und blieb überrascht stehen.

„Hallo! ...Ja, schöner Abend gestern Abend! Vielleicht haben wir doch mehr gemeinsam!“, sie machte eine Pause.

Sie verließ schleunigst die Terrasse, wanderte durch ein Treppenhaus aus Marmor und stieß eine Tür auf. Xenia Morgan-Basten betrat ihr Büro. Sie nahm hinter einem großen Schreibtisch in einen Ledersessel Platz und telefonierte dabei weiter.

„Ich habe da ein Gerücht gehört!“, flüsterte sie in ihr vergoldetes Smart Phone. „Jemand soll was gefunden haben, oben am Heiligen Berg! Und Du weißt, an Gerüchten ist immer etwas dran! ...Ach, Du weißt gar nichts davon? Und das soll ich Dir glauben? Ach, Bernhard, Du weißt doch sonst immer alles, gerade, was das betrifft!“

In diesem Moment wurde unsanft die Tür geöffnet und Ilona platzte herein. Ärgerlich nahm ihre Mutter das Telefon vom Ohr, fauchte ihre Tochter an:

„Wie oft habe ich Dir gesagt, Du sollst anklopfen!“

Ilona blieb maulig vor dem Schreibtisch stehen, blickte auf ihre Mutter herunter.

„Ey Mama, bleib mal geschmeidig!“ Ihre schlanken Finger glitten dabei in eine Schale mit dunkler Schokolade auf dem Schreibtisch. Ilona steckte sich ein Stück in den Mund, ignorierte das Telefon in der Hand ihrer Mutter. Der war deutlich anzumerken, wie gerne sie ihre Tochter losgeworden wäre, um ihr Gespräch fortsetzen zu können.

„Übrigens vor ein paar Tagen hat Markus angerufen! Ich hatte vergessen, es Dir zu erzählen!“, setzte sich Xenia Morgan-Basten aufrecht.

„Und, was wollte er?“, kaute Ilona gelangweilt.

„Ich nehme an, mit Dir ausgehen!“

Ilona stieß einen gelangweilten Seufzer aus.

„Wieso denn? Für den gibt`s doch nichts als Skateboards und Bücher!“ Die Basten funkelte ihre Tochter an:

„Vielleicht solltest Du auch mal eins lesen!?“

Das Mädchen verdrehte die Augen, nahm das Stück Schokolade aus dem Mund und warf es in den Papierkorb.

„Bitterschokolade!“, sagte sie voller Abscheu. „Ich habe Dir doch gesagt, ich bin der Vollmilchtyp!“

Ilona drehte sich im Kreis und marschierte Richtung Ausgang.

„Vielleicht solltest Du Dich mal mehr um Markus kümmern! Ruf ihn an!“, rief ihr ihre Mutter nach. Mit einer Handbewegung zeigte Ilona, was

sie von dem Vorschlag ihrer Mutter hielt. Ilona warf die Tür hinter sich zu. Xenia Morgan-Basten nahm das Handy wieder ans Ohr.

„Entschuldige, meine Tochter! ...Ja! Bin wieder ganz bei Dir! Und Du hast wirklich keine Ahnung?“

Sie glaubte ihm kein Wort.

„Vielleicht habe ich eine!“, sie beendete das Gespräch. Sie würde ihre Ahnung für sich behalten.

Auf dem Waldfriedhof war Kovac an den Rand des Grabes getreten. Dabei hatte er die Anwesenden rücksichtslos zur Seite geschoben. Der Alte lüftete den Hut, zückte den weißen Turm des Schachspiels und ließ ihn ins Grab fallen.

„Schachmatt, alter Freund!", sagte er laut mitten in die Predigt des Pfarrers. Mit einem hohlen Ton schlug der Turm auf dem Eichenholz des Sarges auf. Die wenigen Trauergäste blickten irritiert auf den düsteren Mann, der sich auf dem Absatz umdrehte und davon schritt.

Der Pfarrer fand seine Worte wieder:

„Otto war ein Zeuge der Vergangenheit! Ein Zeuge ist verstummt.", sagte er.

Wieder näherten sich Schritte dem Engel, hinter dem Markus und Max immer noch Deckung suchten. Wieder verharrten die Schritte im Kies. Der Alte blieb erneut vor dem Engel stehen und musterte die Skulptur.

„Mach, dass Du weiter kommst, Du Spast!", zischte Max.

Als hätte er es gehört, setzte der Buchhändler seinen Weg Richtung Ausgang fort. Da klingelte plötzlich das Handy von Markus. Das Klingeln durchschnitt die andächtige Stille. Kovac blieb stehen und drehte langsam den Kopf in Richtung des Engels. Während Max sich klein machte, wühlte Markus in seinen Taschen nach dem Handy, um es zum Schweigen zu bringen.

„Scheiße! Scheiße! Scheiße!", fluchte er. Endlich fand er das Telefon, drückte es aus. Kovac verließ den Waldfriedhof ohne sich noch einmal umzudrehen.

Ilona ging durch den Park, vorbei an den Schönheits-Mumien in ihren Bademänteln und schaute verwundert auf das Display ihres Handys. **Markus** stand darauf.

„Das glaube ich jetzt nicht!", sagte sie. „Hat der mich gerade weggedrückt? Hat der `se noch alle? Und mit so einem Totalschaden soll ich ausgehen?", schimpfte sie vor sich hin. „Nicht mehr in diesem Leben!"

Es war die Stunde, in der die herbstliche Dämmerung innerhalb von Minuten zur Dunkelheit wird. Markus lief über die Alte Brücke, wo Heiligenfiguren streng auf den Neckar blickten. Im Schutz der Steinheiligen küsste sich ein Pärchen. Markus bog in die Ellenbogengasse, die zur Altstadt führte. Die Gasse lag im trüben Licht einer Straßenlaterne. An der Häuserwand eines Fachwerkhauses malte sich eine Silhouette. Die Silhouette von Ambrosius Kovac. Markus erstarrte. Eine Begegnung schien unausweichlich. Ein paar Sekunden lang kämpfte er damit, einfach davon zu laufen. Doch dann entschied er sich dagegen. Er würde dem Alten nicht ausweichen, zu viel war geschehen.

Markus machte einen Schritt vorwärts, die Silhouette verschwand von der Wand. Die Gasse lag leer und verlassen vor ihm. Markus steckte die Hände in seine Tasche und bog in die laute, lärmige Altstadt ein.

Dr. Sabine Wohlfahrt zündete mit einem langen Streichholz die Kerzen an dem dreiarmigen Leuchter auf der Kommode an. Das Licht spiegelte sich im gerahmten Foto ihres verstorbenen Mannes. Ihre Gedanken wanderten zu ihm.

„Wir vermissen Dich!“, sagte sie leise.

Sie fühlte sich seltsam alleine, gerade jetzt in der Vorweihnachtszeit. Sie dachte über Markus nach. *Etwas war aus dem Lot geraten. Nur was?*

Das Telefon klingelte. Sie nahm ab, meldete sich. Am anderen Ende Herbert Kochendörfer, der Direktor von Markus Gymnasium. Sie lauschte seinen Worten.

„Was? Er ist nicht zum Unterricht erschienen? Er fehlt seit Tagen?....Nein, Markus ist nicht krank! Er verlässt jeden Morgen das Haus, um...“

Die Erkenntnis, dass er ihr etwas vormachte, bohrte sich in ihre Magengrube. Sie bedankte sich und legte auf. Für eine Sekunde blieb sie unschlüssig stehen, dann rannte sie die Treppe hoch, obwohl sie wusste, dass Markus nicht da war. Er hatte ihr erzählt, dass er Zecke besuchen wollte, um ihr bei den Hausaufgaben zu helfen. *Wofür, wenn er den Unterricht schwänzte?* Sie blieb auf der halben Treppe stehen und drehte wieder um. *Nach dem Tod ihres Mannes hatten Markus und sie sich geschworen, keine Geheimnisse voreinander zu haben, immer offen und ehrlich miteinander umzugehen.* Es schien nicht mehr zu gelten. Ernüchtert setze sie sich auf eine Treppenstufe.

Markus betrat das **Woodstock**. **California Dreaming** von den **Mamas & Papas** füllte den Raum. Ein Mann mit bestickter Wolljacke, einem Vollbart und langsam lichter werdenden langen Haaren, stellte eine Runde Biergläser vor seine Gäste. Es war Rudi, der Wirt, Zeckes Vater. Jeder duzte ihn.

„Hey, Markus! Peace!“, rief er dem Freund seiner Tochter zu und formte mit den Fingern das Friedenszeichen. Markus nickte zustimmend.

„Ist Cäcilia da, Rudi?“, fragte er. Rudi rief rüber zu einer Frau hinter dem Tresen, die aussah wie Cher. Sie trug ein Stirnband, Mittelscheitel, große Ohrringe und ein Flatterkleid bis zu den Knöcheln. Cäcilias Mutter wippte im Takt der Musik und summte leise mit.

„Doro, weißt Du, ob Cäcilia im Haus ist?“

Doro zuckte mit den Schultern. Rudi wandte sich an den Jungen.

„Am besten, Markus, Du siehst mal selbst nach!“, sagte er freundlich und deutete auf eine Holztreppe, die nach oben führte.

„Mach ich!“, nickte Markus.

Zeckes Zimmer war eher klein und überschaubar. Mit weißen Möbeln eingerichtet, ein Bett an der Wand mit bunter Wäsche, ein pinkfarbenes Einhorn-Kuscheltier lag auf dem Kopfkissen. Neben dem Schreibtisch hing eine Pinnwand, an der alles kreuz und quer und übereinander gesteckt war: Fotos von Freunden, Zeitungsartikel, Bilder, Postkarten mit coolen Sprüchen darauf, wie: **Ich war schon im Kindergarten eine Legende!** Dazu ein großes Foto von Zecke mit Markus. Das Zimmer wurde beherrscht von zwei neben einander stehenden Computern auf dem Schreibtisch. Zeckes Cyber-Welt! Ihre Zuflucht vor ihren Hippie-Eltern und ihrer unsäglichen Woodstock-Nostalgie. Eine Welt, die ihr alleine gehörte!

Zecke lächelte, als sich die Tür öffnete und Markus eintrat. Markus fühlte sich eigenartig befangen. *Wieso eigentlich? Es war doch nur Zecke!* Auch Zecke wirkte verlegen. Sie nahm einen Schluck aus der geöffneten Coladose, die neben ihr auf dem Schreibtisch stand, während Markus ein zerknülltes Papier aus seiner Tasche hervorkramte. Es war die Seite aus dem Buch, die Max in Ottos Hand gefunden hatte. Die **Zeichnung mit der Druiden-Priesterin von Stonehenge, die einen Mistelzweig in der Hand hielt, der aussah, wie ein Ypsilon**. Markus glättete das Papier und legte es wortlos neben Zecke auf den Schreibtisch. Das Mädchen blickte kurz drauf:

„Ist das eine Seite aus dem Buch, das Du mit Dir rumschleppst?"

„Das Einzige, was mir davon geblieben ist!", grinste Markus schief.

Zecke kniff die Augen zusammen und betrachtete die Druidenpriesterin auf der Zeichnung näher. Markus schaute die Schulfreundin erwartungsvoll an. Zecke fuhr sich durch die Haare, nickte dann:

„Alles klar, Stonehenge! Gibt`s bestimmt ein paar tausend Seiten im Netz! Soll ich mal für Dich reinblättern?"

„Wär ziemlich cool!", druckste Markus zögerlich.

„Geht klar, wenn ich dafür morgen von Dir abschreiben kann!"

„Gebongt!", antwortete Markus betont lässig und ließ sich in einen weichen Sitzsack fallen, der neben Zeckes Stuhl stand.

Während das Mädchen wild in die Tastatur tippte, betrachtete Markus die Schulfreundin verstohlen von der Seite. *Sah gar nicht so schlecht aus*, fand er. *Eigentlich war sie hübsch, nein, sogar schön, auf ihre Art! Warum war ihm das nicht schon früher aufgefallen?*

Zecke spürte Markus Blick und fühlte, wie sie rot wurde. Angestrengt starrte sie auf den Bildschirm, damit Markus es bloß nicht merkte.

Stunden vergingen. Auf allen drei Monitoren waren Bilder und Fotos von Stonehenge zu sehen. Markus beugte sich über Zeckes Schulter. Ihre Haare kitzelten ihn in der Nase und dufteten nach Vanille. Markus sog ihren Duft ein und unterdrückte ein Niesen.

„Vor mehr als dreitausend Jahren erwählten Menschen diesen Ort zur Kultstätte. Bis heute gibt die geheimnisumwitterte Anlage im Süden Englands Forschern Rätsel auf. Eins ist sicher: Stonehenge stand in Verbindung zur Sonne.“, las Zecke auf dem Schirm.

„Ist das alles?“, fragte Markus. Er wirkte enttäuscht.

„Das ist doch kein Geheimnis, das steht in jedem Geschichtsbuch!“

Zecke nickte: „Lass mich mal was probieren!“

Wieder begann sie auf der Tastatur zu tippen. Ein Link tat sich auf; ein riesiges, schwarzes Portal mit einem Ypsilon darauf.

„Hammerhart!“, staunte Zecke beeindruckt. „Da kannst Du reingehen. Ist interaktiv! Dann bist Du mitten in Stonehenge!“, sie schaute ihn herausfordernd an.

„Echt?“, staunte Markus. „Kannst Du mich da reinbringen?“

Zecke warf Markus einen unbehaglichen Blick zu:

„Geht nur über virtual reality! Ist ziemlich kompliziert und auch.....“, sie stockte, „Ein bißchen gefährlich!“

„Wenn`s nicht gefährlich wäre, wäre ich nicht hier!“, antwortete Markus. *Er fand sich in diesem Moment selbst eine Spur zu großspurig*. Zecke ging großzügig darüber hinweg.

„Okay!“, sagte sie. „Aber schließ die Tür ab! Meine Eltern müssen nicht mitkriegen, was ich hier mache!“

Zur gleichen Zeit irgendwo unter den Dächern der Universitätsstadt wurde ein Computer eingeschaltet. Ein Ypsilon flammte auf, man hörte das Klicken einer Tastatur. Das Wort **STONEHENGE** stand quer über den Bildschirm geschrieben.

Im Zimmer von Zecke stand Markus auf einem Podest aus Kunststoff. Er trug eine riesige Cyberspace-Brille und an der rechten Hand einen überdimensionierten Handschuh, ein langes Kabel verband ihn mit Zeckes Computer. Markus blickte zu ihr hinüber. Das Mädchen schaute auf das gespenstische Portal auf ihrem Bildschirm.

„Alles klar?“, fragte sie. In Markus stieg eine unbestimmte Angst auf. *Was würde ihn erwarten, hinter diesem Tor? Oh Scheiße! Besser, er stellte es sich nicht vor! Ein Zurück gab es eh nicht mehr, nicht vor Zecke!* Markus schluckte, wollte etwas sagen, nickte dann aber nur.

Zecke gab Befehle in ihren Computer ein. Markus streckte den Handschuh aus. Das Spezialkabel stellte jetzt die Verbindung zwischen ihm und dem Computer her. Eine unbekannte Energie durchströmte den Jungen. Es war, als würde er seinen Körper verlassen. Auf Zeckes Monitoren zeichneten sich seine Umrisse ab, kristallisierten sich zu Markus. Er stand vor dem schwarzen Tor, wirkte klein und verloren. Markus war in Stonehenge angekommen.

Ein Windstoß fegte über die Ebene von Salisbury und ließ den Jungen erschauern. Nebel stieg auf. Aus dem Nebel formten sich geisterhafte Gestalten: Wächter, über deren Totenköpfe Helme gestülpt waren! Ihre leeren Augenhöhlen schienen auf den Jungen herab zu blicken. Der Tod grinste. Wie wilde Reiter stürmten sie an Markus vorbei und lösten sich dann auf. Markus schwankte, kniff die Augen zusammen, fand sein Gleichgewicht wieder. Aus dem Nebel schwebte ein Druide: Er hatte einen langen weißen Bart, seine Füße steckten in Sandalen, in der Hand hielt er einen Mistelzweig. Markus fand, dass er aussah, wie Kovac, der Buchhändler. Er wedelte mit dem Mistelzweig, so als wolle er den Jungen davon abhalten, das Tor zu durchschreiten.

Markus Herz schlug laut, das Blut rauschte in seinen Ohren, seine Hände ballten sich zu Fäusten vor Anstrengung. Markus machte den letzten entscheidenden Schritt auf das Tor zu. Der Druide verschwand im Nebel. Das Tor öffnete sich langsam mit einem Stöhnen, das tief aus der Erde zu kommen schien. Keltische Musik war zu hören, begleitet von einem stampfenden Rhythmus. Markus stand mitten unter den Steinriesen. Wolken flogen über den Steintempel hinweg. Markus drehte sich um die eigene Achse. Sein Blick fiel auf einen Opferstein in der Form eines Altars. Auf dem Stein lag sein Buch aufgeschlagen. Es zog Markus magisch an. Wie in Trance bewegte er sich darauf zu. Er hörte die Stimme von Zecke:

„Sei vorsichtig Markus! Da ist noch jemand!“

Die Wolken von Stonehenge verdüsterten sich, ein Schatten fiel auf den Jungen!

Irgendwo unter den Dächern von Heidelberg flogen männliche Hände über eine Tastatur. Auf dem Bildschirm sah man jetzt Markus in Stonehenge. Er hatte dem Beobachter am Bildschirm den Rücken zugedreht. Der Unbekannte zoomte ihn heran, näherte sich Markus, ohne dass der Junge es merkte.

Markus hatte den Opferstein erreicht. Vor ihm lag das Buch, der Wind blätterte in den Seiten. Markus streckte die Hände nach dem Buch aus. Seine Hände zitterten. Von irgendwoher kam Zeckes Warnung:

„Nicht anfassen, Markus! Lass die Finger davon!“

Zu spät! Markus Hände griffen ins Leere. Das Buch verschwand im Opferstein. Aus dem Opferstein wuselte ein Heer von Ratten, Blitze zuckten vom Himmel, Donner grollte, der erste Querstein der Steinriesen löste sich, polterte auf den Boden, rollte auf Markus zu. Markus begann zu rennen. Ein Stein nach dem anderen fiel jetzt krachend herunter. Eine Steinlawine wälzte sich auf den Jungen zu. Ein riesiger Brocken verfehlte ihn nur knapp. Markus rannte um sein Leben! Das Tor begann, sich zu schließen! Er hörte Zecke schreien:

„Lauf, Markus! Lauf!"

Der Junge stürzte über einen Stein, das Tor war nur noch einen Spalt geöffnet. Markus rappelte sich auf und sprang!

Mit einem gewaltigen Schlag flog Markus in Zeckes Zimmer von dem Podest. Die Brille und der Handschuh segelten davon. Markus knallte mit dem Kopf gegen den Bettpfosten. Benommen blieb er liegen. Als er die Augen aufschlug, stand Zecke über ihn gebeugt.

„Alles okay mit Dir?", fragte sie besorgt. Markus, unfähig ein Wort heraus zu bringen, nickte.

„Das mache ich nie wieder! Nie wieder!", sagte Zecke unter Schock. „Wieso? War doch nicht echt!", krächzte Markus.

„Das glaubst auch nur Du!", antwortete die Schulfreundin und setzte sich neben ihn. Markus griff nach ihrer Hand.

„Danke!", sagte er. „Hast was gut bei mir!"

„Französisch, Englisch und Mathe!", antwortete Zecke.

„Auch!", sagte Markus immer noch atemlos. Er versuchte ein Lächeln. Zu seiner Überraschung ließ Cäcilia seine Hand nicht los.

Irgendwo unter den Dächern von Heidelberg explodierte der Stein aus Stonehenge in tausend Stücke und der Bildschirm wurde schwarz. „Vorsicht, Markus! Vorsicht! Ich kann Dich gut leiden, aber komm mir nicht in die Quere!", sagte eine Stimme leise drohend. Das Gesicht des Mannes spiegelte sich auf dem Computermonitor, der von einer kleinen Tischlampe beleuchtet wurde. Wolfgang Zimmermann, der Apotheker, stand auf und ging zu einem Dachfenster. Er schaute hinaus auf die Dächer der alten Stadt.

Nacht für Nacht hatte er in den letzten Monaten vor dem Computer verbracht. Nacht für Nacht versuchte er das Rätsel von Stonehenge zu lösen, den Druiden ihre Geheimnisse zu entreißen. Geheimnisse, die verschollen waren im Nebel der Zeit. Aber jetzt war alles anders. Das Buch war aufgetaucht! Und er, Wolfgang Zimmermann, war allen einen Schritt voraus! Er, der kleine Apotheker, mit der Zopffrisur, würde es allen zeigen! Vor allem diesem aufgeblasenen Faber! Sie kannten sich seit über zwanzig Jahren, waren gemeinsam aufs Gymnasium gegangen. Das Gymnasium, das jetzt auch Markus besuchte. Faber war schon damals der Überflieger, beliebt bei den Klassenkameraden, geachtet von den Lehrern, umschwärmt von allen, die ihn kannten. Auf ihn, Wolfgang Zimmermann, hatte Faber immer nur heruntergeblickt. Der Apothekersohn war für Faber, der aus einer Medizinerfamilie stammte, kein Umgang.

Nach dem Abitur trennten sich ihre Wege. Faber studierte Medizin, was auch sonst! Zimmermann blieb die Pharmazie. Es war beschlossene Sache seiner Eltern, dass er später einmal die Apotheke übernahm, die seit über zweihundert Jahren im Besitz seiner Familie war. Wolfgang Zimmermann war überzeugt, er wäre ein ebenso guter Mediziner geworden wie Bernhard Faber! *Aber noch war es nicht zu spät!*

Markus befand sich auf dem Nachhauseweg. Sobald er die Altstadt verlassen hatte, verflüchtigte sich auch der Lärm der Kneipen. Nur noch wenige Menschen waren auf der Straße. Der kalte Wind hatte sie in die Behaglichkeit ihrer Wohnungen geblasen. Markus ging langsam, verschollen in seinen Gedanken. *Das verschwundene Buch, Ottos Tod und jetzt Stonehenge. Das alles konnte doch kein Zufall sein!* Zufälle, hatte

Zecke gesagt, gab es nicht im Leben und schon gar nicht in der virtuellen Welt. Alles war vorprogrammiert!

Und Zecke? Sie hatte sich als echter Kumpel erwiesen. Aber dann hatte sie seine Hand festgehalten. *Das machte ein Kumpel nicht. Was war dann Zecke?*

Markus näherte sich der Alten Brücke über den Neckar. Früher waren hier die Karren in die Stadt gefahren, hatten Getreide, Gemüse und Geflügel geliefert, damit die Stadtbewohner nicht verhungerten. Wachen hatten die Lieferanten am Tor kontrolliert und ein Nachtwächter hatte seine Runden gedreht, um die alte Stadt vor Feuer zu bewahren. Heidelberg – eine Stadt mit Vergangenheit! Eine Vergangenheit, die Markus mehr und mehr einholte.

Fast hätte er die Gestalt zu spät gesehen, die sich urplötzlich aus dem Torbogen der Neckarbrücke löste. Sie trug ein Mönchsgewand und hatte die Kapuze tief ins Gesicht gezogen. Wie ein grauer Schatten huschte sie an Markus vorbei und löste sich im Dunkel der Stadtmauer auf. Markus kniff kurz die Augen zusammen, schüttelte den Kopf: *War das wieder eine von seinen Halluzinationen? Ein Hirngespinst? Etwas, was nur er wahrnahm?* Er griff nach seinem Asthmaspray und inhalierte. *Es war Zeit, dass er nach Hause kam!*

Dr. Sabine Wohlfahrt stand in der Küche am Herd. Sie kochte. Neben sich ein Glas Rotwein, in dem sie vergeblich versuchte, ihre Sorgen zu ertränken. *Was war passiert?* Zwischen Markus und ihr. Sie hörte, wie sich die Haustür öffnete. Markus schlich mehr, als dass er herein kam. Sein „Hi Mom!“ kaschierte seine Unsicherheit. Die Ärztin drehte sich zu ihrem Sohn um und lächelte ihn verhalten an.

„Darf ich fragen, wo Du warst?“ Markus ging an ihr vorbei zum Kühlschrank, nahm eine Flasche mit Saft heraus und trank einen Schluck aus der Pulle. Das tat er sonst nie. Nicht aus der Flasche. Er wollte Zeit gewinnen.

„Bei Zecke!“

„Und vorher?“, fragte sie nach.

Sein schlechtes Gewissen meldete sich. Markus fühlte sich plötzlich in die Ecke gedrängt.

„Wie vorher? Was soll das hier werden? Ein Verhör?“

Sofort tat ihm seine Patzigkeit leid.

„Nein, nur eine ganz normale Frage: also?“, seine Mutter schaute ihn forschend an. Markus schraubte die Flasche zu und stellte sie betont langsam zurück in den Kühlschrank. Die Sekunden verrannen, das Fett in der Pfanne zischte, Markus lehnte sich an die Kühlschranktür:

„Auf dem Friedhof!“

Seine Mutter nickte überrascht: „Papa besucht?“

„Otto beerdigt!“

Sabine Wohlfahrt nahm die Pfanne von der Heizplatte.

„Hunger?“, fragte sie.

Er schüttelte den Kopf und stieß sich vom Kühlschrank ab. Er wollte die Küche verlassen, als seine Mutter ihm den Weg verstellte:

„Markus, gibt es irgendetwas, das ich wissen sollte?“

Statt zu antworten versuchte Markus, sich an ihr vorbei zu drängen. Sie hielt ihn am Arm fest.

„Wir haben eine Vereinbarung, Markus! Keine Heimlichkeiten zwischen uns, keine Ausreden, keine Lügen! Gilt das noch?“

Er wich ihrem Blick aus. Sie ließ ihn los. Er verschwand aus der Küche. Sein Verhalten war Antwort genug. Die Ärztin atmete tief durch. Sie hörte seine Schritte auf der Treppe, die Tür klappte oben zu. Sie griff nach dem Weinglas und nahm einen kräftigen Schluck. *Unaufrichtigkeit, wohin sie auch schaute! Beruflich, privat, ein Gewebe von Heimlichkeiten, in dem sich alle verstrickten. So konnte es nicht weitergehen!*

Markus saß in seinem Zimmer vor seinem Computer und versuchte, Zecke zu erreichen. Er brauchte jetzt jemanden, mit dem er reden konnte. *Er hasste es, Geheimnisse vor seiner Mutter zu haben, aber er wollte sie da nicht mit hinein ziehen, vor allem, so lange er selbst nicht wusste, wo er da hinein geraten war*! Seine Mutter hatte bestimmt genug eigene Sorgen! Früher oder später würde sie rauskriegen, dass er auch noch die Schule schwänzte!

„Hi Zecke!", schrieb er, um dann das Wort **Zecke** wieder zu löschen. Er ersetzte **Zecke** durch **Cäcilia**. Er fand, es las sich besser. Es war das erste Mal, dass er sie mit ihrem richtigen Namen anschrieb. Es hatte sich etwas verändert. **Zecke** war keine **Zecke** mehr. Aber **Cäcilia** antwortete nicht.

Sie räumte im Schankraum Gläser von den Tischen ab. Bis auf einen Gast war der Schankraum leer. Die Zecher hatten sich in die Altstadt ergossen, wie der Neckar bei Hochwasser. Zecke ging mit einem Lappen an den Tisch, wischte über die Platte:

„Wir schließen gleich!", sagte sie freundlich zu dem Mann, der vor seinem Humpen saß.

„Bin schon weg!", sagte der Mann. Er griff nach seinem Steinkrug, um ihn zu leeren. Zecke bemerkte einen auffälligen Ring an seinem Finger mit einem eingravierten Ypsilon. Sie hatte den Mann vorher noch nie im **Woodstock** gesehen. Als der Fremde den Arm hob, lugte plötzlich eine kleine Ratte aus dem Ärmel seines Jacketts hervor.

„Eine Ratte?", bemerkte Zecke überrascht.

Dr. Robert Brandstätter setzte den Humpen ab, stand auf:

„In meinem Leben ist das kein Schimpfwort!"

Er legte einen Geldschein auf den Tisch und ging.

„Danke!", sagte Zecke mit Blick auf das großzügige Trinkgeld.

Ein neuer Herbsttag. Golden leuchtete die Sonne über der alten Universitätsstadt. Zecke auf ihrem Fahrrad trat in die

Pedale. Ihre Haare im Herbstwind sahen aus wie ein fliegender Teppich. An ihrem Gepäckträger hielt sich Markus fest und rauschte auf seinem Skateboard hinter ihr her. Um sie herum wirbelten bunte Blätter auf. Zecke schaute über ihre Schulter zu Markus, so als müsste sie sich vergewissern, dass er immer noch da war. Markus hatte sie zu Hause abgeholt, geduldig vor ihrer Tür gewartet, bis sie aus dem Haus trat. Zecke kam immer zu spät. Wenn sie gewusst hätte, dass Markus auf sie wartete, wäre sie bestimmt pünktlich gewesen. Das erste Mal in ihrer Schulzeit!

Markus schenkte Zecke ein kurzes Lächeln. Er war sich selbst nicht im Klaren, warum er auf sie gewartet hatte. *Aber es hatte sich gut angefühlt. Bei Ilona war das nicht so. Da war das Warten immer eine Qual. Vielleicht, weil er so viel Hoffnung daran knüpfte?*

Sie bogen in eine Gasse. Markus ließ den Gepäckträger los, weil das Pflaster zu holprig wurde für sein Board. Vor seiner Apotheke stand Zimmermann und sortierte einen Ständer mit Bodylotion. Sie erblickten sich gleichzeitig.

„Na, Markus, alles im grünen Bereich?“, rief der Apotheker gutgelaunt.

Er deutete dabei mit dem Kopf auf Zecke, die mit ihrem Fahrrad ein paar Meter weiter wartete.

„Ja, soweit!“, antwortete Markus.

„Und? Was ist mit deinem Buch? Schon gelesen?“

Markus fühlte sich durch die Frage seltsam bedrängt. Er wusste selbst nicht, wieso.

„Bin noch nicht dazu gekommen!“, sagte er und irgendwie entsprach es auch der Wahrheit.

„Also, wenn Du Hilfe brauchst?!“, wollte Zimmermann fortfahren. Da entdeckte er Ambrosius Kovac die Straße herunterschlendern. Seinen Hut in der Hand ging Kovac auf sein Antiquariat zu.

„Dann kommst Du besser zu mir!“, schnitt der Alte dem Apotheker das Wort ab. *Niemals im Leben,* dachte Markus.

Wolfgang Zimmermann war sein Freund, er hatte ihm das Asthmaspray besorgt und niemandem davon erzählt. Ohne etwas zu erwidern, verschwand Zimmermann in seiner Apotheke. Markus sah, wie Kovac seinen Buchladen aufschloss und darin verschwand! Das Licht im Laden ging an und das Schild an der Tür wurde von **geschlossen** auf **geöffnet** umgedreht.

Zecke war zurück geradelt. Markus schaute zwischen der Apotheke und dem Antiquariat hin und her. In seinen Ohren dröhnte es. Sein Atem wurde kurz. Er hatte das Gefühl, dem Buch ganz nahe zu sein! Er hörte Zeckes Stimme wie durch Watte. Sie schaute Markus fragend an.

„Was ist denn jetzt? Schule, oder was? Es läutet gleich zur ersten Stunde!“ Markus schüttelte den Kopf.

„Heißt das, Du kommst nicht mit?“, fragte Zecke.

Markus nickte: „Ich kann nicht!“

Zecke nickte verständnisvoll.

„Dann gehe ich auch nicht!“, entschied Zecke. Die Entscheidung fiel ihr leicht.

Im Boxring sprang Max Seil. Schweiß lief über sein Gesicht. Am Fuß des Rings schaute Uli seinem Lieblingsschüler zu.

„Mensch Max, mach mehr Tempo! Du brauchst Kondition!“

Max murrte atemlos.

„Wieso denn, Trainer? Besteht doch eh keiner mehr als drei Runden gegen mich!“

Uli grinste.

„Na, wenn das so ist...dann ab zum Duschen!“

Max kletterte erleichtert aus dem Ring, drückte seinem Trainer das Seil in die Hand und verschwand Richtung Duschkabinen.

In seinem Eckbüro mit den modernen Schleiflackmöbeln, saß Professor Faber hinter seinem Schreibtisch. Er trug eine Weste und ein blaues Hemd und notierte mit einem Mont-Blanc-Füller Forschungsergebnisse in eine Kladde. Der Türsummer ging. Die Tür öffnete sich. Dr. Wohlfahrt betrat den Raum. Der Professor blickte auf.

„Und, Frau Kollegin, was gibt es?“, er deutete dabei auf einen Stuhl auf der anderen Seite des Schreibtisches.

Sabine Wohlfahrt blieb stehen. Sie betrachtete den Mann vor sich. Zweifel nagten an ihr. Dann gab sie sich einen Ruck. Ihre Stimme hatte einen unsicheren Klang und sie ärgerte sich über sich selbst:

„Sie werden es nicht glauben, Herr Professor, aber die tote Ratte ist niemals Versuchstier H 136 oder wie Dr. Brandstätter sagen würde: Heinrich!“

Faber legte überrascht den Füller zur Seite:

„Wie kommen Sie denn da darauf?“

„Ihre DNA stimmt nicht mit H 136 überein. Ich habe sie seziert und Gewebeproben entnommen!“

Jetzt stand auch Faber auf, starrte sie für eine Sekunde entgeistert an: „Ach, Sie haben sie seziert?! Das war aber nicht abgesprochen!“

Die Ärztin nickte zustimmend:

„Ja, das weiß ich! Tut mir leid, aber ich wollte Gewissheit haben! Und Sie bestimmt doch auch!?“

Faber kniff für einen Moment seine Bernsteinaugen zusammen, begann im Zimmer auf und ab zu gehen. Unvermittelt blieb er vor ihr stehen.

„Das könnte also bedeuten, es gibt sie noch, irgendwo, lebendig!?“

Dr. Wohlfahrt nickte zustimmend. Faber setzte seinen Weg fort. Wieder blieb er stehen.

„Das heißt, wir müssen sie finden....die Ratte!“

Die Ärztin lächelte kühl:

„Wenn sie noch lebt!“

Der Professor ging an ihr vorbei. Er sah sie nicht an, als sein Grübeln sich in Worten auflöste.

„Heißt das, man hat uns getäuscht?“ Er drehte sich zu ihr herum. Die Bernsteinaugen blitzten.

„Vorsätzlich getäuscht?!“

Der Name **Brandstätter** schwebte unausgesprochen durch den Raum. „Der Kollege hat heute seinen freien Tag! Aber ich bin sicher, es gibt für alles eine Erklärung!“ Fabers Lächeln blitzte auf.

Dr. Sabine Wohlfahrt fühlte erleichtert, dass sie sich dem Professor anvertraut hatte.

Max sang unter der Dusche. Er ließ das Wasser über seinen Kopf laufen, als sein Handy klingelte. Es steckte in seiner Hose, die außerhalb der Duschkabine am Haken hing. Fluchend schlitterte Max barfuß zu seiner Hose. Mit nassen Fingern, zog er das Telefon vorsichtig heraus. Es war Markus. Und es war wichtig.

Uli warf einen Blick auf seine Armbanduhr, ging dann mit schnellen Schritten in Richtung Umkleidekabine. *Max duschte immer lange, aber so lange?* Den Trainer beschlich ein leiser Verdacht. Seine Stimme dröhnte durch die Kabine.

„Max, Du Warmduscher! Fertig machen zum Waldlauf!“

Er bekam keine Antwort. Nur das Rauschen der Dusche war zu hören. Mit einem Ruck zog Ulrich Fischer den Duschvorhang zur Seite. Die Kabine war leer. Von Max keine Spur, nur das Wasser plätscherte höhnisch vor sich hin. Ulrichs Blick fiel auf das Fenster, unter dem eine Bank stand. „Dieser Saukerl!“, fluchte Uli. *Wie sollte es nur weitergehen mit ihm? Max un-*

zuverlässiges Verhalten würde sie beide früher oder später in Schwierigkeiten bringen. Das Jugendamt würde nachfragen, vielleicht sogar die Staatsanwaltschaft. Erbsenzähler, die nur nach Paragraphen handelten und denen das Schicksal des Jungen völlig gleich war. Ulrich Fischer konnte beide Institutionen nicht leiden. Wütend schlug er das Fenster zu.

Max schnaufte die Straße vom Neckar hinauf. Er trug noch seine Trainingssachen und sein Haar war nass. *Das würde richtig Ärger geben mit Uli! Aber hatte er eine Wahl? Nicht, wenn Markus ihn brauchte!*

Sie waren sich zum ersten Mal in einem Bus begegnet. Max war schwarzgefahren, wie so oft! Dann kamen die Kontrolleure. Ihr Blick fiel sofort auf Max, als könnten sie es riechen! Markus hatte die Situation erkannt und dem überraschten fremden Jungen seine Fahrkarte in die Hand gedrückt. Bevor sich die Türen schlossen, war Markus noch aus dem Bus gesprungen. Das hätte Max nie geschafft.

Max war an der nächsten Haltstelle ausgestiegen und zurück gelaufen. Er hatte Markus gesucht. Fast den ganzen Tag hatte er damit verbracht. Schließlich hatte er seinen Retter an seinem Lieblingsplatz gefunden, auf der Bank unterhalb des Schlosses. Die beiden Jungs hatten sich für eine Sekunde gegenüber gestanden, dann hatte Max ein „Danke!“ gemurmelt und seine Boxerhand ausgestreckt. Markus hatte sie ergriffen, ohne ein Wort zu sagen. So wurden sie im Schweigen Freunde. Markus hatte ihm ein Vertrauen entgegenbracht, das Max nicht kannte.

Max sah Markus und Zecke vor dem alten Turm an der Stadtmauer, in dem Ambrosius Kovac wohnte. Er beschleunigte noch einmal, blieb dann ausgepumpt bei den Freunden stehen, rang gebückt nach Luft.

„Und jetzt?“, röchelte Max.

„Weißt Du, wer hier wohnt?", fragte Markus. Max schüttelte den Kopf. „Otto wollte das Buch jemandem zeigen, der sich damit auskennt!", fuhr Markus fort.

Max brummte als Antwort zustimmend:

„Der alte Büchermann?"

„Genau! Sein Schachfreund! Und was habe ich da oben am Brunnen gefunden?", fragte Markus.

„Na, den weißen Turm!", antwortete Max.

„Und?", fragte Markus auffordernd.

Max überlegte: „Und das ist der da?"

Der Straßenjunge deutete unsicher mit seinem Finger auf das kalkweiße Gebäude.

„Bist echt ein Blitzmerker!", warf Zecke ein. Max starrte Zecke eine Sekunde lang an, als hätte er sie vorher nicht wahrgenommen, dann wandte er sich an Markus:

„Was will denn die hier?"

„Cäcilia ist okay! Sie hat mir geholfen!", antwortete Markus.

„Echt? Und bei was soll das gewesen sein?", grinste Max.

Zecke stellte kommentarlos ihr Fahrrad ab und rüttelte an der Tür zum Turm. Sie war verschlossen. Max schob Cäcilia zur Seite, fummelte kurz in seiner Kapuzenjacke, zog einen kleinen Dietrich heraus und knackte die Tür im Handumdrehen.

„Verbrechersache!", triumphierte er. „Und nach was soll ich suchen?" „Mensch, Max, Du Einstein! Worüber reden wir die ganze Zeit?", warf Zecke ein.

„Über das Buch!", nickte er. „Okay! Ihr bleibt hier! Ich bin schon vorbestraft!"

Vor der Nase von Markus und Zecke schlug die schwere Tür zu, um sich gleich wieder zu öffnen.

Max streckte den Kopf heraus: „Und was ist, wenn er da ist?"

„Ist er nicht!", antworteten Markus und Zecke im Chor.

Hoch oben im Turm schwang eine andere Tür auf. Max lehnte sich dagegen, um Luft zu schöpfen. Der Boxer ließ seinen Blick durch den runden Raum schweifen: Silberleuchter mit heruntergebrannten Kerzen, ein Schachbrett, mit umgekippten Figuren, als hätten sie eine Schlacht verloren, auf dem Boden gestapelte Bücher, ein alter verschlissener Ledersessel, auf dem zwei ungeöffnete Weinflaschen es sich bequem machten, ein großer Eichenschreibtisch, auf dem sich eine Pergamentrolle entfaltete, ein ausgetrocknetes Tintenfass. Es roch muffig. Max begann zu suchen.

„Wie soll ich denn hier was finden, in dem bescheuerten Altersheim?", knurrte er vor sich hin. Max zog ziellos eine Schublade auf: Sie war voller alter Korkenzieher. Ein Geräusch von flatternden Flügeln ließ ihn zusammenfahren! Max schaute hin. Im offenen Fenster war ein kleiner Falke gelandet. Max blies vor Schreck die Luft aus den Wangen.

„Was bist`n Du für ein Vogel?"

Der Greifvogel behielt Max stoisch im Auge. Max Blick wanderte weiter zu einer Bücherwand, in der ein Totenkopf als Buchständer diente. Der Totenkopf zog Max magisch an. Er ging darauf zu. Dabei achtete er darauf, dass er die Bücherstapel auf dem Boden nicht umstieß. Vorsichtig nahm Max den Totenkopf aus dem Regal. Ein paar von den alten Schinken fielen um. Es staubte. Erst jetzt bemerkte der Junge, dass der Totenkopf in ein altes, zerfallenes Tuch geschlagen war. Kurzentschlossen klemmte Max sich den Schädel samt Tuch unter den Arm. Er schaute zu dem Falken hin, der noch immer im Fenster saß und seinen Diebstahl zu beobachten schien. Max hatte das Gefühl, sich rechtfertigen zu müssen: „Was gibt es denn da zu glotzen? Ist doch eh schon tot!", sagte er.

Der Vogel dreht den Kopf. Max hatte es plötzlich eilig, zur Tür zu kommen. Er riss sie auf, sie schlug hinter ihm zu.

Markus schob nervös sein Skateboard mit dem Fuß hin und her und schaute dabei nach oben. Zecke beobachtete ihn dabei. Die Zeit schien zu tropfen.

„Was macht der bloß so lange?", sagte Zecke und entwirrte

ihre Haare. „Hoffentlich keinen Scheiß!“, antwortete Markus ungeduldig.

Zecke schüttelte ihre Mähne:

„Der macht doch immer Scheiß!“

Über ihnen drehte ein Falke eine Runde und verschwand dann in den Bäumen.

Die Tür des Turms öffnete sich. Max trat strahlend heraus:

„Guck mal, was ich gefunden habe!“

Markus erkannte den Totenschädel aus dem Grab sofort wieder. Das Loch in seiner Schädeldecke war unverkennbar.

„Weißt Du, wer das ist?“, fragte er.

Max zuckte mit den Schultern.

„Das ist Innozenz, der Mönch! Seinen Schädel haben wir gesucht! Da oben am Heiligenberg!“

„Ach, Du heiliger Bimbam! Deshalb hat der nen Loch im Kopf!“, antwortete Max.

„Der hatte immer noch mehr im Kopf, als Du!“, ätzte Zecke.

„Wisst Ihr, was das bedeutet? Dann wusste Kovac die ganze Zeit vom Grab!“, sagte Markus und nahm Max den Totenkopf aus der Hand.

„Und wo ist das Buch?“, fragte Zecke.

Bevor Max antworten konnte, erblickte Markus den alten, schwarz gekleideten Mann, der mit großen Schritten in ihre Richtung kam. Ambrosius Kovac kehrte nach Hause zurück.

„Oh nein!“, Markus stieß Zecke an. Auch sie sah jetzt die Gestalt des Buchhändlers. Noch war er ein paar hundert Meter entfernt.

„Wenn man vom Teufel spricht!“, sagte Zecke. Die drei verabschiedeten sich hastig und stoben in verschiedene Himmelsrichtungen davon.

Ambrosius Kovac war an seinem Turm stehengeblieben und lauschte dem Rollen des Skateboards, das ihm so vertraut vorkam.

Markus rollte auf seinem Skateboard das holprige Pflaster hinunter. Er hatte den Totenschädel von Innozenz fest unter dem Arm, eingehüllt in die letzten Fasern des Tuches. Markus Gedanken rasten. *Seit wann wusste Kovac von dem Grab? War er ihm gefolgt? Oder kannte er es schon vor ihm? Und wenn er es kannte, warum hatte er nicht schon vorher das Buch aus dem Grab geraubt? Das ergab alles keinen Sinn!*

Es hupte neben ihm. Markus zuckte zusammen und sprang vom Skateboard. Die Seitenscheibe eines Kleinwagens glitt herunter. Am Steuer saß Dr. Robert Brandstätter.

„Na? Wen haben wir denn da? Den jungen Wohlfahrt!“, lächelte Brandstätter dünn.

„Hi!“, antwortete Markus einsilbig.

Brandstätter deutete auf den Schädel unter dem Arm des Jungen:

„Wo hast Du den denn gefunden?“

„Im Gestrüpp!“, antwortete Markus. Es ging Brandstätter nichts an. „Wenn Du ihn mir mitgibst ins Institut, dann kann ich für Dich auch sein Alter bestimmen!“, lockte Brandstätter.

Markus wusste nicht, wieso, aber Brandstätters Neugier war ihm nicht geheuer. Der Junge merkte, wie er kurzatmig wurde.

„Weiß ich schon!“, stieß er hervor.

„Ja, dann!“, antwortete Brandstätter sichtlich enttäuscht.

„Überleg`s Dir und lass Dich mal wieder blicken!“ *Bestimmt nicht bei Dir*, schoss es Markus durch den Kopf.

Die Fensterscheibe fuhr wieder hoch, der Wagen beschleunigte. Markus sprang wieder auf sein Skateboard, das ein paar Meter weiter gerollt war und im Rinnstein auf ihn wartete. Er skatete die Straße Richtung Neckar hinunter. Dabei kam er an der Adler-Apotheke von Zimmermann und Kovacs Buchladen vorbei. Im Buchladen brannte Licht, die Silhouette des Alten war schemenhaft zu erkennen. *Seltsam*, dachte Markus, *er hatte ihn doch gerade noch am Turm gesehen! Wie war der alte Mann nur so schnell von dort wieder hier her gekommen?*

Markus nahm mit dem rechten Fuß Schwung und sauste die Straße hinunter.

Max ging die letzten Schritte zum Trainingscamp so langsam, wie möglich. Seine Beine waren schwer. Nicht vom Laufen. Es war sein schlechtes Gewissen Uli gegenüber. *Lange würde der sich das nämlich nicht mehr anschauen. Da war er sich sicher. Und dann würde Max wieder da stehen, wo er herkam. Auf der Straße! Aber vorher würde er seinen Jugendknast absitzen müssen. Und wenn er nach anderthalb Jahren rauskam, würde keiner auf ihn warten. Oder vielleicht doch? Markus!*

Max betrat die Halle. Sie strömte den vertrauten Geruch von Schweiß, Haue und Ehrgeiz aus. Ulrich, der am Ringpfosten lehnte, drehte sich zu ihm um. In seinem Gesicht stand alles, wovor sich Max fürchtete. Max verschlug es die Sprache.

„Ach! Schon zurück vom Waldlauf?" *Dass Uli ihn nicht anschrie, war kein gutes Zeichen!* Max suchte nach einer Antwort, aber ihm fiel nichts ein! Ulrichs Stimme wurde schneidend:

„Bevor Du mich jetzt anlügst, zieh Dich lieber um! Ich sehe Dich in drei Minuten im Ring!"

Max trabte Richtung Umkleidekabine. Er ahnte, dass der Trainer ihm eine Lektion erteilen würde. Als Max wenig später wieder zurückkam, hatte sie einen Namen: Dieter! *Ausgerechnet dieser Sadist, der auch noch zuschlug, wenn andere schon am Boden lagen! Nur so, zum Spaß!*

Ulrich gab Max die Anweisung, sich aufzuwärmen, dabei würdigte er ihn keines Blickes. Wenig später kletterte der Junge in den Ring, in dem Dieter schon auf ihn wartete.

Ulrich gab das Zeichen zum Boxen. Max sah seine Strafe auf sich zu kommen! Dieter war zwar anderthalb Köpfe größer und eine halbe Gewichtsklasse schwerer, aber leicht zu reizen und dumm wie ein Brot. Max fand ihn zum Kotzen. Eins war ihm klar: Dieter durfte ihn auf keinen Fall treffen. Kaum gedacht, schon traf ihn der erste Schlag. Er konnte ihn mit der Linken abblocken, aber es reichte nicht, um dem Schwinger die Wirkung zu nehmen. Sein Jochbein brannte. Doch schlimmer als die weit ausgeholten **Heumacher** von Dieter, war für Max, die gemeine Fresse seines Gegenübers, die all das ausdrückte, was Max verabscheute. Grenzenlose Brutalität, ein dumpfer Hang zur Gewalt. Dieter würde die Reha nicht überstehen. Er würde schneller rückfällig werden, als Uli gucken konnte! Wenn Max nicht schnell eine Entscheidung herbeiführte, würde er sich vor Ekel übergeben müssen!

Max bewegte sich vor und zurück, wie ein Torero. Und Dieter, der Stier, fiel darauf herein. Er verfolgte Max und achtete dabei nicht auf seine Deckung. Wie immer schob er dabei den rechten Fuß vor, um seine Linke zu platzieren. Auf diesen Moment hatte Max gewartet. Er tauchte unter der Linken durch und legte all seine Kraft in den einzigen Schlag, auf den Dieter nicht vorbereitet war. Max Rechte traf Dieter unvermittelt am Kinnwinkel. Dieters Augen wurden glasig, er sackte in die Knie und dann zur Seite. *Wie ein Reissack in China*, dachte Max. Dieter war k.o. Ein plötzliches Glücksgefühl durchflutete den kleinen Boxer.

„Da liegt er, der Dieter!“, Max konnte es sich nicht verkneifen, einen seiner Sprüche rauszuhauen.

Max schaute fragend zu Ulrich. Der aber verzog keine Miene. In diesem Moment verstand Max, dass er nicht gegen Dieter geboxt hatte. *Es ging um Anerkennung, verlorenes Vertrauen, es ging um Uli und ihn.* Dieter rappelte sich auf, Ulrich half ihm. Sein strenger Blick wischte Max das Grinsen aus dem Gesicht.

„Talent ist nur eine Seite der Medaille!“, hörte er Uli sagen. „Die andere Seite heißt Training, Disziplin und Respekt!“

„Habe ich, Trainer!“, versicherte Max eilig und verließ den Ring, ohne sich von Dieter zu verabschieden. Respekt hatte Max nie gelernt. Respekt war in ihn reingeprügelt worden.

Ulrich lehnte sich auf die Ringseile und schaute ihm nach. *Sie hatten gemeinsam noch einen langen Weg zu gehen, bis aus Max, dem Straßenkind ein Boxer werden würde.*

Markus sah durch das erleuchtete Fenster seine Mutter in der Küche hantieren. Er schloss die Tür auf und huschte herein. Den Totenkopf hielt er hinter seinem Rücken versteckt. Der Schädel sah so gar nicht nach Schulbesuch aus. Aber Sabine Wohlfahrt kannte ihren Sohn nur zu gut. Sie kam aus der Küche und fragte unschuldig:

„Na, wie war`s in der Schule?"

„Ach, so ganz okay!", stotterte Markus.

„Das kannst Du gar nicht beurteilen, weil Du gar nicht da warst! Direktor Kochendörfer hat angerufen, er vermisst Dich seit Tagen! Und heute auch!", stellte sie ihn zur Rede.

Markus blieb die Luft weg! Sie wusste es schon! *Na Bravo! Und wenn sie jetzt noch den Totenschädel entdeckte!* Das Klingeln des Telefons rettete Markus. Während seine Mutter zurück in die Küche ging, stolperte Markus die Treppe hinauf. *Er wollte seinen Kopf retten! Seinen eigenen und den von Innozenz.*

Die Ärztin nahm den Telefonhörer ab. Es war Professor Faber am anderen Ende der Leitung.

„Ich habe mir erlaubt, Ihr Ergebnis zu überprüfen!", sagte er mit seiner sonoren Stimme.

„Sie hatten Recht, Frau Kollegin! Es ist nicht Versuchstier H 136! Und dies wirft eine Menge Fragen auf, über deren Konsequenz ich mir noch nicht im Klaren bin. Das wollte ich Ihnen nur sagen!", beendete er abrupt das Gespräch.

Für eine Sekunde hielt die Ärztin den Hörer in der Hand. *Was sollte das nun wieder? Das hätte er ihr doch auch morgen im Institut sagen können?! Auf der anderen Seite freute sie sich, dass er sie ins Vertrauen zog! Ganz im Gegensatz zu ihrem Sohn, der anscheinend mehr für sich behielt, als ihr lieb war!*

Sie legte auf und rannte die Treppe hoch zu Markus Zimmer. Sie klopfte, sie rief, sie erhielt keine Antwort. Sie drückte die Türklinke hinunter, ganz gegen ihre Gewohnheit. Die Tür war verschlossen. *So verschlossen, wie die Seele ihres Sohnes.*

Professor Doktor Bernhard Faber saß im dunkelblauen Kaschmiranzug mit einem Schal, den er elegant um den Nacken geschlungen hatte, am Fenster eines Weinlokals und schaute auf den Neckar, der in der Dunkelheit des Abends vorbei gurgelte. Die Regenfälle der letzten Tage hatten den Fluss anschwellen lassen. Faber lehnte sich zurück und ließ seinen Blick durch die Schänke wandern. Die Einrichtung war einfach. Alles aus dunkler Eiche, was das Lokal düster erscheinen ließ. Aber der Wein war exzellent und nur deshalb kam Faber hier her! Es war noch früh am Abend und an den blankpolierten Tischen aus Eichenholz verloren sich eine Handvoll Gäste.

Faber nahm einen Schluck Wein und schaute auf, als sich die Tür öffnete und Wolfgang Zimmermann das Lokal betrat. Sie waren nicht verabredet. Und Faber legte auch keinen Wert darauf, den alten Schulkameraden zu treffen. Er hatte immer so etwas Anstrengendes, was Faber nach ein paar Minuten nervte. Deshalb ignorierte er ihn. Umso mehr wunderte es ihn, dass der Apotheker direkt auf ihn zusteuerte und vor seinem Tisch stehen blieb.

„Hallo Bernhard!“, eröffnete Zimmermann die Begegnung.

„Lange nicht gesehen!“, antwortete der Professor mit einer Floskel, die den Apotheker auf Distanz halten sollte. Der Professor bot ihm keinen Stuhl an.

„Ich habe gehört, Du greifst nach den Sternen! Nobelpreis, oder so?“, sagte Zimmermann.

„Das steht noch in den Sternen!“, wiegelte Faber ab. „Dazu müssen unsere Ergebnisse noch viele Tests bestehen! Und davon sind wir noch weit entfernt, leider!“

In Zimmermanns Ohren klang Faber wie immer überheblich. Erst recht in seiner gespielten Bescheidenheit. Er spürte, wie es in ihm rumorte.

„Und was wäre, wenn Dir jemand auf diesem Weg helfen würde?“

Der Forscher betrachtete Zimmermann in seinen billigen Cordhosen und dem spießigen Jackett mit Lederflicken. Dazu kam noch diese alberne Zopffrisur, die ihm etwas Besonderes verleihen sollte.

„Ich fürchte, der müsste erst noch geboren werden!“

Zimmermann unterdrückte mühsam seinen aufsteigenden Ärger: „Vielleicht ist er Dir näher, als Du denkst!“

„Das wiederum wüsste ich!“, ließ Faber den Apotheker endgültig abblitzen. Der schaute sprachlos auf den sitzenden Faber herunter: Er hatte sich nicht verändert. Er war immer noch das arrogante Arschloch aus der Schulzeit.

„Dann eben nicht! Einen schönen Abend noch!“, quetschte Zimmermann hervor, drehte sich um und schlängelte sich an der Bedienung vorbei.

Spätestens seit heute Abend stand für ihn fest, Faber wäre der Letzte, mit dem er sein Wissen teilen würde. Warum war er überhaupt hier her gekommen? Es waren seine ewigen Komplexe Faber gegenüber. Er ärgerte sich über sich selbst! Zimmermann warf die Kneipentür hinter sich zu, dass die Butzenscheiben klirrten. Der Krebsforscher atmete erleichtert auf. *Was bildete sich dieser Apotheker überhaupt ein? Als ob er jemals Zimmermanns Hilfe nötig gehabt hätte!*

Ein Mann, der wohl schon die ganze Zeit in einer von Faber nicht einsehbaren Nische des Lokals gesessen hatte, erhob sich ungelenk. Er fuhr sich mit der Hand unsicher durch das schüttere Haar und blinzelte durch seine Drahtbrille in Richtung seines Chefs.

Faber war es nicht entgangen, dass Dr. Robert Brandstätter schon vor ihm im Lokal gewesen war. Versteckt und menschenscheu, wie es so seine Art war. Faber hatte so getan, als hätte er ihn nicht bemerkt. Er hatte keine Lust auf die Gesellschaft seines Assistenten. Und er nahm an, dass es Brandstätter ebenso ging. Vielmehr beschäftigte Faber die Frage, *hatte er alles mitangehört? Hatte er das zweifelhafte Angebot von Zimmermann mitbekommen?* Faber war sich sicher: Er hatte. Brandstätter war kurzsichtig, aber nicht schwerhörig. Brandstätters Blick in seine Richtung war ausdrucklos. Nichts, was darauf hinwies, dass der Assistent zum Mitwisser geworden war. *Ein Spiel mit verdeckten Karten, dessen Trümpfe allein Faber in der Hand hielt.* Er nickte seinem Assistenten kurz zu, als Brandstätter das Weinlokal verließ, ohne zu zahlen. Er schien es plötzlich eilig zu haben. Faber winkte dem Kellner:

„Die Rechnung des Herren übernehme ich!"

Markus saß, wie so oft, wenn er sich einsam fühlte, auf dem Fensterbrett und schaute in den schiefergrauen Herbsthimmel. Hinter den Wolken spähte der Mond hervor. Aus den Schornsteinen der Häuser unten in der Stadt kroch blasser Rauch. Der Herbst klopfte an die Tür. Markus Augen wanderten in den Vorgarten hinunter, zu dem Baum, an dem die Kinderschaukel sachte hin und her pendelte. Er dachte an den undurchsichtigen Buchhändler, an Otto, der nicht mehr lebte, an den toten Abt Innozenz, dessen Schädel hinter ihm auf dem Schreibtisch stand und ihn mit hohlen Augen ansah. *Gab es eine Verbindung? Das Buch fiel ihm ein! Alle hatten etwas mit dem Buch zu tun!* Markus spürte, wie es ihm die Luft nahm. Er wollte gerade nach dem Spray in seiner Hosentasche greifen, da hörte er seine Mutter erneut rufen.

Er öffnete die verschlossene Zimmertür. Seine Mutter saß auf der Treppe, hatte ihr Kinn in ihre Hände gestützt. Markus setzte sich neben sie. Stumm legte er seinen Arm um ihre Schultern. Die Wärme von Mutter und Sohn hüllte beide ein, wie eine warme Decke. Zeit zum Reden. Die Ärztin schaute ihren Sohn von der Seite an:

„Wir müssen uns vertrauen, Markus! Wir haben doch nur noch uns! Also, was ist?“

„Ich verstehe es nicht! Ich verstehe es doch selbst nicht!“

„Was verstehst Du nicht?“, fragte seine Mutter.

„Irgendwas geht um mich herum vor und ich weiß nicht, was!“

Sie schwiegen eine Weile. Dr. Wohlfahrt betrachtete nachdenklich ihren Sohn, der vor sich hin starrte. Noch immer schien der Tod des Vaters bei ihm Spuren hinterlassen zu haben.

Sabine Wohlfahrt brach das Schweigen:

„Ich kenne dieses Gefühl!“

Er schaute sie überrascht an.

„Es geht mir manchmal genauso! Manchmal passieren in der Wissenschaft auch Dinge, die ich nicht einordnen kann! Von denen ich auch nicht weiß, wohin sie führen werden! Und plötzlich steht man vor einer Lösung, mit der man gar nicht gerechnet hat! Das wird auch Dir so gehen!“

Markus lächelte schief:

„Auf jeden Fall habe ich mir vorgenommen, wieder in die Schule zu gehen!“

Die Mutter erwiderte das Lächeln ihres Jungen.

„Und wenn was ist, Markus, egal, was, sprich mit mir!“

Markus nickte. *Sie würde es nicht verstehen! Sie war Wissenschaftlerin. Für sie zählten Fakten. Das, was ihm passierte, war jenseits ihrer Vorstellungswelt.* Die Ärztin stand auf, fuhr Markus kurz durch die Haare.

„Abgemacht?“, fragte sie. Markus nickte wieder. Sie ging die Treppe hinunter Richtung Küche. *Immerhin, ein Anfang war gemacht,* dachte sie erleichtert. Markus blieb noch einen Moment auf der Treppe sitzen, ging dann hoch in sein Zimmer. Sie konnte ihm nicht helfen. Er würde alleine damit fertig werden müssen.

Ambrosius Kovac schloss sorgfältig die Tür seines Ladens ab. Auf der gegenüberliegenden Straßenseite, direkt vor der Adler-Apotheke, blendeten die Scheinwerfer eines Wagens auf. Kovac wollte gerade das Signal ignorieren, da entstieg Xenia Morgan-Basten dem roten Sportcoup. Lächelnd schlängelte sie auf ihn zu, wobei sie darauf achtete, nicht mit ihren Stöckelabsätzen zwischen den Pflastersteinen hängen zu bleiben. Kovac schlug seinen Mantelkragen nach oben. Es wirkte wie ein Schutz vor Xenias Zudringlichkeit.

„Ambrosius Kovac! Es geschehen noch Zeichen und Wunder!", begann sie das Gespräch.

Er schnitt ihr das Wort ab:

„Sag mir, was ich für Dich tun kann, damit ich nach Hause komme!?"

Sie blieb dicht vor ihm stehen:

„Wie kommst Du darauf, dass Du etwas für mich tun kannst?"

Xenia setzte ein provozierendes Lächeln auf.

„Du kommst doch nie ohne Grund zu mir! Und das letzte Mal ist lange her!", antwortete er. „Also, um was geht es?"

„Um ein Buch!", antwortete sie.

„Welches Buch? Ich habe einen ganzen Laden voller Bücher!", wiegelte er ab.

„Hör auf, Dich unwissend zu stellen! Der Moment ist gekommen, auf den wir alle gewartet haben! Nach so vielen Jahren! Und Du weißt das ganz genau!", fuhr sie fort. *Wenn einer etwas wusste, dann er! Er konnte sie nicht täuschen. Jahrelang hatte sie es vermieden, dem alten Professor zu begegnen. Zu viel Vergangenheit, an die keiner von beiden gern erinnert werden wollte. Aber jetzt blieb ihr kein anderer Weg. Sie hatte sich überwinden müssen, sich ihm zu stellen.*

Kovac schaute sie abschätzend an:

„Vielleicht ist es so, vielleicht auch nicht! Das einzige, was ich Dir sagen kann: das Buch, wenn es überhaupt existiert, wird seinen Besitzer selber aussuchen! Aber ich glaube nicht, dass Du dazu gehörst!"

Xenia verlor die Beherrschung:

„Und Du? Was ist mit Dir, Ambrosius Kovac?! Gehörst Du dazu? Wird es Dich aussuchen?“

Kovac Antwort war ein Schweigen, das mehr sagte, als alle Worte.

Wolfgang Zimmermann war auf dem Nachhauseweg, als er die Stimmen von Kovac und Xenia hörte. Er blieb in der Dunkelheit stehen und lauschte. *Sie hatten keine Ahnung, wieviel er wusste. Sie hatten ihn alle unterschätzt! Jetzt war seine Zeit gekommen! Die Zeit des Apothekers Wolfgang Zimmermann! Ein Hochgefühl erfasste ihn, wie eine Woge!* Er lächelte.

Er sah, wie der Wagen von Xenia davon fuhr, wartete, bis Kovac mit gemächlichen Schritten an ihm vorbei ging. Kovac blickte nach unten, auf das alte Pflaster der Römerstraße. Dabei tat er so, als habe er die Gestalt im Dunkeln nicht bemerkt. Aber es handelte sich nicht um Wolfgang Zimmermann. Da gab es noch jemand anders. Es war Dr. Robert Brandstätter, der im Schutz der Dunkelheit verharrte.

Xenia fuhr Richtung Schönheitsklinik, die sie sich größtenteils mit dem Geld reicher Gönner aufgebaut hatte. Xenia hatte schon immer Männer benutzt, um ihre Ziele zu erreichen. Aber Ambrosius Kovac schien immun gegen ihre Reize zu sein. Sie hasste den Alten, hatte ihn schon immer gehasst. Seit sie seine Studentin für Naturheilkunde und Heilpraxis gewesen war. Kovac war damals Dekan und Prüfungsbeauftragter an der Universität in Prag. Ein strenger, aber gerechter Professor, an dem sie scheiterte. Kurz vor ihrem Examen hatte sie versucht, ihren mangelnden Fleiß durch weibliche Raffinesse zu ersetzen. Was bei anderen Männern mühelos gelang, bei Kovac biss sie auf Granit. Als sie bei dem Alten abblitze, versuchte sie es bei einem jungen Dozenten. Mit Erfolg. Er verriet ihr die Prüfungsaufgaben. Das Ergebnis war Ilona. Das Mädchen wusste nicht, wer ihr Vater war. Aber sie hatte viel von ihrer Mutter.

Markus saß in seinem Zimmer vor dem Computer. Er versuchte, Cäcilia zu erreichen, aber sie war nicht online. Wahrscheinlich musste sie ihren Eltern wieder im **Woodstock** helfen. Markus schaute rüber zu dem Totenschädel von Innozenz. Er hatte ihn auf seinem Nachttisch platziert. Die letzten Fasern des Tuches waren ihm vom Kopf gerutscht. Leblos starrten die Augenhöhlen ins Leere. *Für eine Sekunde hatte Markus den Eindruck, dass der Schädel sich bewegt hatte. Aber das konnte ja nicht sein!* Er hatte einfach zu viel Phantasie. Markus ließ den Computer laufen und beschloss, zu Bett zu gehen. Er war müde. Die Ereignisse des Tages hatten ihn erschöpft. Vorsichtig schloss er die Zimmertür ab. Sicher war sicher!

Das Zimmer war dunkel, bis auf das blaue Licht des Computers, dass dem Totenkopf etwas Unwirkliches gab. Es war wenige Minuten vor Mitternacht. Von der Stadt her schlug eine Glocke. Markus lag auf der Seite in seinem Bett und schlief tief und fest. Vor dem Fenster zog der Mond vorbei und sandte sein milchiges Licht in den Raum. Es schien so, als würde sich der Totenschädel langsam und fast unmerklich dem Jungen zuwenden. Die toten Augenhöhlen erwachten zum Leben. Im Innern des Kopfes schien ein Feuer zu brennen. Markus begann sich im Schlaf hin und her zu wälzen. Er träumte:

Es war eine verdammt stockdunkle Nacht. Kein Stern am Himmel. Otto schlurfte langsam durch den Schlossgarten. Er hatte eine Flasche in der Hand und unter dem Arm das Buch, das Markus ihm geliehen hatte. Otto blieb stehen, nahm einen

Schluck aus der Flasche, summte eine Melodie vor sich hin. Otto war nicht mehr nüchtern. Er hielt sich die leere Flasche vors linke Auge, schaute hinein und schleuderte sie dann davon. Sie zersplitterte am Rand des Schlossbrunnens, an dem sein Weg vorbei führte. Otto bekam Schluckauf. Er kramte mit einer Hand in seiner Hosentasche und holte den weißen Turm heraus, die Figur des Schachspiels seines Freundes Kovac. Ein Spiel, das ausnahmsweise mit einem Remis geendet hatte. Wieder der Schluckauf, der Turm fiel ihm aus der Hand. Otto stolperte weiter, ohne sich darum zu kümmern. Er presste das Buch unter seinem Arm fest an seinen Körper. Mit der freien Hand tätschelte er es liebevoll, wie einen Freund. Morgen würde er es Markus zurückgeben. Endlich hatte er den Rand des Brunnens erreicht. Er starrte angetrunken auf den Wasserspeier, aus dem das Wasser in den Brunnen floss. Otto erschauerte. Wasser! Er erinnerte sich an Perkeo, den Schlosszwerg und Weintrinker, der nur einmal in seinem Leben Wasser trank und daran starb. Otto lachte albern, kniff die Augen zusammen, weil er das Gefühl nicht loswurde, dass der Wasserspeier ihm die Zunge rausstreckte. So ein Quatsch, er war betrunken. Der Fremdenführer schaute um sich. Obwohl er schon tausend Mal den Schlossgarten durchquert hatte, schien er ihm heute besonders düster. Otto beugte sich vor, um mit der hohlen Hand aus dem Wasserspeier zu trinken. Da fühlte er, wie sich eine fremde Hand auf seine Schulter legte. Verwirrt drehte Otto sich um, riss vor Schreck die Augen auf. Der nächtliche Angreifer begann an dem Buch unter Ottos Arm zu zerren. So betrunken Otto auch war, er hielt das Buch mit beiden Händen fest. Das Buch öffnete sich bei dem Gerangel. Ein Stoß des Fremden brachte Otto aus dem ohnehin wackeligen Gleichgewicht. Seine Hand ruderte hilflos in der Luft, das Buch wurde ihm endgültig entrissen. Ein großes Stück einer Seite blieb in Ottos Hand, als er nach hinten über den Brunnenrand stürzte. Otto prallte heftig mit dem Kopf gegen den Wasserspeier. Er verlor das Bewusstsein, fiel mit dem Oberkörper in *den Brunnen. Sein Kopf geriet unter Wasser, in das sich jetzt Blut mischte.*

Vor dem Brunnen stand Wolfgang Zimmerman, die Arme gierig um das Buch geschlungen, blickte er teilnahmslos auf den ertrinkenden Otto.

Der Apotheker dreht sich um und ging über den knirschenden Kies davon. Er hatte, was er wollte.

Markus schnellte in seinem Bett aus dem Schlaf, Schweiß auf der Stirn. Sein Atem ging stoßweise. Das Zimmer war dunkel, bis auf den gespenstischen Schein des Monitors. Der Mond war weiter gezogen, das Feuer in den Augenhöhlen des Totenschädels erloschen. *Was hatte er da geträumt? Die Wahrheit? War es so gewesen in der Nacht, als Otto starb? Und Zimmermann, sein Freund, war er wirklich der Mann am Schlossbrunnen? Dann hatte er auch das Buch! Und das alles war kein Traum. Es war mehr, als das! Es war eine Botschaft! Aber von wem?* Markus Blick fiel auf den Totenschädel. *Nein, er konnte ihm nichts mehr sagen! Wer dann?* Markus sprang aus dem Bett. Er riss das Fenster auf, ließ den kalten Herbstwind ins Zimmer. Seine Gedanken klarten auf, wie der Himmel über ihm. Ein paar Sterne blinzelten durch die Wolkendecke. Auf dem Computer blinkte ein gelbes Kuvert, das Symbol für eine neue Email.

Cäcilia saß in ihrem Zimmer vor ihrem Computer. Auf dem Monitor erschien das nebelverhangene Stonehenge. Cäcilia gab verschiedene Tastenbefehle ein, auf der Suche nach dem geheimnisvollen Fremden, der, als Markus die Kultstätte besuchte, auch dort gewesen war. Zahlenkombination und Befehle in einer Programmiersprache ratterten in Windeseile den Monitor hinunter.

Cäcilia schimpfte:

„Jetzt stell Dich nicht so an! Zeig Dich!"

Eine dunkle Figur schälte sich aus dem Nebel. Sie kannte den Mann.

Markus öffnete die Mail von Cäcilia.

„Es war Wolfgang Zimmermann in Stonehenge!“, schrieb sie.

Markus schlimmste Befürchtungen hatten sich bewahrheitet. Sie bekamen das Gesicht eines Mannes, den er für seinen Freund gehalten hatte. Er hatte im Traum gesehen, was wirklich passiert war.

Im Leibniz-Gymnasium klingelte es zur ersten Stunde. Im Klassenzimmer summte es, wie in einem Bienenkorb. Markus zwängte sich in seine Bank, lehnte das Skateboard dagegen. Er wirkte verschlafen. Die ganze Nacht hatte ihn sein Traum nicht losgelassen. Und Cäcilias Botschaft hatte ihn aufgewühlt. Erst in den Morgenstunden war er in einen tiefen, traumlosen Schlaf gefallen. Markus hatte verschlafen und die Schulkameradin deshalb nicht abholen können. Sein Rücken schmerzte. Er schob es auf den Schädel von Innozenz, der sich in seinem Rucksack befand.

Der Platz neben Markus war frei. Er blickte zur Tür, von Cäcilia noch keine Spur.

„Hi, Markus“, sagte das Wesen, das sich neben ihn setzte und ihm dabei ihre blonden Haare ins Gesicht warf. Es war Ilona. *Ach, Du Scheiße, wie lange hatte er auf diesen Moment gewartet! Ihre grünen Augen waren wie ein See. Markus drohte, darin zu ertrinken.* Er krächzte eine unverständliche Antwort.

„Ich finde, wir sollten etwas zusammen unternehmen?!“, sagte sie.

Wieder der grüne See. Markus versuchte, an die Oberfläche zu kommen. „Ich meine, es hat ja nicht so richtig geklappt mit uns…bis jetzt!"

Markus tauchte auf:

„Es lag nicht an mir!", brachte er hervor.

Cäcilia betrat gutgelaunt das Klassenzimmer. Sie hatte sich schon den ganzen Morgen auf Markus gefreut. Das änderte sich schlagartig, als sie Ilona und Markus entdeckte. Das blonde Mädchen saß auf ihrem Platz. Cäcilias Schritte blieben am Fußboden kleben, ihr Hals wurde trocken. Ilona warf ihr einen triumphierenden Blick zu, Markus schien sie gar nicht wahrzunehmen. *Er hatte nur Augen für das grüne Gewässer.* Cäcilias Blick wanderte suchend umher, erspähte einen freien Platz, Zecke quälte sich in die Bank. Sie drehte Markus und Ilona den Rücken zu. *Das wollte sie sich nicht antun.*

„Ich habe gehört, Du kennst da oben am Berg ein paar versteckte Wege?!", sagte Ilona lauter, als es nötig gewesen wäre. Sie lächelte dabei, ihre grünen Augen schimmerten. Markus fühlte, *wie er wieder unter Wasser gezogen wurde. Sie interessierte sich ja doch für ihn!*

„Vielleicht kannst Du mir ja etwas zeigen, was ich noch nicht kenne?!", fragte sie.

Markus brachte kein Wort heraus. *Das Wasser des grünen Sees schlug über ihm zusammen.*

„Wie wäre es mit heute Nachmittag, 16 Uhr?", fuhr sie fort.

„Okay, ich bin da!", stotterte Markus.

Ilona hätte sich nie freiwillig neben ihn gesetzt, *aber Cäcilias Interesse für Markus war ihr ein Dorn im Auge. Markus gehörte ihr, auch wenn sie kein wirkliches Interesse an ihm hatte. Aber das konnte sie ihm ja schlecht sagen.* Ilona stand auf und setzte sich zu ihrer kichernden Clique in der letzten Bank.

Erst jetzt nahm Markus Cäcilia wahr, die in einer anderen Reihe schräg vor ihm saß. Sie machte keine Anstalten, sich auf den nun freien Platz neben ihn zu setzen. *Vielleicht hatte sie ihn nicht gesehen! Unwahrscheinlich!* Markus dämmerte vage, dass er Cäcilia vor den Kopf gestoßen hatte!

Zecke war enttäuscht. *So leicht ließ sich Markus beeindrucken? Von ein paar blonden Haaren und ein paar raffinierten Absichten?* Ilona liebte niemanden, außer sich selbst. Das war doch so klar, wie eine frisch geputzte Fensterscheibe. *Warum merkte Markus das nicht? Jungs waren ein Rätsel!*

Die Klassentür öffnete sich und Direktor Herbert Kochendörfer trat herein. Der Studiendirektor sah noch immer aus, wie ein groß gewordener Schüler, mit seinem Pullunder und der runden Brille. *Ein bißchen wie Harry Potter für Erwachsene*, fand Markus. Kochendörfers Blick schwebte über die Klasse, registrierte Markus.

„Ja, wen haben wir denn da? Nicht zu glauben, Markus Wohlfahrt hat wieder zu uns gefunden!"

Die Klasse lachte und wandte sich Markus zu, der merkte, wie ihm das Blut in den Kopf stieg. *Nur Zecke hatte sich nicht umgedreht. Und Ilona?* Sie telefonierte heimlich mit ihrem Handy.

Dr. Brandstätter im weißen Kittel schritt von Käfig zu Käfig. Bei jeder der Ratten blieb er stehen und sprach mit dem Tier, so, als könne es ihn verstehen. Professor Faber hatte seine Hände in den Taschen seines Kittels vergraben und betrachtete den Kollegen neben sich mit einer Mischung aus Befremdung und Abscheu. Brandstätter spürte den Blick seines Chefs. Widerwillig riss er sich von den Tieren los und wandte sich ihm zu. Der Professor nahm die Hände aus den Taschen. Die Begegnung im Weinlokal am Abend zuvor stand ungeklärt zwischen ihnen.

Faber eröffnete das Spiel mit einer alten Weisheit:

„Im Wein liegt Wahrheit, Herr Kollege, sagt man!"

Der Rattenfreund blickte abschätzend. Er kannte Faber, da würde noch was kommen. Und es kam.

„Gilt das auch für Sie?"

Die Provokation seines Chefs verletzte Brandstätter. *Das hatte er nicht verdient. Er hatte doch getan, was man von ihm verlangte!* Sein Gesicht wurde kreideweiß. Die Ratte, die die ganze Zeit über seinen Rücken geklettert war, reagiert auf die veränderte Stimmungslage ihres Herren und fiepte nervös. Nur mühsam konnte der Assistent seinen aufsteigenden Ärger unterdrücken.

Seine Stimme überschlug sich:

„Was wollen Sie mir eigentlich unterstellen?"

Der Türsummer unterbrach die beiden Männer. Dr. Sabine Wohlfahrt betrat den Raum. Die Spannung zwischen den beiden war greifbar. Die Ärztin beschloss, es zu ignorieren.

Lächelnd wandte sie sich an Brandstätter:

„Herr Kollege, kann man Ratten auch verwechseln? Sie sehen doch alle gleich aus!"

„Für mich nicht!", antwortete Brandstätter trotzig.

„Dann würden Sie auch merken, wenn das falsche Tier im Käfig säße?", hakte sie nach. Fabers Augen wanderten jetzt hin und her. Brandstätter nahm seine Brille ab und begann, sie an seinem Kittel zu putzen. „Selbstverständlich, Frau Kollegin! Jedes Tier hat seinen eigenen Charakter: aggressiv, wehleidig, scheu, hinterhältig...." Die Ratte auf Brandstätters Rücken verkroch sich ängstlich in eine Seitentasche seines Kittels. Faber sprang der Kollegin bei:

„Wenn das so ist, dann hätten Sie ja eigentlich merken müssen, dass Versuchstier H 136 nicht in seinem Käfig saß! Und ein anderes Tier an seiner Stelle verendet ist!"

Brandstätter wirkte plötzlich klein und bucklig, wie ein Zwerg. *Perkeo*, dachte die Ärztin, *er glich dem Schloss-Gnom.*

Der Forscher fand seine Worte wieder.

„Sie werden nicht glauben, zu was Ratten alles fähig sind! Freilaufende Ratten sind in der Lage, gefangene Artgenossen zu befreien! ...Ich weiß, es ist eigentlich nicht zu fassen, aber wissenschaftlich belegt!“

Faber warf der Ärztin einen bedeutungsvollen Blick zu.

„Also, beim besten Willen, ich sehe hier keine freilaufenden Ratten, außer.....!“, er schaute Brandstätter nachdrücklich an. Dem Forscher stieg das Blut ins Gesicht. Er setzte seine Brille auf, seine Augen glitzerten hinter den Gläsern:

„Ratten, Herr Professor, sind sehr soziale Geschöpfe! Viel sozialer als Menschen!“, er schaute Faber direkt in die Augen. Fabers Lid zuckte. Brandstätter hatte sein Selbstbewusstsein zurück gewonnen. Er richtete sich auf, hielt dem Blick seines Chefs stand. *Keiner kannte sich besser aus mit den Nagetieren, als er. Da konnte ihm niemand was vormachen.* Er fuhr in seinen Erklärungen fort:

„Sie ernähren nicht nur die schwachen Tiere, sie schicken sogar einen Vorkoster aus, bevor sie einen Köder schlucken! Verendet das Tier trotzdem, ist es für die anderen sozusagen gestorben!“, sagte Brandstätter. „Und Sie meinen, in unserem Fall hat sich eine fremde Ratte für die Freiheit von H 136 geopfert? In dem sie sich in den Käfig setzte? Das glauben Sie doch selber nicht!“, widersprach Dr. Wohlfahrt.

Es entstand eine betretene Pause.

Die weiße Ratte wagte sich wieder aus Brandstätters Kitteltasche hervor. Unter den Blicken des Professors zog Brandstätter ein zerknülltes Stück Papier aus seinem Kittel, streckte es der Ärztin hin:

„Dann lesen Sie das hier doch mal: der Forschungsbericht der Universität Karolinksa in Stockholm!“

Die Ärztin schaute kurz darauf, steckte es dann ein:

„Ich werde es mir bei Gelegenheit anschauen!“

Bevor die Situation weiter eskalierte, griff Faber ein:

„Ich habe dem Kollegen schon öfter gesagt, er solle seine Versuchstiere nicht vermenschlichen!“

Brandstätter fühlte sich falsch verstanden:

„Ich weiß, was ich tue!“ Er war wieder blass vor Ärger. Faber deutete mit einem Finger auf die Ratte, die jetzt wieder auf Brandstätters Rücken umherlief.

„Dann passen Sie auf, Dr. Brandstätter, dass sie nicht die anderen befreit!“, Faber begann laut vor sich hin zu lachen. Brandstätters Mundwinkel zuckten humorlos. Der Professor wandte sich an die Ärztin: „Ich bin sicher, Dr. Brandstätter wird sie finden, unsere verlorengegangene Ratte der Hoffnung! Dafür hat er ein Gespür!“, dabei warf er Brandstätter einen süffisanten Blick zu: „Nicht wahr, Herr Kollege?“

Brandstätter schien durch ihn hindurch zu schauen. Faber legte vertrauensvoll den Arm um die Schultern von Dr. Wohlfahrt und geleitete sie Richtung Ausgang:

„Kommen Sie, lassen Sie uns einen Kaffee trinken!“ Er lachte belustigt: „Schmeckt auch wie Rattengift!“

Markus wartete auf den Stufen des alten Klosters. Neben ihm stand sein Rucksack. Er pflückte Unkraut zwischen den Ritzen. Ilona war noch nicht da. *Wahrscheinlich war er zu früh.* Ein Blick auf seine Plastikuhr am Handgelenk sagte ihm, dass es nicht so war! Sein Skateboard schob er mit dem Fuß hin und her. Es nagte an dem Jungen, dass Cäcilia ihn in der Pause so kühl behandelt hatte. Dabei wollte er ihr unbedingt von seinem Traum erzählen! Aber er war gar nicht zu Wort gekommen! *Zecke war richtig sauer auf ihn! Oder war Cäcilia etwa eifersüchtig? Aber warum? Sie waren Freunde, gute Freunde! So wie Max und er. Oder nicht?*

„Wenn Du auf Ilona abfährst, ist das Dein Ding!“, hatte sie zu ihm in der Pause gesagt. „Aber ich werde nicht zusehen, wie sie Dich verarscht!“ Ilona verarschte ihn nicht, sie war nur nicht pünktlich.

Markus kramte den Totenschädel von Innozenz aus seinem Rucksack. Er hielt ihn in beiden Händen, die Fasern des Tuches, in die er gehüllt war, hatten sich fast ganz aufgelöst. Markus streichelte fast liebevoll über den kahlen Schädel, der ihn angrinste. Der Junge hatte keine Angst vor ihm. Der tapfere Abt war ein Verbündeter. Ein Falke hatte unbemerkt von dem Jungen über ihm in einem Baum gesessen. Plötzlich flog er mit einem Kreischen auf. Irgendetwas musste ihn erschreckt haben. Braune Blätter rieselten auf Markus herab. Der Junge ließ vor Schreck den Totenschädel fallen, der wir ein Ball die Stufen hinuntersprang. Bei jedem Aufprall gab es einen hohlen Laut. Innozenz Kopf blieb vor den Füßen von Ilona liegen, die urplötzlich am Fuß der Treppe aufgetaucht war. Das Mädchen starrte für eine Sekunde wie paralysiert auf den Schädel, der mit geöffnetem Mund zu ihr aufschaute. Ilona erwachte aus ihrer Schockstarre und begann panisch zu schreien:

„Geh weg! Weg!“

Innozenz rührte das nicht. Hohläugig blickte er in die Herbstlandschaft. In seinem Gesicht das ewige Grinsen des Todes. Eine Windböe ließ den Totenkopf mit dem Loch in der Schädeldecke langsam auf Ilona zu kullern. Das war zu viel für das Mädchen! Sie fühlte sich verfolgt. Kreischend rannte sie davon. Sie stürmte den Hügel hinauf, ohne sich umzuschauen. Markus war aufgesprungen. Hilflos musste er zusehen, wie seine Verabredung zwischen Blättern und Gestrüpp verschwand. Alles, was er noch hervorbrachte war ein klägliches

„Ilona, ich wollte....!“, das sie schon nicht mehr hörte! *Du bist so ein Loser, Markus Wohlfahrt, schoss es ihm durch den Kopf. Er hatte es vermasselt, massiv vermasselt! Und trotzdem: etwas war anders! Er hatte nicht mehr diese komischen Magenschmerzen, wie sonst, wenn Ilona auftauchte!*

Mit gesenktem Kopf ging Markus langsam die Stufen zu Innozenz hinunter. Da ertönte ein Pfiff! Ein Pfiff, den er kannte. Und für den er dankbar war. Markus drehte sich um und schaute nach oben: Breitbeinig stand Max auf dem Weg oberhalb des Colosseums.

„Hey, Schädelwerfer, was war`n das eben?“, grinste Max breit.

Markus war überglücklich, den Freund zu sehen! *Kein Mädchengezicke! Echte Männerfreundschaft!* Die beiden Jungs umarmten sich.

„Hab Dich überall gesucht!“, sagte Max. Er trug ein altes Sweatshirt mit Kapuze und der Aufschrift: **Working Idiot**. Er bückte sich und nahm Innozenz in seine Boxerhände.

„Wir sollten ihn wieder zurück bringen!“, sagte Markus.

Max nickte: „Unbedingt!“

Sie kämpften sich durch das Brombeergestrüpp und schoben die Grabplatte zur Seite. Max hatte sein Taschentuch geopfert, damit Innozenz weich liegen konnte. Die Jungs setzten sich auf die Steinplatte. Eine seltsame Stimmung umfing sie, von Geborgenheit und Ruhe. Die beiden Jungs fühlten sich wie zwei Hüter der Vergangenheit. Nur das Rauschen der Blätter im böigen Wind war zu hören. Eine Melodie, die so alt war, wie die Zeit. Sie schwiegen. Dann begann Markus von seinem Traum zu erzählen. Max hörte schweigend zu.

„Meinst Du, Zimmermann hat jetzt das Buch?!“, hatte Max einen Geistesblitz.

Nicht eine Sekunde lang hatte er den Traum seines Freundes als bloße Phantasie in Frage gestellt. Auf Max war eben Verlass. Markus nickte. Max sprang auf:

„Da gibt es nur einen Weg, das heraus zu finden!“, er reichte Markus die Hand und zog ihn auf die Beine.

Jetzt standen sie schon über zwei Stunden in der kleinen Gasse, von der aus sie die Adler-Apotheke beobachten konnten. Max und Markus froren im Herbstwind, der durch die Gassen pfiff. Nichts tat sich. Ein paar Passanten schauten argwöhnisch auf die beiden Jungs, die scheinbar ziellos herumlungerten. Endlich öffnete sich die Tür der Apotheke. Zimmermann trat heraus und schloss sie gewissenhaft ab. Der Apotheker überquerte die Straße, ging auf das Antiquariat von Ambrosius Kovac zu. Die Freunde wechselten einen Blick. *Jetzt oder nie! Diese Chance würde nicht wieder kommen!*

Sie sausten über die Straße, Markus hatte sein Skateboard unterm Arm, den Rucksack auf dem Rücken. Sie umrundeten die Apotheke in dem alten Fachwerkhaus auf der Suche nach einem Zugang. Am Hintereingang fanden sie ein Fenster, das gekippt war.

„Gib mir mal Dein Taschentuch!", sagte Max. „Meins hat Innozenz!" Er umwickelte seine Faust und griff hinein. Er versuchte, den Hebel zu drehen, aber der schien verrostet. Max klemmte sich den Finger, fluchte. Endlich gelang es ihm, den Hebel in die Waagerechte zu bringen, das Fenster schwang auf, doch die Scheibe hielt dem Aufprall am Mauerwerk nicht stand. Sie bekam einen langen Sprung und ein Teil fiel aus der Fassung auf den Boden. Max versucht das Zurückschwingen des Fensters zu bremsen und schnitt sich dabei. Sein Zeigefinger blutete.

Markus zögerte:

„Mensch Max, was wir hier machen, ist glatter Einbruch!"

„Jeder hat mal klein angefangen!", knurrte Max. Er schlug den Rest der Scheibe aus der Fassung. Die Scherben fielen scheppernd in den Innenraum.

Noch immer konnte Markus sich nicht überwinden.

Max warf ihm einen auffordernden Blick zu:

„Willst Du es jetzt wissen oder nicht?", forderte Max den Freund heraus. Sie flüsterten automatisch. Max nahm Markus das Skateboard aus der Hand und den Rucksack ab. Max nickte ihm aufmunternd zu:

„Wenn ich pfeife, machst`e, dass Du weg kommst! Egal, wie, okay?“

Zimmermann: Freund oder Feind? Markus brauchte Gewissheit! Als er durch das Fenster kletterte, war Max bereits verschwunden.

Was ihn erwartete war eine Art Raucherzimmer, das im Halbdunkel lag: zwei schwere Ledersessel, eine Bücherwand mit pharmazeutischer Literatur, ein Schaukasten mit getrockneten Pflanzen darin, ein Kristallaschenbecher, in dem sich drei verschiedene Pfeifen gruppierten. Markus stieß mit dem Knie gegen einen Schemel. Sein Herz pochte laut in seinen Ohren. *Was machte er hier eigentlich? Jetzt war er auch noch kriminell! Dagegen war Schule schwänzen harmlos! Auf was hatte er sich da nur eingelassen? Jetzt war es ohnehin zu spät! Er musste das Buch finden, um die letzten Zweifel zu beseitigen, dass sein Traum Wirklichkeit und Zimmermann tatsächlich der Mann oben am Brunnen gewesen war.*

Markus erinnerte sich an das Suchspiel, das er als Kind oft mit seinem Vater gespielt hatte: **Heiß oder kalt** – je näher man dem Objekt kam, das man suchte, desto heißer wurde es. Dieser Raum hier war kalt. Eiskalt!

Eine Treppe führte nach oben. Markus merkte, wie seine Lunge vor Aufregung dicht machte. *Jetzt bloß nicht durchdrehen. Cool bleiben!* Er zog sein Spray aus der Hosentasche und inhalierte. Die Luft kam zurück und Markus stieg die Treppe hoch. Die Dielen knarzten in der Sprache von altem Holz. So, als wollten sie ihn verraten. Markus blieb stehen. Ihm war schwindelig. *Nicht schlapp machen, nur nicht auf halbem Weg schlapp machen.* Er öffnete die braune Tür, an der ein Porzellanschild **privat** hing. Es hatte etwas Altmodisches. Die Tür schwang auf und Markus stand im Dachgeschoß.

Schiefe Wände, tiefe Balken, ein Dachfenster, ein kleiner verrußter Kamin, in dem sich alte Asche sammelte. Ein klobiger Schrank, der sich an die Wand presste, als habe er Platzangst. In der Mitte ein monumentaler, alter Schreibtisch mit Schubladen und Porzellanknöpfen. Durch das Dachfenster fiel blasses Licht auf einen Computer, der aussah, als hätte er sich verlaufen. An den Wänden ein paar colourierte Stiche der alten Adler-Apotheke. Markus ging auf den Schreibtisch zu. Er zog die Schubladen auf – nur Papiere, Stifte, Tesafilm, Scheren, ein alter Brieföffner. Markus nahm ihn zur Hand und legte ihn wieder zurück. Er drehte sich im Kreis, schaute sich um. Als sein Blick den Schrank erfasste, wurde ihm warm. *War das ein Hinweis? Heiß oder kalt?* Er ging auf den Schrank zu, drehte den bronzefarbenen Schlüssel, die Schranktüren schwangen auf, gaben den Blick frei auf Zimmermanns aus der Mode gekommene Garderobe. Nach Farben sortierte Cordhosen und Jacketts, ein paar Hemden, ein paar Pullover. Es roch nach Mottenkugeln und spießigem Ordnungssinn. Mit einer Hand schob Markus die Klamotten zur Seite: Nichts, was nach einem Buch aussah. *Hatte er sich getäuscht?* Markus war für einen Moment ratlos! Da hörte er den warnenden Pfiff von Max.

Die Türglocke der Apotheke schlug an. Die Schritte von Zimmermann näherten sich der Treppe. Fluchtgedanken jagten durch Markus Kopf. *Zu spät! Er saß in der Falle!* Verzweifelt suchten seine Augen nach einem Versteck.

Die Schritte auf der Treppe verharrten, die Türklinke bewegte sich und Zimmermann betrat den Raum. Markus drückte sich gegen die Seitenwand des Schranks. Er wagte nicht einmal mehr zu atmen. *Jetzt bloß kein Asthma-Anfall!* Er schaute auf den Rücken von Zimmermann, sah, dass er ein paar Bücher dabei hatte, die er auf dem Schreibtisch platzierte. Dicke Wälzer. Aber keine Spur von seinem Buch. Eins nach dem anderen schlug der Apotheker auf. Zimmermanns Finger fuhr die Seiten hinunter, sichtlich auf der Suche nach einem Begriff. Das machte er auch mit dem zweiten und dritten Buch so. *Wenn Zimmermann jetzt den Kopf drehte, wäre alles vorbei.* Aber er war so vertieft in sein Tun, dass er gar nicht auf die Idee kam, dass noch jemand anders im Raum sein könnte!

Der Schrank, an dem Markus lehnte, schien Hitze abzustrahlen. Schweiß rann ihm von der Stirn in die Augen. Es brannte. Zimmermann richtete sich auf. In seinen Blick schlich sich etwas Triumphierendes, anscheinend hatte er gefunden, wonach er suchte. Der Apotheker drehte sich um, kam zielstrebig auf den Schrank zu. *Eigentlich müsste er mich jetzt sehen*, dachte Markus. Er schloss seine Augen. Nichts geschah. Als er sie wieder öffnete, sah er, wie Zimmermann sich tief bückte und unter dem Schrank eine Schublade hervorzog. Ein Geheimfach, eingefasst in den Schrankboden. Markus beobachtete, wie Zimmermann einen messingfarbenen Schlüssel aus der Hosentasche zog und mit einer schnellen Umdrehung das Fach öffnete. Der Apotheker griff mit beiden Händen hinein und zog etwas daraus hervor: **Es war das Buch!** Markus traute seinen Augen nicht: *Sein Buch!* In der gleichen Sekunde wurde Markus bewusst, sein Traum war ein Abbild der Wirklichkeit gewesen. Sein Freund Zimmermann hatte Otto auf dem Gewissen!

Markus musste schlucken. Selbst das kam ihm laut vor. Der Apotheker ließ das Fach offen und schleppte das Buch zum Schreibtisch. Mit einer fast zärtlichen Geste streifte er das silberne Ypsilon auf dem ledernen Einband. Er sprach leise mit dem Buch:

„Jetzt werden wir Freunde, wir zwei! Freunde fürs Leben!“ Er schlug das Buch auf, blätterte, bis er die richtige Seite gefunden hatte.

Da klingelte die Türglocke der Apotheke. Zimmermann fluchte vor sich hin, nahm das Buch, trug es hastig zurück zum

Schrank. *Aber jetzt musste er ihn doch sehen!,* wartete Markus auf seine Entdeckung. Aber der Apotheker schien wiederum nur Augen für das Buch zu haben. Er wirkte wie hypnotisiert. Sorgfältig verstaute er das Buch wieder in dem Geheimfach, schob es unter den Schrank und schloss ab. Der messingfarbene Schlüssel verschwand in seiner Hosentasche. Erneut ertönte die Ladenglocke.

„Ja, ja, komme schon!", rief der Apotheker unwillig. Zimmermann verließ den Raum. Markus hörte, wie sich seine Schritte auf der Treppe entfernten.

Markus spähte hinter seinem Versteck hervor. *Er musste raus, bveor Zimmermann zurück kam. Er hatte zwei Mal Glück gehabt! Dass der Apotheker ihn ein drittes Mal übersah, verstieß gegen die Gesetze der Wahrscheinlichkeit! Und Wolfgang Zimmermann war ganz bestimmt nicht mehr sein Freund!* Auf Zehenspitzen lief Markus zu den Büchern auf dem Schreibtisch. Übersetzungen: Altgälisch-Deutsch, Deutsch-Altgälisch. Markus kapierte! *Zimmermann konnte das Buch nicht lesen! Das war sein Problem!* Der Junge schlich zur Treppe und bewegte sich auf Zehenspitzen die Stufen hinunter. Die Treppe schwieg seltsamerweise still, als hätte sie sich plötzlich mit ihm verbündet.

Markus hörte die Stimme von Max:

„Hab mich geschnitten! Können Sie mir helfen?"

Markus hörte Zimmermanns joviales Apothekerlachen:

„Aber natürlich, mein Junge! Ich gebe Dir ein Sprühpflaster! Hab`s hinten im Lager! Bin gleich zurück!"

Zimmermann verließ den Verkaufsraum. Er kam mit schnellen Schritten auf Markus zu, der wie gelähmt am Fuß der Treppe stand. Zimmermann müsste blind sein, um ihn jetzt nicht zu entdecken! Die Tür zum Raucherzimmer stand einen Spalt breit auf. Markus huschte hinein ins Halbdunkel des Raumes. Zimmermann ging an der geöffneten Tür vorbei und verschwand hinten im Lager. Er kehrte mit dem Sprühpflaster zurück. *Irgendetwas kam ihm sonderbar vor.* Er spähte in sein Raucherzimmer, das dunkel und muffig vor ihm lag. Sein Blick fiel auf das zersplitterte Fenster, blieb auf den Scherben haften, die auf Boden lagen. Seine Augen verengten sich vor Argwohn und Mißtrauen. Wieder ging die Ladenglocke. Zimmermann riss sich los und eilte in den Verkaufsraum zurück, die Flasche mit dem Sprühpflaster in der Hand. Es war niemand mehr da!

Kovac trat aus seinem Bücherladen und sah Max und Markus die Straße hinunter flitzen. Markus auf seinem Skateboard, Max keuchte hinter her. Der Alte schaute rüber zur Apotheke. Zimmermann hatte Bücher bei ihm ausgeliehen, Übersetzungen. Er hatte seinen Laden in all den Jahren ihrer Nachbarschaft noch nie betreten. Die Straße war wie eine Barriere zwischen Ihnen! Es musste einen guten Grund geben, warum der Apotheker sie jetzt übersprungen hatte.

Nur widerstrebend hatte Wolfgang Zimmermann heute das Antiquariat betreten. *Aber das Buch ließ ihm keine Wahl!* Als er nach den Übersetzungen für Altgälisch fragte, hatte der Buchhändler ihn lange angeschaut, *zu lange* fand Zimmermann. Gesagt hatte er nichts! Und als Zimmermann dem Alten versicherte, dass er die Bücher so bald wie möglich zurück bringen würde, hatte der Alte nur in seinen Bart gebrabbelt:

„Es eilt nicht!“

Zimmermann hatte fluchtartig das Geschäft verlassen und erst wieder ausgeatmet, als er die Straße zu seiner Apotheke überquerte. Der Alte hatte etwas an sich, was Zimmermann auf den Tod nicht ausstehen konnte. *Ein Gefühl der Überlegenheit.*

Ambrosius Kovac war vor die Tür seines Buchladens getreten und hatte dem Apotheker nachgeschaut, wie er mit den schweren Büchern unterm Arm über die Straße gehastet war. *Ein Gefangener seiner grenzenlosen Geltungssucht.* Es fing wie aus Kübeln an zu regnen. Kovac verschwand im Vorhang der Tropfen.

Max und Markus hatten sich untergestellt. Markus erzählte Max, was er gesehen hatte.

„Ich gehe jetzt da rein, haue ihm auf die Glocke und nehme ihm das Buch ab!“, sagte Max.

„Träum weiter, Max! Er würde doch nie zugeben, dass er das Buch überhaupt hat! Das wäre ja wie ein Geständnis, dass er schuld ist an Ottos Tod!“, antwortete Markus.

Max blickte verstohlen runter auf seine nassen Schuhe:

„Polizei ist aber auch keine Lösung!“

Markus betrachtete den Freund, der ihn schief angrinste:

„Nicht wirklich!“

„Und jetzt muss ich los, sonst kriege ich Ärger mit Uli!“, sagte Max.

Die Jungs klatschten sich ab.

„Und danke, Max, für alles!“, rief Markus ihm hinter her.

„Kein Ding!“, antwortete Max und tauchte in den Regenschauer. Markus blieb allein zurück. Er hielt sein Skateboard wie ein Dach über sich. Erst allmählich wurde ihm bewusst, was er wirklich gesehen hatte. Es machte ihm Angst.

Cäcilia tränten die Augen. Sie hatte Stunden vor dem Computer verbracht, auf der Suche nach dem Mysterium des Heiligenberges. Cäcilia las kaum Bücher, das Netz war ihre Welt. Schicksale und Abgründe, Siege und Niederlagen manifestierten sich auf ihrem Bildschirm. Wissen und Weisheiten bekamen ein Gesicht, das brennende Kloster, der letzte Mönch Wittiges auf der Flucht vor seinem Häscher.

Da flog ein Steinchen gegen die Fensterscheibe. Cäcilia schaute kurz hin, stand dann verwundert auf, ging zum Fenster und öffnete es. Es hatte aufgehört zu regnen. Unten auf der Straße stand Markus.

„Hi, Zecke!“, rief er hinauf. „Kann ich rauf kommen?“
„Ich komme runter!“, antwortete das Mädchen ausweichend und schloss das Fenster.

Wenig später stand Zecke in Jeans und Bluse auf der Straße. Sie hatte die Arme vor der Brust gekreuzt. Ihre ganze Haltung ein Zeichen von Abwehr.
„Ich denke, Du hast ein Date mit Ilona?“, eröffnete sie das Gespräch.
„Ich hab`s versaut!“, murmelte Markus. „Sie ist weg gelaufen!“
„Vor Dir?“
„Ja, auch!“, druckste Markus.
„Und wie soll es jetzt weitergehen....mit Euch?“
„Keine Ahnung!“, antwortete Markus. Cäcilia hielt den Kopf schief und schaute ihren Mitschüler forschend an:
„Willst Du denn, dass es weiter geht?“, fragte sie.
„Ich glaube, sie will es nicht!“, antwortet Markus.
„Und Du?“
Er zögerte.
Zecke reichte es:
„Wenn Du weißt, was Du willst, dann kannst Du Dich ja wieder melden!“, sie drehte ihm den Rücken zu und ging Richtung Kneipe.
Markus schlich mit seinem Skateboard davon, wie ein verprügelter Hund. *So, wie es aussah, hatte er jetzt auch noch Cäcilia verloren! Was machte er nur falsch?*

Die Lichter im Institut erloschen. Vor einem Regal stand Dr. Robert Brandstätter und nahm ein Fläschchen mit einer Pipette heraus. Auf dem Fläschchen war ein Aufkleber, der einen Totenkopf zeigte. Der Forscher ließ das Fläschchen in seinem Kittel verschwinden. Er schloss den Schrank sorgfältig ab und legte den Schlüssel in eine Schublade. Als er sich aufrichtete, stand Faber hinter ihm. Brandstätter erschrak über die lautlose Art, mit der Faber jedes Mal aufkreuzte. *Wie ein Raubtier. Ein Wolf im Arztkittel!* Der Professor lächelte ihn an:

„Ich hoffe, Sie sind nicht beleidigt wegen der Diskussion heute Morgen! Aber Sie verstehen sicher, dass wir unserer neuen Kollegin Antworten schuldig sind!?"

Brandstätter nickte widerwillig. Faber legte ihm jovial eine Hand auf die Schulter, Brandstätter war es sichtlich unangenehm. Er hasste Berührungen.

„Was ich noch fragen wollte: Sind Sie eigentlich öfters da?"

Brandstätter verstand nicht gleich. Er brauchte eine Sekunde um zu überlegen, auf was Faber anspielte. Dann fiel es ihm ein: er meinte die Begegnung im Weinlokal. *Natürlich.* Brandstätter schüttelte den Kopf:

„Eher selten!"

Faber ließ die Hand von Brandstätters Schulter gleiten, tat verwundert: „Unseren Freund Zimmermann habe ich da auch noch nie gesehen!"

Die beiden Forscher verließen den Raum, gingen gemeinsam den kahlen Flur hinunter, dessen Neonbeleuchtung sie noch blasser erscheinen ließ.

„Übrigens, Herr Kollege,", sagte Faber.

Brandstätter blieb stehen, schaute in die undurchsichtigen Bernsteinaugen seines Chefs.

„Das Mittel, das Sie da in Ihrem Kittel haben, bringt jede Ratte um! Seien Sie vorsichtig damit!"

Brandstätter fühlte sich seltsam ertappt. Der Professor wandte sich ab und betrat sein Büro. Brandstätter schickte Faber einen Blick hinter her, der ihn hätte töten können.

Markus stand in der Küche am Herd und schüttete Spaghetti durch ein Sieb. Auf einer kleinen Platte köchelte eine scharfe Tomatensauce. Markus hatte sich eine Schürze umgebunden, auf der ein Skater mit seinem Board einen Sprung machte. Sein Vater hatte sie ihm zum zehnten Geburtstag geschenkt, zusammen mit seinem ersten Board. Durchs Fenster sah Markus seine Mutter aus dem Auto steigen und auf das Haus zukommen. *Es war in letzter Zeit nicht so gut gelaufen zwischen ihnen. Und das war ganz alleine seine Schuld! Er hatte was gut zu machen.* Markus fand Spaghetti mit scharfer Sauce hervorragend dafür geeignet.

Es war ein Abend nach dem sich beide gesehnt hatten. Markus schien aufgeräumt und gesprächsbereit. Sabine Wohlfahrt hatte den Tisch gedeckt. Kerzen brannten und ließen den Abend in einem anderen Licht erscheinen. Spaghetti schaufelnd erzählte Markus von Max und seiner Freundschaft zu diesem Jungen, der so ganz anders war, als er selbst. Dabei vermied er aber alles, was in Zusammenhang mit dem Buch, Zimmermann, Kovac und den Ereignissen des Tages stand. Sabine Wohlfahrt hörte aufmerksam zu und versuchte die Botschaft zwischen den Worten zu entdecken. *Irgendwas wollte Markus ihr mitteilen, aber was?*

Dann endlich platzte es doch noch aus ihm heraus:

„Sind Mädchen immer so kompliziert?“, fragte er. „Ich meine, von Natur aus?“

Aha, das war es also! Die Vorboten einer ersten Liebe! Sabine Wohlfahrt nahm einen Schluck Wein und entspannte sich. *Das war etwas, bei dem sie ihrem Sohn zur Seite stehen konnte, sofern er es zuließ.*

„Was Dir kompliziert erscheint, Markus, ist vielleicht der Schutz eines Mädchens davor, verletzt zu werden oder einen Fehler zu machen oder sich in jemandem zu täuschen! Sie testen, ob Du jemand bist, für den es sich lohnt, Gefühle zu investieren!“

Markus nahm den letzten Löffel Spaghetti und inhalierte die Nudeln.

„Das hört sich aber ziemlich berechnend an!“, antwortete er. „Können sie sich denn nicht einfach verlieben? Ich meine, einfach so…?“

Sabine Wohlfahrt lächelte hinter ihrem Weinglas.

„Oh doch! Und wie sie das können! Dein Vater und ich…..!“

Oh Scheiße! Oh nein! Sie wollte das Thema nicht anschneiden, nicht jetzt, wo sie gerade einen Neuanfang wagten! Sie schaute hilfesuchend zu ihm rüber. Das Kerzenlicht malte flatternde Schatten in das Gesicht des Jungen.

„Schon gut!“, sagte Markus. „Du kannst ja nichts dafür!“

Sie traute ihren Ohren nicht. *Hatte er das tatsächlich gesagt? Das war neu. Bisher hatte sie immer den unausgesprochenen Vorwurf in ihm gespürt, dass sie seinen Vater nicht hatte retten können. Und jetzt: Du kannst ja nichts dafür?* Die Worte von Markus ließen ihre Augen feucht werden. Sabine Wohlfahrt versteckte sich hinter einer Serviette und putzte sich die Nase. Markus übersah es.

„Und woran soll ich merken, dass ein Mädchen mich mag?“, knüpfte Markus an.

„Das spürst Du, wenn sie vor Dir steht!“, antwortete Sabine Wohlfahrt. „Dann gibt es nichts anderes mehr auf der Welt, als sie!“

Markus nickte stumm, mehr wollte er nicht wissen, *fürs Erste. Alles andere wäre ihm peinlich gewesen.*

Markus schweifte ab:

„Und wie läuft es so im Institut?“

Diesmal wich Sabine Wohlfahrt aus.

„Es gibt ein paar Probleme, aber nichts, was nicht wieder hin zu biegen wäre! Vielleicht solltest Du uns mal wieder besuchen! Ich glaube, Professor Faber mag Dich!“

„Mach ich!“, reagierte Markus zurückhaltend.

Faber war ja okay, aber dieser Brandstätter mit seinen Ratten war ihm nicht geheuer.

Markus beschloss, ihm auch künftig aus dem Weg zu gehen.

Er räumte den Tisch ab. Sabine Wohlfahrt beobachtete ihn dabei.

Ein Anfang war gemacht. Und trotzdem wurde sie das Gefühl nicht los, dass er ihr nicht alles gesagt hatte. Aber das taten Jungs in dem Alter wahrscheinlich nie. Sie nahm sich vor, sich nicht aufzudrängen. *Das musste freiwillig von ihm kommen und diese Zeit würde sie ihm geben, auch wenn es ihr schwer fiel.*

Der Abend plätscherte so dahin. Sie schauten Fernsehen und irgendwann verabschiedete sich Markus in sein Zimmer. Sabine Wohlfahrt genehmigte sich noch ein Glas Rotwein. Die Vorgänge im Institut beschäftigten sie.

Wo war Versuchstier H 136? Und was war mit ihr geschehen, der Ratte der Hoffnung? Es gab einfach keine klaren Antworten. Dr. Brandstätter flüchtete sich in Allgemeintheorien über das Verhalten von Ratten. Und Prof. Faber verhielt sich ungewöhnlich unentschlossen. *Das war keine Basis, auf der sie vertrauensvoll arbeiten konnte. Sie würde sich mit Halbwahrheiten nicht abspeisen lassen.* Mit dieser Einsicht blies sie die Kerzen aus und beschloss, zu Bett zu gehen.

Der herbstliche Mond spielte Verstecken mit den Wolken. Im Zimmer von Markus leuchtete der Computer. Es gab keine neuen Nachrichten. Keine Mail von Zecke. *Das hatte er wohl gründlich vermasselt.* Seine Gedanken schweiften zur Apotheke von Zimmermann. Er war Zeuge geworden, wie aus seinem Freund ein Besessener des Buches wurde. *War er je ein Freund gewesen? Oder hatte er sich einfach nur hinter der Maske des liebenswerten Apothekers versteckt, der immer Rat wusste? Wie sollte er sich ihm gegenüber verhalten? Wie sollte er in Zukunft überhaupt mit ihm umgehen?*

Er verschob die Antwort auf morgen. Darüber schlief er ein.

Wirre Träume rasten durch den Kopf des schlafenden Markus. Er gab Laute von sich, die man nicht verstehen konnte. Aber sie offenbarten, wie sehr seine Seele mit den Traumbildern kämpfte. *Es ging um das Buch. Es lag auf einem Tisch. Aber immer, wenn Markus sich ihm näherte, zogen fremde Hände es weg. Begleitet von einem höhnischen Lachen. Markus konnte das Gesicht des Fremden nicht erkennen. Er begann dem Buch hinterher zu rennen, immer schneller und schneller. Das Buch wirbelte um ihn herum. Alles drehte sich in seinem Traum. Ließ ihn nicht zur Ruhe kommen. Eine Stimme sprach:*

„Es gehört mir!“

Die Stimme wurde lauter in seinem Kopf:

„Es gehört mir!“

Es klang, wie eine letzte Warnung! Markus griff zu. Da schlugen Flammen aus dem Buch. Der Junge zuckte zurück, aus Angst, sich zu verbrennen. Aus dem Feuer kristallisierte sich das Gesicht von Zimmermann, lächelnd, freundlich, falsch. Hinter ihm erschien das Gesicht von Kovac.

Markus erwachte schweißnass.

Der Mond war weitergewandert und schaute hinter einer Wolkenbank hervor. Er blickte in die Dachkammer von Wolfgang Zimmermann. Sie war aufgeräumt, spiegelte die Ordnungsliebe ihres Bewohners. In den Regalen standen Reagenzgläser nach Größen geordnet. Auf einem Nebentisch bewegte sich eine Apothekerwaage im Luftzug des geöffneten Dachfensters. Eine Stehlampe beleuchtete Zimmermanns angestrengte Gesichtszüge. Er wirkte verbissen. Vor ihm lag das geheimnisvolle Buch. *Es kam ihm vor, als würde es sich sträuben, seine Geheimnisse preiszugeben.* Trotz der Übersetzungen, die Zimmermann sich geliehen hatte und die nun auf dem Schreibtisch einen Ring um das Buch der Mönche bildeten. Der Apotheker starrte auf die altgälische Schrift. Die verschnörkelten Zeichen schienen ihn auszulachen. Zimmermann richtete sich auf und schlug mit der Faust auf den Tisch:

„Wenn Du glaubst, etwas vor mir verbergen zu können, dann täuscht Du Dich!“

Er zeigte mit dem Finger auf die Schrift.

„Ich werde Deine Rätsel lösen! Und wenn es das Letzte ist, was ich tue!“ Das Buch blätterte ein paar Seiten um, blieb auf der zerrissenen Seite, die Otto mit in den Tod genommen hatte, offen liegen. Es war die Seite mit der Priesterin aus Stonehenge, die einen Mistelzweig in die Wolken hielt. Es war nicht viel übrig geblieben, nur noch ein Teil ihrer Hand vor einem Steinriesen von Stonehenge.

Zimmermann wich vom Tisch zurück. Die Erinnerung an die Nacht griff nach ihm. Er kannte den Nachhauseweg von Otto. Und er hatte im Dunkel der Nacht gewartet, bis er Ottos Gesang hörte. Er wusste, dass Otto nicht mehr nüchtern war. Das war er nie, nach dem Schachspiel mit dem Alten. Das war die Chance des Apothekers.

Dielen knarrten. Es hörte sich an, als würde jemand im Haus herum schleichen. *War das Ottos Geist oder sein eigenes schlechtes Gewissen? Nein, nur ein Luftzug*. Der Apotheker schloss das Dachfenster. Er ging zu einer Vitrine und nahm eine Karaffe mit Cognac heraus. Er goss sich einen Schluck in ein Glas und kippte es hinunter. Der Alkohol beruhigte seine angespannten Nerven. Er stellte die Karaffe auf dem Tisch ab, mitten unter die Übersetzungen. Dann widmete er sich wieder dem Buch. Seine Augen bohrten sich in die Seiten mit der fremden Schrift.

„Du wirst mich noch kennenlernen!“, sagte er drohend. Das Buch war zu seinem Feind geworden. Er knipste die Stehlampe aus und verließ den Raum. Er bekam nicht mehr mit, wie das Buch mit einem lauten Klatschen zuschlug. Das silberne Ypsilon glänzte noch für eine Sekunde im Mondlicht, bevor der Mond weiterzog und das Ypsilon in der Dunkelheit des Zimmers erlosch.

Markus war hellwach. An Schlaf war nicht mehr zu denken. Er hatte sich wieder auf das Fensterbrett gesetzt. Auf dem Computer leuchtete das Zeichen für eine eingegangene Email auf. Es war eine Email von Cäcilia. Sie schrieb:

Innozenz war ein Abt aus Irland und musste sein Land fluchtartig verlassen. Man hatte ihn und seine Ordensbrüder verfolgt, weil sie heidnisches Wissen von Druiden in einem Buch festgehalten hatten. Ein Wissen, das die Welt von damals auf den Kopf gestellt hätte. Auf dem Heiligenberg gründeten sie ein kleines Kloster. Innozenz galt schon bald als Mann mit großen Heilkräften. Woher er diese Heilkraft schöpfte, wusste niemand. Es war die Rede davon, dass es aus einem Buch stammte. Einem Buch aus Irland. Eine Art heidnische Bibel. Das brachte dem Mönch nicht nur Anerkennung, sondern auch Neid und Missgunst seiner Zeitgenossen! Das Kloster brannte. Die Flüchtlinge aus Irland starben. Am Ende verteidigte der Abt seinen Schatz des Wissens mit bloßen Händen. Ein Schwertstreich beendete sein Leben. Doch bevor er starb, konnte er das Buch weitergeben, an Wittiges, den Sachsenkrieger und seinen letzten überlebenden Glaubensbruder! Von da an galt das Buch als verschollen. Über die Jahrhunderte geriet es in Vergessenheit. Die Wissenschaft rätselt bis heute, ob das Buch nur eine Legende oder schon damals eine medizinische Sensation war! Bis morgen, Cäcilia.

Was hatte er da bloß gefunden? Wenn das tatsächlich das legendäre Buch war, dann klebte Blut daran! Und Innozenz und Wittiges waren nicht die Letzten, die für sein Buch gestorben war*en! Das war Otto!* Markus atmete tief durch und schaltete den Computer aus. An Schlaf war nicht zu denken. In seinem Kopf summten *Cäcilias Nachrichten. Ihre Mail zeigte ihm aber auch, dass sie ihn nicht vergessen hatte. Er war in ihren Gedanken und das hatte etwas Tröstliches.*

Die Stimmung am Morgen war so trüb, wie Cäcilias Laune. Düstere Wolken zogen vom Neckar herauf. Das Mädchen trat fröstelnd aus der Kneipe ihrer Eltern und entfesselte ihr Fahrrad, das mit einer dicken Kette gegen Diebe gesichert war. Der Wind bauschte ihr Haar und Cäcilia war froh, dass sie sich für

Jeans und gegen den Rock entschieden hatte. Für eine Sekunde verharrte sie, bevor sie aufs Rad stieg. Ihre Augen suchten Markus, aber er war nicht da, um sie abzuholen.

Was hatte sie erwartet nach ihrem Auftritt gestern? Sie hatte ihm nachts noch einmal geschrieben, aber das würde nichts ändern an ihrer Haltung. Sie hatte einfach keine Lust, mit Ilona in Konkurrenz zu treten. Es lag an Markus und nicht an ihr. Sie schwang sich auf ihr Rad und konnte dennoch ein leises Gefühl von Bedauern nicht unterdrücken. Sie fuhr los und ihre Schulbücher, die sie umgürtet hatte, wippten an der Lenkstange im Takt des Kopfsteinpflasters.

Markus stand vor der Adler-Apotheke. Der morgendliche Verkehr pulsierte an ihm vorbei. Alle hatten irgendein Ziel. Nur seins war plötzlich ins Wanken geraten, seitdem er sich heute Morgen nach dem Frühstück entschlossen hatte, doch Zimmermann aufzusuchen. Seit einer Stunde stand er schon vor der Tür und rang mit sich. Er steckte in der Klemme: *Wenn er zugab, zu wissen, dass der Apotheker sein Buch hatte, würde er sich selbst als den Einbrecher von gestern entlarven! Keine gute Idee! „Wenn Du nicht weißt, wie es weitergeht, gibt es nur einen Weg, es herauszufinden, den direkten Weg!“, hatte sein Vater ihm immer geraten. „Manchmal tut sich dann eine Tür auf, von der man gar nicht wusste, dass es sie gibt!“*

Markus ging auf die Apotheke zu. Sie hatte geschlossen. *Keine Tür die sich auftat!* Markus fühlte sich irgendwie erleichtert. Er sprang auf sein Board und machte sich auf den Weg zur Schule. Er würde wieder kommen und sein Buch zurückholen! *Das war er Innozenz schuldig!*

Im Institut fütterte Dr. Robert Brandstätter seine Ratten, in dem er eine Nährlösung mit einer Pipette in die Futterhalterungen tröpfelte. Zwei andere Forscher untersuchten auf einem Elektronenmikroskop eine Gewebeprobe. Mit dem schnarrenden Geräusch des Türsummers betraten Prof. Bernhard Faber und Dr. Sabine Wohlfahrt den Raum. Die Forscher schauten von ihrer Arbeit auf, Brandstätter nicht. Er ließ sich in seiner Tätigkeit nicht stören und drehte den beiden demonstrativ den Rücken zu.

„Meine Herren, liebe Kollegen, ich muss für ein paar Stunden weg. In dieser Zeit wird mich Dr. Wohlfahrt vertreten!“, gab Prof. Faber seine Anweisungen.

Brandstätter schnallte mit einer ruckartigen Bewegung herum, seine Augen wanderten zwischen Wohlfahrt und Faber hastig hin und her.

Er hatte sich immer als Fabers Stellvertreter gefühlt! Der zweite Mann war er, doch nicht diese Frau, die auch noch neu am Institut war!

Sabine Wohlfahrt fühlte sich überrumpelt.

Aus Brandstätter platzte es heraus. In seiner Aufregung stotterte er: „Brau...brauchen wir denn einen Vertreter?“ Er blickte hilfesuchend zu den beiden Forschern am Tisch. Sie schauten weg.

„Ich denke, wir können alle ganz gut auf uns selbst aufpassen!“

Faber starrte Brandstätter durchdringend an:

„So? Meinen Sie?“, fragte er abschätzig, drehte sich um und verließ den Raum.

Sabine Wohlfahrt fühlte die Blicke ihrer Kollegen auf sich haften. Sie suchte nach einem Ausweg aus der Situation, in die sie der Professor gebracht hatte.

„Professor Faber kann man nicht vertreten! Er ist einzigartig!“, sagte sie mit einem Lächeln. Die Peinlichkeit platzte wie eine Blase. Über Brandstätters Gesicht huschte ein unmerkliches Lächeln. Alle wandten sich wieder ihrer Arbeit zu. Brandstätter fütterte weiter, als wäre nichts geschehen. Dr. Sabine Wohlfahrt fühlte sich plötzlich isoliert. *Was war hier gerade passiert? Darüber musste sie sich erst mal klar werden!* Sie verließ schleunigst das Labor mit dem Summton des automatischen Türöffners.

Markus gelang es gerade noch, mit dem Klingelzeichen in die Klasse zu schlüpfen. Er quetschte sich in die Bank und schaute über die Schulter zu Ilona, die in ihr Handy vertieft war und irgendwelche Sms verschickte, an Gott weiß wen! *An ihn jedenfalls nicht!* Als sie aufschaute, begegnete sie Markus Blick. Sie verdrehte ihre Bergseeaugen.

„Das gestern, das war doch keine Absicht! Er ist mir aus der Hand gefallen!“, fühlte sich Markus bemüht, zu erklären.

„Was Besseres fällt Dir nicht ein?“, antwortete sie schnippisch.

„Im Moment nicht!“, antwortete Markus ehrlich. Im Moment war in seinem Kopf kein Platz für irgendwelche Erklärungen.

Direktor Herbert Kochendörfer unterbrach mit seinem Erscheinen das Gedankenkarussell von Markus. Der Studienrat für Geschichte und Deutsch wandte sich an seine Schüler:

„Ihr alle wohnt mit Euren Familien in und um Heidelberg. In Rohrbach, Neckargemünd und Schriesheim. Habt Ihr Euch schon mal Gedanken gemacht, woher Heidelberg seinen Namen hat? Ilona Basten, was meinen Sie?“

Das blonde Mädchen ließ ihr Handy unter der Bank verschwinden und drehte ihren Mitschülern den Kopf zu, um sich zu vergewissern, dass sie auch genug Aufmerksamkeit bekam für ihre Antwort. Dabei streifte ihr Blick auch Markus, bevor sie sich gnädig Kochendörfer zuwandte:

„Vielleicht weil es hier so viele Heidelbeeren gibt?"

Alle lachten, bis auf Markus. Kochendörfer verzog keine Miene. In seinem Blick lag nur Bedauern:

„Liegt vielleicht nahe, hat aber nichts damit zu tun! Hat irgendjemand eine bessere Erklärung? Markus Wohlfahrt?"

„Heidelberg kommt vom Heiligen Berg. War mal vor vielen Jahrhunderten der Zufluchtsort eines Ordens. Die Mönche galten als Ketzer und wurden ermordet! Das Kloster brannte nieder. Bekannt ist nur der Name des letzten Abtes: Innozenz!", sagte Markus.

Es war still geworden in der Klasse. Kochendörfer setzte seine runde Brille ab und zwinkerte kurzsichtig zu seinem Lieblingsschüler hinüber:

„Ihr habt es gehört! Dem ist nichts mehr hinzu zu fügen. Außer, dass nie etwas gefunden wurde von den ketzerischen Schriften der Mönche! Vermutlich ist bei dem Brand des Klosters auch ihr Vermächtnis zu Asche geworden.", fuhr Kochendörfer fort.

Markus biß sich auf die Unterlippe, dass es wehtat. Er wusste es besser. Kochendörfer setzte seine Brille wieder auf und ließ seinen Blick über die Klasse schweifen:

„Also, denkt dran, wenn Ihr durch die Altstadt geht, Ihr bewegt Euch auf heiligem Gelände! Das gilt auch für Sie, Ilona Basten!"

Ilona warf ihre Haare in den Nacken. Halblaut sagte sie:

„Aber nur, wenn ich am Gucci-Laden vorbei komme!"

Die Klasse lachte unterdrückt. Kochendörfer tat so, als habe er es nicht gehört. Er schaute Markus lange an. In seinem Blick stand Hochachtung und ein Interesse, das Markus nicht deuten konnte.

Kapitel 8

Professor Faber stieg aus seinem Geländewagen. Vor ihm lag die Schönheitsklinik **Venus**. Sie erinnerte ihn an ein Schloss an der Loire.

Man hätte glatt die drei Musketiere hier vermuten können. Aber ihn erwartete nur Xenia Morgan-Basten, die Chefin der Klinik. Sie erinnerte ihn an Lady Winter, die intrigante Gegenspielerin von D`Artagnan in den **Drei Musketieren**. *Er, Faber, fühlte sich mehr als Kardinal Richelieu, der Strippenzieher hinter den Fassaden des Königshofes.* Faber musste über den Vergleich lächeln.

Der Wissenschaftler betrat das Gebäude, ging durch die langen Flure, von denen rechts und links Zimmer abgingen, hinter denen reiche Patientinnen ewige Jugend suchten. Er konnte eine gewisse Verachtung nicht unterdrücken. Die armen Wesen jagten verzweifelt einer Illusion hinter her, aus der Xenia Morgan-Basten Profit schlug. Sie nahm ihnen viel Geld ab für Versprechen, die sie nicht halten konnte. Dabei lebte sie von den kosmetischen Nebenprodukten seiner Krebsforschung. Es war das Ergebnis eines Bündnisses, das er vor vielen Jahren eingegangen war.

Faber klopfte an die Tür, die zu Xenias Büro führte. Ohne eine Antwort abzuwarten, trat er ein. Xenia saß hinter ihrem Schreibtisch und telefonierte. Sie legte beim Anblick von Faber auf.

„Oh, die hohe Wissenschaft zu Besuch bei der Kosmetik!“, sagte sie mit einem Lächeln, das Faber Verärgerung ins Gesicht trieb. Sie wies auf einen Stuhl, aber Faber blieb stehen. Die schöne Frau mit den schieferfarbenen Haaren spürte, dass etwas in der Luft lag. Dafür hatte sie einen ausgeprägten Sinn.

„Was führt Dich hierher?“, eröffnete sie das Gespräch.

„Wie geht es unserer Tochter?“, stellte Faber die Gegenfrage.

„Ilona? Hat Dich das je interessiert?“, konterte sie.

„Darf ich Dich daran erinnern, dass Du nie wolltest, dass ich ihr Vater sein darf?!“, sagte Faber mit einem vorwurfsvollen Unterton in der Stimme. „Man hätte Rückschlüsse ziehen können, damals!“, sagte Xenia. „Und später war es zu spät!“

Professor Bernhard Faber nickte widerwillig.

Es war der junge Dozent Bernhard Faber gewesen, der Xenia die Prüfungsaufgaben verraten hatte. Damals vor vielen Jahren, als er an der Prager Uni lehrte und Xenia Morgan-Basten die schönste Studentin des Semesters gewesen war. Sie hätte jeden haben können, absolut jeden! Aber sie hatte sich für Bernhard Faber entschieden. Damals glaubte er noch an so etwas wie Liebe oder zumindest Zuneigung, aber er war nur das Mittel zum Zweck. Nicht mehr und nicht weniger! Doch das wurde ihm erst bewusst, nachdem seine Tochter Ilona zur Welt gekommen war. Faber hatte der jungen Studentin angeboten, sie zu heiraten.

„Was bildest Du Dir ein?“, hatte sie damals zu ihm gesagt. Faber war gekränkt. Er hatte seinen Zweck erfüllt und kam als Vater und Ehemann nicht in Frage. Sie verloren sich aus den Augen.

Faber verließ die Hochschule und wandte sich der Schulmedizin zu. Er promovierte, wurde Professor und galt als Kapazität in der Krebs-Forschung. Die Wunden blieben. Die Gleichgültigkeit seiner Eltern hatte sich in der Mißachtung von Xenia Morgan-Basten fortgesetzt. Seine verschmähte Liebe widmete er fortan der Forschung.

Als er seine ehemalige Studentin in Heidelberg wiedertraf, war ihre gemeinsame Tochter Ilona schon zehn Jahre alt und ohne Vater aufgewachsen. Eine oberflächliche Göre, schlecht erzogen, mit einem Hang, immer im Mittelpunkt zu stehen. Faber plagte ein schlechtes Gewissen, dass er sich nie kümmern durfte. Vielleicht wäre sie dann anders geraten. Er half seiner Ex-Geliebten, die Schönheitsklinik aufzubauen. Es war seine Art von Unterhalt, mit dem medizinischen Abfall aus seiner

Forschung. Manchmal hätte er sich gewünscht, mehr für seine Tochter und deren Mutter sein zu dürfen. Immer wieder war es zwischen Xenia und ihm zu Annäherungen gekommen, aber nur, wenn es ihr gerade in den Kram passte. Geblieben war ein Zweckbündnis, das langsam zerbröckelte.

Mit der Zeit waren seine Gefühle abgestumpft und es gab eine Seite an ihm selbst, die er vor Xenia verbarg. Das Bedauern um eine verlorene Chance begann, in etwas anderes umzuschlagen, vor dem selbst Faber sich fürchtete.

„Du kennst sie ja. Lernen ist nicht ihre Stärke!“, holte ihn die Stimme von Xenia in die Gegenwart zurück.

„Hat sie das mit ihrer Mutter gemeinsam?“, erwiderte Faber.

Der schönen Frau fror das Gesicht ein:

„Ihre Mutter hat es zu etwas gebracht, wie Du siehst!“

Ja, mit meiner Hilfe, hätte er gerne geantwortet, aber er schluckte seine Worte hinunter.

Faber wanderte umher und seine Gedanken mit ihm. Sie hüteten einfach zu viele Geheimnisse miteinander. Und irgendwann würde sie ihr Wissen gegen ihn verwenden. Es gab nur einen Weg, das Spinnennetz von Xenia zu zerreißen; er hätte es längst getan, wenn es nicht Ilona gäbe. Er schaute durch die bunten Glasscheiben der Fenster nach draußen. Die Welt nahm die Farben der Scheiben an: rot, blau, grün. Aber man konnte sich die Welt nicht schön malen.

„Du bist doch nicht hierhergekommen, nur um Dich nach Ilona zu erkundigen! Das hättest Du auch telefonisch erledigen können!“, riss Xenia ihn aus seinen Gedanken. Der Krebsforscher drehte sich um und kam langsam auf sie zu.

„Wann willst Du es ihr sagen?“, fragte er.

„Dass Du ihr Vater bist?“, sie zögerte. „Der Tag wird kommen! Aber den Zeitpunkt bestimme noch immer ich, mein Lieber! Vergiss nicht, wir haben eine Abmachung!“

Ihre Worte waren wie Stiche in alte Wunden. Er spürte ihre Berechnung. Er nahm die Hände aus den Hosentaschen und stützte sich auf ihrem Schreibtisch auf, beugte sich vor, ihre Köpfe berührten sich fast. Faber sprach leise, bekam dabei etwas Bedrohliches, so dass Xenia zurück wich: „Du hast lange genug in meinem Leben die Bedingungen gestellt! Damit ist jetzt Schluss!", er richtet sich zu voller Größe auf. Ihr Blick schätzte ihn ab. Etwas hatte sich geändert. Und das gefiel ihr nicht.

Faber verließ die Schönheitsklinik, umkurvte mit forschen Schritten die Reihen der Kosmetik-Mumien, die in Bademänteln auf Liegestühlen auf ihre Behandlung warteten. Er hatte pochende Kopfschmerzen, wie immer, wenn ihm eine Situation zu entgleiten drohte. Im Seitenspiegel seines Geländewagens sah er seine Ex-Geliebte am offenen Fenster stehen. Sie hatte sich die Schönheit erhalten, nach der andere trachteten. Aber ihre Schönheit hatte nie ihre Seele erreicht, hinter der eine skrupellose Ader pochte.

Faber hatte über die Jahre seine Lektion gelernt. Xenia Morgan-Basten erpresste ihn mit seiner Vaterliebe. *Aber das konnte sie sich in Zukunft abschminken. Das würde er nicht länger zulassen. Die Zeiten hatten sich geändert. Und nicht nur die Zeiten!* Er stieg ein und fuhr davon, ohne zurück zu schauen.

Sie blickte ihm nach. *Er wusste mehr, als er vorgab. Aber offensichtlich hatte er aufgehört, sein Wissen mit ihr zu teilen. Das würde sie nicht zulassen!*

Dr. Wohlfahrt spazierte am Neckar entlang, den Wintermantel hochgeschlossen, um sich gegen den Wind zu schützen. Sie hatte die andere Seite des Flusses gewählt, von der aus sie die Altstadt im Blick hatte. Die Ärztin hatte das Institut verlassen, noch bevor Faber zurückkehrte. Ganz bewusst, um den Eindruck zu verwischen, sie wolle ihn tatsächlich vertreten. *Was hatte er damit bezweckt? Sie in den Augen der Kollegen so zu bevorzugen? Wollte er ihr schmeicheln? Oder war sie nur ein Teil von Fabers Strategie der Macht?* Wertschätzung hätte er auch anders ausdrücken können. Unter vier Augen. *Wollte er Brandstätter eins auswischen oder sollte das eine Warnung sein an den überehrgeizigen Rattenkönig des Instituts?* Sie wurde aus Faber nicht klug.

Der scharfe Herbstwind blies ihre Gedanken fort. Sie kam an den alten Villen vorbei mit den Türmchen, die unbeeindruckt auf den Fluss blickten. In einem dieser Türmchen hatte sie einmal gewohnt, vor langer Zeit. Als junge Medizinstudentin. Voller Eifer! Voller Neugier, was das Studenten-Leben ihr bringen würde! Vor ihrem Fenster waren die Jahreszeiten vorbeigezogen. Die Semester wurden geschluckt von Vorlesungen, Lernen und Prüfungen. Für Privates blieb wenig Zeit. Bis zu dem Tag, an dem ein neuer Student in das Zimmer nebenan zog. Es war das Wintersemester und seine Heizung war ausgefallen. Frierend stand er vor ihrer Tür. Sie bat ihn herein in ihr kleines Zimmerchen und er nahm Platz in ihrem Herzen. Ein Platz, den er nicht mehr verließ. Die Erinnerung an Markus Vater trieb ihr Tränen in die Augen. Sie schob es auf den Wind!

Zwei Jogger kamen ihr entgegen. Beide in Trainingsanzügen mit Kapuzen: ein Mann und ein Junge. Der Mann lief voraus, der Junge versuchte, Schritt zu halten.

„Hallo Frau Wohlfahrt!“, rief der Junge ihr zu. Sie schaute überrascht hin: Es war Max, der beste Freund ihres Sohnes!

„Hallo Max!“, rief sie zurück. Er reckte die Faust in die Luft wie Rocky. Der große Mann, der ihn begleitete, gab Max einen Klaps auf die Schulter. Dabei grinste er in Richtung der Ärztin. Es war ein gewinnendes Lächeln. Dann liefen die beiden weiter. Max hatte Straftraining. Wie so oft. Dr. Wohlfahrt beschloss, nach Hause zu fahren. Sie freute sich auf ihren Sohn.

Markus war schon zu Hause, als seine Mutter heimkehrte. Er saß in seinem Zimmer vor dem Computer. Auf dem Weg von der Schule nach Hause war er noch einmal an der Adler-Apotheke vorbeigeskatet. Sie war noch immer geschlossen. *Kein Zimmermann – kein Buch! Und es war auch nicht damit zu rechnen, dass der Apotheker jemals seinen Schatz freiwillig herausrücken würde. Dafür hatte er zu viel riskiert!* Markus Stimmung war auf dem Nullpunkt. Er starrte auf den Bildschirm. Er war so leer, wie sein Kopf!

Er hörte, wie seine Mutter von unten seinen Namen rief. Er ließ den Computer an und polterte die Treppe hinunter. Er nahm, wie immer, zwei Stufen auf einmal. Eine Skateboard-Manie, an die sich seine Mutter gewöhnt hatte. Markus war immer auf dem Sprung. Sabine Wohlfahrt nahm ihren Sohn in den Arm. *L*änger, als sonst, fand er. Sie erzählte ihm, dass sie Max getroffen habe, beim Joggen, zusammen mit einem großen Mann.

„Och, das ist nur Uli, sein Trainer!“, antwortete Markus. Er verschwand im Wohnzimmer, wo er sich in einem Sessel breit machte. Seine Beine baumelten über der Lehne, er trug dicke Socken. Markus grübelte. *Wenn nichts ging, ging Max! Das Leben auf der Straße hatte ihn Dinge gelehrt, die Markus fremd waren.* Er würde ihn anrufen. Die Ärztin hatte sich einen Tee gebrüht und betrat mit dem dampfenden Getränk den Raum.

„Max ist jetzt bei seinem Trainer eingezogen!“, berichtete Markus stolz. Sabine Wohlfahrt setzte sich und hörte ihm über den Rand des Teeglases zu. Ihr Sohn hatte ihr viel zu erzählen von Max und Ulrich.

Es hatte eine Weile gedauert, bis Ulrich den Straßenjungen in sein Privatleben aufgenommen hatte. Zuvor hatte Max in einer

Unterkunft mit anderen straffälligen Jugendlichen gehaust. Immer wieder war es zu Reibereien gekommen, weil die anderen versucht hatten, den kleineren Mitbewohner zu mobben. Aber Max hatte zurück geschlagen. Ein fataler Kreislauf, der erst stoppte, als Ulrich Max zu sich nahm. Dank Ulrich hatte Max jetzt so was wie ein richtiges Zuhause.

„Schöner Zug von diesem.... Wie hieß er noch gleich?“, sagte Sabine Wohlfahrt.

„Ulrich!“, ergänzte Markus. „Ulrich Fischer!“

„Ulrich Fischer!“, widerholte seine Mutter den Namen und schaltete den Fernseher ein. Markus kramte in der Hosentasche verstohlen nach seinem Handy.

Das zweistöckige Häuschen am Waldrand sah nach Männerwirtschaft aus. Ein vergessener Schubkarren im Vorgarten, überall lag Werkzeug herum, das vor sich hin rostete. Die Fensterläden lechzten nach Farbe. Der vertrocknete Kranz aus Herbstzweigen an der Tür hing noch vom vorigen Jahr. Ulrich, der alleine lebte, schaffte es nicht, das Häuschen so in Ordnung zu halten, wie er sich das selber wünschte. Trotzdem oder gerade deshalb fühlte sich Max wohl. Für ihn war es das schönste Zuhause, das er je hatte.

Die Spätnachmittagssonne wollte sich schon verabschieden. Das hatte sie mit Max gemeinsam, der unruhig von einem Fuß auf den anderen trat. Vor wenigen Minuten hatte sich sein Handy mit einem Summen gemeldet. Es war Markus und er brauchte ihn. Da gab es nichts zu rütteln.

„Sag mal, Max, wer war denn diese Frau, die Du begrüßt hast?“, fragte Ulrich, der abspülte. Max trocknete mit einem Tuch das

Geschirr ab und stellte es in den Schrank.

„Das war die Mutter von Markus! Sie ist Ärztin!", antwortete er.

„Aha!", antwortete Uli. Er hatte längst die innere Unruhe seines Schützlings bemerkt. Es würde nur noch Sekunden dauern, bis Max herausrückte.

„Ich ähh ...muss noch mal ähh... irgenwohin!", sagte der Junge prompt, als hätte er Ulrichs Gedanken gelesen. Der Trainer drehte sich rum und schob die Klappe der Spülmaschine mit dem Hintern zu.

Uli schüttelte den Kopf:

„Nein, Du gehst nirgendwohin!"

„Aber...ich habe doch trainingsfrei!", wandte Max ein.

„Nix aber!", antwortete Ulrich energisch. „Die Zeit, die Du Dir stiehlst, in dem Du immer wieder abhaust, habe ich gerade mal verrechnet mit heute Nachmittag! Und dabei kommst Du noch gut weg!"

Max protestierte:

„Och, Mann, Trainer!... Ich muss aber!"

„Tut mir leid, heute nicht!", sagte sein Ziehvater. Für ihn war die Diskussion beendet.

Er legte den Arm um Max Schultern:

„Also, entspann Dich! Markus wird auch mal ohne Dich auskommen!"

Max schaute seinen Trainer mit großen Kinderaugen an:

„Woher weißt Du?"

Uli zuckte wissend mit den Schultern:

„Auch ich hatte mal einen Freund fürs Leben!"

„Echt?", staunte Max.

„Wir waren die beiden besten Boxer in unserer Gewichtsklasse. Und hatten uns geschworen, nie gegeneinander zu kämpfen!"

„Und dann habt Ihr doch...?", Max war plötzlich ganz gefangen.

Uli nickte:

„Ja, das haben wir. Er war der stärkere und bessere Boxer! Er hatte mich zwei Mal am Boden! Ich kam immer wieder hoch. Ich weiß bis heute nicht, wie. Und dann ist er mir in einen Schlag gelaufen. Einen Schlag, von dem er sich nie wieder erholte." Der große Mann schaute zum Fenster seines kleinen Häuschens auf den Vorgarten. Max war hinter ihm stehengeblieben, blickte in den breiten Rücken seines Vorbilds.

„Er bekam eine Hirnblutung!", sagte Ulrich leise.

„Und jetzt ist er tot?", flüsterte Max.

„Er saß noch ein paar Jahre im Rollstuhl. Ich habe ihn jeden Tag besucht." Der Trainer drehte sich zu Max um, schaute den Jungen an.

„Aber dann nahm er sich das Leben, weil er es nicht mehr für lebenswert hielt. Verstehst Du jetzt, warum ich immer sage, habe Respekt vor Deinem Gegner? Es könnte Dein Freund sein!"

Max schluckte. Er nickte stumm.

„Ich bleib dann mal daheim!", sagte er.

Der Junge wollte die Küche verlassen, als Uli ihm hinterher rief:

„Ach, Max!" Der Junge wandte sich zu ihm um. „Damit Du`s weißt: Ich habe große Hochachtung vor Deiner Freundschaft zu Markus!", sagte Uli. Max grinste:

„Hab verstanden, Trainer!", grinste Max schief und verließ die Küche.

„Geht nicht! Kann nicht weg!", schrieb er Markus.

Dr. Sabine Wohlfahrt saß vorm Fernseher. Auf dem Bildschirm retteten irgendwelche Menschen irgendwelche anderen aus Bergnot. Es interessierte sie nicht. *Ihre Gedanken waren im Institut. Die verschwundene Laborratte war immer noch nicht aufgetaucht. Und seltsamer Weise suchte auch niemand nach ihr! Noch nicht einmal Brandstätter, der eigentlich* für sie verantwortlich war. Oder musste er gar nicht nach ihr suchen, weil er wusste wo sie war? *Der Gedanke schrillte wie ein Alarm in ihrem Kopf! Wollte er etwa den Erfolg* für sich, ganz allein für sich? *Wollte die Nummer Zwei endlich die Nummer Eins werden? Das würde Faber niemals zulassen.*

Und Faber? Vermutlich hatte er ihn längst durchschaut. Deshalb das ganze Theater mit dem Stellvertreter. Es ging gar nicht um sie! Es tobte ein Machtkampf zwischen Assistent und Professor! Ging es im Institut überhaupt noch um Forschung? *Oder ging es um etwas ganz anderes? Die Unehrlichkeit zwischen den Kollegen schwelte im Institut wie ein Brand.* Sabine Wohlfahrt aber hatte keine Angst, sich zu verbrennen.

Der Herbstmond spähte bleich durch die Wolken. In der Altstadt flammten die Lichter auf. Aus der Kneipe von Zeckes Eltern dröhnte Musik: **Riders on the Storm** von den **Doors**. Die hölzernen Fensterläden klapperten im Takt der Musik. Cäcilia kellnerte zwischen den Tischen. Sie dachte an Markus. *Ihre Beziehung befand sich im Niemandsland. Das Mädchen Cäcilia war wieder hinter dem Kumpel Zecke verschwunden. Das machte sie traurig.* Sie balancierte ihr volles Tablett mit Biergläsern zwischen den Tischen hindurch, als sich die Tür öffnete und Wolfgang Zimmermann mit Schwung die Schankstube betrat. Er trug ein Jackett mit einem Rollkragenpullover darunter und Breitcordhosen. Auf dem Kopf eine karierte, englische Chauffeursmütze und einen weinroten Schal um den Hals. Er wirkte verkleidet, so, als würden die Klamotten gar nicht zu ihm gehören.

„Guten Abend!“, sagte der Apotheker aufgeräumt und lüftete seine Mütze. Cäcilia erkannte ihn sofort wieder, *Zimmermann, der Besucher aus Stonehenge! Der Mann, der Markus virtuell nach dem Leben getrachtet hatte! Was wollte er hier?* Das Tablett entglitt ihr, die Gläser zersprangen in Scherben, das Bier schwappte am Boden.

„Mach Dir nichts draus, Scherben bringen Glück!“, lächelte

Zimmermann. Seine Stimme klang einschmeichelnd, die Stimme eines Freundes.

„Im Moment nicht!“, murmelte Zecke vor sich hin und begann mit dem Aufwischen. Ihre Mutter Doro kam mit einem Besen und einer Schaufel hinter dem Tresen hervor, um ihr zu helfen.

Der Apotheker setzte sich in die Ecke, wo früher immer Otto gesessen hatte. Cäcilia schaute rüber zu ihm. *Hatte das eine Bedeutung? Oder bildete sie sich das nur ein?* Cäcilia wischte ihre bierklebrigen Finger an der Schürze ab, gab sich einen Ruck und trat an seinen Tisch.

„Was darf es denn sein?“

Zimmermann ließ sich Zeit mit seiner Antwort.

„Etwas für die Gesundheit! Etwas, das man in keiner Apotheke bekommen kann!“ Wieder dieses falsche Lächeln.

„Vielleicht einen Kräuterschnaps?“, schlug Cäcilia vor.

„Soll gesund sein!“, antwortete Zimmermann und machte es sich in der Ecke von Otto bequem. Cäcilia eilte an die Theke, um ihre Bestellung aufzugeben. Sie kam mit dem Kräuterschnaps zurück, stellte das Glas vor den Apotheker hin. Ihre Blicke kreuzten sich. *Da war etwas in seinen Augen, etwas Verschlagenes, Unehrliches, hinter der* lächelnd*en Fassade. Sie las es in seinem Blick. Du kannst mich nicht* täuschen*!*, dachte sie grimmig. Cäcilia wandte sich ab und rannte die Treppe hoch in ihr Zimmer.

Markus saß vor seinem Rechner, als die Nachricht von Cäcilia sich auf dem Bildschirm öffnete:

„Zimmermann ist hier bei uns, im Woodstock! Er sitzt auf Ottos Platz!“

Markus war sofort hellwach. Zimmermann im **Woodstock**? Seine Finger rasten über die Tastatur:

„Versuch, ihn aufzuhalten!“

Das war die Gelegenheit, sein Buch zurück zu holen, so lange Zimmermann außer Haus war!

Lautlos schlich der Junge die Treppe hinunter zum Wohnzimmer. Er spähte Richtung Sofa, seine Mutter war eingeschlafen. Das passierte ihr öfters nach einem langen Tag. Der Fernseher lief noch. Markus stieg in seine Skaterschuhe und öffnete die Haustür, so leise er konnte. Er schlüpfte aus dem Haus in die Dunkelheit der beginnenden Herbstnacht und machte sich auf den Weg zur Adler-Apotheke.

Dr. Sabine Wohlfahrt schreckte aus dem Schlaf, als habe eine unsichtbare Hand sie geweckt. Im Fernsehen lief eine Talkshow. Unwichtige Leute redeten über unwichtige Themen. Sie hatte schlecht geträumt. Von Markus und seinem Vater. Vergangenes hatte sich mit Neuem gemischt und irgendwann hatte sie nicht mehr unterscheiden können zwischen Markus und seinem Vater. Das hatte sie verstört. *War er in Gefahr? Wollte sie jemand warnen?*

Sie stieg die Treppe zu Markus Zimmer hoch und vergaß in ihrer Aufregung zu klopfen. Das Zimmer war leer. Sie starrte auf das unbenutzte Bett und den Rechner, der noch lief. Sie fühlte sich hintergangen.

Zecke stürzte wieder in den Schankraum. Die Ecke, in der Zimmermann gesessen hatte, war verlassen. Nur das Schnapsglas stand noch auf dem Tisch. Das Geld für den Schnaps war abgezählt. Kein Pfennig Trinkgeld. Sie legte keinen Wert darauf.

Rudi, der Cäcilia beobachtet hatte, rief rüber zu seiner Tochter: „Alles in Ordnung, Kleines?“

„Bestens, Rudi!“, antwortete Cäcilia. Sie duzte ihren Vater. Er bestand darauf. Zecke hätte gerne **Papa** gesagt, wie alle anderen Kindern auch.

Markus rannte durch die Altstadt. Er drängte sich an Touristen vorbei, die vor Kneipen standen und den schmalen Bürgersteig blockierten. Er umlief eine Gruppe von Corps-Studenten, die gröhlend vor einem Lokal standen. Sein Atem flog ihm in einer Wolke voraus. Das Handy in seiner Tasche piepste. Eine Sms von Cäcilia:

„Er ist weg! Konnte ihn nicht aufhalten!“ Markus blieb stehen. Er überlegte, welchen Weg Zimmermann nehmen würde. Markus kannte eine Abkürzung zur Adler-Apotheke.

Er bog in eine Seitengasse. Die kalte Herbstluft schnürte ihm die Kehle zu. *Würde er es noch schaffen? Vor Zimmermann?* Er lehnte sich schweratmend gegen die kalte Häuserwand. Zweifel plagten ihn. Markus zog sein Asthmaspray aus seiner Tasche und inhalierte.

Ein paar Kneipengäste gingen an ihm vorbei, sahen Markus an der Häuserwand lehnen.

„Muss der besoffen sein!“, sagte einer.

„Und das schon in dem Alter!“, pflichtete ihm ein anderer bei. Sie lachten. *Es hatte keinen Zweck! Er würde es nicht schaffen! Es war einfach zu knapp!* Markus stieß sich von der Wand ab und machte sich auf den Heimweg. *Mit etwas Glück hatte seine Mutter noch nichts gemerkt.*

Fast wäre er in die Gestalt, die plötzlich seinen Weg kreuzte, hineingelaufen. Es war Zimmermann. Er hatte die Hände in den Hosentaschen, sein Jackett zugeknöpft und summte eine Melodie vor sich hin. Gerade noch rechtzeitig war Markus in das Dunkel der Gasse zurück gewichen. Zimmermann bog ab. Er war nicht auf dem Weg nach Hause! Er ging Richtung Schlossberg. Markus folgte ihm. Mit entschlossenen Schritten stieg der Pharmazeut die Sandsteinstufen zum Schloss hoch, das vom Mondlicht silbern übergossen wurde. Wie ein Schatten huschte der Junge hinter her und achtete darauf, dem Apotheker genügend Vorsprung zu lassen.

Unvermittelt blieb Zimmermann stehen. Markus drückte sich an die bröckelnde Mauer, die von Efeu überwuchert wurde. Er schaute in Richtung des Mannes, der ihm den Rücken zukehrte und in die Dunkelheit lauschte. Endlich setzte Zimmermann seinen Weg fort. Markus wartete, bevor er die Sicherheit seines Verstecks verließ. Auf Zehenspitzen schlich er die Treppe zum Schloss hinauf. Der Junge hörte das schmiedeeiserne Tor, das zum Schlosspark führte, in den Angeln quietschen. Markus beschleunigte seine Schritte, er durfte sein Ziel auf gar keinen Fall aus den Augen verlieren.

Der Schüler schlüpfte durch das Tor, das gerade so weit offenstand, dass Markus hindurchpasste, ohne es bewegen zu müssen! Vor ihm schwieg der Park. Der Brunnen in dem Otto ertrunken war, zeichnete sich schemenhaft im Mondlicht ab. Und dann sah er ihn. Zimmermann stand am Rande des Schlossbrunnens, dem Ort seiner Tat. Markus hatte einmal gelesen, dass es den Täter magisch an den Ort seines Verbrechens zieht. Es war wie ein stummes Geständnis. Markus letzte Zweifel, dass sein Traum Wirklichkeit war, lösten sich auf.

Der Mond verbarg sein Gesicht hinter einer Wolke, als würde er sich schämen. Für ein paar Sekunden wurde es finster. Als sich der Mond wieder hervor traute, war Zimmermann verschwunden. Nur das Geräusch des plätschernden Brunnenwassers war zu hören. Fackelschein zuckte plötzlich an den Wänden des alten Bogengangs. Eine stumme Prozession von Mönchen zog an Markus vorbei, ohne den Jungen in der Dunkelheit zu bemerken. Sie hielten Fackeln in den Händen und hatten ihre Kapuzen tief in die Stirn gezogen. Gesichtslose Wesen, aus einer anderen, längst vergangenen Welt. Sie warfen Schatten, wie Gespenster. Von irgendwoher kam Musik, heidnische Musik, die Markus kalte Schauer über den Rücken jagte. Er stand, zu einer Säule erstarrt, mitten im Park, unfähig, sich zu rühren. Er sah, wie die Mönche, einer nach dem anderen, hinter einer großen, eisenbeschlagenen Tür verschwanden. *Was ging hier vor? Wer waren diese Gestalten, die keinen Laut von sich gaben?*

Und statt eines Kreuzes ein silbernes Ypsilon auf der Brust trugen? Da war es wieder, das Ypsilon! Aber warum trugen es die Mönche? Neugier und Angst kämpften in Markus miteinander. Die Neugier siegte.

Markus schlich zum Bogengang. Er lief an der gekalkten Wand entlang bis zur Tür, hinter der die Mönche verschwunden waren. Er lauschte. Die Drehleier-Musik war jetzt noch lauter zu hören. Sie bohrte sich in seine Eingeweide und verursachte ihm Brechreiz.

Vorsichtig öffnete Markus die schwere Eichentür und stand auf einer Empore. Sie gab den Blick frei auf einen Saal tief unter ihm. Auf dem steinernen Boden befand sich ein großer, ovaler Eichentisch, wie eine Tafelrunde. Um den Tisch herum saßen die Mönche, ihre Gesichter verhüllt unter den Kapuzen. Markus spähte vorsichtig über die Balustrade.

Unten öffnete sich die Tür und eine Gestalt in einem roten Mönchsgewand betrat den Raum. Das Gemurmel der anderen erstarb. Auch der Rote hatte sein Gesicht unter der Kapuze verborgen, aus der kalter Atem strömte. Die Kälte einer Herbstnacht. Der rote Mönch setzte sich. Er war sichtlich das Oberhaupt dieser Versammlung. Das konnte Markus an seinem Auftreten erkennen. Seine Autorität waberte über die Tafelrunde und verbreitete eine unbestimmte Furcht. Die mittelalterliche Musik verklang. Der Rote nickte seinem Gegenüber auf der anderen Seite der Tafel zu. Ein Platz neben ihm war leer geblieben. Der Mönch am anderen Ende kippte den freien Stuhl um. Scheppernd fiel er auf den Steinboden. Für eine Sekunde blitzte ein Ring an seiner Hand auf.

Was hatte das zu bedeuten? War jemand ausgestoßen worden aus der Runde? Markus beugte sich vor, um besser sehen zu können. Da legte sich eine Hand auf seine Schulter. Markus konnte den Schreckensschrei nicht unterdrücken. Die Köpfe der gesichtslosen Mönche wandten sich der Balustrade zu. Aber da, wo Markus eben noch gestanden hatte, war niemand mehr. Die Hand des Fremden hatte ihn aus dem Blickfeld der Mönche gezogen.

Die Hand gehörte Ambrosius Kovac, der wie ein Geist hinter Markus aufgetaucht war und mit flammenden Augen auf den Jungen herunterblickte. Seine Hand krallte sich schmerzhaft in die Schulter des Jungen. Markus war unfähig, sich zu rühren. Die Luft wurde ihm knapp. Er ruderte. Mit einer heftigen Bewegung befreite er sich aus Kovac Griff. Markus rannte los, ohne Rücksicht auf die Geräusche, die er dabei verursachte. Die eisenbeschlagene Eichentür fiel dumpf ins Schloss.

Markus hastete durch den Schlossgarten. Er blickte über die Schulter zurück und sah, wie die Mönche sich aus der Pforte ergossen, wie Ratten aus einem Kellerloch. Die Verfolger in den braunen Kutten schwärmten aus, hielten dabei ihre Fackeln in den Händen. Sie gaben keinen Laut von sich. *Wie lebende Tote*, so kamen sie Markus vor. *Lebende Tote, auf der Jagd nach ihm!*

Markus hetzte durch den Park, vorbei an Steinbüsten und verblühten Büschen. Unter seinen Füßen knirschte der Kies verräterisch. *Das Tor! Er musste das Tor erreichen!* Der Feuerschein zweier Fackeln zeigte ihm, dass die Mönche ihm bereits den Weg abgeschnitten hatten. Zwei von ihnen hatten den Ausgang versperrt. Markus blieb stehen, drehte sich im Kreis auf der fieberhaften Suche nach einem Versteck.

Der Brunnen! Ottos Brunnen! Markus rannte auf ihn zu. Ohne zu überlegen, sprang er über den Beckenrand in das viel zu flache Wasser. Sein Kopf schlug dumpf auf dem harten Boden auf. Für eine Sekunde fühlte er sich benommen. Blut rann von seiner Wange und vermischte sich mit dem Wasser. Fackelschein irrlichterte über dem Brunnenrand. Markus erkannte den roten Mönch, der am Brunnen stand und ihm den Rücken zudrehte. *Bleib unten, bleib bloß unten!* Markus hielt die Luft an. Das Blut hämmerte in seinen Schläfen, sein Kopf drohte zu zerplatzen. Seine Lunge brannte. Noch immer zuckte Fackelschein über das Wasser und verriet die Nähe der Verfolger. Endlich entfernte sich das Licht. Er hätte es keine Sekunde länger ausgehalten. Es wurde dunkel. *Markus musste auftauchen, egal, wie die Konsequenzen aussahen!* Japsend kam er nach oben. Er schaute über den Brunnenrand: Die Mönche waren verschwunden, so als hätte es sie nie gegeben. Der Schlosspark lag still und lauernd wie ein Raubtier vor ihm.

Markus stemmte sich aus dem Wasser. Seine nassen Kleider klebten am Körper. Sein Kopf dröhnte. Seine Hand tastete nach dem Handy. Es war weg. Er musste es verloren haben. Noch immer stand Markus bis zu den Knien im Wasser. Erst jetzt fühlte er, wie kalt es war. Mühsam kletterte er aus dem Brunnen. Seine nassen Socken schmatzten in den Schuhen. Er wollte los laufen, aber die Kälte lähmte ihn. Es kam ihm vor, als wäre das Blut in seinem Körper gefroren. Mit schleppenden Schritten bewegte er sich auf das eiserne Tor zu, öffnete es. Es quietschte wie immer in den Scharnieren. Markus schloss es hinter sich und trottete Richtung Stadt. Seine Zähne schlugen vor Kälte aufeinander. Markus hatte keinen Blick für den kleinen Falken, der auf einer Zinne saß und ihn wachsam beäugte. *Nach Hause würde er so nicht können. Nicht in diesem Zustand.*

Sabine Wohlfahrt wanderte unruhig in der Küche auf und ab. Die Küchenuhr zeigte halb drei. Markus hatte seit über vier Stunden nichts von sich hören lassen. Immer wieder hatte sie versucht, ihn übers Handy zu erreichen. Erst meldete sich die Mailbox, jetzt auch die nicht mehr. Noch nicht einmal ein Rufzeichen! Sie schaute zum Fenster hinaus in die dunkle Nacht!

Die Sorgen ließen sie frösteln. Sie hatte sich eine Strickjacke angezogen. Sie half nicht. Das Frösteln blieb.

Zecke saß in ihrem Zimmer vor dem Computer und hackte in die Tatstatur. Sie hatte ihre wilden Haare zu einem dicken Zopf gebunden, der ihr auf der Schulter baumelte. Sie trug Jeans und ihre Füße steckten in Filzpantoffeln. Aus der Kneipe drang gedämpft Musik zu ihr nach oben. Es waren **Moody Blues** mit **Nights in white Satin**. Irgendwie passte die Melancholie des Songs zu ihrem Gemütszustand. Auf dem Bildschirm zeichnete sich das Bild von Ambrosius Kovac ab. Sie hatte Stunden gebraucht, ihn im Netz zu finden. Immer wieder war ihr der Zugriff verwehrt worden. Aber dann, mit einem Trick, hatte sie ihn!

Als junger Professor hatte er an der Universität von Prag Naturheilkunde gelehrt. Sein Spezialgebiet waren medizinische Erkenntnisse, die im Laufe der Jahrhunderte verlorengegangen waren. Für sein Seminar: „Was die Kelten wussten“, musste man sich schon Monate vorher einschreiben, so überlaufen war es. In dieser Zeit hatte Kovac auch ein vielbeachtetes Buch geschrieben über die Arzneipflanzen der Druiden: „Die Toxikologie von altem Wissen“. Es war längst vergriffen. TOXIKOLOGIE – sie gab den Begriff ein. LEHRE VON GIFTEN las Zecke. Das alles aber war vierzig Jahre her. Erst viele Jahre später tauchte Kovac wieder auf, wie Nebel im Herbst: Als Buchhändler in Heidelberg. *Aber was lag dazwischen? Wo war er gewesen? Was hatte er getrieben?* Das Netz hüllte sich in Schweigen.

Sie hörte ihren Namen unten von der Straße. Zecke stand auf, ging zum Fenster, spähte in die Dunkelheit, die nur von einer trüben Laterne erhellt wurde. Unten auf dem Pflaster stand Markus, schlotternd vor Kälte. Zeckes Herz machte einen kleinen Hüpfer vor Freude. Markus war zurück.

Das Mädchen rannte die Treppe hinunter und rutschte mit ihren Filzpantoffeln auf den letzten Stufen aus. Der Pantoffel flog davon und Zecke musste über ihre Ungeschicklichkeit lachen.

Sie öffnete die Tür und winkte den Freund herein. Zecke war jetzt barfuß. Sie wollte Markus umarmen, aber der Klassenkamerad mit den roten Haaren grinste entschuldigend und wies auf seine nassen Klamotten.

„Keine gute Idee!“, sagte er.

Markus und Cäcilia schlichen sich die Treppe hoch, vorbei am Schankraum, aus dem noch immer Musik kam und Rudi und Doro die Gäste bedienten. Oben in ihrem Zimmer warf Cäcilia dem frierenden Jungen ohne zu fragen einen Jogginganzug zu. Markus fing ihn auf und zögerte.

„Ich mache uns einen Tee!“, erlöste Cäcilia ihn aus seiner Verlegenheit und verschwand aus dem Raum, damit Markus sich ungestört umziehen konnte. Er war dankbar für die Selbstverständlichkeit, mit der sie ihn behandelte. Zecke war cool. Ihr konnte man blind vertrauen. Er schlüpfte in den Jogginganzug und hängte seine nassen Klamotten über die Heizung, stellte seine Schuhe daneben.

Wenig später kam Cäcilia mit zwei dampfenden Teetassen zurück. Sie musste lachen, als sie Markus in ihrem Jogginganzug erblickte, die Ärmel waren zu kurz, die Beine zu lang.

„Du siehst vielleicht aus!“, sagte sie zu dem Jungen, der mit angezogenen Knien auf dem roten Sitzsack kauerte.

Markus rang sich ein Lächeln ab.

„Echt scheiße, oder?!“ Er nahm einen Schluck Tee und tupfte vorsichtig auf die Schürfwunde an seiner Wange. Das Getränk wärmte ihn von innen. Er beschloss, Cäcilia alles zu erzählen, was in dieser Nacht geschehen war. Zimmermanns Besuch an

Ottos Brunnen, sein Sprung ins klate Wasser, die Versammlung der Mönche.

Sie hockten jetzt beide auf ihrem Bett. Markus lehnte sich gegen die Wand, während er von den Vorgängen im Schloss berichtete. Zecke hörte gespannt zu, ohne ihn zu unterbrechen. Vor Anspannung spielte sie mit ihren Zehen. Nur eine Kerze erleuchtete das Zimmer und malte sanfte Schatten an die Wände. Schatten einer neuen Vertrautheit, die es vorher so nicht gegeben hatte.

„Und Du meinst, Zimmermann ist einer von ihnen, einer von diesen Mönchen?“, fragte Zecke.

„Ich weiß es nicht!“, Markus zuckte mit den Schultern. „Ich konnte ihre Gesichter nicht erkennen!“

Zeckes Zehenspiel endete abrupt:

„Und dieser Kovac, was hatte der da oben zu suchen?“

„Keine Ahnung!“, antwortete Markus. „Aber grundlos hat er sich bestimmt nicht da rumgetrieben!“

„Glaubst Du, er gehört auch dazu?“, fragte Zecke.

„Zu zutrauen wäre es ihm!“, antwortete der Junge.

„Er spricht die Sprache der Kelten!“, gab Zecke preis.

Markus schaute sie erstaunt an.

„Habe ich aus dem Netz!“, berichtete sie.

„Er spricht altgälisch? Dann versteht er auch, was in meinem Buch steht! Vielleicht war es deshalb so scharf drauf!“

„Aber jetzt hat es Zimmermann!“, setzte sie seinen Gedanken fort.

Markus nickte bestätigend:

„Weil er es Otto weggenommen hat!“

Cäcilia griff mit beiden Händen in ihren Haare und wuschelte sie auf vor Anspannung.

„Dann war es bestimmt kein Zufall, dass er sich ausgerechnet auf Ottos Platz gesetzt hat!“

Markus schüttelte den Kopf:

„Genauso wenig wie sein Besuch oben am Brunnen!“

Cäcilia erschauerte:

„Wenn ich mir vorstelle, dass er schuld an Ottos Tod ist....“

Markus blies die Luft aus den Wangen. Er sah plötzlich müde aus.

„Kann ich mal dein Handy haben?“, murmelte er unvermittelt.

Sabine Wohlfahrt saß im Wohnzimmer. Immer noch keine Nachricht von Markus. Plötzlich klingelte in der Küche ihr Handy. Sie sprang aus ihrem Sessel auf und rannte hin. Sie schaute auf das Display. Eine SMS:

„Bin bei Cäcilia! Alles gut! Markus“ Die Ärztin schluckte den Kloß in ihrem Hals herunter. *Das war es also! Markus erlebte seine erste Liebe und sie hatte auch einen Namen und ein Gesicht: Cäcilia!* Sie mochte das Mädchen, das so anders war. Sie passte zu ihrem Sohn.

Erleichtert ging Sabine Wohlfahrt zum Kühlschrank, nahm eine geöffnete Flasche Sekt heraus und goss sich ein Glas ein. Er schmeckte abgestanden, aber das war ihr egal. Hauptsache, Markus hatte sich gemeldet! Alles andere konnte ihr gestohlen bleiben. Ihr Blick fiel auf das Foto ihres Mannes, das im Flur auf der Anrichte stand.

„Du hättest es wahrscheinlich gewusst oder zumindest geahnt! Markus und Du, Ihr hattet keine Geheimnisse voreinander!“

Sie dachte an ihren Traum, prostete Markus Vater zu, trank das Glas aus und beschloss, schlafen zu gehen. Sie würde Markus keine Vorwürfe machen. Zumindest würde sie es versuchen. *Liebe, das hatte sie das Leben gelehrt, veränderte alles.*

Markus war irgendwann eingeschlafen, einfach umgekippt mitten im Satz! Die Ereignisse der Nacht forderten ihren Tribut. Cäcilia hatte ihn zugedeckt und betrachtete den schlafenden Jungen, dessen Kopf jetzt auf dem Kissen lag. Für sie war Markus etwas ganz Besonderes. Gleich von Anfang an, als er in ihre Klasse kam. Sie waren Klassenkameraden geworden, Freunde – nicht mehr. Das lag nicht an ihr. Sie strich ihm vorsichtig eine Strähne aus dem Gesicht, lauschte seinem regelmäßigen Atem. Am liebsten hätte sie seine Sommersprossen auf der Nase gezählt, aber das hätte ihn geweckt. Markus murmelte etwas Unverständliches. Im Schlaf streckte er den Arm aus und umschlang sie. Cäcilia wagte nicht, sich zu rühren.

Sie hörte die Dielen vor ihrem Zimmer knarzen. Die Tür öffnete sich einen Spalt und Rudi und Doro, ihre Eltern, spähten herein. Es war ein festes Ritual, wenn der letzte Gast gegangen war. Cäcilia stellte sich schlafend, wie immer. Rudi und Doro entdeckten, dass ihre Tochter nicht alleine war. Ein Junge lag in ihrem Bett, Markus.

Sie hörte ihren Vater flüstern:

„Unsere Kleine hat einen Freund! Ist das nicht wundervoll, Doro? Woodstock lebt! Hier bei uns!"

Doro flüsterte zurück: „Und wir hatten keine Ahnung!"

Die Tür schloss sich wieder. *Mein Gott, können Eltern peinlich sein!*, dachte Zecke und schlief endlich ein.

Kapitel 9

Die Sonne kletterte mühsam über den Heiligenberg, blinzelte fahl über die Dächer der mittelalterlichen Stadt. Die Fensterläden vom **Woodstock** waren geschlossen. Cäcilias Eltern schliefen um diese Zeit noch. Aus der Tür traten Markus und Cäcilia. Markus immer noch im Jogginganzug. Seine Füße steckten in Gummistiefeln von Rudi, die ihm zwei Nummern zu groß waren. Er kam sich lächerlich vor, versuchte aber, sein Unbehagen vor Cäcilia zu verbergen, in dem er so tat, als sei das alles ganz normal. Auch seine Übernachtung. Den Rest seiner Klamotten hatte Markus sich über den Arm gehängt. Sie waren steif wie ein Brett und seine eigenen Schuhe fühlten sich noch immer an, wie eine Sumpfwiese.

Die Straße lag leer vor ihnen. Cäcilia hatte sich hinter ihm postiert und spähte ihm über die Schulter. Ein Hupen unterbrach die morgendliche Stille. Markus schaute hin:

„Ach Du Scheiße, meine Mutter!“, entfuhr es dem Jungen. Mitten in der Fußgängerzone parkte Sabine Wohlfahrt. Sie hatte schlecht geschlafen, lange wach gelegen. Irgendetwas störte sie. Dann fiel es ihr ein. *Die Nachricht von Markus war nicht von seinem Handy abgeschickt worden. Warum? Wieso?* Sie war aufgestanden und hatte sich noch einmal vergewissert. *Warum hatte Markus sie nicht von seinem eigenen Handy benachrichtigt?* Gegen Morgen hatte sie es nicht mehr ausgehalten. Sie setzte sich in ihren Wagen und fuhr zum **Woodstock**. Eine Stunde lang hatte sie im Auto gewartet. Dann endlich sah sie Markus und Cäcilia aus der Tür der Kneipe schlüpfen. *Er hatte nicht gelogen!*

Markus ging auf den Wagen seiner Mutter zu, Cäcilia blieb scheu im Hintergrund. Der Junge öffnete die Wagentür.

„Kann ich Dich vielleicht mitnehmen?“, fragte seine Mutter und bemühte sich, unaufgeregt zu klingen. Markus stieg schweigend ein.

Sabine Wohlfahrt schaute rüber zu Cäcilia, nickte ihr freundlich zu, wendete den Wagen und fuhr los. Dabei streifte sie ihren Sohn mit einem Seitenblick: die Schürfwunde an der Wange, der zu kleine Jogginganzug und die zu großen Gummistiefel; nichts passte zu einander.

„Trägt man das jetzt?!“, fragte sie.

„Bin gestern Abend in einen Brunnen gefallen!“, antwortete Markus. „Aha!“, kommentierte sie karg.

Markus fühlte, dass er etwas sagen musste:

„Mir ist das Handy aus der Tasche gerutscht und abgesoffen, deshalb konnte ich Dich auch nicht anrufen!“, erklärte er. Obwohl es die Wahrheit war, klang es nicht überzeugend, sogar in seinen Ohren.

Sabine Wohlfahrt überging es:

„Vielleicht solltest Du Dich umziehen, bevor ich Dich an der Schule absetze!“

Seine Antwort war ein Brummen. Ihm war nicht nach Unterhaltung. *Aber was hätte er seiner Mutter auch erzählen sollen? Dass er nachts im Schlossbrunnen gelandet war auf der Flucht vor gesichtslosen Mönchen? Das konnte er glatt vergessen!*

„Vielleicht könntest Du in Zukunft Bescheid sagen, wenn Du das Haus verlässt?“, sagte seine Mutter mit Nachdruck. Markus nickte zustimmend. *Es war nicht der Moment, seiner Mutter zu widersprechen!*

Cäcilia schaute den beiden kurz hinterher. Der Wind hatte die Wolken vertrieben. Es war kühler geworden. Aber kalt war es Cäcilia nicht. Die Tatsache, dass Markus bei ihr übernachtet hatte, wärmte sie. Es hatte sich etwas verändert, seitdem sie heute Morgen gemeinsam aufgewacht waren. Beide hatten nicht so recht gewusst, wie sie sich verhalten sollten. Es war fremd und schön zugleich gewesen. Natürlich war nichts passiert, noch nicht einmal ein Kuss. Aber darum ging es nicht. Es ging um die Nähe, die sie eingehüllt hatte, wie die warme Decke, die sie sich teilten. Zecke war dann morgens einfach aus dem Bett gesprungen, auf der Suche nach einer zweiten Zahnbürste für Markus. Was diese Übernachtung wirklich zu bedeuten hatte, würde sich bald heraus stellen. In der Schule, wenn sie sich wiedersahen, unter den Augen der Mitschüler. Unter den Blicken von Ilona. *Wie würde Markus sich verhalten?* Cäcilia beschloss, es auf sich zukommen zu lassen. *Was blieb ihr auch anderes übrig?*

Der Schulhof lag verlassen da. Markus kam zu spät. Es hatte bereits geklingelt. Der Schüler sprang, mit dem Board unterm Arm und dem Rucksack auf dem Rücken aus dem Auto seiner Mutter. Er winkte ihr kurz zu und schoss dann auf seinem Skateboard davon. Er hatte sich zu Hause umgezogen und war jetzt froh, weg zu kommen. Weg von den unausgesprochenen Fragen, die zwischen ihm und seiner Mutter schwebten.

Markus glitt auf dem Skateboard die letzten Meter über den Schulhof auf den Eingang zu. Die Räder seines Boards zermahlten die gelben Blätter der Linde, die hartnäckig auf dem geteerten Hof Wurzeln geschlagen hatte. Jetzt schaute sie kahl dem Winter entgegen. An den Fahrradständern traf er auf Cäcilia, die gerade ihr Rad abschloss. *Sie hatte auf ihn gewartet und tat jetzt so, als sei sie auch gerade erst eingetroffen. Vielleicht würde sie sich sogar wieder zu ihm setzen, aber nur, wenn er sie dazu aufforderte.*

„Hi!“, sagte Markus, plötzlich verlegen.

„Hi!“, antwortete Cäcilia genauso verlegen.

Beide wirkten irgendwie beklommen. Die Vertrautheit der letzten Nacht hatte sich im Licht des Tages aufgelöst.

Ein Pfiff riss sie aus ihrer Erstarrung. Am Tor lehnte breit grinsend Max, die Arme vor der Brust gekreuzt.

„Trainingsfrei! Es gibt keine Gegner mehr für mich!“, rief er stolz. Markus war froh, den Freund zu sehen. Er schätzte die Unbekümmertheit des kleinen Boxers, der sich scheinbar durch nichts beeindrucken ließ. Markus bewegte sich strahlend auf Max zu und ließ Cäcilia stehen. Das Mädchen spürte einen kleinen Stich von Eifersucht und schob ihn rasch beiseite. *Jungs waren ebenso! Und manchmal schwer zu verstehen!*

Die beiden klatschten sich ab.

„Konnte gestern Abend wirklich nicht! Stand die ganze Zeit unter Beobachtung!“, sagte Max verlegen.

„Kein Ding!“, antwortete Markus.

„Was ist angesagt?“, fragte Max.

„Ich muss mein Handy finden! Hab`s gestern Nacht verloren!“

Max grinste:

„Und wo sollen wir suchen?“

„Das glaubst Du nicht!“, antwortete Markus. Er drehte sich zu Cäcilia um. Sie wirkte verloren.

„Brauchst Du Schule?“, rief ihr Markus zu.

„Wie ein Loch im Kopf!“, strahlte Cäcilia.

Das kleine Glücksgefühl stellte sich wieder ein. Markus wollte sie dabei haben, sie war wichtig für ihn. Und sie? Egal, was passierte, sie würde ihn niemals im Stich lassen, ganz gleich in was er da hinein geraten war.

In der Kantine des Instituts saß Faber vor einem Tablett. Er stocherte lustlos in seinem Essen herum und sah, wie Sabine Wohlfahrt auf ihn zusteuerte. Auch sie hielt ein Tablett in der Hand, auf dem sich eine Schüssel mit Salat befand. Sie fragte, ob es gestattet sei, sich zu ihm zu setzen. Er nickte.

„Da haben wir den Salat!“, sagte er mit einem Blick auf die Schüssel mit Grünzeug, die vor der Ärztin stand. Es sollte witzig klingen, aber es klang unecht. Es passte nicht zu ihm. Sie überging es.

„Warum machen Sie das?“, brach es aus ihr heraus.

„Was?“, fragte er und legte seine Gabel zur Seite.

„Mich zu Ihrer Stellvertreterin!“, antwortete sie.

Faber nahm einen Schluck Mineralwasser. „Andere freuen sich über eine Beförderung, Sie nicht?“

„Sie machen mich damit nur zum Feindbild der anderen Kollegen, die es eher verdient hätten, wie Dr. Brandstätter!“, entgegnete Dr. Wohlfahrt. Professor Faber verschränkte die Arme vor der Brust und zeigte damit, dass er anderer Meinung war.

„Darauf können Sie keine Rücksicht nehmen, wenn Sie weiter kommen wollen. Jeder Aufstieg erfordert Opfer!“, sagte er.

„Aber ich bin nicht **Ihr** Opfer, verstehen Sie?!“, sagte die Ärztin und stand auf. Ihr Magen revoltierte vor Ärger. Der Appetit war ihr gründlich vergangen. Sie nahm ihr Tablett und trug es zurück.

Faber versuchte, sie zurück zu halten:

„Nun seien Sie doch nicht so empfindlich! Es gibt für alles eine Lösung!“ Sabine Wohlfahrt war empfindlich. Sie hatte sich noch nie in eine Position gedrängt. Vor allem nicht in eine, die sie nicht haben wollte! Kollegialität war ihr immer wichtiger gewesen als Karriere.

„Aber nicht auf meine Kosten!“, rief sie zurück. Verärgert stellte sie ihr Tablett auf einen Geschirrwagen und verließ die Kantine.

Faber zündete sich eine Zigarette an, obwohl hinter ihm ein großes Schild „Rauchverbot“ hing. Er hatte sich sein Leben lang über Verbote hinweggesetzt, daran würde auch diese Ärztin nichts ändern.

Das alte Schloss lag in der Mittagssonne über der Stadt. Markus kam es vor, wie ein träge dösendes Reptil, das hinüber blinzelte zum Schlossbrunnen, in dem Otto ertrunken war und an dem nun Markus saß. Neben ihm lehnte sein Skateboard. Hinter ihm trieben ein paar Blätter auf der Wasseroberfläche. Cäcilia fuhr mit ihrem Fahrrad um den Brunnen herum. Max balancierte gefährlich auf dem Brunnenrand:

„Eine Tafelrunde des Bösen, krass!“, sagte er.

„Und keiner weiß, wer dazu gehört!“, ergänzte Markus.

Cäcilia bremste, stieg ab und ließ ihr Fahrrad in den Kies sinken:

„Wegen der Kapuzen!“

„Jeder bleibt anonym und trotzdem gehören sie alle zusammen!“, fügte Markus hinzu.

„Deshalb sprechen sie auch nicht miteinander, sonst würden sie sich ja verraten!“, ergänzte Cäcilia.

„Genial!“, pflichtete Max ihm bei und versuchte, auf dem Brunnenrand die Balance zu halten.

„Also, wenn einer von diesen Zombies was vorhat, weiß nachher keiner, wer es war! Muss ich mir merken!“, sagte Max und schwankte beängstigend.

Markus nahm einen Stock in die Hand und kratzte ein Ypsilon in den Kies. Er schaute auf:

„Es gibt noch etwas, was sie verbindet und woran sie sich erkennen: das Ypsilon! Statt eines Kreuzes, wie normale Mönche, hatten sie alle ein silbernes Ypsilon an einer Kette umhängen!“

Markus wandte sich an den Freund:

„Kannst Du Dich erinnern, Max, was Otto über das Ypsilon gesagt hat?“ Max schüttelte den Kopf:

„Nö!“, sagte er gedehnt.

Zecke frotzelte:

„Der ist doch froh, wenn er seinen eigenen Namen behalten kann!“

Max zog sich die Kapuze seines Sweatshirts über den Kopf

und deutete mit dem Zeigefinger auf Cäcilia:

„Vorsicht! Sonst kommt der Kapuzenmann!“

Markus schritt ein:

„Jetzt hört doch mal auf! Das Ypsilon war das Erkennungszeichen der Druiden, damit sie wussten, wen sie vor sich hatten! Das ist auch die Verbindung zu meinem Buch! Weißt Du noch, Max....?“

Max strengte sich an.

„Das silberne Ypsilon auf dem Einband?“, versuchte Markus ihm auf die Sprünge zu helfen.

Max kniff die Augen zusammen:

„Ja, da war was!“

Zecke folgerte:

„Dann waren das gar keine Mönche, sondern Druiden? Ist es das?“

Markus stand auf, streckte sich:

„Oder Mönche, die sich für Druiden halten!“

„Hä? Was denn jetzt?“, wollte Max wissen.

Cäcilia schaute Markus an:

„Dann gehört Zimmermann mit Sicherheit auch dazu! Schon wegen Stonehenge und dem ganzen Scheiß!“

„Und was ist mit dem alten Zausel?“, fragte Max.

„Kovac?“, überlegte Markus. „Vielleicht haben wir ihm Unrecht getan!“ „Wieso?“, balancierte Max weiter.

„Otto hat ihm das Buch gezeigt und er hätte es ihm jederzeit wegnehmen können. Hat er aber nicht!“, sagte Markus. „Es war Zimmermann!“

„Stimmt!“, sagte Cäcilia.

Max war nicht überzeugt. Er schüttelte den Kopf:

„Also, mein Verbrecherinstinkt sagt mir, dieser Zausel hat Dreck am Stecken, egal, ob er das Buch hat oder nicht!“

Max sprang mit einem großen Satz vom Brunnenrand. Es knirschte heftig unter seinen Füßen, als hätte er etwas zertreten.

Max bückte sich, hielt Markus Handy in der Hand:

„Uuups!“

Das Display hatte einen Sprung. Max reichte es dem Freund. Markus schaltete es ein. Es funktionierte noch immer.

Max strahlte:

„Was wärd Ihr nur ohne mich, Ihr Spackos!"

Die Anspannung löste sich einem gemeinsamen Lachen.

Wolfgang Zimmermann schob seinen Verkaufsständer mit Duschgel und Bodylotion zurück in die Apotheke. Er würde heute früher Schluss machen. Er hatte schon später als sonst geöffnet. In seinem Lebensplan hatte die Apotheke ausgedient. Es war das Buch, das alles andere in den Hintergrund drängte.

Viel geschlafen hatte der Apotheker ohnehin nicht. Fast die ganze Nacht hatte er über den Übersetzungen gebrütet. *Er dachte an Otto, ein Gefühl des Bedauerns befiel ihn,* dass er schnell wieder verscheuchte. *Der alte Säufer* hätte das Buch früher oder später *im Wein ertränkt!* Eigentlich wollte er gestern Abend nach seinem Besuch im Woodstock gleich nach Hause zu seinem Buch. Aber dann hatte ihn etwas magisch angezogen oben auf dem Schlossberg. *Es war der Brunnen, dieser verdammte Brunnen, an dem Otto seinen Unfall hatte. Eigentlich war alles Markus Schuld! Wenn der Junge das Buch nicht gefunden hätte, wäre das alles nicht passiert. Und dann war es ihm auch noch aus dem Rucksack gefallen, als ihn beinahe der Touristenbus vor der Adler-Apotheke überrollt hätte, wenn er, Zimmermann, nicht gewesen wäre! Er, Zimmermann, hatte das Buch aufgehoben und sofort gewusst, was er in den Händen hielt. Nein, er musste kein schlechtes Gewissen haben! Er folgte nur einer jahrhundertealten Tradition: Das Vermächtnis der Mönche gehörte dem, der es besaß. Und das war nun mal er!*

Zimmermann stand hinter dem Verkaufstresen in seiner Apotheke und ließ eine Alka-Selzer-Tablette in ein Glas Wasser fallen. Er würde wieder die ganze Nacht durcharbeiten. Dafür brauchte er einen klaren Kopf. Ein paar späte Sonnenkringel malten Muster auf der Theke, während der Apotheker die Tablette hinunter spülte. Als er das Glas absetzte, fiel sein Blick durch die Ladenfenster nach draußen. Er sah Markus, Max und Cäcilia die Straße herunter kommen. *Ob sie zu ihm wollten?* Darauf wollte er es nicht ankommen lassen. Hastig hängte er das Schild **geschlossen** an die Tür und drehte den Schlüssel um. *Er wollte keinen Besuch, schon gar nicht diesen.*

Markus, Cäcilia und Max waren mit der Bergbahn vom Schlossberg in die Stadt gefahren. Für sie stand fest: Es führte kein Weg mehr an Zimmermann vorbei. Nicht nach dem, was sie wussten. Er war der Dieb des Buches und der Mörder von Otto. Und Markus würde es ihm auf den Kopf zusagen, von Angesicht zu Angesicht.

„Zeig ihm das Auge des Tigers!“, hatte Max ihn ermutigt.

Max hatte eindeutig zu viele Rocky-Filme gesehen. Markus war mulmig zu Mute. *Wie würde Zimmermann reagieren? Würde er alles leugnen? Sie auslachen und einfach wegschicken? Aber was dann?* Sie mussten es darauf ankommen lassen!

Zimmermann löschte das Licht in der Apotheke und blieb im Dunkeln stehen. *Er hatte sie gestern Nacht gesehen, die Mönche, im Schlosspark. Er brauchte sie nicht mehr, diese albernen Figuren, die sich für die Erben von Stonehenge hielten! Mein Gott, war er stolz gewesen, als sie ihn aufnahmen, in ihre Mitte! Aber hatte er wirklich dazu gehört? Die ganze Zeit über, hatte er sich immer nur geduldet gefühlt. Und jetzt?* Er lächelte innerlich, *suchten sie etwas, was er* längst *besaß. Und er würde es nicht mehr hergeben.* Sein Blick fiel auf die drei Jugendlichen, die die Straße herunter kamen. *Egal was sie vorhatten, ihm war nichts zu beweisen!*

Zimmermann zog sich weiter ins Innere der Apotheke zurück. Er sah, die Drei vor seiner Tür stehen und an der Klinke rütteln. *Sollten sie doch! Heute Nacht würde er mehr wissen. Er würde das Buch endgültig entschlüsseln. Und danach würde sich für ihn das Tor öffnen zu einer Welt, die ihm bisher verschlossen war. Das Tor zur Anerkennung! Er* würde *viel beachtete medizinische Artikel veröffentlichen, vielleicht sogar selbst ein Buch schreiben. Er würde mit seinem neuen Wissen Vorträge halten, sich feiern lassen von den Kapazitäten der Welt. Und Faber und sein Institut würden in der Bedeutungslosigkeit versinken.* Zimmermann lächelte selbstzufrieden. Für den Apotheker stand fest, er war zu Höherem berufen. Und niemand würde ihn daran hindern. Schon gar nicht das lächerliche Trio, das an seiner Tür rüttelte. Sie konnten ihm nichts anhaben.

Die Apotheke blieb geschlossen.

„Verstehe ich nicht!", sinnierte Markus. „Er hat doch sonst immer geöffnet!"

„Urlaub macht er bestimmt auch nicht! Dafür ist er zu geizig!", sagte Cäcilia.

Die Jungs schauten sie verblüfft an:

„Und Trinkgeld gibt er auch nicht!"

Max steckte die Hände in die Taschen seiner Jogginghosen. Er schaute über die Schulter zurück zur Apotheke.

„Wir kommen wieder!", drohte Max.

„Wenn er Notdienst hat!", ergänzte Markus. „Dann muss er aufmachen, dazu ist er verpflichtet! Ob er will oder nicht!"

Die Drei verabschiedeten sich in den beginnenden Abend. Es war erst halb sechs Uhr, aber es wurde schon dunkel. Max musste zum Training, Cäcilia kellnern und Markus wollte nach Hause. Nach Max Abgang waren Cäcilia und er noch ein paar Minuten beieinander stehen geblieben. Cäcilia war einfach nur froh, Markus für sich allein zu haben. Der Feierabendverkehr rauschte an ihnen vorbei. Vom Kirchturm schlug eine Uhr. Für die beiden stand die Zeit still. Sie suchten nach Worten und fanden sie nicht. Ihre Unbekümmertheit war von einer Sekunde auf die andere weggeblasen, wie ein Blatt im Wind. Cäcilia fiel es dennoch schwer, sich von Markus zu trennen. So vieles war nicht gesagt und blieb unausgesprochen an diesem Abend. Dann hatte sie sich auf ihr Rad geschwungen und war davon gefahren. Ihr Herz war schwer und leicht zu gleich.

Markus schnickte das Skateboard in seine Hände und schlich an Kovacs Buchladen vorbei. Das Schild zeigte an, dass er geöffnet hatte. *Das war eigenartig!* Meist hatte er um diese Zeit schon geschlossen. *Gab es einen Grund dafür?* Sein Blick wanderte vom Buchladen zur Apotheke. Für eine Sekunde kam es Markus so vor, als würde der Buchladen die Apotheke beobachten. *Aber das war natürlich Unsinn!* Markus beschleunigte seine Schritte.

Im Institut verlöschten so langsam die Lichter. Bis auf einen Raum. Faber betrat ihn. Dr. Robert Brandstätter stand vor einem Schrank und stellte ein Fläschchen mit einer Pipette zurück ins obere Regal. Er schloss den Schrank sorgfältig ab. Der Schlüssel schlüpfte in seine Kitteltasche.

„Sie sind ja immer noch da, Herr Kollege!“, sagte Faber betont freundlich. Brandstätter nickte nur und blinzelte hinter seiner Brille ins kalte Neonlicht. Es tat seinen empfindlichen Augen weh. *Es war in letzter Zeit schlimmer geworden. Brandstätter liebte die Dunkelheit. Sie gab ihm Sicherheit.*

„Noch immer beleidigt, weil ich Sie gestern nicht zu meinem Stellvertreter gemacht habe?“, hakte der Professor nach.

Brandstätter gab sich keine Blöße. Sein Blick blieb ungerührt und er eine Antwort schuldig.

„Sehen Sie es einmal so: Man muss den Löwen füttern, bevor er einen verschlingt! Ist aus der Tierkunde, damit kennen Sie sich ja aus!", reizte Faber seinen Assistenten weiter.

Der Professor drehte sich um und wollte den Raum verlassen.

„Ist sie denn eine Löwin?", fragte Brandstätter leise.

Professor Faber hatte es gehört, obwohl er schon auf dem Weg zur Tür war. Er verharrte, wandte sich noch einmal zu seinem Assistenten um. Seine bernsteingelben Augen glitzerten:

„Auf jeden Fall keine Ratte!" Faber verließ den Raum.

Brandstätters Augen tränten.

Der Regen prasselte auf die Dächer der alten Stadt. Ein Tief lag über Heidelberg und machte sich mit schlechtem Wetter breit. Die Studenten verkrochen sich in ihre Stuben und die Bürger zündeten den Kamin an.

Markus saß in seinem Zimmer und erledigte seine Hausaufgaben. Kochendörfer hatte eine Aufgabe gestellt. Es ging um das Schloss und seine Geschichte. Was sie darüber wussten. Markus wusste mehr, als in den Geschichtsbüchern stand. Otto hatte ihm oft davon erzählt, von Perkeos Reich, tief unter dem Schloss, von dem Labyrinth der Gänge, von denen niemand wusste, wohin sie führten.

Markus Gedanken schweiften ab. Er dachte an Cäcilia, *an seine Übernachtung bei ihr, an ihre Wärme neben ihm im Bett. Das alles war so neu! Und auch aufregend!*

Seine Gedanken trennten sich von Cäcilia und flogen über die Dächer zu Wolfgang Zimmermann, dem falschen Freund. *Hatte das Buch ihn erst dazu gemacht? Wie hatte er ihn so täuschen können? Was* würde passieren, wenn das Buch *zu Markus zurückkehrte? Würde es ihn auch verändern? Das würde er nicht zulassen! Davor würden ihn schon seine Freunde bewahren, Max und Cäcilia! Wie auch immer, der Apotheker ließ ihm keine Wahl. Er würde morgen früh wieder vor seiner Tür stehen.*

Die Tür zur Dachkammer öffnete sich. Wolfgang Zimmermann trat herein. Der Regen klopfte an das Dachfenster. Eine Leselampe beleuchtete die Übersetzungen von Kovac, die aufgeschlagen auf dem Schreibtisch lagen. An der freien Stelle, die das geheimnisvolle Buch einnehmen sollte, stand die Karaffe mit Cognac und ein Glas. Der Apotheker konnte sich nicht daran erinnern, dass er es dahin gestellt hatte. *Obwohl, gestern Abend hatte er sich einen Schluck genehmigt, das wusste er noch. Er hatte die Karaffe und das Glas aber dann wieder zurück in die Vitrine gestellt. War es nicht so gewesen? Zimmermann war sich nicht mehr sicher. Er trank nur selten, weil er wusste, dass die Wirkung des Alkohols ihm nicht guttat. Aber heute war ein Anlass, sich einen Schluck des 15 Jahre alten Cognacs zu gönnen. Heute war die Nacht, in der er dem Buch sein Geheimnis entreißen würde! Ein Anlass zum Feiern!* Der Apotheker öffnete das Geheimfach im Schrank und holte das Buch heraus. Er legte es auf den Tisch und schlug es auf. Mit einer großspurigen Bewegung goss er sich einen Schluck Cognac ins Glas und nippte daran. Der Alkohol durchströmte ihn und erfüllte ihn mit grimmiger Freude.

„Zeig Dich! Dann werden wir die Welt verändern!“, sagte er mit heiserer Stimme zu dem Vermächtnis der Druiden, das jetzt wie ein offenes Buch vor ihm lag.

Draußen schwang das alte Keramikschild mit der Aufschrift **Adler-Apotheke** im Wind. Es quietschte leise an der Kette. Kein Mensch war auf der Straße. Kein Auto fuhr, selbst die Ampeln waren abgeschaltet. Für ein paar Stunden hatte sich die wuselige Touristenhochburg Heidelberg wieder in die mittelalterliche Stadt verwandelt. Eine Katze suchte Zuflucht in einem Kellerloch. Es regnete unaufhörlich.

Die Tropfen trommelten gegen die Fensterscheiben von Kovacs Antiquariat auf der anderen Straßenseite, als begehrten sie Einlass. Das Schild in der Tür **geschlossen** drehte sich wie von Geisterhand um in **geöffnet**. Licht flammte im Innern des Ladens auf, aber niemand war zu sehen. Eine finstere Nacht zog über die Stadt.

Im Licht der Leselampe tanzten die Buchstaben vor den Augen des Apothekers. Er hatte sich in einen Stuhl gesetzt, den Cognacschwenker in der einen Hand. Seine Augen folgten der schnörkeligen Schrift der Mönche. Er war am Ende der Seite angekommen, hatte sie entziffert mit Hilfe der Übersetzungen. Mit einem Füllfederhalter schrieb er Notizen auf einen kleinen Schreibblock. Immer wieder starrte er vom Buch auf den Block und wieder zurück. Er schüttelte den Kopf. Er las das Unfassbare! Es ließ ihn aus dem lederbezogenen Stuhl schnellen. Er stellte zu heftig das Glas ab, so dass der Cognac überschwappte und sich ein paar Tropfen auf das Buch ergossen. Was das Buch ihm offenbarte, war so unglaublich, dass der Apotheker die Fassung verlor.

„Das kann nicht sein! Das kann einfach nicht sein!“, sagte er laut. Er deutete mit dem Zeigefinger auf das Buch, als wäre es jemand, den er zur Rede stellt.

„Du lügst! Es gibt nicht das Eine ohne das Andere!“

Als Antwort blätterten die Seiten um. *Einbildung!,* sagte sich Zimmermann. Er leerte das Glas und schenkte sich nach. Als er die bernsteingelbe Flüssigkeit schwenkte, erinnerte sie ihn kurz an die Farbe von Fabers Augen.

„Du wirst Dich noch wundern!“, lallte Zimmermann mit schwerer Zunge. Er sprach zu dem Cognac und meinte Faber. Der Apotheker kniff die Augen zusammen und streckte sich, den Cognacschwenker in der Hand.

Er war müde, es war spät in der Nacht und irgendwas war anders als sonst. Der Regen hatte aufgehört. Zimmermann stellte das Glas ab und öffnete das Fenster, ließ die frische Nachtluft herein. Er atmete sie tief ein. In seinem Rücken schlug das Buch eine Seite weiter. Der Apotheker kehrte zurück zum Schreibtisch und starrte auf eine Zeichnung, die die gesamte Seite einnahm: **Ein Alchimist mit einem Gefäß in der Hand, in das er**

mit der anderen Hand eine Flüssigkeit hineingoss. Auf seiner Schulter saß eine Ratte. Im Hintergrund lehnte der Tod mit einer Sense im Arm, als würde er auf jemanden warten. Der Tod trug das Gewand eines Mönches.

Für eine Sekunde schien es Zimmermann, als würde aus der Seite Rauch aufsteigen. *Der Alkohol*, sagte er sich. Er sollte es in Zukunft besser lassen.

Die Ladenglocke schlug an. Zimmermann war sich sicher, er hatte abgeschlossen.

„Wir haben geschlossen!“, rief er trotzdem nach unten. „Notdienst hat die Pilger-Apotheke in der Hauptstraße!“

Der Apotheker beugte sich erneut über die Zeichnung mit dem Alchimisten. *War er das? War er, Wolfgang Zimmermann, der Alchimist, auf den der Tod wartete? Unsinn!*

Er war sich sicher, er würde den Tod besiegen, mit Hilfe dieses Buches. Er nahm noch einen letzten Schluck Cognac, bevor er sich wieder der alten Schrift widmete.

Tief beugte er sich über die Zeichnung, um sie genauer zu betrachten. Sie verschwamm vor seinen Augen. Ein See von Strichen. Zimmermann versuchte mit seinem Handrücken, seinen Blick klar zu bekommen. Es mißlang. Tropfen rieselten auf das Blatt. Die Seite färbte sich rot. Erstaunt erkannte der Apotheker, dass es sein Blut war, das ihm aus dem Mundwinkel lief. Es war sein letzter Gedanke! Sein Kopf sackte langsam nach vorne, seine Beine knickten ein. Bevor sein Kopf auf der Tischplatte aufschlug, wurde das Buch von fremden Händen weggezogen, die Leselampe sanft gelöscht.

Im Dunkeln riss Zimmermann das Cognacglas vom Tisch, das auf dem Boden zerschellte. Die Schritte des nächtlichen Besuchers entfernten sich. Die Ladenglocke der Apotheke schlug und die Tür fiel ins Schloss. Dann kehrte Ruhe ein. Ewige Ruhe. Wolfgang Zimmermann hatte sein Leben ausgehaucht. Sein Kopf lag noch immer auf der Tischplatte. Durch das Dachfenster lugte der Mond herein, der sich durch die Wolken gekämpft hatte. Er sandte sein Licht durch die Dachluke und beleuchtete den Tod eines Apothekers.

Kapitel 10

Der neue Morgen tat so, als wäre nichts geschehen. Cäcilia wurde früh wach. Sie wollte zur Schule. *Eigentlich wollte sie zu Markus. Sie konnte es kaum erwarten, ihn wieder zu sehen. Sie wollte unbedingt vor Ilona da sein, die noch immer nach Zeckes Lieblingsmensch angelte. Warum auch immer! Wahrscheinlich, weil sie immer alles haben musste! Verwöhnte Schnepfe!*

Cäcilia rannte aus dem Haus, vor dem noch ein paar Bierflaschen lagen. Die Reste der Nacht. Viel Betrieb hatte das Woodstock nicht gehabt. Cäcilia war das ganz recht gewesen. Wenige Gäste bedeuteten einen ungestörten Abend vor ihrem Computer. Sie schwang sich auf ihr Rad und fuhr über die immer noch nassen Pflastersteine davon.

Markus trat von einem Fuß auf den anderen und schaute rüber zur Adler-Apotheke. Er trug einen grauen Pullover und eine Jeansjacke, die ihn vor der Nässe schützte. Sein Board hatte er zu Hause gelassen, die Feuchtigkeit war schlecht für die Räder. Eigentlich müsste Zimmermanns Apotheke längst geöffnet haben, aber noch immer verkündete das Schild an der Tür das Gegenteil. Markus wünschte sich, Cäcilia oder Max wären da, um ihm Rückendeckung zu geben. Aber die Konfrontation mit Zimmermann duldete keinen Aufschub. Es war jetzt oder nie. Er nahm allen Mut zusammen und ging auf die Tür zu.

Er drückte die Klinke herunter, zu seiner Verwunderung schwang die Tür auf. Die Ladenglocke schrillte und Markus hatte ein Gefühl, als würde ihm etwas den Nacken hochkriechen. Die Apotheke war leer. Die braunen Schubladen mit den Medikamenten schienen ihn vorwurfsvoll anzuglotzen. Am liebsten wäre er wieder umgekehrt. Irgendetwas stimmte hier nicht! Es war still, zu still. Markus zog sein Spray aus der Hosentasche und rief:
„Hallo Herr Zimmermann! Ich brauche mal wieder...!“ Er

hielt das Asthmaspray hoch. Es war nur ein Vorwand, an den er sich klammerte. Seine Stimme kam ihm in der Stille unwirklich vor. Nichts geschah. Er rief wieder den Namen des Apothekers und bewegte sich auf den

Durchgang zum Lager zu. *Vielleicht war Zimmermann hinten und räumte Medikamente ein?* Je öfter er den Namen des Apothekers rief, desto mehr verdichtete sich sein Eindruck, dass er keine Antwort bekommen würde. Am Fuße der Treppe blieb er stehen. Eine unbestimmte Angst griff nach ihm. Er wusste nicht, was ihn weitertrieb. Es war wie ein innerer Zwang, der ihm zuflüsterte: *Geh! Geh endlich!* Die Stufen ächzten. Es klang wie ein Stöhnen.

Die Tür stand einen Spalt breit offen. Markus blieb stehen. Das Stöhnen verstummte. Noch immer hielt Markus das leere Spray in der Hand. Seine freie Hand tastete nach der Tür. Langsam schwang sie auf und gab den Blick frei. Vor Markus auf dem Boden lag Wolfgang Zimmermann. Ein Rinnsal Blut war ihm aus dem Mund gelaufen, seine Augen blickten ins Leere. Der Anblick des Toten raubte dem Jungen den Atem. Sein Körper zitterte. Ihm wurde schwindelig. Sein Unterbewusstsein registrierte die leere Stelle auf dem Schreibtisch. Das Geheimfach in Zimmermanns Schrank stand sperrangelweit offen. Von seinem Buch keine Spur. Markus fiel das Spray aus der Hand. Panisch rannte er die Treppe hinunter, durch den noch immer leeren Verkaufsraum nach draußen.

Blindlings stürmte der Junge auf die Straße und riss Cäcilia, die gerade vorbeiradelte von ihrem Fahrrad. Das Mädchen knallte mit einem Schreckensschrei aufs Pflaster.

Markus stammelte:

„Sorry!“ und half ihr hoch. Cäcilia schaute den völlig verstörten Jungen an, der kreideweiß im Gesicht war.

„Wolfgang Zimmermann ist tot! Er liegt da oben!“, brachte Markus stockend heraus.

Cäcilia rieb sich ihr Knie, ihre Jeans war zerrissen. Schweigend richtete sie ihr Fahrrad auf und deutete auf den Gepäckträger. Markus sprang auf und Cäcilia radelte mit ihm davon, ohne ein Wort zu sagen. Ihr Knie schmerzte.

In der Boxhalle schlug Max in grauen Jogginghosen und Kapuzenjacke auf einen Sandsack ein, auf der anderer Seite stand Uli. Er hielt den Sandsack fest und gab seinem Schützling Anweisungen.

„Mehr aus der Schulter, Max! Leg Dein Gewicht rein! Du hast doch genug davon!"

Max lugte hinter dem Sandsack hervor und grinste schief:

„Immer auf die Dicken!"

Seit Tagen trainierte er hart. Er wollte Uli gefallen. Er wollte, dass sein Trainer stolz auf ihn war. Das bedeutete ihm fast so viel, wie die Freundschaft zu Markus.

Max drosch erneut mit einem Klatschen seiner Fäuste auf den Sandsack ein, als sein Telefon in der Jogginghose klingelte. Verdeckt vom Sandsack, so dass Uli ihn nicht sehen konnte, blickte Max auf das Display. Es war Markus und es war dringend!

Ulrich schimpfte auf der anderen Seite des Sportgeräts:

„Ich habe Dir doch gesagt, beim Training bleibt das Handy in der Kabine, Max!" Der Trainer bekam keine Antwort! Misstrauisch spähte er um den pendelnden Sandsack herum. Max hatte sich unbemerkt davon gestohlen. Ulis wütender Fluch hallte durch die Halle, die Kämpfer im Ring hörten auf zu boxen, ein anderer ließ sein Seil sinken.

„Max, Du Sack! Jetzt habe ich die Schnauze endgültig von Dir voll! Such Dir einen anderen!" Verärgert schlug Uli gegen den Sandsack.

Dr. Sabine Wohlfahrt hatte einen Entschluss gefasst, als sie aus dem Fahrstuhl stieg. Sie hatte lange gebraucht, aber schließlich ging es auch um ihre Existenz. Sie hatte es heute Morgen Markus sagen wollen, aber er war schon weg, ohne Frühstück. *Und sein Skateboard hatte er auch stehenlassen. Ganz ungewöhnlich für ihn. Aber Skateboards schienen nun mal keine große Rolle mehr zu spielen, wenn man verliebt war. Das Skateboard gehörte seiner Kindheit an. Cäcilia war jetzt.*

Sie schmunzelte bei dem Gedanken. Im Labor nahm sie ihren Kittel vom Haken, als Faber mit einem jovialen Lächeln auf sie zusteuerte.

„Guten Morgen, Frau Kollegin!“, rief er ihr entgegen.

Sabine Wohlfahrt erwiderte sein Lächeln nicht.

„Heute nicht!“, sagte sie.

Faber wirkte irritiert:

„Wie? Kein guter Morgen?“

„Ich kündige!“, sagte sie leise, aber bestimmt.

Das Lächeln in den bernsteinfarbenen Augen des Professors erlosch wie eine Kerze, die man ausgeblasen hatte.

Cäcilia und Markus saßen auf einer Bank am Heiligen Berg und schauten hinüber auf die andere Seite des Neckars. Das mächtige Schloss lag unter ihnen und wirkte plötzlich gar nicht mehr so gewaltig. Auch die Stadt hatte sich klein gemacht unter ihrem Blick von oben. Aus den Schornsteinen kringelte Rauch zum Himmel. Der Neckar wälzte sich träge in seinem breiten Bett. Über dem Fluss kreiste ein Falke. In der Luft lag Vergänglichkeit.

Markus hatte sich auf die Lehne der Bank gesetzt. Wieder war der Tod in sein Leben getreten. Unvermittelt. Ohne Vorwarnung. Es würde Zeit brauchen, um das Erlebte zu verarbeiten. Seine Skaterschuhe, die unablässig auf die Sitzfläche trommelten, zeigten, wie es in ihm aussah. Cäcilia saß im Schneidersitz auf der Bank. Ihr Knie schaute durch den Riss der Jeans. Ihr Fahrrad lehnte an einem zerbröckelten Mauerrest: „Irgendwie raffe ich das nicht! Zimmerman war schuld an Ottos Tod und jetzt ist er selber tot?“, sie brach ab, blickte Markus mit großen erschrockenen Augen an: „Glaubst Du wirklich, jemand hat ihn ermordet?“

Markus nickte:

„Sonst wäre das Buch noch da! Jemand hat es ihm weggenommen! Jemand, dem das Buch so wichtig war, dass er dafür Zimmermann aus dem Weg geräumt hat!“

Max kam angekeucht, wie immer, außer Atem:

„Und wer war`s?“, fragte er atemlos. Er hatte die letzten Worte seiner Freunde gehört.

„Vielleicht einer von den Mönchen!“, sagte Markus.

„Hä?“, grunzte Max fassungslos. „Da komme ich jetzt nicht mit!“

„Da oben im Schloss, bei der Tafelrunde, da wurde ein Stuhl umgestoßen!“, sagte Markus.

„Na und?“, zuckte Max mit den Schultern. „Ich stoße ständig Stühle um und es stirbt auch keiner!“

Markus sprang von der Bank:

„Und was ist, wenn es Zimmermanns Stuhl war, weil er auch dazu gehört hat? Und die Tafelrunde hat ihn ausgestoßen?“

„Warum? Wieso?“, wollte Cäcilia wissen und ruderte verständnislos mit den Armen. Max hatte sich auf Markus Platz gesetzt. Markus stand jetzt vor den Freunden, wie ein Anwalt vor den Geschworenen.

„Weil er sich nicht an die Regeln gehalten hat!“, erklärte Markus. „Weil er das Buch hatte und es vor ihnen verheimlicht hat!“

„Ein Verräter! Krass!“, entfuhr es Max.

„Eben war es noch eine Tafelrunde des Bösen und jetzt ist es schon eine Versammlung von Mördern!“, grübelte Cäcilia und fuhr sich durch ihre wirren Haare.

„Dann könnte es ja jeder von denen gewesen sein!“, ergänzte Max.

Markus nickte nur, ihm fehlten plötzlich die Worte. Die Erkenntnis, mit welch mächtigem Feind sie es ab jetzt zu tun hatten, ließ die Freunde verstummen. Sie lauschten dem Wind, der in den Bäumen blätterte. Ein paar Blätter segelten auf den Waldboden. Eine Krähe krächzte, als Warnung vor dem Falken, der in der Nähe segelte.

Markus fand seine Sprache wieder:

„Es muss etwas in dem Buch stehen, das harmlose Menschen zu Mördern macht....oder zum Opfer, wie Otto!"

„Also müssen wir rauskriegen, was in dem Buch steht!", bestätigte Cäcilia.

„Und wie soll das gehen, ohne Buch?", fragte Max.

Die schonungslose Offenheit des kleinen Boxers machte ihnen allen klar, wie hilflos sie waren. Wieder kehrte Stille ein, nur unterbrochen von dem Schrei des Falken. Markus kam es vor, als wolle er ihnen etwas zurufen. „Es gibt jemanden, der mit Sicherheit weiß, was drinsteht!", sagte Markus. Cäcilia und Max schauten ihn erwartungsvoll an.

„Und er wusste auch, wer das Buch hat: nämlich Otto und anschließend Zimmermann!"

Cäcilia kapierte, wen Markus meinte:

„Otto hat es ihm gezeigt, beim Schachspiel! Aber woher wusste er von Zimmermann?"

„Wegen der Übersetzungen, die Zimmermann bei ihm ausgeliehen hat! Altgälisch, das braucht doch sonst kein Mensch! Also musste er nur eins und eins zusammen zählen!", antwortete Markus.

„Kovac!", freute sich Max über seine Erleuchtung.

„Super, Max!", frotzelte Cäcilia.

Der Falke hatte sich hinter ihnen auf die Mauerreste gesetzt und ließ sie nicht aus seinem Raubvogelblick.

Max schüttelte den Kopf:

„Ich weiß nicht, wieso, aber irgendwie fühle ich mich die ganze Zeit beobachtet!"

„Das liegt an Deiner kriminellen Vergangenheit!“, ätzte Cäcilia freundlich.

„Du nun wieder!“, antwortete der Boxer mit einem sanftmütigen Grinsen. Der Falke flog auf und schwebte mit einem einzigen Flügelschlag Richtung Altstadt.

Professor Faber hatte die Ärztin in sein Büro gebeten. Dr. Sabine Wohlfahrt saß auf einem Stuhl und beobachtet ihren Chef. Der tigerte um sie herum, wie ein Raubtier im Käfig. Sie fühlte sich unbehaglich.

„Das können Sie mir doch nicht antun! Jetzt, wo ich Sie gerade als meine Stellvertreterin etabliert habe!“, fuhr er sie an.

Er hatte die Hände in den Hosenstachen versenkt, seine Körperhaltung war ein einziger Vorwurf.

„Stellvertreterin von was? Einem Institut, dem das wichtigste Forschungsobjekt abhandengekommen ist?“, fragte sie.

Ihre Stimme klang süffisant und das ärgerte Faber. Er drehte ihr brüsk den Rücken zu und schaute aus dem Fenster. Dabei erblickte er Dr. Brandstätter, der mit schnellen Schritten von seinem Parkplatz auf das Institut zuging. Er hatte auch jetzt etwas Rattenhaftes. Der Assistent schaute nach oben. Der Professor, der dem Blickkontakt entgehen wollte, trat einen Schritt zurück. Er wandte sich wieder der Ärztin zu.

„Ich habe lange mit mir gerungen!“, sagte er. „Ob ich Sie mit ins Vertrauen ziehen soll! Aber Sie lassen mir keine Wahl!“

Er stand jetzt direkt vor ihr. Seine Bernsteinaugen suchten forschend nach einer Reaktion. Sie hielt seinem Blick stand. Dann brachen die Worte aus ihm heraus:

„Die Ratte H 136 ist nicht tot! Sie ist nicht verendet! Sie lebt!“

Sabine Wohlfahrt konnte nicht glauben, was sie hörte. Sie erhob sich abrupt.

„Sie lebt? Und wissen Sie auch, wo?"

Faber nickte:

„Ich habe da mehr als einen Verdacht! Aber bevor ich den äußere, möchte ich Sie bitten, Frau Kollegin, mir noch so lange erhalten zu bleiben, bis ich Gewissheit habe! Danach können Sie ihre Entscheidung immer noch treffen!"

Sabine Wohlfahrt schaute ihn abwartend an.

„Und denken Sie bitte immer daran, warum Sie hier angetreten sind! Sie haben einen lieben Menschen verloren und wollten eine Krankheit besiegen! Werfen Sie das nicht weg!"

Sabine Wohlfahrt merkte, dass sie ins Wanken geriet. Faber schaute ihr direkt in die Augen. Seine Stimme wurde leise und einschmeichelnd: „Wie wollen Sie ihrem Sohn beibringen, dass Sie aufgegeben haben? Das wollen Sie doch nicht wirklich! Sie doch nicht!"

Er hatte sie. Er hatte ihren wunden Punkt getroffen. *Ihren Sohn! Ihr Sohn und seine Erwartungen, dass sie die Krankheit seines Vaters besiegen würde. Wenn sie diese Erwartungen enttäuschte, wäre das für Markus so, als würde sie seinen Vater ein zweites Mal dem Tod preisgeben. Das würde sie niemals zulassen. Niemals!* Faber sah in ihren Augen, dass er gewonnen hatte. Er unterdrückte ein Lächeln. Er gewann fast immer.

Die Jugendlichen fuhren auf Zeckes Rad zu dritt den Heiligen Berg hinunter. Markus trat in die Pedale. Vor ihm auf der Lenkstange hatte sich Max breit gemacht. Auf dem Gepäckträger saß Cäcilia, die sich an Markus klammern musste, um nicht herunter zu fallen. Sie genoss es, sich an ihm festzuhalten. Es war eine halsbrecherische Fahrt und jede Kurve eine Herausforderung. Je mehr es Richtung Tal ging, desto schneller wurden sie. Es war waghalsig und befreiend zugleich. Sie brauchten es. Die Anspannung der letzten Stunden flog im Fahrtwind davon. Sie lachten, sie johlten, sie schrien, jedes Mal, wenn das regenglatte Pflaster drohte, sie aus dem Gleichgewicht zu bringen. Ein einziges Bremsmanöver hätte genügt und sie wären in die Böschung gesegelt. Aber das interessierte sie nicht. Nicht jetzt. Sie waren drei Freunde, die das Leben spüren wollten. Ein Polizeiwagen überholte sie mit Blaulicht. Max innere Alarmglocken meldeten sich. Er wollte schon abspringen und das Weite suchen. Aber das Polizeiauto ignorierte sie, fuhr Richtung Adler-Apotheke. Max glitt erleichtert von der Lenkstange und zwang Markus zum Anhalten.

An der Markus-Kirche trennten sich ihre Wege. Sie hatten ohne viel Worte einen Entschluss gefasst: Kovac würde sie zum Buch führen. Es war nur eine Frage der Zeit. So lange würden sie den Alten nicht mehr aus den Augen lassen. Rund um die Uhr! Er war die einzige Spur, die ihnen geblieben war. Cäcilia teilte sich für die Frühschicht ein, um sich die Schule zu ersparen. Max wollte sie am Nachmittag, wenn er trainingsfrei hatte, ablösen. Markus blieb die Spätschicht. Die Drei klatschten sich ab und verschwanden in verschiedene Richtungen. Markus wollte noch zur Schule, um nicht aufzufallen. Max schlich zur Boxhalle. Er erwartete eine Strafpredigt von Uli. Die würde kommen, so sicher, wie das Amen in der Kirche. Und Cäcilia schob ihr Rad Richtung Adler-Apotheke. Eigentlich wäre es ein ganz normaler Herbsttag in Heidelberg gewesen, gäbe es nicht einen toten Apotheker und die Frage, wer war bereit, für Markus Buch zu töten?

Ambrosius Kovac kam in seinem langen schwarzen Mantel die Straße herunter und schritt auf sein Antiquariat zu. Schon von weitem schimmerte ihm Blaulicht entgegen. Zwei Polizeiwagen standen vor der Apotheke, die mit einem rot-weißen Band abgesperrt war. Ein Leichenwagen unterstrich die Endgültigkeit der Situation. Der Tod hatte Einzug gehalten in der Adler-Apotheke. Kovac verlangsamte seinen Schritt und mischte sich unter die Schaulustigen, deren Neugier von den Polizisten, die den Tatort abschirmten, im Zaum gehalten wurde.

Aus der Menschenmenge fielen Sätze, wie:

„Er war mir nie ganz geheuer!“ oder „Vielleicht hatte er Probleme!“ und „Der arme Teufel! Wer tut denn so etwas?“.

An der Ecke stand Zecke mit ihrem Fahrrad und beobachtete den unheimlichen Buchhändler, der versuchte, in der Mitte der Gaffer nicht aufzufallen. *Aber das konnte er vergessen, dafür war er zu auffällig*. Cäcilia behielt ihn im Auge.

Die Tür zur Apotheke stand weit offen. Zwei, in weiße Overalls gekleidete Männer, trugen eine Blechwanne, in der Zimmermanns Leiche lag, aus dem Laden. Cäcilia lief ein kalter Schauer über den Rücken. Ihr Blick wanderte zurück zu Kovac. Doch er war nicht mehr zu sehen, verschwunden, als wäre er nie da gewesen. Sie schaute rüber zum Buchladen, an dessen Tür das Schild **geschlossen** hing. Ein Zeichen, dass sie ihn verloren hatte. *Hatte er geahnt, dass er beobachtet wurde? Oder war es nur ihre Unaufmerksamkeit?* Das Ergebnis war das Gleiche. Cäcilia schwang sich auf ihr Rad und fuhr davon. Wütend über sich selbst trat sie ungestüm in die Pedale.

Max erreichte die Boxhalle. Sie war leer. Der Sandsack baumelte von der Decke und bewegte sich unmerklich im Luftzug, der von der Tür kam, als Max die Halle betrat. Er wusste, dass er Uli enttäuscht hatte. Wieder mal. Aber er konnte nichts dagegen tun. Er konnte Markus einfach nicht im Stich lassen. Das wäre gegen alles, was ihn, Max, ausmachte. Seine Treue, seine Loyalität, sein Mut - das einzig Wertvolle, das er besaß. Zögerlich ging er auf den seilbespannten Ring zu. Mühsam kletterte er hinein und begann mit bloßen Fäusten zu boxen. Er schlug Löcher in die Luft und traf einen eingebildeten Gegner. Die Stimme von Ulrich Fischer ließ den Jungen zusammen zucken. Unbemerkt hatte sich der Trainer in eine Ring-Ecke gestellt, um seinen Schützling zu beobachten.

„Gegen wen oder was kämpfst Du, Max? Etwa gegen Dein Gewissen?“ Max ließ die Arme sinken. Es war besser, die Klappe zu halten.

„Ist der schwerste Gegner, den man haben kann, das Gewissen! Es ist schwer zu treffen und schlägt zurück, wenn man es nicht erwartet! Und dabei ist schon mancher k.o. gegangen!“

Uli war auf den kleinen Boxer zugegangen, der mit hängendem Kopf in der Ringmitte stand.

„Es ist Zeit, Dich zu stellen!“, sagte Uli.

„Und wie?“, fragte Max leise.

„Du wirst kämpfen! Ganz offiziell!“, antwortete Uli.

„Ich will wissen, woran ich bei Dir bin! Und nur ein Kampf wird die Wahrheit über Dich erzählen!“ Dabei deutete er mit dem Finger auf ein Plakat an der Wand. **Reha-Meisterschaften** stand da. Zwei Boxer schauten sich ins Auge, mittendrin ein Pokal.

„Ich werde Dir einen Gegner aussuchen!“, sagte Uli. „Und dann kannst Du beweisen, ob sich all die Mühe gelohnt hat! Für Dich und für mich!“ Der Trainer sprang aus dem Ring und ließ Max zurück. Wenig später hörte der Junge den Motor eines Autos anspringen. Max würde nach Hause laufen müssen. Es würde ein langer Weg werden.

Im grellen Neonlicht saß Dr. Sabine Wohlfahrt hinter ihrem Computer und beobachtete, wie eine Killer-Zelle eine Krebszelle fraß. Auf dem Bildschirm war klar, wer Freund und wer Feind war. Aber im Institut war sie sich nicht mehr sicher. Sie schaute über den Bildschirm hinweg durch die Glaswand rüber ins Labor und entdeckte Dr. Robert Brandstätter, der in seine Arbeit vertieft war. Er sezierte eine tote Ratte, die auf einem Acryltisch lag. Er hatte sie mit einem Skalpell aufgeschnitten und entnahm ihr mit einer Pinzette Gewebeproben. Dabei war Blut auf seine Schutzbrille gespritzt. Das gab ihm etwas Irres. *Wie irre war Brandstätter wirklich?*, fragte sie sich.

Brandstätter hatte seine Arbeit beendet, die Todesursache der Ratte säuberlich in eine Kladde eingetragen. Nur die überlebenden Tiere bedeuteten Fortschritt für die Wissenschaft. Dieser Kadaver war für ihn wertlos. Der Forscher wusch sich die Hände, hielt sie unter einen Spender mit Desinfektionsmittel und beschloss, für heute Schluss zu machen. Noch immer rumorte der Ärger in ihm, dass Faber ihn als Stellvertreter übergangen hatte. Nur mühsam kam er darüber hinweg. Dabei war er es gewohnt, dass man zwar seine Arbeit schätzte, nicht aber seine Person. Das reichte zurück bis in seine Schulzeit. Er war nie Klassensprecher geworden, obwohl er mehr auf dem Kasten hatte, als der Angeber, der es dann geworden war. Das war mit dieser Ärztin nicht anders. Diese Fehleinschätzung seiner Persönlichkeit hatte dazu geführt, dass er schon früh eigene Wege gegangen war. Ohne Rücksicht auf andere. Dadurch war er schneller zum Ziel gekommen. Ziele, die er mit niemandem teilen musste.

Keiner wusste, wo er wohnte. Noch nicht einmal Faber. Ein Zwei-Zimmer-Appartement in einem Wohnsilo bei Rohrbach. Er blieb anonym für die Nachbarn und die Nachbarn für ihn. Dr. Robert Brandstätter legte keinen Wert auf Kontakte. Frauen störten ihn nur, brachten ihn aus dem Gleichgewicht. Deshalb suchte er auch nicht ihre Nähe. Er erinnerte sich an eine Nachbarin, die ständig vor seiner Tür stand, um sich etwas auszuleihen. Es war der Versuch, einer Annäherung und das missfiel ihm. Glücklicherweise hatte sie dann im gleichen Haus einen anderen gefunden: einen Versicherungsvertreter mit Halbglatze, der ihr gerne Tür und Tor öffnete. Sie hatten dann geheiratet und waren weggezogen. Brandstätter vermisste sie nicht. Er fühlte sich nie einsam. Er war sich selbst genug. Umso mehr konzentrierte er sich auf seinc Arbeit.

Als Brandstätter jetzt im Institut an Dr. Sabine Wohlfahrt vorbei ging, nickte er ihr freundlich zu. In ihrem Blick stand

Verwunderung über seine plötzlich aufkeimende Höflichkeit. *Brandstätter war für sie eine Wundertüte. Am Meisten aber wohl für sich selbst.*

Markus war auf dem Weg zur Schule auf halbem Weg umgekehrt. *Was sollte er da? Er hätte sich ohnehin nicht auf den Unterricht konzentrieren können, wie auch. Er kam sich vor, wie auf einem Karussell, das immer schneller fuhr. Und von dem er nicht mehr abspringen konnte. Das Karussell kreiste in seinem Kopf.*

Sein Handy piepte. Eine Sms von Cäcilia: „Habe Kovac verloren! Sorry!“ Irgendwie schien alles schief zu gehen. Kovac, immer wieder Kovac. *Welche Rolle spielte der Alte wirklich? Oben auf dem Schlossberg hatte es fast so ausgesehen, als wolle er Markus vor den Mönchen retten. Wollte er das wirklich oder wollte er nur den Schein waren und gehörte in Wirklichkeit zu ihnen?* Markus erinnerte sich, dass es Kovac gewesen war, der in seinem Traum hinter Zimmermann aufgetaucht war. *War Kovac tatsächlich der Mann dahinter? Hinter allem, was passierte?* Markus spürte ein heftiges Ziehen in der Magengegend. Er beschleunigte seine Schritte. Er wollte nur noch nach Hause.

Seine Mutter war schon zurück, das Auto stand vor der Tür.

„Bin wieder da!“, rief er beim Hereinkommen. Er bekam keine Antwort.

Mitten im Wohnzimmer stand seine Mutter und starrte gebannt auf den Fernseher. Auf dem Bildschirm verlas ein Sprecher emotionslos eine Nachricht:

„In den Morgenstunden ist in Heidelberg der Inhaber der Adler-Apotheker tot in seinen Privaträumen aufgefunden worden.“ Dazu wurde ein Foto von Wolfgang Zimmermann gezeigt. Markus hatte sich schweigend neben seine Mutter gestellt. Jetzt war es also offiziell. Zimmermanns Tod hatte etwas Unwiderrufliches. Die Ärztin suchte den Blick ihres Sohnes, er wich ihrem Blick aus.

„Das ist ja schrecklich, Markus! Dein Freund, Wolfgang Zimmermann, hörst Du?“

Natürlich hörte er. Was dachte sie denn?

Irritiert über die vermeintliche Gleichgültigkeit ihres Sohnes wandte sie sich wieder dem Nachrichtensprecher zu.

„Die Staatsanwaltschaft hat die Ermittlungen aufgenommen. Für ein Fremdverschulden gibt es bisher keine Hinweise.“, sagte der Sprecher.

Markus wusste, dass es nicht stimmte. *Er kannte das Motiv! Aber wer würde ihm glauben? Bestimmt nicht seine Mutter! Wie sollte sie auch! Bloß jetzt keine Fragen.* Er drehte sich wortlos um, verließ das Wohnzimmer und sprang die Treppe hoch in sein Zimmer. Die Tür knallte hinter ihm zu. Er wollte nicht schon wieder lügen müssen.

Sabine Wohlfahrt ließ sich ins Sofa fallen. *Zwei der engsten Freunde ihres Sohnes waren innerhalb kurzer Zeit ums Leben gekommen. Zufall? Schicksal! Wer wusste das schon? Was sie wusste, war, dass das alles entschieden zu viel war, für einen jungen Menschen, der vor nicht allzu langer Zeit seinen Vater verloren hatte. Und jetzt auch noch der Tod der Freunde. Markus würde das alles erst einmal verarbeiten* müssen. *Wie konnte sie ihm bloß helfen? Am besten, indem sie ihn einfach erstmal in Ruhe ließ. Wenn er ihre Hilfe brauchte, würde er zu ihr kommen. Hoffte sie.* Die Ärztin ließ sich nach vorne sinken und stütze den Kopf in ihre Hände. Für einen Moment fühlte sie sich hilflos.

Kapitel 11

Die kommenden Tage waren so trüb, wie das Wetter. Der Tod des Apothekers hing wie eine dunkle Wolke über der Stadt. Markus, Cäcilia und Max versuchten in den Alltag zurück zu finden. Markus ging seiner Mutter aus dem Weg. Sie bombardierte ihn mit fragenden Blicken, die er versuchte, zu ignorieren. So gut es ging. Max trainierte wie besessen und Cäcilia kellnerte fast jeden Abend. Fast war es so, als würde die Zeit die Luft anhalten. Doch dann kam Bewegung in die Sache.

Es war früher Morgen, als Cäcilia aus dem Haus trat. Ein Bote warf ihr die Zeitung vor die Füße. Die Schlagzeile sprang sie an:

Es war Gift – Apotheker nahm sich das Leben!

Gift! Da war doch was! Erinnerungsfetzen fügten sich zusammen. Cäcilia kehrte um und rannte die Treppe hoch in ihr Zimmer, schaltete den Computer an. Noch im Stehen flogen ihre Finger über die Tastatur. *Die Seite mit Kovac! Er kannte sich mit Giften aus, besser als jeder andere! Und er hatte sogar ein Buch darüber geschrieben.* Cäcilia musste sich setzen. *Das war es doch!*

Wenig später erhielt Markus eine Nachricht von Cäcilia auf seinem Handy: „10:30 Uhr Treffen im Eiscafé ... Es geht um Kovac! Sag Max Bescheid!“ *Was sie damit wohl meinte? Er würde die ersten zwei Stunden ausfallen lassen.* Mathe und Physik waren sowieso nicht seine Lieblingsfächer.

Markus schlenderte über den Rasen hinter dem Haus auf einen Wellblechschuppen zu. Grünes Dach, ein schmales Fenster, eine Tür, die einen Spalt offenstand. Hierhin hatte sich sein Vater immer dann zurückgezogen, wenn er stundenlang an neuen Plänen arbeitete. Der Architekt baute dann Mini-Städte mit Straßen, Häusern und Kreuzungen, Kindergärten und Schulen. Hier schuf er eine menschenfreundliche Stadt der Zukunft. Wie er sie sich vorstellte: Mit viel Grün, Parks und Luft zum Leben. War das Modell fertig, zeigte er es seinem Sohn. Markus versetzte sich dann oft in diese kleine Welt, die nur ihm und seinem Vater gehörte. Irgendwann stellte der Architekt das Modell seinen Auftraggebern vor und es verschwand aus dem Schuppen, bis sein Vater wieder eine neue kleine Stadt entwickelte.

Markus stand vor dem letzten Modell seines Vaters, das er nicht beenden konnte, weil sein Tod dazwischen kam. Die kleine Stadt war Markus geblieben. Eine Erinnerung, die ihn für immer mit seinem Vater verband.

Markus blickte zu dem wackeligen Schreibtisch, an dem sein Vater so oft gesessen hatte. Eine Hornbrille auf der Nase, den Kopf in die Hände gestützt, zeichnete er seine Visionen auf einen Block. Durch das schmale Fenster fiel Licht. Eine Pritsche mit einer braunen Decke, diente dem Städteplaner als Ruheplatz, wenn er mal wieder die Zeit vergessen hatte und im Schuppen übernachtete. Dann weckte Markus Mutter den Vater am nächsten Morgen mit einem Frühstück und meist schlüpfte Markus hinter ihr in den Schuppen, um die Fortschritte des Modells zu bewundern. Und sein Vater genoss die Bewunderung seines Sohnes.

Markus merkte, wie die Zeit verrann. Er riss sich los, holte aus der Schublade der Werkbank, die verloren an der Wand lehnte, ein paar neue Rollen für sein Skateboard. Die alten würde er austauschen müssen. Sie waren schartig geworden und wollten nicht mehr so richtig ins Rollen kommen.

Markus zog die Tür des Schuppens hinter sich zu. Im Schloss steckte ein kleiner verrosteter Schlüssel. Markus schloss nie ab, genau so wenig, wie sein Vater. Eine offene Tür hatte für ihn immer ein offenes Herz bedeutet.

In Ulis Haus am Waldrand stand Max an der Spüle und wusch

das Frühstücksgeschirr ab. Er ließ Wasser über die Teller und Tassen laufen. Irgendwann würde er Uli dazu überreden müssen, sich eine Spülmaschine anzuschaffen. Uli war manchmal echt oldschool.

Der bevorstehende Kampf machte Max mehr zu schaffen, als er sich selbst eingestehen wollte. *Es war nicht die Auseinandersetzung im Ring, die war er gewohnt. Es war die Öffentlichkeit. Alle würden zuschauen! Alle würden mitkriegen, wie es am Ende ausging! Würde man über ihn lachen, wenn er verlöre? Markus bestimmt nicht. Und nur das zählte.* Sein Handy klingelte. Es war Markus, wie gerufen. „Treffen im Eiscafé 10:30 Uhr“ Max lief das Wasser im Mund zusammen. Er liebte Eisbecher mit Sahne, konnte sie sich aber so gut wie nie leisten. Max hatte kein Geld, bis auf die paar Scheine Taschengeld, die Uli ihm gelegentlich zu kommen ließ. Und das reichet selten.

Uli betrat die Küche, sah, wie der Junge den letzten Teller in den Schrank stellte.

„Bring noch den Müll raus und dann geht es ab zum Training!“, sagte er milde. Max schnappte sich den Mülleimer und verschwand aus der Küche. Ulrich nahm sich ein Glas Wasser aus dem Leitungshahn. Er trank das Glas in einem Zug leer und hörte, wie der Mülltonnendeckel zuschlug. Dann war plötzlich Stille. Zu still für Ulis Geschmack. Ahnungsvoll spähte der Trainer durch das Fenster. Kein Max weit und breit. Nur der leere Mülleimer stand neben der Tonne. Uli knallte das Glas auf die Anrichte neben der Spüle:

„Das darf doch nicht wahr sein!“

Xenia Morgan-Basten ging durch den Flur ihrer Schönheitsklinik. Sie hatte ihre schwarzen Haare hochgesteckt, trug auffällige Ohrringe im Orient-Stil. Das klassische Kostüm unterstrich ihre natürliche Autorität. Sie ging vorbei an den Fotos der Hollywoodstars, die an den Wänden hingen und ihren Patientinnen vorgaukelten sollten, sie wären eine von ihnen.

Sie öffnete die Tür zu ihrem Büro. Auf ihrem Sessel lag mehr, als dass sie saß, ihre Tochter. Ilona hatte die Füße auf dem Tisch und blickte ihrer Mutter entgegen. Die Chefin der Schönheitsklinik ging mit gemessenen Schritten auf ihren Schreibtisch zu:

„Möchtest Du meinen Platz einnehmen?“, sagte sie pikiert. „Ist es schon so weit?“

„Nun sei doch nicht so!“, maulte ihre Tochter genervt. „Nur weil ich hier sitze!“

Die Klinikchefin schaute auf ihre Tochter herunter, die unter ihrem Blick die Füße vom Schreibtisch nahm.

„Merk Dir eins: ich bin so!“, antwortete Xenia.

Ilona schnappte nach Luft, wollte etwas zu sagen. Ihre Mutter schnitt ihr das Wort ab:

„Also, was ist so wichtig? Neue Schuhe? Neue Handtasche? Neues Handy?“

„Habe ich doch schon alles!“, grinste Ilona frech.

„Was dann?“

Ilona probierte es mit einer Pause, dann mit einem Augenaufschlag:

„Ich schaffe die Klasse nicht!“

Xenia schaute ihre Tochter fassungslos an.

„Ich schaffe es einfach nicht!“, wiederholte Ilona vehement. „Jetzt mach bloß keinen Aufstand!“

Als keine Antwort von ihrer Mutter kam, wurde die Göre unsicher. Der Satz stand zwischen ihnen, wie eine Mauer.

„Und wozu zahle ich so viel Geld an deinen Nachhilfelehrer?“, explodierte Xenia.

Sie meinte den jungen Mann im roten Sportwagen, von dem sie wusste, dass er ihre Tochter durch die Gegend kutschierte, statt mit ihr zu lernen. „Den kann man besser anders verwenden!“, lächelte die Göre provokant.

Xenia hätte ihr am Liebsten eine Ohrfeige verpasst, aber es hätte nichts geändert.

„Hast Du sonst niemand, an den Du Dich.....", sie rang nach Worten: „Vielleicht...anlehnen kannst, damit Du bessere Noten bekommst?" Xenia wusste, wovon sie sprach, aber das würde sie ihrer Tochter nicht auf die Nase binden.

Ilona stützte ihren Kopf in die Hände, ihre Ellenbogen lagen auf dem Schreibtisch. Sie zog einen Flunsch, dann schien ihr ein Gedanke zu kommen:

„Ja, vielleicht ...!" Sie lächelte raffiniert und kam hinter dem Schreibtisch hervor „War doch ganz gut, mal wieder mit Dir zu quatschen!", sagte Ilona herablassend zu ihrer Mutter. Das Mädchen verließ das Büro und ließ die Tür offen. Ihre Mutter schüttelte den Kopf. *Warum nur war ihre Tochter ihr so ähnlich? Sie hatte nichts von ihrem Vater, aber rein gar nichts.*

Die Eisdiele lag am Ende der Altstadt. Sie hieß **Venezia**. Ein paar weiße Resopal-Tische, Plastikstühle, eine riesige Kaffeemaschine, Fotos von Venedig an der Wand. Eine Theke mit Eissorten, nichts Besonderes. Sie war Treffpunkt der Jugendlichen. Zum Austausch von Neuigkeiten, Klassentratsch, wer mit wem, und Blicken, die mehr bedeuten konnten, als nur Augenkontakt. Giovanni, der italienische Besitzer, kühlte die Gemüter seiner jungen Gäste mit Eis und Milchshakes. Er sprach gebrochen eine Mischung aus Italienisch und Deutsch, weil er wusste, dass er damit ankam.

Max saß auf einem weißen Plastikstuhl und sog an einem Strohhalm den Rest seines Eiskaffees in sich hinein. Er schlürfte genießerisch. *Den hatte er sich verdient, bei dem Risiko, das er eingegangen war.* Neben ihm löffelte Cäcilia ihr Spaghetti-Eis und Markus einen Schokobecher. Cäcilia hatte jedem der Jungs einen Ausdruck der Internetseite von Kovac mitgebracht. Max warf einen flüchtigen Blick darauf.

„Ich glaub`s nicht; der alte Zausel ein Giftmischer!", grinste er und deutete auf die Zeitung mit der Schlagzeile über Zimmermanns Tod, die ebenfalls auf dem Tisch lag.

„Und wie soll er das angestellt haben?“, fragte Markus. „Zimmermann ließ doch niemanden an sich heran, aus lauter Angst um das Buch!?“

„Vielleicht ist es ja vergiftet!“, warf Cäcilia ein und schaute von ihrem Spaghetti-Eis auf. „Ich habe mal so einen Film gesehen, mit Mönchen, die haben sich beim Umblättern der Buchseiten vergiftet!“

„Geht nicht! Er hatte gar nicht die Gelegenheit! Kovac hatte das Buch nicht!“, sagte Markus. „Nur die Übersetzungen! Aber wer vergiftet schon Übersetzungen?“

Markus schaute in die ratlosen Gesichter der Freunde. Max griff sich an den Hals, begann plötzlich zu würgen und ließ sich vom Stuhl fallen: „Hilfe! Ich bin vergiftet!“ Vor den Augen der anderen Gäste krümmte er sich auf dem Fußboden.

„Was habt ihr mir in den Eiskaffee getan?“, röchelte er.

Zwei alte Damen am Nebentisch schauten entsetzt auf den Jungen am Boden. Giovanni fuhr sich durch seine ölglatten Haare, rief:

„Porca Madonna!“ Er kam hinter der Theke hervor.

Nur Markus blieb cool:

„Mensch Max, jetzt hör doch mal auf mit dem Scheiß!“

Der kleine Boxer quälte sich grinsend vom Boden hoch und setzte sich wieder auf seinen Stuhl. Cäcilia verdrehte genervt die Augen. Die beiden alten Damen schüttelten entrüstet den Kopf über die Jugend von heute. Giovanni rief erleichtert:

„Eh, bist Du eine Clown, dumme Junge?!“

In diesem Moment ging draußen vor dem großen Fenster der Eisdiele Ambrosius Kovac vorbei. Sein Konterfei mit dem Hut spiegelte sich im Glas der Scheibe. Sie sahen ihn gleichzeitig. Die Drei sprangen auf, der Stuhl von Markus kippte nach hinten. Max kramte in seinen Taschen nach Geld, das er nicht besaß.

„Ich mache das schon!“, fauchte Cäcilia und legte einen Zwanzig-Euroschein auf den Tisch: ihr Trinkgeld der vergangenen

Nacht. Dann stürmten die Drei aus dem Eiscafé, vorbei an den staunenden Gästen und Giovanni, der ihnen hinter her rief:

„Tutto bene, eh?"

Das Trio stand auf der Straße und schaute in die Richtung, in der Kovac verschwunden war. Sie liefen los, bogen um eine Ecke. Aber da war kein Kovac! Der Alte schien sich mal wieder in Luft aufgelöst zu haben.

„Das gibt`s doch nicht!", staunte Cäcilia. „Eben war er doch noch...."

Sie brach ab.

„Den Trick muss er mir mal verraten!", meinte Max. „Der Typ ist echt ein Phantom!"

Sie standen an der Straßenecke, blickten in die leere Gasse.

Markus überlegte laut:

„Wenn er so auftaucht, wie er eben verschwunden ist, dann gute Nacht Zimmermann!"

„Glaubst Du, er hat sich bei ihm eingeschlichen? Ohne, dass Zimmermann es gemerkt hat?" fragte Cäcilia.

„Wenn ich das schaffe, dann Kovac erst recht!", folgerte Markus.

„Und dann hat er ihm was in den Tee getan!", schlussfolgerte Max. Markus zuckte mit den Schultern:

„So könnte es gewesen sein!"

Die Drei gingen die Gasse hinunter Richtung Neckar. Jeder war mit seinen Gedanken beschäftigt. Max unterbrach die Stille:

„Ach, übrigens, ich habe demnächst meinen ersten offiziellen Kampf! So richtig mit Publikum und Presse, kommt Ihr?"

„Klar doch!", sagt Markus.

„Nur, wenn Du auf die Fresse kriegst!", lächelte Zecke Max herausfordernd an.

Max grinste gutmütig zurück:

„Kann ich Dir nicht versprechen!"

Die Drei mussten lachen. Die Jungs nahmen Cäcilia in die Mitte und legten ihre Arme um die Schultern des Mädchens.

Cäcilia fühlte sich geborgen. Sie war froh, dass es Markus und Max in ihrem Leben gab. Echte Freunde!

In ihrem Büro saß Xenia Morgan-Basten hinter ihrem Schreibtisch. Sie erledigte die Post zusammen mit ihrer Sekretärin, einer gut erhaltenen Mittfünfzigerin mit Perlenclips an den Ohren. Sie sah aus, wie eine Werbung für „Alt, ohne Falten". Nur deshalb hatte Xenia sie eingestellt. Die Sekretärin reichte ihrer Chefin Kuvert für Kuvert. Die Basten schaute kurz drauf und legte sie zur Seite oder warf sie in den Papierkorb neben sich. Als letztes in dem Stapel lag die Zeitung, mit der Schlagzeile von Zimmermanns Selbstmord. Xenia Morgan-Basten versuchte, sich nichts anmerken zu lassen! *Selbstmord? Zimmermann? Im Leben nicht!* Sie schickte ihre Sekretärin nach draußen, zündete sich eine Zigarette an und blies den Rauch aus. Dabei blickte sie auf das Bild von Wolfgang Zimmermann. Er hatte kurzzeitig mal um sie geworben, mit untauglichen Mitteln. Seine Blumensträuße waren zu klein, seine Essenseinladungen zu karg. Xenia Morgan-Basten stand für Opulenz. Für ein Leben im Luxus und Überfluss. Ein Leben an der Seite eines geizigen Apothekers kam für sie beim besten Willen nicht in Frage!

Wenig später kreuzten sich ihre Wege nochmal. Es war bei einer Zusammenkunft der Tafelrunde oben im Schloss. Sie hatte ihn gleich wieder erkannt. *Seine ganze Körperhaltung hatte ihn verraten. Er war so anbiedernd, dass einem schlecht werden konnte. Er gehörte nicht wirklich dazu. Und er blieb ein Fremdkörper. Alles an ihm kam ihr spießig vor. Da half es auch nicht, dass er seinen Pferdeschwanz unter der Kapuze versteckte.* Xenia drückte die Zigarette in einem Kristallaschenbecher aus und wandelte zu einem weißlackierten Schrank. Sie öffnete ihn. Versteckt unter ein paar Kitteln, hing auf einem Bügel ein Mönchsgewand. Sie nahm es hervor, betrachtete es für einen Moment und ließ es dann achtlos auf den Boden fallen.

Die Zeit der Kutten war vorbei. Es hatte sich gut gemacht in den Augen ihrer Patientinnen, dieser Druiden-Spuk, der ihnen vorspielte, sie säße an der Quelle von alter, keltischer Weisheit. Naturheilverfahren, die längst verschollen waren und durch sie zu neuem Leben erweckt wurden. Es hatte ihr etwas Seriöses gegeben. Etwas Erhabenes. Anfangs fand sie diese Treffen im Schloss amüsant, später sogar nützlich. Aber jetzt waren Dinge passiert, die nicht mehr in ihre Pläne passten. Und bevor irgendjemand einen zweiten Stuhl umstoßen würde, war es besser, nichts mehr damit zu tun haben. Außerdem, fand sie, war braun nicht ihre Farbe!

Sie schob das Mönchsgewand mit der Spitze ihrer Stöckelschuhe zur Seite. Dann überlegte sie es sich anders, hob es vom Boden auf und stopfte es in den Papierkorb. *Es geh*örte der Vergangenheit an! W*ie Zimmermann!* Und Xenia Morgan-Basten war eine Frau, die niemals zurück blickte!

Die Freunde ahnten nicht, dass sie die Spur von Kovac an diesem Nachmittag für lange Zeit verloren hatten. Seine Buchhandlung blieb geschlossen. Die Fenster begannen allmählich zu verstauben und es sah nicht so aus, als würde jemals wieder geöffnet werden. Cäcilia war mehrmals am Wohnturm des Antiquars vorbei geradelt und hatte festgestellt, dass auch dort die Tür stets abgeschlossen war und sich die Post stapelte. Irgendwie schien sich die Aura des Alten aus der Altstadt verflüchtigt zu haben. Fast so, als habe er nie existiert.

Markus ließ sich nicht täuschen. Irgendwann würde Ambrosius Kovac wieder auftauchen, wenn keiner damit rechnete. Die Buchhandlung bekam für ihn etwas Hinterhältiges, was ihn dazu brachte, jedes Mal die Straßenseite zu wechseln. Aus Angst, die Tür könne sich plötzlich öffnen und Kovac heraus treten. Aber auch die andere Straßenseite war keine Alternative. Die Adler-Apotheke blieb geschlossen. *Und manchmal hatte Markus das Gefühl, als würde hinter den Scheiben der Geist von Wolfgang Zimmermann umgehen, auf der Suche nach seinem gestohlenen Buch.* Der Schüler entschloss sich, die Mitte der schmalen Straße zu nutzen, um auf alles vorbereitet zu sein.

Er ging wieder regelmäßig zur Schule. Zu seiner Verwunderung, hatte sich Ilona neben ihn gesetzt. Eines Morgens saß sie einfach auf Cäcilias Platz und Zecke, die zu spät kam, musste weichen. Markus war hin- und hergerissen. Einerseits war er geschmeichelt, andererseits konnte er Ilonas Verhalten nicht einordnen. Insgeheim aber hatte er ein schlechtes Gewissen, dass er es zugelassen hatte, dass die Klassenschöne Cäcilia von ihrem Platz verdrängt hatte. Er würde es ändern, bei der nächsten Gelegenheit. Doch die ließ auf sich warten.

Mittlerweile schrieb Ilona bei Klassenarbeiten hemmungslos von ihm ab und er ließ es zu. Ihre Noten wurden besser. Dafür wurde Cäcilias Laune immer schlechter. Sie durchschaute Ilonas falsches Spiel. Die Art, wie sie ihre Haare nach hinten warf, um Markus Aufmerksamkeit zu erhaschen, ihr ganzes Gehabe, ständig auf der Suche nach Bestätigung, von der sie genau wusste, dass sie sie bekam.

Selbst in der großen Pause suchte das blonde Mädchen Markus Nähe. Cäcilia begann, den beiden aus dem Weg zu gehen. Noch nicht einmal die Hausaufgaben schrieb Cäcilia mehr von Markus ab. Sie war nicht sicher, ob er es überhaupt bemerkt hatte. Die Nacht, die Markus bei ihr verbracht hatte, schien zu verblassen, wie ein altes Foto. Zweifel krochen aus den Nischen ihrer jungen Seele und nagten an ihr. *Hatte sie sich in Markus getäuscht?*

Nach der Schule hatte Ilona nie Zeit für Markus. Sie hatte immer irgendetwas vor. Cäcilia wusste auch, was! Der Grund wartete um die Ecke in einem roten Sportwagen. Aber Cäcilia war zu stolz, um sich da einzumischen. Eher würde sie sich die Zunge abbeißen! Sie fragte sich, *war Markus wirklich so naiv? Er, der so klug war und der so viel mehr empfand, als alle anderen?* Sie konnte es nicht glauben.

Der Tag von Max Boxkampf rückte immer näher. In der Stadt war plakatiert worden: Die Zeitungen berichteten im Lokalteil darüber. Die großen Reha-Meisterschaften mit Max als Hauptkämpfer standen unmittelbar bevor. Dadurch hatte Max immer weniger Zeit. Er, der normalerweise schlief wie ein Baumstamm, wachte nachts auf und wälzte sich ruhelos im Bett hin und her. Für ihn hatte der Kampf längst begonnen und es ging um mehr, als nur um Boxen: Es ging um seine Bewährung. Nur einmal schaffte er es noch, sich mit Markus zu treffen.

Auf der Alten Brücke mit den Heiligenfiguren und dem Blick aufs Schloss, hatte Max auf den Freund eingeredet, nicht weiter nach dem Buch zu suchen.

„Ist doch ein scheiß Buch!", hatte Max auf seine direkte Art gesagt. „Es bringt nur Unglück!"

Und wie so oft hatte Max Recht! Alle waren tot: die Mönche vom Heiligen Berg, Otto, Zimmermann! Vielleicht war es tatsächlich besser, dem Buch aus dem Wege zu gehen. Markus versprach dem Freund, die Suche einzustellen. Er wollte Max vor seinem Kampf nicht beunruhigen. Und Max war erleichtert davon gerannt. *Jetzt musste er sich wenigstens um den Freund keine Sorgen mehr machen. Nur noch um sich selbst!*

Markus war noch einen Moment länger stehen geblieben und hatte die steinernen Figuren auf der Alten Brücke betrachtet: Im Laufe der Jahrhunderte waren sie Zeugen geworden von Freundschaften, Feindschaften, Kämpfen, Morden und Intrigen. Fuhrwerke, Soldaten und Fürsten waren über sie durch das Tor in die Stadt gezogen. *Waren er und Max auch ein Teil dieser Geschichte?* Markus schritt langsam durch das Stadttor. *Sein Gefühl sagte ihm, dass es so war. Jede Generation schrieb die Geschichte der Stadt fort. Alles hatte einen tieferen Sinn. Er wusste nicht, woher das Gefühl kam. Er blickte hoch zum Schloss und plötzlich war er überzeugt, dass das Buch zu ihm zurückkehren* würde.

Darin bestärkte ihn auch die Begegnung mit Direktor Kochendörfer. Es war auf dem Schulhof, in einer Pause. Herbert Kochendörfer, der immer ein bißchen unschuldig durch seine Brille blicken konnte, war zu Markus getreten und hatte ihm vertrauensvoll die Hand auf die Schulter gelegt. *Woher er sein präzises Wissen über den Heiligenberg und die keltischen Mönche habe*, hatte der Lehrer ihn gefragt. *Das sei doch noch gar nicht Unterrichtsstoff gewesen.* Markus hatte ausweichend geantwortet, dass er es irgendwo gelesen habe. In einem Buch aus dem Antiquariat von Kovac, fiel ihm gerade noch rechtzeitig ein.

Als er den Alten erwähnte, stockte Kochendörfer für eine Sekunde, bevor er weiter auf seinen Schüler einredete. Wenn es ihn interessiere, mehr zu erfahren, könne Markus sich vertrauensvoll an ihn wenden. Es gäbe da einen kleinen Kreis von Menschen, die sich intensiv damit befassten. Er könne dazu beitragen, dass Markus auch in diesen Kreis aufgenommen würde, wenn er wolle. Der Direktor deutete wichtig auf einen Anstecker, der golden in der tiefstehenden Herbstsonne blitzte. Ein Buchstabe. Ein Ypsilon! Markus wurde es plötzlich heiß, obwohl es herbstlich kühl war. *Er würde es sich überlegen*, antwortete der Schüler ausweichend und machte, dass er davon kam. Er war sich sicher, sein Buch hatte sich gerade wieder gemeldet, ausgerechnet durch seinen Lieblingslehrer.

Im Institut ging jeder seiner Arbeit nach. Faber ließ sich selten blicken und Brandstätter kümmerte sich weiterhin intensiv um seine Ratten. Ermutigende Ergebnisse ließen auf sich warten. Es gab kein Versuchstier, das auch nur annährend die Immunkräfte von H 136 in sich trug. Brandstätter schien das nicht zu stören. Er wirkte aufgeräumt und hatte fast so etwas, wie gute Laune. Sein plötzlicher, scheinbar unbegründeter Sinneswandel irritierte Dr. Wohlfahrt. Sie hielt Distanz zu dem merkwürdigen Forscher, der ihr den Stellevertreterjob offensichtlich nicht mehr übel nahm. *Sie traute dem Frieden nicht. Und erst recht nicht Brandstätter.*

Zu Hause ließ die Stimmung zu wünschen übrig. Die Forscherin war auf ihren Fragen sitzen geblieben und Markus machte keine Anstalten, sie in absehbarer Zeit beantworten zu wollen. Das machte sie unglücklich. Die Ansätze, wieder Vertrauen aufzubauen, lagen wie Trümmer zwischen ihnen. Keiner schien in der Lage, sie weg zu räumen! Umso überraschter war sie, als ihr Sohn ihr den Vorschlag unterbreitete, ob sie nicht Lust hätte, zum Boxkampf von Max zu kommen. Die Ärztin musste nicht lange überlegen. Sie freute sich, Max und seinen Trainer Ulrich wiederzusehen. Und noch mehr freute sie sich, dass Markus sichtlich Wert darauf legte, dass sie mitkam! Es bedeutete, dass sie nicht ganz den Draht zueinander verloren hatten.

Dr. Sabine Wohlfahrt stand gedankenverloren am Panoramafenster des Instituts und schaute auf den Parkplatz, der umsäumt war von Bäumen, die ihr Laub abgeworfen hatten und nun kahl zu ihr empor blickten. Sie dachte an Professor Faber. Auf der einen Seite faszinierte er sie, mit seinem Wissen, seiner Menschenkenntnis, seine Souveränität. Auf der anderen Seite stießen sie seine Versuche ab, sie immer wieder manipulieren zu wollen. *Ein nächstes Mal würde es nicht geben*, beschloss sie für sich.

Die Frau, die schwungvoll ihrem Porsche-Cabrio entstieg, holte sie aus ihren Gedanken. Schieferschwarzen Haare umspielten das ebenmäßige Gesicht der Sportwagenfahrerin - eine rassige Schönheit und sie war sich dessen bewusst. Sie trug einen Hosenanzug, der ihre schlanke Figur betonte. Sie nahm ihre Sonnenbrille ab, verharrte kurz vor dem Eingang und ließ ihren Blick über die Glasfassade des Instituts wandern, bevor sie ihren Weg zielbewusst fortsetzte.

Irgendwo hatte sie die Schwarzhaarige schon einmal gesehen, aber es fiel ihr nicht gleich ein. Die Frau verschwand aus ihrem Blickfeld. Die Ärztin wandte sich ab und die Erinnerung kehrte zurück: Es war bei der Parzival-Aufführung gewesen, zu der Faber sie eingeladen hatte. Da waren sie sich im Foyer des Opernhauses begegnet und die Fremde hatte ein paar spitze Bemerkungen abgeschossen, die sie damals nicht einordnen konnte. Es gab keinen Zweifel, wohin die Besucherin wollte.

Professor Bernhard Faber stand in seinem Büro hinter dem Schreibtisch, beugte sich über eine Kladde und setzte mit einem noblen Füllfederhalter seinen Namen darunter. In Gedanken war er bei Brandstätter. *Er hatte ihn entmachtet, indem er ihm die Wohlfahrt vor die Nase gesetzt hatte. Ein Schachzug, der den Ehrgeiz seines Assistenten erst einmal bremste. Keine Frage, Brandstätter war fähig und auf seine engagierte Weise die wissenschaftliche Seele des Instituts. Aber war dieser Seele noch zu trauen?*

Der Türsummer brummte wie eine wilde Hornisse. Faber drückte auf den Öffner. Und dann stand die Hornisse im Raum: Xenia Morgan-Basten, giftig und gefährlich wie das Insekt, wenn man es reizte. Fabers gehobene Stimmung war auf einen Schlag dahin. Die schöne Frau stolzierte selbstbewusst durch sein Büro und setzte sich unaufgefordert auf einen Stuhl. Sie schlug ihre Beine übereinander und schaute ihn herausfordernd an.

„Was kann ich gegen Dich tun?“, fragte Faber mit einem süffisanten Unterton.

„Das ist die überflüssigste Frage, die ich je gehört habe!“, erwiderte sie.

Er hatte ihr verboten, ihn im Institut zu besuchen und er hasste es, wenn jemand seine Regeln missachtete. Es gehörte zu Fabers Prinzipien, immer zu wissen, was auf ihn zukam. Er mochte keine Überraschungen. Und das Auftauchen von Xenia Morgan-Basten war eine.

Faber nahm einen Schluck Wasser aus einem Glas, das auf dem Schreibtisch stand. Über den Rand des Glases ließ er seinen Besuch nicht aus den Augen. Er beobachtete, wie die rassige Schönheit aus der Innentasche ihres Hosenanzugs ein silbernes Etui zog. Sie entnahm ihm eine Zigarette und zündete sie sich mit einem goldenen Feuerzeug an.

„Rauchen verboten!“, sagte er. Ausgerechnet er.

Sie lächelte ihn an:

„Als hätten uns Verbote jemals interessiert, Bernhard!“

Faber musste sich widerstrebend eingestehen, dass sie Recht hatte. Und das ärgerte ihn. *Recht zu haben war sein Privileg.*

Er wirkte plötzlich genervt und machte sich auch nicht die Mühe, es zu verbergen. Sie schien seine Gedanken zu lesen. Ihre Gesichtszüge bekamen etwas Spöttisches.

„Was ist eigentlich mit Zimmermann passiert?“, fragte sie ohne Umschweife.

Die Bernsteinaugen betrachteten sie mit kühler Distanz:

„Stand doch in der Zeitung!“

Sie lächelte:

„Wirklich?“

Der Professor fühlte sich plötzlich bedrängt. Er stand auf und begann, umherzuwandern, wie er es immer tat, wenn man ihm zu nahe trat. Xenias Augen folgten ihm.

Ihre Stimme wurde eindringlich:

„Der Fremdenführer, der Apotheker, wer ist der Nächste,

Bernhard? Du? Ich?“, fragte sie. „Oder etwa der Junge? Seine Mutter?“

Der Wissenschaftler spürte, wie Ärger in ihm hochkroch, wie Lava in einem Vulkan:

„Wie kommst Du denn darauf? Was für ein Unsinn!“

Seine Bernsteinaugen wechselten ihre Farbe endgültig zu gelb.

„Was willst Du mir eigentlich unterstellen?“

Sie nahm einen tiefen Zug und stieß den Rauch aus. Sie blies ihn in seine Richtung. Faber nahm es reglos hin.

„Tu mir einen Gefallen, Xenia, hör auf im Nebel zu stochern! Du könntest sonst etwas wecken, was Dir leid tut!“ Er machte eine Pause.

„Sag, was Du wirklich willst!“

Sie legte den Kopf schief:

„Das weißt Du nicht?“

Dann lachte sie.

„Hör auf, mir etwas vorzuspielen, Bernhard! Ich kenne Dich nur zu gut! Ich weiß, wer Du bist!“

Bevor er antworten konnte, öffnete sich die Tür und Dr. Wohlfahrt stand im Raum.

„Oh, Entschuldigung!“, sagte die Ärztin. „Stör ich?“

Faber wandte sich ihr zu, ein Anflug von Erleichterung in seinen Wolfsaugen:

„Ganz im Gegenteil, Frau Kollegin! Frau Basten wollte gerade gehen!“ Die schöne Besucherin erhob sich betont langsam, um den Eindruck zu vermeiden, Faber würde sie rauswerfen. Die beiden Frauen musterten sich kurz. Die Ärztin spürte die Ablehnung der anderen. *Sie kam ihr vor wie eine Fee, eine böse Fee! Wie die Zauberin Morgana aus der Artus-Sage. Wie kam sie bloß darauf?* Sie schüttelte den Gedanken ab. Der Eindruck blieb.

Das Geräusch der Tür holte sie in die Realität zurück. Xenia Morgan-Basten hatte den Raum verlassen. Professor Faber war nahe an die Forscherin herangetreten. Sein Blick sagte Danke:

„Mein Gott, Frau Kollegin, Sie haben mich gerettet!"

„Vor was, Artus?", fragte sie automatisch. *Hatte sie tatsächlich „Artus" gesagt? Was war bloß los mit ihr?*

Faber schaute sie verdutzt von der Seite an, runzelte die Stirn, lächelte dann seine Verblüffung weg.

„Ich heiße Bernhard! Wollen wir nicht endlich **Du** zu einander sagen?" *Wieder fühlte sie sich von ihm überrumpelt. Er war ein Meister darin.*

Es waren noch zwei Tage bis zum Kampf von Max. Fast alle in ihrer Klasse wollten sich dieses Spektakel nicht entgehen lassen. Nur Cäcilia machte sich keine großen Hoffnungen, dass Markus sie fragen würde. *Wahrscheinlich wollte er beim Boxkampf mit Ilona glänzen*, dachte Zecke. Jungs waren so blind und Markus anscheinend keine Ausnahme. *Sie schien nicht nur den Platz neben ihm in der Klasse, sondern auch den Platz in seinem Herzen verloren zu haben.*

Sie schaute auf, als Markus sich näherte. Es war Schulschluss und wahrscheinlich hatte Ilona mal wieder keine Zeit für ihn. *Aber Zecke wollte nicht die zweite Wahl sein!*

Markus blieb stumm bei ihr stehen und schaute ihr zu, wie sie ihr Fahrrad entriegelte.

„Was gibt`s?", fragte sie distanziert.

Er hatte ihre Distanz verdient, sagte er sich, *hatte für leere Versprechungen von Ilona die wertvolle Freundschaft von Cäcilia riskiert. Das hatte sie nicht verdient. Zerknirscht gestand er sich seinen Fehler ein.* Trotzdem versuchte er einen Weg zu ihr zu finden.

„Du magst doch Max?", fragte er.

„Mmmh.", antwortete sie vorsichtig. *Worauf wollte er hinaus?,* dachte sie. „Ich glaube, er fände es gut, wenn Du bei seinem Boxkampf dabei wärst!", sagte er. „Als Unterstützung!"

„Okay?“, antwortete sie zurückhaltend.

„Ich habe zwei Karten!“

Cäcilia durchströmte ein Gefühl von Wärme und Zuneigung, gegen das sie sich nicht wehren konnte.

„Kommst Du mit? Mit mir?“, fragte Markus unsicher.

Er hatte es nicht verdient, dass sie ja sagte, fand er.

Sie sagte JA!

Und unterdrückte den Wunsch, ihm um den Hals zu fallen. Markus wirkte plötzlich so verletzlich. Sie spürte, wie leid es ihm tat. *Plötzlich kam der Markus wieder zum Vorschein, den sie mochte! Darauf hatte sie lange gewartet. Diesem Markus würde sie verzeihen können, nach und nach.*

Und Markus fand, dass er sich gegenüber Cäcilia wie ein Idiot benommen hatte. *Aber auch Idioten brauchten manchmal eine zweite Chance. So, wie er!*

Kapitel 12

Es regnete in Strömen. Der Herbst trieb der alten Stadt einen Schauer über den Rücken. Die Dächer tropften vor Nässe. Der Regen trommelte sein Lied auf das Wellblechdach der Sporthalle. Max, in Jogginghosen und Kapuzenshirt, schlug in der Kabine auf die behandschuhten Pranken seines Trainers. Ulis Kommandos hallten durch den Raum. Der Tag des Kampfes! Max schwitzte. Nicht nur körperlich.

Die letzten Wochen hatte er dem Kampf entgegengefiebert. Jetzt war es soweit und er spürte die Anspannung. Vorbei war es mit seiner coolen Schnodderigkeit. Max, der Weltmeister im Unter- und Abtauchen, würde sich stellen müssen. Ulis Augen ruhten auf seinem Schützling. Wie jeder, der einmal selbst im den Ring gestanden hatte, wusste er, was in dem Jungen vorging. Uli nannte es das **Gladiatoren-Gen**. Es bedeutete, ein Kämpferherz zu haben; auch einsam tapfer sein zu können. Ein Spiegel von Max bisherigem Leben. Uli war sich nicht sicher, *ob Max schon so weit war, die Vorgaben für eine bessere Zukunft zu erfüllen?* Die Antwort würde im Ring fallen.

Die Halle füllte sich langsam aber stetig. In der Mitte thronte ein Boxring, in dem sich heute Schicksale entscheiden würden. Ein braunes Spruchband mit der Aufschrift: „Nutze Deine Chance – Kämpfe für Deine Zukunft!“ machte auf die Bedeutung der Kämpfe aufmerksam. Man hatte Bierbänke rund um den Ring aufgestellt. Es gab einen Stand an dem man Cola und andere Getränke kaufen konnte. Plakate hingen an der Wand: **Erste deutsche Reha-Meisterschaft** stand in großen Lettern darauf. Dazu zwei stilisierte Boxkämpfer.

Zwei Camps mit Jungs, die auf die schiefe Bahn geraten waren, standen sich gegenüber. Eigentlich sollten sie mit Kopfschutz kämpfen, aber die jungen Boxer hatten sich einstimmig dagegen entschieden. Ihr ganzes bisheriges Leben waren sie schutzlos gewesen und jetzt wollten sie keinen mehr! Uli Fischer hatte sich widerstrebend dem Argument gebeugt. Es würde sich jetzt schonungslos zeigen, wohin der Weg der jungen Boxer führen würde. *Würden sie Anstand, Respekt und Durchsetzungsvermögen als Regeln für sich akzeptieren, oder würden sie rückfällig werden?*

Der Druck der Erwartung lastete auf Max. Ihm wurde übel, wenn er darüber nachdachte. Er legte in den nächsten Schlag gegen die Pranke seines Trainers all seine Kraft, so dass Uli einen Schritt zurückweichen musste. Für den Trainer ein gutes Zeichen: Max war bereit!

Freunde, Bekannte und Boxbegeisterte strömten in die Sporthalle. Markus suchte mit Cäcilia einen Platz ganz vorne. Sie wollten Max so nahe wie möglich sein.

Cäcilia hatte stundenlang gebraucht, um sich, wie sie fand, hübsch zu machen. Sie hatte Löcher in ihre Jeans geschnitten und sich die Wimperntusche ihrer Mutter ausgeliehen. Markus trug eine Baseballjacke und ein blaues Sweatshirt, mit einer weißen Aufschrift: „Go to the Max!". Dazu die passende Kappe. Er wollte cool aussehen. Natürlich wegen Max!

Markus freute sich, dass seine Mutter mitgekommen war. Anderen wäre es vielleicht peinlich gewesen, einen Elternteil mitzuschleppen. *Ihm nicht*. Seine Mutter war auch sein Kumpel. Sie trug Jeans und einen passenden dunkelblauen Blazer. *Sie sah verdammt gut aus*, fand Markus. Sie hatte sich ein paar Reihen hinter die jungen Leute gesetzt, um nicht aufdringlich zu wirken. Sie winkte ihnen zu. Die beiden winkten zurück. In der gleichen Reihe saßen auch Doro und Rudi. Zecke hatte sie überredet, obwohl sie beide gegen Gewalt waren. Rudi trug zum Ausgleich ein weißes T-Shirt mit einem großen Peace-Zeichen darauf, das über seinem Bauch spannte. Doro hatte eines ihrer

Blümchenkleider an und duftete nach Patchouli. Es war ihre Botschaft, dass Woodstock nicht vorbei war!

Das Gekicher war schon von weitem zu hören. Die Tür der Sporthalle enthüllte, wer sich hinter dem Gekicher verbarg: Ilona und drei weitere Mädchen ihrer Clique, die ihr unbedingt gefallen wollten. Sie stolzierten in die Halle, als wären sie auf dem Laufsteg. Sie hielten ihre Smartphones in den Händen und schickten sich gegenseitig alberne Nachrichten, über die sie laut und exzessiv lachten. Markus hatte sich am Getränkestand gerade eine Cola mit zwei Strohhalmen gekauft, als die Görenmeute mit Ilona an der Spitze auf ihn zusteuerte. Ilona tat so, als würde sie Markus erst jetzt bemerken, dabei hatte sie ihn schon beim Hereinkommen gesehen.

„Oh, Du auch hier?“, fragte sie scheinheilig.

„Mein bester Freund boxt!“, ärgerte er sich über ihre Frage. Sie wusste es genau. Ihre Bergsee-Augen bekamen einen gelangweilten Schimmer. „Eigentlich wollten wir in die Disco! Aber wir haben gerade mal Stress mit den Türstehern!“ Sie fegte affektiert ihre blonden Haare nach hinten. Eines der Mädchen hatte ihren Arm zudringlich um Ilona geschlungen, um ein Selfie zu machen.

„Ja, dann, äh…!“, sagte Markus und wusste nicht recht, was er eigentlich sagen sollte.

„Wenn Du willst, kannst Du Dich zu uns setzen!“, warf Ilona den Köder aus.

„Danke! Ich hab schon einen Platz!“, antwortete Markus und blickte hinüber zu Cäcilia, die, ohne hinzuschauen, die Begegnung aus dem Augenwinkel verfolgte. Ilona folgte seinem Blick.

„Dann noch einen schönen Abend!“, rümpfte sie die Nase und machte sich mit ihrer Clique lautstark auf einer Bank breit.

Markus schlenderte mit seiner Cola zurück zu Cäcilia. Er setzte sich neben sie und hielt ihr das Getränk mit den beiden Strohhalmen hin.

„Und?“, fragte Cäcilia. Statt einer Antwort, steckte sich Markus den Strohhalm in den Mund und sog laut schlürfend die Cola in sich hinein. Es war wie eine Antwort. Zecke tat es ihm mit dem anderen Strohhalm gleich und schlürfte ebenfalls. Beide mussten lachen.

In der Kabine schnürte Uli die Boxhandschuhe seines Zöglings. Max saß, Uli stand seitlich neben ihm. Treuherzig blickte der Junge seinen Trainer an. Dann quälten sich die Worte stockend über seine Lippen:

„Was, was, was erwartest Du eigentlich von mir, Trainer?“

Uli konzentrierte sich weiter auf das Schnüren der Boxhandschuhe:

„Was erwartest Du von Dir, Max? Darauf kommt es an!“

Jetzt erst schaute der Trainer auf und sah die Unsicherheit in den Augen seines Schützlings. Seit Tagen beobachtete Uli, wie den, sonst so selbstbewussten Jungen, Zweifel plagten. *Was würde passieren, wenn er den Kampf verlöre? Würde er dann auch die Zuneigung von Uli verlieren? Wäre das nicht die schlimmste Niederlage?* Max spürte wieder das seltsame Ziehen im Magen.

Uli beendete seine Tätigkeit und boxte Max sanft auf den Arm:

„Du bist jetzt ein Gladiator, Max! Ein Gladiator des Lebens! Deines Lebens! Du hast es in Deinen Fäusten!“

Max schwieg. Er ließ die Worte von Uli auf sich wirken. Dann stieß er die beiden Boxhandschuhe zusammen und nickte.

„Ich werde es allen zeigen!“, platzte es aus ihm heraus. Uli ahnte, dass Max in erster Linie damit seine Eltern meinte, die sich nie um ihn gekümmert hatten. Sie würden auch heute nicht da sein.

Ein Mann in einem grauenhaft-aufdringlichen Jackett mit bunten Karomustern war in den Ring geklettert. Er erinnerte Markus an einen Zirkus Clown. Der Typ im Karo-Jackett hatte das Mikrofon ergriffen und sagte die beiden Boxer an.

„Vom Kaiser-Camp: Ralph Berkel! Sieben Kämpfe, sieben Siege!“

Ein Junge mit weißblonden Haaren, weißer Hose und nacktem Oberkörper sprang in den Ring. Sein Straßenschlägergesicht offenbarte die nur mühsam unterdrückte Gewaltbereitschaft. Seine Arme waren tätowiert, seine Bauchmuskeln ein Gerippe aus Stahl. Unter dem Beifall und Pfiffen der Zuschauer tänzelte er im Ring und schlug Finten in die Luft. In der Ecke lehnte sein Trainer, dessen verknautschte Boxervisage schon zu viele Schläge nicht hatte kommen sehen. Er trug einen Jogginganzug und hatte ein Handtuch über der Schulter hängen.

Der Ansager wandte sich der anderen Ecke zu:

„Vom Fischer-Camp: Max Abel! Noch kein Sieg, aber auch keine Niederlage! Heute ist sein erster Kampf! Bitte Applaus für die Kämpfer!“

Markus sah, wie Max die Halle unter dem Beifall der Zuschauer zum Ring durchquerte. Auf seiner Schulter ruhte die Hand von Uli, als wollte sie ihm sagen: Du bist nicht allein! Max trug ein Paar schwarze Satin-Boxershorts, dazu ein weißes Leibchen, das ein wenig eng saß. Uli hielt die Seile hoch und Max kletterte umständlich in den Ring. Er würde niemals eingestehen, dass seine Beine zitterten.

Max erblickte seinen tänzelnden Gegner auf der anderen Seite des Rings. Er schien ihm in allen Belangen überlegen: Größere Reichweite, der halbnackte, muskelgestählte Körper, die Arroganz des gewohnten Siegers, seine grenzenlose Bereitschaft zur Brutalität. Max war beeindruckt. Zumal er das Vorstrafenregister seines Gegenübers kannte: Raubüberfälle, Einbrüche und Körperverletzung. Ein Typ mit den Hemmungen eines Kampfhundes. Nur, dass er keinen Maulkorb trug. Max war sich sicher: Ralph Berkel war gekommen, um ihm weh zu tun. Das konnte er in seinen Augen sehen. Max beschloss, sein Leibchen anzubehalten.

Sein Blick irrte umher auf der Suche nach bekannten Gesichtern und fand Markus und Zecke in der ersten Reihe. Markus streckte motivierend eine Faust in die Höhe. Max antwortete, in dem er die Augenbrauen kurz hintereinander hochzog und ein Grinsen versuchte, was ihm kläglich misslang.

Der Ringrichter, ein Typ um die fünfzig, mit Glatze und Haarkranz, weißem Hemd und Fliege, bat die Kämpfer in die Mitte und ermahnte sie, fair zu kämpfen und seine Anweisungen zu beachten.

In die Bank, in der Sabine Wohlfahrt saß, kam Unruhe. Jemand zwängte sich elegant durch die bereits sitzenden Zuschauer und nahm neben der Ärztin Platz. Es war Professor Bernhard Faber. In Wildlederjacke, beigen Hosen und Ray Ban Brille, sportlich passend zum Anlass. Faber nahm die Brille ab. Seine Bernsteinaugen lächelten über die Überraschung im Blick seiner Kollegin. Bevor sie etwas sagen konnte, erklärte er:

„Ich habe mich schon immer für Zweikämpfe interessiert! Das Urverhalten des Mannes! Psychologisch hochinteressant!"

Die Ärztin blies die Luft aus den Wangen.

„Schau an, die dunkle Seite des Menschenflüsterers!", sagte sie mit einem Unterton von leisem Spott.

Faber nahm es gelassen:

„Hat die nicht jeder? ...eine dunkle Seite?" Fabers Blick wanderte rüber zum Ring, wo die beiden Kontrahenten in ihren Ecken an den Seilen standen.

„So, wie ich Sie kenne, sind Sie für den kleinen Dicken!", forderte er sie heraus.

Die Ärztin wandte sich ihrem Chef zu:

„Sie etwa nicht?... Ich mag Underdogs und außerdem ist er der beste Freund meines Sohnes!"

Sie schaute rüber zu Max und fing einen Blick von Uli auf, der gerade sanft den Nacken seines Kämpfers massierte und dabei beruhigend auf ihn einredete. Sie nickte Uli kurz zu und er zeigte mit einem Lächeln, dass er sie wieder erkannt hatte. Und wieder fiel ihr auf, wie gewinnend und offen er wirkte.

„Ich bin mehr für den Siegertyp!“, fing Faber die Aufmerksamkeit seiner Kollegin wieder ein. Dabei schaute er in Richtung des großen, blonden Jungen.

„Das verwundert mich nicht!“, sagte sie. „Sieger haben immer viele Freunde! Verlierer meist keinen!“

Einem war das völlig gleichgültig! Helmut Siegel, Leiter des Jugendamtes, saß abseits von allen anderen und schaute gelangweilt in den Ring. Er war einen dürrer Mann mit hagerem Gesicht und Haaren, die er streng gescheitelt trug. Auf seiner großen schmalen Nase saß eine Halbbrille, über die er überheblich in die Welt blickte. Seine Miene spiegelte die Freudlosigkeit seines Daseins, was der graue, schlecht sitzende Anzug nur noch unterstrich. *Für ihn waren das alles Verlierer. Und sie würden es auch ein Leben lang bleiben.* Er sah seine Aufgabe darin, die Gesellschaft vor den jugendlichen Kriminellen zu bewahren. Schlechtes Elternhaus, Erziehungsheim, Knast, der Weg war doch immer der gleiche. Manchmal langweilte ihn die Vorhersehbarkeit, mit der alles ablief. Eine zweite Chance hatten diese Jungs nicht verdient, nicht bei ihm. Deshalb verstand er auch nicht den Einsatz von Ulrich Fischer für diese hoffnungslosen Fälle und Max Abel war einer von ihnen in Siegels Augen.

Ein Gong ertönte und der Ringrichter gab den Kampf frei. Die Boxer begegneten sich in der Mitte des Rings. Drei Runden waren angesetzt. Die ersten Schläge, ein vorsichtiges Abtasten.

„Der sieht aber scheißstark aus!“, gab Cäcilia zu bedenken.

Markus nickte zuversichtlich:

„Max macht das schon!“

Doch im Ring sah es nicht danach aus. Ralph, der blonde Riese verzichtete auf seine Deckung, ließ die Arme baumeln, um Max großspurig zu zeigen, dass er ihn für keine Gefahr hielt. Er schlug beidhändig und trieb Max vor sich her, der sich hinter seiner Doppeldeckung verschanzte. Die Schläge des Blonden waren so wuchtig, dass sie Max erschütterten. Er versuchte von seinem Gegner, der eine größere Reichweite besaß, wegzukommen. *Vergeblich!* Eine krachende Rechte durchbrach die Deckung von Max. Seine Nase begann zu bluten.

Die Schläge, die Max kassierte, rissen Markus buchstäblich von seinem Sitz. Sie taten ihm in der Seele weh. Immer wieder sprang Markus auf, um sich dann wieder hilflos hinzusetzen. Vor Anspannung biss er sich auf die Unterlippe. Er spürte, wie Cäcilia nach seiner Hand griff. Er hielt sie fest. Sie tat ihm gut. Wieder knallte die Faust von Ralph Berkel gegen den Kopf von Max, der aus dem Gleichgewicht geriet und gegen die Seile geschleudert wurde.

Die Clique von Ilona hatte sich auf die Seite des großen Jungen geschlagen. Markus schaute rüber zu Ilona und ihren Freundinnen. Das Gelächter und Gejohle der Mädchen-Meute, wenn Max getroffen wurde, nervten ihn. Max war sein Freund und jeder, der gegen Max war, verletzte auch ihn. Er ließ die Hand von Cäcilia los und sprang auf:

„Max, mach was!", rief er hilflos.

Es nutzte nichts. Aus Max Nase tropfte Blut auf sein weißes Leibchen und hinterließ Spuren. Und Zecke? *Sie bereute im Nachhinein, was sie gesagt hatte. Dass sie nur kommen würde, wenn Max auf die Fresse bekäme. Hätte sie das bloß nicht gesagt!* Im Ring wurde es gerade Wirklichkeit.

Die Schläge prasselten auf Max, wie ein Gewitterregen. Max versuchte immer wieder, wegzutauchen, aber sein Gegenüber schien jede Bewegung vorauszuahnen. Endlich war die Runde zu Ende. Max stolperte zum Schemel in der Ringecke, wo Uli mit einem nassen Schwamm wartete. Und Markus setzte sich wieder hin. Er hatte plötzlich Angst um seinen Freund. *Was war bloß los mit Max?* Er wirkte wie gelähmt.

Der Trainer tupfte seinem Schützling das Blut von der Nase. Max schaute ihn fragend an, doch Uli war seltsam stumm. *Warum half er ihm nicht? Warum gab er ihm keine Anweisungen?* Max verstand die Welt nicht mehr.

In seiner Reihe warf Faber seiner Kollegin einen triumphierenden Blick zu.

„Er hat keine Chance!“, sagte er von oben herab. „Er tut mir leid!“

„Mitleid ist auch keine Lösung!“, antwortete Sabine Wohlfahrt.

Faber musste an Brandstätter denken:

„Da haben Sie wohl recht! Mitleid ist keine Lösung!“

Ilona schickte einen überheblichen Blick rüber zu Markus.

„Mal wieder auf der Verliererseite?!“, schien er zu sagen.

Markus drehte den Kopf weg. *Wie konnte sie bloß für den anderen sein? Wenn ihr etwas an ihm lag, dann musste sie für Max sein! War sie aber nicht.* Diesmal griff Markus nach der Hand von Cäcilia. Sie drückte sie sanft. Ilona schien es zu bemerken. Ihre Lippen kräuselten sich spöttisch. Markus ging ein Licht auf. Hier ging es gar nicht um Max. Sie wollte ihn treffen. Sie verzieh ihm nicht, dass er sie nicht gefragt hatte und jetzt machte sie ihm deutlich: „Du hast die falsche Entscheidung getroffen!“

Der Gong zur Runde zwei. Ralph Berkel stürmte in die Ringmitte und wartete auf Max, der sich von seinem Schemel quälte. Jeder Schritt fiel ihm schwer. Seine Beine schienen aus Pudding. Doch diesmal war Max auf der Hut. Er versuchte, die Schläge auszupendeln und zog sich an die Seile zurück. Wieder traf ihn eine Rechte am Kinnwinkel und riss seinen Kopf herum. Seine Lippe platzte auf. Mit dem Handschuh wischte Max sich das Blut weg. Mittlerweile bejubelte Ilonas Clique jeden Treffer des Semmelblonden. Während der Rest der Halle mit Max litt und aufstöhnte, wenn ein Schlag ihn traf. Nur Uli blieb merkwürdig ungerührt.

Doro und Rudi saßen versteinert auf ihrer Bank. Das hatten sie nicht erwartet. Und das passte auch nicht in ihre Blumenkinder-Mentalität. Doro schubste ihren Mann mit dem Ellenbogen an:

„Tu` doch was!"

Rudi schaute sie erstaunt an:

„Ich? Wieso ich?"

„Ach, Rudi!", schimpfte Doro. „Früher hast Du doch auch immer was getan! Denk mal an unserer Demos! Da warst Du doch auch immer ganz vorne mit dabei!"

Rudi schlug die Arme vor die Brust und schaute geradeaus.

„Aber geprügelt habe ich mich nie!", sagte er trotzig.

Angefeuert von den Mädchen, deckte Ralph Berkel seinen Gegner mit Schlägen zu. Er wollte ihm zeigen, wie überlegen er war. Max ahnte, dass der große Blonde mit der Killerfresse ihn k.o. schlagen wollte. Aber den Gefallen würde er ihm nicht tun. Max war in seinem ganzen Leben noch nie k.o. gegangen.

Wie durch Watte hörte er Markus rufen:

„Max! Vorsicht!" Max rang nach Luft. Das Blut in der Nase verstopfte seine Atemwege. Der Körperhaken traf ihn unerwartet. Ein Leberhaken. Er spürte, wie der Treffer sein ganzes Nervensystem lahm legte, fühlte, wie sein Kopf blutleer wurde.

Nicht aufgeben! Nur nicht aufgeben!, hämmerte es in seinem Hirn. Seine Arme wurden taub. Die Handschuhe fühlten sich an, als hätte man sie mit Blei gefüllt. Max musste auf die Knie runter und wurde angezählt. Seine Seele zählte mit. *So fühlte sich also eine Niederlage an*, dachte er. Der Gong rettete Max vor dem sicheren Ende.

Max schleppte sich zu seinem Schemel. Er schaffte es gerade noch. Uli half ihm. Max Auge war geschwollen, die Nase blutete wieder, das Blut im Mundwinkel war verkrustet. Uli tupfte ihn vorsichtig ab, cremte seine Augenbraue ein und massierte mit der freien Hand die Stelle, wo Max der Leberhaken getroffen hatte. Der Trainer schaute dem Jungen in die Augen:

„Wollen wir das Handtuch werfen, Max?"

Der Junge schüttelte den Kopf.

„Was mache ich nur falsch, Trainer?", fragte Max.

Uli beugte sich vor und strich ihm über das Haar.

„Du warst immer gewohnt, zu gewinnen, Max! Ich wollte sehen, wie Du mit einer Niederlage fertig wirst!"

Max versuchte, die Augen aufzureißen. Es gelang ihm nur mit einem. Uli bemerkte, wie eine Träne aus dem Augenwinkel seines Schützlings kullerte. Max würde es bestimmt auf das Glycerin schieben, das ihm ins Auge geraten war.

Max Blick bekam etwas Flehentliches:

„Aber Trainer! Ich hab doch noch nie gewonnen!"

Die Antwort von Max traf Uli schlimmer, als seinen Zögling der Leberhaken. Max hatte Recht. Im Ring hatte er schon gewonnen, in seinem jungen Leben nie. *Und er, Uli, würde ab jetzt alles tun, damit sein Junge gewänne.*

„Du willst gewinnen? Okay, Max! Wir werden gewinnen!", flüsterte Uli heiser. „Bleib in der Ringmitte! Lass ihn kommen und verlass Dich auf Deinen linken Haken! Geh nicht zurück! Geh einen Schritt vor und warte, bis er die Hände hängen lässt! Hast Du gehört?!"

Max nickte, sein Kopf dröhnte. Der Gong läutete Runde drei ein.

Wieder sprang Ralph Berkel in die Ringmitte. Max hatte sein blutiges Leibchen ausgezogen und ging seinem Gegner mit erhobenen Fäusten entgegen. *Zugegeben, er wirkte ein wenig speckig.* Aber seine Körperhaltung hatte sich verändert. Max wirkte plötzlich selbstbewusst und sein Gang war federnd. Die ersten Schläge des Blonden verfehlten ihr Ziel. Da, wo Max eben noch gestanden hatte, war er plötzlich nicht mehr. Max tanzte, pendelte. Sein Gegner wirkte überrascht: *Was war in den gefahren?*

Max blickte Ralph in die Augen. Und was er sah, erfüllte ihn mit Zuversicht! *Ja, er war zu schlagen.* Die Faust von Max schnellte vor und traf Ralph Berkel am Jochbein. Der Kopf seines Gegners wurde zurück geschleudert. Eine Schweißfontäne sprühte von den blonden Haaren. Wieder traf Max. Markus und Zecke waren aufgesprungen. Sie spürten, wie der Kampf sich drehte.

Auch Doro hielt nichts mehr auf ihrem Sitz.

Sie schrie:

„Gib`s ihm!"

Während Rudi empört an ihrem Kleid zog und wollte, dass sie sich wieder hinsetzte. Die Halle tobte.

Auch der Trainer von Ralph spürte, wie der Kampf kippte.

„Geh weg von ihm! Halt ihn Dir vom Leib!", rief er.

„Max! Dein Haken! Denk an Deinen Haken!", schrie Uli in den Ring. In diesem Moment wurde Max von einer rechten Geraden getroffen. Seine Augen wurden glasig und Ralph Berkel setzte nach, um seinen Gegner endgültig zu Boden zu schicken. Ein Fehler!

Er sah den linken Haken von Max nicht mehr, er spürte ihn nur noch. Der Schlag traf ihn wie ein Blitz und riss ihn von den Füßen. Ralph knallte der Länge nach auf den Ringboden. Seine sieben Sinne verabschiedeten sich, als hätte man ein Licht ausgeschaltet. Die Zuschauer in der

Halle hielten für eine Sekunde den Atem an, bevor sie begriffen, was gerade geschehen war! Dann brach ein ohrenbetäubender Jubel los, während Max immer noch ungläubig auf seinen linken Handschuh schaute. Cäcilia und Markus sprangen im Siegestaumel ineinander verknäult wie ein Gummiball in die Höhe. Ihr Freund hatte gesiegt! Max war ihr Held!

Der Ringrichter zählte Ralph Berkel aus. Der Verlierer kam zu sich. Er erkannte verschwommen den kleinen Dicken über sich, der seine Boxerhand ausgestreckt hatte und ihn am Arm wieder auf die Beine zog. Uli fand, dass Max eine Menge gelernt hatte. Dass er seinem Gegner wieder auf die Beine geholfen hatte, war Uli fast so wichtig, wie der Sieg seines Schützlings. *Aber nur fast*, gestand Uli sich ein. Er kletterte in die Ringmitte und hob den kleinen Boxer triumphierend in die Höhe!

Die Mädchen-Clique verließ nölend die Sporthalle. Ihre Smartphones leuchteten ihrer Einfalt voraus.

Max beugte sich über die Seile zu seinen Freunden:

„Ich hab doch nur mit ihm gespielt! War doch klar, oder?" Er sah nicht so aus. Sein rechtes Auge war mittlerweile völlig zugeschwollen und es würde Tage dauern, bis es wieder eine normale Farbe angenommen hatte.

Faber rang sich ein Lächeln ab:

„Habe ich wohl auf den Falschen gesetzt! Passiert mir, ehrlich gesagt, nicht allzu oft!"

Das Eingeständnis seiner Fehleinschätzung fiel dem Wissenschaftler sichtlich schwer.

„Manchmal täuscht das Äußere!", gönnte sich Dr. Wohlfahrt einen kleinen Triumph. „Nicht jeder, der wie ein Verlierer aussieht, ist auch einer!" Fabers Handy meldete sich. Er zog es aus der Wildlederjacke und schaute auf das Display. Seine Gesichtszüge versteinerten. Auf seiner Stirn zeigte sich eine steile Falte. Kopfschmerzen setzten ein. Faber stand auf.

„Was ist?", fragte Dr. Wohlfahrt besorgt. Sein Lächeln war gezwungen: „Brandstätter! Es scheint dringend!"

„Soll ich....?", bot sich die Ärztin an.

Er schüttelte den Kopf.

„Nicht nötig!"

Ohne ein weiteres Wort der Erklärung, verließ Faber eilig die Halle. Sabine Wohlfahrt schaute ihm nach. *Er konnte doch nicht so einfach. Sie wusste, Faber konnte.* Es passte in das Bild, dass sie sich mittlerweile von Faber gemacht hatte. Wenn er etwas nicht preisgeben wollte, dann tat er es nicht. *Aber jetzt war nicht die Zeit, sich den Kopf darüber zu zerbrechen. Jetzt war die Zeit des Siegers! Und seiner Freunde!*

Nach dem Kampf kehrten Max, Zecke und Markus im Woodstock ein, um den Triumph des Freundes zu feiern. Obwohl sie Fabers Verhalten nicht aus dem Kopf bekam, hatte sich Sabine Wohlfahrt der kleinen Gruppe angeschlossen. Sie beobachtete das Trio, das so verschieden war und doch so eins. *Wie Kletten, fiel es ihr ein, Kletten im Haar von Zecke. Oh, wie sie das immer gehasst hatte, diese widerborstigen Viecher aus dem Haar zu bürsten.* Erinnerungen an ihre Schulzeit wurden wach. *Kletten im Haar, Hummeln im Bauch und das Leben vor sich!*

Die Drei hatten etwas, was ihr mit dem Tod ihres Mannes verloren gegangen war und nach dem sie sich sehnte. Loyalität ohne Hintergedanken, Vertrauen ohne Worte, Zuneigung ohne Bedingungen. Sabine Wohlfahrt nahm sich vor, wieder mehr Anteil am Leben ihres Sohnes zu nehmen und dieser Abend war ein Anfang.

Doro wuselte derweil um Max herum. Sie hatte sich immer einen Jungen wie ihn gewünscht, als Bruder für Cäcilia. Aber sie hatte zu lange die Pille genommen und war danach einfach nicht mehr schwanger geworden.

Rudi nahm die Bestellungen auf, als sich die Tür öffnete und Uli im Raum stand. Er hatte sich umgezogen, trug jetzt eine Jeans und einen Pullover. Seine alte, abgeschabte Motorradlederjacke betonte seine lässige Männlichkeit, der er sich nicht bewusst war. Er entdeckte die Gruppe in der Ecke und schenkte Sabine Wohlfahrt ein Lächeln. Ein Lächeln, das sie zurückhaltend erwiderte. Unbeholfen quetschte er sich in die Bank, direkt neben sie und klopfte Max anerkennend auf die Schulter.

„Na, Max, nochmal mit einem blauen Auge davon gekommen!"

Max zog eine Grimasse. Sein Gesicht kam ihm vor wie eine einzige Beule. Alles tat ihm weh. Jetzt, wo die Euphorie des Sieges langsam nachließ.

Doro kam mit einem Handtuch aus der Küche, in das sie Eiswürfel gewickelt hatte. Sie drückte es behutsam auf Max Auge. Max spürte, wie sein Auge sich bedankte. Rudi brachte brummelnd die Getränke an den Tisch, bemerkte, wie seine Frau in ihrer Tätigkeit aufging. Doro war in die Hocke gegangen und wischte Max mit einem Waschlappen das Blut von der Nase und aus dem Mundwinkel, während er sein Auge weiter kühlte. Der Straßenjunge genoss sichtlich die ungewohnte Zuneigung einer Frau, die seine Mutter hätte sein können.

Rudi beugte sich grinsend runter zu Max:

„Max, Du Socke, gib mir gefälligst meine Frau zurück!"

Doro erhob sich und schlug ihrem Mann liebevoll mit der Hand auf den Arm:

„Ach, nun hab Dich nicht so, alter Brummbär! Oder bist Du etwa eifersüchtig?"

„Sehe ich so aus?!", antwortete Rudi. Die Bestätigung stand ihm im Gesicht. Er schaute rüber zu Zecke und kniff verschwörerisch ein Auge zu.

Zecke musste grinsen:

„Tja, man kann sich seine Eltern halt nicht aussuchen!"

„Ich würde jederzeit mit Dir tauschen!", sagte Max. „Kannst dafür meine haben!"

Für eine Sekunde wurde es still am Tisch. Die unverblümte Direktheit in Max Worten machte alle betroffen.

Uli rettete die Situation:

„Freunde sind die Familie, die man sich aussuchen kann!"

Sein Blick streifte dabei die Ärztin und stieß auf Zustimmung.

„Dann haben wir ja alle miteinander heute eine gute Wahl getroffen!", meinte sie.

Die Spannung löste sich. Alle lachten und stießen daraufhin miteinander an. Es sollte ein unvergesslicher Abend werden.

Es begann, dämmerig zu werden. Der Regen tropfte auf die Windschutzscheibe seines Wagens und verbarg den Mann hinter dem Steuer. Faber hatte die Innenbeleuchtung ausgeschaltet und blickte auf das Display seines Handys. Dort stand:

„Erwarte Sie am Buchladen! Ambrosius Kovac"

Er hatte Sabine Wohlfahrt nicht die Wahrheit gesagt. Es war nicht Brandstätter gewesen. *Aber musste sie das wissen? Sie wusste schon mehr, als nötig war.*

Dass der Alte sich mit ihm treffen wollte, kam unerwartet. In all den Jahren hatten sie es vermieden, sich über den Weg zu laufen, obwohl sie wieder in der gleichen Stadt lebten.

Zu viel war geschehen, seitdem Faber der jungen Xenia die Prüfungsaufgaben verraten hatte. Damals hatte Kovac sich von seinem jungen Assistenten hintergangen gefühlt und stillschweigend die Verantwortung übernommen. Am nächsten Tag verließ er die Hochschule. Keiner wusste, wo er seitdem abgeblieben war. Bis er in Heidelberg auftauchte, als Händler alter Bücher. Ein Wink des Schicksals, den Faber ignorierte.

Inzwischen hatte er selbst Karriere gemacht, auch ohne die schützende Hand seines Förderers. Er war zum Professor aufgestiegen und galt als eine Kapazität auf seinem Gebiet, der Krebsforschung. Er war mehr als ein Schulmediziner. Er war neue Wege gegangen und hatte sich nicht gescheut, altes und neues Wissen in den Kampf gegen die tödliche Krankheit einfließen lassen. Das verschaffte ihm Respekt, begründete seinen Ruf, als Forscher der Grenzen überschritt. Das machte ihn einmalig in den Augen seiner Zeitgenossen. Und das Beste daran: er musste niemandem mehr dankbar sein, außer sich selbst!

Und jetzt? Er hatte keine Vorstellung, was sein ehemaliger Professor von ihm wollte. Forderte er Dankbarkeit ein? Dafür, dass er damals geschwiegen und die Schuld auf sich genommen hatte? Nach all den Jahren? Das konnte er sich beim besten Willen nicht vorstellen. Das passte nicht zu dem Alten!

Faber stieg aus und rannte im Regen über die Straße zum Antiquariat. Er verharrte, bevor er die Klinke herunterdrückte. Nichts rührte sich. Kein Licht, kein Lebenszeichen. *Was sollte das? Warum hatte er ihn hierher bestellt, wenn er nicht da war? Und warum hatte er sich darauf eingelassen?* Der Regen ließ ihm keine Zeit zum Überlegen. Er rannte zurück in die schützende Sicherheit seines Wagens.

Vielleicht hatte sich der Alte nur verspätet. Nun gut, er würde warten, aber nicht mehr all zu lange. Einen Faber ließ man *nicht warten. Auch nicht Ambrosius Kovac.*

Sein Professor hatte schon früh die Besessenheit von Faber für alte Kulturen entdeckt. Die Kelten. Die Mysterien eines Volkes, von dem man nicht viel wusste. Der junge Student wurde geradezu magisch angezogen von altem Wissen, das verschollen war. Tag für Tag hatte er über vergilbten Schriftrollen gebrütet und versucht, die medizinischen Geheimnisse der Druiden zu entschlüsseln. Sogar seine Doktorarbeit hatte Faber über das Thema geschrieben. Und Kovac hatte ihn dabei als sein Doktorvater begleitet. Am Ende hatte sie mehr verbunden, als nur gemeinsame wissenschaftliche Arbeit. Es war fast so etwas wie ein Vater-Sohn-Verhältnis. Bis zu dem Tag, als die bildschöne Studentin auftauchte und alles zerstörte. Xenia Morgan-Basten hatte es in kürzester Zeit geschafft, einen Keil zwischen die beiden Männer zu treiben, der sie für immer entzweien sollte. Sie bediente sich jener Mittel, gegen die Kovac machtlos war. Weibliche Raffinesse – gepaart mit Skrupellosigkeit!

Faber stellte die Scheibenwischer an, um einen freien Blick auf die Buchhandlung zu haben. Er zückte sein Handy und blickte noch einmal auf das Display: „Erwarte Sie am Buchladen! Ambrosius Kovac"

Faber schüttelte den Kopf. *Eigentlich war das nicht Kovacs Art. Er hätte ihm vielleicht auf seine altmodische Art einen handgeschriebenen Brief geschickt. Irgendetwas stimmte hier nicht.* Faber ließ den Motor an und fuhr aus der Parklücke. *Er wurde das Gefühl nicht los, dass man ihn in eine Falle gelockt hatte.*

Die Räder seines Wagens ließen eine Wasserfontäne hochsprühen. Sie übergossen den Sportwagen, der weiter unten am Straßenrand parkte. Es war Xenias Auto. Sie hatte die Nachricht geschickt und ihre Nummer unterdrückt. Sie wollte sehen, was passierte, wenn sich die beiden Männer trafen. *Einer von beiden hatte das Buch, da war sie sich ganz sicher! Und einer von beiden würde sich verraten.* Es war Xenias altes Spiel. *Es hatte schon einmal funktioniert!*

Markus, Max, Uli und Sabine Wohlfahrt waren auf dem Weg zum Parkplatz, wo sie ihre Autos abgestellt hatten. Es war später geworden, als beabsichtigt. Sie gingen paarweise. Markus lief neben Max, der seine Verletzungen mit dem Stolz des Siegers trug. Uli und Sabine Wohlfahrt folgten. Sie schienen sich angeregt zu unterhalten. Markus hörte seine Mutter lachen über irgendetwas, was Uli sagte. Er war sich nicht sicher, ob ihm das gefiel. Max las seine Gedanken.

„Nur keine Panik!", sagte er. „Ich behalte ihn im Auge!"

Markus schaute den einäugigen Freund an, dann prusteten sie beide los.

Sie hatten den Parkplatz erreicht. Uli und Max stiegen in einen alten VW-Bus, winkten zum Abschied und fuhren davon. Zuvor hatten Uli und Markus Mutter noch Telefonnummern ausgetauscht. *Für alle Fälle! Bestimmt wegen Max*, redete sich Markus ein. Und Max tat so, als ginge ihn das alles überhaupt nichts an.

Sturm war aufgekommen. Der Regen peitschte senkrecht auf die Windschutzscheibe von Sabine Wohlfahrts Auto. Der Scheibenwischer schaffte kaum die Massen an Wasser, die aus den Wolken stürzten. Der Wagen schwamm und Sabine Wohlfahrt hatte alle Mühe, ihn in der Spur zu halten. Trotz der Situation, kam es Markus so vor, als sei das Auto eine Auster, die sich um ihn und seine Mutter geschlossen hatte und die sie vor dem Unbill des Lebens schützte.

Endlich erreichten sie ihr Ziel. Die Ärztin steuerte ihr Auto an den Straßenrand. Markus und seine Mutter rannten durch den Vorgarten im strömenden Regen aufs Haus zu, während sie im Laufen den Schlüssel aus ihrer Handtasche kramte. Der Kastanienbaum im Vorgarten ächzte unter den wütenden Böen. Die Wurzeln des Baumes schienen sich im Erdreich gegen den Sturm zu stemmen. Der stärkste Ast aber war abgebrochen. Markus Kinderschaukel, an der so viele Erinnerungen hingen, lag auf dem Rasen, der sich langsam in Sumpf verwandelte. Erschrocken blieb Markus mitten im Regenschauer stehen. *Was war das? Ein Warnung oder nur die natürliche Konsequenz des Sturms?*

Seine Mutter rief:

„Markus, wo bleibst Du denn?“

Der Regen trieb ihn schließlich ins Haus. Die Tür fiel hinter ihm zu und mit ihr ein Teil seines Lebens.

Markus ahnte: *Es war das Ende seiner Kindheit!*

Uli und Max saßen beim Abendessen. Uli hatte Omelett mit Speck und Pilzen gemacht. Regentropfen liefen wie kleine Bäche an den Fensterscheiben herunter und eine alte Schiffslaterne, die Uli auf dem Flohmarkt gefunden hatte, spendete sanftes Licht. Die tobende Welt da draußen hatte keinen Zutritt zu den beiden, die sich am Küchentisch gegenüber saßen. Max hatte Riesenhunger und schaufelte die Eierspeise in sich hinein, obwohl ihm das Kauen wehtat. Uli freute sich über den Appetit seines Schützlings. Max fühlte sich zu Hause.

„Sie gefällt Dir!“, sagte der Junge unvermittelt.

Uli nahm einen Schluck Bier, um Zeit zu gewinnen.

„Sie ist nett!“, antwortete er dann.

„Nett ist die kleine Schwester von Scheiße!“, meinte Max ungerührt.

Uli setzte sein Glas ab:

„So habe ich das nicht gemeint!...Ganz im Gegenteil!“

Max stoppte seine Schaufelarbeit, grinste. Zwischen seinen Zähnen hatte sich ein kleines Stück Ei verhakt:

„Weiß ich doch, Trainer!“ Max fiel auf, wie unsicher der sonst so in sich ruhende Uli plötzlich wirkte. *Das war also Ulis Schwachstelle: Frauen! Und ausgerechnet die Mutter seines besten Freundes war der Auslöser seiner Verlegenheit.* Max kannte sich mit Schwachstellen aus.

Es entstand eine Pause, in der jeder seinen Gedanken nachhing. Der Junge aß langsam weiter und der Trainer widmete sich seinem Bier. Er spürte, wie die stumme Frage seines Zöglings im Raum schwebte.

„Bin immer an die Falschen geraten!“, versuchte der Trainer seine Worte weg zu lächeln.

„Vielleicht bin ich, was Frauen betrifft, einfach nicht der Richtige!“

Ulis Geständnis verlangte eine Antwort. Aber Max fiel keine ein. Seine Zunge suchte derweil genüsslich die letzten Krümel in der Innenseite seiner Backe, dann platzte es aus ihm heraus:

„Soll ich Markus bitten, ein gutes Wort für Dich einzulegen?!“

„Bloß nicht!“, winkte Uli erschrocken ab.

„Und warum nicht?“, fragte Max verständnislos.

Darauf wusste Uli keine Antwort. Er flüchtete sich erneut in sein Bier.

„Trainer, wenn Du den Kampf gewinnen willst, musst Du Dein Herz in beide Hände nehmen!“

Uli setzte sein Bierglas ab, blickte erstaunt auf.

„…ist von Dir!“, erklärte Max.

Uli unterdrückte ein Lächeln:

„Dann muss es ja stimmen!“ Er erhob sich und begann das Geschirr zur Spüle zu tragen. Max folgte ihm.

Den ganzen Abend hatte Uli sich davor gedrückt. Es fiel ihm schwer, den Jungen damit zu konfrontieren, gerade jetzt in der Stunde seines größten

Triumphes. Aber beides hatte miteinander zu tun. Und je länger er es vor sich herschob, desto schwerer fiel es ihm.

Uli räusperte sich:

„Da gibt es noch was, Max, über das wir reden müssen!“

Der breitschultrige Mann lehnte sich gegen die Küchenspüle. Er hatte die Arme vor der Brust verschränkt und Max spürte instinktiv, dass es etwas Ernstes war. Etwas, das ihn betraf und sein Leben verändern würde. Das Leben auf der Straße hatte sein Gespür für Veränderungen geschärft. Und jetzt war so ein Moment. Sein Herz begann schneller zu schlagen. Mit großen, erwartungsvollen Augen suchte Max den Blick seines Ziehvaters.

„Unsere gemeinsame Mission geht zu Ende, Max!“, sagte er.

Max Herzschlag setzte für eine Sekunde aus:

„Was heißt das, Trainer?“

„Abschied!“, Uli ärgerte sich über sich selbst, dass ihm nichts Besseres einfiel. Der Trainer sah die Enttäuschung in den Augen seines Schützlings und sein Mund wurde trocken. *Wie sollte er dem Jungen, der so viel Vertrauen in ihn gesetzt hatte, erklären, dass ihre gemeinsame Zeit vorbei war?*

Für eine Sekunde hatte Max den Eindruck, alles um ihn herum würde sich drehen. Es war schlimmer als alles andere, was ihm das Schicksal bisher zugemutet hatte. Jetzt würde er doch noch k.o. gehen. Nicht im Ring, sondern hier in Ulis Küche. Er schüttelte benommen den Kopf wie nach einem Treffer. Das Schwindelgefühl wich der nüchternen Erkenntnis: *niemand will mich!* Sie bohrte sich in die Eingeweide des kleinen Boxers. „Aber Uli, ich will nicht weg von Dir!", stammelte der Junge. „Warum? Wieso?" Seine Zunge klebte am Gaumen, unfähig, Worte zu formulieren. Seine Stimme versagte. Uli legte seine Pranke behutsam auf die Schulter des Jungen, beugte sich zu ihm runter.

„Sieh es mal so, Max, boxen war Deine Lebensschule und Du hast bewiesen, dass Dich so schnell nichts mehr aus der Bahn wirft! Du hast gezeigt, dass Du sogar mit drohenden Niederlagen umgehen kannst! Du brauchst mich nicht mehr! Und wenn Du jetzt hinausgehst ins Leben, dann gibst Du einem anderen Jungen eine Chance! Eine Chance, es Dir gleich zu tun!"

Die Hand von Uli schien Max plötzlich unsagbar schwer, so, als würde das ganze Gewicht des Trainers auf ihm lasten. Max suchte fieberhaft nach einem Ausweg.

„Aber Trainer! Was, wenn ich rückfällig werde?"

Uli nahm die Hand von der Schulter des Jungen.

„Wirst Du nicht, Max! Gebe ich Dir mein Wort drauf!", sagte der Trainer ernst.

Max kam es vor, als würde er für seinen Sieg im Ring doch noch bestraft werden. *Die Welt war ungerecht. Er hatte es immer gewusst.* Er drehte sich um und ließ Uli einfach stehen. Mit zitternden Knien verließ er die Küche. *Ein Häufchen Elend!* Uli schloss für eine Sekunde die Augen, um es nicht mitanzusehen. Er ahnte, was er in den Augen des Jungen war: eine Enttäuschung, eine riesengroße Enttäuschung!

Aber wie sollte er Max erklären, *dass die Straßenkinder, die zu ihm in die Reha-Schule kamen, nur eine befristete Zeit hatten, um sich zu bewähren?* Dann waren sie entweder reif für ein neues Leben oder sie landeten wieder auf der Straße. Oder in einem Erziehungsheim, schlimmstenfalls im Jugendknast. Seine Boxschule war ihre einzige Chance. Und Max hatte seine genutzt. *Doch wohin würde sein Weg führen? In die Ungewissheit eines Schicksals, für das der kleine Boxer noch viel zu jung war. Scheiß System*, fand Uli. Er fühlte sich schlecht.

Max hatte sich in seinem Zimmer verkrochen. Es lag Parterre, direkt neben der Eingangstür und war spartanisch eingerichtet. Ein Etagenbett, ein Schrank, ein Nachttisch, ein Poster mit Mohammad Ali an der Wand und der Aufschrift „I am the Greatest". Ein ramponierter Ghettoblaster auf einem wackeligen Stuhl, eine Handvoll CDs, die umgefallen waren, ein Brett mit ein paar Büchern, die unbenutzt aussahen. Max war kein großer Leser.

Als Max eingezogen war, hatte Ulrich ihn gefragt, ob er in dem Etagenbett oben oder unten schlafen wolle. Max hatte sich spontan für oben entschieden und seinen Trainer hatte es gefreut. *Warum*, hatte er dem Straßenjungen erst später erklärt: *Wer oben schläft*, hatte Uli gesagt, *der gibt sich nicht zufrieden mit seiner Situation, der will etwas erreichen in seinem Leben, der will hoch hinaus! Der, der sich für unten entscheidet, zeigt damit, dass er lieber in seiner Lage verharrt, das Risiko zu fallen, scheut.* Natürlich war es keine wissenschaftliche Erleuchtung. Alles basierte auf der Lebenserfahrung des Box-Pädagogen. Und die war mehr wert, als jede graue Theorie. Aber jetzt hatte sie in den Augen von Max versagt.

Der kleine Boxer lag auf seinem Bett ganz oben und fühlte sich ganz unten. Der gemeinsame Weg von Uli und ihm war zu Ende. *Er war wieder einmal heimatlos.* So, wie damals, als er bei Ulrich Fischer vor der Tür stand und auf ein Stück Geborgenheit hoffte.

Da hatte der Junge schon einen langen Weg hinter sich. Max war von zu Hause ausgerückt, weil er die Gewalttätigkeiten seines Vaters nicht mehr ertrug. Ständig lebte er im Schrecken, die Tür seines Zimmers könne aufgehen und sein Vater hereinkommen, meist betrunken und bereit, sein eigenes Versagen aus Max heraus zu prügeln. Und seine Mutter war zu schwach, um ihn zu schützen. Sie war selbst ein Opfer der Gewalt ihres Mannes und ergab sich in Ausflüchten, das alles sei doch nur zu seinem Besten. Irgendwann hatte es Max nicht mehr ausgehalten und war abgehauen, bei Nacht und Nebel. Er hatte kein Geld und keine Bleibe. Nur eine ungewisse Zukunft und eine große Traurigkeit im Herzen.

Sein Leben auf der Straße endete schnell in einer Kleinkriminalität, die ihm das Überleben sicherte und ihn gleichzeitig mit dem Gesetz in Konflikt brachte. Und dennoch, es gab keinen Weg zurück für ihn, nicht in dieses lieblose Elternhaus. Alles war besser als das!

Hier bei Ulrich hatte er gefunden, wonach er sich sehnte. Einen Kumpel, einen Ersatzvater, einen Trainer, der ihn im Ring fürs Leben formte. *Und dies alles sollte jetzt vorbei sein? Er würde alles verlieren, wofür er gekämpft hatte, wahrscheinlich sogar Markus. Und Zecke. Und das wollte er um keinen Preis.*

Wie eine einsame Insel war er sich oft vorgekommen, weit draußen im Meer. Unerreichbar und auf sich alleine gestellt. Und als er schon nicht mehr daran glaubte, waren Uli und Markus zu dieser Insel geschwommen. Und mit der Zeit hätte es auch Zecke ges*chafft. Mit der Ankunft von Uli und Markus, war Max plötzlich keine Insel mehr. Sondern Teil von etwas, was er nicht kannte und was er jetzt nicht mehr hergeben wollte.*

Er sprang vom Bett und zog seinen Rucksack mit dem Aufkleber der Boxschule darunter hervor. Er stopfte entschlossen seine Klamotten in den Rucksack. Max wollte nicht warten, bis man ihn hinauswarf. Die Leuchtziffern der altmodischen Uhr auf dem Nachtisch zeigten 3:20 Uhr in der Frühe. Er öffnete das Fenster und stieg hinaus. Hinaus in eine Freiheit, auf die er gerne verzichtet hätte!

Es hatte aufgehört zu regnen, aber die Temperatur war gefallen. Max war froh, dass er sich einen Pullover übergezogen hatte. Seinen einzigen, aus grober Wolle, mit einem röhrenden Hirsch darauf. Er kratzte und Max fand ihn albern. *Egal, er wärmte.* Seine Hand kramte in der Hosentasche und zog zwei Euro fünfzig hervor, seine ganze Barschaft. Max hatte keinen Plan.

Er lief über die nassen Wiesen und fühlte sich dabei von dem nächtlichen Tannenwald beobachtet. Es war gegen vier Uhr morgens, als Max die Landstraße erreichte. Er wollte zurück in die Stadt, da gab es immer ein paar Frühcafés oder Kneipen, die noch offen hatten. Da konnte man auf einen gutmütigen Wirt hoffen und ein warmes Getränk schnorren. *Eine Mitfahrgelegenheit wäre jetzt ideal,* sagte er sich. Aber die Straße lag dunkel und leer vor ihm. Max marschierte los.

In Fabers Kopf rumorte es. Irgendwas war schief gelaufen. Die ganze Nacht war er in seinem Wagen umhergefahren. Das Neckartal hinunter, vorbei an den Burgen, die düster auf ihren Felsen thronten. Er war auf den Dillsberg gefahren, dem Städtchen, das noch immer von einer Burgmauer umgeben war und mit seinen Fachwerkhäusern, alten Scheunen und gepflasterten Straßen das Mittelalter atmete. Er schätzte die zeitlose Ruhe des einsamen Ortes. Ein Platz zum Nachdenken.

Er hatte in einer Seitengasse geparkt, ein ganzes Päckchen Zigaretten geraucht und gegrübelt. Immer wieder hatte Faber auf die falsche Nachricht auf seinem Handy geblickt. *Wer war wirklich der Absender? Wer erlaubte sich diese Intrige mit ihm?* Irgendwann war der Verdacht in ihm aufgestiegen, dass es nur jemand sein konnte, der die unheilvolle Verbindung zwischen ihm und Kovac kannte. Da gab es nur eine Person! Xenia Morgan-Basten! Sie hatte es diesmal eindeutig zu weit getrieben und es war Zeit, dass im Schloss ein Stuhl umfiel. Er ließ den Motor an und fuhr zurück Richtung Heidelberg.

Der Frühnebel, der aus den Wiesen aufstieg, hüllte den Jungen am Straßenrand ein. Allmählich begann er unter Max Pullover zu kriechen und verursachte ein leichtes Frösteln. Durch den Nebel bohrten sich zwei Scheinwerfer: ein Auto! Hoffnung! Max sprang auf die Straße und wedelte mit den Armen. Der Wagen bremste und kam kurz vor ihm zum Stehen. Der kleine Boxer riss die Tür des Geländewagens auf:

„Können Sie mich mitnehmen?“

„Die Alternative wäre, Dich zu überfahren!“, sagte der Mann am Steuer. Max grinste und stieg zu Professor Bernhard Faber ins Auto.

Der Forscher erkannte Max sofort wieder. Ein Blick auf die Blessuren im Gesicht des Boxers hatte genügt. Faber behielt sein Wissen für sich. „Wohin soll`s gehen?“, fragte er.

In Max Kopf blitzte eine Idee.

„In die Blumenstraße! Zu den Wohlfahrts!“

Für Max war es selbstverständlich, dass jeder wusste, wo sein Freund Markus wohnte.

In Fabers Gesicht zuckte eine Augenbraue.

„Zu den Wohlfahrts!“, wiederholte er. „Na dann!“

Er wusste natürlich, wen Max meinte: Dr. Sabine Wohlfahrt und ihren Sohn. Sein Wagen zischte über die regennasse Straße.

Faber bemerkte den hungrigen Blick des Jungen, der auf die Schokoladentafel auf der Mittelkonsole schielte.

„Nur zu!“, sagte der Professor. „Schokolade macht glücklich!“

Vom Glück war Max im Moment meilenweit entfernt. Er griff zu und Faber gab Gas.

Der Wagen bog in die Blumenstraße und hielt vor dem Haus der Wohlfahrts. Das Anwesen schlief. Kein Licht, kein Mensch auf der Straße. Irgendwo bellte ein Hund.

„Bist Du sicher, dass Du hier richtig bist?“, fragte der Professor.

„Klar!“, sagte Max. „Und danke für die Mitfahrgelegenheit... und die Schokolade!“ Er stieg aus und winkte kurz, bevor Faber weiterfuhr.

Max öffnete das Gartentor. Er fühlte sich plötzlich fremd. Er hatte Markus noch nie zu Hause besucht. Und überhaupt: *Was hatte er hier verloren?*

War er überhaupt willkommen, wenn er jetzt klingelte? Zweifel stiegen in ihm auf. *Natürlich, Markus war sein Freund, zu jeder Zeit. Auch mitten in der Nacht.* Aber Max beschloss trotzdem, nicht zu klingeln. Er lenkte seine Schritte um das Haus herum, ging an dem abgebrochenen Ast des Baumes mit der Kinderschaukel vorbei, überquerte den aufgeweichten Rasen, in dem seine Turnschuhe einsanken und entdeckte den Wellblechschuppen hinterm Haus, an dem die Feuchtigkeit der Nacht klebte. Die Tür stand einen Spalt offen. Offene Türen hatte es nicht allzu oft gegeben in seinem Leben. Er nahm es als Zeichen. Max schulterte seinen Rucksack und verschwand im Innern.

Seine Hand tastete nach einem Lichtschalter, knipste ihn an. Eine nackte Glühlampe an der Decke spendete warmes Licht. *Eine von den alten Birnen,* registrierte Max sachkundig. Ulrich hatte Dutzende davon im Keller. Weil er, genau wie Max, das kalte Neonlicht der neuen Birnen verabscheute. Aber Uli war jetzt Vergangenheit.

Max Blick erfasste die Pritsche in der Ecke, ein paar Konserven, die auf einem Regal gestapelt waren. Seine Augen blieben auf dem Modell der Ministadt hängen, die Markus Vater gebaut hatte und die den Raum beherrschte. Max beugte sich über das Modell mit seinen Menschen, den Autos, Bäckereien und Parks, in dem Mütter Kinderwägen schoben. Er entdeckte die Figur eines Jungen mit dunklen Haaren. Das hätte er sein können. Vorsichtig nahm Max die Figur in die Hand und schob sie zu einem Auto. *Nein, die Zeit war vorbei, wo er im Handumdrehen Autos geknackt hatte!* Er stellte den Jungen vorsichtig zurück auf seinen Platz, hob ihn dann auf einen Balkon, von wo aus er die Straße betrachten konnte. *Eine Stadt, in der Max sich willkommen fühlte, in der er kein Straßenjunge war. Eine Stadt, wie für ihn gemacht.*

Max gähnte. Die Müdigkeit einer schlaflosen Nacht überfiel ihn. Seine Beine wurden weich, der Körper bleiern. Er warf den Rucksack in die Ecke und ließ sich auf die Pritsche fallen. Er verschränkte die Arme hinter seinem Kopf und starrte an die Decke. Hier würde er erstmal bleiben. Er würde die Konserven knacken und auf eine Gelegenheit warten, Markus alleine anzutreffen.

Auf der Suche nach etwas, womit er sich zudecken konnte, fand seine Hand eine staubige Decke unter der Pritsche. Max wickelte sich ein. Sein Blick fiel noch einmal auf das Modell: Es hatte etwas Beruhigendes. Er fühlte sich geborgen. Mit diesem Gefühl schlief er ein.

Kapitel 13

Nur Cäcilia konnte nicht schlafen. Dazu war alles viel zu aufregend gewesen. Die Einladung von Markus, der Triumph über Ilona, der Kampf von Max und sein Sieg. Überhaupt war es ein toller Abend gewesen. Mit Markus Mutter, Uli, dem Trainer und ihren Eltern. Cäcilia fand, dass Doro und Rudi einen guten Eindruck hinterlassen hatten. Vielleicht waren sie doch nicht so aus der Welt mit ihren verschrobenen Hippie-Ansichten. Vielleicht hatten sie eine Fähigkeit, die Zecke bisher übersehen hatte: Nämlich Menschen zu lieben, völlig unvoreingenommen. Das wahre Erbe von Woodstock! Irgendwie war Cäcilia plötzlich stolz auf ihre Eltern.

Auf ihrem Bildschirm zeichnete sich undeutlich eine Gruppe ab, die sich **Neue Druiden** nannte. Ein Bund von Menschen, die altes keltisches Wissen in den Mittelpunkt ihres Daseins stellten und sich als Nachfolger der Druiden sahen. Sie kamen Zecke harmlos vor. Das waren bestimmt nicht die Mönche mit ihren Kutten oben auf dem Schloss, von denen Markus ihr erzählt hatte! Das waren Rechtsanwälte, Ärzte, Naturwissenschaftler. *Spinner*, sagte sich Zecke. Sie zoomte ein Foto heran, auf dem sich die Reisegruppe der **Neuen Druiden** in Stonehenge hatte ablichten lassen. Vor dem Hintergrund der großen Steine, grinsten sie in die Kamera. Keiner kam ihr bekannt vor. *Oder doch?* Wieder zoomte sie und da war er, ihr Klassenlehrer: Kochendörfer! Er hatte den Arm um einen Mann und eine Frau gelegt und wirkte, wie bei einem Klassenausflug.

Oder steckte vielleicht mehr dahinter? Führte er ein Doppelleben? Oder war er selbst ein Druide? Zecke musste lachen über die Absurdität ihrer Gedanken. *Kochendörfer ein Druide? Einfach lachhaft!* Doch je länger sie darüber nachdachte, desto mehr beschlich sie das unangenehme Gefühl, dass sich hinter dem jovialen Vertrauenslehrer Kochendörfer jemand ganz anderes verbarg. Sie betrachtete das Foto auf dem Monitor genauer und bemerkte, wie sich am Rande der Gruppe jemand aus dem Bild stehlen wollte. Zecke vergrößerte den Bildausschnitt und druckte ihn aus.

Während Max im Schuppen schlief, erwachte das Haus. Markus polterte die Treppe hinunter und suchte seine Schulsachen zusammen. Seine Mutter war heute früh dran. Sie wollte unbedingt wissen, was mit Brandstätter war und was Faber ihr verheimlichte. Ihre Neugier trieb sie aus dem Haus. Markus hörte ihren Wagen davon fahren und schüttete Milch in seine Müslischale. *Er dachte an Cäcilia und daran, dass er ihre Hand gehalten hatte. Es hatte sich verdammt gut angefühlt. Und so selbstverständlich.* Ausgerechnet die Angst um Max hatte sie einander näher gebracht. *Wie schön musste das sein ohne Angst!* Markus wollte nicht darüber nachdenken. Er musste dringend mit Max darüber reden.

Dr. Sabine Wohlfahrt marschierte mit energischen Schritten durch den Flur des Instituts auf der Suche nach Professor Faber. Sie wollte endlich Klarheit.

Die Tür zu Fabers Büro stand offen. Er war noch nicht da. Dafür entdeckte sie auf der anderen Seite des Flurs Brandstätter im Labor, der hingebungsvoll seine Ratten fütterte. Der Rattenkönig war sichtlich gut gelaunt. Er summte vor sich hin und *erinnerte die Forscherin für eine Sekunde an den Rattenfänger von Hameln. War der nicht auch musikalisch gewesen?*

Brandstätter empfing sie mit einem Lächeln. Das hatte er noch nie gemacht. Sabine Wohlfahrt versuchte, sich auf die neue Situation einzustellen.

„Alles wieder in Ordnung?“, fragte sie vorsichtig.

„Was soll denn nicht in Ordnung sein?“, fragte er irritiert zurück.

„Na, gestern Abend scheint doch einiges losgewesen zu sein, sonst hätten Sie doch bestimmt nicht Prof. Faber angerufen!“, klärte sie ihn auf.

Brandstätters Gesichtszüge bekamen etwas Misstrauisches:

„Ich ....ich habe ihn nicht angerufen! Warum sollte ich?“

Dr. Wohlfahrt schaute ihn verblüfft an.

Es dauerte einen Moment, bis sie sich gefangen hatte:

„Dann muss ich mich wohl geirrt haben!“, sagte sie entschuldigend.

„Irren ist menschlich!“, meinte eine Stimme von der Tür her.

Professor Faber hatte den Raum betreten und kam auf sie zu.

„Es war nicht Dr. Brandstätter! Ich habe es nur vermutet, weil die Nummer unterdrückt war! Aber das ist gar nicht die Art des Kollegen, nicht wahr?“

Er schaute aus seinen Bernsteinaugen Brandstätter herausfordernd an. Brandstätters innere Fühler signalisierten ihm, bloß nichts Falsches zu sagen, solange er nicht wusste, was hier gespielt wurde.

„Ich unterdrücke selten etwas!“, pflichtete er bei.

Dr. Wohlfahrt blickte vom einen zum anderen. Sie wusste nicht so recht, was sie davon halten sollte.

„Aber ich habe trotzdem etwas für Sie!“, lenkte der Professor ein. Dabei legte er ihr seine Hand auf den Rücken, um ihr zu signalisieren, er wolle es ihr lieber unter vier Augen mitteilen.

Brandstätter schaute den beiden nach, wie sie den Raum verließen. Seine Augen verengten sich: *Wenn sie Geheimnisse vor ihm hatten, bitteschön! Seine waren größer!*

Auf dem Flur blieb Faber stehen, senkte vertrauensvoll seine Stimme:

„Sie werden es nicht glauben, aber ich habe heute Nacht einen Jungen zu ihrer Adresse gefahren!“

Dr. Wohlfahrt stutzte. Auf ihrer Stirn erschien eine Falte.

„Einen Jungen? Zu uns? Heute Nacht? ...Wer soll das gewesen sein?“ „Der kleine Boxer! Ihr Sieger!“, antwortete Faber.

„Max?“, sie schüttelte vehement den Kopf. „Bei uns ist niemand angekommen!“

Faber stellte den Kragen seines Kittels hoch, wie um seinen Worten Nachdruck zu verleihen:

„Ich schwör`s Ihnen! Ich habe ihn auf der Straße aufgelesen, so gegen vier Uhr morgens! Und zu Ihnen in die Blumenstraße gebracht!“

Es dauerte eine Sekunde, bis die Ärztin die Bedeutung von Fabers Worten erfasste.

„Max? Zu uns? Nicht zu glauben! Aber Danke! Danke für den Hinweis! Ich muss sofort Markus....“, unterbrach sie. „Vielleicht weiß er was!“

Sie rannte mit wehendem Kittel davon.

„Machen Sie sich keine Sorgen! Meistens ist es nicht so, wie es aussieht!“, rief er ihr hinter her.

Was war da los, dass Max nachts vor ihrer Tür stand? Was war da vorgefallen? Dr. Sabine Wohlfahrt wählte Markus Handynummer. Sie war besetzt.

Markus ging durch den Vorgarten auf dem Weg zur Schule. Er hatte seinen Rucksack auf der Schulter und sein Handy am Ohr. Er versuchte Max zu erreichen. Der Ruf ging durch. Das Klingeln am anderen Ende hörte sich seltsam an! So, als sei es ganz in der Nähe. Aber das konnte nicht sein: Max wohnte weit weg. Verwundert nahm Markus das Handy vom Ohr und lauschte. Und tatsächlich! Er hatte sich nicht geirrt. Der Schüler blieb stehen, versuchte das Klingelgeräusch zu orten. Die Mailbox von Max sprang an. Markus lauschte kurz der Melodie „Eye of the Tiger“. *Typisch Max.* Markus legte auf und wählte erneut.

Diesmal folgte er dem Klingeln. Es führte ihn hinters Haus, direkt auf den Wellblechschuppen seines Vaters zu. Markus blieb vor der Tür stehen, die wie immer einen Spalt offen stand. Das Klingeln war jetzt ganz nah. Markus trat ein.

Und da lag er: Max schnarchte auf der Pritsche. Die Decke war ihm runter gefallen. Die Turnschuhe lagen zu seinen Füßen und offenbarten ein Paar löcherige Socken. Markus schaute auf den schlafenden Freund. *Was war passiert? Hatte Uli ihn rausgeschmissen?* Er rüttelte sanft am Fuß des Freundes. Max blinzelte und schrak dann hoch, als er Markus erkannte. „Was machst Du hier?“, fragte Markus.

„Siehst Du doch!“, antwortete Max mürrisch und setzte sich auf.

Markus ließ sich stumm neben ihm auf die Pritsche nieder. Er wartete, bis Max zu sich kam. Es dauerte eine Weile, bis der Freund zögernd zu erzählen begann.

Auf dem Flur des Instituts spuckte der Drucker mit einem schnarrenden Geräusch die Forschungsergebnisse der letzten Wochen aus. Dr. Sabine Wohlfahrt stand daneben und war nicht bei der Sache. Ihre Gedanken drehten sich um Max. Als bester Freund ihres Sohnes sah sie ihn als Teil ihrer Familie, obwohl er sie noch nie besucht hatte. Markus hatte ihr im Vertrauen erzählt, dass Max sich davor scheute. Wohl aus Angst, mit etwas konfrontiert zu werden, was er sich selbst immer gewünscht hatte.

Sie hatte vergeblich versucht, Markus zu erreichen. Es war ständig besetzt. Und jetzt konnte sie ihn schlecht anrufen, weil er in der Schule war. Ein Stapel der ausgedruckten Papiere fiel auf den Boden und verbreitete sich wie ein Fächer. Sie hatte nicht aufgepasst. *Was hatte Max nachts vor ihrem Haus verloren und warum hatte er nicht geklingelt? Warum war er nicht bei Ulrich? Überhaupt Uli! Bestimmt wusste er* Näheres.

Glücklicherweise hatte sie nach dem Boxkampf seine Nummer in ihrem Handy gespeichert.

Uli stand in der Boxhalle im Jogginganzug und gab jungen Boxern Anweisungen. Er war ebenso wenig bei der Sache, wie Dr. Wohlfahrt im Institut. Normalerweise hatte er das Handy beim Training aus. Heute nicht. Heute war alles anders. Er hatte schlecht geschlafen und war früh aufgestanden. Zu spät für Max. Ein Blick in sein Zimmer hatte dem Trainer genügt. Max war weg.

Uli schlug im Vorübergehen gegen einen Punching Ball, um Dampf abzulassen. Er war schuld. Er hatte die Brücke des Vertrauens zwischen sich und Max einstürzen lassen. Er hätte wissen müssen, wie Max reagierte. Sein Handy in der Jogginghose klingelte. Er schaute auf das Display: Dr. Sabine Wohlfahrt wollte ihn sprechen.

Max aß nicht, Max fraß. Sein Appetit war zurückgekehrt. Er saß am Tisch in der Küche der Wohlfahrts und löffelte seine Müslischale in Windeseile leer. Es war schon seine dritte Portion. Markus schaute dem Freund zu und schüttete Milch nach. Max murmelte mit Haferflocken im Mund so etwas wie: „Danke!“

Dann schaute er auf: „Sag bloß nix Deiner Mutter!“

„Wie soll das gehen?“, fragte Markus.

„Ich bleibe erstmal im Schuppen! Das muss sie ja nicht wissen!“

„Und wieso nicht?“

Max hörte auf zu kauen, stand auf und stellte seine Müslischale ins Spülbecken.

„Wenn raus kommt, dass ich abgehauen bin, dann stecken die mich gleich wieder ins Heim! Und ich schwörs Dir, ich geh da nicht hin! Ums Verrecken nicht! Nie wieder!“, sagte Max mit Nachdruck.

Markus begriff, wie ernst es Max war. Für den Freund bedeutete das Heim Willkür der Erzieher, Prügeleien mit anderen und mieses Essen. Ein Knast, nur unter anderen Vorzeichen und einer Rückfall-Garantie! Selbst ein Leben auf der Straße erschien Max besser.

„Okay! Kein Wort von mir!“, sagte Markus. „Bleibt unter uns!“

Max nickte erleichtert. Markus war die letzte Bastion, die ihm geblieben war.

Cäcilia war enttäuscht. Sie war ausnahmsweise mal pünktlich zur Schule geradelt, um Markus so schnell wie möglich wieder zu sehen. Aber Markus fehlte. Stattdessen musste sie sich das alberne Gekicher von Ilona und ihre Freundinnen anhören.

„Geht Ihr jetzt zusammen?“, ätzte die Blondine.

Zecke biss sich auf die Unterlippe, am liebsten hätte sie ihr eine geklebt. „Na dann viel Spaß!“, höhnte ihr Gegenüber. „Ist echt ein Supertyp, Dein Markus!“

Cäcilia hatte Ilona einfach stehen lassen. Sie wusste, die Worte der Schulgöre wurden gespeist von Neid, gekränktem Ego und bösartiger Häme. Es kümmerte Cäcilia einen Scheiß, was Ilona ihr zu sagen hatte. Sie würde Markus einfach anrufen.

Cäcilia verließ die Klasse, trat auf den Flur und wählte Markus Nummer auf ihrem Smartphone. Sie hatte ihm viel zu erzählen! Von ihren Entdeckungen im Netz, von Kochendörfer und dem Mann, der nicht auf das Foto wollte. Er kam ihr bekannt vor. Sie wusste, dass sie ihn schon mal gesehen hatte. Aber wo? Im Woodstock! Der Typ mit der Ratte! Vielleicht wusste Markus mehr über ihn. Sie hatte das Foto ausgedruckt und wollte es ihm zeigen. Da erblickte sie Kochendörfer auf dem Flur. Er kam direkt auf sie zu. Bevor er sie sah, öffnete Cäcilia die Tür zu einem leeren Klassenzimmer und schlüpfte hinein. Sie wollte Kochendörfer nicht begegnen. *Sie konnte nicht sagen, wieso!*

Kapitel 14

Die Ärztin saß hinter ihrem Computer. Doch was sie schrieb, interessierte sie nicht wirklich. Es gab weiß Gott Wichtigeres in ihrem Leben. Sie war froh, dass sie mit Uli gesprochen hatte. Er war voller Schuldgefühle, meinte, er hätte besser warten sollen, bevor er Max mit ihrer Trennung konfrontierte. *Es wäre nur ein Aufschub gewesen! Aber am Ende hätte es nichts an Max Entschluss geändert,* hatte sie ihn zu trösten versucht. Sabine Wohlfahrt versprach Uli, so bald wie möglich nach Hause zu fahren, um nach dem Rechten zu sehen. Sie würde sich wieder melden.

Sie schaute über ihren Bildschirm hinweg ins Labor. Durch die Zentimeter dicke Glaswand konnte sie Brandstätter beobachten, der mit einer Kladde von Käfig zu Käfig ging und die Resultate, der mit einem Krebsmedikament behandelten Ratten, notierte.

Die Tür des Labors sprang auf und Professor Faber trat ein. Er unterbrach mit ein paar Worten die Tätigkeit seines Assistenten. Sabine Wohlfahrt konnte nicht verstehen, was die beiden Männer sprachen. Die Glaswand erstickte jeden Laut. In ihren Gesten aber wirkten die beiden seltsam vertraut. *Gar nicht wie Feinde*, durchzuckte es die Ärztin. Es war die gleiche Vertrautheit, mit der Faber sie behandelte. *Aber wenn das so war, musste sie sich fragen, ob er nicht ein doppeltes Spiel spielte? Und wenn? Hielt er sie wirklich für so naiv, dass sie darauf hereinfiel? Welche Pläne verfolgte dieser Mann wirklich?*, fragte sie sich.

Es war wie bei einem Theaterstück, bei dem der Vorhang zur Seite gezogen wurde: Die Figuren traten auf den Plan und schlüpften in eine Rolle. Ihre eigene Rolle kam ihr plötzlich lächerlich vor. Sie war zu einer unbedeutenden Randfigur geworden, die man hin und her schob, wie es einem gerade passte. *Aber nicht mit mir,* dachte sie. Ehrlichkeit und Vertrauen waren die Voraussetzungen ihrer Arbeit hier am Institut. *Doch beides schien nicht mehr zu existieren. Und als Marionette war sie sich zu schade.*

Mitten im Gespräch schaute Brandstätter plötzlich in ihre Richtung, so, als hätte er bemerkt, dass er beobachtet wurde. Wie eine Ratte, die ihre Nase in den Wind hielt, nahm er Witterung auf. Professor Faber folgte dem Blick seines Assistenten. Die Ärztin machte sich instinktiv kleiner hinter ihrem Bildschirm. *Warum tat sie das? Sie hatte doch nichts zu verbergen, sie nicht. Es waren die Männer auf der anderen Seite der Glaswand, vor denen man sich in Acht nehmen musste.*

Das Gespräch der beiden Männer endete abrupt. Brandstätter hatte es plötzlich eilig. Er hängte seinen Kittel an einen Haken und verließ schleunigst den Raum. Faber blieb noch eine Sekunde lang stehen und schickte seinen Blick durch die Glaswand auf der Suche nach einem heimlichen Beobachter. Bevor er die Ärztin entdecken konnte, betrat eine Gruppe von sechs Wissenschaftlern lachend und scherzend den Raum und entzog sie Fabers Blickfeld. Sekunden später verließ auch er das Labor. Dr. Wohlfahrt atmete auf und kroch hinter ihrem Bildschirm hervor. *Wurde sie langsam paranoid? Bildete sie sich das alles nur ein? Sie war überzeugt, dass es nicht so war. Sie hatte die Nase voll.* Sie würde nach Hause fahren.

Faber rätselte, ob es ihm gelungen war, Brandstätter wieder für sich einzunehmen. Er hatte ihn gelobt, ihm gesagt, wie wichtig seine Arbeit war. Und Brandstätter hatte es aufgesogen, wie ein Schwamm das Wasser. Professor Faber ging über den Flur und betrat sein Büro. *Nicht, dass es ihm menschlich wichtig gewesen wäre, aber er hatte den Eindruck, dass Brandstätter ihm mehr und mehr entglitt.* Brandstätter war ohnehin der geborene Einzelgänger, der in seiner eigenen Welt lebte. Aber

Faber war es immer wieder gelungen, den Sonderling einzufangen, bevor er sich zu weit entfernte. Es war das Bündnis der Elite, das Faber seinem Assistenten suggerierte. Dabei hatte Faber immer darauf geachtet, dass die Rangordnung eingehalten wurde. Und wenn Faber nicht gewesen wäre, wäre Brandstätter nie in die exklusive Tafelrunde im Schloss aufgenommen worden. Seine Mitgliedschaft empfand Dr. Robert Brandstätter als Auszeichnung. Ein Orden der ihn beinah auf Augenhöhe mit Faber brachte. Aber momentan war sich der Professor nicht mehr sicher, ob Brandstätter noch die Hierarchie achtete. Er schien ihm verändert. *Und Veränderung bedeutete Kontrollverlust. Das* würde er nicht zulassen. E*r bestimmte, wann ein Stuhl umfiel!*

Gähnende Leere empfing Sabine Wohlfahrt zu Hause. Kein Markus und erst recht kein Max. Da konnte sie rufen, solange sie wollte. Selbst der Versuch, Markus über sein Handy zu erreichen, schlug fehl. Er hatte es ausgeschaltet. Das tat er nur, wie sie wusste, wenn er mit etwas nicht konfrontiert werden wollte. Aber die zweite Müslischale im Spülbecken, sprach ihre eigene Sprache! Sie musste laut lachen. *Schneewittchen kam ihr in den Sinn und die Frage der Zwerge: Wer hat von meinem Tellerchen gegessen?* Sie hätte drauf wetten können, es war Max. Ihr Blick fiel durch das Fenster auf den Schuppen.

Wenig später öffnete Dr. Sabine Wohlfahrt die Tür zum Rückzugsort ihres verstorbenen Mannes. Alles war so, wie immer. Bis auf den Rucksack mit dem Sticker eines Boxhandschuhs darauf und der Aufschrift **Fight for your life – Ulis Reha-Schule**. Sie fühlte sich in ihrer Annahme bestätigt: Max war hier. Sie würde Uli anrufen. Und sie hatte einen Plan!

Den hatte Markus auch. Er hatte Cäcilia über die Situation von Max informiert, als sie ihn anrief. Das Mädchen hatte sofort ihre Hilfe angeboten. Sie würde die Verpflegung von Max übernehmen und Vorräte aus dem Woodstock abzweigen. Jedenfalls so lange, wie Max im Schuppen wohnte.

Markus war nicht wohl bei dem Gedanken, seine Mutter zu hintergehen. Sie würde es früher oder später merken und dann hätte er ihr viel zu erklären. Ihm wäre es lieber gewesen, wenn Max zu ihm gezogen wäre, ganz offiziell. Seine Mutter hätte bestimmt nichts dagegen. Sie mochte Max. Aber Max war dagegen. Sein Vertrauen in die Welt der Erwachsenen war endgültig verbraucht. Er hatte sogar sein Handy ausgeschaltet, damit Uli ihn bloß nicht erreichen konnte. Zu tief saß die Verletzung und außerdem: *Es war alles gesagt*, fand Max.

Die drei Freunde hatten sich am Schlossbrunnen getroffen. Cäcilias Fahrrad lehnte am Brunnenrand, sie reparierte die Kette, die ihr abgesprungen war. Max half ihr. Seine Hände waren schwarz von Öl und er drohte scherzhaft, seine Hand in Cäcilias Gesicht zu drücken. Das Mädchen schlug nach ihm:

„Hau ab, Du Vollhorst! Sonst kriegst Du nichts zu essen!"

„Danke hätte gereicht!", sagte Max. Er hatte es geschafft, die Kette wieder aufzuspulen.

Von der Schlosskapelle schlug ein Glöckchen. Markus, der am Brunnenrand saß, wandte den Kopf in Richtung des Glockenschlags. Er erinnerte ihn an die Mönche und ihre Prozession.

„Soll ich Euch zeigen, wo ich sie gesehen habe?", fragte Markus unvermittelt.

„Die Mönche?", wollte Cäcilia wissen.

Markus nickte.

„Geil!", rief Max. „Zeig her!"

Markus stand auf und ging in Richtung Bogengang. Cäcilia und Max folgten ihm. Sie durchschritten die Tür, die auf die Balustrade führte und den Blick frei gab auf den Innenhof, wo sich nachts die Mönche versammelt hatten. Die Drei spähten über die Balustrade nach unten. Der Innenhof lag gähnend leer vor ihnen, trügerisch, wie ein Spuk. Nicht einmal Tisch und Stühle waren noch da. Alles weggeräumt. Nichts erinnerte mehr an die geheime Versammlung in der Nacht.

Max griente den Freund an:

„Ich kann keinen Mönch erkennen! Du etwa, Zecke?“

Bevor das Mädchen antworten konnte, fiel unten eine Tür laut ins Schloss.

Im Innenhof waren Schritte zu hören. Die Drei spähten vorsichtig nach unten. Ein Mönch in brauner Kutte, die Kapuze tief ins Gesicht gezogen, durchquerte den Innenhof. Er trug Sandalen. Sie klatschten bei jedem Schritt auf dem Steinboden. Der Mönch hielt einen kleinen Käfig in der Hand, in dem eine schneeweiße Ratte saß.

„Heilige Scheiße! Was geht denn hier ab?“, fluchte Max.

„Wie irre! Ein Mönch mit Ratte!“, flüsterte Cäcilia.

Markus schaute angestrengt nach unten:

„Die sieht genauso aus, wie die aus dem Labor meiner Mutter!“

Sie wechselten einen Blick. Der Mönch verließ den Innenhof durch eine Eichentür, die auf das Schlossgelände führte. In den Köpfen der Drei auf der Balustrade reifte ein Entschluss.

Markus, Max und Zecke rannten die Treppe hinunter und öffneten die Eichentür. Der Hof, in dem sich sonst Touristen tummelten, wirkte leergefegt. Sie sahen gerade noch, wie die massive Kellertür auf der anderen Seite des Hofes hinter dem Mönch zufiel.

Es war die Tür, die in Perkeos Reich führte. Dem Zwerg, der vor hunderten von Jahren dort unten gehaust hatte, um sich vor dem Spott der Adelsgesellschaft zu verstecken. Von hier aus führten unterirdische Gänge zum Weinkeller, dessen heimlicher Herrscher der Gnom gewesen war. Aber das spielte jetzt keine Rolle. Markus dachte vielmehr an die Ratten, deren dunkle Heimat die Schlosskeller waren und deren Bekanntschaft sie schon gemacht hatten. Das Trio schlich geduckt über den Hof. Die Erinnerung an ihren toten Freund Otto, der sie vor diesem düsteren Reich der Finsternis gewarnt hatte, begleitete sie.

Schwer atmend blieben sie vor der eisenbeschlagenen Kellertür stehen. Hier hatte auf Otto immer eine Flasche Wein gewartet, als Dank dafür, dass er Perkeos Reich respektierte. Jetzt prangte ein mit weißer Kreide gemaltes Ypsilon auf der Tür. Eine Warnung, die Markus und Max bekannt vorkam.

„Da gehe ich nicht nochmal runter! Das eine Mal hat mir gereicht!", maulte Max.

„Nun mach Dir mal nicht gleich in die Hose!", spottete Cäcilia.

Sie drückte die Klinke herunter und öffnete die schwere Tür. Auffordernd schaute sie die Freunde an. Sie wusste ja nicht, was sie erwarten würde. Markus machte den ersten Schritt, Max folgte zögerlich. Cäcilia bildete den Abschluss, die schwere Tür hinter ihnen schloss sich, wie das Maul eines Ungetüms. Sie standen im Dunkeln auf der obersten Stufe und lauschten.

Von unten hörte man das scharrende Geräusch einer Schaufel, die im Erdreich grub. Das flackernde Licht von einem halben Dutzend Kerzen schickte einen diffusen Schein nach oben. Im Hintergrund rußte eine einsame Fackel in einer Halterung vor einer verwitterten Grabplatte. Die drei Freunde hielten die Luft an. Das Grauen vor dem, was sie entdecken könnten, lähmte sie. Angst kroch ihnen die Hosenbeine hoch. Aber für ein Zurück war es jetzt zu spät. Wenn sie herausfinden wollten, was es mit dem Mönch und der Ratte auf sich hatte, mussten sie die nächsten Schritte wagen. Es war ihre letzte Chance auf dem Weg zu einer Wahrheit, von der sie nicht wussten, wie sie aussehen würde.

Die Kerzen flackerten über einen Hügel und beleuchteten den Mönch, der mit einem Spaten das Erdreich zur Seite schaufelte. Noch immer war sein Gesicht von der Kapuze verdeckt. Neben ihm im Dunkeln und kaum zu erkennen, stand der Käfig mit der weißen Ratte. Die Hand, die den Spaten umklammerte, trug einen Siegelring mit einem Ypsilon darauf. Mit dem Spaten öffnete der Mönch den Erdhügel und enthüllte sein schauriges Geheimnis. Ein Grab voller toter, verwesender und skelettierter Ratten. Der Totengräber schob seine Kapuze zurück. Für einen Moment zuckte das Kerzenlicht über sein Gesicht: Es war Dr. Robert Brandstätter, der sich mit dem Ärmel seiner Kutte den Schweiß von der Stirn wischte. Dann verhüllte er sein Antlitz wieder unter der Kapuze. Seine Hand zitterte leicht, als er in das Rattengrab griff und eine Metallkiste mit einem Ruck in den Kerzenschein zog. Erdreich böselte nach unten.

Ein kleiner Stein sprang mit einem leichten Ticken die Treppenstufen hinunter. Brandstätter verharrte und lauschte gespannt in die Dunkelheit des Kellers. *Wer wagte es, ihn zu stören? Ihn, den König der Ratten? Er hatte seinen Tieren ein eigenes Totenreich geschaffen. Ratten, die verendet waren unter seiner Therapie. Er fühlte sich von ihnen persönlich enttäuscht. In seinen Augen hatten sie versagt. Und die Versager hatte er eigenhändig begraben. So viel Würde musste sein!*

Nichts war zu hören. Der Forscher im Mönchsgewand entspannte sich, atmete durch. Er öffnete den Metallbehälter und schaute hinein. Scin Gcsicht spiegelte das Geheimnis, das er sah. Das Ziel all seiner Wünsche lag darin. Erdreich rieselte auf seine Hand und transportierte das Skelett einer Ratte mit sich. Brandstätter schüttelte angewidert das tote Nagetier ab. Ein Geräusch, ganz in seiner Nähe ließ ihn innehalten. Jemand atmete in der Dunkelheit. Der Mönch klappte den Behälter zu und schob ihn mit einer raschen Bewegung wieder in den Erdhügel zurück. Der Mann unter der Kapuze steckte den Spaten wie ein Grabkreuz in den Boden. Wieder dieses Atmen aus dem Dunkeln. Es schien näher zu kommen. Brandstätters Augen irrten umher, aber er konnte nichts erkennen. Nur der Hauch von etwas Unheimlichem wehte zu ihm herüber. Der Forscher griff nach dem Käfig mit der weißen Ratte und zog sich in die schützende Dunkelheit des Gewölbekellers zurück.

Max, Markus und Cäcilia hatten sich eine Stufe weiter nach unten gewagt. Die Geräusche aus dem Gewölbe waren plötzlich verstummt.

Max hatte die Arme vor der Brust verschränkt und flüsterte Markus zu:

„Bist Du sicher, dass er da unten ist?"

Markus hob die Schultern und flüsterte zurück:

„Wo soll er sonst sein?"

Max murrte:

„Manno, was macht der da eigentlich, der Kapuzenkopf?"

Cäcilia mischte sich ein:

„Will das jemand wissen?!"

„Ich!", sagte Markus entschlossen. „Ich muss es wissen!"

Max nahm die nächste Stufe nach unten. Dabei trat er gegen ein weiteres Steinchen, das die Treppe hinunter hüpfte.

„Pass doch mal auf, Du Trampeltier!", flüsterte Cäcilia in der Dunkelheit. Am liebsten wäre jeder von ihnen davongelaufen, aber keiner wollte vor den Freunden kneifen. Die Angst verband sie wie eine kalte Kette aus Eisen.

Max voran, Markus dahinter und dann Cäcilia, nahmen sie die letzten Stufen. Max zückte sein Feuerzeug und versuchte, es anzuknipsen. Aber dem Feuerzeug war das Gas ausgegangen. Der Boxer fluchte und warf es weg. Sie waren auf das spärliche Licht der Kerzen angewiesen, die den Erdhügel beleuchteten, in dem der Spaten steckte.

„Was ist das denn?“, starrte Markus fassungslos auf den Grabhügel der Ratten.

„Ist ja total eklig!“, entfuhr es Cäcilia.

„Voll der Horror!“, sagte Max.

Markus rang nach Luft. Er schaute sich um. An den Wänden hoben sich die Grabplatten verstorbener Adeliger ab.

„Wisst Ihr, wo wir hier sind? Wir sind in einer Gruft!“, sagte Markus.

„Na super!“, antwortete Max. „Wollte ich schon immer mal hin!“

Er stieß mit dem Fuß gegen die Erde des Hügels.

„Und was soll das hier sein?“

„Ein Rattengrab, Du Hirni!“, antwortete das Mädchen aus der Dunkelheit. Ihre Stimme zitterte. „Markus, wo bist Du?“, es klang kläglich.

Ihre Augen suchten nach Markus in der Finsternis. Aber es war nicht Markus, den sie erblickte. Direkt vor ihr, im Schein der Fackel, stand der Mönch! Seine Augen waren weit aufgerissen und starrten sie an. Ihr Entsetzen löste sich in einem Schrei, den die Mauern wie ein Echo zurück warfen! Wie auf Kommando erloschen die Kerzen, so als hätte sie jemand ausgepustet. Die Dunkelheit verschluckte Brandstätter. Nur der Schein seiner Fackel, die sich immer weiter entfernte, warf einen letzten Schimmer an die feuchten Wände des Gewölbes.

Die Drei standen nur wenige Meter voneinander entfernt in der Dunkelheit.

„Cäcilia? Alles in Ordnung?“, rief Markus besorgt.

„Ich habe ihn gesehen! Den Mönch!“, antwortete Cäcilias Stimme direkt neben Markus.

„Hier möchte ich nicht beerdigt werden!“, maulte Max aus der Schwärze des Kellers.

Ein lautes Lachen ließ die Drei zusammen zucken. Es dröhnte durch das Gewölbe. Ein Gelächter voller Hohn und Spott, gemein und hinterhältig. Es war das gleiche bösartige Lachen, das sie schon einmal gehört hatten. Das war zu viel für die Drei!

„Raus hier!", rief Markus. „Raus!"

Er musste es nicht zwei Mal sagen. Max rannte die Treppe nach oben und stolperte. Er schlug sich sein Knie auf, ignorierte den Schmerz und rannte weiter. Markus griff in der Dunkelheit nach Cäcilias Hand. Dann rannten beide die Treppe hoch und folgten Max ins Freie. Die Tür schlug hinter ihnen zu. Das Kreide-Ypsilon auf der Tür war verwischt.

Wieder im Tageslicht, schauten sich die Drei an. Die Erleichterung stand ihnen ins Gesicht geschrieben.

„Alter Falter, ist ja total spooky! Hast Du einen Schimmer, auf was Du Dich da eingelassen hast?", fragte Max.

Markus blieb die Antwort schuldig. Er kannte sie ja selbst nicht.

Dr. Robert Brandstätter bewegte sich durch die Gänge mit der Sicherheit eines Mannes, der vertraut war mit seiner Umgebung. Er hatte die Kapuze wieder tief ins Gesicht gezogen. Ab und zu blieb er stehen und orientierte sich im Labyrinth der unterirdischen Gänge. Etwas verfolgte ihn. Er spürte es. Es war so ein Gefühl im Nacken, das er nicht abschütteln konnte. Und es war nicht das Mädchen, das er gesehen hatte. Da war etwas Anderes, Größeres, Gefährlicheres, was in der Dunkelheit lauerte. Aber hier unten konnte ihm nichts passieren. Hier kannte er sich aus.

Aber in seiner Panik war er falsch abgebogen. Er hatte sich tatsächlich verlaufen. *Ausgerechnet er, der sich hier unten besser zurecht fand, als jeder andere! Wie konnte ihm das bloß passieren? Er war doch der Meister der dunklen Gänge! Die ganzen Jahre über hatte er die Furcht des alten Narren von Schlossführer vor Perkeo genährt, um ihn sich vom Hals zu halten. Der Preis war eine Flasche Wein gewesen! Nichts im*

Vergleich zu der Freiheit, die er sich damit im Schlosskeller erkaufte!

Hilfesuchend blickte Brandstätter auf den Käfig mit der weißen Ratte.

„Weißt Du, wo es lang geht?“, fragte er mit belegter Stimme das Nagetier. Er bekam keine Antwort. Er hatte sie auch nicht erwartet.

Trotz der angespannten Situation konnte er ein selbstzufriedenes Lächeln nicht unterdrücken. *Er hatte sie alle genarrt! Faber und diese unsägliche Ärztin.* Er hatte das männliche Versuchstier H 136, das er liebevoll **Heinrich** nannte, ausgetauscht in jener Nacht. *Als Faber ins Labor kam, war es schon passiert!* Es wäre niemandem aufgefallen, wäre diese Wohlfahrt nicht so argwöhnisch gewesen! *Warum hatte Faber sie nur eingestellt?* Brandstätter hatte ihn gewarnt. *Sie störte nur.*

Ihm, Dr. Robert Brandstätter war es zu verdanken, dass H 136 alle anderen Ratten überlebt hatte. Er hatte sie betreut, er hatte die Dosierung festgelegt, er hatte sie geimpft. *Sie war sein Geschöpf. Der medizinische Ruhm gehörte ihm, ihm ganz alleine! Und nicht Faber!*

Obwohl ihn doch so viel mit dem Professor verbunden hatte. Er hatte Brandstätter direkt von der Universität ans Institut geholt. Der junge Brandstätter galt damals als Überflieger der medizinischen Fakultät. Die Welt stand ihm offen. Und Fabers Wahl war auf ihn gefallen. Die Vorstellung des Professors von einem Leben ohne Tod war für Brandstätter ebenso absurd wie faszinierend! Faber hatte ihn infiziert mit seinen Ideen und er, Brandstätter, war ihm gefolgt. Schon bald teilte er die Besessenheit von Faber auf der Suche nach altem Wissen, das im Laufe der Jahrhunderte verloren gegangen war. Und dennoch war eine Distanz geblieben zwischen ihnen.

Und manchmal jagte Faber ihm sogar Angst ein! Er war so unberechenbar! Nie wusste man, was bei ihm als nächstes kommen würde. Er schien mit seinen Bernsteinaugen durch einen hindurch zu schauen, die Gedanken seines Gegenübers buchstäblich zu lesen. Und Brandstätter fürchtete, für ihn ein offenes Buch zu sein. *Aber ein paar Kapitel kannte auch Faber nicht. Brandstätter hatte es geschickt verstanden, seine Ziele gegenüber dem Professor zu verschleiern. Brandstätter hatte seine eigenen und er war auf der Hut.*

Er kannte Fabers Stärke nur zu gut: Faber machte Menschen zu den Werkzeugen seiner Absichten. Dabei sprach er nie aus, was er wirklich von einem erwartete. Er machte nur Andeutungen und zwang den Anderen so, in seinem Sinne zu handeln! Um ihm zu gefallen, gestand sich Brandstätter widerstrebend ein.

Damals in dem Weinlokal, als dieser Wichtigtuer von Apotheker unvermittelt aufgetaucht war und Faber ein Angebot machte, was dieser ausschlug. Er, Brandstätter, war unfreiwillig Zeuge geworden. Zeuge eines verräterischen Gesprächs zwischen Zimmermann und Faber, dessen Bedeutung ihm erst im Laufe des Abends klar wurde. Es kristallisierte sich schnell heraus, dass es etwas geben musste, was Zimmermann über Nacht so überheblich handeln ließ! Aber was? Hatte Faber damals schon geahnt, um was es sich handelte? Faber hatte sich in dem Gespräch seltsam zurück gehalten und ihm, Brandstätter, das Gesetz des Handelns übertragen. Kannte er ihn so gut? Unmöglich! Er wusste ja an diesem Abend noch nicht einmal, dass er da war. Niemand hätte voraussehen können, *was passieren würde. Noch nicht einmal Brandstätter selbst war sich dessen bewusst.*

Ein stummer Wink von Faber, ein Nicken ohne Worte, hatte genügt, und Brandstätter war Zimmermann gefolgt, bis nach Hause. Dort, unterm Dach lag der Grund für Zimmer-

manns Überheblichkeit: das Buch! Das Buch, auf das sie alle gewartet hatten! Das Ziel ihrer Wünsche! Und ausgerechnet der, der es am wenigsten verdient hatte, besaß es! In den Augen von Brandstätter ein einziger Frevel! Er hatte sich davon geschlichen und danach nicht schlafen können. Es war wie ein Fieber, das ihn nicht mehr los ließ. Das Buch schrie nach ihm!

Heimlich war er zurückgekehrt und dieses Mal war er vorbereitet: Er hatte Gift in der Tasche. Rattengift aus dem Labor. Es war ein Leichtes gewesen, in die Apotheke einzudringen. Er war schon da, als Zimmermann abschloss. Jetzt musste er nur warten. Alles andere hatte sich wie von selbst ergeben. Der Cognac....

Er hatte keine Skrupel. Noch nicht einmal ein Bedauern, als er das Rattengift in die Karaffe träufelte. Das Buch verlangte es. Es wollte befreit werden, aus den Händen dieser wissenschaftlichen Null. Und Brandstätter war dazu auserkoren.

Brandstätter rüttelte an dem Käfig: Die Ratte rührte sich nicht. H 136 war tot. Gestorben in der letzten Nacht. *Ein schwerer Schlag für ihn, den König der Ratten.* Aber das spielte plötzlich keine Rolle mehr. Jetzt musste er sie nur noch loswerden, bevor Faber ihm auf die Schliche kam. Allein der Gedanke war ein Albtraum.

Das Geräusch von Wasser näherte sich: Es rauschte, als hätte jemand eine Schleuse geöffnet. Brandstätter schaute staunend auf seine Füße, die in Sandalen steckten. Sie waren feucht. Das Wasser umspülte bereits seine Knöchel. Seine Fackel war ausgegangen. Er warf sie weg und sie schwamm davon. Brandstätter stapfte unbeirrt weiter. Der Boden war schlüpfrig geworden, die Decke des Gewölbes niedriger. Er musste sich bücken, um seinen Weg fortzusetzen.

Doch dann kam das Wasser mit aller Gewalt. Wie ein Sturzbach überrollte es ihn von hinten und riss ihn von den Beinen. In der einen Hand den Käfig mit der toten Ratte, versuchte er mit der anderen Hand, Halt zu finden an den glitschigen Mauern. Doch der unterirdische Fluss schwemmte ihn davon. Ein spitzes, eisernes Fallgitter, das im Mauerwerk eingelassen war, tauchte vor ihm auf und versprach Rettung. Seine Hand bekam das Gitter zu fassen. Es gab ihm für eine Sekunde Halt, dann rasselte es von oben nach unten. Die Spitze eines Gitterstabes bohrte sich in den Oberschenkel des Forschers und nagelte ihn am Boden fest. Brandstätter schrie vor Schmerzen. Sein Schrei verhallte in dem Gewölbe.

Für einen Moment war Stille. Nur das Wasser gurgelte. Dann hörte Brandstätter Schritte im Wasser. Er versuchte, den Kopf in Richtung des Geräuschs zu drehen.

„Ist da jemand?“, rief er hoffnungsvoll. Die Schritte kamen näher.

„Bitte, helfen Sie mir!“, flehte der verletzte Wissenschaftler.

Die Schritte verharrten neben ihm. Brandstätter konnte nicht erkennen, wer der Unbekannte war. Die Hand des Fremden nahm ihm den Käfig mit der Ratte ab. Sekunden später schleuderte der Fremde die tote Ratte mitsamt des Käfigs ins Wasser. Der Käfig blieb kurz am Gitter hängen, bevor das Wasser ihn davon spülte.

„So helfen Sie mir doch!“, bettelte Brandstätter.

Er bekam keine Antwort. Brandstätter streckte seinen Arm flehentlich nach oben aus in Richtung des Fremden. Der Unbekannte griff nach der hilfesuchenden Hand und zog mit einem schmerzhaften Ruck den Siegelring mit dem silbernen Ypsilon von Brandstätters Finger. Dann entfernten sich seine Schritte und er überließ den Verletzten seinem Schicksal.

Brandstätter blieb liegen, unfähig, sich zu rühren. In das Geräusch des fließenden Wassers mischte sich ein anderes: Ein leises Fiepen. Ratten! Sie krochen aus den Löchern im Mauerwerk und begannen, den Körper von Brandstätter zu besiedeln. Sie waren gekommen, um ihre toten Artgenossen zu rächen, die Brandstätter der Wissenschaft geopfert hatte.

Die Gruft war wieder zur Ruhe gekommen. Stumm blickten die Ritter von ihren Grabplatten auf den Friedhofshügel der Ratten, der in sich zusammengefallen war. Die Stelle, an der die Metallkiste verborgen gewesen war, gab es nicht mehr. Die Kiste war verschwunden, Erdreich war nachgerutscht. Das Buch hatte sich einen neuen Besitzer gesucht.

Kapitel 15

Cäcilia schob ihr Fahrrad, Max trottete nebenher. Markus folgte ihnen. Schweigend gingen sie die Treppen vom Schloss in Richtung Altstadt hinunter, sichtlich betroffen von dem, was sie gesehen und erlebt hatten. Max fand als Erster seine Sprache wieder:

„Was wollte dieser Grufti eigentlich da unten?"

„Ne Ratte beerdigen! Hast Du doch gesehen!", antwortete das Mädchen.

Markus war auf den Sandsteinstufen, die vom Schlossberg in die Altstadt führten, stehengeblieben. Seine Freunde mit ihm. Es war später Nachmittag und vom Neckar zog langsam Herbstnebel auf, der in kleinen Wolken hoch zum Schloss schwebte.

Cäcilia überlegte laut:

„Irgendwie kam er mir bekannt vor! So, als hätte ich ihn schon mal gesehen!"

Max grinste schief:

„Den will doch keiner kennen!"

Markus nickte zustimmend:

„Nicht wirklich!"

Cäcilia fummelte ein zusammengeknülltes Foto aus ihrer Jeanstasche und hielt es Markus vor die Nase. Es zeigte die **Neuen Druiden** vor Stonehenge, das Bild aus ihrem Computer.

„Erkennst Du da jemanden drauf?", fragte sie.

Markus deutete auf eine Person:

„Ja, klar, Kochendörfer!"

Cäcilia schüttelte den Kopf:

„Nein, der da war`s, den ich gesehen hab`, im Keller da unten!"

Sie deutete auf den Mann am Rande des Bildes, der nicht mit auf das Foto wollte. Sie hatte lange gebraucht, um ihn wieder zu erkennen. Der seltsame Gast aus dem Woodstock mit der Ratte.

Markus schaute genauer hin.

„Das ist Dr. Brandstätter! Eindeutig! Brandstätter, der Kollege meiner Mutter!“, rief er laut.

Brandstätter als Mönch im Rattenkeller! Wenn das stimmte, dann stammte die weiße Ratte, die er dabei hatte, aus dem Institut!

„Das war tatsächlich ne Ratte aus dem Institut!“, erklärte Markus. „Aber warum hatte er die dabei?“

Cäcilia spielte nervös mit ihrer Fahrradklingel.

„Meinst Du, er wollte die lebendig da unten begraben?“

„Glaube ich nicht! Die war bestimmt schon mausetot!“, mischte sich Max ein.

„Wieso macht der das?“, fragte Cäcilia.

„Weil er einen an der Klatsche hat!“, antwortete Max.

Die Antwort von Max erschien den Freunden wie eine Erlösung. Es gab keine plausible Erklärung. Damit mussten sie sich abfinden. Und wenn doch, führte sie in eine Gedankenwelt, vor der ihnen graute.

Sie gingen weiter. Der Nebel hüllte die Drei in Watte ein.

Max murmelte:

„Man kann ja nicht mal seine Hand vor Augen sehen!“ Dabei starrte er auf seine immer noch ölverschmierte, schwarze Hand von der Fahrradkettenreparatur.

„Uahhaa!“, schrie er.

Cäcilia knuffte ihn mit dem Ellenbogen in die Seite.

„Aua!“, sagte Max gedehnt und grinste breit.

Markus war stehengeblieben, während seine Freunde ihren Weg fortsetzten. Max drehte sich besorgt nach ihm um.

„Hey, Markus! Bist Du noch da?“, fragte Max in die Nebelsuppe hinein. „Da war noch jemand im Keller, außer uns und dem Mönch!“, kam Markus Stimme aus dem Nebel.

Max nickte:

„Ich weiß auch, wer!“

„Echt?“, fragte Zecke ungläubig.

Jeder der Drei wusste es, aber keiner wollte seinen Namen aussprechen.

Hätten sie sich umgedreht, hätten sie die düstere Gestalt am oberen Ende der Treppe vielleicht noch erkennen können. Ambrosius Kovac war nie ganz weg.

In ihrem Wohnzimmer wechselte Sabine Wohlfahrt die heruntergebrannten Kerzen in den Leuchtern aus. Es wurde schon früh dunkel und der Winter würde nicht mehr lange auf sich warten lassen. Ihr Blick fiel nach draußen. Ein Schatten schlich geduckt durch den Garten zum Schuppen. Max war zurück. Jetzt würde es nicht mehr lange dauern, bis Markus auftauchte.

Sie hörte ihn schon:

„Bin wieder da!“, rief er aus dem Flur und schleuderte geräuschvoll seine Skaterschuhe von den Füßen. Ein Lächeln huschte über ihr Gesicht. Sie würde sich nichts anmerken lassen, das hatte sie mit Ulrich am Telefon besprochen.

Markus betrat das Wohnzimmer. Er schaute an seiner Mutter vorbei Richtung Schuppen, bevor er sich ihr zuwandte.

„Und? Wie war`s in der Schule?“, fragte sie.

Markus kannte die Frage zur Genüge und seine Antwort war auch dieselbe wie immer:

„Ganz okay!“

„In der Küche stehen auf dem Herd Penne mit Käsesauce! Bedien` Dich!“, sagte sie. „Ich muss nochmal in den Keller, den Trockner ausräumen!“

„Danke, Mum!“, murmelte er und verschwand in der Küche. Sie hatte für drei gekocht, aber das würde er nicht merken. *Er würde warten, bis seine Mutter im Keller verschwunden war.* Und sie würde ihrem Sohn die Chance geben, den Freund im Schuppen zu versorgen. Sie war gespannt, wie lange es dauern würde, bis er sie einweihte.

Sie war kaum die Treppe zum Keller hinunter, da sauste Markus mit einem Teller voller Pasta mit Sauce und Besteck über den Rasen zum Schuppen, wo ein hungriger Max auf ihn wartete.

Markus saß bereits wieder am Tisch, als seine Mutter mit einem Korb voller Bügelwäsche herein kam. Sie war länger im Keller geblieben, als nötig.

„Schmeckt`s?“, fragte sie nur.

„Super!“, schmatzte Markus und dachte an Max.

Ganz gleich, wie kompliziert es werden würde, er würde eine Lösung finden. *Für sich, seine Mutter und Max. Noch wusste Markus nicht, wie sie aussehen sollte, aber er war entschlossen, dem Freund zur Seite zu stehen, was immer auch kommen mochte! Er würde Max verteidigen, gegen alle und jeden!*

An diesem Abend wartete Sabine Wohlfahrt vergebens darauf, dass ihr Sohn sie ins Vertrauen zog. *Sie würde Geduld brauchen. Geduld, die sie gleichermaßen ihrem Sohn, wie auch Max schenken würde. Egal, wie lange Max im Schuppen bleiben wollte, ihren Segen hatte er. Sie würde es ihm so wohnlich wie* möglich machen, *ohne dass es auffiel. Sie war froh, dass sie Max etwas zurückgeben konnte. Für das, was Markus ihm verdankte. Die Freundschaft zu Max war nach und nach an die Stelle von Markus Trauer* über den toten Vater getreten. *Das hatte sie sich immer gewünscht.*

Max hatte aufgegessen. Er stand vor der Modell-Stadt und betrachtete nachdenklich die Figur des Jungen, in der er sich selbst sah. *Was würde mit ihm passieren? Er würde sein Schicksal in die eigenen Hände nehmen* müssen. Er nahm die Figur des Jungen vom Balkon und stellte sie wieder auf die Straße. *Was würde den Jungen da erwarten?* Er hatte es satt, hin- und hergeschoben zu werden! Damit musste endlich Schluss sein! Aber die Realität sah anders aus!

Das Jugendamt, die Bewährungshelfer und die Staatsanwaltschaft, sie alle würden wissen wollen, was aus ihm geworden war! Und sie würden kommen, ihn zu holen. Er musste irgendwann von hier verschwinden. Er wollte Markus und seine Mutter auf keinen Fall damit hinein ziehen.

Doch dann hatte sich die Tür geöffnet und Markus war mit einer Flasche Apfelsaft und einer Tafel Schokolade hereingeschlüpft. Unter seinem Arm hatte er eine Isomatte und einen Schlafsack. Max schaute den Freund fragend an.

„Meinst Du, ich lasse Dich hier alleine schlafen?“, sagte Markus.

„Und was ist, wenn es Deine Mutter rauskriegt?“, fragte Max.

„Morgen früh, wenn sie aufwacht, liege ich wieder in meinem Bett!“

Die Ärztin saß in ihrem Bett und las. Aber das Buch konnte sie nicht fesseln. Die Ereignisse des Tages liefen vor ihrem inneren Auge ab. Das seltsame Verhalten von Faber und Brandstätter, die Sorgen um Max und Markus und das Gespräch mit Ulrich rotierten in ihrem Kopf. Sie schätzte die Verantwortlichkeit, die der Trainer nach wie vor für seinen Schützling empfand und die jetzt auf sie übergegangen war. Zumindest solange Max in ihrem Schuppen lebte.

Aber was Max wirklich brauchte, war keine Wohngelegenheit, sondern eine Familie und Ulrich hatte genau dies für ihn bedeutet. Jetzt lag es an ihr, einen Weg zu finden, dem Straßenjungen das verlorene Vertrauen in die Erwachsenenwelt zurück zu geben. Kein leichter Weg! Das war ihr bewusst. Ein einziger falscher Schritt und Max wäre auf und davon! Und im Moment durfte sie noch nicht einmal wissen, dass er da war!

Sabine Wohlfahrt hörte das Gemurmel der Jungs im Schuppen. Sie hatte die Musik im Radiowecker extra etwas lauter gestellt, damit sie sich ungestört fühlten. Sie klappte das Buch zu und legte es auf den Nachttisch. Trotz der heiklen Situation, schien sich etwas zusammen zu fügen. *So etwas wie eine neue*

Familie?! Allmählich begann sie sich mit dem Gedanken anzufreunden. Darüber schlief sie ein.

Im Schuppen lag Max auf der Pritsche und aß ein Stück Schokolade. „Traube-Nuss, echt geil!“, mampfte er.

Die Glühbirne an der Decke verströmte ihr warmes Licht und trotz der Kälte herrschte eine heimelige Atmosphäre. Markus hatte sich an die Wand des Schuppens gelehnt, seine Füße steckten im Schlafsack. Max blickte runter auf ihn.

„War das wirklich ein Kollege Deiner Mutter, der Kapuzenheini?“

„Mmmh!“, bejahte Markus einsilbig. „Ich fand den schon immer schräg mit seinen Ratten!“

Max zog eine Taschenlampe aus seinem Rucksack und strahlte damit Markus an, als wollte er ihn verhören.

„Hat Deine Mutter noch mehr Kollegen, die so drauf sind?“, sagte er im Polizei-Ton, den er so gut kannte.

Markus wischte mit der Hand die Taschenlampe zur Seite.

„Kann ich mir nicht vorstellen! Das sind doch alles Wissenschaftler, richtige Eierköppe! Eher von der nüchternen Sorte!“

Max stopfte sich eine weitere Rippe der Schokolade in den Mund: „Vielleicht solltest Du Deiner Mutter trotzdem erzählen, dass Du ihn gesehen hast! Damit sie weiß, mit wem sie es zu tun hat!“

Markus schraubte die Apfelsaftflasche auf und nahm einen Schluck, blies dann die Luft aus den Wangen.

„Wie hört sich das denn an? Dein Arbeitskollege verkleidet sich als Mönch und beerdigt im Schlosskeller Ratten, die er vorher im Institut platt gemacht hat? Glaubt doch kein Mensch! Und meine Mutter schon gar nicht!“

Das Unfassbare der Worte machte sie für Eine Sekunde sprachlos. Keiner von beiden hatte eine Antwort parat.

„Und außerdem: mein Lieblingslehrer war auch auf dem Foto!“, murmelte Markus vor sich hin. „Wahrscheinlich gehört er auch dazu, bestimmt sogar!"

Es dauerte eine Weile, bis Max aussprach, was in Markus Kopf vor sich ging:

„Und alles hat irgendwie mit Deinem Buch zu tun? Ist doch so!"

Max hatte aufgehört zu kauen. Markus nickte unmerklich.

Max dachte laut:

„Aber wie? Wie hängt das alles zusammen? Ich kapiere es einfach nicht!"

Markus schüttelte den Kopf.

„Es gibt nur einen, der das weiß!", sagte er leise. Er nahm dabei Max die Taschenlampe aus der Hand und strahlte jetzt ihm damit ins Gesicht.

„Und wer ist es, Max? Ich höre?!"

Für Max war es buchstäblich eine Erleuchtung:

„Der alte Zausel!"

Markus nickte:

„Genau! Er war auch im Keller! Ich habe ihn an seinem Lachen erkannt! So was von gemein!"

Jetzt war es heraus.

„Er hat uns alle ausgelacht!", stimmte Max zu.

„Und jetzt sag ich Dir auch wieso!", ergänzte Markus: „Weil er das verdammte Buch hat!"

Max blinzelte ungläubig ins Licht der Taschenlampe:

„Echt? Er hat es?"

Der Gesichtsausdruck von Markus bestätigte ihn.

Max ließ sich auf sein Kissen fallen:

„Heilige Scheiße!"

Schon seit einer Woche hauste Max jetzt im Schuppen. Abend für Abend gab Sabine Wohlfahrt ihrem Sohn die Gelegenheit, sich um seinen Freund zu kümmern, in dem sie entweder früh ins Bett ging oder so tat, als sei sie vor dem Fernseher eingeschlafen. Dann dauerte es nie lange, bis sie das Geräusch der sich öffnenden Schuppentür hörte. Und wenig später die gedämpften Stimmen der Jungs. Erst gegen Morgen hörte sie Markus ins

Haus zurückkehren. Dabei übersah sie großzügig die Spuren, die die beiden bei ihren nächtlichen Treffen hinterließen.

Sie hatte es Max so wohnlich, wie nur möglich gemacht und dabei peinlich genau darauf geachtet, dass alles wie ein Zufall aussah: das Kissen, das plötzlich auf der Pritsche lag, der Heizkörper, der in der Ecke stand, als hätte man ihn vergessen, die gespülten Teller und das Besteck. Max glaubte, das habe er alles Markus zu verdanken und sprach es nicht an.

Es waren lange Nächte, in denen keiner der Freunde viel schlief. Sie unterhielten sich über Gott und die Welt, über Mädchen und wie das so ist, mit ihnen. Markus hatte viele Fragen und Max tat so, als sei er erfahren. Dabei hatte er auch nicht mehr vorzuweisen, als einen zaghaften Kuss, den er mit einer süßen Taschendiebin austauschte, im Heim für Schwererziehbare. Aber damit war er Markus um Längen voraus. Max ahnte, dass es bei Markus Fragen eigentlich um Cäcilia ging, obwohl er den Namen nicht aussprach.

Auch Max Schicksal schwebte zwischen ihnen.

„Irgendwann tauchen diese Arschgesichter vom Jugendamt bei Uli auf und wollen wissen, wo ich stecke! Gut, dass er es nicht weiß, dann muss er auch nicht lügen!“, meinte Max. Im Moment zählte für die Jungs nur das hier und jetzt. Die Nächte im Schuppen waren für sie wie Ferien. Aber wie alle Ferien, würden sie eines Tages zu Ende gehen. Doch darüber wollten sie nicht nachdenken. Nicht jetzt!

Nur über das Buch sprachen sie nicht mehr. Es hing wie eine dunkle Wolke über ihnen. Je weniger sie darüber redeten, desto mehr glaubten sie, es verdrängen zu können. In der stillen Kammer ihrer Herzen aber wussten sie, dass es sie einholen würde. Und den Zeitpunkt würde das Buch bestimmen!

Eine Woche war vergangen, ohne dass Dr. Robert Brandstätter ins Institut zurückgekehrt war. Faber hatte daraufhin Dr. Wohlfahrt in einem Vier-Augen-Gespräch eröffnet, *dass er sie nun erst recht nicht gehen lassen könne. Nicht, solange der Kollege Brandstätter offensichtlich ausfalle, warum auch immer! Sie und Ihre Arbeit würden dringend benötigt! Gerade jetzt!*

Brandstätters Fehlen konnte sie sich ebenso wenig erklären, wie Faber. Sein unentschuldigtes Fernbleiben von der Arbeit passte so gar nicht zu ihm. Er war morgens der Erste und meist abends der Letzte, der das Institut verließ. Und manchmal kam er sogar nachts zurück, aus bloßer Fürsorge um seine Versuchstiere. *Normal war das nicht!*

Die Chance, das Institut zu verlassen, war für Dr. Sabine Wohlfahrt erst einmal vertan, so sehr sie sich dagegen sträubte. Sie hatte noch nie jemanden im Stich gelassen. Und bei Faber würde sie keine Ausnahme machen. Es war einfach gegen ihre Prinzipien.

Es hatte auch etwas Gutes, redete sie sich ein. Durch ihre Abwesenheit zu Hause machte sie es den Jungs leichter, ihr Geheimnis zu hüten. Irgendwann würde sie Markus mit ihrem Wissen um den Gast im Schuppen konfrontieren. Sie hoffte noch immer, dass Markus ihr zuvor kam. Doch die Zeit lief. Die Zukunft von Max brauchte eine Lösung. Noch bevor der Herbst zu Ende ging.

Zwischen Markus und Cäcilia hatte sich alles geändert. Sie freuten sich, wenn sie sich sahen, und ein Blick konnte einen ganzen Schwarm von Schmetterlingen im Bauch auffliegen lassen. Jeden Tag entdeckte Markus neue Dinge an Cäcilia, die er an Zecke übersehen hatte. Sie hatte alles, was ein Mädchen in seinen Augen ausmachte: ihr Lachen war wie ein Sonnenstrahl an einem trüben Herbsttag, ihre Augen, ihre Haare, ihre Klugheit – alles an ihr faszinierte ihn. Ihre Ausstrahlung schien ihm tausend Mal echter, als die von Ilona. Doch ihre kumpelhafte Freundschaft war ihnen abhandengekommen. Etwas anderes war dafür an die Stelle getreten. Etwas, was sie befangen machte und was sie nicht wieder verlieren wollten.

Markus hielt das Getuschel von Ilona und ihren smartphonegeschädigten Freundinnen locker aus. Die Klassenschöne hatte verloren und sie wollte es nicht wahr haben. Nicht, dass ihr wirklich etwas an Markus gelegen hätte, aber eine Ilona Morgan-Basten wies man nicht zurück. So konzentrierte sich ihr ganzer Ehrgeiz darauf, die beiden auseinander zu bringen. Bei jeder Gelegenheit ließ sie hämische Bemerkungen fallen, wie kleine Stinkbomben. Aber sie erreichten ihr Ziel nicht. Markus und Cäcilia lebten in ihrer eigenen Welt, zu der Ilona keinen Zutritt hatte. Das ärgerte die Klassenschöne. Glück von anderen war ihr einfach unerträglich.

Die Zeit, in der Markus in der Schule war, nutzte Max für sich. Er streunerte durch die Altstadt, schaute in Kneipen hinein und durchstöberte Hinterhöfe, wie ein herrenloser Straßenköter. Eine alte Angewohnheit aus einer Zeit, als er täglich um sein Überleben kämpfen musste. Verglichen mit damals ging es ihm heute richtig gut. Und trotzdem, er würde nicht für immer im Schuppen bei Markus bleiben können. Das war so klar wie Kloßbrühe. Er wollte niemandem zur Last fallen, schon gar nicht Markus. Und das würde er, je länger er blieb. Denn früher oder später würde Markus sich für ihn zu verantworten haben, bei wem auch immer. Und das wollte Max ihm ersparen. *Nein, die Zeit war nicht sein Freund!*

Er schlenderte am Ufer des Neckars entlang. Das träge vorbeitreibende Wasser des Flusses hatte etwas Tröstliches für den Jungen. Max ließ einen Stein über das Wasser des Flusses flitschen und schaute ihm nach, wie er nach ein paar Hüpfern im Neckar versank. *War er nicht auch ein Stein? Und bestand sein Leben nicht auch aus ein paar Hüpfern? Von einer Stelle zur anderen, ohne wirklich Wurzeln schlagen zu können? Irgendwie kam es ihm so vor. Nur versinken würde er nicht, ganz egal, was passierte! Das hatte er sich irgendwann mal selbst versprochen.* Und Max hielt seine Versprechen. Er bückte sich nach einem flachen Kiesel, als Blaulicht ihn aus seinen Gedanken riss.

Nicht einmal hundert Meter entfernt standen Polizeiwagen, wimmelte es von Männern in weißen Overalls, die Spuren sicherten. Ein rotes Band sperrte das Ufer ab und Uniformierte hielten Neugierige auf Abstand. Polizei! Für Max bedeutete dies höchste Alarmstufe! *Wie hatte er bloß so unaufmerksam sein können?* Trotz der Kälte brach ihm Schweiß aus. Der alte Instinkt des Straßenjungen in ihm erwachte: jetzt bloß nicht auffallen!

Normalerweise wäre er davon gelaufen. Aber irgendetwas hielt ihn davon ab. Er konnte nicht sagen, was es war! Er steckte die Hände in die Hosentaschen seiner Jogginghose und schlenderte auf die Absperrung zu. Die Gaffer, die sich um das rote Band drängten, in der Hoffnung, Teil einer Sensation zu sein, versperrten ihm die Sicht. Max schlüpfte durch die Menschen-Mauer und erhaschte einen Blick auf eine Gestalt, die am Rande des Ufers lag, angeschwemmt, wie ein Stück Treibholz. Eine Wasserleiche! Um besser sehen zu können, stellte sich der Junge auf einen quadratischen Basaltstein am Rand der Absperrung.

Und dann sah er ihn, den Toten! Den Kopf zur Seite gedreht, seine Augen standen offen und schienen Max direkt anzublicken, so, als hätte er ihn schon mal gesehen. Der Tote trug ein braunes Mönchsgewand! Die Kapuze war ihm vom Kopf gerutscht und klebte nass an seinem Rücken. Seine Füße hatten eine Sandale verloren. Max erkannte ihn wieder: Es war der Mönch aus dem Schlosskeller! Der Mann auf Cäcilias Foto! Der seltsame Rattenbestatter und Kollege von Markus Mutter! In seinem aufgedunsenen Gesicht waren Spuren von Bissen zu erkennen: die Rache der Ratten! Aber das konnte Max nicht wissen.

Den kleinen Boxer traf die Erkenntnis, wie ein Schlag! Der Schreck fuhr ihm in die Eingeweide. Alles begann sich um ihn zu drehen, ihm wurde schwindelig. Der kippelige Stein rollte unter seinen Füßen weg und Max wäre fast gestürzt. Bittere Galle stieg ihm die Speiseröhre hoch. Max musste würgen. Es kam so schnell über ihn, dass er sich nicht mehr abwenden konnte. Er übergab sich! Direkt auf die braunen Schuhe des jungen Polizisten, der an der Absperrung stand und den Tatort bewachte. Fassungslos starrte der Beamte erst auf seine besudelten Schuhe, dann auf den Jungen, der sich vor ihm in Krämpfen krümmte.

„War keine Absicht!“, brachte Max heraus, bevor er sich aufrichtete und sich den Rest seines Erbrochenem mit dem Handrücken vom Mund wischte. „Mach bloß, dass Du weg kommst, sonst.....!“, schrie der Polizist empört und hob dabei die Hand, als wolle er Max schlagen.

„Nanana, wer wird denn gleich, Herr Kollege?!“, mischte sich eine tiefe Stimme hinter dem Rücken des Polizisten ein. Es war Hauptkommissar Walter Teichmann. Er hatte sich gegen die herbstliche Kühle in einen Trenchcoat gehüllt und wirkte durch seinen ausgeprägten Unterkiefer ein wenig, wie eine französische Bulldogge: immer bereit, zuzubeißen! Für den jungen Kollegen war er die Autorität auf zwei Beinen. *Teichmann widersprach man nicht! Und wenn, brauchte man wasserdichte Argumente.* Die Schuhe des Polizeibeamten gehörten nicht dazu. Der Blick des Kommissars kreuzte einen Augenblick lang den von Max. Erkennen blitzte in den Augen von Teichmann. Das war zu viel für Max. Er drehte sich um und rannte davon. Der junge Polizist wollte hinter her. Aber der Kommissar legte besänftigend die Hand auf seine Schulter. „Lass mal.....Ist doch auch kein Anblick für so einen Jungen!“, knurrte Teichmann.

Ohne auf eine Antwort zu warten, stapfte er zurück zu seiner Leiche am Ufer.

Dabei verschwieg er dem Kollegen, dass er Max tatsächlich wieder erkannt hatte. Der Kommissar war in der Halle gewesen, als Max seinen Boxkampf gewann. „Teichi“, wie ihn seine Kollegen hinter seinem Rücken riefen, hatte in seiner Jugend selbst einmal geboxt und war ein Bekannter von Ulrich Fischer. Sie hatten beide im Polizeisportverein angefangen und sich nie wieder aus den Augen verloren. Teichmann schätzte die Art, wie Uli unverdrossen straffällige Jungs von der Straße holte, um ihnen eine neue Chance zu geben. Dabei war dem Kommissar durchaus bewusst, dass der Boxtrainer ihm damit so manche Arbeit ersparte. Denn nur selten war einer von Ulis Schützlingen rückfällig geworden. Früher waren die beiden öfter mal ein Bier trinken gegangen, doch das hatte sich in letzter Zeit nicht mehr ergeben, zu viel Arbeit. Es war höchste Zeit, die schöne, alte Gewohnheit wieder aufleben zu lassen, beschloss der Kommissar für sich.

Im Moment beschäftigten ihn allerdings andere Fragen: *Wer war der Fremde aus dem Neckar? Und wieso trug der Mann ein Mönchsgewand? In keinem der Klöster in der Umgebung wurde ein Mönch vermisst!*

Eine der wenigen Schwächen von Professor Faber war, dass er nachtragend war. Er konnte nur schlecht verzeihen! Und die Falle, die Xenia ihm gestellt hatte, als sie ihn in jener Nacht zur Buchhandlung von Kovac lockte, war in seinen Augen ganz und gar unverzeihlich. Er hatte keine Zweifel, dass sie dahinter steckte. Es passte einfach zu ihrer Art, Menschen gegeneinander auszuspielen. Das hatte sich seit damals nicht geändert.

Aber die Zeiten hatten sich geändert. Er war nicht mehr der kleine Dozent. Er war Professor Bernhard Faber. Und mit ihm trieb man keine Spielchen. Nicht ungestraft! Und er hatte sich genau überlegt, wo er seine ehemalige Geliebte am schmerzhaftesten treffen konnte.

Das war auch der Grund, warum sein Range Rover jetzt vor dem Leibniz-Gymnasium parkte. Es klingelte. Die Schule war aus. Der Wissenschaftler sah Markus Wohlfahrt auf seinem Skateboard, als einer der ersten die Schule verlassen. Er hatte sich an den Gepäckträger eines Fahrrades gehängt und ließ sich ziehen. Auf dem Rad saß ein Mädchen mit wilden Haaren, die ausgelassen in die Pedale trat. *Ein schönes Gespann!, dachte Faber. Wahrscheinlich erste Liebe! Ja, so begann sie!,* erinnerte er sich an seine Schulzeit. *Aber heute interessierte ihn der Sohn der Kollegin nicht. Heute galt sein Interesse jemand, der ihm näher stand, ohne es zu wissen.*

Und er musste nicht lange warten. Er hörte sie schon von weitem. Ihr albernes Gekicher klang ihm noch in den Ohren, als er sie und ihre Clique beim Boxkampf von Max in der Halle entdeckt hatte. Während des Kampfes hatte er immer wieder zu ihr rüber geschaut, um sich ein Bild von ihr zu machen. Ein Bild, von dem er nicht wusste, ob es ihm gefallen würde. Sie war eine Schönheit, keine Frage, leider war es ihr bewusst, in allem, was sie tat. Ilona kam, wie immer, in einem Pulk von Bewunderern durch das offene Schultor. Der Pulk löste sich auf und Faber nutzte die Gelegenheit. Er trat auf sie zu:

„Entschuldige! Kann ich Dich kurz sprechen?“

„Wenn`s sein muss!?“, antwortete sie schnippisch.

Was will der alte Knacker von mir?, stand in ihren See-Augen.

„Es muss sein! Es ist längst überfällig!“, sagte er bestimmt.

Ilona musterte abschätzig den Mann vor sich. Er hatte etwas an sich, was keinen Widerspruch duldete. Sie versuchte es trotzdem und warf affektiert ihre Haare nach hinten.

„Also, was gibt`s?“, fragte sie und trat dabei von einem Fuß auf den anderen, um ihre Ungeduld zu demonstrieren.

Faber bemerkte, dass ihre Füße in makellos weißen Turnschuhen steckten.

„Es ist an der Zeit, dass Du es erfährst!“, sagte er.

Faber machte eine Pause. Sie schaute misstrauisch.

„Ich bin Dein Vater!“, sagte er schnörkellos.

Ilona verzog das Gesicht zu einer ungläubigen Grimasse. Ihre Schönheit verrutschte für eine Sekunde.

„Das wüsste ich aber!“, entgegnete sie.

Er hatte sie aus der Fassung gebracht und sie wollte nicht, dass er es merkte. Sie kannte ihren Vater nicht! Und das hatte sie immer versucht, vor ihren Freundinnen zu verbergen. Und jetzt stand dieser Fremde vor ihr und behauptete, ihr Vater zu sein. *Was dachte er sich dabei?*

Aber genauso hatte sie ihn sich immer vorgestellt: groß, gutaussehend, selbstbewusst und männlich. *War ihre Mutter auf diesen Typ abgefahren? Sie konnte es sich gut vorstellen.*

Doch ihre Worte sprachen eine andere Sprache:

„Da könnte ja jeder kommen! ... Also, wenn Sie junge Mädchen ansprechen wollen, versuchen Sie es woanders!“

Fabers Bernsteinaugen bohrten sich in Ilonas See-Augen.

„Glaubst Du das wirklich von mir?“, fragte er. „Dass ich das nötig habe?“ Sie hielt seinem Blick nicht stand.

„Ich muss jetzt los!“, sagte sie.

Es klang kläglich, gar nicht nach ihr selbst. Ihre Selbstsicherheit hatte Risse bekommen. Diesem Mann war sie nicht gewachsen.

Sie lief zu der kleinen Gruppe von Mitschülerinnen, die außer Hörweite auf sie gewartet hatte. Faber lehnte sich mit verschränkten Armen gegen seinen Range Rover und blickte ihr hinter her. *Sie würde diese Begegnung nicht für sich behalten. Und genau darauf hatte er gesetzt.*

Er sah, wie Ilonas Freundinnen sie mit Fragen bombardierten.

„Was wollte der Typ von Dir?“, wollte eine wissen.

Ilona schüttelte die Frage mit einer Bewegung ihres Kopfes ab.

„Ach nichts! Außerdem ist er viel zu alt!“

Die anderen lachten. Ilona warf einen Blick zurück zu dem Mann am Range Rover. Doch Faber war bereits eingestiegen. Der Motor sprang an und der Wagen fuhr davon. Zurück blieben viele Fragen. Fragen, die Ilona ihrer Mutter stellen würde. Und dies Mal wollte sie Antworten.

Der Professor steuerte seinen Wagen Richtung Institut. Auch an ihm war die Begegnung mit seiner Tochter nicht spurlos vorüber gegangen. Zu lange hatte er darauf warten müssen. Sie war sein Fleisch und Blut und er würde es nicht länger zulassen, dass man sie ihm vorenthielt. Bis lang war sie Xenias Trumpf gewesen, doch ab heute stach der nicht mehr. Dafür hatte er gesorgt. Er war sich darüber im Klaren, dass es eine Reaktion geben würde. Aber was immer da von Xenia käme, er war vorbereitet.

Sein Handy klingelte und er drückte die Freisprechtaste, während er den Wagen weiter Richtung Institut steuerte.

Die Bass-Stimme meldete sich mit ihrem Namen:

„Hauptkommissar Teichmann! Spreche ich mit Professor Faber?“

Max hatte sich zurück in die Altstadt geflüchtet. Ihm war immer noch übel vom grausigen Anblick des toten Mönchs am Neckarufer. Er setzte sich auf eine kleine Mülltonne mit Essensabfällen, die vor einer Studenten-Kneipe stand. Obwohl es zum Himmel stank, holte Max tief Luft und ließ sie langsam ausströmen. Das machte er vor Kämpfen so. Und meistens half es ihm, sein inneres Gleichgewicht zurück zu gewinnen. Auch diesmal. Max merkte, wie seine Magennerven sich nach und nach beruhigten.

Er versuchte, einen klaren Gedanken zu fassen. *Was war nur mit dem seltsamen Mönch passiert, seit sie seine Spur im Schlosskeller verloren hatten? Und vor allem wie war er von dort in den Neckar geraten?* Es war alles so verwirrend. *Er musste Markus informieren, dringend.* Markus war immer so klug. Er würde das, was Max gesehen hatte, richtig einordnen. Plötzlich hatte es Max eilig.

Er stand von der Tonne auf, entschlossen, so schnell wie möglich in den Schuppen zurück zu kehren, um Markus alles zu erzählen. Da sah er die wilde Jagd um die Ecke schießen. Cäcilia auf ihrem Rad, dahinter Markus auf seinem Board. Sie bemerkten ihn nicht. Alles ging so schnell. Die beiden waren schon an Max vorbei, bevor er auf sich aufmerksam machen konnte. Schon schossen sie um die nächste Ecke. Max war automatisch zurück gewichen und über die Tonne gestolpert, deren ekeliger Inhalt sich über das Kopfsteinpflaster ergoss. Der Junge rappelte sich auf und blickte verdutzt den Freunden hinter her. *Hatte er was verpasst?* Sie hatten so verdammt glücklich ausgesehen. *So, als gehörten sie zusammen.* Es versetzte Max einen Stich. Das Lachen von Cäcilia klingelte in seinen Ohren. Plötzlich fühlte sich Max überflüssig. Alte Wunden brachen auf.

Sie brauchten ihn nicht. Er hatte in dem Glück der beiden nichts verloren. Er störte nur. Er hatte immer nur gestört. Sein ganzes Leben lang! War es nicht so? Keiner wollte ihn. Seine Eltern nicht, Uli nicht und Markus würde auch ohne ihn auskommen! Er hatte ja Cäcilia. Es war an der Zeit, Konsequenzen zu ziehen!

Kapitel 16

Der bedeckte Himmel über Heidelberg ließ nur einen scheuen Sonnenstrahl zu, der sich seinen Weg zu einer Bank auf der anderen Seite des Neckars bahnte. Die Sonne wärmte schon lange nicht mehr und ließ die beiden, die auf der Bank saßen, kalt. Es waren Ulrich Fischer und Dr. Sabine Wohlfahrt. Sie trugen wattierte Jacken und blickten hinüber zum Schloss, dessen explodierter Pulverturm aussah, wie eine häßliche Narbe.

Es hieß, die Franzosen hätten bei der Belagerung den Turm in Brand gesteckt, aber es waren die eigenen Wächter, die in betrunkenem Zustand im Pulverturm mit offenem Feuer hantierten. Es machte **Bumm**!

Auch Ulrich Fischer und Sabine Wohlfahrt saßen auf einem Pulverfass - mit dem Namen Max. Es waren die Sorgen um ihn, die den Boxtrainer veranlasst hatten, die Ärztin anzurufen. Sie hatten sich in der Mittagspause getroffen, um über Max zu reden und wie es mit ihm weitergehen sollte. Die Zeit drängte. Das Jugendamt hatte bereits bei Ulrich Fischer angeklopft und die Justizbehörden wollten wissen, wo Max steckte. Uli hatte behauptet, er wisse es nicht. Er wollte Zeit gewinnen!

Aber die Aussichten waren niederschmetternd. Durch sein Verschwinden hatte Max seine Reha in Gefahr gebracht und auch seine Bewährung stand auf der Kippe. Er brauchte dringend einen festen Wohnsitz, sonst würde man ihn zur Fahndung ausschreiben. Dann drohte Max sogar der Jugendknast. Und dies sechs Wochen vor Weihnachten.

Es musste schleunigst eine Lösung her und die lag nicht im Schuppen. Sabine Wohlfahrt bot an, dass Max zunächst einmal vom Schuppen ins Haus ziehen sollte, um den Behörden eine neue Bleibe zu präsentieren. Ob sie das letzten Endes akzeptieren würden, stand auf einem anderen Blatt. Aber es bedeutete zumindest einen Aufschub!

Die Entschlossenheit der Forscherin beeindruckte Uli. *Jemand der so bereitwillig sein Herz öffnete und unkompliziert helfen wollte, hatte er selten erlebt.* Die meisten Menschen, die Ulrich Fischer getroffen hatte, brachten irgendwelche Gründe vor, um nicht helfen zu müssen. Bei Sabine Wohlfahrt war das ganz anders. Er schaute bewundernd auf die hübsche Frau mit den vor Energie blitzenden Augen neben sich. *So jemand wie sie, das wäre es doch gewesen in seinem Leben!,* dachte er. *So jemand wie sie hätte er vom Fleck weg geheiratet. Aber bestimmt nicht sie ihn. Sie war Ärztin und er Boxtrainer – da legen Welten dazwischen. Was hatte er schon zu bieten. Mittlere Reife, eine deutsche Vizemeisterschaft im Halbschwergewicht. Ein Sozialpädagogikkurs an der Volkshochschule. Ein großes Herz und eine vernachlässigte Bude. Warum war alles nur so kompliziert?*

Dr. Wohlfahrt hatte den bewundernden Blick des Boxtrainers bemerkt und versuchte, ihn zu ignorieren. Er brachte sie aus ihrer selbstgewählten seelischen Balance, die sie sich nach dem Tod ihres Mannes zugelegt hatte und die sie keinesfalls aufgeben wollte. Stattdessen versicherte sie dem Trainer, dass sie gleich nach ihrer Rückkehr nach Hause, Max im Schuppen entdecken würde. *Rein zufällig, natürlich.*

„Rein zufällig!“, wiederholte Uli und grinste breit.

Sie erwiderte sein Lächeln. *Es war so ansteckend.* Plötzlich waren sie Verbündete, die ein Geheimnis teilten. *Irgendetwas, was vorher nicht da war, hatte sich in ihre Beziehung geschlichen. Darüber würde sie gründlich nachdenken* müssen.

Jetzt war die Mittagspause zu Ende und jeder würde wieder eigene Wege gehen. Bestimmt nicht für lange. Das Schicksal von Max würde sie wieder zusammen führen. Zwangsläufig.

Die Wolken ballten sich über dem Neckar, wie ein böses Omen. Über den Toten am Ufer hatte man gnädig eine Decke gebreitet, die Kommissar Teichmann für eine Sekunde lüftete, damit Professor Faber seinen Assistenten identifizieren konnte. Der Krebsforscher richtete sich auf und nickte.

„Ja, das ist er. Mein Assistent, Dr. Robert Brandstätter. Eine Kapazität." Sein Blick registrierte die zahlreichen Wunden im Gesicht des Forschers, streifte den nackten Fuß der Leiche, der unter der Decke hervorschaute. Dann ließ Faber seinen Blick über die Fluten des Neckars schweifen. Teichmann beobachtete ihn dabei, ohne etwas zu sagen.

„Wie ist er da rein gekommen?", sinnierte Faber vor sich hin. Er wirkte sichtlich angeschlagen und die Worte kamen nur zögernd über seine Lippen.

„Das Hochwasser hat ihn angelandet! Vermutlich ist er ertrunken!", antwortete der Kommissar. Er verschwieg die große Stichwunde im Oberschenkel des Toten. Teichmann legte nie die Karten offen auf den Tisch, bevor er nicht wusste, was gespielt wurde.

Es entstand eine Pause, in der Faber sichtlich um Fassung rang. Der Kommissar ließ ihm feinfühlig die Zeit, sich wieder zu fangen. Dann hakte er nach: „Hatte er Probleme? Psychischer Art?"

Der Professor zuckte mit den Schultern.

„Er war manchmal etwas sonderbar, aber vielleicht wird man das, wenn man immer nur mit Ratten zu tun hat!?"

Fabers Stimme klang ungewohnt brüchig:

„Haben Sie eine Erklärung, warum er das Gewand eines Mönches trägt?" Der Kommissar schüttelte überrascht den Kopf:

„Ich dachte, Sie könnten mir das sagen?“

Faber wandte sich von der Leiche ab und begann, langsam die Böschung hinauf zu gehen.

Der Kriminalbeamte hielt Schritt mit ihm.

„Ich kenne ihn nur im weißen Kittel! Den trägt er im Institut, wie wir alle!“, erklärte der Professor. „Er war durch und durch Wissenschaftler und mir fällt kein Grund ein, warum er plötzlich in einer Mönchskutte durch die Gegend laufen sollte!“

Faber war wieder er selbst.

Im Bulldoggen-Gesicht des Kommissars stand ein Anflug von Lächeln: „Was glauben Sie, wie viele Menschen ein Doppelleben führen, von dem selbst ihre nächsten Angehörigen nichts wissen!?“

Der Forscher warf dem Kommissar einen schnellen Seitenblick zu.

„Ich glaube nicht, dass Dr. Brandstätter dazu gehörte!“

Auf halber Höhe der Böschung blieb Faber stehen. Er blickte über die Schulter zurück zu seinem toten Assistenten.

„Ich habe einmal gelesen, das Leben sei ein langer Fluss!“

Wieder entstand eine Pause, bevor Teichmann in seiner trockenen Art den Satz beendete:

„Dann hat Ihr Kollege ja jetzt das Ufer erreicht!“

Faber nickte unmerklich und stieg weiter die Böschung hoch.

Der Kommissar blieb zurück und schaute ihm nach.

„Halten Sie sich zu unserer Verfügung!“, rief er Faber hinterher. Der Professor signalisierte mit einer Handbewegung sein Einverständnis.

Er hatte hämmernde Kopfschmerzen. Die hatte er nur, wenn ihm etwas absolut gegen den Strich ging. Und Brandstätters unvermitteltes Auftauchen, als Leiche, gehörte dazu. Faber schaute hoch zu den düsteren Wolken, die Regen ankündigten. Von unten sah es aus, als würde er ein Stoßgebet zum Himmel schicken. Dabei entdeckten Fabers Bernsteinaugen den Falken, der unter den Wolken seine Kreise zog. *Falken*, so hatte Faber einmal gelesen, *waren die natürlichen Feinde von Ratten. Ob Brandstätter das gewusst hatte?* Er musste bei dem Gedanken lächeln. Auf einmal waren seine Kopfschmerzen verflogen und mit ihnen sein Anflug von Trauer. *Wenn er sich`s recht überlegte, hatte Faber in seinem Leben noch nie jemandem hinterher geweint.*

Das nasse Pflaster verschluckte die Lichter der Altstadt. Es wurde jetzt jeden Tag früher dunkel und Markus war auf dem Weg nach Hause. Er trug sein Skateboard unterm Arm und war in Gedanken bei Cäcilia. Er hatte den Nachmittag bei ihr verbracht unter dem Vorwand, Schulaufgaben zu erledigen. Sie hatten geredet und geredet und die Stunden waren verrauscht wie ein Wasserfall. Sie tranken heißen Ingwer-Tee und ignorierten Doros und Rudis verständnisvolle Blicke. Zum Abschied hatte ihn Cäcilia zart auf den Mund geküsst und Markus wäre fast die Treppe hinunter gefallen, wenn er sich nicht noch im letzten Moment am Geländer festgehalten hätte. Sie brachen in Lachen aus und retteten damit die Situation. Cäcilias kleiner Überfall hatte etwas ausgelöst, das für den Jungen verwirrend und aufregend zugleich war. Aber vor Schreck hatte Markus vergessen, den Kuss zu erwidern! Das hatte sie bestimmt von ihm erwartet. Jetzt war es zu spät. *Beim nächsten Mal! Das nahm er sich fest vor!* Aber vorher musste er dringend mit Max darüber reden, der hatte Kuss-Erfahrung, behauptete er jedenfalls.

Markus legte die letzten Meter zum Schuppen im Eiltempo zurück. Er riss die Tür auf. Ein Blick ins Innere sagte alles: Max war nicht mehr da! Die Enttäuschung grub sich in Markus Magen. *Das konnte nicht sein! Das durfte nicht sein! Ein Leben ohne Max – unvorstellbar! Eine Hoffnung blieb noch!* Markus bückte sich, schaute unter die Pritsche, ob sich Max vielleicht einfach nur einen dummen Scherz erlaubt hatte. Aber Markus ahnte bereits, dass es nicht so war. Über seine Situation machte selbst Max keine Scherze. Markus erhob sich und erblickte in der Tür seine Mutter. „Max ist weg!“, entfuhr es ihm.

Erst dann wurde ihm bewusst, dass sie gar nichts von dessen Anwesenheit wissen durfte. Aber jetzt war es ohnehin zu spät.

Die Augen seiner Mutter wanderten durch den Raum.

„Sieht so aus, als hättest Du recht!“, sagte sie betont unaufgeregt.

In diesem Moment wurde Markus klar, sie hatte es gewusst! Die ganze Zeit! Und geschwiegen. Weil sie den Jungs die gemeinsamen Nächte, die so viel für sie bedeuteten, nicht stehlen wollte. Sie war die beste Mutter der Welt!

In der Schönheitsfarm **Venus** erloschen nach und nach die Lichter. Vom Kirchturm in Neckargemünd schlug eine Glocke. Ihr Ton hallte über die Weinberge, in die die Klinik eingebettet war. Xenia Morgan-Basten ging durch die Räume und schloss ein Fenster, durch das die herbstliche Luft herein drängte. Sie trug einen Seidenkimono mit einem goldenen Drachen auf dem Rücken und verabschiedete die letzten zwei ihrer zwölf Angestellten in den Feierabend. Es war spät geworden und die beiden jungen Kosmetikerinnen wollten endlich nach Hause.

Es war ein guter Tag gewesen. Die Zahl ihrer Klientel war in den letzten Wochen stark gestiegen und mit ihnen auch der Umsatz. Der Herbst war die Jahreszeit, die ihren Patientinnen die eigene Vergänglichkeit vor Augen führte. Und in Xenias Schönheitsfarm gab es das Gegenmittel aus dem Creme-Tiegel! Zur Feier des Tages würde sich die Klinik-Chefin ein Glas Champagner genehmigen, bevor sie sich zurückzog, um über alles nachzudenken, was sie beschäftigte und wozu sie in letzter Zeit nicht gekommen war: Faber, Zimmermann, Kovac und dieses Buch, das mitten unter ihnen war und von dem anscheinend niemand wusste, wer es besaß!

Auf dem Weg in ihre Privaträume hörte sie Musik aus dem Zimmer ihrer Tochter im ersten Stock. Ilona vor Mitternacht zu Hause war eher eine Seltenheit. Ein Grund mehr für ihre Mutter, nachzusehen, was ihre Tochter umtrieb. Sie schwebte wie eine dunkle Fee die Holztreppe hoch, ihre Füße in den Ballerinas schienen die Stufen kaum zu berühren. Sie klopfte an der Tür zum Zimmer ihrer Tochter und betrat gleichzeitig den Raum.

Ilonas Zimmer war eine Kitschbude in rosa. Ein Chaos aus Plüschtieren, Schminktöpfen, Haarspangen, Schuhen und Klamotten, die sich über einem Stuhl häuften. Eine Müllhalde aus Luxus, die ihre Tochter sich nur leisten konnte, weil ihre Mutter so geschäftstüchtig war. Xenia glaubte nicht, dass ihre Tochter jemals einen Gedanken daran verschwendet hatte, woher das Geld kam, das sie täglich ausgab.

Ilona lag auf dem Bett, ihr Handy in der Hand, in das sie fleißig Nachrichten an ihre Freundinnen tippte. Sie bemerkte ihre Mutter erst, als diese die Musik am Receiver leiser drehte und Ilonas weiße Turnschuhe, die verstreut auf dem Fußboden herumlagen, mit Getöse in den Schrank beförderte.

„Stör ich?“, fragte Xenia, ohne eine Antwort zu erwarten. Sie wusste, dass sie störte. Ihre Tochter legte das Handy zur Seite und bedachte ihre Mutter mit einem katzenhaften Lächeln. Da Xenia keinen Platz zum Sitzen fand, blieb sie einfach stehen und schaute auf ihre Tochter herunter.

„Na, was gibt’s neues im Leben meiner Shopping-Prinzessin?“

Ilonas Lächeln wurde unverschämt.

„Die Frage ist, was gibt`s neues im Leben meiner Super-Mutter?“, schoss sie patzig zurück.

Xenia betrachtete ihre Tochter mit Abstand. Wenn sie so reagierte, steckte irgendwas dahinter. Sie kannte ihre Tochter. Sie war selten gerade heraus. Sie liebte es, Spiele zu spielen, wenn sie schon vorher wusste, wie das Spiel ausging.

„Sag mal, Mutter, auf was für Männer stehst Du eigentlich?“

Auf Xenias Stirn erschien eine steile Falte.

„Seit wann interessiert Dich das?“

Ilona sprang vom Bett. Sie ertrug die herablassende Art ihrer Mutter nur schwer. Sie brauchte Augenhöhe für das, was jetzt kommen würde.

„Seit heute Mittag!“ antwortete sie frech.

„So plötzlich?“

„Ich habe jemanden getroffen, der würde perfekt zu Dir passen!“, legte ihre Tochter nach.

„Ach ja?“, Xenia wartete wie ein Pokerspieler auf die nächste Karte, die ihre Tochter ausspielen würde.

„Groß, gutaussehend, graue Haare, geiler Typ, wenn man in Deinem Alter ist...“

Im Kopf der Klinikchefin schrillten die Alarmglocken. *Worauf lief das hinaus?*

„Also, mir würde er gefallen!“, hob Ilona ihre Stimme. Heute hatte sie die besseren Karten:

„Wenn er nicht gerade mein Vater wäre!“

Die Worte trafen Xenia wie ein Blitz. *Ihre Tochter sprach von Faber. Er hatte sich an sie rangemacht. Er hatte die Grenze überschritten, all ihre Vereinbarungen mit einem Schlag über den Haufen geworfen!* Ilona sah das Entsetzen in den Augen ihrer Mutter und triumphierte.

„Er sah nicht so aus, als würde er lügen! Er sah so aus, wie ich mir meinen Vater immer gewünscht habe!“

Xenia spürte, wie ihre Gesichtszüge aus dem Gleis der Schönheit sprangen. Und Ilona gab es einen Kick. *Endlich behielt sie einmal die Oberhand über diesen Ausbund an Selbstsicherheit, der ihre Mutter war und die sie mit ihrer Art so wahnsinnig machte!*

Aber sie hatte nicht mit ihrer Reaktion gerechnet. Xenias Hand klatschte unvermittelt ins Gesicht ihrer Tochter. Ilonas Kopf flog herum. Ihre blonden Haare bildeten in der Luft einen blonden Fächer, bevor sie sich wieder geordnet um ihren Kopf legten. Die Ohrfeige brannte auf der Wange des Mädchens. In ihren See-Augen stand jetzt blanker Hass. In den Augen ihrer Mutter grenzenlose Wut. Xenia drehte sich um und verließ den Raum, damit sie nicht vollends die Beherrschung verlor. Die Tür fiel krachend hinter ihr ins Schloss. Ilona ignorierte den Schmerz. Er war nur eine Bestätigung. *Der Fremde hatte die Wahrheit gesagt! Er war ihr Vater!*

Kapitel 17

Der herbstliche Himmel über Heidelberg duschte die Stadt mit kaltem Regen, der über die Dächer und Straßen sprühte. Noch nicht einmal die Hundebesitzer setzten einen Fuß nach draußen. Max hatte sich unter dem Vorsprung eines windschiefen Fachwerkhauses verkrochen und schaute durch den Regenschleier die Straße hinunter. Die Nylon-Jacke, die er sich von Markus geliehen hatte, war durchnässt und er fror. Sein Rucksack war von der Nässe schwer und drückte auf den Schultern. Er musste dringend eine Bleibe für die Nacht finden. Am besten ein Auto, in das er sich für ein paar Stunden verkriechen konnte. Außerdem war er hungrig. Er hatte seit dem Frühstück nichts mehr gegessen. Und zu allem Überfluss hatte sein Handy den Geist aufgegeben. Kein Saft mehr. *Aber wen sollte er schon anrufen? Und erreicht werden wollte er sowieso nicht.*

Der Junge gab sich einen Ruck und wagte sich aus seiner Deckung. Im strömenden Regen wanderte er die Straße hinunter. Dabei probierte er sein Glück an den Autos, die hintereinander am Straßenrand parkten. Max zog an den Türgriffen. Doch die Autos waren verschlossen und jeder Versuch, sie zu knacken, würde einen Alarm auslösen. Das wäre das Letzte, was er jetzt noch brauchte!

Sein Blick fiel auf einen Geländewagen, der vor einem Weinlokal stand. Auch er war abgeschlossen, aber das Fenster auf der Beifahrerseite stand einen Spalt offen. Das genügte dem Straßenjungen. Max nestelte einen Draht mit einer Schlinge aus seiner Hosentasche. Er führte die Schlinge ein und zog mit einem Ruck den Türknopf nach oben.

Durch die geöffnete Tür warf Max seinen Rucksack auf den Rücksitz, bevor er selbst nach hinten kletterte. Seine Augen tasteten das Innere des Wagens ab. Es roch nach Rauch. Der

Fahrer hatte gelüftet und vergessen, das Fenster wieder zu schließen.

Max begann, es sich im Fußraum bequem zu machen. Er legte den Kopf auf den Rucksack und versuchte, die Beine so gut es ging, auszustrecken. *Hoffentlich blieb der Besitzer des Wagens lange weg! Am besten die ganze Nacht!* Aber darauf konnte Max nicht bauen. Er musste jederzeit bereit sein, zu fliehen. Seine Gedanken überschlugen sich, was bei Max selten vorkam. *Jetzt war er also doch wieder rückfällig geworden. Daran war nur Uli schuld und natürlich Cäcilia.* Aber dies Mal wollte er das Auto nicht stehlen. Das einzige, was er wollte, war ein trockener Platz für die Nacht. *Würde man ihm das abnehmen, wenn man ihn erwischte? Wohl kaum!*

Max Blick fiel auf die Mittelkonsole, wo die Reste einer Tafel Schokolade lagen. Sein Magen machte einen hungrigen Salto. Er griff nach der Schokolade auf der Mittelkonsole. Viel war nicht übrig von ihr. Der Junge angelte sich die letzte Rippe und ließ das Zellophan, in das sie eingewickelt war, auf den Boden fallen. Gierig schlang er die Süßigkeit hinunter und sein Magen verlangte mit einem Knurren mehr. *Schokolade?* Irgendetwas dämmerte in ihm. *Was war da noch? Der fremde Mann, der ihn von der Straße aufgelesen hatte, als er frühmorgens aus Ulis Haus getürmt war, hatte auch Schokolade dabei. Und es war der gleiche Wagentyp. Natürlich!* Max erkannte jetzt das Auto wieder. *Die Schokolade, das Auto, er war in dem Wagen seiner Mitfahrgelegenheit gelandet.*

Max lehnte sich zurück, bettete seinen Kopf auf den nassen Rucksack. Seine Gedanken wanderten zu seinem Freund. *Er hätte Markus wenigstens eine Nachricht hinterlassen können. Das war das Mindeste.* Aber so war er Hals über Kopf davon gestürzt. Mit dem Gefühl, dass Cäcilia Markus wichtiger war, als er! Vielleicht hatte er die Freundschaft zu Markus überschätzt. *Er wusste, dass es nicht stimmte! Er* würde Markus vermissen.

Dr. Sabine Wohlfahrt räumte das Geschirr aus der Spülmaschine und platzierte es im Schrank über der Spüle. Den ganzen Abend hatte sie mit Markus verbracht. Sie hatten zusammen gegessen und Markus hatte ihr von Max erzählt. Sie hatte die meiste Zeit geschwiegen und einfach nur zugehört. Sie spürte, wie Max plötzliches Verschwinden an Markus nagte. Er gab sich die Schuld für etwas, was er übersehen hatte. Er wusste nicht mal was und das machte ihn unglücklich. Deshalb verlor sie auch kein Wort über die kleinen Annehmlichkeiten, mit denen sie den Schuppen für ihren Gast wohnlicher gemacht hatte. Sie verriet nur, dass es ausgerechnet Professor Faber war, der Max nachts aufgegriffen und bei ihnen in der Blumenstraße abgesetzt hatte.

„Was für ein komischer Zufall!“, kommentierte Markus. *Ausgerechnet Faber!*

Die Ärztin strich ihrem Sohn über die roten Haare.

„Zufall ist das Schicksal in Verkleidung!“, lächelte sie.

Wenn das stimmte, dann war das, was in den letzten Wochen passiert war, der reinste Faschingsumzug!, dachte Markus. *Nur nicht zum Lachen! Keiner hatte sich wirklich zu erkennen gegeben, außer Otto. Jeder hatte sich verstellt. Und alles wegen seinem Buch!* Er hatte lange nicht mehr daran gedacht. *Wo war es eigentlich? Wer hatte es?* Markus verabschiedete sich in sein Zimmer. *Es war Zeit, es heraus zu finden! Und diejenigen zu entlarven, die Schicksal spielen wollten!*

Für Dr. Wohlfahrt ergab sich endlich die Gelegenheit, Ulrich Fischer anzurufen und ihn über das Verschwinden seines Schützlings zu informieren. Uli meldete sich nach dem zweiten Klingeln und sie berichtete ihm, was geschehen war. Sie machte dem Trainer den Vorschlag, noch in der Nacht gemeinsam nach Max zu suchen.

Aber Uli hatte sich dagegen ausgesprochen.

„Sinnlos!“

Sie würden Max nicht finden. Der Junge war es gewohnt, unterzutauchen, auch bei noch so miesem Wetter. Sie sollte sich keine Sorgen machen. Er verschwieg, dass er sich selbst große Sorgen machte. Sie verabredeten sich, gleich am nächsten Morgen nach Max zu suchen, wenn es den Jungen wieder auf die Straße trieb.

Sie legte auf. Ihr Handy klingelte. Sie fand es auf der Kommode im Flur und ging dran. Sie hoffte, es wäre nochmal Ulrich Fischer, aber es war Professor Faber. Sie versuchte, ihre Enttäuschung zu verbergen.

„Bevor Sie es von jemand anders erfahren!“, sagte Fabers Stimme am Telefon. „Muss ich Ihnen eine traurige Mitteilung machen!“

Wenig später verließ die Ärztin das Haus. Faber wollte sie in einem Weinlokal in der Altstadt treffen, um ihr alles über den nassen Tod des Kollegen Brandstätter zu erzählen!

„Ich muss noch mal kurz weg!“, hatte sie halbherzig nach oben Markus zugerufen, bevor sie sich auf den Weg machte.

In seinem Zimmer hörte Markus die Stimme seiner Mutter, aber er nahm sie nicht wirklich wahr. Seine Gedanken waren zu beschäftigt mit dem Verlust des Freundes. *Warum war Max abgehauen? So kurz bevor Markus seine Mutter einweihen wollte?* Er hatte schon in seinem Zimmer aufgeräumt, was er selten freiwillig tat, um für Max Platz zu schaffen. Er wäre auch auf eine Matratze gezogen, damit Max in seinem Bett hätte schlafen können. Und dann diese überstürzte Flucht des Freundes, die er sich nicht erklären konnte. Selbst Cäcilia war in den Hintergrund getreten. *Oder: Hatte es etwas mit Cäcilia und ihm zu tun? Hatte Max da etwas falsch verstanden? Wenn es so war, musste er es unbedingt richtig stellen!*

Markus hörte, wie der Wagen seiner Mutter davon fuhr. Und sein Entschluss stand fest. *Er würde Max zurückholen, jetzt und sofort!*

Der Wagen von Dr. Sabine Wohlfahrt schlich auf der Suche nach einem Parkplatz die Altstadtstraße hinunter. Das Licht ihrer Autoscheinwerfer kam ihr im strömenden Regen vor wie eine Taschenlampe mit schwacher Batterie. Die Nachricht von Brandstätters Tod hatte sie aufgewühlt. *Wieder hatte der Tod einen Menschen aus ihrer* Nähe aus dem Leben gerissen. *Plötzlich und unerwartet. Was würde noch kommen? Schwebten sie alle in Gefahr?* Endlich entdeckte die Ärztin Fabers Geländewagen vor dem Weinlokal und einen Parkplatz ein paar Meter weiter! Sie zögerte einen Moment, gab sich einen Ruck und rannte durch den Regen zum Lokal.

Professor Faber erhob sich, als sie eintrat. Er verzichtete auf eine Begrüßungsformel und wies stumm auf einen Sitzplatz auf der Eckbank mit den grünen Kacheln an der Wand. Er bestellte einen Rotwein für sie und suchte nach Worten, die das Unglaubliche an Brandstätters Tod erzählen sollten.

„Stellen Sie sich vor, er trug ein Mönchskostüm! Und hatte überall Wunden im Gesicht! Sie sahen aus wie Bisse!" Er machte eine Pause, um die Bedeutung seiner Worte hervor zu heben:

„Von Ratten!"

Sie verschränkte die Arme vor der Brust, um Distanz zu gewinnen. Distanz zu dem, was Faber berichtete.

Er nahm einen Schluck aus seinem Glas und sah forschend zu ihr rüber.

„Können Sie sich einen Reim darauf machen? Ich nicht!", sagte er.

Sie auch nicht. Brandstätter mochte verrückt gewesen sein, aber als Wasserleiche in Mönchskutte im Neckar zu landen, das erschien ihr nun doch zu weit entfernt von dem Wissenschaftler, den sie kannte.

Die Tatsachen sprachen dagegen. Faber beugte sich rüber zu ihr. *Irgendwas hatte er vor!* Das Kerzenlicht tanzte in seinen Bernsteinaugen und gab ihm etwas Verführerisches. Instinktiv rückte sie ab. Sie ahnte, was jetzt kommen würde. *Er würde sie fragen, ob sie bereit sei, Brandstätters Stelle einzunehmen! Um keinen Preis!* Faber sah die Ablehnung in ihren Augen und verschluckte die Worte, bevor sie über seine Lippen kamen. Stattdessen bestellte er noch eine Runde! *Er musste den richtigen Zeitpunkt abwarten und der würde kommen, im Laufe des Abends!*

Markus rannte durch die Straßen. Er hatte Glück, der Regen hatte aufgehört und an seiner Baseballjacke perlten die letzten Tropfen ab. Er rief Max Namen und wusste nicht, wo er suchen sollte. Es gab keinen Anhaltspunkt und Max Handy war mausetot.

Markus lief an einem Geländewagen vorbei und erblickte das Auto seiner Mutter vor dem Weinlokal. Er traute seinen Augen nicht. Er schaute rüber und lauschte den Stimmen, die gedämpft aus dem Lokal drangen. Er glaubte, die Stimme seiner Mutter herauszuhören. Aber er war sich nicht sicher. Eigentlich war Markus davon ausgegangen, dass sie noch einmal ins Institut musste. Wie so oft. *Aber was tat sie hier? Hatte sie etwa heimlich ein Rendez-vous?* Markus näherte sich dem Fenster. Er drehte seine Baseballkappe nach hinten, um besser sehen zu können. Er legte die Hände wie einen Trichter vor die Augen und versuchte, durch die Butzenglasscheiben einen Blick zu erhaschen. Aber er konnte die Figuren drinnen nur verschwommen erkennen. Er sah, wie eine Gestalt sich von ihrem Sitz erhob. Eine Frau. Sie ging Richtung Tür. *Seine Mutter?* Wenn sie es war, blieb ihm keine Zeit! *Sie durfte ihn hier nicht finden. Unter keinen Umständen! Das würde so aussehen, als hätte er ihr nachspioniert.* Er brachte sich mit ein paar Schritten in Sicherheit und ging hinter einem Auto in Deckung.

Die Tür zum Weinlokal öffnete sich und Professor Faber und Dr. Wohlfahrt traten auf die Straße. Markus Befürchtung wurde bestätigt. Sie traf sich mit ihrem Chef. *Seine Mutter und der Professor! Also doch! Wie lange waren sie schon ein Paar? Ihm wurde schlecht bei der Vorstellung! Von wegen noch mal dringend weg!* Das Paar trennte sich ohne Kuss, stellte Markus erleichtert fest. Nur ein banales Händeschütteln. *Vielleicht waren sie vorsichtig, wollten nicht, dass es öffentlich wurde.* Jeder ging seiner Wege, beide schritten auf ihre Autos zu. Ein letztes Winken. Es wirkte distanziert. *Gott sei Dank!*

Max schreckte auf, als sich die Wagentür öffnete und der Fahrer einstieg. Der Junge schlug sich den Kopf an den eisernen Schienen des Fahrersitzes. Er unterdrückte den Schmerz, bis auf ein überraschtes Stöhnen, das im Motorgeräusch unterging. Der Wagen fuhr los, ohne dass ihn der Mann am Steuer bemerkt hätte. Der steckte sich mit der freien Hand eine Zigarette ins Gesicht, die er aus einer Packung in der Mittelkonsole fischte. Max spähte zwischen den Sitzen hindurch und erkannte ihn wieder. Es war tatsächlich der fremde Schokoladenliebhaber aus der Nebelnacht! *Sollte er sich zu erkennen geben? Keine gute Idee! Er war eingebrochen! Das würde der Wagenbesitzer nicht lustig finden und die Polizei erst recht nicht!* Stattdessen duckte Max sich noch tiefer hinter den Fahrersitz. Der Wagen fuhr schnell und der Rauch der Zigarette zog nach hinten. Max spürte ein Kratzen im Hals.

Markus schlitterte auf seinen Skaterschuhen durch die Straßen. Er hatte es eilig. Er wollte auf alle Fälle vor seiner Mutter zu Hause sein. Sie sollte nicht mitbekommen, dass er unterwegs war, um Max zu suchen! Und schon gar nicht, dass er sie gesehen hatte!

Er machte sich keine Illusionen, er würde es nicht schaffen. Sie würde auf jeden Fall mit dem Auto schneller sein. Es war nicht alleine die körperliche Anstrengung, die ihm zu schaffen machte. Er fühlte sich schlichtweg hintergangen. *Warum tat sie das? Warum traf sie sich klammheimlich mit Faber, ohne ihm etwas zu sagen?* Markus wurde kurzatmig, wie immer, wenn er sich über etwas aufregte. Er wünschte sich sein Asthma-Spray zurück. Er hatte gehofft, es endlich los zu sein, aber jetzt, wo er Max verloren hatte und seine Mutter ihn mit Faber betrog, verlangte seine Seele dringend nach Luft!

Er hatte Glück, aber davon wusste er zu diesem Zeitpunkt nichts. Seine Mutter war nicht gleich los gefahren. Sie saß noch eine Weile in ihrem Auto, um die Dinge zu verarbeiten, die auf sie eingestürzt waren. Erst das Verschwinden von Max, dann Brandstätters Ende und Fabers Versuch, sie als neue Ratten-Beauftragte auf kurzem Weg zu installieren! Sie hatte einen Wein zu viel getrunken und ihr war schwindelig. Sie war sicher, Faber hatte das mit einkalkuliert.

Überhaupt schien es ihr, als hätte Brandstätters Verlust ihn nicht sonderlich getroffen. Er war zu schnell zur Tagesordnung übergegangen und hatte ihr nach dem dritten Glas Wein den Vorschlag unterbreitet, die Nachfolge von Dr. Brandstätter anzutreten. Sie wollte ihm widersprechen, aber ihre Zunge war plötzlich schwer und ihr Verstand wie gelähmt. Schließlich hatte sie sich drauf eingelassen, dass sie so lange einspringen würde, bis ein neuer Kollege gefunden wurde, der sich um die Versuchstiere kümmern konnte.

Aus dem Nebel in ihrem Hirn kristallisierte sich ein Gedanke: Sie sollte besser nicht mehr Auto fahren. *Der Wein hatte ihr doch mehr zugesetzt, als sie sich eingestehen wollte.* Dr. Sabine Wohlfahrt zog den Schlüssel aus dem Zündschloss und ließ ihn in ihre Tasche gleiten, bevor sie ausstieg, um zu Fuß nach Hause zu gehen. Es hatte aufgehört, zu regnen und die kalte Herbstluft tat ihr gut. Der Nebel in ihrem Hirn begann sich nach und nach zu lichten. Klare Gedanken kehrten zurück. *Faber hatte Brandstätters Tod schamlos ausgenutzt! Er würde erst gar nicht nach einem Nachfolger suchen! Er hatte ja jetzt sie! Plötzlich schien der Boden, auf dem sie stand, zu schwanken. Und es war nicht der Alkohol.* Es war die Erkenntnis, dass sie mal wieder in Fabers Fall getappt war.

Professor Faber war stolz auf sich. *Er konnte es noch immer! Wenn er wollte, waren Menschen wie Wachs in seinen Händen!* Er zog an der Zigarette und blies genüsslich den Rauch aus, der nach hinten zog. Dann schnickte er die Zigarette aus dem Autofenster. Faber schaltete das Radio ein. Er hörte Klassik. Wagners Parzival. *Schweinemusik*, dachte Max im Rückraum.

Faber bog in einen Waldweg ein und näherte sich seinem Anwesen, das in der Dunkelheit lag. Eine kleine Burg mitten in einem Park, mit zwei Ecktürmchen und großen, gothischen Panoramafenstern, die dem Gebäude etwas Erhabenes gaben, schimmerte im Mondlicht. Oben auf dem Dach besaß es Zinnen, die von einem Turm zum anderen liefen. Auf einem der Türme wehte eine Fahne mit einem roten Drachen! Es war Fabers Camelot, das er sich hatte erbauen lassen. Nach seinen Plänen!

Mit einem elektronischen Sender öffnete der Professor das große Tor, mit den schmiedeeisernen Drachen, die Feuer spien. Sein Fuß drückte das Gaspedal, um loszufahren. Der Wagen rollte an. Doch im nächsten Moment trat Faber fluchend auf die Bremse. Fast hätte er in der Dunkelheit den Sportwagen übersehen, der quer vor dem Tor parkte und ihm die Durchfahrt versperrte. Der Geländewagen kam abrupt zum Stehen und Max wurde schmerzhaft gegen den Rücksitz gepresst. Der Professor stieg aus und schlug die Tür hinter sich zu. Und Max konnte sich endlich frei husten von dem Kratzen in seinem Hals.

Der Junge riskierte einen Blick durch die Frontscheibe und sah wie im Licht der Scheinwerfer, eine rassige Frau mit schwarzen Haaren, gehüllt in einen beigen Trenchcoat mit hochgestelltem Kragen aus dem Porsche-Cabrio stieg. Sie lehnte sich gegen ihr Auto und kreuzte die Arme vor der Brust. Ihre ganze Haltung hatte etwas Provozierendes. Selbst durch die Windschutzscheibe spürte Max die angestaute Aggression der Fremden. Faber blieb ein paar Schritte vor ihr stehen. Ein heftiger Wortwechsel entbrannte, den Max nicht hören konnte, da noch immer der Motor des Geländewagens lief. Aus dem Wortgefecht entwickelte sich ein lauter Streit. Die Frau schrie etwas, was Max nicht verstand. Sie war einen Schritt auf Faber zugegangen und hatte ihn am Revers seines Tweed-Jacketts gegriffen. Er schaute stoisch auf sie herunter, mit der kühlen Distanz des Überlegenen! Das reizte sie nur noch mehr!

Im Licht der Scheinwerfer wirkte die Szene wie aus einem schlechten Theaterstück. Nur nicht gespielt! Es war ernst! Der Fahrer des Geländewagens packte die Handgelenke der Frau und drückte sie gewaltsam nach unten. Brüsk stieß er sie von sich. Die Frau stolperte, prallte gegen die Tür ihres Wagens. Nur mühsam gelang es ihr, sich auf den Beinen zu halten. Um ein Haar wäre sie gestürzt. Hasserfüllt funkelte sie ihn an. Faber ignorierte es. Für ihn war die Sache damit erledigt. *Was wollte sie noch? Sie hatte verloren! Warum sah sie es nicht ein? Xenia Morgan-Basten hatte in seinem Leben endgültig ausgespielt.*

Der Professor drehte sich langsam um und schritt gemächlich zurück zu seinem Geländewagen. *Alles war gesagt.* Sie zeigte mit dem Finger in seinen Rücken und schrie ihm eine Drohung hinter her. Faber blieb kurz stehen und schüttelte mit einer Bewegung ihre Worte von seinen Schultern, wie ein lästiges Insekt. Max ging hinter dem Fahrersitz wieder in Deckung. Das Kratzen im Hals war wieder da. Er musste sich räuspern, bevor Faber einstieg. Der Professor schlug die Fahrertür hinter sich zu, legte den Gang ein und fuhr langsam auf den Sportwagen zu. Max spähte zwischen den Sitzen hindurch und beobachtete, wie der Geländewagen auf die Frau vor dem Sportwagen zurollte. Es sah nicht so aus, als würde der Fahrer diesmal bremsen! Max wollte schreien, doch der Schrei wurde gebremst von seinem Selbsterhaltungstrieb. *Bloß jetzt nicht auffallen!* Nur wenige Zentimeter vor dem Körper der Frau stoppte der Wagen. Durch die Frontscheibe kreuzten sich die Blicke der beiden. *Todfeinde!*, dachte Max. *So sahen Todfeinde aus!* Die Schwarzhaarige stieg betont langsam in ihren Wagen ein. Da sie die Fahrertür kaum öffnen konnte, musste sie sich auf den Sitz quetschen. Mit keiner Miene zeigte sie, wie viel Mühe es sie kostete. Diesen Triumph wollte sie ihrem Kontrahenten nicht gönnen. Im Gesicht von Faber zeigte sich spöttische Genugtuung. Mit einem Ruck schoss der Sportwagen zurück, dass die Reifen quietschten. Fabers Range Rover flüsterte durch das Tor, das sich geräuschlos hinter dem Wagen schloss. Max blies die angehaltene Luft aus seinen Wangen.

Aus dem Haus stürzten mit freudigem Gebell zwei Doggen. Faber schaltete den Motor ab. Eine der Doggen sprang an der Fahrertür hoch, um sein Herrchen zu begrüßen. Die andere umschlich den Wagen misstrauisch, so als hätte sie Max gerochen. Dabei schnaubte der Hund aufgeregt und fletschte die Zähne.

Max hatte panische Angst vor Hunden. Schuld daran waren seine schlechten Erfahrungen, die er mit Kötern gemacht hatte, die ihm sein Essen abjagen wollten, damals, als er noch auf der Straße lebte. Und diese beiden Exemplare hier würden seine Haltung nicht ändern!

Faber stieg aus und begrüßte die beiden Hunde.

„Na, Arthus, na Tristan, habt Ihr Euch gelangweilt ohne mich?"

Die Hunde sahen nicht gelangweilt aus. Ganz im Gegenteil. Sie flankierten ihren Herren auf dem Weg zum Eingang. Der Hund, den Faber Tristan nannte, kehrte noch einmal zu dem Range Rover zurück. Tristan schnüffelte an der Beifahrertür und Max zog die Knie an bis zur Brust. Ein tiefes Knurren entstieg der Kehle der Dogge. Ein Pfiff erlöste Max. Tristan rannte hinter seinem Herrchen her, die Stufen hoch zur weißen Eingangstür, an der ein goldener Türklopfer hing. Er hatte die Form eines Ypsilons. Die Tür fiel hinter Herr und Hund ins Schloss.

Wenig später flammten in zwei der Stockwerke die Lichter auf und beleuchteten den Park. Max hatte sich aufgesetzt. *Was jetzt? Einerseits hatte er Angst, den Wagen zu verlassen, andererseits konnte er nicht ewig im Auto bleiben! Er musste weg, bevor man ihn entdeckte, aber wie?* Max lehnte sich wieder zurück und verschränkte die Arme hinter seinem Kopf, er brauchte Zeit zum Überlegen!

Der Porsche von Xenia Morgan-Basten raste durch die Nacht. Sie fuhr ohne Rücksicht auf sich und andere. Die Landstraße war feucht von Regen und in einer Kurve kam der Wagen ins Schleudern. Ein Lastwagen kam ihr entgegen und blendete auf. Im letzten Moment riss Xenia das Steuer zur Seite. Tränen der Wut liefen über ihr Gesicht. Sie wollte ihn zur Rede stellen, aber er hatte es gewagt, ihr zu drohen! Auf seine arrogante, überhebliche Art und Weise! *Er hatte ihr vor Augen geführt, dass ihr ganzes Leben auf einen einzigen Verrat aufgebaut war! Dass sie nur existenzfähig war durch die Nebenprodukte seiner Krebsforschung. In seinen Augen war sie ein Parasit! Ein Mitesser! Ein Geschwulst der Wissenschaft! Und so hatte er sie auch behandelt. Jahrelang war alles gut gegangen. Sie hatte ihn immer wieder hinhalten können, mit dem Versprechen, dass sie ihm eines Tages gestatten würde, seine Tochter kennen zu lernen. Nur den Zeitpunkt, den wollte sie bestimmen. Und jetzt hatte er alles über den Haufen geworfen, hatte sich einfach über sie hinweggesetzt! Er ließ ihr keine Wahl! Es gab nur eine Lösung. Es war er oder sie!*

Wieder nahm Xenia eine Kurve zu eng. Zwei Räder verließen den Asphalt und wirbelten den aufgeweichten Waldboden am Straßenrand auf. Sie ignorierte es. *Was konnte sie tun, um ihm zu schaden? Ihm, dem angesehenen Krebsforscher, der nur das Wohl der Menschheit im Sinn hatte? Ein angesehenes Mitglied der Heidelberger Gesellschaft, Wissenschaftler, Heilsbringer. Fabers Image war tadellos.* Sie biss sich vor unterdrückter Wut auf die Unterlippe, bis sie blutete.

Ihre Ohnmacht machte sie rasend! Der Sportwagen sprang über eine Kuppe und schoss in eine Talsohle, in der der Nebel wie Watte hing. Von einem Augenblick auf den anderen war vor ihr eine weiße Wand. Die Schwaden schienen eine Gestalt zu formen: einen Mann mit einem weißen Bart, langen Haaren und glühenden Augen, der sich auf einen Stock stützte! Sie glaubte, den Nebel-Mann zu kennen! Sie erschrak und verriss das Steuer!

Der Sportwagen verfehlte die Straße und krachte ungebremst in das Gewirr von Ästen und Bäumen am Straßenrand. Ein dicker Baumstamm brachte den Wagen mit einem dumpfen Geräusch endgültig zum Stehen. Blech schabte über Holz, Glas zersplitterte, ein Scheinwerfer erlosch und ließ den Wagen einäugig erscheinen. Xenias Schrei hallte durch die Nacht. Danach war Stille!

Minuten später öffnete sich in Zeitlupe die Wagentür und die Fahrerin entstieg stöhnend dem Wrack. Sie hielt sich den Kopf mit dem sie auf dem Lenkrad aufgeschlagen war. Aus einer Platzwunde über der linken Augenbraue floss Blut. Ihr Schädel dröhnte und ihr Körper war ein einziger Schmerz. Von irgendwoher meinte sie ein Lachen zu hören. *Einbildung! Die Folge des Schocks!* Der Nebel, der eben noch in der Senke gehangen hatte, war verflogen, wie ein Hauch. Und mit ihm der seltsame Nebel-Mann. Mit zitternder Hand griff Xenia nach ihrem Handy.

Im Park vor Fabers Burg spähte Max aus der rechten Vordertür des Geländewagens. Er schaute vorsichtig, ob die Luft rein war von bissigen Hunden. In Fabers Burg brannten jetzt Kerzen. Die elektrische Beleuchtung war ausgeschaltet worden und das Kerzenlicht flackerte in den großen Fenstern. Klaviermusik perlte in die Nacht und Max schlich auf allen Vieren durch den jetzt dunklen Park zu einem der Panoramafenster. Nur der Mond spendete spärliches Licht. Max spürte wie eine Gänsehaut ihm den Rücken hochkroch. Seine Nackenhaare stellten sich auf. Er ahnte die Gefahr, bevor er sie sah.

Er war kein großer Kletterer, aber es gelang ihm, sich auf eine Steinfigur zu hieven, die einen Drachenkopf darstellen sollte. Mühsam zog er sich nach oben und landete mit den Knien auf einem schmalen Vorsprung direkt vor dem Fenster. Ein Sims aus bröckeligem Sandstein. Behutsam verlagerte Max sein Gewicht. Wenn er sich weit genug vorbeugte, konnte er durch die Scheibe schauen. Max erhaschte einen Blick ins Innere.

Es war ein großer Raum mit schweren Ledermöbeln, einer dunklen Bücherwand und Gläsern, die wie Kelche wirkten in den Vitrinen der Schränke. Auf den Eichenböden lagen mächtige Teppiche, auf denen sich einer der Hunde breit gemacht hatte. Der andere umrundete den Tisch und schnüffelte am ausgebrannten Kamin. Über dem Tisch hing ein eiserner Kronleuchter, in dem Kerzen brannten. Der ganze Raum vermittelte den Eindruck eines Rittersaals. Aus dem Dunkel schälte sich eine Gestalt und trat ins Kerzenlicht. Ein Mönch, im roten Gewand eines Abtes. Sein Gesicht war unter der Kapuze nicht zu erkennen. *Wo war er hier bloß gelandet?* Max kam sich vor, wie in einem Horror-Film! Einer der Hunde näherte sich dem Fenster, durch das Max blickte. Ein warnendes Knurren alarmierte den Mann im roten Mönchsgewand. Er wich zurück ins Dunkel des Raumes. Dafür öffnete sich die Eingangstür. Tristan und Arthus schossen heraus, wie zwei Pistolenkugeln. Und Max fiel vom Sims. Dabei schlug er sich sein Schienbein am Drachenkopf an. Aber es blieb ihm keine Zeit für Schmerzen. Er rappelte sich auf und lief los. Hinter ihm die beiden Doggen! Ihr Geifer flog ihnen von den Lefzen!

Max spürte den heißen Atem der Tiere in seinem Nacken. Sie würden ihn einholen, es war nur eine Frage von Sekunden. Seine Augen fixierten das Tor. Es war verschlossen und mit Eisenspitzen bewaffnet. Er würde es nicht schaffen. In seinem Kopf hämmerte es. *Der Geländewagen. Die einzige Möglichkeit, die Schutz vor diesen wildgewordenen Bestien bot!*

Jetzt bloß nicht stolpern, dann wären sie über ihm. Sie würden ihn zerfleischen! Nur noch wenige Meter. Sein Bein schmerzte. Arthus schnappte nach ihm, verfehlte ihn nur knapp. Max blieb abrupt stehen. Die Hunde rasten an ihm vorbei. Für eine Sekunde verharrten die Tiere verwirrt, bevor sie ihre Beute wieder im Blick hatten. Max nutzte die Gelegenheit und spurtete auf den Wagen zu. Mit unbändiger Wut hetzten sie hinter Max her! Noch zwei Meter, anderthalb. Max riss die hintere Wagentür auf. Tristan sprang ab und Max in den Wagen. Er schlug die Tür hinter sich zu und Tristan klatschte mit seinem ganzen Körper dagegen. Jaulend rutschte er an der Tür herunter. Seine Krallen hinterließen mit einem hässlichen Geräusch Spuren im Lack.

„Scheiß Töle! Selbst Schuld!“, fluchte Max laut. Fürs Erste war er in Sicherheit.

Das Herz von Max klopfte in seinen Ohren. Sein Puls raste noch immer. Arthus bellte seinen Frust in die Oktoberluft. Wieder schnitt ein Pfiff durch die Nacht. Die Hunde stoppten ihr

Gebell. Durch das Fenster sah Max eine Gestalt auf den Wagen zukommen. Max war auf alles gefasst. *Bloß nicht der Mönch*!, betete Max. Die Tür öffnete sich. *Kein Mönch, kein Kapuzenträger, nur ein freundlicher Mann in* grauen Wollhosen und einem dazu passendem Pullover mit V-Ausschnitt. Professor Faber lächelte den kleinen Boxer an:

„Ja, wen haben wir denn da?“

In seinem Zimmer hörte Markus, wie sich die Haustür öffnete und seine Mutter so leise, wie möglich, ins Haus schlüpfte. Wahrscheinlich wollte sie ihn nicht wecken. Dabei war er selbst erst vor ein paar Minuten zurückgekehrt und konnte es kaum glauben, dass er es vor ihr geschafft hatte. Er war sofort auf sein Zimmer gegangen, hatte sich bettfein gemacht, in T-Shirt und Boxershorts, als wäre er nie weg gewesen.

Vorher hatte er noch schnell einen Blick auf seine Mails geworfen. Keine Nachricht von Cäcilia. Wahrscheinlich musste sie im „Woodstock“ aushelfen und war noch nicht dazu gekommen. Vielleicht sollte er ihr eine Nachricht schicken, dass Max verschollen war. Aber dazu kam er nicht mehr.

Er vernahm die Schritte seiner Mutter auf der Treppe nach oben. Er löschte das Licht, sprang ins Bett und zog die Decke über sich. Leise ging die Türklinke nach unten. Seine Mutter lugte herein. Markus stellte sich schlafend. Die Tür schloss sich wieder. Die Schritte seiner Mutter entfernten sich nach unten. *Komisch! Irgendetwas fehlte!* Es fiel ihm nicht gleich ein. Dann kam ihm die Erleuchtung: Er hatte ihren Wagen nicht gehört!

Im Rittersaal von Camelot saß Max am Tisch und verschlang einen kalten Zwiebelkuchen, als wäre es seine Lieblingsspeise.

Er schmeckte scheußlich. Der Hunger trieb ihn rein. Faber stand neben dem Jungen und schaute ihm über die Schulter. Die Hunde hatte der Professor draußen gelassen.

Nur widerwillig war Max dem Burgherren nach drinnen gefolgt. *Aber was hätte er sonst tun sollen?* Die Situation ließ ihm keine Wahl! Dabei war Faber freundlich und schien es Max nicht übel zu nehmen, dass er mal wieder mitgefahren war. Dieses Mal schwarz. Zwischen zwei Bissen hatte der Junge seinem Gastgeber erzählt, wie er in den Wagen geraten war. Faber hatte aufmerksam zugehört und sich dabei einen fünfzehn Jahre alten, schottischen Whisky eingeschenkt. Max erwähnte nichts von dem Zusammenstoß mit der dunkelhaarigen Frau, den er mitbekommen hatte. Und Faber fragte auch nicht danach. Es war, als hätten sie ein stillschweigendes Abkommen, das keiner von ihnen brechen wollte.

Der Professor wiederum eröffnete dem Jungen, wer er wirklich war und in welcher Beziehung er zu Markus Mutter stand. Dabei umrundete er den Tisch, wie ein Wolf die Schafsherde:

„Sie ist die beste Forscherin, der ich je begegnet bin! Und ihr Junge, dieser Markus, ist was ganz Besonderes!“

„Find ich auch!“, pflichtete Max bei und freute sich, dass sein Freund so gelobt wurde. Allmählich begann Max Zutrauen zu dem fremden Mann zu fassen, der ihm jetzt schon zum zweiten Mal geholfen hatte. *Eigentlich war er ja ganz okay! Und dass er keinen Aufstand machte, weil Max in seinen Wagen eingebrochen war,* fand der Junge cool. Es war höchste Zeit, seinen Gastgeber zu warnen.

Er schob den leeren Teller von sich.

„Ich muss Ihnen was sagen!“, begann Max. Faber war abrupt vor ihm stehengeblieben und schaute überrascht:

„Tu Dir keinen Zwang an!“ Er wirkte plötzlich seltsam angespannt.

„Da ist noch jemand im Haus!“, sagte Max.

„Ach ja?“, meinte sein Gegenüber. Max stand auf, um seinen Teller in die Küche zu bringen, aber Faber hielt ihn plötzlich am Arm fest.

„Wer soll das sein?“, fragte der Professor mit scheinbar mäßigem Interesse.

„Ein Typ in so `nem komischen Outfit!“, nickte Max bekräftigend.

Faber ließ den Jungen überrascht los. Max verließ den Raum mit dem leeren Teller.

„Ein Typ in einem komischen Outfit?“, rief ihm der Forscher hinter her. Max Antwort kam aus der Küche:

„So ne Art Mönch!“

Faber nahm einen Schluck von seinem Whisky. Er lächelte über den Rand des Glases hinweg. Max kehrte zurück in den Raum.

„Ich bin ganz sicher, ich bin der Einzige, der hier wohnt!“, empfing ihn der Professor.

Max griff nach einer Tasse mit ungesüßtem Tee, der nach alten Handtüchern schmeckte und nippte daran. Er wusste nicht so genau, was er von Fabers Einwand halten sollte.

„Hab ihn selber gesehen, durchs Fenster!“, sagte der Junge. Max ließ seinen Blick an den Wänden mit den Ölgemälden, die Jagdszenen nachstellten, hoch wandern. Er mochte keine Jagd, ihm taten immer die Tiere leid.

„Und wie sah er aus, Dein Mönch?“, fragte Faber und stellte sein Glas auf dem Kaminsims ab.

„Irgendwie wie Darth Vader aus Star Wars! Er hatte die ganze Zeit ne Kapuze über seinem Gesicht!“

Faber näherte sich dem Jungen, blieb vor ihm stehen und schaute ihm direkt in die Augen. Max fiel auf, dass Fabers Augenfarbe bernsteingelb war.

„Glaub mir, mein Junge, hier ist niemand! Und bestimmt kein Mönch!“, er legte seinem Besucher väterlich die Hand auf die Schulter. Max zuckte bei der Berührung zusammen. Das hatte sein Vater auch immer getan, bevor es Prügel setzte.

„Glaubst Du wirklich, meine Hunde würden jemand Fremdes hier reinlassen? Sie würden ihn in der Luft zerreißen!“ Faber nahm seine Hand von der Schulter des Jungen.

„Aber….“, protestierte Max.

„Aber was?“, schnitt ihm Faber das Wort ab. „Wahrscheinlich hat Dir Deine Phantasie einen Streich gespielt. So was kommt vor! Besonders in Deinem Alter! Da hat man manchmal ein bißchen zu viel Einbildungskraft!“

Max hatte keine Phantasie. Man hatte sie ihm gründlich ausgetrieben, in den Erziehungsheimen. *Er glaubte nur noch, was er sah. Und er wusste, was er gesehen hatte.* Faber spürte, dass der Junge nur schwer zu überzeugen war.

„Okay!“, lenkte der Forscher ein. „Wir gehen jetzt gemeinsam durchs Haus und schauen mal, ob wir ihn finden, Deinen roten Mönch!“

Hatte der Professor gerade rot gesagt? Max war sich nicht ganz sicher, ob er sie erwähnt hatte, die Farbe rot! Die Farbe des Mönchsgewands!

In ihrem Zimmer unterm Dach saß Cäcilia vor dem Rechner. Neben sich eine Tasse Tee. Eine Duftkerze verströmte Vanille-Geruch. Es war schon nach Mitternacht und draußen schlug eine Glocke vom Turm der Heiliggeist-Kirche. Die Erinnerung an den Nachmittag mit Markus erfüllte Cäcilia mit wohliger Wärme. Ein Gefühl, als würde sie unter eine kuschelige Decke kriechen. Sie hatte ihn geküsst! *Sie hatte es nicht geplant. Es war einfach so passiert! Sie musste es tun und es war viel schöner, als sie sich es vorgestellt hatte! Sie hätte gerne gewusst, ob er es genauso empfunden hatte! Hoffentlich fand er sie nicht zudringlich. Aber so hatte es nicht ausgesehen. Sie wollte ihm etwas schreiben. Dann würde er antworten und sie wüsste, woran sie war. Aber was? Was sollte sie ihm schreiben?* Das Geläut hatte aufgehört. Stille. Die Kerze flackerte, als hätte sie Cäcilias Unsicherheit gespürt. Cäcilia schrieb. Der Computer übersetzte ihre Gefühle in Buchstaben:

„War schön heute Nachmittag!" *Oje, nein, wie peinlich!* LÖSCHEN

Sie nahm einen Schluck Tee. *Fällt Dir nichts Besseres ein?*

„Denk an Dich!" LÖSCHEN, LÖSCHEN *Noch peinlicher!*

„Wie geht es Dir?" *unerheblich!* LÖSCHEN

Es fehlten ihr die Worte, für das, was sie sagen wollte! Schließlich schrieb sie einfach nur: „Gute Nacht!"

Cäcilia blies die Kerze aus. Sie saß im Dunkeln und lauschte in sich hinein. Sie dachte an Markus und dass sie ihn morgen früh wiedersehen würde!

Auf dem Weg durch Fabers Burg, stieß der Hausherr Türen auf und gewährte Max einen Einblick in Raucherzimmer, Versammlungsräume, Kaminstuben. Alles wirkte edel, britisch und nobel, wie bei einem englischen Schlossherren. Ein paar gekreuzte Schwerter an den Wänden erweckten Max besonderes Interesse. Faber holte eines von der Wand und drückte es Max in die Hand. Es war schwer und Max wog es in seinen Händen. Max zwang sich, nicht damit herum zu fuchteln. Bevor es sich Max anders überlegte, nahm Faber ihm das Schwert wieder aus der Hand und hängte es zurück an die Wand.

Der Professor genoss es, Max mehr und mehr für sich einzunehmen. Und er spürte, wie der Junge allmählich in seinen Sog geriet. Das war nichts Neues für den Menschenfänger Faber. *Es verschaffte ihm jedes Mal ein Hochgefühl, wenn es ihm gelang.* Deshalb lud er vier Mal im Jahr Gäste in sein Haus. Sie hatten alle eins gemeinsam: eine ungeteilte Bewunderung für ihren Gastgeber. Das war ihre Eintrittskarte! Und Faber lief an diesen Abenden zur Hochform auf. Es waren Studenten, die an seinen Lippen hingen, junge Mediziner, Assistenzärztinnen, Kollegen, Forscher aus anderen Gebieten und einmal hatte er sich sogar herabgelassen, auch diesen Studiendirektor Kochendörfer einzuladen. Dagegen hatte es Brandstätter, dieser Sonderling, nie auf die Gästeliste geschafft! Er hätte den Abend gesprengt mit seiner Rattenhaftigkeit.

An diesen Abenden hielt der Professor einen seiner berühmten Vorträge. Dabei wurde schnell klar, Faber glaubte nicht an Gott oder an irgendein höheres Wesen. Faber glaubte an einen Schlüssel zur Ewigkeit, den es irgendwo in der Natur geben musste. Und es war anzunehmen, dass es jemanden gab, der dazu ausersehen war, ihn zu finden. *Und dieser jemand konnte nur er sein,* glaubte Faber. *Wer sonst, außer ihm?*

Er ließ seine Gäste königlich bewirten, holte den besten Wein aus seinem Keller und seine Anhänger verließen Fabers Camelot berauscht von der Persönlichkeit und dem Wissen des Hausherren.

Max stieg hinter Faber die Treppe hinauf zu dem Turm, auf dem die Fahne wehte. Die Welt, die der Professor vor ihm ausbreitete, war ihm fremd. So etwas kannte er nicht, hatte er noch nie gesehen! Einmal nur war er bei einem Schulausflug auf einer Rheinburg gewesen. *Nur eine Ruine! Tote Vergangenheit, staubtrocken!* Er hatte sich mit ein paar Kumpels in einen Folterkeller verkrochen, um zu rauchen. *Das hier war anders!* Das hier war lebendig. Die Burg, die Hunde, die Auseinandersetzung mit dieser Frau, und dann der Mönch, den er gesehen hatte und von dem er sicher war, dass er existierte .... Max wusste nicht so recht, wie er das alles einordnen sollte. *Irgendwo in seinem Kopf brannte eine Warnlampe. Aber er wusste nicht, warum und wieso! Aber sie ließ sich auch nicht ausschalten, obwohl sein Gastgeber sich so um ihn bemühte!*

Faber gab Max mit einem Kopfnicken das Zeichen, die Turm-Kemenate zu öffnen: sie enthüllte ein kleines, gemütliches Gästezimmer mit einem Himmelbett und einem Wappen an der Wand, hinter dem ein Dolch in einer Scheide hing. In der

Ecke lehnte eine Rüstung mit einer Lanze und einem Helm. *Der Traum von einem Jugend-Zimmer*!

„Wenn Du willst, kannst Du bleiben, für eine Nacht! Aber wenn es Dir lieber ist, im Auto zu übernachten….?!“, sagte Faber.

Max dachte an die Alternative; das ungemütliche Auto und Tristan und Arthus, die sicherlich gut auf ihn aufpassen würden!

Der Professor öffnete einen Schrank, mit Säften und Knabbergebäck: „Deine Minibar! Nur für Dich!“, sagte der Forscher. Mit der Minibar war Max Entscheidung endgültig gefallen. Weder die Getränke, noch die Salzbrezeln würden die Nacht überstehen.

„Ganz okay!“, sagte Max verhalten.

„Na dann, willkommen auf meiner Drachenburg!“, lächelte der Professor und deutete auf das einladende Himmelbett in der Ecke.

„Wir sehen uns morgen!“, verabschiedete er sich und schloss die Tür.

Als Fabers Schritte auf der Treppe verklangen, machte Max sich über die Minibar her. Er stopfte sich eine Handvoll Erdnüsse in den Mund und spülte sie mit Apfelsaft hinunter. Er ging zum Fenster, schaute vom Turm aus in den Park, der dunkel unter ihm lag und wo die beiden Doggen Wache hielten. Max fühlte sich plötzlich gefangen.

Es war nichts Konkretes nur eine Eingebung, gegen die er nicht an konnte. Max ging zur Tür und drückte die Klinke mit einem Ruck nach unten. Die Tür öffnete sich und gab den Blick frei auf die dunkle Treppe, die vom Turm nach unten führte. Es gab keinen Schlüssel, fiel dem Jungen auf. Er schloss die Tür wieder und schleuderte seine schmutzigen Schuhe von sich. Kauend ließ sich Max aufs Himmelbett fallen. Es empfing ihn mit der wohligen Gemütlichkeit einer weichen Matratze. *Wie lange war es her, dass Max es sich so bequem machen konnte? Noch nicht einmal in dem schmalen Bett bei Uli. Eigentlich noch nie!* Er zog die Daunendecke über sich und schlief in seinen Klamotten ein.

Davon konnte Markus nur träumen. Er wälzte sich hin und her und fand keinen Schlaf. Seine Gefühle waren in Aufruhr und wollten einfach nicht zur Ruhe zu kommen. *Warum war Max abgehauen, ohne eine Nachricht zu hinterlassen? Was hatte er, Markus, bloß falsch gemacht? Und was war mit seiner Mutter und diesem Professor? Aber war es nicht so, dass auch er Geheimnisse vor ihr hatte? Jede Menge,* fiel ihm ein. *Er hatte ihr nie etwas von dem Buch erzählt! Dabei hatten alle Missverständnisse damit begonnen. Er war in einem Labyrinth von Ausflüchten gelandet, aus dem er nicht mehr herausfand. Und jetzt war es zu spät, um überhaupt noch mit Erklärungen anzufangen.* Seine Gedanken wanderten weiter zu Cäcilia. *Warum hatte sie sich nicht gemeldet? Weil er sich so ungeschickt angestellt hatte?* In seinem Kopf herrschte ein einziges Chaos. *Hilfe!* Er brauchte Hilfe! Und jetzt, wo Max nicht mehr da war, gab es nur einen, der ihm helfen konnte. *Er* würde *das Grab seines Vaters aufsuchen, gleich morgen! Jedes Mal, wenn er ihn auf dem Friedhof besuchte, sprach Markus mit ihm und sein Vater hatte ihm immer geantwortet. Eine Stimme, die nur er hörte. Nicht laut, aber tief in Markus drin. Da war er wieder: Markus, der Träumer, von dem er schon dachte, er hätte ihn hinter sich gelassen. Jetzt brauchte er ihn.* Über diese tröstliche Einsicht dämmerte der Junge in den Schlaf.

Es dauerte nicht lange und Markus begann zu träumen. Es war das Buch, das in ihm aufstieg, wie ein Alien aus einer anderen Welt! Es wollte ihn einfach nicht los lassen. *Noch war alles verworren! Ein Albtraum! Ein Zerrspiegel seiner Seele!* Otto kam darin vor und zeigte anklagend auf Zimmermann, der sein Cognacglas leerte. Markus wollte sich von den Bildern los reißen, aber er schaffte es nicht. Das Buch war stärker! Es blätterte vor seinem inneren Auge die Seiten um und es war dem Jungen so, als würde es ihn zwingen, hinzusehen! Bei einem Bild blieb die Seite stehen:

Es zeigte einen Mönch, der unter einem Fallgitter stand, die Arme weit ausgebreitet. So, als wolle er das Gitter aufhalten. An seinem Körper kletterten Ratten empor. Der Mönch nahm das Gesicht von Dr. Robert Brandstätter an. Das Gitter rasselte nach unten und begrub den Mönch unter sich. Eine Ratte setzte sich auf seinen Körper und putzte sich.

Markus schoss hoch in seinem Bett. *Das war mehr als ein Traum! Das war Realität.* Er hatte keine Zweifel! Wie so oft hatte sich die Wirklichkeit in seinem Traum versteckt. Er war sich sicher: Brandstätter lebte nicht mehr und Markus hatte im Schlaf gesehen, was mit ihm passiert war.

Das Fenster in seinem Zimmer flog auf. Ein Windstoß jagte herein.

Diesmal war Markus sicher, dass er vor dem Schlafengehen das Fenster fest verschlossen hatte. Er stand auf, um das Fenster zu schließen. Dabei fiel sein Blick auf den Monitor seines Computers. Eine Mail. Von Cäcilia. Sein Herz hüpfte.

„Gute Nacht!“, schrieb sie. Für Markus war es **die** Nachricht des Tages! Sie hatte an ihn gedacht!

Und der Horror des Traums war zum Fenster hinaus geflogen!

Kapitel 18

Der Nebel der Nacht hatte auf den Zweigen der Friedhofsbäume eine Glasur hinterlassen. Der erste Reif! Markus schlenderte zwischen den Gräbern hindurch, die Hände in den Taschen seiner Baghosen, eingehüllt in eine Winter-Baseballjacke, die mit Teddypelz gefüttert war. Die Baseballkappe, wie immer, verkehrt herum auf dem Kopf. Er hatte erst eine Stunde später Unterricht und wollte die Zeit nutzen, seinen toten Vater zu besuchen. Seine Mutter hatte ihn kurz geweckt und dann das Haus verlassen. Mit einem Taxi, wie er durchs Fenster sah. Er war froh, nicht mit ihr frühstücken zu müssen. Er hätte ihr nicht in die Augen schauen können, ohne zu verraten, dass er sie am Abend zuvor gesehen hatte.

Markus blieb vor dem schwarzen Grabstein stehen, auf dem in goldener Schrift der Name seines Vaters, sein Geburts- und sein Todestag standen.

Stefan Wohlfahrt
1968 – 2015

Die Morgensonne hatte die letzten Wolken vertrieben. Sie spiegelte sich im Marmor des Grabsteins.

„Tut mir leid, Papa! Ich war schon lange nicht mehr da! Aber es ist so viel passiert in der Zwischenzeit!“ Markus hatte seine Baseballkappe vom Kopf genommen und drehte sie zwischen seinen Händen. Er sprach stockend:

„Wahrscheinlich weißt Du es schon, es gibt einen neuen Mann in Mamas Leben! ...Ich will das nicht! Ich will nicht, dass er sie küsst! Ich will nicht, dass er sie umarmt! Ich will nicht, dass er irgendwann auf der Seite des Bettes schläft, wo Du immer geschlafen hast!“ Er war selbst überrascht über die Vehemenz, mit der sich seine Seele Luft machte.

„Verstehst Du das? Bestimmt! Du hast immer alles verstanden!“, sagte er jetzt leiser. Dann schwieg der Junge und lauschte auf eine Antwort. Aber sie kam nicht!

„Und noch was, Papa!“, fuhr der Junge fort. „Es geht um Max, meinen besten Freund! Du kennst ihn doch! Er ist weg und ich vermisse ihn! Tu etwas, dass er zurückkommt!“

Das Schlagen von Flügeln unterbrach Markus Zwiesprache. Ein kleiner Falke setzte sich auf den Grabstein von Stefan Wohlfahrt. Der Vogel äugte herüber zu dem Besucher, drehte dabei den Kopf von der einen zur anderen Seite.

„Was willst denn Du schon wieder?“, fragte Markus, ungehalten über die Unterbrechung. „Dich kenne ich doch! Dich habe ich doch schon tausend Mal gesehen!“

Es war, als hätte man plötzlich einen Schleier vor Markus Augen weggezogen.

Natürlich! Immer wieder war der kleine Falke aufgetaucht! Zum ersten Mal, erinnerte sich der Junge, war es oben am Grab von Innozenz gewesen! Am Tag, als er das Buch fand! Da hatte der Raubvogel eine Ratte von der Grabplatte gefangen. Und danach hatte er immer wieder den Weg des Jungen gekreuzt; mal, in dem er über ihm kreiste, mal, dass er ihn von einem Ast aus beobachtete, mal, dass er von einem Turm aufflog und manchmal hatte er auch nur den Triumphschrei des gefiederten Jägers gehört. Der Greifvogel drehte wieder den Kopf in Richtung des Jungen, als könne er seine Gedanken lesen. Dann flog er mit einem einzigen Flügelschlag auf, so als hätte er jetzt genug gehört. Er bohrte sich in den wolkenlosen Himmel und schwebte elegant davon. Markus setzte sich seine Mütze auf und blickte fragend auf den schwarzen Marmor.

„War das ein Zeichen, Papa?“ Der Stein schwieg. „Ich komm wieder!“, versprach der Junge. Er wollte gehen und drehte sich noch einmal um. „Und denk an Max!“ Er stapfte davon.

Ein Sonnenstrahl, den der Marmor reflektierte, fiel in Markus Rücken, ohne dass er es bemerkte. *Es war das Zeichen, auf das er gewartet hatte!*

Max erwachte laut gähnend in seinem Himmelbett. Er brauchte einen Moment, um zu wissen, wo er war. *Meine Fresse, hatte er gut geschlafen, traumlos und mit vollem Magen.* Davon zeugten die leeren Erdnusspackungen und die aufgerissene Tüte mit den Salzbrezeln. *Er konnte sich nicht erinnern, wann er sie gegessen hatte!* Wohl irgendwann in der Nacht. Max stemmte sich hoch, sah, dass er immer noch in seinen Klamotten steckte. Auf löchrigen Strümpfen schlurfte er zum Turmfenster und schaute hinaus. Er sah, wie sein Gastgeber in seinem Geländewagen gerade das Anwesen verließ. Von den Hunden keine Spur. Er war allein im Haus, oder doch nicht? Max beschlich ein ungutes Gefühl. *Warum hatte Faber ihn nicht geweckt?* Er rutschte auf den Strümpfen zur Tür, als wäre der polierte Holzboden eine Eisbahn. Er drückte die Klinke nach unten, aber die Tür rührte sich nicht. *Er konnte es nicht glauben!* Er war eingeschlossen! Er versuchte es erneut, aber die Tür blieb zu. *Warum? Wieso?* Alte Erinnerungen wurden wach, an das Erziehungsheim, wo man ihn zur Strafe manchmal tagelang weggesperrt hatte. Schweiß brach dem Jungen aus. Er bückte sich und schaute durch das Schlüsselloch: da steckte tatsächlich ein Schlüssel. *Gestern Abend war der noch nicht da!*, erinnerte sich Max. *War das alles nur ein Versehen?* Max glaubte nicht an Versehen! Er glaubte an Absicht! *War es der Burgherr? Warum sollte er?* Der rote Mönch fiel ihm ein! *Steckte er dahinter? Aber wieso? Weil er ihn gesehen hatte? Wahrscheinlich versteckte er sich irgendwo im Haus und lauerte ihm auf!* Max ging zurück zum Bett und setzte sich. *Was sollte das?* Sein Blick fiel auf die Rüstung. Er schlurfte rüber zu ihr und lüftete das Visier des Helms. Leere! Wie in Max Kopf.

Er tappte zum Fenster, öffnete es und schaute nach unten. Sieben Meter tief! Eine glatte Steinwand, ohne eine Möglichkeit, sich festzuhalten! *Den Absturz* würde er nicht überleben! Und da kamen auch schon Tristan und Arthus um die Ecke gerannt. Sie schauten zu ihm hoch, als würde sie nur auf ihn warten. *Er saß echt in der Scheiße!* Er zog den Draht, mit dem er Fabers Auto geöffnet hatte, aus der Hosentasche. Allein würde er ihm nichts nützen. Sein Blick fiel auf den Dolch an der Wand. Hoffnung keimte auf. Max hatte in seinem Leben schon so manches Schloss geknackt. Und vielleicht war ja der Dolch genau das richtige Werkzeug dafür. Er nahm ihn von der Wand.

Sie schaute in den Spiegel und was sie sah, war das Ergebnis einer Nacht: eine Katastrophe! Xenia Morgan-Basten hatte nach ihrem Unfall einen Krankenwagen gerufen. Die Platzwunde an der Stirn musste genäht werden. Die Prellung des Jochbeins vom Aufprall auf dem Lenkrad hatte einen tiefblauen Ring unter ihrem Auge hinterlassen. Ihr ganzer Körper war eine Ansammlung von Blutergüssen. Jede Bewegung schmerzte. Ihr Sportwagen ein einziger Schrotthaufen. Das Schmerzlichste aber war die Niederlage, die Faber ihr beigebracht hatte. Eine Quetschung ihrer Seele, für die sie ihn bluten lassen würde! Sie musste nur den richtigen Zeitpunkt abwarten, dann, wenn er es am wenigsten erwartete! Dazu brauchte sie Geduld.

Im Spiegel neben ihr tauchte das Gesicht ihrer Tochter auf. Es dauerte ein paar Sekunden, bis Ilona begriff, wen sie da sah.

„Ach, Du Scheiße! Wie siehst Du denn aus?"

Ihre Mutter sprach mit Ilonas Spiegelbild, ohne sich umzudrehen:

„Wie jemand, der einen Autounfall hatte, heute Nacht!"

„Uups!", machte Ilona. „Was ist denn passiert? Proseccochen zu viel?" Die Klinikchefin ließ ihre Tochter einfach stehen, bevor sie sich vergaß und verließ das Badezimmer. Anteilnahme oder gar Mitleid konnte sie von Ilona eh nicht erwarten. Dazu war sie gar nicht fähig. *Dass all das, was geschehen war, auch mit ihr zu tun hatte, darauf würde Ilona im Leben nicht kommen. Dafür war sie viel zu sehr mit sich selbst beschäftigt.* Und wenn, würde sie es ohnehin nur falsch verstehen und sich noch wichtiger nehmen. Xenia beschloss, sich den ganzen Tag so wenig wie möglich in der Klinik sehen zu lassen, um unangenehmen Fragen aus dem Wege zu gehen. *Sie brauchte jetzt Ruhe! Ruhe für ihre Rachepläne.*

Sie hatte sich gerade in ihrem Büro hinter ihren Schreibtisch gesetzt, als Ilona wieder hereinplatzte:

„Fährst Du mich?"

„Wie denn, ohne Auto?", antwortete ihre Mutter genervt. „Außerdem gibt es Busse!"

„Wie bist Du denn wieder drauf?", entgegnete Ilona und knallte daraufhin die Tür zu. *Busse waren unter ihrer Würde!*

Xenia griff nach dem Stapel mit der Post, den ihre Sekretärin ihr hingelegt hatte. Ganz oben auf lag die Tageszeitung. Die Schlagzeile sprang ihr geradezu entgegen:

Krebsforscher tot im Neckar

Dazu ein Foto von Dr. Robert Brandstätter in weißem Kittel. Xenia starrte auf die Schlagzeile: *Der engste Mitarbeiter von Faber tot? Wieder einer weniger! Die Tafelrunde schmolz dahin, wie Schnee im April und hinterließ eine blutige Spur. Vielleicht sollte sie mit ihrer Rache einfach nur warten?! Vielleicht gab es jemanden, der ihr die Arbeit abnahm, ohne es zu wissen! Der Tag war gerettet!*

Professor Faber wandelte durch den Flur des Instituts. Er nickte den Forschern hinter ihren Glaswänden freundlich zu und hatte für jeden, der ihm im Flur begegnete ein aufmunterndes Wort. Das Institut war seine Bühne und Faber ein grandioser Schauspieler! Er genoss die glanzvolle Seite der oft frustrierenden Forschungsarbeit, von der man nie wusste, wie das Ergebnis ausfiel. *Dabei war ihm ausgerechnet heute gar nicht danach zu Mute! Der Junge im Turm hatte ihm die Stimmung verhagelt! Was sollte er bloß mit ihm machen, dem Rumtreiber, der so unverhofft in seine Pläne geplatzt war. Er musste ihn loswerden.*

Faber brauchte Zeit! Und die hatte er sich genommen, als er Max heimlich einschloss, gestern Abend! *Wahrscheinlich würde er es nicht einmal merken! Solche Jungs schliefen meist bis mittags oder noch länger. Und wenn, könnte er immer noch sagen, es wäre zu seiner eigenen Sicherheit gewesen. Irgendwie mochte er den Jungen, obwohl er ihm nicht besonders helle schien. Aber warum war er auch ausgerechnet in sein Auto gekrochen?*

Durch die großen Scheiben beobachtete Faber, wie Dr. Sabine Wohlfahrt sich im Labor um die Ratten in ihren Käfigen kümmerte. Dabei ging sie von einem Tier zum anderen und versorgte sie mit Nahrung und Zuspruch, ganz so wie Dr. Brandstätter.

„Jetzt fange ich auch schon an mit ihnen zu reden!“, murmelte die Ärztin vor sich hin. *Ratten färbten ab! Das wollte sie auf keinen Fall! Sie musste die Distanz der Forscherin zu den Versuchstieren einhalten, damit sie nicht so wurde, wie Brandstätter!*

Faber sah ihr einen Moment dabei zu, bevor er den Raum betrat. „Danke!“, sagte er in ihren Rücken.

Sie erhob sich aus ihrer gebückten Haltung.

„Ich habe es Ihnen versprochen, wenn auch unter Einfluss von schweren Drogen!“

„Dieses Gläschen Wein...“, lächelte er.

„Es waren drei!“, entgegnete sie.

„Wie auch immer!“, meinte er. „Danke! Danke, dass Sie die Arbeit von Dr. Brandstätter fortsetzen! Es bedeutet mir viel!“

Er fuhr sich mit einer eleganten Bewegung durch die Haare. Dabei bemerkte die Ärztin am kleinen Finger seiner rechten Hand einen Ring, den sie an Faber vorher noch nicht gesehen hatte. Er blitzte vorbei, bevor sie ihn genauer in Augenschein nehmen konnte. Sie behielt ihre Beobachtung für sich. *Obwohl der Ring ihr seltsam bekannt vorkam.* Sie wurden unterbrochen, weil Fabers Handy klingelte. Er nickte ihr entschuldigend zu und verließ das Labor, um das Gespräch anzunehmen. Sabine Wohlfahrt setze ihre Arbeit fort, aber mit ihrer Konzentration war es vorbei. *Fabers Ring irrte durch ihre Gehirnwindungen, wie ein ungelöstes Rätsel, das seine Auflösung forderte!*

Es war Kommissar Teichmann, der den Professor anrief. Er hatte Neuigkeiten! Dr. Brandstätter war nicht ertrunken, obwohl sie ihn aus dem Neckar gefischt hatten. Er war verblutet an einer Stichwunde am Oberschenkel, die die Hauptschlagader getroffen hatte. Die Bisse an seinem Körper stammten tatsächlich von Ratten. Wie der Forscher in den Neckar gekommen war und was es mit den Ratten auf sich hatte, bedürfe noch weiterer Ermittlungen, ließ Teichmann wissen. Bei der Erwähnung von Ratten schaute Faber verstohlen rüber zu Dr. Wohlfahrt. *Sollte er ihr sagen, was er gerade von Teichmann erfahren hatte?* Sie würde es ohnehin erfahren. Er öffnete die Tür. Sie schaute ihm erwartungsvoll entgegen. Er suchte nach den richtigen Worten und drehte dabei an dem Ring an seinem kleinen Finger. *Es war diese kleine Bewegung, die sie darauf brachte! Brandstätter! Er hatte das auch immer getan! Und er besaß auch einen solchen Ring! Faber hatte den gleichen!*

Cäcilia fegte mit ihrem Fahrrad Richtung Schule. Früher hatte sie das nie getan, früher hatte sie sich immer Zeit gelassen. Aber der Gedanke, Markus zu treffen, beflügelte sie. In Erinnerung an den gestrigen Nachmittag lächelte sie beim Fahren vor sich hin.

Ihr Lächeln ging in ein Strahlen über, als sie die Gestalt am Schultor sah: Markus wartete auf sie! Sie sprang vom Rad und ging auf ihn zu. Ihr Herz klopfte wild. *Wie würde er ihr begegnen, nach gestern?*

Markus schob seine Baseballmütze nach hinten:

„Max ist weg! Hilfst Du mir, ihn suchen?“, begrüßte er sie.

Das war nicht gerade das, was sie sich erhofft hatte! Andererseits bedeutete es: ein weiterer Tag mit Markus. Was gab es schöneres? Aber sie antwortete nur:

„Ja, klar!“

Cäcilia stieg wieder auf ihr Rad und Markus setzte sich auf den Gepäckträger. Er musste sich an ihr festhalten, um nicht runter zu fallen. Aber es war mehr, als nur die Balance auf dem Rad zu halten.

Jetzt, wo er auf Max nicht mehr zählen konnte, bot Cäcilia ihm Halt. Und er war dankbar dafür. Sie schlingerten. Cäcilia fand ihr Gleichgewicht wieder und nahm Fahrt auf.

Zu zweit war eben alles leichter.

Es waren Stunden vergangen. Max hatte bei dem Versuch, die Tür zu öffnen, die Spitze des Dolches abgebrochen. Jetzt hielt er den Rest der nutzlosen Waffe in der Hand und fluchte vor sich hin. *Er war einfach nicht mehr so geübt, wie zu seinen Zeiten als Automarder! Da hätte er das Schloss im Handumdrehen geknackt.* Er blickte verblüfft auf seine Finger und sah die Hände eines Boxers, bildete er sich ein. Tatsache war: Max saß fest. Da gab es kein Vertun. Er stand aus der Hocke auf und warf den Dolch aufs Bett. Er griff sich die letzte Tüte mit Chips. Sein Gehirn brauchte dringend Nahrung.

Kauend latschte er zum Fenster und schaute hinaus. Die Hunde waren nicht zu sehen. *Vielleicht wussten sie, dass er eingeschlossen war,* überlegte Max. *Raffinierte Bestien!* Er schaute rüber zu der alten Eiche, die knorrig in den blauen Herbsthimmel ragte. Im Gewirr der Äste saß ein Raubvogel, ein kleiner Falke. Max hatte keinen Blick für ihn. Ihn quälte die Frage: *Wie sollte er hier bloß wieder rauskommen? Und* überhaupt: warum hatte man ihn *eingesperrt? Einmal im Leben war er unschuldig und dann das!* Max verstand die Welt nicht mehr.

In seinem Rücken vernahm Max ein vertrautes Geräusch: es hörte sich an, als würde sich ein Schlüssel im Schloss drehen. Max spießte die Chipstüte auf die Lanze, die die Ritterrüstung in ihrer gepanzerten Faust hielt und rannte zur Tür. Er drückte die Klinke nach unten und riss die Tür auf, die eben noch verschlossen gewesen war. Ein großer, schmiedeeiserner Schlüssel fiel scheppernd zu Boden. Max traute der Situation nicht! *Eine Falle? Der rote Mönch?* Der Junge schlich zurück ins Zimmer und ließ die Tür offen. Er nahm seine Schuhe und verließ auf Zehenspitzen sein Gefängnis. Vorsichtig bewegte er sich auf der Treppe nach unten. Dabei boten ihm die Socken wenig Halt. Er musste bei jedem Schritt aufpassen, dass er nicht ausrutschte und die Stufen hinunter fiel. Sein Bein schmerzte wieder.

Unten angekommen rief Max verhalten:

„Hallo? Hallo? Ist da jemand?“

Er bekam keine Antwort und war froh darüber.

Max setzte sich auf die unterste Stufe und zog seine Schuhe an. *Anscheinend war er alleine. Aber wenn dem so war, wer hatte dann die Tür seines Zimmers aufgeschlossen? Er musste raus aus dem Haus, so schnell wie irgend möglich. Aber nicht ohne seinen Rucksack!* Den hatte er gestern Abend in der Küche liegen lassen. Er wollte auf keinen Fall auf ihn verzichten, auch wenn er nicht viel enthielt, was von Wert war. Der alberne Pullover mit Hirsch, ein paar Socken und Unterhosen, ein Sweat-Shirt, ein Foto von Uli, ein nutzloses Handy ohne Saft, auf dem ein Selfie mit Markus gespeichert war. Beide Jungs grienten in die Kamera, hinter ihnen das Schloss. Max erinnerte sich genau, wann das Foto aufgenommen worden war: *Am Tag, als Markus das Buch fand! Auf der Bank, unterhalb des Schlosses! Seitdem hatte sich verdammt viel verändert in ihrem Leben,* fand Max.

Der kleine Boxer versuchte, sich zu orientieren, wo die Küche war. Sein Weg führte ihn an verschiedenen Räumen vorbei. Eine Tür stand einen Spalt offen. Das Schlafzimmer! Etwas, was auf dem Bett lag, ließ den Jungen verharren. Vorsichtig stieß er die halbgeöffnete Tür mit dem Fuß auf. Mit angehaltenem Atem wartete er, ob etwas geschehen würde. Nichts rührte sich. Max sicherte nach rechts und links, bevor er leise in das Schlafzimmer schlüpfte. Vor ihm auf dem Bett lag ausgebreitet das rote Mönchsgewand mit einer großen Kapuze. *Also doch! Er hatte sich nichts eingebildet!* Daneben auf dem Bett eine goldene Kette mit einem Ypsilon als Anhänger. *Das Ypsilon! Da war es wieder! Er hatte es auf dem Einband von Markus Buch gesehen, an der Tür zum Schlosskeller....aber was machte es hier?*

In einem Anfall von Wagemut griff Max nach der Kette. Er hängte sie sich um und schaute in den Spiegel, der in den großen Eichenschrank eingelassen war. Er nahm sie schnell wieder ab. Irgendwas war an ihr, was Max gar nicht gefiel. So ein beklemmendes Gefühl, als wollte sie von ihm Besitz ergreifen. *Wie der Ring im „Herr der Ringe"!*, dachte Max. *Außerdem sah sie voll scheiße an ihm aus.* Er würde sie trotzdem mitnehmen, sie verticken, um sie so schnell wie möglich los zu werden! Max versenkte die Kette in seiner rechten Hosentasche. Sie war schwer und zog die Hose nach unten. Er verließ das Schlafzimmer und schloss die Tür sorgfältig hinter sich. Er wollte die miese Aura, die er in dem Raum gespürt hatte, hinter sich lassen. So schnell wie möglich.

In der Küche fand er seinen Rucksack. Er ließ die Kette hineinrieseln und warf sich den Rucksack über die Schulter. Max hastete Richtung Eingangstür. *In dieser Burg gingen seltsame Dinge vor sich. Ein gefährlicher Ort! Und Max fühlte sich hier alles andere als willkommen!*

Der Junge öffnete die Eingangstür und lugte in den Park hinaus. Wo waren Tristan und Arthus? *Hatten sie sich versteckt, um ihn zu überfallen? Gemeine Schweinehunde!*, dachte Max. Er ließ die Tür angelehnt, um einen Fluchtweg zu haben, falls das Hunde-Duo ihn doch noch aufspürte. Vorsichtshalber nahm er den Rucksack von der Schulter, um sich die Biester vom Hals zu halten. Er rannte los wie ein Blitz. Die ganze Zeit über rasselte die Kette in seinem Rucksack, als wolle sie seinen Diebstahl verpetzen.

Keine Hunde weit und breit. Nur noch ein paar Schritte bis zum Tor. Da standen sie: Tristan und Arthus hatten ihm den Weg abgeschnitten! Sie schauten ihm mit der zähnefletschenden Gewissheit entgegen, dass es für Max kein Entkommen gab! In seiner Not blickte Max zurück zur Eingangstür der Burg: null Chance! Sie würden über ihm sein, bevor er sie erreichte. Es gab nur einen Weg: Er musste an den beiden vorbei, wenn er nach draußen wollte. *Es gab keine Alternative!* Schritt für

Schritt bewegte sich der Junge auf die Doggen zu. *Nicht in die Augen schauen,* hatte er mal gelesen. *Das würde sie nur aggressiv machen! Schwachsinn! Das waren sie doch längst!* Der Junge schob sich Zentimeterweise vorwärts. Ein Zentimeter zu viel und sie würden Hackfleisch aus ihm machen. Er war jetzt direkt vor ihnen. Er roch ihren schlechten Atem, der aus ihren Mäulern quoll und ihm würde übel. Max Hand, in der er den Rucksack hielt, zitterte. Nichts war zu hören. Es war die Ruhe vor dem, was unvermeidlich war!

Die angespannte Stille wurde unterbrochen vom Schrei des Falken, der von der Eiche in die Lüfte stieg. Die Hunde zuckten zusammen, als hätten sie ein Kommando vernommen, dass nur sie hören konnten. Ein tiefes, furchtsames Stöhnen entrang sich ihrer Kehlen. Sie ließen sich bäuchlings im nassen Gras nieder und schauten hoch zu dem Jungen, der sie seinerseits verblüfft anstarrte.

„Okay! Okay! Ihr habt mich verstanden!“, stammelte Max. Er schob sich seitlich an den Hunden vorbei, die ihm eine schmale Gasse zum Tor gelassen hatten. *Jetzt bloß kein falscher Tritt*, dachte Max. Seine Hand krampfte sich um den Gurt vom Rucksack, die Kette darin klickerte verräterisch. Nur noch einen Meter. Mit der freien Hand tastete er nach dem Toröffner und drückte darauf. Das Tor öffnete sich schweigend und Max schlüpft hindurch, hinaus in die Freiheit.

Als das Tor sich hinter ihm wieder geschlossen hatte, blickte er fassungslos zurück auf die beiden Hunde, die noch immer im Gras lagen und nur den Kopf in seine Richtung drehten. Max hatte keine Vorstellung, was die Hunde veranlasst hatte, sich plötzlich so zu verhalten. *Wahrscheinlich war es seine Ausstrahlung!*

„Wow! Hey! Max, Du hast es echt voll drauf!“, sagte er laut zu sich selbst. Mit dem Tor zwischen sich und den Hunden, wollte der Junge seine Wirkung überprüfen und kommandierte:

„Tristan! Arthus! Hierher!“

Die Hunde sprangen auf und rannten laut bellend zum Tor, wo Max auf der anderen Seite stand.

„Geht doch!“, sagte Max und nahm die Beine in die Hand.

Max lief die Straße hinunter. Sein Atem rasselte vor Anstrengung, wie die Kette in seinem Rucksack. Er rannte an einem Mann vorbei, der am Wegesrand stand und sich auf einen Stock stützte. Sein Feuerblick folgte dem Jungen, der um eine Ecke bog, ohne den Alten zu bemerken. Der alte Mann trat auf den Weg. Er schaute Richtung Fabers Tor, wo noch immer die beiden Doggen wild bellten. Ambrosius Kovac, der Mann am Wegesrand, hob einen Finger. Die Hunde hörten auf zu bellen und liefen zurück zum Haus, als hätte man ihnen Prügel angedroht!

Kapitel 19

Der Herbsttag hatte sein Versprechen vom Morgen gehalten; er blieb schön. Auf der Suche nach Max hatten Cäcilia und Markus fast die ganze Stadt abgeradelt. Sie schauten in Hinterhöfe, dunkle Ecken im Uni-Viertel, sogar in den Keller eines Weinlokals. Von Max keine Spur. Sie wussten nicht, wo sie noch suchen sollten. Sie standen auf der Alten Brücke, die sich über den Neckar spannte, als Cäcilia eine zündende Idee hatte:

„Wenn wir Max nicht finden, sollten wir ihm die Gelegenheit geben, uns zu finden!“, sagte sie. „Also, wo würde Max DICH suchen?“

„Auf der Bank unterhalb vom Schloss!“, antwortete Markus prompt. Dort hatte Max ihn damals wiedergefunden, nachdem sie sich im Bus zum ersten Mal begegnet waren.

„Dann auf die Pferde!“, schmunzelte Cäcilia. Sie stieg aufs Rad und Markus nahm wieder auf dem Gepäckträger Platz.

Wie klug sie war! Cäcilia war bestimmt keine gute Schülerin, sie machte nie Hausaufgaben und schrieb ab, wo sie konnte. Aber sie war das intelligenteste Mädchen, das Markus *je getroffen hatte.*

Sie radelten durch das alte Stadttor auf die Altstadt zu, die sich hinter dicken Mauern versteckte.

Das Kopfsteinpflaster war holprig und Markus konnte sich nur auf dem Gepäckträger halten, in dem er sich an Cäcilia klammerte. Sie hätte noch Stunden so weiter radeln können. Aber schon kurz, nach dem sie das Stadttor passiert hatten und auf das Hotel Ritter zu radelten, trat die Radfahrerin so heftig in die Bremse, dass Markus fast vom Gepäckträger geschleudert wurde, wäre er nicht im letzten Moment abgesprungen. Das Mädchen deutete aufgeregt auf einen Zeitungsständer vor einem Kiosk, wo ihnen die Schlagzeile von Brandstätters Tod entgegenprangte!

„Hast Du das gewusst?“, fragte sie atemlos.

Markus nickte stumm. Für ihn war es die letzte Gewißheit, dass sein Albtraum Wirklichkeit geworden war.

In der Boxhalle war wenig Betrieb. Die meisten Reha-Schüler saßen noch beim Frühstück und trollten sich nach und nach. Im Ring sparrte lustlos ein Paar. Uli schaukelte auf einem Plastikstuhl und hatte die Füße auf die Begrenzung des Boxrings gelegt. So konnte er, während er Zeitung las, immer wieder einen Blick in den Ring werfen, um die beiden Boxer zu korrigieren. Er las gerade den Artikel über den toten Krebsforscher aus dem Neckar, als sich eine Hand auf seine Schulter legte. Uli drehte sich um und schaute in das Gesicht von Hauptkommissar Walter Teichmann.

„Mensch Teichi! Was machst Du denn hier?", fragte der Trainer überrascht.

„Wollte mal nachschauen, was Du so treibst!?", antwortete der Kommissar.

Ulrich Fischer stand auf und legte die Zeitung beiseite.

„Das Übliche!", lachte Uli „Führe Jugendliche zurück auf den rechten Weg! Bin sozusagen ihr Navi ins Leben!"

„Das Beste, was den Jungs passieren kann!", grinste Teichmann zustimmend.

Uli freute sich über das Kompliment des alten Freundes. Er deutete mit dem Zeigefinger auf die Schlagzeile der Zeitung:

„Dein Fall?"

Der Kommissar nickte:

„Ist noch vieles ungeklärt!"

Die beiden Männer wanderten nebeneinander durch die Halle:

„Ich hätte da vielleicht jemand, der Dir weiterhelfen könnte!", meinte Uli. Teichmann blieb überrascht stehen.

„Dr. Sabine Wohlfahrt heißt sie. Arbeitet im gleichen Institut, wie dieser....Brandheini da!" Er deutete auf die Zeitung auf dem Stuhl.

„Er war ein Kollege von ihr! ....Tolle Frau, diese Frau Doktor! Hübsch, intelligent!"

Teichmann unterbrach ihn:
„Also: alles, was Du nicht bist, Uli!“
„Ist ja schon gut!“, murrte Uli im Spaß.
„Verliebt?“
„Jetzt halt mal den Ball flach! Ich doch nicht! Wie kommst Du denn darauf?!“, versuchte Uli sich raus zu reden.
„Kenn Dich!“, antwortete Teichmann knapp.
Ulis Lächeln hätte man bei einem Verhör als Eingeständnis werten können. Und mit Geständnissen kannte sich Teichmann aus. Der Kommissar klopfte dem Freund auf die Trainingsjacke.
„Dann werde ich mich mal mit der Dame unterhalten! Kann ich mich auf Dich berufen?“
„Ich weiß nicht!“, wand sich Fischer. „Keiner mag das, wenn einem die Polizei auf den Hals gehetzt wird!“
„Du willst nur nicht, dass ich sie kennenlerne! Keine Angst, wie Du weißt, bin ich glücklich verheiratet!“, versuchte Teichmann die Bedenken Ulis zu zerstreuen.
„In Ordnung!“, lenkte Uli ein. „Aber gib mir ein bißchen Vorsprung! Ich sehe sie nachher! Dann kann ich sie auf Dich vorbereiten!“
„Auf mich kann man sich nicht vorbereiten!“, beendete Teichmann das Gespräch. „Aber lass uns mal wieder ein Bier trinken gehen!“
„Ganz unvorbereitet!“, stimmte Uli zu.
Die beiden Männer klopften sich gegenseitig auf die Schultern und Teichmann schlenderte Richtung Tür. Uli schaute auf seine billige Armbanduhr. Er würde sich beeilen müssen. Er war mit der schönen Ärztin verabredet, um Max zu suchen. Doch daraus wurde nichts!

Ein hagerer Typ mit randloser Brille und grauem Anzug kam durch die Tür, begleitet von zwei uniformierten Polizisten. Es war Helmut Siegel, Leiter des Jugendamtes in Person. *Einer dieser Typen,* dachte Uli, *der die Vorschriften wichtiger nahm, als die Jungs, die ihm anvertraut waren.* Er hatte am Ring gesessen, als Max seinen Boxkampf hatte. Ulrich Fischer hätte liebend gern auf ein Wiedersehen verzichtet. Die jungen Boxer, die sich in der Halle tummelten, hörten schlagartig auf zu trainieren und schauten dem unheilvollen Besuch entgegen. Sie alle kannten den Herren und fürchteten ihn.

„Herr Siegel, was kann ich für Sie tun?“, empfing Uli den Abgesandten der Spießigkeit.

„Herr Fischer, das wissen Sie doch ganz genau! Wir sind hier um ihren Schützling abzuholen! Seine Zeit bei Ihnen ist um! Und wenn er nichts zu verbergen hat, dann hat er auch nichts zu befürchten!“

Uli wusste, dass es nicht so war! Oft waren die Jungs der Willkür der Behörden ausgesetzt, die mit der Zukunft der Jugendlichen Schicksal spielten.

Natürlich ging es um Max! Und welcher Junge in Max Alter hatte nichts zu verbergen?, dachte Uli. Nur in diesem Fall fehlten Uli die Argumente. Max war weg!

Siegel schien Ulis Gedanken zu ahnen:

„Also lange Rede, kurzer Sinn, wo ist er?“

Ulis Handy fiepte. Er zog es aus seiner Trainingsjacke und schaute kurz auf das Display: Dr. Sabine Wohlfahrt. *Ausgerechnet jetzt!* Er drückte das Gespräch weg. *Was hätte er ihr sagen sollen, vor den Ohren von Siegel?* Stattdessen holte der Trainer tief Luft:

„Ich weiß es nicht!“

Die Beamten-Kröte bekam Schnappatmung:

„Sie.. bitte....was?“

„Ich weiß nicht, wo Max ist!“, erhob Uli die Stimme.

„Aber er wohnt doch...?“

„Nein! Tut er nicht mehr!“, fiel ihm Fischer ins Wort.

Sein Handy fiepte erneut. Wieder musste Ulrich Fischer gegen seinen Willen Sabine Wohlfahrt wegdrücken.

Siegel bekam Oberwasser:

„Heißt das etwa, er ist verschwunden und Sie wissen nicht, wo er ist?“

In dem Amtsleiter stieg ein Gefühl der Genugtuung auf: *Er hatte es doch gewusst! Und er hatte Fischer davor gewarnt, den Jungen bei sich aufzunehmen. So was zahlte sich nicht aus! Der Trainer hatte gebürgt und jetzt das! Es war doch immer das Gleiche!*

Uli wollte keine Worte mehr verlieren, er nickte nur. Er hatte in den Augen der Behörde verloren, aber das war ihm in dem Moment egal! *Das einzige, was zählte, war, Max zu finden. Er würde den Jungen nicht so einfach aufgeben! Aber das behielt er besser für sich, bevor ihm Siegel die Worte im Mund verdrehte.*

„Tja!", selbstherrlich wandte sich die dürre Gestalt an die beiden Polzisten: „Dann werden wir ihn wohl zur Fahndung ausschreiben müssen!" Die Beamten nickten wichtig.

„Und wenn Sie ihn sehen, sagen Sie ihm, seine Bewährung ist endgültig futsch!"

Empörtes Gemurmel der anderen Boxer raunte durch die Halle. Siegel ignorierte es und zeigte stattdessen mit dem Finger auf Uli.

Seine Stimme bekam einen drohenden Unterton:

„Und Sie werden von uns hören!"

Der Behördenchef drehte sich um und marschierte selbstgefällig mit den Polizisten aus der Halle. *Er würde alles dafür tun, um Ulis Reha-Schule zu schließen. Sie war ihm schon lange ein Dorn im Auge! Und das Verschwinden von Max der passende Anlass!*

Ulrich Fischer fühlte die Blicke der anderen Boxer auf sich.

Er wandte sich ihnen zu:

„Habe ich was von Pause gesagt?", dröhnte er durch die Halle. *Ihm war zum Kotzen zu Mute.* Wieder fiepte sein Handy. Wieder drückte er schweren Herzens Sabine Wohlfahrt weg. *Was sollte er ihr sagen? Dass alles auf der Kippe stand? Die Zukunft von Max? Seine Boxschule? Er musste erstmal einen klaren Kopf bekommen. Nein, musste er nicht!* Er wählte ihre Nummer. Sie war besetzt. *Heute ging aber auch alles schief!*

Dr. Sabine Wohlfahrt starrte im Institut auf ihr Handy. *Was wollte dieser Teichmann von ihr? Sie wusste nichts über die Umstände des Todes von Brandstätter! Wenn einer etwas wusste, dann bestimmt Faber. Sie hatte den Kommissar an ihn verwiesen.* Teichmann schien alles andere als begeistert! Die Ärztin steckte das Handy in ihren Kittel und verließ das Labor. Die Enttäuschung über Ulis Verhalten hallte in ihr nach. *Sie hatte sich darauf gefreut, ihn zu sehen und mit ihm gemeinsam nach Max zu suchen. Aber wahrscheinlich wollte er das gar nicht! War ihm wahrscheinlich zu viel! Hatte sie sich in ihm getäuscht?* Sie betrat ihr Büro und hängte ihren Kittel an einem Haken auf. Gedankenverloren ging sie über den Flur Richtung Fahrstuhl. *War Ulrich Fischer auch nur eine Luftnummer? Er hatte sie drei Mal weggedrückt! Das war kein Versehen! Das war Absicht! Vielleicht gab es Gründe, warum Max ihm weggelaufen war! Gründe, von denen sie nichts wusste?!* Sie stieg in ihren Wagen und fuhr vom Parkplatz. *Dann würde sie eben auf eigene Faust nach Max suchen!*

In ihrem Büro vibrierte das Handy, das sie in der Tasche ihres Kittels vergessen hatte. Auf dem Display stand: Ulrich Fischer.

Entsetzt starrte Professor Bernhard Faber auf die offenstehende Tür zum Turmzimmer. *Wie hatte sich der Junge nur befreien können?* Der Burgherr bückte sich nach dem Schlüssel auf dem Boden und steckte ihn zurück ins Schloss. *Der Junge hatte eine kriminelle Vergangenheit! Und das war bestimmt nicht das erste Schloss, das er geknackt hatte! Daran hätte er denken sollen!* Faber blickte kurz in den leeren Raum, ging dann die Treppe hinunter, Richtung Schlafzimmer. *Aber wie war er bloß an den Hunden vorbei gekommen? An ihnen kam niemand vorbei!* Faber öffnete die Tür zu seinem Schlafzimmer. Das rote Mönchsgewand lag unberührt auf dem Bett. *Aber irgendetwas stimmte nicht! Die Kette!* Sie war nicht mehr da! Er bückte sich, schaute nach, ob sie heruntergefallen war. Es blieb dabei; die Kette war weg! *Und es kam nur einer in Betracht. Diese diebische, kleine Elster hatte seine Kette gestohlen! Man kann einen Jungen aus der Gosse holen, nicht aber die Gosse aus dem Jungen!*, hatte Faber mal gelesen. *Und dieser Junge war die Gosse pur!* Der Professor knallte die Tür hinter sich zu. Er war wütend. *Er hatte die Situation unterschätzt.*

Der Krebsforscher betrat das Wohnzimmer. Er schenkte sich einen Whisky ein, trank in großen Zügen, als Tristan und Arthus auf ihn zu scharwenzelten.

„Haut ab!", schrie Faber die Hunde an. „Ihr nutzlosen Mistviecher!"

Die Hunde schauten erschrocken. Der Ausbruch ihres Herren irritierte sie. „Verschwindet! Ich habe Euch Namen von Helden gegeben! Und Ihr lasst Euch von einem kleinen Jungen überlisten! Ihr seid das Futter nicht wert!" *Dabei war es nicht alleine das Verschwinden von Max, sondern das Heft des Handelns war ihm aus der Hand genommen worden! Das konnte er nur schwer ertragen!* Er pfefferte das halbleere Whisky-Glas an den Hunden vorbei gegen die Wand, wo es zerbrach. Das Glas rieselte in einzelnen Scherben zu Boden. Die Hunde suchten erschrocken das Weite! Sie rannten durch die offene Eingangstür in den Park. Faber griff zur Karaffe und schenkte sich ein zweites Glas ein! Er betrachtete die Flüssigkeit im Glas, wie ein Wahrsager eine Kristallkugel:

Er hatte die Beherrschung verloren! Das war unverzeihlich! Die Anspannung der letzten Wochen hatte auch an ihm genagt, ohne dass er es wahr haben wollte. Er hatte Fehler gemacht: Der erste war, den Jungen ins Haus zu lassen. Der zweite, ihn einzuschließen. Er nippte an seinem Whisky. Der Alkohol klärte die dunklen Wolken ins seinem Gehirn. *Aber wieso regte er sich auf? Was wusste der Junge schon? Er hatte einen roten Mönch gesehen, na und? Die Kette* würde er *wahrscheinlich verhökern und irgendwann würde sie wieder bei ihm landen.... er musste nur die zahlreichen Trödelgeschäfte in der Altstadt abklappern.* Der Professor trank seinen Whisky aus und ging zur Eingangstür, um sie zu schließen. *My home is my castle! Mein Zuhause ist meine Burg! Er würde seine innere Zugbrücke hochziehen und den Feind da draußen lassen. Jetzt, wo er fast am Ziel seiner Wünsche war!*

Kapitel 20

Die Herbstsonne schickte erschöpft vom Tag ihre letzten Strahlen zum Schlossberg und tauchte die beiden, die auf der Bank saßen, in ein goldenes Licht.

„Und das hast Du alles geträumt?“, fragte Cäcilia ungläubig. „Dass mit Otto, Zimmermann und jetzt auch das mit diesem Mönch im Keller?“

„Ich kann mich nicht dagegen wehren.“, zuckte Markus mit den Schultern. „Seitdem mein Vater tot ist, habe ich diese Träume.“

„Vielleicht schickt er Dir auf diese Weise Botschaften?“

„Ich glaub schon!“, sagte der Junge leise. „So habe ich wenigstens noch Kontakt zu ihm! Ich vermisse ihn!“

Das Geständnis von Markus ließ die beiden verstummen. Sie schwiegen und ihr Atem hinterließ Wölkchen in der Luft. Jetzt saßen sie schon Stunden hier und Max war immer noch nicht aufgetaucht. Cäcilia schaute den Jungen mit den roten Haaren und den Sommersprossen von der Seite an, dann dreht sie seine Baseballmütze mit dem Schirm nach vorne. Er war dankbar für die kleine Geste. Sie hatte etwas Tröstliches, Liebevolles. Gerade jetzt, wo ihm Max fehlte.

Die Sonne hatte sich hinter dem Pulverturm des Schlosses verkrochen und es wurde empfindlich kalt auf der Bank. Markus bemerkte, dass Cäcilia in ihrer dünnen Jeansjacke fror. Er legte seinen Arm um sie und sie kuschelte sich hinein. Seine Wärme kroch rüber zu ihr und kam zurück. Auf diese Weise wärmten sie sich gegenseitig. Ihre Haare kitzelten ihn an der Nase und er musste lachen.

„Besser?“, fragte er.

Sie nickte.

„Er bedeutet Dir viel!“, sagte Cäcilia unvermittelt.

„Mein Vater?“

„Nein, Max!“

„Schon!“, antwortete Markus wortkarg. „Aber Du mir auch!“, schoss er hinter her. Als die Worte über seine Lippen kamen, merkte er, was er gesagt hatte. Überrascht stellte er fest, wie wahr sie waren.

„Echt?“

„Mmhh!“

„Willst Du noch warten?“, fragte sie. Markus schüttelte den Kopf.

„Ich muss zurück sein, bevor meine Mutter nach Hause kommt! Sie weiß nicht, dass ich nicht in der Schule war! Und ich will nicht, dass sie sich Gedanken macht!“

Das Mädchen mit den wilden Locken nickte verständnisvoll. Wieder kitzelten ihn ihre Haare. Dieses Mal musste er niesen.

„Meinen Eltern ist das egal!“, sagte sie lachend. „Sie sind der Meinung: mach was Du willst, aber werde glücklich!“ Sie überlegte: „Gar nicht so einfach!“ Sie schaute hoch zu ihm, als erwarte sie von ihm eine Antwort. Er blickte in ihre dunklen Augen und sah etwas darin, was ihn magisch anzog. Er konnte nicht anders! Markus beugte sich rüber zu ihr, seine Lippen berührten sanft ihren Mund. *Ihre Lippen schmeckten nach Vanilleplätzchen! Und die mochte er am Liebsten!* Cäcilia schaute ihn mit großen Augen forschend an. *Er hatte sie geküsst, tatsächlich geküsst.*

Und Markus? Er war von sich selbst überrascht. Verlegen stand er auf.

„Jetzt steht es eins zu eins!“, sagte er, weil ihm nichts Besseres einfiel. „Unentschieden!“, nickte Cäcilia. Sie hatte sich längst entschieden und hoffte, dass es bei Markus genauso war. *Für Markus hatte Cäcilia eine versteckte Schönheit, die man entdecken musste. Nicht so direkt und offensiv wie die von Ilona, die einen geradezu ansprang. Je öfter er Cäcilia sah, je näher er ihr kam, umso aufregender fand er sie! Eigentlich war es nicht zum Aushalten!*

Es war eine Fahrt durch den kalten Herbstabend. Cäcilia kurvte mit ihrem Rad durch den Verkehr stadtauswärts. Autoscheinwerfer beleuchteten ihren Weg. Sie saß auf dem Sattel, er auf dem Gepäckträger und es fuhr etwas mit, wofür sie keine Worte hatten.

Der Abschied vor Markus Haus geriet etwas ungelenk. Sie küsste ihn hastig auf die Wange, murmelte so etwas wie:

„Bis morgen!“ und schwang sich wieder auf ihr Rad.

Er stotterte hinterher:

„Danke!“ und winkte ihr noch nach, als sie schon längst in der Dunkelheit des Abends verschwunden war. *Die Welt konnte so schön sein. Und wenn jetzt noch Max auftauchen würde,* wäre alles gut!

Mit langen Schritten ging der Junge auf sein Elternhaus in der Blumenstraße zu. Das Auto seiner Mutter am Straßenrand signalisierte Markus, dass sie schon zu Hause war. Das Haus war erleuchtet und versprach Wärme und Geborgenheit. Markus freute sich einfach nur, heimzukommen.

„Bin wieder da!“, rief er schon an der Tür, um seinem schlechten Gewissen eine Stimme zu geben. Er schleuderte seine Schuhe von den Füßen und betrat die Küche: Und dort saß er! Max in all seiner Unverfrorenheit, die Markus so an ihm liebte. Der Freund biß in ein Leberwurstbrot und schmatzte ihn vorwurfsvoll an:

„Kommst aber spät!“

Markus verschlug es die Sprache. Er schaute in das amüsierte Gesicht seiner Mutter, die an der Anrichte lehnte und ein Glas mit Orangensaft in der Hand hielt.

„Deine Mutter hat mich gefunden!“, erklärte Max mit einer Kopfbewegung.

Dr. Sabine Wohlfahrt nickte: „Stimmt!“

Max Stimme bekam einen mafiamäßigen Unterton. Er nuschelte wie Marlon Brando in „der Pate“.

„Sie hat mir ein Angebot gemacht, dass ich nicht ablehnen konnte!“

Markus schaute forschend zu seiner Mutter.

Sie nickte wieder: „Stimmt auch!“

Max war der Ärztin buchstäblich über den Weg gelaufen, als sie im Schritttempo durch die Altstadt fuhr. Plötzlich stand der kleine Boxer im Scheinwerferlicht ihres Autos. Sie hatte die Wagentür geöffnet und im Befehlston kommandiert:

„Max! Steig ein!“

Und zu ihrer Verblüffung gehorchte Max aufs Wort. Sie fuhren zurück nach Hause. Dabei erfuhr Max, dass sein Aufenthalt im Schuppen nie ein Geheimnis gewesen war.

Es klingelte an der Tür.

Ulrich Fischer war sich nicht sicher, ob er noch willkommen war, nach dem er Sabine am Vormittag gleich drei Mal telefonisch abgewiesen hatte. Danach hatte er sie nicht mehr erreicht und sich Sorgen gemacht. Im Laufe des Nachmittags wurden die Sorgen immer größer. Sie ging nicht an ihr Telefon, weder ans Festnetz, noch an ihr Handy. Er hatte ihr eine Sms geschickt, doch die blieb ohne Antwort. Er konnte ja nicht wissen, dass sie ihr Handy im Institut vergessen hatte, was auch die Ärztin erst feststellte, als sie schon zu Hause war. Irgendwann hatte er es nicht mehr ausgehalten und sich auf den Weg gemacht.

Die Ärztin öffnete die Tür und vor ihr stand verunsichert ihre Beinahe-Verabredung, in Jeans mit einem lässigen Wollpullover darüber und Lederjacke. Uli Fischer trat von einem Fuß auf den anderen und sah selbst dabei noch gut aus.

„Je später die Gäste.....“, empfing sie ihn.

„Du, lass Dir erklären!“, versuchte er eine Rechtfertigung.

Sie nickte: „Ich höre?!“, dabei machte sie die Tür weiter auf.

Er stapfte an ihr vorbei ins Haus.

Markus hatte sich zu Max an den Tisch gesetzt und stahl ihm ein Stück von seinem Leberwurstbrot, was Max gutmütig zuließ.

„Stell Dir vor, sie hat die ganze Zeit gewusst, dass ich da hinten im Schuppen bin! Und kein Wort gesagt!“

Markus nickte: „Mmhh!“

„Und jetzt hat sie darauf bestanden, dass ich zurückkomme!“, Max zögerte eine Sekunde, bevor er leise sagte: „Und Du? Ist das okay für Dich?!“

Aus Max sprach die Verunsicherung eines Jungen, der so oft in seinem Leben enttäuscht worden war.

„Meine Fresse, Max, was denkst Du wohl? Du bist mir sowas von egal!“

Max biss in sein Leberwurstbrot und musste das alles erstmal verdauen. *Vielleicht hatte er sich das alles nur eingebildet, mit dem dritten Rad am Wagen! Auf jeden Fall hielt man ihn nicht für überflüssig! Es gab Menschen, die Wert auf seine Anwesenheit legten! Echt ein Hammer!*

Er schaute von seinem Brot auf, als die raumfüllende Gestalt von Ulrich Fischer plötzlich im Türrahmen stand. Max fiel das Leberwurstbrot auf den Teller. Uli gelang es nur mühsam beim Anblick seines Schützlings seine Rührung in Worte zu fassen.

„Max, Du Sackgesicht! Was machst Du denn bloß für einen Scheiß? Die ganze Welt sucht Dich!“

Das war für den kleinen Boxer zu viel. Er stand auf und tat so, als würde er ein Stück Leberwurst von seiner Wange wischen, aber es war eine Träne, die keiner sehen sollte. Schon gar nicht Uli. Der klopfte Max herzhaft auf die Schulter, seine spröde Art von Zuneigung. Sabine Wohlfahrt und Markus wechselten einen wissenden Blick. Ihre gemeinsame Sorge um Max hatte etwas ausgelöst, was in letzter Zeit zu kurz gekommen war. Das stumme Einverständnis zwischen Mutter und Sohn.

Stunden waren vergangen. Sabine Wohlfahrt hatte ein einfaches Essen zubereitet mit Spiegeleiern und Bratkartoffeln und ihre Männer hatten reingehauen. Max hatte kein Problem, sich ein zweites Mal zu beteiligen. Uli erzählte vom Besuch des Jugendamtsleiters und der damit verbundenen Bedrohung seiner Boxschule.

„So weit wird es nicht kommen!“, hatte Sabine Wohlfahrt eingeworfen. Uli schaute sie fragend an.

„Max hat jetzt wieder eine Adresse: im Hause Wohlfahrt in der Blumenstraße in Heidelberg!“

Markus und Max strahlten wie frisch geputzte Fenster. Spontan hatte Ulrich Fischer am Tisch nach Sabines Hand gegriffen, um sie schnell wieder los zu lassen, als er die neugierigen Blicke der Jungs bemerkte.

Anschließend hatte Uli der Ärztin geholfen, die Pritsche aus dem Schuppen nach oben in Markus Zimmer zu tragen. Sie hatten gemeinsam das zweite Bett bezogen und es war eine Vertrautheit entstanden, die sie beide erstaunte. *Zwei Erwachsene sorgten für zwei Heranwachsende!* Ulrich Fischer war glücklich, ein Teil davon zu sein. Vielleicht würde eines Tage sogar mehr daraus werden, aber daran wagte er jetzt nicht zu denken.

Die beiden Jungs hatten die Gelegenheit genutzt, sich auszutauschen.

„Wo warst Du? Wo hast Du gesteckt?“, flüsterte Markus, obwohl sie alleine in der Küche waren.

„Später!“, hatte Max ihn vertröstet, aber dann war es doch aus ihm herausgeplatzt: „Ich habe den Mönch aus dem Schloss gesehen!“

„Brandstätter?“

„Als Wasserleiche am Neckar! Mit eigenen Augen!“

„Ich weiß! Stand in der Zeitung!“, hatte Markus gemurmelt. „Außerdem habe ich es geträumt!“

Max nahm die Träume von Markus ernst. „Hat ziemlich abgespacete Kollegen, Deine Mutter!“

Die Jungs verstummten, als die beiden Erwachsenen zurück in die Küche kamen.

Wenig später hatte sich Uli verabschiedet und war mit seinem VW-Bus davon geknattert. Die Jungs hatten sich ins obere

Stockwerk verkrochen, während die Ärztin noch lange am Fenster stand. Sie schaute hinaus in die Herbstnacht, die von einem zunehmenden Mond erhellt wurde. Sie dachte über den Abend nach: *Sie und Uli hatten kein Wort darüber verloren, aber es hatte sich fast wie Familie angefühlt.*

In Markus Zimmer hatten sich die Jungs ausgebreitet. Sie waren zu aufgeregt, um gleich einzuschlafen. Die Ereignisse des Tages mussten aufgearbeitet werden. Max hatte auf seinem Weg von Fabers Burg in die Stadt einen Kürbis von einem Feld mitgehen lassen. Jetzt saß er auf seiner Pritsche und schnitzte versonnen ein Gesicht in die Feldfrucht hinein. Den Abfall ließ er in einen Papierkorb rieseln. Markus lag seitlich auf seinem Bett und schaute ihm zu. Max hatte ihm von seinen Erlebnissen bei Faber erzählt und als Beweis die goldene Kette mit dem Ypsilon aus seinem Rucksack hervor gezogen. *Der rote Mönch!* Markus hatte ihn gesehen, oben im Schloss, ohne sein Gesicht zu erkennen. *Aber was hatte Faber damit zu tun? Oder steckte er hinter dem roten Mönch? War er es vielleicht sogar selbst?* Max las die Gedanken des Freundes.

„Du meinst, ein- und dieselbe Person? Faber und der Mönch? Ach du dicke Scheiße!“ Max war erschüttert. „Eigentlich hätte ich darauf kommen müssen!“

„Wieso?“

„Er hat sich verraten! Ich hab ihm nichts von der Farbe des Mönchsgewands erzählt, aber er hat es trotzdem gewusst: Rot hat er gesagt! Das konnte er doch nur wissen ....ja klar!“ Er schlug sich mit der flachen Hand auf die Stirn. „Und er hat mich auch eingesperrt! Der Pannemann! Und sowas ist der Chef Deiner Mutter?“

Markus nickte:

„Und er macht sich gerade an sie ran!"
„Der rote Mönch an Deine Mutter?.... Geht gar nicht!"
Max grübelte: „Meinst Du, er hat was mit dem Tod von Brandstätter zu tun?"

Die goldene Kette des roten Mönchs lag vor Markus auf dem Bett. Er weigerte sich, sie anzufassen! Für Markus war sie der Inbegriff von allem, was er in jener Nacht im Schloss erlebt hatte: die rasenden Mönche, seine Verfolgung, sein verzweifelter Sprung in den Brunnen. Die Kette war für Markus das Symbol des Bösen. Max erlöste den Freund, in dem er die Kette in seinem Rucksack verschwinden ließ. Er murrte dabei vor sich hin:
„Und was mache ich jetzt mit dem Teil? Zurück bringen ist für den Arsch! Ich geh da nie wieder hin! Das kann keiner von mir verlangen! ..." Über Max Gesicht ging plötzlich eine Erleuchtung: „Vielleicht kann ja Deine Mutter sie ihm zurückgeben! Morgen im Institut!?"
„Mensch Max, wie soll das gehen? Denk doch mal nach! Hallo Herr Professor, ich hab hier die Kette, die Max bei Ihnen gestohlen hat??? Wie bescheuert ist das denn? Und wenn rauskommt, dass Du die Kette.....", er machte mit der Hand eine Bewegung, die „stehlen" symbolisieren sollte: „Dann hast Du echt ein Problem! Darauf warten die doch alle nur, dass sie Dir was anhängen können!"
Max grinste: „Und wenn`s die blöde Kette ist! Okay! Geht auch nicht!"
Ihre Unterhaltung wurde unterbrochen von einer Mail auf Markus Computer. Sie war von Cäcilia.
„Schöner Tag heute am Schloss!"
Max Rückkehr hatte für ein paar Stunden den Tag mit Cäcilia in den Hintergrund gedrängt. *Aber jetzt war alles wieder da. Der Nachmittag auf der Bank, ihre Wärme, sein Kuß, die Fahrt nach Hause und das wehmütige Gef*ühl, als sie wegfuhr.
Markus sprang von seinem Bett und schrieb zurück:
„Max ist hier!" Er schickte einen Smiley hinter her. Er hatte

es kaum abgeschickt, da war Markus *sich plötzlich nicht mehr sicher, ob es das war, was er ihr sagen wollte!? Was er sagen wollte, war etwas ganz anderes! Aber vor den Augen von Max besser nicht! Er wollte nicht wieder eine Situation heraufbeschwören, die Max den Eindruck vermitteln könnte, ausgeschlossen zu sein.* Er fühlte den Blick seines Freundes im Rücken und fuhr auf seinem Stuhl herum. Max drehte unschlüssig den Kürbis in seinen Händen. So lange, bis das lachende Gesicht wieder in Richtung Markus blickte. *Die Frage brannte Max auf der Seele, er musste sie loswerden, selbst auf die Gefahr hin, dass ihm die Antwort nicht gefiel.* Max gab sich einen Ruck.

„Was ist denn nun mit Dir und Cäcilia? Mädchen oder Freund?“

Markus zögerte nur eine Sekunde, bevor er antwortete:

„Ich glaube...Mädchen!“

Max legte erleichtert den Kürbisschädel zur Seite und steckte das Küchenmesser in dessen Kopf. Wohlig grunzend streckte er sich auf der Pritsche aus.

„Mädchen ist okay!“, murmelte er und war im nächsten Moment eingeschlafen. Markus löschte das Licht der Nachtischlampe. In dieser Nacht schlief er traumlos.

Für Professor Faber war die Nacht noch lange nicht vorbei. Es war kurz vor Mitternacht, als der Wissenschaftler in einem bestickten Hausmantel durch die Räume seiner Burg schritt, die von schwerer klassischer Musik erfüllt war. Seine Doggen folgten ihm unterwürfig. Sie waren die einzigen Lebewesen, die er im Moment ertrug. Kommissar Teichmann gehörte nicht dazu. Aber ausgerechnet er hatte sich wieder bei ihm gemeldet. In seiner aufdringlichen Art war er einfach im Institut aufgekreuzt. Er wollte Näheres wissen über Brandstätter, ob er irgendwelche

Feinde hatte. Faber hatte ihm geantwortet, dass Brandstätter noch nicht mal Freunde hatte. Von Feinden wisse er nichts.

Irgendetwas war ihm seltsam vorgekommen an den Fragen des Kommissars. *Er gab sich nicht mehr zufrieden mit der Theorie, dass Brandstätters Tod nur ein tragischer Unfall gewesen war*. Teichmann suchte ein Motiv. Teichmann suchte einen Schuldigen. Am Ende seiner Geduld hatte Faber ihm empfohlen, vielleicht die Ratten zu verhören, die an dem Toten genagt hatten. Der Kommissar konnte darüber nicht lachen. „Verlassen Sie sich drauf! Und wenn ich sie einzeln aufs Revier bestelle!“, hatte er geknurrt und die Tür von Fabers Büro zugeschlagen.

Der Wissenschaftler war froh, dass er die Zugbrücke zu seiner Seele noch rechtzeitig hochgezogen hatte. Er würde niemanden mehr hereinlassen. Auch nicht diese Wohlfahrt! Er schätzte ihre Gesellschaft, ihre Arbeit, aber er brauchte sie nicht. Jetzt brauchte er überhaupt niemanden mehr.

Er blieb vor einem Foto an der Wand stehen. Es zeigte die „Neuen Druiden“ bei ihrem Ausflug nach Stonehenge. Esoterische Idioten, die nicht den Ernst seiner Forschungen begriffen. Sein Blick streifte Brandstätter am Rande des Bildes; er wollte partout nicht aufs Foto! Was Brandstätter gegenüber den anderen auszeichnete, war sein innerer Instinkt, der ihn warnte, nicht zu viel von sich preiszugeben! Aber am Ende hatte auch der ihm nichts genützt! Sein Blick blieb an Kochendörfer hängen, der begeistert in die Kamera strahlte.

Der Studiendirektor hatte ihn in der Mittagspause auf dem Parkplatz vor dem Institut abgepasst. Er war in Sorge. Der Tod von Brandstätter könnte ihn in die polizeilichen Ermittlungen hineinziehen, weil sie ja zur selben Interessengruppe gehörten. Das könne er sich nicht erlauben als Direktor eines angesehenen Gymnasiums. *Ob man ihn da heraushalten könne?* Kein

Bedauern über Brandstätters Tod; er war nur ängstlich auf sich bedacht! Faber hatte ihn einfach nur angewidert stehen lassen, diesen kleinen Spießer! *Die Tafelrunde war am Ende!*

Der Forscher wandte sich ab von dem verräterischen Foto. Er würde es bei nächster Gelegenheit von der Wand nehmen. Faber hatte es damals gemacht, damit er bloß nicht mit auf das Bild musste! Es war das gleiche Foto, das Cäcilia im Internet gefunden hatte. Die erste Spur zu einer Gruppe von Menschen, die sich dem keltischen Erbe verschworen hatten.

Der Professor betrat seinen privaten Rittersaal, wo der Kamin flackerte. Die Hunde ließen sich auf dem warmen Boden nieder. Faber starrte ins Feuer. Es war, als würde Xenias Gesicht darin auftauchen. Er wartete auf ihren Gegenschlag. Er würde kommen und sie würde nicht zimperlich sein in der Wahl ihrer Mittel. *Aber was, was konnte sie ihm schon anhaben?! Es war alles gesagt, zwischen ihnen, alles geklärt. Und ihrer stärksten Waffe, ihrer gemeinsamen Tochter Ilona, hatte er den Schneid abgekauft! War es früher sein sehnlichster Wunsch gewesen, Kontakt zu ihr zu haben, so fühlte er jetzt, dass er einer Illusion hinterher gelaufen war. Er hatte sich ein Bild von ihr gemacht. Eine verzogene Göre, ein Abbild ihrer Mutter!* Die Flamme im Kamin wurde kleiner. Der Professor bückte sich, griff ein Stück Holz und legte es im Kamin nach. Die Hunde knurrten warnend. Faber wandte sich langsam um: vor ihm stand seine Vergangenheit in Gestalt von Ambrosius Kovac. Für die Dauer eines Lidschlags rang Faber um Fassung. Sein rechtes Augenlid zuckte, seine Kopfschmerzen setzten ein, beim Anblick des Alten, der ihn mit glühenden Augen betrachtete. *Ein Wiedersehen nach so vielen Jahren, in denen man sich aus den Augen verloren hatte. Wenn Faber etwas fürchtete, dann war es dieser Augenblick des Wiedersehens. Sein Fehler von damals flammte ihn im auf, wie das Feuer im Kamin. Das Gefühl von Schuld, das er all die Jahre mit sich herum getragen hatte, immer in der Hoffnung, es würde eines Tages verschwinden, war mit dem Auftauchen seines alten Professors wieder lebendig.* Ambrosius Kovac hatte damals alles auf sich genommen und die Konsequenzen getragen. Er hatte die Universität verlassen und war verschwunden. *Aber der Mann, der jetzt vor ihm stand, war nicht mehr der harmlose Gelehrte aus seiner Universitätszeit, schon gar nicht der verstaubte Buchhändler aus der Altstadt! Hier stand jemand ganz anderes!*

„Wie sind Sie hier rein gekommen?"

Die Doggen knurrten wieder. Kovac überging die Frage, in dem er nur eine Augenbraue hochzog. Sein Blick ruhte auf dem Mann im Hausmantel, der einmal sein Lieblingsstudent gewesen war! Fabers Sicherheit bekam mehr und mehr Risse!

„Was wollen Sie hier?"

„Dich vor Dir selbst schützen, Bernhard Faber!"

Faber versuchte aus dem Lichtschein der lodernden Flammen zu gelangen. So, als suche er Schutz, vor der Aura, die den Alten wie ein Feuerring umwaberte. Der Forscher lachte laut auf. Es klang falsch.

„Schützen? Sie mich? Wohl kaum!" Er musterte seinen ehemaligen Professor in seinem schäbigen Mantel, den schmutzigen Schuhen und den zerzausten Haaren. *Er sieht aus, wie ein Penner!*, dachte Faber.

„Was ist nur aus Ihnen geworden, Professor Kovac?", ging er zum Gegenangriff über.

„Das, was ich immer schon war!... Aber wer bist Du, Bernhard Faber?"

Beim Anblick des scheinbar abgerissenen Mannes, kehrte Fabers Selbstbewusstsein langsam zurück. *Dieser alte Mann würde ihn nicht aufhalten!*

„Sagen Sie, was Sie wollen und dann verschonen Sie mich mit Ihrer Anwesenheit!"

Der Alte nagelte Faber mit seinem Blick fest:

„Du besitzt etwas, das Dir nicht gehört!"

Faber breitete selbstherrlich die Arme aus:

„Schauen Sie sich um, Professor Kovac! Alles, was ich besitze, gehört mir auch!“

Kovac ließ seinen Blick durch den Raum gleiten, kehrte dann zu dem Hausherren zurück.

„Etwas in diesem Raum gehört Dir nicht!“

Für eine Sekunde war Faber verblüfft. Dann hatte er sich wieder unter Kontrolle. Das Ganze erinnerte ihn an ein Kinderspiel „Ich sehe was, was Du nicht siehst“. *Es war Zeit, das Spiel zu beenden.*

„Ihre Taschenspielertricks verfangen bei mir nicht, Professor! Also, tun Sie mir einen Gefallen und lassen Sie es!“

Er wandte sich dabei an eine der Doggen:

„Arthus, zeig dem Herrn den Weg nach draußen!“

Die Dogge machte einen Schritt auf Kovac zu und fletschte die Zähne. Auch Tristan, die andere Dogge, streckte angriffslustig den Kopf vor. Kovac betrachtete die Hunde furchtlos. Er schaute Arthus dabei in die Augen. Eine kleine Handbewegung des Buchhändlers verwandelte das Knurren der Doggen in ein Winseln. Die Hunde bewegten sich langsam nach hinten weg. Sie hatten Angst, tierische Angst. Faber verfolgte die Reaktion seiner Tiere mit ungläubigem Staunen. Der Alte legte den Kopf in den Nacken. Seine Stimme war müde.

„Ich habe Dich gewarnt! Bring es zurück, bevor es Dich umbringt, Bernhard Faber!“

Kovac stapfte mit seinem Stock Richtung Tür. Der Stock hinterließ auf dem Boden ein pochendes Geräusch, so als würde jemand klopfen. Ein Klopfen, das Faber an seine pochenden Kopfschmerzen erinnerte. Bevor der Alte die Tür erreichte, war er schon verschwunden.

Max schnarchte noch, als Markus das Haus verließ. Er würde auch ohne ihn zurechtkommen, er wusste ja mittlerweile, wo alles war. Markus Mutter war schon früher aufgebrochen. Sie musste rechtzeitig im Institut sein, um die Ratten zu versorgen. *Da hatte sie sich auf was eingelassen! Wenn Max bleiben würde, dann hätte sie endlich einen guten Grund, das Institut und die Ratten hinter sich zu lassen! Sie würde wieder eine eigene Praxis eröffnen, am besten in ihrem Haus! Platz genug war ja! Sie freute sich auf ein rattenfreies Leben mit ihren Jungs.* Beschwingt von dem Gedanken betrat sie das Institut. Es würde bald der Vergangenheit angehören.

Seine Zukunft beschäftigte auch Max. Mit einem Zuhause im Rücken konnte er zum ersten Mal planen. In den vergangen Jahren war seine ganze Energie aufgefressen worden von einem Elternhaus, das keines war, vom Überleben auf der Straße und von dem Wunsch, seinem Trainer Uli zu beweisen, dass er in der Lage war, seine Zukunft in beide Hände zu nehmen. Es war die bedingungslose Rückendeckung von Markus und seiner Mutter, die ihn stark machte für alles, was noch vor ihm lag. Max biss in sein Brötchen und latschte über den Rasen zum Schuppen.

Es war die kleine Modellstadt, die Markus Vater gebaut hatte, die ihn immer wieder anzog, seitdem er sie zum ersten Mal gesehen hatte. Eine eigene Welt zu erschaffen, nach seinen Wünschen, so, wie er sie nie erlebt hatte. Als Architekt oder als Bauzeichner – Max träumte zum ersten Mal von etwas, was seine Berufung werden könnte. Vielleicht könnte er wieder zur Schule gehen, auch wenn es ihm noch so schwer fiel. Disziplin war nicht seine Stärke, aber Max war hartnäckig. Wenn er sich in etwas verbiss, ließ er es nicht mehr los! Er wusste, was er wollte! Er hatte ein Ziel!

Er betrat den Schuppen und ließ seinen Blick über die Miniaturstadt wandern, die er so liebte. Dabei regneten ein paar Brösel von seinem Brötchen auf das Modell. Ihm schwirrte der

Kopf von den ganzen Möglichkeiten, die sich plötzlich vor ihm auftaten. Nur eins durfte ihm nicht passieren, dass er wieder rückfällig wurde. Dann würden alle Träume zerplatzen wie Seifenblasen. Max beugte sich über das Modell und pustete es frei von seinen Krümeln, bevor er den Schuppen wieder verließ. Er freute sich darauf, Markus von seinen Plänen zu erzählen.

Das Thermometer war gefallen. Die Kälte streckte ihre eisigen Finger aus, gegen die die Sonne machtlos war. Der Winter würde dieses Jahr früher kommen. Trotz seiner warmen Baseballjacke fröstelte Markus. *Komisch,* dachte er, *auf Friedhöfen ist es immer kälter*. Vielleicht war es auch nur ein inneres Frösteln, das der Junge fühlte, als er vor dem Grab seines Vaters stand.

„Bin schon wieder da, Papa!", murmelte er, als müsse er sich entschuldigen. „Erst komme ich lange nicht und dann gleich zwei Mal hinter einander!" Ein Windstoß, der über das Grab fegte, war die Antwort! „Danke, dass Du Max zurück gebracht hast! Ich weiß, das habe ich nur Dir zu verdanken!"

Der Marmorstein mit der Aufschrift schwieg wie ein Grab.

„Tote haben keine Worte!", sagte eine tiefe Stimme, von der Markus zuerst glaubte, sie käme aus dem Grab. Der Junge erschrak und wich einen Schritt zurück. Hinter dem Grabstein erhob sich eine Gestalt zu voller Größe. Eine Böe ließ seinen Wollmantel flattern. Seine langen grauen Haare wehten im Wind. Ambrosius Kovac, der unheimliche Buchhändler, war zurück! Markus musste schlucken. Die Luft wurde ihm knapp. Seine Hand tastete nach dem Spray, das er nicht mehr besaß. Der Alte lehnte sich auf den Grabstein, als sei es das Selbstverständlichste auf der Welt.

„Man kann nur ihre Seele hören!", sagte er mit seiner Bassstimme. „Und nur wenige sind dazu in der Lage!"

Markus klebte die Zunge am Gaumen. Er brachte kein Wort heraus. Da begann sich die Mimik des Alten zu verändern. Seine feurigen Augen schimmerten plötzlich freundlich, sogar der

Anflug eines Lächelns schlich sich in sein sonst so düsteres Gesicht.

„Du hast die Gabe, mein Junge!“

Der Buchhändler kam hinter dem Grabstein hervor.

„Es ist alles so gekommen, wie es kommen musste!“, fuhr der Alte fort.

Markus fand seine Sprache wieder.

„Was... ist...so gekommen? Was meinen Sie?“, brachte er mühsam hervor.

Kovac ging an dem Jungen vorbei und kniete sich vor das Grab. Aus seinem langen Wollmantel zog er ein ewiges Licht hervor. Er stellte es auf das Grab, zündete es mit einem Streichholz an und drehte dem Jungen dabei den Rücken zu.

„Dass mit Brandstätter und Zimmermann! Sie haben die Zeichen nicht erkannt, weil sie blind waren für ihr eigenes Schicksal!“ Mühsam stemmte sich der Alte hoch. Erst jetzt sah der Junge den knorrigen Stock, auf den er sich stützte. Kovac deutete mit dem Finger auf den Jungen. Er stand jetzt wieder mit dem Rücken zum Grab und sah dabei aus wie eine von diesen Marmorstatuen, die den Kiesweg zur Totenkapelle säumten.

„Dabei hätten sie nur hinschauen müssen! Alles, alles steht im Buch, das Du gefunden hast!“

Markus nickte: „Die Zeichnungen! Sie meinen die Zeichnungen, ist es das?“

Der Alte lachte freudlos: „Sie haben sich darin nicht wieder erkannt! Hatten keinen Blick dafür! Ihre Gier hat sie geblendet! Blinde auf der Suche nach dem Licht!“

„Aber das ist doch nicht meine Schuld?“, erschrak der Junge.

Er wich weiter zurück, stolperte dabei über eine Grabbegrenzung und fiel hin. Kovac stützte sich auf seinen Stock. Seine Stimme bekam einen heiseren Unterton.

„Durch Dich hat das verfluchte Buch wieder das Licht der Welt erblickt! Und Du bist der Einzige, der es auch wieder verschwinden lassen kann!“ Der Alte reichte Markus die Hand. Markus zögerte, ergriff sie dann. Kovac zog ihn auf die Beine.

Dabei entwickelte er eine Kraft, die Markus ihm nicht zugetraut hätte.

„Weißt Du, was heute für ein Tag ist?"

Der Junge ließ die Hand los und nickte.

„Halloween!"

„Die Druiden glaubten, an diesem Tag stehen die Geister der Toten auf und machen sich bereit für ihre lange Reise ins Jenseits."

Der Antiquar deutete mit dem Stab Richtung Himmel:

„Und alle, die das Buch jemals in der Hand hatten, werden die Toten auf ihrer Reise begleiten!"

Markus schnappte nach Luft, sein Gesicht wurde kreidebleich! Er hatte das Buch in der Hand gehabt, aber auch Max und Cäcilia! Schweiß brach ihm aus. *Das würde bedeuten: In 12 Stunden wäre ihr Leben vorbei! Seins und das seiner Freunde.*

Markus stotterte: „Was muss ich tun?...Damit es nicht passiert?"

Kovac Atem bildete eine Wolke.

„Du musst das Buch finden und zurück bringen, bevor die Sonne untergeht und die Reise der Toten beginnt!"

Die Gedanken wirbelten in Markus Kopf, wie Windräder im Sturm.

„Aber ich kann es doch nur zurück bringen, wenn ich weiß, wo es ist!"

Kovac schnitt ihm das Wort ab:

„Schau Dich doch mal an, Markus! Deine roten Haare verraten Dich! Du bist ein Kelte! Ein Erbe der Vergangenheit, so, wie Dein Vater! Wenn es einer findet, dann DU!"

Vor Aufregung ruderte Markus mit den Armen. *Aber wie? Er hatte keine Spur, keinen Anhaltspunkt!* Der kalte Schweiß klebte an Markus, wie eine zweite Haut. Seine Baseballmütze fiel ihm vom Kopf. Er bückte sich und setzte sie sich wieder auf.

„Aber wir haben es alle angefasst! Cäcilia, Max und ich! Was ist, wenn ich es nicht schaffe? Müssen wir dann...", er sprach den Satz nicht aus. *Er war zu ungeheuerlich.* Die Anspannung schnürte ihm die Kehle zu.

Ambrosius Kovac breitete die Arme aus. Sein Mantel bauschte sich im Wind. Für einen Moment sah es so aus, als wollte er abheben: „Folge dem Falken, Markus! Er wird Dich führen!“

Markus schaute sich suchend um, erblickte dann tatsächlich einen Greifvogel auf dem Grabstein seines Vaters. Es war derselbe Turmfalke, den er gestern schon entdeckt hatte und der ihn schon eine Zeit lang zu verfolgen schien. *Er sollte ihm den Weg zum Buch zeigen? Woher sollte der Vogel wissen, wo es war? Wenn er es schon nicht wusste?* Markus wandte sich hilfesuchend um zu Kovac, doch der Alte war verschwunden. Nur sein Gelächter hallte über die Grabsteine.

Seine Stimme rief: „Folge dem Falken!“

Der Falke flog auf. Markus begann zu rennen. Er rannte um sein Leben und das seiner Freunde. Er würde den Raubvogel nicht aus den Augen lassen. Er war seine einzige Hoffnung. Seine Beine wurden schwer unter der Last der Verantwortung. Der Junge stolperte über Grabumrandungen, lief mitten durch eine Trauergemeinde, die ihm empört hinter her rief. Er stürmte durch das geöffnete Friedhofstor, das hinter ihm scheppernd zuschlug. Er schaute nach oben in den Herbsthimmel. Seine Augen suchten seinen gefiederten Führer! Er war nirgendwo zu sehen! Der blaue Himmel war mit Wolken gesprenkelt und hatte den Falken verschluckt.

In Markus Kopf hämmerte es: *Waren er und seine Freunde jetzt dem Tode geweiht? Das durfte nicht sein! Das würde er nicht zulassen! Alles hing an ihm! Er musste seine Freunde retten!*

Die Hunde stoben kläffend ins Freie. Professor Bernhard Faber schloss die Eingangstür seiner Burg hinter sich. Sein grauer Kashmirmantel mit dem Pelzkragen aus Bisamratte schützte ihn vor der nassen Kälte. Der Krebsforscher sah übernächtigt aus. Bis in die Morgenstunden war er durch seine Räume gewandert, rastlos wie seine Gedanken. Die Begegnung mit seinem alten Professor, hatte ihn den Schlaf gekostet. *Warum war er nach so vielen Jahren ausgerechnet jetzt bei ihm aufgetaucht? Hatte Xenia ihn gesandt? So wie sie ihn in jener regnerischen Nacht zur Buchhandlung gelockt hatte? Wollte sie die Konfrontation, um ihm zu schaden? Nein! Kovac würde sich nicht schicken lassen! Schon gar nicht von Xenia. Es gab nur einen Grund, warum Kovac gekommen war! Suchte er, was alle suchten? Oder wusste er, wo es war?*

Gegen Morgen hatte Faber eine Entscheidung getroffen. *Er würde sich verhalten wie ein Lottospieler, der einen Millionengewinn gemacht hatte, von dem niemand wissen durfte. Er würde sein Leben fortsetzen, als sei nichts geschehen. Den Ruf des Krebsforschers aufrechterhalten. Dafür war das Institut die perfekte Fassade. Es symbolisierte Heilung, Gutmenschentum und Hoffnung! Alles, wofür Faber in Heidelberg stand.*

Der Wissenschaftler stieg in seinen Wagen. Das Tor öffnete sich und der Professor war auf dem Weg ins Institut. *In Wirklichkeit aber spielte es in seinen Plänen langfristig keine große Rolle mehr. Aber das durfte niemand wissen! Es hatte ausgedient. Er würde es nach und nach schließen, so unauffällig, wie möglich. Und die Ratten sollte der Teufel holen.*

Der Geländewagen schlich durch das Tor seines Anwesens, Faber beschleunigte an einem Taxi vorbei, das versteckt in einem Waldweg parkte.

Aus dem Taxi stieg Xenia Morgan-Basten. Sie rannte los, um noch durch das Tor zu schlüpfen, bevor es sich endgültig schloss.

Cäcilia hatte es kaum abwarten können. Sie war eine Viertelstunde vor dem Unterricht schon in der Schule gewesen, hatte ihr Rad abgeschlossen und war in die Klasse gestürmt, um Markus wiederzusehen. Aber er war nicht da. Das Mädchen versuchte ihre Enttäuschung vor den Blicken der Mitschüler zu verbergen. Aber sie war jemand, in dessen Gesicht man lesen konnte: Freude, Zuneigung, Ablehnung. Sie spürte das Getuschel von Ilona und ihrem Anhang, das nervige Gekicher hinter vorgehaltener Hand, angestachelt von der Missgunst der blonden Klassengöre. Dabei ging es ihr gar nicht um Markus. Es ging, wie immer, nur um sie! Das, was Ilona nicht besitzen konnte, sollte auch kein anderer haben.

Es kam, wie es kommen musste! Gleich in der ersten Pause nach Kochendörfers Deutschunterricht. Der Studiendirektor war nicht bei der Sache, hatte alle gelangweilt. Er schien fahrig und unkonzentriert, was sich schnell auf die Klasse übertrug. Kochendörfer redete ins Leere. Schon während des Unterrichts hatten sich die Jungs nach draußen verkrümelt, um zu rauchen oder um über Fußball und Mädchen zu reden. Kaum hatte sich die Klassentür hinter Kochendörfer geschlossen, scharte sich Ilona und ihre Gefolgschaft um Cäcilia. Es war zu eng zwischen den Bänken, um ausweichen zu können. Cäcilia sah der Konfrontation entgegen, die sich schon lange angekündigt hatte.

„Na, wo iss er denn, Dein Geliebter?“, lederte Ilona prompt unter dem Gegacker der anderen Klassenhühner los. Cäcilia betrachtete gelassen das schöne Mädchen vor sich, das im Inneren so hässlich war. Sie hatte keine Angst vor ihr und ihrem Anhang.

„Hat er Dich hängen lassen, Dein Markus?“, legte Ilona unter dem Beifall ihrer Clique nach. Cäcilia reagierte immer noch nicht. Im Grunde genommen war es ihr auch gleichgültig, was diese Mädchen über sie dachten. Sie würden nie begreifen, was Markus für sie bedeutete.

Ilona hielt Cäcilias Zurückhaltung für Schwäche. Ein verhängnisvoller Fehler! Die Klassenschöne zückte mit einer wichtigtuerischen Bewegung ihr rosafarbenes Handy:

„Ich glaube, ich schicke ihm mal ein Foto von Dir! Damit er sieht, auf was er sich eingelassen hat!“ Die anderen Mädchen lachten boshaft. Ilona machte ein Foto von Cäcilia. Sie fühlte Zorn in sich aufsteigen. Diese Tussi näherte sich gefährlich einer Grenze, hinter der aus Cäcilia wieder Zecke werden würde. *Sie konnte vieles ertragen, aber sie* würde ihre *Liebe zu Markus von dieser Ansammlung von Dumpfbacken nicht in den Dreck ziehen lassen. Keinen Schritt weiter!,* dachte Cäcilia für sich.

In ihrer Selbstgefälligkeit überschritt Ilona die Grenze. Sie wurde anzüglich.

„Wie iss er denn so, Du weißt schon, was ich meine, Dein Schwachmaat?“ Dabei fasste das blonde Mädchen Cäcilia an der Schulter, um vor den anderen ihre Macht zu demonstrieren. Zeckes Antwort kam prompt. Ihr kräftiger Stoß erwischte Ilona auf dem falschen Fuß. Sie verlor das Gleichgewicht! Ihr Smartphone wirbelte durch die Luft. Ilona stolperte, fiel über die Bank und knallte mit dem Kopf gegen die Rückenlehne, bevor sie benommen auf dem Boden liegen blieb und mit glasigen Augen nach oben schaute. All das geschah innerhalb von Sekunden. Die Umstehenden rissen vor Schreck ihre Lästermäuler auf, konnten es nicht fassen, dass ihr Idol wie eine Schildkröte auf dem Rücken lag. Cäcilia fauchte die Göre am Boden an:

„Über mich kannst Du sagen, was Du willst, Du unterbelichtete Labertasche, aber kein Wort über Markus!“ Sie schaute in die Gesichter der anderen Mädchen, die ihrem Blick nicht standhielten. Dann ging sie an der entgeisterten Gruppe vorbei und trat dabei wie zufällig auf Ilonas Handy. Das Display zerbrach knirschend wie Ilonas Ansehen in der Klasse. Die Unterlegene rappelte sich mühsam auf. Es half ihr keiner. Die Prinzessin hatte ihre Krone verloren und ihr Hofstaat wandte sich ab!

Cäcilia schnappte sich ihre schulischen Habseligkeiten, die von einem Gürtel zusammen gehalten wurden und warf sie sich über die Schulter.

Ihr Handy vibrierte: „Komm zur Bank!“ Die Nachricht war von Markus. Es hörte sich dringend an.

Aus dem Pfandhaus an der Mühlgasse trat Max in seinem grauen Jogginganzug. Darüber trug er eine alte Jeansjacke, die er im Schuppen gefunden hatte. Er zählte das Geld, das er für die Kette bekommen hatte. 35 Euro, *eindeutig zu wenig, aber er wollte sie einfach nur loswerden. Sie stand für die böse Erinnerung an die Nacht, als Faber ihn eingeschlossen hatte. Zugegeben, er hatte die Kette mitgehen lassen. Aber damit würde jetzt Schluss sein! Ein für alle mal. Sollte der alte Pfandleiher doch daraus ein Geschäft machen. Hauptsache man konnte Max aus der Kette keinen Strick mehr drehen. Max war entschlossen, mit seinen 35 Euro ein neues Leben zu beginnen.*

Er schaute von seinen Scheinen auf und entdeckte Markus, in seiner Baseballjacke, der über die Straße lief, den Kopf im Nacken, den Blick zum Himmel gerichtet. Dabei übersah er fast ein Auto, dessen Fahrer ärgerlich hupte. *Was war denn mit Markus los? Hatte er Genick-Starre? Irgendwas an ihm war seltsam.* Max rief den Namen seines Freundes, aber der schien ihn nicht zu hören. Der kleine Boxer rannte zwischen den Autos über die Straße und legte von hinten den Arm um Markus.

„Hey, Guck-in-die-Luft! Was geht?“

Markus erschrak. Dann blitzte ein erleichtertes Lächeln über das Gesicht des Kumpels.

„Mensch, Max! Was für ein Glück, dass ich Dich treffe!“

„Finde ich auch!“, antwortete Max in seiner unbekümmerten Art.

Xenia verharrte hinter dem Tor, das sich lautlos schloss. Sie lehnte sich gegen das kalte Eisen und atmete schwer. *Gerade noch geschafft*! Sie hatte sich extra flache Schuhe angezogen, weil sie ahnte, dass es knapp werden könnte! Eine braune Ledertasche hing über ihrer Schulter, passend zu dem teuren Wildledermantel, den sie trug. Egal, was sie erwartete, diesmal war sie besser vorbereitet. *Einen zweiten Ausrutscher, wie beim letzten Zusammentreffen mit Faber, würde sie sich nicht mehr erlauben.* Entspannt sah sie den Hunden entgegen, die bellend auf sie zu liefen. Sie griff in ihre Handtasche und zog Fleischwurststücke heraus, die sie den Doggen entgegen streckte. Die Tiere bremsten, schnupperten und schlangen sie hinunter. Xenia Morgan-Basten hatte sich im Handumdrehen zwei neue Freunde gemacht, die sie jetzt hechelnd auf dem Weg zur Burg begleiteten und immer wieder an ihrer Tasche schnüffelten, in der Hoffnung auf mehr.

Sie würden nicht mehr bekommen. Denn das Schlafmittel, das Xenia in der Wurst versteckt hatte, würde für mehrere Stunden reichen. Sie stand am Fuß der Treppe zur Eingangstür von Fabers Camelot. Ihre Augen wanderten umher. *Wo würde ein Bernhard Faber seinen Zweitschlüssel verstecken? Bestimmt nicht unter der Fußmatte! Auch nicht unter den Blumenkübeln mit den verblühten Pflanzen, die sich rechts und links der Treppe gruppierten.* Ein unscheinbarer Topf aus Terracotta, der abseits von den anderen stand, wie ein Kind, das nicht mitspielen durfte, zog ihre Aufmerksamkeit auf sich. Aus dem Topf kringelte sich eine Schlingpflanze um eine zerbröckelte Marmorstatue, die einmal einen Drachen darstellen sollte. Die Pflanze sah aus, als wollte sie den Stein-Drachen erwürgen. *Xenia Morgan-Basten kannte Fabers Hang zur Symbolik.* Sie ging auf den Topf zu und hob die Schlingpflanze an. Ihre Hand schlüpfte unter das Erdreich. Eine Ansammlung von Ungeziefer und Gewürm suchte hastig ein neues Versteck. Die feuchte Pflanzenerde bröselte unter ihrer Hand, bevor Xenia etwas Metallisches zu fassen bekam: Da war er, der Zweitschlüssel. Etwas angerostet zog sie ihn ans Tageslicht. *Sie hatte Faber richtig eingeschätzt. Er mochte Schlingpflanzen. Er war selbst eine!*

Die Bank unterhalb des Schlosses sah aus, als würde sie frieren. Cäcilia war schon da, als Markus und Max endlich angestolpert kamen. Markus berichtete den Freunden von der Begegnung mit Kovac und seiner eindringlichen Warnung.

Max schüttelte den Kopf:

„Und Du glaubst ihm, dem alten Zausel? Ich meine, da könnte ja jeder kommen!"

„Dieser Kovac ist nicht jeder!", antwortete Markus.

Cäcilia pflichtete ihm bei:

„Stell Dir vor, Max, wir glauben ihm nicht und er hat recht!?"

„Dann gäbe es uns heute Abend nicht mehr! Das wär voll Scheiße! Grad jetzt, wo ich ein neues Leben anfangen will!", ergänzte Max voller Inbrunst.

Eine Gruppe von Jugendlichen zog vorbei. Sie trugen „Scream"-Masken und waren für Halloween verkleidet. Das Trio verstummte.

„Buuuhh!", machte einer in Richtung von Cäcilia, um sie zu erschrecken. Max erhob sich zu voller Größe. *Die kamen ihm gerade recht, diese Vollpfosten!*

„Alter, noch so` n Spruch – Kieferbruch!", drohte Max mit erhobener Boxerfaust.

Die Gruppe verharrte, erkannte, dass Max keinen Spaß verstand und machte, dass sie weiterkam.

Die Mittagssonne hatte sich hinter den Wolken versteckt, als wolle sie sich nie wieder hervortrauen. Angst kroch, wie ein

Spinnentier den Schlossberg hoch und pflanzte sich in die Herzen der drei Freunde.

„Was machen wir, wenn wir diesen Vogel nicht wieder finden?“, fragte Cäcilia in die Runde.

Markus zuckte mit den Schultern, im Moment wusste er auch keinen Rat! *Selbst wenn der Falke zurückkäme, wohin würde er sie* führen? Zu wem? *Und was war dann?*

Der Gymnasiast saß auf der Lehne der Bank, die Füße auf der Sitzfläche. Max ließ kleine Steine den Berg hinunter rollen und Cäcilia in ihrem roten Rollkragenpullover mit einer blauen Daunenweste darüber, fuhr unruhig vor der Bank mit dem Rad auf und ab. Die leise Angst, die keiner zugeben wollte, bekam etwas panisches, je länger sie tatenlos zusehen mussten, wie der Tag verstrich!

Unter das Getöse, das von der Altstadt nach oben drang, mischte sich ein anderes Geräusch. Kaum hörbar, aber für Markus Ohren eine Erlösung: Der Falke war gelandet. Er hatte sich auf dem bröckelnden Gemäuer der Schlossanlage niedergelassen und äugte auffordernd zu dem Trio hinüber.

„Da ist er! Da ist er!“, rief der Junge außer sich. Vor Schreck flog der Raubvogel auf. Die drei Freunde wechselten einen einvernehmlichen Blick, bevor sie hinter her preschten wie die Feuerwehr. Cäcilia holperte mit ihrem Rad die Treppe zur Altstadt hinunter. Markus folgte ihr, in dem er zwei Stufen auf einmal nahm. Max bildete keuchend das Schlusslicht. Dabei versuchten alle Drei den Raubvogel, der mit einem einzigen eleganten Flügelschlag über die Altstadt schwebte, nicht aus den Augen zu verlieren.

In Fabers Burg ließ Xenia sich Zeit. Sie durchstöberte Zimmer für Zimmer, sorgfältig wie eine Katze auf der Suche nach Beute. Sie hatte sich braune Autofahrerhandschuhe übergestreift, um keine Spuren zu hinterlassen. Sie blickte in Schränke, zog Schubladen auf und verharrte im Schlafzimmer für einen Augenblick vor dem Gewand des roten Mönches, das noch immer ausgebreitet auf dem Bett lag. Sie musste lachen.

Sie hatte den Spuk oben im Schloss mitgemacht. Dabei war ihr die ganze Zeit bewusst, wer sich hinter dem roten Mönch verbarg. Und Faber wusste, dass sie es wusste! Sie hatte es für sich behalten, um die Balance in der Beziehung zu dem Wissenschaftler nicht zu gefährden. Sollte Faber es sich eines Tages anders überlegen und beabsichtigen, sie von den Nebenprodukten seiner Forschung abzuschneiden, hätte sie immer noch ein Druckmittel behalten: Ihr Wissen um den roten Mönch!

Aber dann hatte Faber die Spielregeln gebrochen und ihre Vereinbarung gekippt. Alles war in Schieflage geraten, seit er sich Ilona als ihr Vater zu erkennen gegeben hatte. Seitdem war nichts mehr wie vorher. Die alten Regeln außer Kraft und jedes Mittel erlaubt.

Xenia war gekommen, um dem Vater ihrer Tochter zu schaden! Sie folgte einfach ihrem Gespür. Sie würde etwas finden. Etwas, das Fabers Welt ins Wanken bringen würde.

In der Altstadt wimmelte es von Halloween-Masken und Touristen. Corps-Studenten ließen sich wichtigtuerisch von Touristen bestaunen, für die sie mit ihren Säbeln und Uniformen zu einer Studentenseligkeit gehörten, die längst vergangen war.

Heidelberg hatte um diese Zeit etwas Mystisches. Der Nebel vom Neckar und der nahende November ließen Wirklichkeit und Fantasie in den Gassen der Universitätsstadt verschmelzen. Man kam, um sich wohlig zu gruseln und dann lachend weiter zu ziehen. Von Kneipe zu Kneipe.

Die drei Freunde kamen nur schwer voran unter den Massen von Menschen, die sich durch die Gassen schoben. Mitunter kam es ihnen vor, als würde der Falke auf sie warten. Mal saß er auf einer Mauer, mal auf dem Giebel eines Daches. Es war wie eine Schnitzeljagd durch die alte Stadt. Kaum hatten die Drei den Falken erreicht, flog er erneut auf. So, als wollte er sie zu einem Ziel lotsen, von dem nur er wusste, wo es enden würde!

Wenig später hatten sie Gewissheit! Zu ihrer grenzenlosen Verblüffung endete der Flug des Falken vor Kovac Turm an der Stadtmauer! Der Greifvogel schlüpfte unter sein Dach, wo er sein Nest hatte und entzog sich den Blicken der Freunde. Die Drei blickten sprachlos nach oben. Damit hatten sie nicht gerechnet. Cäcilia sah Markus von der Seite an:

„Er sollte uns doch zum Buch führen? Gilt das noch?“

Markus nickte unmerklich.

„Dann wissen wir ja, wer es jetzt hat!“, meinte Max trocken.

Markus versuchte, einen klaren Gedanken zu fassen: *Hatte sich der Falke etwa geirrt? Oder trieb Kovac einfach nur ein böses Spiel mit ihnen? Aber was hätte er davon? Das ergab doch alles keinen Sinn!* Markus spürte die Blicke der Freunde auf sich. Sie erwarteten, dass er das Rätsel löste, bevor ihre Zeit ablief.

Kapitel 21

Im Institut hatte Dr. Sabine Wohlfahrt die Fütterung der Ratten beendet. Sie richtete sich auf. Ihr Rücken schmerzte vom langen Bücken. *Wie hatte Brandstätter das nur ausgehalten? Tag für Tag? Vielleicht lag es daran, dass er kein Rückgrat hatte?* Sie schüttelte den Kopf über sich selbst. *Hatte Fabers Zynismus schon auf sie abgefärbt? Es war höchste Zeit, etwas zu ändern!*

Aus den Augenwinkeln bemerkte die Ärztin, wie Faber, gehüllt in seinen pelzbesetzten Kashmirmantel, unauffällig in sein Büro schlüpfte. Sein Verhalten stand ganz im Gegensatz zu seinen sonstigen Auftritten als Chef, die er so gerne zelebrierte.

Wollte er nicht gesehen werden? Hatte er etwas zu verbergen? Wie auch immer, sie würde ihm einen Strich durch die Rechnung machen!

Sie verließ das Labor und ging entschlossen auf das Büro des Professors zu. Faber, in eleganter Nadelstreifenweste und dazu passender Hose, stand hinter seinem Schreibtisch und studierte einen Brief, als Dr. Sabine Wohlfahrt sein Büro betrat. Er deutete auf einen Stuhl auf der anderen Seite und schaute über den Brief hinweg.

„Ich glaube zu wissen, warum Sie kommen!“, begrüßte er die Kollegin.

„So?“, fragte die Ärztin und setzte sich.

„Sie machen Ernst! Sie wollen kündigen!“ Faber legte den Brief beiseite: „Und heute ist der Tag!“

Die Ärztin widersprach nicht. Sie wartete ab.

Was würde er diesmal ins Feld führen, um sie zu halten?, überlegte sie. *Ganz gleich, was er im Schilde führte, sie würde nein sagen!*

Er beugte sich vor und in dem Wolfsblick seiner bernsteingelben Augen stand die Antwort.

„Ich nehme sie an, Ihre Kündigung!“ Er lächelte verbindlich:

„Sie werden an einer anderen Stelle gebraucht! Ist es nicht so?"

Dr. Sabine Wohlfahrt verschlug es die Sprache. *Woher wusste er von ihren Plänen?*

„Wenn Sie möchten, dass ich Sie ab sofort freistelle, dann sagen Sie es mir!"

Markus Mutter hatte alles erwartet, nur das nicht! *Hatte sie sich wieder einmal in Faber getäuscht?* Sie stand auf.

„Danke für Ihr Verständnis!", sagte sie.

„Aber ich bitte Sie!"

Sie reichten sich über den Schreibtisch hinweg die Hände.

Sie dachte: *Dieser Mann ist wirklich unberechenbar! Aber es war höchste Zeit, ihm aus dem Weg zu gehen!*

Er dachte: *Eine bin ich schon los!* Es würden weitere folgen. *Bis das Institut Geschichte war!*

Sie schloss die Tür hinter sich. *Was war anders? Außer, dass er sie mal wieder verblüfft hatte?* Diesmal fiel es ihr sofort ein! *Der Ring!* Sie hatte den Ring an seiner Hand vermisst, der ihr tags zuvor aufgefallen war. Der Siegelring mit dem schwarzen Stein, den auch Brandstätter getragen hatte. Wahrscheinlich hatte es nichts zu bedeuten....*Aber gestern schien er ihn noch voller Stolz zu präsentieren. Das hatte sie nicht mehr zu interessieren! Sie ging jetzt ihre eigenen Wege! Die Erleichterung über die reibungslose Trennung überwog bei weitem den fehlenden Ring!*

Sie hatte nichts in den Händen und das frustrierte Xenia!

Dafür hatte sie all diese Mühe auf sich genommen, um nichts zu finden, was sie gegen Faber verwenden könnte?

Einen letzten Versuch würde sie noch wagen, bevor sie von hier verschwand. Sie schaute aus dem Fenster auf die schlafenden Doggen, die auf dem Rasen lagen und gleichmäßig atmeten. Lange würde es nicht mehr dauern, bis sie aufwachen würden. Und ob sie sich da noch an ihre junge Freundschaft erinnern würden?

Ihr Blick fiel auf das Badezimmer. Der einzige Raum, den sie nicht durchsucht hatte. *Aber was sollte sie da auch finden?* Außer Zahnbürsten, Rasierklingen und Gesichtscreme. Es war mehr eine Intuition, als Absicht, das Xenia die Badezimmertür aufschob. Ein Marmorbad mit einer gigantischen Wanne, die auf Löwenfüßen stand. Ein großer Spiegel und Waschbecken aus Carrara-Marmor. Neben den vergoldeten Wasserhähnen, lag etwas, was da nicht liegen sollte. Sie ging drauf zu und nahm den Gegenstand in die Hand! Es war ein Ring, mit einem schwarzen Stein, einem Onyx und einem eingravierten Ypsilon! Sie kannte ihn! Und sie erinnerte sich, wer ihn immer getragen hatte: Brandstätter! Er war ihr aufgefallen bei den Sitzungen der Tafelrunde im Schloss. Sie hatte ihn danach gefragt und sie erinnerte sich, wie stolz Brandstätter war, dass es sich um ein Unikat handelte, den er in einem verstaubten Schmuckladen in Ladenburg gefunden hatte. *Es gab den Ring nicht zwei Mal und Brandstätter gab es gar nicht mehr! Aber wie war der Ring in Fabers Besitz gekommen? Da gab es nicht allzu viele Möglichkeiten! Xenia hatte, was sie suchte: Ein neues Pfand!*

Die Nachmittagssonne hatte sich wieder hervorgewagt. Schüchtern sandte sie ihre Strahlen zu dem Trio vor dem Turm. Markus, Cäcilia und Max ließen das Dach, unter das der Falke gekrochen war, nicht aus den Augen!

Die Erkenntnis, nichts tun zu können, außer zu warten, lähmte sie. Ihre Zeit lief ab! Es war 14:30 Uhr. Nach einer gefühlten Ewigkeit, wagte sich der Falke aus seinem Versteck. In die Drei kam Bewegung! Es war immer noch besser, zu rennen, als sich die Füße in den Bauch zu stehen und untätig zu zuschauen, wie ihre Lebenszeit unter der Hand verrann!

Markus sprang auf den Gepäckträger von Cäcilias Rad. Max brauchte etwas, bis er begriff, dass die Jagd weiterging. Wieder stürzten sie sich in das Getümmel der Altstadt, die sie verschlang, wie ein hungriger Wolf!

Bei dem Versuch, den Falken nicht aus den Augen zu verlieren, war ihnen gar nicht aufgefallen, dass ihre Verbindung zu Max abgerissen war. Cäcilia stieg vom Rad, Markus sprang ab. Ihre Augen suchten den Freund in der Menge. Max war nirgendwo zu sehen. Ohne ihn würden sie die Verfolgung des Falken nicht fortsetzen. *Ohne Max ging gar nichts!* Sie waren drei Freunde, verbunden durch ein Band, das stärker war, als die Drohung des Alten.

Max hatte versucht, Schritt zu halten, aber Markus und Cäcilia waren einfach zu schnell gewesen! Kein Wunder mit dem Fahrrad, außerdem war er nicht mehr im Training. Zu allem Überfluss hatte eine Gruppe von Halloween-Masken Max aufgehalten. Sie wollten ihn einfach nicht vorbei lassen. Versperrten ihm gröhlend den Weg! Sie hielten es für einen Halloween-Scherz! Max konnte darüber nicht lachen! In dem Gedränge war ihm das Handy heruntergefallen und in tausend Stücke zersprungen. Die letzte Chance, die Freunde erreichen zu können, war dahin. Max sammelte fluchend die Reste seines Telefons auf.

Was sollte er jetzt tun? Er hatte endgültig den Anschluss verloren! Und den Falken schon lange! Hoffentlich hatten Markus und Cäcilia ihn noch im Blick, diesen blöden Vogel! Ihr aller Leben hing an seinen Flügeln!

Max schwitzte trotz der nassen Kälte. Er schob sich an einer Kneipe vorbei, deren Tür offenstand. Der Junge blickte hinein und sah zwei Gestalten, die er kannte. Den einen gut, den anderen nur flüchtig! Sein alter Boxtrainer Ulrich

Fischer saß mit einem Mann an einem Tisch, Bierhumpen zwischen sich. Max erkannte in ihm den Kommissar, den er bei Brandstätters Leiche am Neckar-Ufer gesehen hatte! *Polizei löste bei Max immer Unbehagen aus! Was hatte Uli mit den Bullen zu tun? Ging es um ihn, Max? Hoffentlich nicht!* Max zog sich die Kapuze seiner Joggingjacke, die er unter der Jeansjacke trug, über den Kopf und tauchte im Getümmel unter. Für alle Fälle!

Teichmann hob seinen Humpen und warf einen Blick in die braune Brühe, als wäre darin die Wahrheit verborgen.

„Fast fünf Jahre lang hatten wir kein Kapitalverbrechen mehr in Heidelberg! Und jetzt gleich drei Tote, die ich nicht zuordnen kann. Einen Fremdenführer, einen Apotheker, einen Forscher! Weiß nicht, was ich davon halten soll!?"

Ulrich Fischer schob seinen Stuhl zurück. Er hatte sich einen Dreitagebart stehen lassen und trug einen Seemannspullover mit einer Daunenweste. Er betrachtete seinen Freund Walter Teichmann, in seinem abgewetzten Anzug.

„Hast Du den Eindruck, die Drei haben miteinander zu tun?"

Teichmann seufzte:

„Irgendwas haben sie gemeinsam! Ich weiß nur noch nicht, was! Aber wenn ich es schaffe, eine Verbindung herzustellen, dann kenne ich auch das Motiv! Und wenn ich das Motiv kenne...." Er lächelte vielsagend.

„Du meinst, da läuft jemand durch Heidelberg und räumt irgendwelche fremden Menschen aus dem Weg?"

Der Kommissar brummte:

„Fremd waren die sich alle nicht! Das ist es ja, was mich stutzig macht!" Er griff nach einem Packen von Bieruntersetzern und stellte sie senkrecht auf den Tisch. Der erste Untersetzer fiel um und brachte auch die anderen zum Einsturz!

„Vielleicht ist es so gewesen!"

„Ein Domino-Effekt?"

Teichmann nickte: „Etwas muss den Anstoß gegeben haben! Etwas, was alles andere ausgelöst hat!"

Ulrich Fischer folgte dem Gedanken.

„Das würde bedeuten, dass es nicht nur einen Mörder gibt?!"

Teichmann lächelte hintergründig und nahm seinen Humpen hoch:

„Uli, Du hast mich verstanden!"

Die beiden Männer stießen an.

Max wühlte sich durch die Menschenmenge in der Gasse. Er schob die Leute unsanft zur Seite und handelte sich bissige Bemerkungen ein. Max blieb keine Zeit für Entschuldigungen. Er musste die Freunde wieder finden. Nicht mehr lange und der Tag würde sich verabschieden. Max bog um die Ecke und blieb auf dem Platz stehen, wo früher einmal die alte Marien-Kapelle gestanden hatte. Sein Blick suchte. Und da entdeckte er sie: Markus und Cäcilia. Sie hielt ihr Rad am Lenker fest, während Markus sich auf die Zehenspitzen stellte und Ausschau hielt. Hunderte von Metern entfernt und dazwischen die wogenden Menge. Max legte die Hände wie einen Trichter vor den Mund und rief abwechselnd ihre Namen.

„Cäcilia! Markus!" Sie hörten ihn nicht! Der Lärm der überfüllten Straße verschluckte seinen Ruf. *Es war zum Verzweifeln! Was sollte er nur tun?*

Sein Blick fiel auf einen Bus, aus dem japanische Touristen stiegen und asiatisch geordnet einer Fahne folgten, die eine Fremdenführerin, ebenfalls Japanerin, in der Hand hielt. Ein Busfahrer in einem blau-karierten Flanellhemd, mit Glatze und einem fetten Schmierbauch stieg ebenfalls aus. Er trank Cola aus einer Dose und rülpste seinen Fahrgästen abschätzig hinter her. *Zwei Stunden Pause, bis die Japaner wieder vom Schloss kamen!* Max erinnerte der Typ in seiner selbstgefälligen, bräsigen Art an seinen Vater! Nicht nur, weil er den gleichen Beruf hatte. *Der gleiche Widerling! Immer auf Krawall gebürstet!*

Cäcilia und Markus standen auf der gepflasterten Straße, die hoch führte zu dem Verbindungshaus, wo die blau-gelben Fahnen des Corps im Wind wehten. Eine halbe Stunde schon verharrten sie auf demselben Fleck. Die Beine taten ihnen weh. Aber sie würden sich nicht von der Stelle rühren ohne Max.

„Alles wird gut!", sagte Markus. Aber er glaubte selbst nicht mehr so recht daran. Cäcilia fasste nach seiner Hand. Es war wie ein kleiner Stromstoß.

„Alles wird gut!", wiederholte sie. Ein banger Blick zum Himmel. Der Falke hatte sich in Luft aufgelöst. Das Getöse von Halloween hatte ihn vertrieben.

In ihrem Büro packte Sabine Wohlfahrt zusammen. Das Kapitel Institut war für sie abgeschlossen. Ihre wenigen Sachen, wie ein gerahmtes Foto ihres Mannes mit Markus, ein paar medizinische Zeitschriften, ein Modemagazin, eine Handvoll unauffälliger Schminkutensilien, das alles passte in einen kleinen Karton. *Das war`s also! Nach knapp 24 Monaten als Krebsforscherin! Der Durchbruch war ihr und ihren Kollegen nicht gelungen. Aber das war in der Kürze der Zeit auch nicht zu erwarten.* Sie dachte an Brandstätter. *Wenn es einer geschafft hätte, dann vielleicht er, so verbissen, wie er war!*

Das Gefühl der gemeinsamen Aufgabe, das, was das Institut ausgezeichnet hatte, war ihnen abhandengekommen. Lag es daran, dass Faber sich verändert hatte? Sie hatte den Eindruck, dass er begonnen hatte, mehr und mehr eigene Wege zu gehen, jenseits des Instituts.

Sie fühlte kein Bedauern. Jetzt, wo auch sie ihre eigenen Wege ging!

Jedes Ende war auch ein Neuanfang. Und darauf freute sie sich.

Sie hörte die Tür von Fabers Büro sich öffnen und wieder schließen. Wenig später erblickte sie den Institutschef, wie er über den Parkplatz zu seinem Auto schritt, einstieg und davon fuhr. *Es war ungewöhnlich, dass er mitten am Tag das Büro verließ. Was war passiert?*

Es hatte sie nicht mehr zu interessieren.

Es war eine vage Ahnung, die Faber handeln ließ. Er konnte sie nicht richtig einordnen, aber sie sagte ihm, dass etwas nicht in Ordnung war, *absolut nicht!* Er fuhr zu schnell. Er wollte nach Hause. Der Wagen vor ihm schlich. Gegen seine Gewohnheit überholte Faber riskant und scherte wieder ein. *Es gab etwas, das er übersehen hatte. Er wusste nicht, was! Und das nagte an ihm.*

Wieder überholte er. Ein Lastwagen kam ihm hupend entgegen. Der Professor riss das Steuer nach rechts. Dabei fiel sein Blick auf die Hand, die das Steuer umklammerte: *Der Ring! Er hatte seinen Ring vergessen! Er war mehr, als nur ein Schmuckstück für ihn. Er war der Beweis für das, was im Schlosskeller geschehen war. Als er Brandstätter den Ratten überlassen hatte.*

Er fühlte auch jetzt keine Skrupel. Er hatte nichts getan! Nichts, was man ihm vorwerfen könnte! Unterlassene Hilfeleistung? Er hatte nur dem Schicksal seinen Lauf gelassen. Und die Ratten waren nun mal Brandstätters Schicksal. Schon im Institut war es so gewesen. Also, warum sollte er daran etwas ändern?

Die böse Vorahnung kehrte zurück. Er durfte jetzt keine Feh-

ler machen! Nicht jetzt, so kurz vorm Ziel! Und den Ring behalten zu haben, war ein Fehler! Er verfluchte seine Eitelkeit!

Ulrich Fischer saß alleine am Tisch. Er trank den letzten Schluck seines Bieres aus. Sein Freund, Kommissar Teichmann, war von der Bereitschaft abgerufen worden. An Halloween passierte immer etwas. Das war so sicher, wie das Amen in der Heiliggeist-Kirche.

Dass es ihnen gelungen war, ihre alte Freundschaft wieder zu beleben, erfüllte den Boxtrainer mit Dankbarkeit und Stolz. Gerade jetzt, wo er wieder alleine lebte, war es ihm wichtig. Max Abgang hatte eine Lücke in Ulis Leben hinterlassen. Anfangs wollte er sich das nicht eingestehen, aber ohne Max fehlte ihm einfach was. Das Haus fühlte sich seltsam leer an. Sein Lachen, seine unbekümmerte Art, seine kleinen Tricks, um sich vor dem Training zu drücken... Uli vermisste es!

Sicherlich war Max jetzt besser aufgehoben, bei seinem Freund Markus und dessen Mutter. Er musste sie dringend anrufen, um sich nach dem Jungen zu erkundigen. Insgeheim freute er sich, ihre Stimme wieder zu hören. *Vielleicht ging es ihr genauso?! Sie hatten sich wohlgefühlt miteinander. Jedenfalls hatte er den Eindruck gewonnen, beim letzten Treffen, als er bei ihr zu Hause war. Er würde Dr. Sabine Wohlfahrt gerne* öfter sehen. *Aber er wollte sich auf keinen Fall aufdrängen. Das war nicht seine Art. Mit etwas Glück würde er dieses Jahr Weihnachten nicht alleine verbringen müssen! Nein, soweit sollte er lieber nicht voraus denken. Da lag noch so viel dazwischen. Zu diesem Zeitpunkt wusste Uli noch nicht, wie viel!*

Der Trainer schob den Stuhl zurück und verließ das Lokal. Auf der Straße griff er nach seinem Handy, aber es war einfach zu laut, um jemanden zu verstehen. Er verzichtete darauf, ihre Nummer zu wählen und steckte es wieder ein.

Kapitel 22

Ein silberfarbener Bus mit der grünen Aufschrift „Schau-in-die-Welt-Reisen“ kroch die Straße nach oben Richtung Schlossberg. Er bremste und hielt genau neben Markus und Cäcilia am Straßenrand. Die Türen öffneten sich mit einem lauten Zischen.

„Noch jemand ohne Fahrschein?“, rief eine Stimme aus dem Bus, die ihnen vertraut vorkam. Cäcilia blieb der Mund offen stehen. Markus fasste sich als Erster: „Max?“

„Das ist mein Name! Missbrauch ihn nicht!“, grinste der Freund.

Max saß breitbeinig hinter dem Steuer, als sei es das Selbstverständlichste von der Welt. Er hatte sich die Jeansjacke unter den Hintern geschoben, um mit den Füßen das Gaspedal zu erreichen.

Markus und Cäcilia konnten nicht fassen, was sie da sahen. Zu unglaublich war der Anblick von Max am Steuer eines Touribusses.

„Nun macht schon!“, trieb Max die zögernden Freunde an.

Wie Pfeile von der Sehne eines Bogens schossen Markus und Cäcilia ins Innere des Buses. Sie setzen sich schräg hinter den Fahrer. Die Türen schlossen sich zischend. Max haute krachend den ersten Gang rein. Der Bus fuhr ruckelnd vom Bordstein weg und quälte sich in den Verkehr.

„Max, was hast Du vor?“, wollte Markus wissen.

Mit einem verschmitzten Blick in den Rückspiegel antwortete der Junge:

„Busfahren!“

„Bist Du bescheuert?“, mischte sich Cäcilia ein. „Woher hast Du das Teil überhaupt?“

Max blickte kurz über die Schulter:

„Gekidnapped!“

Vor ihm tuckerte ein Traktor.

„Zieh Leine, Du Kröte!“, schimpfte Max. „Mach die Straße

frei! Hier kommt Max!“

Cäcilia warf Markus einen unsicheren Blick zu und kaute an ihrer Unterlippe.

„Aber Du hast doch gar keinen Führerschein?“, warf sie ein.

„Blitzmerker!“, sagte Max und fuhr noch dichter auf den Traktor auf, um ihn von der Straße zu scheuchen.

„Um Autos zu knacken braucht man keinen Führerschein!“, flüsterte Markus der Freundin zu.

„Und was passiert, wenn sie uns erwischen?“, flüsterte Cäcilia zurück.

Max hatte es trotzdem gehört.

„Euch gar nichts, mir alles!“ Er grinste schief im Rückspiegel: „Aber wenn wir es nicht schaffen, ist es eh pupsegal, wenn ich wieder in den Knast muss! Also, bleibt mal locker! Ich habe den Bus geklaut, nicht Ihr!“

„Wieso kannst Du überhaupt....ich meine... Bus fahren?“, stocherte Cäcilia nach.

Max sprach über seine Schulter.

„Was glaubst Du, was mein Alter gemacht hat, wenn er nicht grade gesoffen hat?“

„Bus gefahren?“, riet Cäcilia.

Max nickte.

„Das einzige, was er mir beigebracht hat! Auf dem Busbahnhof hat er mich immer fahren lassen, wenn keiner mehr da war!“

„Ach Du liebe Scheiße!“, entfuhr es Cäcilia. „Dann bist Du noch nie auf der Straße gefahren?“

Max blickte nach hinten, um zu antworten. Als er wieder nach vorne schaute, war es fast zu spät: Die Straße führte abwärts und der Bus hatte Geschwindigkeit aufgenommen. Max versuchte zu korrigieren. Der Bus rumpelte über den Bordstein. Ein paar Passanten auf dem Weg zum Schloss sprangen kreischend und schimpfend zur Seite.

„Ist ja schon gut!“, rief Max und kurbelte am Lenkrad. „Ich hab`s kapiert!“

Endlich fand der Bus zurück auf die Straße. Max wandte sich

zu den Freunden um:

„Sorry, kleiner Ausrutscher!“

„Schau nach vorne, Max!“, mahnte Markus.

„Mache ich doch!“, murrte Max und blickte wieder auf die Straße.

Er bog auf die Uferstraße ein. Die Autos rauschten vorbei, der Feierabendverkehr hatte eingesetzt. Heidelberg entleerte sich Richtung Neckartal.

„Wo willst Du eigentlich hin?“, rief Markus.

Max nahm eine Hand vom Steuer und deutete durch die Windschutzscheibe auf etwas weiter vorne.

„Da, wo der hin will!“

Markus und Cäcilia beugten sich vor und versuchten zu entdecken, wovon Max sprach. Und dann sahen sie ihn, den Falken. Er segelte ihnen voraus und warf im Licht des Nachmittags einen Schatten.

„Mein Navi mit Flügeln!“, grinste Max.

„Ich glaub`s nicht!“, strahlte Cäcilia. „Max hat unseren Vogel wieder!“

Spontan umarmte sie Markus, glücklich über die neue Chance, die der Falke ihnen bot. Markus hielt sie fest.

„So sieht`s aus!“, sagte Max. Er beschleunigte, um dem Raubvogel folgen zu können.

Die Sonne blinzelte, als wäre ihr etwas ins Auge geflogen, bevor ihr die Wolken endgültig die Sicht nahmen. Das Tor zu Fabers Burg öffnete sich lautlos. Der Geländewagen fuhr auf das Grundstück und hielt abrupt. Aus dem Wagen sprang der Professor und rannte auf die Doggen zu, die noch immer im Gras lagen und allmählich versuchten, wieder auf die Beine zu kommen. Faber ging zwischen Arthus und Tristan auf die Knie. Er fuhr mit seiner Hand sanft über das Fell der Tiere, sprach zu ihnen:

„Wer hat Euch das angetan? Wer war das?"

Er erhob sich, schaute Richtung Camelot. Die böse Vorahnung, die er die ganze Zeit mit sich trug, explodierte in seinem Kopf. Mit gemessenen Schritten ging er auf den Eingang zu.

Er zog den pelzbesetzten Mantel enger um sich, als wolle er sich wappnen, gegen das, was ihn erwartete. Er war auf alles vorbereitet. Unvermittelt blieb er vor den Stufen, die zum Eingang führten, stehen. Sein Blick wanderte zu der Schlingpflanze im Topf. Sie hatte Schlagseite, als sei sie betrunken. Faber machte sich keine Illusionen: jemand hatte den Schlüssel gestohlen! Und dieser jemand hatte einen Namen: Xenia! Nur sie war dazu in der Lage, sein Versteck zu erraten! Es war ihre Handschrift! Ihre Raffinesse! Ihre Hinterhältigkeit! Er schrie ihren Namen in die kalte Herbstluft. Faber stürmte durch die Eingangstür, die einen Spalt offenstand.

„Xenia!", drohte er erneut. „Wo bist Du?"

Keine Antwort. Nur seine eigenen Schritte waren auf dem Marmorfußboden zu hören, als er den Wohnraum mit dem Kamin betrat. Er warf seinen Mantel achtlos über einen Stuhl. Der Professor blieb stehen und lauschte. Die Stille des Raumes schien ihn zu verspotten. Er hörte das Tapsen von Pfoten: Die Hunde waren ihm auf wackeligen Beinen gefolgt. Im Vorbeigehen zog Faber den Schürhaken aus dem eisernen Behälter neben dem Kamin.

„Arthus! Tristan! Sucht!", gab er den Doggen das Kommando. Die Tiere gehorchten. Sie senkten ihre Nasen auf den Boden und begannen zu schnüffeln. Faber, in Weste und Anzugshose mit hochgekrempelten Hemdsärmeln, folgte ihnen. Er stieß Türen auf, auf der Suche nach einem möglichen Versteck des Eindringlings. Die Hunde blieben vor der Badezimmertür stehen. Faber zögerte für eine Sekunde, gab dann der Tür entschlossen einen Tritt. Seine Hand umklammerte den Schürhaken. Die Tür schwang auf. Seine Augen fahndeten fieberhaft nach dem Ring, von dem er wusste, dass er ihn auf dem Waschbecken vergessen hatte. Der Ring war weg. Faber spürte, wie ihm das Blut in den Kopf schoss. Ab jetzt gab es für ihn keinen Zweifel mehr, dass Xenia dahinter steckte. Den Zweitschlüssel zu finden, die Doggen einzuschläfern und den Ring zu stehlen, bevor sie sich aus dem Staub machte, das alles entsprach ihrem Charakter, so, wie er sie kannte.

Aber wenn sie glaubte, jetzt etwas gegen ihn in der Hand zu haben, dann irrte sie sich. Sie kannte nur einen Teil der Wahrheit. Zu wenig, um ihm wirklich gefährlich zu werden! Es gab nur einen, der die ganze Wahrheit kannte! Ein alter Mann, der seine besten Tage hinter sich hatte!

Der Bus zischte über die nasse Uferstraße. Max hatte Mühe, dem Falken zu folgen, der unter den tiefhängenden Wolken voraus flog. Max fuhr jetzt mit eingeschalteten Scheinwerfern. Markus und Cäcilia hielten sich an der Haltestange hinter dem Fahrersitz fest und blickten Max über die Schulter. Die Tachonadel zeigte 140 km/h an. Viel zu schnell! Plötzlich blitzte es! Gleich zwei Mal hinter einander. Max war am Ortsausgang in eine Radarfalle geraten und kniff die Augen zusammen:

„Scheiße! Mitten ins Fotostudio von den Bullen!"

„Wir sind alle mit drauf!", tröstete Markus.

Max drehte sich um, lächelte gequält:

„Und wer sitzt am Steuer?"

Cäcilia klopfte ihm auf die Schulter:

„Na, Du, Max!"

Der Junge bremste den Bus langsam runter. Der Abstand zu dem Falken vergrößerte sich.

„Hast Du irgendeinen Schimmer, wohin der fliegt?", raunte Max.

„Nicht wirklich!", antwortete Markus. Sein Handy summte. Er zog es aus seiner Baseballjacke hervor. Ein Blick auf das Display: Seine Mutter! *Ausgerechnet jetzt! Jetzt nicht! Nicht in dieser Situation!* Schweren Herzens drückte Markus sie weg.

Unvermittelt beschrieb der Raubvogel eine Kurve. Max versuchte, ihm zu folgen und riss das Steuer nach rechts. Der Bus reagierte schwerfällig, drohte zu kippen, bog dann in eine Einbahnstraße in der falschen Fahrtrichtung. Max hatte bei dem Versuch, dem Falken zu folgen, das Verbotsschild übersehen! Zwei Fahrradfahrer, die ihnen entgegen kamen, fielen vor Schreck vom Rad.

Cäcilia schimpfte: „Wo kommen die denn her?“

„Lauter Geisterfahrer!“, meinte Max.

„Ist ja auch Halloween!“, warf Markus ein.

Sie mussten trotz der angespannten Situation lachen. Das verging ihnen aber ganz schnell wieder, denn die Einbahnstraße vor ihnen verengte sich, ließ kaum noch Platz für den Bus. Ein paar Zentimeter links, ein paar Zentimeter rechts. Max trat auf die Bremse. Seine Hände krampften sich um das Lenkrad. Wenn er jetzt zitterte, wäre alles vorbei!

Ein Zurück gab es nicht mehr, wenn sie den Falken nicht verlieren wollten. Ein letzter Blick über die Schulter hin zu den Freunden: Markus und Cäcilia hielten den Atem an! Dann fällte Max eine einsame Entscheidung:

Er knallte den Gang rein und drückte auf das Gaspedal. Der Bus schlingerte auf den Engpass zu. Seine Außenspiegel ratschten an den Häuserwänden entlang. Eine Mülltonne flog davon. Schweiß lief über das Gesicht von Max in seine Augen. Es brannte. Er blinzelte. Er ignorierte es. Max hielt Kurs. Vor ihm das Ende der Einbahnstraße. Das verkehrte Ende! *Egal, er hatte es geschafft!* Der Bus kam mit stöhnenden Bremsen zum Stehen. Max blies den angehaltenen Atem mit einem Zischen aus den Wangen. Mit dem Ärmel wischte er sich den Schweiß von der Stirn.

„Super Max!“, sagte Cäcilia beeindruckt.

„Kein Lob vor Ende des Tages!“, griente Max schief.

Max, der Bus-Marder, suchte am wolkenverhangenen Himmel den Falken. Der Raubvogel stand über einem Fachwerkhaus in der Luft und schien auf sie zu warten. Vor ihnen rauschte der Verkehr der Ausfallstraße Richtung Neckartal. Max Fuß drückte das Gaspedal, um abzubiegen. Der Bus setzte sich behäbig in Bewegung. Viel zu langsam für die Autos im Feierabendverkehr. Der Junge sah das Polizeiauto, das mit Blaulicht die breite Ausfallstraße entlang donnerte, zu spät. Cäcilia und Markus hinter ihm schrien auf.

„Max! Pass auf!!“

Der Bus knallte mit der rechten Seite in den Streifenwagen. Durch den Aufprall wurden Markus und Cäcilia durch den Bus geschleudert. Der Polizeiwagen drehte sich um sich selbst und blieb in entgegengesetzter Richtung stehen.

„Jetzt dreht er, der Peter!“, kommentierte Max. Ihm fiel vor Schreck nichts Besseres ein. Der Streifenwagen war Schrott. Zwei Polizisten kletterten mühsam aus dem Wrack, setzten ihre Mützen auf. Das amtliche Unheil bewegte sich auf den Bus zu. Max legte den Rückwärtsgang ein. Kreischend löste sich Metall von Metall. Die Stoßstange des Polizeiwagens riß ab. Max gab Gas! *Nur weg hier!* Der Bus umkurvte den Polizeiwagen und rumpelte davon. Im Rückspiegel sah der Junge die Polizisten wild gestikulieren.

„Jetzt kommt auch noch Fahrerflucht dazu!“, sagte Markus. Er rappelte sich auf, reichte Cäcilia die Hand und zog sie auf die Beine. Sie warf ihm einen Blick zu, der „Danke!“ sagte.

„Na und? Meine Bewährung ist sowieso im Arsch!“, meinte Max. „Jetzt kommt es auch nicht mehr drauf an!“

Vor ihm änderte der Falke die Richtung. Mit einem Flügelschlag glitt er über den Fluss davon, auf die andere Seite des Neckars.

Max bremste und löste ein Hupkonzert aus. Empört wandte er sich an die Freunde hinter ihm:

„Hat der `n Vogel? Ich bin doch kein Boot!“

„Wenn einer nen Vogel hat, dann Du, Max!“, versuchte Cäcilia die Situation zu retten.

„Hahaha!“, antwortete Max gedehnt. Zum Lachen war ihm nicht zu Mute. *Ganz egal, wie das hier ausging, seine Zukunft hatte sich gerade aus dem Staub gemacht.*

Währenddessen überlegte Markus fieberhaft. *Er brauchte jetzt einen Einfall! Und zwar schnell!*

„Wir nehmen die Brücke bei Neckargemünd und fahren dann zurück!“, schlug er vor.

Max nickte bejahend:

„Alright! Vielleicht wartet der Spaßvogel ja an der nächsten Bushaltestelle auf uns?!“ Es sollte witzig klingen, tat es aber nicht. Max fädelte mit dem Bus wieder in den Verkehr ein. Dabei schnitt er ein Mercedes Coupé. Der Fahrer, Typ Börsenmakler, auf der Überholspur des Lebens, scherte aus und zeigte Max im Rückspiegel den dritten Finger.

„Wir sind im Auftrag des Falken unterwegs, Du Pappnase!“, rief Max mit dem Mut der Verzweiflung!

Sabine Wohlfahrt pendelte zwischen Küche und Flur. Sie packte die Kiste mit ihren Utensilien aus dem Institut aus. Das gerahmte Bild mit ihrem Mann und Markus stellte sie auf die Kommode zu den anderen Fotos. Die Modezeitschrift warf sie in den Papierkorb. Mit den Gedanken war sie woanders. Markus hatte sie am Handy weggedrückt! *Was sollte das? Das hatte er noch nie getan! Sie erinnerte sich, als Markus sein Handy einmal nachts verloren hatte, da hatte sie ihn auch nicht erreichen* können. *Aber das hier hatte eine andere Qualität! Er wollte nicht erreicht werden, von ihr, seiner Mutter! Sie hatte es dann bei Max am Handy versucht, aber da kam noch nicht mal ein Rufton durch.* Es klingelte an der Tür. *Endlich!*

Die Ärztin ging zur Tür und riss sie auf. Vor ihr stand Ulrich Fischer, die Hände in den Taschen seiner Daunenweste vergraben.

„Ich wollte eigentlich nur....!“, begann er. „Komme ich ....komme ich ungelegen?“

„Nein, nein, gar nicht! Komm bitte rein!“, sie lächelte ihn an und machte einen Schritt zur Seite. *Ulrich Fischer war immer willkommen. Er verströmte jene Zuverlässigkeit, die sie im Moment bei Markus vermisste.*

Kapitel 23

Das scheidende Licht des Tages spiegelte sich in den Panoramafenstern von Fabers Burg. Es begann dämmerig zu werden, obwohl es erst später Nachmittag war. Das lag an den dunklen Wolken, die sich über das Neckartal schoben. Faber hatte sich entspannt, den Schürhaken zurück gestellt in den Ständer neben den Kamin. Er war sich ganz sicher. Außer ihm war niemand mehr im Haus. Er hatte überall nachgeschaut. Wenn es Xenia war und alles sah danach aus, war sie längst auf und davon. *Aber was immer sie sich ausrechnete, sie war eine Diebin, eine Einbrecherin! Sie hatte sich strafbar gemacht! Wer würde ihr schon glauben*? Faber lachte vor sich hin. Das Gefühl, unantastbar zu sein, ließ ihn nach einem vergoldeten Brieföffner greifen, auf dem eine Schlange abgebildet war, um die Tagespost zu öffnen. Im Schein der Kerzen überflog er die Briefe, die er Monat für Monat bekam: Junge Ärzte, die auf ein Anstellung hofften, Kollegen, die ihn um Rat fragten. Früher hatte er sich geschmeichelt gefühlt, aber jetzt gab es wichtigeres. Er schob die Post zur Seite, legte den Brieföffner daneben. Faber schritt zum Panoramafenster, blickte hinaus in den Park, in dem Arthus und Tristan herumstreunten.

Sein Leben würde sich verändern und er war bereit dafür. Er drehte sich um zur Bücherwand, die eine ganze Seite des Wohnraums einnahm. Er hatte sie alle gelesen. Sagen, Fabeln, Biografien großer Männer. Aber keines war wie das, was er hütete! Das Buch der Bücher! Sein Buch! Er schaute hoch zu der Stelle, wo er es versteckt hatte. Dicke Wälzer bildeten einen Schutzwall, schirmten es ab, vor einer Welt voller Habgier. Mit einer kleinen Bewegung seiner rechten Hand, fuhr ein Teil der Bücher wie auf Schienen zur Seite, gaben den Blick frei, auf eine Metallkiste. Darin, in Leder gebunden, mit dem silbernen Ypsilon auf dem Einband! Das Buch, das er aus dem Rattengrab gerettet hatte. *Das Buch, das ihm mehr bedeutete, als ein Menschenleben!*

Es war kein Zufall gewesen, dass es ihn gefunden hatte. Es war Vorhersehung! Schicksal, das sich fügte! Nach über tausend Jahren!

Wäre Zimmermann nicht im Weinlokal aufgekreuzt, wäre vielleicht alles anders gekommen. Getrieben von seinen Minderwertigkeitskomplexen war der Apotheker erschienen, um Faber endlich auf Augenhöhe begegnen zu können. Das konnte er nur, weil er im Besitz von etwas war, was ihn größer und stärker machte, als er in Wirklichkeit war! Für *Faber die Gewissheit, dass es da war, mitten unter ihnen. Nur leider in den falschen Händen!*

Letztendlich war es Zimmermanns seltsames Verhalten, das Großkotzige an dem kleinen Apotheker, das Fabers Interesse geweckt hatte, an jenem Abend im Weinlokal. Und als der Pharmazeut ihm gar anbot, ihm, dem renommierten Professor, in der Forschung zum Durchbruch zu verhelfen, da fragte sich Faber ernsthaft, was ihn dazu bewogen hatte: Größenwahn oder etwas ganz anderes?

Faber war klug genug, Brandstätter auf Zimmermanns Fährte zu setzen. Und Brandstätter beschattete den Pharmazeuten. Dabei entdeckte er den Grund, für dessen Verhalten: Er besaß das Buch, auf das sie alle gewartet hatten! Der rattenhafte Assistent wusste sofort, was er vor sich hatte. Und als Brandstätter mitbekam, dass Zimmermann das Buch für sich behalten wollte, war er in seinen Augen ein Verräter. Ein Verräter an der Tafelrunde.

Faber wollte Zimmermann schon lange loswerden. Er hatte sich gegen seinen Willen in die Tafelrunde gedrängt und war dem roten Abt seitdem ein Dorn im Auge! Mit seiner anbiedernden Art und dem Wunsch, unbedingt dazu zu gehören. Und als im Schloss auf Fabers Geheiß Brandstätter den Stuhl von Zimmermann umstieß, war der erste Schritt getan! Da wusste aber niemand, dass zu diesem Zeitpunkt an Zimmermans Händen bereits das Blut von Otto klebte, seinem Freund, dem er das Buch entrissen hatte.

Brandstätter hatte keine Skrupel. Verräter verdienten den Tod, auch wenn sie nicht mehr dazu gehörten, zur Tafelrunde! Er vergiftete den Apotheker und nahm das Buch an sich. Rattengift aus dem Institut! Das passte zu dem Assistenten! Aber auch er verfiel der Magie der alten Schrift, der Macht, die in ihr verborgen war. Am Ende wollte er nicht mehr teilen! Brandstätter hatte seine eigenen Pläne, in denen der Professor nicht mehr vorkam! Es war die Gelegenheit, auf die er jahrelang gewartet hatte, sich über Faber zu erheben, endlich die Nummer eins zu werden! Aber Faber las in ihm, wie in einem Buch, das er schon oft durchgeblättert hatte und das keine Überraschungen mehr bereithielt!

Zimmermanns Tod war der letzte Hinweis, den der Professor brauchte. Es war Mord! Und er, Faber, hatte den Mörder selbst geschickt! Von diesem Tag an ließ der Forscher seinen Assistenten nicht mehr aus den Augen. Früher oder später würde Brandstätter ihn zu dem Buch führen.

Und an dem Tag, als der Rattenkönig in der Mönchskutte auf dem Weg in den Schlosskeller war, brauchte Faber ihm nur zu folgen. Unten im Gewölbe der alten Gruft beobachtete er das skurrile Treiben seines Assistenten. Und was er im Fackelschein sah, passte zu Brandstätters Irrsinn. Er hatte das Buch im Rattengrab verscharrt. Der Metallbehälter, in dem es lag, sollte es vor dem Leichengift der Ratten schützen.

Brandstätter führte Faber, ohne es zu wissen, durch das Labyrinth der Gänge. Als der Professor ihn fand, hilflos im Abwasser liegend, festgenagelt von einem Fallgitter, war es für den Professor die Gelegenheit, ihn loszuwerden. Er musste gar nichts tun! Ihn nur seinem Schicksal überlassen! Und Mitleid war ihm ohnehin fremd. Er nahm Brandstätters Ring als Trophäe an sich. Danach ging er seelenruhig zurück zum Rattengrab. Dort zog er den Metallbehälter mit dem Buch hervor. *Der Kreis hatte sich geschlossen, seine Pläne waren aufgegangen! Das Buch gehörte jetzt ihm, bis in alle Ewigkeit!*

Der Bus raste auf der anderen Flussseite in umgekehrter Richtung die Uferstraße am Neckar entlang. Nur an den Bushaltestellen fuhr Max langsam vorbei, um Markus und Cäcilia die Möglichkeit zu geben, nach dem Falken Ausschau zu halten. Kein Falke weit und breit!

Max war nicht bereit, sich damit abzufinden.

„Vielleicht bilden wir uns das alles nur ein? Mit dem Falken und so?“, sagte Max.

„Du weißt selber, dass das nicht stimmt!“, widersprach Markus.

Die Angst hatte längst im Bus Platz genommen. Die Freunde versuchten, sie zu ignorieren, aber sie war da. Sie saß hinter ihnen und schaute ihnen über die Schulter.

Plötzlich blitzte Blaulicht vor ihnen auf! Quergestellte Streifenwagen blockierten die Fahrbahn. Polizisten in schusssicheren Westen winkten mit einer roten Kelle. Eine Straßensperre!

„Scheiße! Die meinen uns!“, sagte Max. „Das kann ich riechen!“

Cäcilia und Markus vermuteten, dass er Recht hatte! Der Bus verlangsamte seine Fahrt. In Max Kopf arbeitete es fieberhaft. Meter für Meter schlich er auf die Straßensperre zu, in der Hoffnung, sie doch noch vermeiden zu können.

„Ende Gelände!“, fasste Cäcilia die Ausweglosigkeit der Situation in Worte. Die roten Kellen waren jetzt direkt vor ihnen. Man konnte durch die Windschutzscheibe bereits die Gesichter der Polizisten erkennen. Sie sahen nicht so aus, als würden sie Spaß verstehen!

„War schön mit Euch!“, sagte Max. Es klang nach Abschied. Max hatte das aus einem Kinofilm. Aber er meinte es ernst!

Im letzten Moment erblickte Markus einen schmalen Schotterweg, der rechter Hand von der Uferstraße abzweigte und mitten durch die Weinberge führte. Wucherndes Gestrüpp verdeckte die Einfahrt.

„Bieg ab, Max! Bieg ab! Rechts!“, schrie Markus.

Max kniff die Augen zusammen. Vor ihm wies ein hölzernes Hinweisschild mit der Aufschrift „Burgstraße“ den Weg. Und auf dem Straßenschild saß der Falke, so, als würde er sagen: „Wo bleibt Ihr denn?“ Max legte den Rückwärtsgang ein, setzte kurz mit dem Bus zurück und bog ein. Ein Hochgefühl erfasste den jungen Fahrer.

„Ihr könnt so lange winken, bis Euch der Arm abfällt!“, rief Max triumphierend in Richtung der Polizisten. Er beschleunigte, dass der Schotter unter dem schwerfälligen Bus nur so spritzte. Das Gebüsch peitschte mit den Zweigen gegen die Scheiben. Hinter sich hörten sie die Rufe der Polizisten. Der Falke flog voraus.

Sabine Wohlfahrt und Ulrich Fischer saßen sich am Küchentisch gegenüber und tranken Tee. Tee war gut für die Nerven und die Anwesenheit von Uli sowieso. Seine besonnene Art, Dinge anzugehen und zu beurteilen, war einfach wohltuend. Er hatte ihr in Ruhe zugehört, ohne sie zu unterbrechen. Sie hatte ihm von Markus erzählt, wie er sich verändert hatte, dass er neuerdings eigene Wege ging und dass sie in seinem Leben wohl nicht mehr so wichtig war. Sie war gerade dabei, ihre Sorgen durch Zuversicht zu glätten, als das Handy des Boxtrainers in der Daunenweste, die er über den Stuhl gehängt hatte, klingelte.

Am anderen Ende meldete sich Kommissar Teichmann. Er hatte Nachrichten. Keine guten! Ein Bus war gestohlen worden, mitten in der Altstadt. Und am Steuer saß nach ersten Augenzeugenberichten ein Junge, der dem kleinen Boxer, der lange in Ulrichs Obhut lebte, verdammt ähnlich sah. Ulrichs Herz sackte in die Magengrube. Max war rückfällig geworden. *Er, Ulrich Fischer, hatte am Ende doch versagt!*

„Wenn ich irgendwie helfen kann....“, bot er zögerlich an.

„Wenn ihn einer aufhalten kann, dann Du!“, ermutigte ihn der Kommissar. Die ehrlichen Worte des bärbeißigen Freundes gaben Uli Zuversicht, dass vielleicht doch noch alles gut werden könnte. Auch wenn es im Moment nicht so aussah! Bevor Teichmann auflegte, verabredeten sie sich an der Straßensperre.

Die Situation war prekär. Es gab keine Zeit zu verlieren. Teichmann musste den Bus stoppen, bevor es zur Katastrophe kam. Dennoch versprach er Fischer, so lange wie möglich auf ihn zu warten.

Ulrich spürte den Blick der Ärztin auf sich. Es fiel ihm schwer, ihr zu erzählen, was er erfahren hatte.

„Wo Max ist, ist auch Markus!“, sagte sie und spürte plötzlich einen Kloß im Hals. Ihre Sorgen waren zurück, mächtiger, als zuvor. *Einen Bus zu stehlen! Was ging bloß in ihren Köpfen vor?*

„Kommst Du mit?“, fragte Uli Markus Mutter. Er kannte die Antwort, bevor sie sie aussprach.

Drei Polizeiwagen stoben mit Blaulicht hintereinander den Schotterweg hinauf. Teichmann hatte nicht länger warten können. Die Nachricht vom Zusammenstoß eines Busses mit einem Streifenwagen, zwang ihn endgültig zum Handeln. Die Wagen rauschten an dem Bus vorbei, der versteckt hinter hochgewachsenem Gebüsch in einer Mulde parkte. Es war der Falke, der die drei Freunde zu dem Versteck geführt hatte, in dem er sich auffordernd auf den Zweig eines Gestrüpps setzte und sich weigerte, weiter zu fliegen. Max hatte den Wink verstanden, war abgebogen und mit dem Bus in einer kleinen Ausbuchtung gelandet, die tiefer lag, als der Rest der Straße. Der Falke hatte begonnen, sein Gefieder zu putzen und Max hatte den Motor abgestellt. Gerade noch rechtzeitig, bevor die Polizeikolonne an ihnen vorbeischoss!

Erleichtert sahen die Drei im Bus, wie sich das Blaulicht immer weiter entfernte. Max ließ erneut den Motor an, legte den ersten Gang ein, um aus der Mulde wieder herauszufahren. Aber die Räder bekamen in dem aufgeweichten Boden keinen Halt. Sie drehten durch und mahlten sich knirschend in den Sand.

„Was soll der Scheiß?“, schimpfte Max. „Ich habe Dich doch nicht geklaut, damit Du mich jetzt im Stich lässt!“ Er hämmerte wütend auf das Steuer und gab noch mehr Gas. Mit dem Ergebnis, der Bus buddelte sich noch tiefer ein.

Wenige Sekunden später öffneten sich die Türen des Busses. Markus und Cäcilia sprangen ins Freie. Gemeinsam versuchten sie, das tonnenschwere Gefährt anzuschieben. Es war aussichtslos. Markus rutschte weg, fiel hin, in den Matsch. Als er hoch blickte sah er, wie der Tag sich hinter den Wipfeln der Bäume langsam verabschiedete.

Das Buch lag geöffnet auf dem massiven Tisch in Fabers Wohnzimmer. Das Licht der Kerzen tanzte über die Buchstaben. Eine unsichtbare Aura ließ die Luft über dem Buch flimmern. Faber stand aufrecht vor dem Werk der Mönche und spürte den Sog, der von dem Buch ausging. Mit der ganzen Stärke seiner Persönlichkeit stemmte er sich dagegen. *Er wollte nicht von dem Buch beherrscht werden! Er, Faber, war der Herrscher über das Buch!* Seine Bernsteinaugen bohrten sich in die Worte in gälischer Schrift. Für den Apotheker Zimmermann war das Geschriebene trotz seiner Übersetzungen immer ein Rätsel geblieben. Für den Wissenschaftler aber war es eine Offenbarung. Er verstand, was da geschrieben stand. In alter Schrift aus Ochsengalle und zerdrückten Läusen, die sich vermutlich Jahrhunderte zuvor auf den Tonsuren der Mönche getummelt hatten. Jedes Wort war wie eine Erleuchtung für den Professor, wie ein Gebet. Der Schlüssel zum Leben. Und er hielt ihn in seinen Händen!

Fabers Hand griff nach der Seite, um sie umzublättern, aber das Buch kam ihm zuvor. Es schlug die Seite selbst auf. Faber schrak zurück:

„Ich weiß, dass Du Deinen eigenen Willen hast, aber Dein Wille gehört dem, der Dich besitzt!“, sagte er trotzig. Wie um seinen Worten Nachdruck zu verleihen, stützte er seine Hände auf den Tisch und beugte sich tief über die Seite, die das Buch selbst aufgeschlagen hatte. Seine Augen wanderten über einer Federzeichnung, deren Botschaft Faber einen Schauder über den Rücken jagte:

Ein Ritter kniete in voller Rüstung auf der Zugbrücke einer Burg. Er hatte sich auf sein Schwert gestützt und schaute hoch zum Turm der in Flammen stand. Aus dem Mund des Ritters quollen Ratten, die über die Zugbrücke in Richtung Burg liefen. Die Burg sah aus wie Fabers Zuhause!

Der Professor richtete sich auf, um Distanz zu gewinnen zu der Warnung, die aus der Zeichnung zu ihm sprach.

„Was willst Du mir damit sagen?“, herrschte er das Buch an. Seine Bernsteinaugen verengten sich. Im Kerzenlicht schienen sich die Ratten aus dem Mund des Ritters zu bewegen, so, als würde er mit den Ratten sein Leben aushauchen.

Ein Geräusch schreckte ihn auf. Es kam irgendwo aus seinem Haus. Er war sich nicht sicher. *Hirngespinste?* Der Professor schlug das Buch mit einem dumpfen Knall zu und lauschte in die unterbrochene Stille. *Waren da Schritte? Ein Luftzug? Das Buch konnte einen wirklich verrückt machen! Oder verbarg sich da doch etwas? Etwas, das er übersehen hatte?*

Xenia hatte genug gesehen. Sie wich zurück in den flackernden Schatten des Kerzenlichts. Weg von Faber, dessen Augen in der Dunkelheit fahndeten. Weg von der unmittelbaren Gefahr, die vom Vater ihrer Tochter ausging!

Sie hatte keine Gelegenheit mehr gehabt, Fabers Burg zu verlassen. Seine unerwartete Rückkehr hatte sie auf dem falschen Fuß erwischt. Sie war gerade im Begriff gewesen mit dem Ring die Flucht anzutreten, als er auftauchte. Faber und seine Hunde hatten ihr, ohne es zu bemerken, den Rückweg abgeschnitten. Die Doggen waren keine Gefahr mehr. Sie hatten sich nur zu gut an Xenias Leckerbissen erinnert, in die sie das Schlafmittel getan hatte. Tristan hatte sogar an ihr geschnüffelt, als Faber die Tür zum Badezimmer aufgestoßen hatte, hinter der sie sich in ihrer Not versteckte. Xenia hielt den Atem an. Die Angst, entdeckt zu werden, schnürte ihr die Kehle zu. Aber zu ihrem Glück hatte der Hausherr nur Augen für die leere Stelle, an der der Ring gelegen hatte. Dann endlich, nach einer gefühlten Ewigkeit, hatte er die Tür wieder geschlossen. Sie lauschte seinen Schritten, die sich immer weiter entfernten. Und mit ihnen das Geräusch tapsender Hundepfoten.

Über eine Stunde war seitdem vergangen, bevor sie sich aus ihrem Versteck traute. Solange er nicht wusste, dass sie noch da war, wollte sie ihren Vorteil nutzen. Lautlos, wie eine Katze hatte sie sich angepirscht, war auf Zehenspitzen in das Wohnzimmer gehuscht. Dabei achtete sie darauf, im Schatten des Kerzenlichts zu bleiben.

Von ihrer Warte aus beobachtete sie, wie Faber das Buch aus seinem Versteck holte, wie er es zum Tisch schleppte, wie er es aufschlug und wie die Aura des Buches plötzlich den ganzen Raum einnahm. *Das war es also, was ihn handeln ließ!*

Plötzlich fügten sich alle Zusammenhänge in ihrem Kopf, wie Teile eines großen Puzzles: Der Spuk im Schloss, die Angst, die der rote Mönch verbreitete, Zimmermanns Tod, Brandstätters Verschwinden, begleitet von Fabers Skrupellosigkeit, die vor nichts und niemandem Halt machte. Faber war über Leichen gegangen.

Und er würde auch keine Sekunde zögern, jeden zu beseitigen, der sich zwischen ihn und das Buch stellte. Und im Moment war sie das! Sie musste es ihm entreißen, wenn sie überleben wollte! Und jetzt bot sich die einzige Gelegenheit dazu! Es würde keine zweite mehr geben. Mit dem Buch wäre sie endlich frei! Fre*i von Fabers Unberechenbarkeit, seiner Verschlagenheit hinter der Maske des Wohltäters, mit der er jeden in die Irre führte. Mit dem Buch würden sich die Rollen wieder vertauschen. So wie damals, als der junge Dozent Faber tat, was sie von ihm verlangte! Das Buch war ihr Ticket in eine Faber-freie Zukunft. Dafür würde es sich lohnen, ihr Leben zu riskieren!*

Markus, Cäcilia und Max saßen fest. All ihre Bemühungen, den Bus flott zu kriegen, waren kläglich gescheitert. Zuletzt hatten sie Zweige und Äste unter die Hinterräder gelegt, in der Hoffnung, dass sie Halt finden würden. Aber der Bus hatte den Untergrund mit seinem Gewicht in Staub verwandelt. Schmutzig und entmutigt waren Cäcilia und Markus in den Bus zurückgekehrt.

„Und was ist, wenn wir zu Fuß gehen?“, unterbrach Cäcilia die Sprachlosigkeit der Freunde.

Markus schüttelte den Kopf:

„Wir wissen ja noch nicht mal, wohin! Und außerdem sind wir zu Fuß viel zu langsam!“

Alles ist besser, als zu warten, dachte Max. *Eine verrückte Idee spukte durch seinen Kopf. Sie war nicht ohne Risiko. Aber Risiko war sein zweiter Vorname.*

„Jetzt haltet Euch mal gut fest!“, sagte er. Cäcilia und Markus folgten seiner Anweisung. Dabei berührten sich für einen Wimpernschlag ihre

Hände an der kalten Haltestange. Sie bemerkten es gleichzeitig und schenkten dem anderen ein scheues Lächeln. Ein Sonnenstrahl unter grauem Himmel.

Max ließ den Motor an, legte den Vorwärtsgang ein, der Bus ruckte. Sekunden später legte Max den Rückwärtsgang ein, dann wieder den Vorwärtsgang. Immer abwechselnd! Der Bus begann, sich aufzuschaukeln. Ein Hin und Her. Wie eine Schiffschaukel auf dem Jahrmarkt.

Nur träge kam der Koloss in Bewegung. Wieder wechselte Max abrupt zwischen Rückwärts- und Vorwärtsgang. Er knallte die Gänge rein, dass das Getriebe aufschrie. *Sollte es ihm doch um die Ohren fliegen, Hauptsache raus, raus aus der Falle, in der sie saßen!*

Der Bus schwankte, balancierte auf zwei Rädern, drohte zu kippen. Die Reifen sprühten Erde. Der Motor jammerte. Und plötzlich, als sie nicht mehr daran glaubten, fanden die Räder Halt! Mit rasselnden Vorderreifen quälte sich der Zwölftonner aus der Mulde! Die Hinterräder folgten qualmend.

„Wer ist hier der Bus-Champion? Wer?“, schrie Max triumphierend und deutete mit dem Zeigefinger auf seine Brust.

„Du, Max! Du!“, riefen Markus und Cäcilia gleichzeitig und schlugen dem Freund begeistert auf die Schulter. Das hinderte Max nicht daran, gnadenlos das Gestrüpp vor sich mit dem Bus niederzumähen. Der Falke wurde aufgescheucht und Max schleuderte mit dem Bus zurück auf die Schotterpiste. Sie waren wieder Herren ihrer Zeit.

Kapitel 24

Das Ypsilon auf dem Einband des Buches reflektierte das Kerzenlicht. Professor Faber kniff die Augen zusammen, blinzelte. Das Ypsilon erinnerte ihn an seine Kette, die er als roter Mönch bei den Zusammenkünften oben im Schloss getragen und die ihm dieser Straßenjunge gestohlen hatte. Sie war jetzt ohne Bedeutung. *Blendwerk!* Nur das äußerliche Anzeichen einer Macht, die in Wirklichkeit in dem Buch niedergeschrieben war! Eine Macht, die jetzt ihm gehörte und die alles andere in den Schatten stellte. *Sogar Brandstätters Ring, um den er ihn immer beneidet hatte. Ja sogar die Forschung der letzten Jahre! Die Experimente mit den Ratten, die verzweifelte Suche nach Ergebnissen, überholt von einem Wissen aus grauer Vorzeit, festgehalten von Ketzer-Mönchen aus Irland, die dafür ihr Leben gegeben hatten.*

Hundegebell schreckte ihn aus seinen Gedanken. Bedächtig, die Hände in den Hosentaschen, schritt er zum Fenster und schaute hinaus auf sein Grundstück, das im Halbdunkel vor ihm lag. Die Hunde waren nicht zu sehen, nur ihr Gebell war zu hören. *Wahrscheinlich nur irgendein Igel oder eine Katze, die sich verirrt hatte.*

Es traf ihn, wie ein Blitz aus heiterem Himmel! Er zuckte durch sein Gehirn und schlug mit einem Donnerschlag in seinem Bewusstsein ein! *Er hatte das Buch aus den Augen gelassen! Nur für eine Sekunde! Wie konnte ihm das nur passieren?!* Er schnellte herum! Faber brauchte einen Moment, bis er erkannte, was er nicht sah! Der Tisch lag blank vor dem Professor, als hätte es das Buch nie gegeben. Er rannte hin, strich mit der Hand über das polierte Holz, als könne er dadurch das Buch wieder hervor zaubern! Aber es blieb dabei! Es war weg. Hämmernde Kopfschmerzen setzten ein. Faber drehte sich im Kreis, der Kerzenschein spielte mit seiner Wahrnehmung. *Das konn-*

te nicht sein! Das durfte nicht sein! Es musste doch irgendwo sein!? Fabers entsetzter Schrei hallte durch das Zimmer, dass die Scheiben bebten:

„Wo bist Du? Wo bist Du? Zeig Dich!"

Xenia wusste nicht so genau, meinte er sie oder das Buch oder beides? Sie hatte es! Sie hatte den Moment genutzt, als Faber ihr und dem Buch den Rücken zudrehte. Xenia presste es an sich. *Sie würde es nie mehr loslassen. Nie mehr! Nicht, so lange sie noch atmete!*

Jetzt ging es nur noch darum, unentdeckt zu entkommen!

Der Falke hatte sich auf dem Torpfosten zu Fabers Burg niedergelassen und zwang Max, scharf zu bremsen. Schotter spritzte nach allen Seiten.

Markus und Cäcilia klammerten sich an die Haltestangen hinter Max, um nicht wieder durch den Bus geschleudert zu werden.

„Was ist?", fragte Markus nach vorne.

Max hielt die Luft an. Er sprach, ohne sich umzudrehen:

„Wo der hinwill, will ich nicht mehr hin!"

Er deutete auf den Falken, der in Richtung des Anwesens, das sich hinter dem Tor erstreckte, blickte.

„Wieso?", fragte Cäcilia verständnislos.

Im Dämmerlicht hoben sich die Umrisse von Fabers Camelot ab. Erster Nebel stieg auf und waberte zwischen ihnen und dem Anwesen. Wie durch Milchglas erblickten die Drei das Licht von Kerzen, die im Erdgeschoss flackerten. Aber es wirkte nicht einladend. Eher trutzig und abweisend. Fast feindlich.

„Da war ich schon mal!", quetschte Max zwischen den Zähnen hervor. Markus sah Max überrascht an:

„Du warst da schon mal?" Dann begriff er. „Oh nein, Max! ... Der rote Mönch! Faber?!"

Jetzt nickte Max: „Bingo!"

Markus fuhr sich mit der flachen Hand über die Stirn:
„Der Falke hat uns zu Professor Faber geführt?!"
Es entstand eine Pause, in der ihnen die Bedeutung seiner Worte klar wurde.
„Dann ... dann hat er auch Dein Buch?!", folgerte Cäcilia.
Markus schüttelte ungläubig den Kopf:
„Und der Alte hat das gewusst! Deshalb hat er uns hierher geführt!"
„Und was bedeutet das jetzt für uns?", fragte Cäcilia.
„Ich geh da nicht noch mal rein!", wehrte Max ab.
Markus nahm seinen ganzen Mut zusammen:
„Ich mach das! Ihr bleibt hier drin und ich klettere über das Tor!"
Max zuckte mit den Schultern:
„Und was dann?"
Markus wollte an Cäcilia vorbei, aber sie hielt ihn an seiner Baseballjacke fest. Ihre Augen trafen seine. Sie schüttelte den Kopf:
„Geht gar nicht! Wir alle drei oder keiner!"
Cäcilias Stimme duldete keinen Widerspruch. Markus und Max staunten das Mädchen mit offenem Mund an. Max Fuß spielte mit dem Gaspedal. Der Motor brummte ungeduldig. Es klang wie ein Einverständnis. Die Doggen kamen bellend zum Tor gerannt.

Faber ließ sich vom Gebell seiner Hunde nicht irritieren. Selbst als er glaubte, irgendwo einen Motor gehört zu haben, ignorierte er es.
*Was da draußen vor sich ging, war nicht mehr von Bedeutung! Der Feind war längst im Haus! Und er hatte sein Buch! Nichts auf der Welt zählte mehr! Und nichts würde mehr zählen f*ür den Rest seines Lebens*! Er musste den Eindringling finden, ihn unschädlich machen und sein Werk der Mönche zurückholen! Wer immer es auch war, er würde Camelot nicht lebend verlassen, nicht mit dem Buch!*

Er fühlte etwas *in sich aufsteigen, das die ganzen Jahre unter seinem weißen Arztkittel geschlummert hatte. Und von dem er nicht geglaubt hatte, dass es irgendwann einmal erwachen würde! Jahrzehnte war es ihm gelungen, das Tier im Käfig seiner Seele zu bändigen. Jahrzehnte lang hatte er den Menschenfreund gegeben! Glaubhaft, in den Augen seiner Mitmenschen! Aber jetzt war es ausgebrochen!*

Faber griff erneut nach dem Schürhaken, der in dem Ständer neben dem Kamin baumelte. Seine Hand umschloss das kalte Eisen. *Das Buch hatte der Bestie in ihm die Tür geöffnet!*

Xenia machte sich keine Illusionen, in welcher Lage sie sich befand. Sie ging langsam rückwärts. Sie wollte einen Bogen durch die Küche schlagen, um dann unbemerkt über den Flur zum Ausgang zu gelangen. Aber jeder Schritt nach hinten war ein Wagnis, unkalkulierbar in der Dunkelheit. Sie musste sich ganz auf ihr Gespür verlassen!

Fabers Schritte kamen näher, bedrohlich näher! Er schlich nicht, das hatte er nicht nötig. Er war der Herr des Hauses. Er war Herr der Lage. Im Rückwärtsgehen prallte Xenia mit dem Ellenbogen gegen die Wand. Greller Schmerz durchzuckte sie, wie ein elektrischer Impuls, der Musikantenknochen. Ihr rechter Arm war eine Sekunde lang wie gelähmt. Um ein Haar wäre ihr das Buch entglitten. Ihre Finger krallten sich in den Ledereinband, ein Fingernagel brach ab. Sie unterdrückte den Schmerz und hielt das Buch fest, bevor es auf den Boden fallen konnte.

Er war jetzt so dicht bei ihr, dass sie seine unmittelbare Nähe im Dunkeln spüren konnte. Noch hatte er sie nicht wahrgenommen. *Aber wie lange noch…!?* Sie riskierte noch einen Schritt. Dabei stieß sie mit dem Fuß gegen ein Windlicht, das klirrend zersplitterte! In ihren Ohren klang das Geräusch wie eine Explosion! Xenia schaute kurz hinter sich auf das zerbrochene Gefäß. Eine weiße Kerze rollte über den Boden. Als sie wieder nach vorne sah, stand Faber direkt vor ihr! Er musterte sie mit dem Blick eines Wolfes, der seine Beute gestellt hatte.

Faber fühlte sich bestätigt:

„Xenia! Ich hätte es wissen müssen! Erst der Ring und jetzt das Buch? Ist das dein Plan?“

In seiner Stimme schwang eine joviale Feindseligkeit, die seine wirklichen Absichten verbergen sollte! Er ließ den Schürhaken in seiner Hand kreisen. Eine schreckliche Waffe, mit seinem spitzen Ende und dem gebogenen Zusatzhaken, mit dem man die Glut schürte. Xenia ahnte, was in dem Mann vorging und versuchte, aus seiner Reichweite zu gelangen. Ihre Hand bekam die Lehne eines Stuhls zu fassen. Sie zog ihn an sich und hielt ihn zur Abwehr vor sich. *Sie hatte nichts mehr zu verlieren, außer ihrem Leben. Und für* Faber *war ihr Leben weniger wert, als das Buch! Darüber war sie sich im Klaren.*

„Bleib, wo Du bist!“, warnte sie ihn.

Faber hob als Antwort den Schürhaken auf Augenhöhe.

„Glaubst Du wirklich, ich würde Dich so einfach davon kommen lassen? Mit meinem Buch?“, er streckte seine freie Hand aus:

„Komm Xenia! Du kannst doch sowieso nichts damit anfangen...ohne mich! Also!“

Für Faber gab es keinen Zweifel, wie das hier ausgehen würde und Xenias Zögern war reine Zeitverschwendung. Als Antwort schleuderte Xenia ihm den Stuhl vor die Beine. Die Lehne traf ihn schmerzhaft an der Hüfte. Er zuckte nicht einmal. Er schaute kurz nach unten, dann wieder hoch. Der Schürhaken schwang durch die Luft. Gerade noch rechtzeitig gelang es Xenia, darunter hinweg zu tauchen. Er verfehlte sie, köpfte stattdessen eine Kerze, die brennend auf den Boden fiel. Für eine Sekunde war Faber abgelenkt! Xenia rannte los, versuchte, in den Flur zu kommen. Sie bog um die Ecke, da stand Faber bereits vor ihr. Er kannte sich in seinem Haus besser aus. Das hatte sie nicht bedacht!

Die schöne Frau mit den schwarzen Haaren hatte jetzt beide Arme um das Buch geschlungen, wie um einen Geliebten, den man nicht mehr loslassen will. Der Anblick machte ihn rasend. Seine Kopfschmerzen hämmerten gegen seine Stirn. *Was erlaubte sich diese Frau? Dieser Abschaum, der ein ganzes Leben lang von seinen Leistungen profitiert hatte?*

Die Bestie in Faber bäumte sich auf!

Diese Frau hatte ihn ein Leben lang benutzt. Jetzt war der Zeitpunkt gekommen, sie aus dem Weg zu räumen, endlich den dunklen Fleck in seiner Lebensgeschichte zu tilgen.

„Du kommst hier nicht mehr lebend raus, Xenia! Vergiss es!“, sagte er leise, aber bestimmt. Er zielte mit dem Schürhaken auf das Buch und drängte sie so zurück in den Rittersaal. Wieder tastete Xenias Hand nach irgendetwas, womit sie sich verteidigen konnte. Ihre schlanken Finger fanden auf dem Tisch Fabers goldenen Brieföffner. Für eine Sekunde durchflutete sie neue Hoffnung. Sie war nicht mehr wehrlos.

Ihr Angriff war wie der Biss einer Giftschlange: Ihre Hand schoss nach vorne. Bevor Faber reagieren konnte, rammte sie ihm den Brieföffner in den rechten Oberschenkel. Verwundert schaute Faber auf den dolchartigen Gegenstand in seinem Bein. Mit ungläubigem Staunen registrierte er, wie sich sein Hosenbein rot von Blut färbte. Das Tier in ihm spürte nichts. Er zog den Brieföffner mit einem Ruck aus seinem Oberschenkel und warf ihn achtlos auf den Teppich, der bereits Feuer gefangen hatte. Der nächste Schlag mit dem Schürhaken kam unvermittelt! Das Eisen traf Xenias Stirn, der Gluthaken zog eine blutige Spur über ihre Wange. Xenia strauchelte, fühlte, wie ihre Sinne schwanden. Bevor sie das Bewusstsein verlor, schleuderte sie mit letzter Kraft das Buch in hohem Bogen von sich. Dann wurde ihr schwarz vor Augen.

Das Buch wirbelte durch die Luft, als hätten die Seiten plötzlich Schwingen. Das Pergament flatterte. Der schwere, silberne Einband krachte gegen die große Panoramafensterscheibe. Durch die Wucht des Aufpralls zersplitterte sie in einem Scherbenregen. Fabers entsetzter Schrei hallte durch den Saal. Hinter ihm brannte der Teppich. Die Flammen züngelten bereits an den Stühlen. Aber Fabers Augen suchten nur das Buch. Es war auf dem feuchten Rasen gelandet und ein paar Meter weitergerutscht, bevor es endgültig liegen blieb. Und wieder schlug es eine seiner Seiten von selbst auf. Es war die Zeichnung mit **dem Ritter, der vor einer brennenden Burg Ratten spuckte.** Fabers Blick streifte kurz Xenia, die bewusstlos am Boden lag. Achtlos stieg er über sie hinweg, als wäre sie eine Puppe. Hinter ihm breitete sich das Feuer aus! Ein schwerer Stuhl fiel krachend in den Flammen um. *Was kümmerte es ihn? Mit dem Buch würde er jederzeit ein neues Camelot errichten können. Und Xenia? Sie war eine Hexe und die hatte man schon im Mittelalter verbrannt!*

Kapitel 25

Der Nebel war verflogen und gab den Blick frei auf das Inferno, das sich den drei Freunden bot. Sie sahen die lodernden Flammen, das zerborstene Fenster, das Buch, das auf dem Rasen landete. Der Falke flog auf, kreiste und ließ sich auf einem Ast der Eiche in Fabers Park nieder. Der Raubvogel wetzte seinen Schnabel, als würde er sich für die letzte Schlacht wappnen. Hinter dem Turm verlöschte das letzte Licht des Tages.

Für Max gab es kein Halten mehr! Was immer ihn und seine Freunde hinter dem Tor erwartete; es war Zeit, sich dem zu stellen. Wortlos knallte der Straßenjunge den Vorwärtsgang rein und gab Vollgas! Markus und Cäcilia schrien auf. Der Bus durchbrach das Tor, das kreischend nach beiden Seiten aufschwang! Steinbrocken wirbelten durch die Luft. Die Doggen rannten jaulend davon. Der Bus schleuderte über den Rasen und grub sich in den Kies.

Auf dem Gras blätterte der Wind in den Seiten des Buches. Die drei Jugendlichen starrten durch die Frontscheibe.

„Markus! Dein Buch! Da vorne! Da ist es!“, rief Cäcilia.

Wie auf Kommando öffnete Max die hydraulischen Türen. Markus und Cäcilia stürzten ins Freie, rannten auf das Buch zu.

Aus dem Haus trat Faber. Den Schürhaken in der Hand. Er hinkte. Hinter ihm brannte das Erdgeschoss seiner Burg lichterloh. Cäcilia und Markus erstarrten bei seinem Anblick. Faber sah aus wie der Teufel, der aus der Hölle kam! Für einen Wimpernschlag kreuzten sich die Blicke von Markus und dem Hausherren. Dann löste sich der Junge aus seiner Erstarrung und lief los. Cäcilia hinterher.

Markus erreichte vor Faber die alte Schrift. Das Buch klappte sich von selbst zu, als hätte es auf seinen rechtmäßigen Besitzer gewartet. Markus riss es an sich. Er fühlte das brüchige Leder in seinen Händen, das silberne Ypsilon auf dem Einband. Die Kraft, die von ihm ausging. *Jeder, der es anfasste, würde sterben*, hatte der Buchhändler orakelt. *Besser er, als seine Freunde!* Er kam nicht dazu, den Gedanken zu Ende zu denken. Ein Schürhaken mähte das Gras, wo eben noch das Buch gelegen hatte. Cäcilia war hinter Markus in Deckung gegangen, spähte über seine Schulter. Faber humpelte auf Markus zu, während der Junge sich immer weiter in Richtung Bus zurückzog.

Fabers Stimme war heiser:

„Mach keine Dummheiten, Markus! Gib mir mein Buch zurück!"

„Das ist nicht Ihr Buch! Es gehört Markus!", schleuderte Cäcilia ihm entgegen.

Über den Seitenspiegel verfolgte Max gebannt den Rückzug seiner Freunde. Es hielt ihn kaum noch auf seinem Sitz. Am liebsten wäre er nach draußen gestürmt, um ihnen beizustehen. Aber er durfte seinen Platz nicht verlassen. Schließlich war er der Einzige, der den Bus fahren konnte! Der Einzige, der in der Lage war, sie aus der Gefahrenzone zu bringen!

„Komm zurück, Markus! Komm zurück!", zappelte Max auf dem Fahrersitz.

Faber streckte den Schürhaken wie einen Degen aus. Sein blutiges Hosenbein klebte an seinem Oberschenkel und hinderte ihn daran, schneller vorwärts zu kommen.

„Glaub mir, keiner hat so viel für das Buch getan, wie ich!", warb der Professor scheinbar um Verständnis. Und Markus glaubte ihm in diesem Augenblick jedes Wort. *Ja, und dieser Mann würde weiterhin alles für das Buch tun. Er hatte jede Hemmschwelle hinter sich gelassen. Und es gab für ihn keinen Grund, jetzt umzukehren!*

Ein hastiger Blick über seine Schulter zeigte Markus, dass die Türen des Busses noch immer offenstanden. Markus hatte sich das Buch unter den Arm geklemmt. Mit dem freien Ellenbogen stieß er Cäcilia hinter sich kurz an. Sie verstand. Beide drehten sich gleichzeitig um und spurteten los! Faber folgte ihnen hinkend. Cäcilia sprang durch die hintere, offene Tür in den Bus, Markus vorne. Noch im Sprung schrie er:

„Max! Die Türen!“

Max ließ den Motor an. Die hydraulischen Türen schlossen sich, bevor Faber den Bus erreichen konnte. Zum Aufatmen blieb ihnen keine Zeit: der Schürhaken bohrte sich zwischen die beiden hinteren Türhälften. Durch den Kontakt öffneten sie sich automatisch.

Im Rücken von Cäcilia stieg Faber ein. Markus blieb der Warnruf auf den Lippen kleben. Max starrte wie hypnotisiert in den Rückspiegel. Der Herr von Camelot, das gerade in Flammen unterging, lächelte siegessicher. *Er hatte immer bekommen, was er wollte! Und es würde auch dieses Mal nicht anders sein!* Seine freie Hand schnellte nach vorne. Cäcilia spürte, wie jemand von hinten brutal in ihre Locken griff. Sie schrie auf vor Schmerz. Ihr Kopf kippte nach hinten. Sie blickte in Fabers Wolfsaugen. Die Spitze des Schürhakens bohrte sich in ihre Halsbeuge. Ein Tropfen Blut rann ihren Hals hinab. Starr vor Schreck, die Augen vor Angst geweitet, verharrte das Mädchen reglos im Griff ihres Peinigers. Über ihre Schulter blickte der Professor Markus triumphierend an:

„Wir wollen doch jetzt alle keine Fehler machen! ... Es ist doch nur ein Buch, Markus! Nur ein Buch!“

Der Anblick von Cäcilia im Griff dieses Mannes war für Markus kaum auszuhalten. *Nichts auf der Welt war so wertvoll, wie Cäcilia. Und bestimmt nicht dieses Buch, das nur Unheil verbreitete und den Tod hinter sich her zog, wie ein Reptil seinen Schwanz. Am liebsten hätte er sich auf Faber gestürzt! Ohne Rücksicht auf sein eigenes Leben! Aber er musste jetzt klug sein, klüger als dieser Wahnsinnige vor ihm.*

Er nahm das Buch in beide Hände und streckte es Faber hin.

„Lassen Sie sie los!“, rief Markus.

„Alles zu seiner Zeit!“, antwortete Faber, Irrsinn flackerte in seinen Augen. *Faber würde sich an nichts halten. Sein Entschluss stand längst fest!* Der Professor bedeutete Markus, dass er näher kommen sollte.

Markus zögerte.

Max hielt die Luft an. *Irgendetwas hatte der Freund vor!*

„Mach keinen Scheiß, Markus! Mach jetzt bloß keinen Scheiß!“, murmelte er vor sich hin.

Zu Fabers Verblüffung warf Markus das Buch in den Mittelgang. Ein paar Schritte von Faber entfernt, so dass der es nicht erreichen konnte, ohne Cäcilia los zu lassen.

Markus und der Professor maßen sich mit ihren Blicken. *Ahnte Faber die List?* Ein falsches Lächeln huschte über das Gesicht von Faber. *Hatte er ihn durchschaut?*

Der Professor beugte sich vor, um mit dem Schürhaken das Buch weiter zu sich heran zu ziehen. Der Schürhaken verfing sich in dem Buch, Pergament riss. Es sah aus, als würde der Haken das Buch verletzen, als würde das Buch aufschreien. Aber es war Cäcilias Schrei.

„Max! Jetzt!“, schrie Markus.

Der Freund am Steuer trat das Gaspedal durch. Der Bus hob ab, flog über das Kiesbett hinaus. Die Räder verloren den Halt auf dem feuchten Rasen. Ungebremst steuerte das Gefährt auf die mächtige Eiche zu, auf deren kahlen Ästen bis vor wenigen Augenblicken der Falke gesessen hatte. Mit der ganzen Wucht seines Gewichts, prallte der Zwölftonner auf den Stamm. Kreischendes Metall, das sich in Holz bohrte. Max knallte mit der Stirn gegen den Frontscheibe, der Airbag platzte auf, im Bus flog alles durcheinander: Markus, Cäcilia, das Buch, der Schürhaken, ein einziges Chaos!

Die Zeit stand still! Langsam neigte sich der Bus und kippte wie ein stählernes Rieseninsekt zur Seite. Der Aufprall war dumpf. Aus dem Kühler quoll Dampf, der sich in einer Stichflamme entlud. Rauch schlängelte sich grau und giftig ins Innere des Busses.

Als der Bus auf die Seite fiel, war Max von seinem Sitz gerutscht. Er hatte eine blutende Platzwunde am Kopf und fühlte sich benommen, wie ein Boxer nach einem Niederschlag. Er sah alles verschwommen. Seine Augen suchten nach den Freunden. Der Rauch machte ihm das Atmen schwer. Max rief ihre Namen und bekam keine Antwort. Dann ein Husten. Markus!

Durch die Schräglage des Busses musste Max sich wie ein Bergsteiger von Sitz zu Sitz hangeln, um nicht abzustürzen. Er hielt sich an den eisernen Schienen fest, in denen die Sitze liefen. Die scharfen Kanten schnitten schmerzhaft in seine Hände. Max versuchte es zu ignorieren. Unter ihm, auf der anderen Seite des Mittelgangs, entdeckte er Markus. Seine Mütze war ihm vom Kopf gerutscht, seine Baseballjacke am Ärmel aufgeschlitzt, sein Fuß unter einem Sitz eingeklemmt. Der Rauch wurde dichter, die Luft zum Atmen knapp. Markus fluchte und strampelte, um frei zu kommen. Vergeblich! Von alleine würde er es nicht schaffen. Ein erneuter Hustenanfall erschütterte ihn. Max nahm eine Hand von der Eisenschiene, hielt sich mit der anderen fest und streckte seine freie Hand aus, um Markus zu erreichen. Ihre Finger berührten sich. Es reichte nicht! Max versuchte es erneut! Die Schmerzen in der Hand, mit der er sich festhielt, waren jetzt unerträglich. Wie Messer schnitten die Schienen in seine Handfläche. Diesmal bekam der kleine Boxer den Freund am Handgelenk zu fassen. Er packte zu und zog Markus nach oben, bis auch er Halt fand. Wie an einer Klippe hingen sie nebeneinander an den Sitzen. Das Atmen wurde von Minute zu Minute schwerer. Das Sprechen geriet zum Röcheln. Wenn sie nicht bald hier rauskämen, würden sie ersticken. Aber wo war Cäcilia? Sie würden den Bus nicht ohne sie verlassen! Nicht in diesem Leben! Es stand in Markus Blick. Max nickte nur. Er war bereit.

„Cäcilia! Wo bist Du? Sag` doch was!?", röchelte Markus voller Panik. Die Rauchwolken nahmen ihnen die Sicht!

„Hier!", kam es kläglich unter einem Sitz auf der anderen Seite des Mittelgangs hervor. Auch Cäcilia klemmte fest. Über ihr hatte sich der Schürhaken in das Polster gebohrt, die Spitze nur wenige Zentimeter über ihrem Kopf. Markus hätte vor Erleichterung schreien können, aber seine Stimme versagte! Hilfesuchend streckte Cäcilia den Freunden ihre Hände entgegen. Mit vereinten Kräften zogen sie das Mädchen zu sich nach oben. Ein bedrohliches Zischen aus der Motorhaube warnte sie!

„Raus hier! Raus!", schnappte Markus nach Luft. *Aber wie?* Der Bus lag auf der Seite, auf der sich die hydraulischen Türen befanden. Sie waren gefangen, eingesperrt in einem Bus, der jeden Moment explodieren konnte. Markus Augen irrten umher auf der verzweifelten Suche nach einem Ausweg. Sein Blick fiel auf die Heckscheibe. Sie war durch den Aufprall teilweise zerborsten. Glassplitter ragten wie Dolche in die fensterlose Öffnung. Markus ließ sich an einem Arm nach unten und griff nach dem Schürhaken im Polster. Er zog ihn mit einem hässlichen Ratschen aus dem Sitz. Um beide Hände frei zu bekommen, musste er den eisernen Haken zwischen die Zähne klemmen. Es kam ihm vor, als würde das schwere Eisen seine Zähne aus dem Kiefer brechen. Trotz des unerträglichen Schmerzes biss Markus buchstäblich die Zähne zusammen. Durch den geöffneten Mund drang Rauch in seine Kehle. Markus unterdrückte den Hustenreiz, Tränen der Anstrengung verwischten seinen Blick. Griff für Griff hangelte sich Markus zum Heckfenster. Sein rechter Arm war taub. Ein Blick zurück zu Max, der ihm gefolgt war. Mit der freien Hand nahm Markus den Schürhaken aus dem Mund und begann mit wuchtigen Schlägen die Glasdolche aus der Fassung zu dreschen. Das letzte Glasstück beförderte Max mit einem Karatetritt auf den Rasen. Keine dreißig Sekunden länger und sie wären alle erstickt. Der Rauch zog ab. Cäcilia kletterte als Erste aus dem Bus. Markus und Max sprangen hinter her. Auf allen Vieren lagen sie auf dem Rasen und japsten nach Luft. Max betrachtete seine blutenden Hände, die tiefe Schnitte aufwiesen. Cäcilia wischte sich die Tränen von den Wangen, die ihr der ätzende Rauch in die Augen getrieben hatte. Aber es war noch nicht vorbei!

„Weg hier! Weg!“, schrie Markus. Dabei griff er nach Cäcilias Hand und zog das Mädchen mit sich. Max rannte hinterher. Keine Sekunde zu früh! Ein ohrenbetäubender Knall erschütterte den Bus! Scheiben splitterten, ein Metallstück flog knapp an Markus Kopf vorbei. Der Bus verwandelte sich in eine Feuersäule, die meterhoch in den Himmel schoss. Zweige des Baumes fingen Feuer.

Aus sicherer Entfernung betrachtete das Trio das Flammen-Inferno, dem sie nur knapp entkommen waren. Innerhalb von Minuten verwandelte sich der Bus vor ihren Augen in ein Stahlgerippe. Schweigend starrten die Freunde in die Flammen. Sie hatten Ruß in den Gesichtern wie Schornsteinfeger, die in den Kamin gefallen waren. Sie hatten die Arme umeinander gelegt, Cäcilia in die Mitte genommen. Jeder gab dem anderen Halt.

„Jetzt kommt auch noch Sachbeschädigung hinzu!“, murmelte Max. „Mindestens!“

„Du nun wieder!“, schenkte Cäcilia dem Boxer ein zaghaftes Lächeln.

Markus riss sich vom Anblick des Busses los. Er riskierte einen Blick über die Schulter und sah ein Camelot, dessen Wände schwarz waren vom Rauch. Das Erdgeschoss war fast vollständig zerstört. Die Reste kokelten vor sich hin. Camelot war nicht mehr.

„Krass, wie in einem Katastrophen-Film!“, sagte Max, der dem Blick des Freundes gefolgt war.

„Wo ist eigentlich Faber?“, unterbrach Cäcilia.

„Hoffentlich schmort er in der Hölle!“, knurrte Max.

„Und mein verdammtes Buch gleich mit! Egal, was da drin steht!“, sagte Markus. Überrascht blickten Cäcilia und Max den Freund an.

„Wenn einem von Euch was passiert wäre, das hätte ich mir nie verziehen!“, sagte Markus. „Scheiß auf das Buch!“

Cäcilias Augen lächelten, Max grinste. *Bessere Freunde gab es nicht auf dieser Welt!,* dachte Markus.

Es war eine seltsame Ruhe eingekehrt, Wind aufgekommen. Ein letztes Blatt schwebte vom Baum. Von Ferne hörten sie die Sirenen von Polizei und Feuerwehr. Max nahm den Arm von Cäcilias Schulter und kratzte sich am Kopf.

„Ich glaube, da kommt einiges auf mich zu!“ Max machte sich keine Illusionen, was ihn erwartete. Ihn, den vorbestraften Straßenjungen mit der kriminellen Vergangenheit.

„Ich hoffe, Ihr besucht mich dann mal!“

Sabine Wohlfahrt und Ulrich Fischer fuhren im Wagen von Kommissar Walter Teichmann. Sie saßen auf dem Rücksitz, wie auf glühenden Kohlen. Der Kommissar hatte auf dem Beifahrersitz Platz genommen. Ein uniformierter Polizist lenkte den Streifenwagen mit Blaulicht über die Schotterpiste, gefolgt von zwei weiteren Polizeiwagen, der Feuerwehr und einem Krankenwagen. Über den Polizeifunk hatten sie erfahren, dass es eine Explosion gegeben hatte und ein Haus brannte. Die Zentrale hatte ermittelt, wem das Anwesen gehörte!

Die Ärztin erschrak, als sie den Namen hörte. *Faber!* Eine böse Ahnung beschlich sie. Instinktiv griff Sabine Wohlfahrt nach der Hand von Uli, der sie festhielt.

Die Kolonne erreichte Fabers Anwesen.

Der Anblick, der sich ihnen bot, als sie durch das Tor auf das Gelände fuhren, übertraf ihre schlimmsten Erwartungen. Teichmann warf einen bedeutungsvollen Blick nach hinten.

Dann entdeckten sie im Licht des Feuerscheins die drei Gestalten, die verloren auf dem Rasen standen.

„Da drüben! Da drüben sind sie!", sagte Teichmann überflüssiger Weise. Am liebsten wäre Sabine Wohlfahrt los gestürmt, bevor der Streifenwagen hielt. Aber ihre Hand lag noch immer fest in der von Uli. Und der machte keine Anstalten, sie los zu lassen.

Die drei Jugendlichen beobachteten mit gemischten Gefühlen, wie die Wagenkolonne auf das Gelände fuhr. Was da auf sie zurollte, machte ihnen die Ausmaße der Katastrophe deutlich, deren Teil sie waren. Alles war aus dem Ruder gelaufen! Aus dem Versuch, einem Falken zu folgen, war ein Albtraum geworden! Aber sie lebten noch! Sie waren nicht mit dem Licht des Tages gestorben! Oder hatten sie das der Helligkeit des Flammenscheins zu verdanken, der sie in einen unwirklichen Lichterkranz hüllte?

Markus war zu erschöpft, um darüber nachzudenken. Er fühlte sich einfach nur erbärmlich. Er, ganz allein er, hatte die Freunde hineingezogen, in seinen Kampf um das Buch, das mit dem Bus verbrannt war!

Cäcilia wünschte sich zurück hinter ihren Computer, wo sie alles mit einem Knopfdruck ungeschehen machen konnte. Aber in der Realität gab es die Taste LÖSCHEN nicht.

Max versuchte das Beste daraus zu machen:

„So viele Streifenwagen hatte ich noch nie!" Stolz klang anders.

Markus streckte seine Hand aus. Cäcilia legte ihre kleinere Hand darauf und Max seine Boxerpranke.

„Freunde für immer!", sagte Markus.

„Für immer!“, antworteten Cäcilia und Max im Chor.

Ganz gleich, was auf sie zukam, es würde ihre Freundschaft nicht zerstören. Ihre Hände flogen auseinander, als sie Teichmann aus dem Wagen steigen sahen, gefolgt von Markus Mutter und Uli Fischer.

„Heilige Scheiße!“, sagte Max. „Was für`n Aufstand!“

Sabine Wohlfahrt und Ulrich Fischer riefen ihre Namen, als sie auf sie zu liefen. Ein paar Schritte vor dem Häufchen, das sich so elend fühlte, blieben sie stehen. Sabine Wohlfahrt und Ulrich Fischer musterten das Trio vor sich. Dann bahnten sich Kummer und Sorgen der letzten Stunden ihren Weg.

„Ist Euch was passiert? Geht es Euch gut?“, platzte Sabine Wohlfahrt heraus. Ihre Stimme überschlug sich. Markus nickte stumm.

Die Ärztin versuchte erst gar nicht, ihre Erleichterung zu verbergen. Sie ging einen Schritt auf Markus und Cäcilia zu. Dabei fiel ihr auf, dass sie sich an den Händen hielten. Sie nahm beide in die Arme.

Ulrich hatte sich vor Max aufgebaut, dem das schlechte Gewissen im Gesicht stand.

„Und was ist mit Dir?“

Max hielt Ulis forschendem Blick nur mühsam stand. *Schon wieder hatte er ihn enttäuscht. Und dieses Mal waren ihm die Argumente ausgegangen, angesichts des Trümmerfeldes! Schluss mit lustig! Für lange, lange Zeit!*

„Streifenwagen zerstört, Bus geschrottet, Tor gesprengt!“, gab Max zähneknirschend zu Protokoll. Uli nahm ihn am Kinn und betrachtete den Jungen genauer. Er registrierte die Platzwunde am Kopf seines Schützlings.

Uli räusperte sich: „Na, wenn`s weiter nichts ist!“

Max runzelte die Stirn. *Was war denn plötzlich mit Uli los? Schwächelte er? Wo blieb denn sein Anschiss?*

Ulis Arme legten sich um den kleinen, mutigen Boxer, zogen den Jungen an sich. Auf diese Umarmung von Uli war Max nicht gefasst. Gegen seinen Willen schossen Max ein paar Tränen in die Augen, die keiner sehen durfte. Schon gar nicht Uli. Dann löste sich Max von seinem Trainer und stellte sich neben Markus und Cäcilia in eine Reihe. Drei Angeklagte, die gefasst auf einen Schuldspruch warteten.

Kommissar Teichmann war zu ihnen rüber geschlendert, die Hände tief in den Manteltaschen vergraben. Brummig blickte er in die Runde:

„Kann mir das mal jemand erklären? Diese Scheiße hier?"

Niemand antwortete. Seine lange Erfahrung sagte ihm, dass es noch zu früh war für Geständnisse.

„Also nicht!", sagte er.

Er drehte sich um und stapfte auf zwei Feuerwehrleute zu, die eine Gestalt aus dem Haus trugen, die bis zum Kinn unter einer weißen Decke lag. Sie hatte eine Sauerstoffmaske auf ihrem Gesicht und ihre schwarzen Haare hingen angesengt über den Rand der Trage. Teichmann stoppte mit einer Handbewegung den Transport. Er kannte die Frau unter der Decke. Sie war ein Teil der feinen Heidelberger Gesellschaft, genau wie dieser Professor, dem das Anwesen hier gehörte. Er erinnerte sich sogar an ihren Namen: Xenia Morgan-Basten, Leiterin des Schönheits-Instituts **Venus**. Er wusste es so genau, weil sich auch Teichmanns Frau einmal hinter seinem Rücken von ihr kosmetisch veredeln ließ, was er erst bemerkte, als es zu spät war.

Dafür fiel dem Kommissar die klaffende, hässliche Wunde auf, die sich von der Stirn der schwarzhaarigen Frau bis zu ihrem Wangenknochen zog und die sie für lange Zeit, wenn nicht für immer, entstellen würde!

Er würde sie im Krankenhaus besuchen, Blumen mitbringen und sie so lange befragen, bis er die Wahrheit kannte. Die gan-

ze Wahrheit über die seltsamen Todesfälle, die ihm seit Monaten den Schlaf raubten und von denen er sicher war, dass sie etwas mit den Vorgängen hier zu tun hatten.

Sabine Wohlfahrt hatte sich ebenfalls umgeschaut. Das war also Fabers Anwesen, die Reste einer Burg. Sie war noch nie vorher hier gewesen. Aber irgendwie passte sie zu Fabers seltsamer Zweigesichtigkeit, der man nicht trauen konnte. Das hatte sie in den letzten Monaten oft genug selbst erlebt. *Doch wo war er bloß? Und was hatte er mit ihrem Sohn zu schaffen? Und* überhaupt, *was hatte Markus hierhergeführt?* Ihr Gespür sagte ihr, dass es etwas geben musste, was das alles hier erklärte. *Eine Geschichte, die möglicherweise größer war, als das, was sie sich vorstellen konnte!*

Und viel, viel älter!, flüsterte der Herbstwind, der durch das kahle Geäst des einsamen Baumes strich und den nahen Winter ankündigte. *Unhörbar für menschliche Ohren!*

Welke Blätter bedeckten den Pfad zum alten Kloster. Zeichen der Natur, dass das Jahr zu Ende ging. Es war finster. Der Mond schob sich zwischen zwei Wolkenbänke und lenkte sein Licht auf eine einsame Gestalt, die den farnbewachsenen Waldweg hinauf zum Kloster hinkte.

Kapitel 26

Prof. Dr. Bernhard Faber war gezeichnet von Blut, Schweiß und Schmerzen. Sein weißes Hemd war zerrissen, seine Weste voller Löcher, sein Hosenbein eine einzige, klebrige Blutlache. Faber hatte tiefe Schnitte in seinem rußgeschwärzten Gesicht und Brandblasen an den Händen, die das Buch umklammerten. Jeder Schritt war eine Qual. Doch trotz seiner Schmerzen war er erfüllt von einem Hochgefühl, das ihn den Berg hinauftrug. Einem Gefühl des Triumphes über alle, die sich ihm entgegen gestellt hatten: Xenia, Brandstätter, Zimmermann, und zum Schluss auch noch diese frechen Jugendlichen, die Anspruch auf sein Buch erhoben hatten. Sie hatten ihn nicht aufhalten können. *Zugegeben, er hatte einen hohen Blutzoll bezahlt für* das Unbezahlbare*, das er jetzt in seinen Händen hielt! Aber dieses Buch war jedes Opfer wert!*

Das Glück war auf seiner Seite gewesen. Beim Aufprall des Busses war er aus dem Heckfenster geschleudert worden. Geistesgegenwärtig war es ihm gelungen, das Buch in letzter Sekunde noch an sich zu raffen. *Er, Faber, hatte es gerettet vor Feuer und Vernichtung! Und nun gab es niemanden mehr, der es ihm streitig machen konnte!*

Faber hatte die oberste Stufe erreicht. Seine Knie zitterten vor Anstrengung. Er stand vor dem Torbogen, dem ehemaligen Eingang zu dem alten Kloster der irischen Mönche auf dem Heiligen Berg, der Zuflucht, die die frommen Brüder beschützen sollte, vor Feinden und falschen Freunden. Das Tor, das der menschlichen Gier nach Macht lange Zeit einen Riegel vorgeschoben hatte. Doch dann war das Kloster in einer Herbstnacht in Flammen aufgegangen. Brandstiftung und Mord hatten Einzug gehalten in den heiligen Mauern.

Faber blickte auf die Reste der Klosterkapelle. Unwillkürlich war er dem Weg gefolgt, den Wittiges, der letzte Mönch und Sachsenkrieger gegangen war, um das Buch zu retten. Die letzten Schritte, bevor ihn der Tod durch die Hand des heimtückischen Mörders ereilte. Jetzt war er, Faber, an seiner Stelle! *Er war nicht gekommen, um das Buch zurück zu geben! Keinesfalls! Irgendetwas hatte ihn hierher geführt! Wie ein Ruf aus alter Zeit, dem er nicht widerstehen konnte!*

Der Forscher humpelte ein paar Schritte auf den Altarstein zu, der am Ende der Klosterkapelle lag. Er hielt das Buch in beiden Händen. *Er würde das Wissen der Druiden mit vollen Zügen genießen, wie einen schweren Rotwein. Wenn er das alles hier hinter sich hatte.* Seine Bernsteinaugen ruhten auf dem ledernen Einband, hinter dem sich das alte keltische Erbe verbarg. Ein Mondstrahl fiel durch die fensterlose Öffnung der Klostermauern auf das silberne Ypsilon. Der Forscher schaute auf, woher das Licht kam, aber der Mond war weitergewandert. Verwundert stellte er fest, dass um ihn herum überall in der Ruine Kerzen brannten!

Wer hatte sie aufgestellt? Wo kamen sie plötzlich her? Und überhaupt, was machte er hier?

Die Antwort trat aus dem Halbdunkel der Klosterkapelle.

Ambrosius Kovac auf einen langen Stab gestützt, versperrte Faber den Weg zum Altar. Der Buchhändler hatte seine schwarze Kleidung abgelegt. Er trug jetzt das weiße, bodenlange Gewand der Druiden. Seine flammenden Augen waren auf seinen ehemaligen Lieblingsstudenten gerichtet.

„Dein Weg endet hier!“

Faber betrachtete den Mann im Druidengewand vor sich:

„Glaubst Du, alter Mann, Du könntest mich aufhalten...“, er lachte hämisch: „Mit diesem Hokuspokus?“

„Ich nicht! Aber vielleicht die Geister, die sich hier befinden, in diesem Raum! Die Geister der Mönche! Wittiges, Innozenz und all die anderen!“ Kovac Stimme schwoll an. „Die für dieses Buch ihr Leben ließen! Sie fordern es von Dir zurück!“ Kovacs Blick nagelte Faber fest. Er war unfähig, sich zu rühren. Trotzig ließ Faber seinen Blick kreisen.

„Wo sind sie? Deine Geister?“

Die Kerzen flackerten.

„Heute ist ihre Nacht! Es ist Halloween!“, sagte der Alte. „Sie sind alle hier! Auch wenn Du sie nicht wahrnimmst! Sie haben auf Dich gewartet, Bernhard Faber!“

Eine Hitzewallung überschwemmte Faber, obwohl die Nacht kühl war.

„Es gehört dem, der es besitzt!“, antwortete er mit heiserer Stimme. „Das Buch wird es Dir beweisen! Schau her!“

Faber hielt das Buch vor sein Gesicht. Sein Mund näherte sich dem silbernen Ypsilon. Seine Lippen berührten das heilige Zeichen der Druiden.

Das Wehklagen eines sich öffnenden Tores erfüllte den Raum. Angeln quietschten, Holz schlug auf Stein. Es war, als würde sich die Welt von **Ynis Vitrin** vor ihm auftun, als hätten sich die Pforten zum Jenseits der Kelten geöffnet. Erschrocken lösten sich Fabers Lippen von dem silbernen Einband.

Verwirrt schaute er um sich. Übelkeit stieg in ihm auf. Er begann zu würgen. Sein Mund öffnete sich, ein Schwall ekligen, gelben Schaumes ergoss sich auf die alten Steine der Kapelle. Fabers Blick suchte in Kovacs Augen nach einer Erklärung. Doch der Blick des Alten blieb abweisend und wissend zugleich. Das Buch entglitt Faber und klatschte auf den mit Unkraut überwucherten Steinboden. Der Forscher sank auf die Knie, als wolle er beten. Ein neuer Würgeanfall erschütterte seinen Körper. Wieder strömte der gelbe Schaum auf den Boden und verteilte sich nach allen Seiten. Das Buch schlug sich vor Fabers Augen auf.

Er blickte auf die Zeichnung **des Ritters, der vor dem Turm kniete und Ratten erbrach.** Faber erkannte sich selbst.

Er war der Ritter! Und der Schaum die Ratten. Abschaum!

Kovac beugte sich über ihn.

„Ich hatte Dich gewarnt! Aber Du wolltest nicht hören! Es lag in Deiner Hand, es zurück zu geben!"

Er breitete die Arme aus: „An die, die hier sind! Mit deren Blut dieses Buch geschrieben wurde! Nun fordern sie Dein Leben, Bernhard Faber! Und ich werde sie nicht aufhalten können!"

Wieder flackerten die Kerzen.

War es die Antwort der Geister oder nur die kühle Luft, die durch die Ruine zog?

Faber versuchte zu antworten. Aber statt Worten quoll erneut ein Schwall des gelben Schaums aus seinem Mund.

Der Nachtwind bauschte Kovacs Gewand und ließ ihn größer erscheinen. Ein Richter in weiß. Ein Herrscher über die Zeit, die sie beide verband.

„Ich hatte so viele Hoffnungen in Dich gesetzt! Du solltest mein Nachfolger werden, aber Du hast die verraten, die an Dich geglaubt haben! Doch am meisten Dich selbst! Du bildest Dir ein, Du wärst der Hüter dieses Schatzes! Aber Du irrst Dich! Das bist Du nicht! Du bist der Erbe von Wittiges Mörder! Sein Nachfahre! An Deinen Händen, Bernhard Faber, klebt Blut!"

Wieder wollte der Professor antworten, aber diesmal kam aus seinem Mund nur noch ein kalter Hauch. Seine Sinne trübten sich ein. **Er sah, wie Wittiges Mörder aus dem Dunkel des Kreuzganges kam. Er sah noch einmal die Bluttat, die den Mönch das Leben kostete. Der Mörder schlug die Kapuze zurück. Faber schaute in sein eigenes Gesicht.**

Langsam sank er vornüber und blieb reglos auf dem Boden der Kapelle liegen. In seinen toten Augen tanzte das Kerzenlicht. Professor Bernhard Faber hatte sein Leben ausgehaucht, an der gleichen Stelle an der auch der letzte Mönch gestorben war. Der Kreis hatte sich geschlossen. Das Buch schlug für immer zu. Die Kerzen verloschen. Die Dunkelheit verschluckte den Alten und den Toten.

Kapitel 27

Der Herbst verabschiedete sich. Erster Frost versilberte den heiligen Berg. Die kahlen Bäume zitterten in der Kälte. Pfützen verwandelten sich in kleine Eisteiche. Professor Dr. Bernhard Faber blieb verschollen. Nur eine merkwürdige Todesanzeige, von der niemand wusste, wer sie aufgegeben hatte, gab einen Hinweis auf sein Schicksal. Die Leiche des Forschers aber wurde nie gefunden.

In den Nachrichten wurde spekuliert, dass oben in der Klosterruine eine Sekte ihr Unwesen trieb. Die herunter gebrannten Kerzen, die in der Ruine verstreut waren, schürten die Gerüchte. Zudem wollten Anwohner Irrlichter gesehen haben in der Halloween-Nacht. Spuk, der sich jedes Jahr wiederholte, so, wie die Kürbisköpfe im Fenster.

Das Antiquariat von Ambrosius Kovac blieb geschlossen. Bücher verstaubten hinter blinden Fenstern. Es störte keinen. Und niemand vermisste den alten Kauz.

Cäcilia und Markus gingen wieder zur Schule. Zeitungen hatten über sie und ihre wilde Busfahrt berichtet. Neugierig scharten sich die Mitschüler um die beiden, die so viel erlebt hatten. In ihren Augen waren sie sowas wie Helden. Markus und Cäcilia hätten gerne darauf verzichtet. Sie wollten lieber für sich sein! Da gab es noch so viel zu erleben, was niemanden etwas anging und nicht in der Zeitung stand!

Ilona ging den beiden aus dem Weg. Sie missgönnte Cäcilia und Markus die Aufmerksamkeit, die man ihr versagte. Sie war einfach nicht mehr angesagt, seit sich ihre Clique von ihr abgewandt hatte. Irgendwann würde sich das Blatt wieder wenden, hoffte sie insgeheim!

Auch Ilonas Verhalten ihrer Mutter gegenüber hatte sich nicht zum Besseren gewendet. Sie hatte Xenia gebeten, sie nicht mehr zur Schule zu fahren. Sie würde den Bus nehmen. In Wahrheit aber wollte die Klassenschöne nicht gesehen werden an der Seite einer Mutter, deren Gesicht entstellt war von häßlichen Narben. Ihr Anblick machte Ilona depressiv.

Studiendirektor Kochendörfer hatte sich versetzten lassen, an ein kleineres Gymnasium, in einer anderen Stadt. Er gab gesundheitliche Gründe an, die Markus ihm nicht abnahm.

Die Ereignisse der letzten Wochen hatten Cäcilia und Markus einander noch näher gebracht. Rudi und Doro beobachteten es mit Wohlgefallen. Die beiden jungen Menschen erinnerten sie an sich selbst und an die Zeit, als ihre Liebe frisch und die Musik noch jung war. Woodstock eben!

Ulrich Fischer war nun immer häufiger Gast bei den Wohlfahrts. Manchmal blieb er auch über Nacht. Anfangs fand Markus es gewöhnungsbedürftig. Aber dann hörte er seine Mutter wieder lachen! Immer öfter – laut und herzlich! Kein Zweifel, Ulrich Fischer tat seiner Mutter gut! Und das Haus in der Blumenstraße war wieder erfüllt von Lebensfreude!

Daran hatte auch Max seinen Anteil. Seine fröhliche, ungezwungene Art riss alle mit. Er war mit einer Verwarnung und 80 Stunden Sozialdienst im Altenheim davon gekommen. Das hatte er der Fürsprache von Kommissar Teichmann, Uli, Sabine und seinen Freunden zu verdanken. Sie hatten für ihn ausgesagt. Und die alten Menschen im Heim profitierten davon. Sie mochten Max und er mochte sie. Sie steckten ihm oft etwas zu und Max fühlte sich neuerdings wie der Taschengeld-King von Heidelberg.

Noch mehr mochte Max natürlich seine Freunde. Er hatte längst verstanden, dass die Verbindung zwischen Markus und

Cäcilia keine Gefahr für ihre Freundschaft war. Ganz im Gegenteil. Er hatte dadurch mehr Zeit, sich um seine eigenen Träume zu kümmern. Träume, in die er all sein Taschengeld investierte.

Der kleine Boxer verbrachte viele Stunden im Schuppen. Keiner wusste so genau, was er da hinter verschlossener Tür trieb, aber alle hatten Zutrittsverbot und hielten sich daran. Tag für Tag hörte man ihn hämmern, klopfen und sägen und wenn er den Schuppen verließ, trug er ein breites Grinsen im Gesicht.

Und noch jemand war wieder mit der Welt im Einklang: Kommissar Walter Teichmann! Im Verhör mit Xenia Morgan-Basten war es ihm gelungen, Licht in das Dunkel der Geschehnisse zu bringen. Professor Dr. Bernhard Faber, so hatte ihm die Chefin der Schönheitsklinik unter Tränen erzählt, war der Mörder des Apothekers Zimmermann, seines Kollegen Dr. Robert Brandstätter, ja sogar den harmlosen Schlossführer Otto hatte er auf dem Gewissen. Und auch sie war nur knapp der Forscher-Bestie in seiner Burg entkommen.

Sie hatte Teichmann von Fabers Doppelleben als roter Mönch im Schloss berichtet, von seinen Machtspielen und seiner Skrupellosigkeit, von der seltsamen Tafelrunde, die er um sich versammelte und deren Oberhaupt er war. Und dass er jeden, der seinen Vorrang in Frage stellte, in seinem Wahn beseitigt hatte. Ihre Lügen waren Xenias späte Rache an Faber.

Reste des Mönchsgewandes, das man verkohlt in Fabers Schlafzimmer gefunden hatte, untermauerten ihre Aussagen. Das erklärte dem Kommissar auch Brandstätters seltsame Kostümierung, in der man ihn aus dem Neckar gefischt hatte. Teichmann schüttelte den Kopf: *Lauter Verrückte und ein wahnsinniger Mörder!*

Dabei erzählte Xenia dem Kommissar gerade so viel, wie es ihr in den Kram passte. Das Buch aber verschwieg sie. Was immer mit Faber geschehen war, es kümmerte sie nicht mehr. Sie würde ein paar Schönheitsoperationen über sich ergehen lassen und Heidelberg den Rücken kehren, um irgendwo neu anzufangen.

Ihrer Tochter hatte sie erzählt, dass der Mann, der sich als ihr Vater ausgegeben hatte, nichts anders war, als ein Gestörter, deren Opfer beinahe auch sie geworden wäre. Ilona glaubte ihr kein Wort! Sie kannte ihre Mutter....

Sabine Wohlfahrt richtete ihre Praxis ein. Sie freute sich auf ihre neue Unabhängigkeit als Fachärztin. Sie würde jetzt von zu Hause aus arbeiten, damit sie genügend Zeit für die Jungs hatte. Auch wenn sie das Gefühl nicht loswurde, dass Markus und Max nur zu gern ihre eigenen Wege gingen. Das war nun mal der Lauf der Dinge, besser, sich damit anzufreunden. Ulis lässige Art, mit jungen Leuten umzugehen, half ihr dabei. Aber es war nicht seine einzige Hilfe. Er machte ihr Mut, er gab ihr Stärke und er schenkte ihr seine Liebe. Das erinnerte sie daran, dass es höchste Zeit war, ihm zu sagen, dass auch sie ihn gern hatte. Mehr, als ihr lieb war! Über den Gedanken musste sie lächeln.

Sie war gerade dabei, den neuen Medikamentenschrank zu bestücken, als es an der Tür klingelte. Die Ärztin öffnete und schaute in die Augen von Kommissar Teichmann, der in Begleitung eines uniformierten Polizisten erschienen war. Die Ärztin zog überrascht die Augenbraue nach oben und der Kommissar fiel auf seine brummige Art mit der Tür ins Haus:

„Tut mir leid, wenn ich störe, Frau Doktor, aber wir haben das Buch Ihres Sohnes beim besten Willen nicht finden können! Es war auch nicht unter den Trümmern im Bus!“

Es entstand eine kleine Pause. Teichmann kniff die Augen zusammen und wählte seine nächsten Worte vorsichtig:

„Sind Sie sicher ...äh...äh, dass dieses ominöse Buch nicht der Fantasie Ihres Sohnes entspringt?“

Ein feines Lächeln zog über das Gesicht der Medizinerin:

„Wer sagt denn, dass in der Fantasie nicht die Wahrheit liegt?.... Ich bin froh, dass mein Sohn über so viel Fantasie verfügt! Es hat ihm geholfen, über den Tod seines Vaters hinweg zu kommen!“

Der Kommissar nickte erleichtert:

„Und wir sind froh, dass Sie das so sehen!“

Der Kommissar wandte sich zum Gehen, als eine männliche Stimme rief:

„Und lass Dich mal wieder blicken, alte Socke!“

Teichmann kam die Stimme bekannt vor. Er drehte sich um. Ulrich Fischer war im Türrahmen hinter Sabine Wohlfahrt aufgetaucht und hatte seine Hände sanft auf die Schultern der Ärztin gelegt.

„Ach so ist das!“, erkannte Teichmann die Situation. „Na dann....!“

„Ich bin ihr erster Patient!“, rief Uli, nicht ohne Stolz.

Teichmann erwiderte das Grinsen:

„Dann bin ich ihr zweiter!“, er marschierte lachend zum Streifenwagen, gefolgt von dem uniformierten Polizisten, der nichts begriff. Bevor der Kommissar einstieg, drehte er sich noch einmal um:

„Kassenpatient!“, rief er den beiden in der Tür zu.

Insgeheim freute er sich für den Freund, dass er endlich die Richtige gefunden hatte. *Besser spät als nie!*

Die Untere Straße war vom Wind gefegt. Markus und Cäcilia liefen über das holprige Pflaster. Aus den Kneipen kam Musik. Ein paar ewige Studenten, die ihr Examen jedes Semester verschoben und ihre Zukunft in Alkohol angelegt hatten, stolperten aus dem **Weinloch**, einem berüchtigten Lokal für Tagträumer. Sie schmiedeten große Pläne und würden am nächsten Tag wieder an der Theke sitzen.

Cäcilia und Markus blieben ein paar Meter weiter vor einem Schaufenster stehen, in dem kleine Perlenketten lagen. Billig und bunt. Die beiden sahen ihr Spiegelbild und mochten es. Markus kramte in seiner Hosentasche und verschwand im Laden. Er kam mit einer kleinen Kette wieder heraus, die er Cäcilia über das Handgelenk streifte. Es war wie ein Versprechen, das keine Worte brauchte. Zärtlich nahm sie sein Gesicht in ihre Hände und küsste ihn. *Sie schmeckte immer noch nach Vanille-Plätzchen,* fand Markus. *Und davon konnte man nicht genug kriegen!*

Der Junge legte den Arm um Cäcilia. Das Mädchen mit den wilden Locken rasselte mit ihrem neuen Geschenk am Handgelenk. Dabei lächelte sie den Jungen an ihrer Seite an. *Ihre Liebe war das größte Geschenk, aber darüber verloren sie keine Worte.* Schweigend setzten sie ihren Weg durch die engen Gassen mit ihren winkligen Fachwerkhäusern fort. Heidelberg atmete den Spätherbst.

Sie passierten ein Antiquitätengeschäft, das mit einem eisernen Gitter abgesperrt war. In der Auslage alte Lampen, Ramsch, ein verrosteter Säbel und Schmuck, der schon lange aus der Mode gekommen war… Sie waren schon fast vorbei, als etwas die Aufmerksamkeit von Markus auf sich zog. Etwas, dessen Anblick er sich gerne erspart hätte: Eine goldene Kette mit einem Ypsilon! Wie ein Stromschlag durchfuhr es Markus! *Es war die Kette des roten Mönchs! Es war die Kette, die Max bei Faber gefunden und die er ihm gezeigt hatte, als sie alleine auf seinem Zimmer waren. Markus hatte sie sofort wieder erkannt. Keine Frage, das war sie!*

Cäcilia war schon ein paar Schritte weiter gegangen und kam nun zurück, um zu sehen, was Markus aufgehalten hatte. Sie sah, dass Markus den Blick nicht wenden konnte und schaute genauer hin. Dann erblickte auch sie das goldene Ypsilon an der Kette. Cäcilia erschrak.

Und für Markus war plötzlich alles wieder da! *Das Buch, der Schrecken, die Ratten, die Angst!* Es *war noch immer nicht vorbei! Sie hatten es nur verdrängt. Es war bestimmt kein Zufall, dass er ausgerechnet jetzt wieder auf die Kette stieß. Sie sollte ihn daran erinnern, dass etwas ungeklärt war! Und er wusste auch, was! Er hatte sein Versprechen nicht gehalten! Er hatte das Buch nicht zum Grab von Innozenz zurück gebracht. Aber wo war es? Wer hatte es? Oder war es Asche? Verbrannt im Bus? Egal, wie er es drehte und wendete, es war noch in dieser Welt! Die Kette sagte es ihm!*

Cäcilia schaute in das versteinerte Gesicht von Markus. Sie griff nach seiner Hand, um ihn weg zu ziehen aus dem Bann dieser Kette! Er ließ es zu. Nach ein paar Metern blieb er stehen. Er atmete tief ein und wieder aus. Sein Herzschlag beruhigte sich. Die düsteren Gedanken lösten sich allmählich auf, wie die dunklen Wolken über ihnen. Er versuchte sich abzulenken.

„Ich freue mich schon auf heute Abend!", sagte er unvermittelt. Seine Stimme klang unecht.

Cäcilia schaute ihn fragend an.

„Max hat eine Überraschung vorbereitet!", erklärte er.

„Oh je!", antwortete Cäcilia. „Das kann ja was werden!"

Es entstand eine Pause, dann mussten beide lachen. Erst verhalten, dann aus vollem Herzen. Der Bann war fürs Erste gebrochen. Sie gingen weiter, Hand in Hand. Aber die Begegnung mit dem Ypsilon hing wie eine schwere Kette an Markus. Und sie würde ihn so lange nicht los lassen, wie er sein Versprechen nicht eingelöst hatte.

Fackeln wiesen den Weg zum Schuppen. Max hatte sie aufgestellt. Er selbst hatte sich aus dem Kostümverleih in der Stadt einen Frack, der ihm viel zu groß war und eine Fliege geliehen. Mit klopfendem Herzen sah er Sabine Wohlfahrt am Arm von

Ulrich Fischer auf sich zukommen, gefolgt von Markus und Cäcilia. Alle hatten sich fein gemacht, für ihn, ohne zu wissen, was sie eigentlich erwartete. Sabine Wohlfahrt trug ein dunkelblaues Kostüm mit einem weißen Rollkragenpullover darunter. Uli einen verwegenen, roten Norwegerpullover mit Zopfmuster und Jeans.

Markus weihte zur Feier des Tages seine neue Baseballjacke ein. Cäcilia hatte ihre Haare zu Zöpfen gebunden und trug einen Rock mit Leggins. Sie sah unglaublich aus, fand Markus, der sie bewundernd anschaute, wenn er glaubte, sie würde es nicht bemerken.

Doro und Rudi bogen um die Ecke. Sie hatten sich verspätet. Doro trug eines ihrer knöchellangen Blümchenkleider mit einem Schlabbermantel darüber, Rudi eine schwarze Lederhose, dazu ein XL T-Shirt mit der Aufschrift „Love is all you need“. Ein schwarzes Jackett, das an den Schultern spannte, rundete sein Outfit ab. Er hatte es lange nicht getragen.

Max Herz klopfte bis zum Hals. Er hatte feuchte Hände. Noch nie war er so aufgeregt gewesen, wie heute Abend! Nicht einmal vor seinem entscheidenden Boxkampf.

Das hier war viel größer, wichtiger! *Hier ging es nicht um eine Wiedergutmachung* für das, was er verbrochen *hatte. Hier ging es um etwas, was lange in ihm geschlummert hatte. Und jetzt war der Zeitpunkt gekommen, es allen zu zeigen!* Aber *vielleicht würden sie einfach nur über ihn lachen, es albern finden, was er in wochenlanger Arbeit vorbereitet hatte.*

Er atmete ein, sog seine Lungen voll mit der kühlen Luft des beginnenden Winters. In seinem Frack fühlte er sich wie ein Zirkusdirektor kurz vor der Vorstellung: nervös, angespannt und doch voller Vorfreude. Mit einer Handbewegung öffnete er die Tür und seine sechs Gäste blickten in ein schwarzes Loch. Kein Licht brannte. Für eine Schrecksekunde schauten sich alle fragend an, blickten dann zu Max. Der Junge betätigte einen Schalter, dessen Fernbedienung er in der Hand hielt. Licht flammte auf und die Menschen, die ihm wichtig waren, blickten in ein Wunderland.

Auf einem großen Tisch stand das Modell einer kleinen Stadt am Fuß von Bergen, umgeben von Wäldern und Seen, mit einem Bahnhof, durch den ein Zug fuhr. Eine erleuchtete Kirche, von deren Turm es bimmelte. Miniaturmenschen flanierten über die Straßen, ein Mädchen mit wilden Locken fuhr Fahrrad, ein Junge, der Markus verdammt ähnlich sah, balancierte auf einem Skateboard. Eine Arztpraxis, die geöffnet war! Sogar eine Boxhalle hatte Max gebaut und die Figur am Ring war eine Miniausgabe von Uli. Max selbst saß in einem roten Bus, der Kinder zur Schule fuhr. Es war eine eigene Welt, die der Junge geschaffen hatte und seine Freunde waren ein Teil davon.

Der Anblick von Max Träumen verschlug allen die Sprache. Was der Junge mit eigenen Händen gezaubert hatte, war eine Vision ohne Gewalt und ohne Schläge, so, wie Max sie nie erlebt hatte, bis er Uli Fischer kennen lernte und Markus sein Freund wurde.

Uli war der Erste, der seine Sprache wieder fand:

„Und ich dachte immer, Deine Hände könnten nur boxen?"

Max grinste verlegen, spreizte seine Finger und ließ sie wie einen Fächer rotieren.

„Ich möchte mal Architekt werden! So, wie Markus Vater!", brachte er heraus. Es wurde still, bis Max Worte bei allen angekommen waren. Max schaute rüber zu Markus. *Würde er es ihm übel nehmen? Hatte er sich ungewollt, zwischen seinen Freund und dessen toten Vater gestellt?*

Markus ging auf den Freund zu. Max schaute ihm voller Zweifel entgegen:

„Und? Wie findest Du`s?“

„Saugut!“, antwortete Markus.

Max musste schlucken. Das Lob des Freundes bedeutete ihm so viel.

Hinter ihnen fuhr der Miniaturzug in den Bahnhof ein. Sabine Wohlfahrt und Doro begannen zu klatschen. Die anderen fielen ein. Max verbeugte sich. Eine schnarrende Stimme unterbrach den Beifall:

„Bin ich hier richtig?“

Es war Kommissar Teichmann, der eine selbstgeschriebene Einladungskarte in der Hand hielt, von der er ablas:

„Willkommen in Meister Max Miniland?“

„Goldrichtig!“, sagte Uli. Er hätte platzen können vor Stolz.

Es wurde ein langer Abend. Max wusste viel zu berichten von seinen Plänen und wie er sich sein zukünftiges Leben vorstellte. Sabine Wohlfahrt hatte etwas zu trinken besorgt; Bier, Wein, Cola und Limo.

Es war schon spät, als Markus aus dem Schuppen trat. Er blickte hoch zum Himmel, an dem eine Handvoll Sterne funkelten.

Max würde das Erbe seines Vaters antreten! Was konnte es Schöneres geben?

Ein Stern am frostklaren Himmel schien ihm zuzuzwinkern.

Markus fühlte eine kleine Hand auf seiner Schulter. Cäcilia war neben ihn getreten. Er legte den Arm um sie, gemeinsam schauten sie hoch zum Firmament. Mehr brauchte er nicht, um glücklich zu sein!

In dieser Nacht saß Markus lange auf dem Fensterbrett und schaute hinaus, während Max zufrieden schnarchte. Cäcilia war mit ihren Eltern nach Hause gefahren. Markus Gedanken hatten sie begleitet. Cäcilias Gute-Nacht-Gruß hatte auf dem Computer geblinkt. Seine Mutter und Uli hatte er noch eine Weile in der Küche gehört, was ihm ein Gefühl von Geborgenheit gab. *Es hätte alles so schön sein können, gäbe es nicht dieses verdammte Buch. Er würde es so gerne vergessen. Es hatte keinen Platz mehr in seiner Welt. Es war wie ein Fluch, der ihn verfolgte. Was musste er tun, um ihn los zu werden? Er brauchte dringend Rat.*

Kapitel 28

Es war ein klarer, kalter Morgen. Die Grabsteine sahen aus, als würden sie frieren. Der Junge in der grünen Daunenweste hatte seine Baseballmütze vom Kopf genommen und schaute auf die Inschrift.

Stefan Wohlfahrt

1968 – 2015

„Hallo Papa! Du warst auch da, gestern Abend! Ich habe es genau gespürt! Du hast mir zugezwinkert! Max tritt in Deine Fußstapfen! Und ich weiß, dass Du es warst, der ihn dazu gebracht hat! Du mit Deiner Arbeit! Du hast ihm gezeigt, was er alles kann!"

Markus drehte die Baseballmütze in seiner Hand.

Die Sonne blinzelte zaghaft zwischen den Wolken hervor. Es war wie ein verschmitztes Lächeln. Der Junge verstand die Antwort.

„Vielleicht hast Du auch mitbekommen....das mit Cäcilia und mir!?"

Das Lächeln blieb.

„Nur das mit dem Buch ....", bei seinen ersten Worten versteckte sich die Sonne wieder hinter den Wolken.

„Ich habe es verloren, aber es ist trotzdem noch da! Ich habe mein Versprechen nicht halten können! Und jetzt will es mich einfach nicht mehr loslassen!"

Ein Schatten flog über das Grab. Etwas klatschte auf den Grabstein, als wäre es vom Himmel gefallen. Markus zuckte zusammen und starrte ungläubig auf das Buch, das sich auf der Grabplatte breit machte. Das Buch öffnete sich. Das Pergament raschelte, bis es die richtige Seite gefunden hatte. Markus schaute auf die Zeichnung:

Ein Junge, verloren in der Mitte einer Klosterruine, das Buch in der Hand. Der Junge war er!

Das Buch hatte ihn wieder. Markus griff danach, schlug es zu und wusste, was er zu tun hatte. Jetzt konnte er sein Versprechen einlösen.

„Danke, Papa!“, flüsterte er. Das Buch fest unter den Arm geklemmt, lief er zwischen den Gräbern davon. In der Ferne zog ein Falke seine Kreise.

Ein kühler Wind strich über den Heiligen Berg. Das dichte Dornengestrüpp teilte sich. Es war, als hätte es auf den Jungen mit den roten Haaren gewartet. Stille umgab ihn. Eine mystische Ruhe. Die Welt war da draußen. Hier zählten nur Markus, das Buch und das Grab des alten Abtes.

Markus war wieder da, wo alles begonnen hatte. Heute würde er das Buch zurückgeben und den Fluch beenden. Er ging in die Knie, legte das Buch neben sich und schob die bröckelnden Reste der Grabplatte zur Seite. Er blickte hinein in das Grab. Der Schädel von Innozenz schien seinen Blick zu erwidern. Er verbreitete keinen Schrecken mehr. Es war fast so, als würden sich alte Freunde nach einer Ewigkeit wieder treffen.

„Hier bin ich, Innozenz!“, sagte Markus. „Und gebe Dir zurück, was Dir gehört!“

Eine Stimme hinter Markus unterbrach die Zwiesprache:

„Ich sehe, Du hast meine Botschaft verstanden!“

Erschrocken wandte Markus den Kopf und erblickte Ambrosius Kovac in seinem langen Mantel. Der Buchhändler wirkte verändert. Seine sonst flammenden Augen lächelten.

„Was haben Sie denn erwartet?“, stotterte Markus.

Kovac lachte leise:

„Dich!....Dich, Markus! Ich habe Dir einmal gesagt, dass Du der Einzige bist, der das Buch auch wieder zurück bringen kann! Es liegt also in Deiner Verantwortung, was Du tust!“

Markus zögerte:

„Es hat zu viel Unheil angerichtet!“

Kovac beugte sich herunter zu ihm und tippte auf das silberne Ypsilon auf dem Einband:

„Das lag nicht an dem Buch! Das lag allein an den Menschen, die hinter ihm her waren! Es hat die schlechtesten Seiten in ihnen geweckt! Neid, Intrigen, Hass, Gier und Mord. Sie haben Dinge getan, von denen sie nicht im Traum gedacht hätten, dass sie dazu fähig sind! Aber es war schon immer in ihnen! Sie sind der lebende Beweis, dass die Menschheit nicht reif ist für das, was in diesem Buch geschrieben steht!“

„Was ist es denn?“, fragte Markus.

Kovac richtete sich mühsam auf. Ein Lächeln blitzte in seinem Gesicht:

„Der Sieg über die Krankheiten unserer Zeit! Das ewige Leben! 1.500 Jahre vor Christus aufgeschrieben! Verstehst Du jetzt, warum es so gefährlich war für jeden, der darum wusste?“

Markus nickte:

„Deshalb wurden die Mönche vom Heiligen Berg verfolgt! Weil sie vom ewigen Leben wussten, mussten sie sterben?! Das ist doch Wahnsinn!“

Ein Windstoß fegte über das Dornengebüsch und ließ es erzittern.

Der Alte strich sich über den Bart.

„Es hätte alles auf den Kopf gestellt, die ganze Welt, die Religionen. Aber Religion ist nicht wichtig, nur der Glaube! Der Glaube, dass es den Tod nicht wirklich gibt, sondern dass er nur ein Übergang ist!“

Der Wind hatte die Wolken vertrieben. Ein zaghafter Sonnenstrahl tauchte den Alten und den Jungen in ein warmes Licht. Für einen Augenblick kam es Markus so vor, als wären der Buchhändler und er die einzigen Menschen auf dieser Erde.

„Heißt das, dass mein Vater lebt?“, fragte Markus atemlos.

Der Alte senkte den Kopf:

„Ja, in Deiner Erinnerung! So, wie alle Menschen, die wir lieben!“

Die Worte des Alten breiteten sich tröstlich in der Seele des Jungen aus. Sein Vater lebte durch seine Liebe zu ihm. Er fühlte sich plötzlich versöhnt mit der Tatsache, dass er tot war.

Zögerlich griff Markus nach dem Buch. Dabei schaute er Kovac erwartungsvoll an. Der Alte schob mit dem Fuß die Grabplatte weiter zur Seite. Der Junge ließ das Buch in das Grab gleiten und verschloss es, in dem er die Steinplatte wieder zurück schob.

Markus richtete sich auf. Der Alte war verschwunden. Auf dem Dornengestrüpp saß ein kleiner Falke, der zu dem Jungen herüberäugte und plötzlich aufflog. Markus schaute dem Greifvogel nach, wie er im Winterhimmel verschwand. Wie ein letzter Gruß klang sein Schrei über den Heiligen Berg.

Cäcilia saß vor ihrem Computer. Sie blickte auf ihren Bildschirm, auf dem das Wort **Merlin** stand. Unter dem Stichwort war ein kleiner Falke abgebildet. Sie hörte Schritte auf der Treppe. Schritte, die ihr vertraut waren. In ihrem Rücken öffnete sich die Tür und schloss sich wieder. Über Cäcilias Gesicht ging ein Strahlen. Sie musste sich nicht umdrehen, um zu wissen, wer den Raum betreten hatte.

„Lies mal!“, sagte sie.

Markus beugte sich vor und legte seinen Kopf auf ihre Schulter. Er las die wenigen Zeilen, die unter dem Abbild des Raubvogels standen.

„Ein Merlin ist ein kleiner Falke, kommt häufig in den Mittelgebirgen Deutschlands vor, ernährt sich von kleineren Nagetieren, Mäusen und Ratten.“

Der Junge mit den roten Haaren richtete sich auf. Cäcilia blickte zu ihm hoch:

„Und?“

Markus kniff die Augen zusammen, um weiter zu lesen. Cäcilia scrollte auf dem Bildschirm nach unten. Die Zeichnung eines Druiden, der eine Mistel hochhielt, wie in dem Buch von Markus, erschien auf dem Monitor. Markus las laut vor:

„Merlin ist aber auch die Bezeichnung für einen Priester der Kelten! In ihrem Glauben konnte der Merlin die Zukunft vorhersehen. Er leitete so das Schicksal seines Volkes und bewahrte es vor Unheil."

Cäcilia fuhr auf ihrem Stuhl herum und schaute den Jungen erwartungsvoll an. Markus schlug sich mit der Hand vor die Stirn:

„Natürlich! Kovac ist ein Merlin und ein Falke! Er ist unser Falke! Die ganze Zeit über hat er uns nicht aus den Augen gelassen! Deshalb hat sich Max auch immer so beobachtet gefühlt! Er hatte recht!"

Cäcilia stand von ihrem Stuhl auf:

„Er ist alles in einer Person."

Markus schüttelte ungläubig den Kopf:

„Warum bin ich nicht früher darauf gekommen? Kovac ist der wahre Hüter des Buches! Er beschützt das Wissen seines alten Volkes. Und er hat immer gewusst, wo es verborgen war. Und erst als ich damit bei ihm aufgetaucht bin.....", er brach ab.

Cäcilia führte seine Gedanken weiter:

„Und der Beruf als Buchhändler war für ihn die ideale Tarnung!"

Hinter den beiden gab der Computer einen Signalton von sich. Das Wort **Merlin** verschwand von dem Bildschirm. Draußen lief Schneeregen in kleinen Bächen die Fensterscheiben hinab.

Kapitel 29

Weihnachten näherte sich mit Riesenschritten und alle versuchten Schritt zu halten. Ulrich Fischer hatte sein Häuschen am Waldesrand abgeschlossen und war zu den Wohlfahrts in die Blumenstraße gezogen. Zur Probe hieß es erst, aber dann fühlte er sich schnell zu Hause bei der Ärztin. Und sie fühlte sich wohl mit ihm!

Ihre Praxis war schneller angenommen worden, als sie gehofft hatte. Schon nach kurzer Zeit war das Wartezimmer voll mit Patienten, die ihre unaufgeregte und kompetente Art schätzten.

Max hatte einen Ausbildungsplatz als Bauzeichner ergattert. Die neue Aufgabe erfüllte ihn mit Glück und neuem Selbstbewusstsein. Zum ersten Mal in seinem Leben war er pünktlich. Das Boxen hatte er ganz aufgegeben und trauerte ihm auch nicht nach.

Cäcilia und Markus hatten beschlossen, Weihnachten gemeinsam zu feiern. Wo, wussten sie noch nicht. Entweder unkonventionell im Woodstock oder traditionell bei Markus zu Hause. Hauptsache zusammen!

Die Schönheitsklinik **Venus** stand zum Verkauf. Xenia Morgan-Basten hatte die Stadt und Ilona das Gymnasium verlassen, nachdem ihre Affäre mit dem jungen Englischlehrer, der ihr angeblich Nachhilfe gab, für einen Skandal gesorgt hatte!

Die Geschehnisse des stürmischen Herbstes hatten die drei Freunde verdrängt, aber nicht vergessen. Die Erinnerungen verblassten nur langsam. Die Ereignisse hatten sie mehr geprägt, als sie zugeben wollten. Geblieben war eine Freundschaft, bei der kein Blatt dazwischen passte.

Es war ein Samstag vor Weihnachten. Die Altstadt quoll über von Menschen auf der Jagd nach Geschenken. Markus, Cäcilia und Max waren auf dem Weg zum Weihnachtsmarkt. Cäcilia hatte eine Pudelmütze über ihre Locken gestülpt und sah ulkig aus. Markus trug seine Baseballmütze wie immer verkehrt herum, auch wenn seine Ohren noch so froren. Und Max präsentierte voller Stolz seine neue Jacke mit dem Schriftzug seines Arbeitgebers. Drauf stand: „Zeichne Dein Leben selbst". Sie kamen an Zimmermanns Adler Apotheke und an dem Antiquariat von Ambrosius Kovac vorbei. Unwillkürlich beschleunigten sie ihre Schritte, als Markus plötzlich stehen blieb und mit dem Kopf in Richtung Buchhandlung deutete. Auf die fragenden Blicke der Freunde, antwortete Markus:

„Ich schau mal kurz rein und sage dem Alten hallo!"

„Was willst Du denn bei dem Zausel?", murrte Max.

„Mich bedanken!", antwortete Markus.

Die Freunde nickten verstehend.

Markus verschwand hinter der Tür mit der Ladenglocke, die sein Kommen ankündigte. Der Frost hatte ein paar Blumen ans Fenster gemalt und in der Ecke bullerte ein Kohleofen. Markus blickte sich um. Noch immer stapelten sich die Bücher bis zur Decke. Der Mann, der hinter der Verkaufstheke auftauchte, fragte freundlich:

„Kann ich helfen?"

Er hatte keine Ähnlichkeit mit dem Alten, den Markus erwartet hatte. Er hatte kurz geschnittene dunkle Haare, trug eine Lesebrille und einen Rollkragenpullover, darüber eine Weste mit einer Uhrenkette. Er rauchte Pfeife, aus der kleine graue Wolken aufstiegen.

„Ich suche den Besitzer des Ladens!", sagte Markus.

„Der steht vor Dir!", sagte der Fremde, der so ganz anders aussah, als Ambrosius Kovac.

„Nein, ich meine nicht Sie! Sondern den, dem das hier gehört!"

„Wer soll das sein?“

„Der mit dem Bart und den buschigen Augenbrauen! Ein Herr Kovac!“, sagte Markus.

„Nie gehört!“ Der fremde Antiquar ordnete beiläufig ein paar Bücher auf seinem Tresen.

„Jeder kennt ihn!“, schüttelte Markus den Kopf. „Das kann nicht sein!“

„Oh, doch!“, erwiderte der Mann mit einem Lächeln. „Der Laden hier gehört mir seit über zwanzig Jahren! Und es hat nie einen anderen Eigentümer gegeben. Und schon gar nicht... wie hieß er noch?“

„Kovac!“, wiederholte Markus. „Ambrosius Kovac!“

„Tut mir leid, aber den gibt es hier nicht und den hat es hier auch noch nie gegeben!“ Der Buchhändler zupfte an der Weste mit der Uhrenkette, schaute nachsichtig auf den Jungen.

„Ich bin ganz sicher!“, sagte Markus energisch.

„Wahrscheinlich hast Du Dich in der Buchhandlung geirrt! Kann ja mal vorkommen!“

Markus wusste darauf nichts zu erwidern. Es gab nur ein Antiquariat in der ganzen Stadt.

Vor seinem inneren Auge zogen all die Bilder vorbei, in denen er dem alten Sonderling begegnet war. Es waren keine Hirngespinste und auch keine Fantasien. Es war die Realität eines Herbstes, den er selbst erlebt hatte.

„Möchtest Du ein Buch ausleihen?“, unterbrach der Händler Markus Gedanken.

„Nein, nein danke!“, antwortete Markus hastig. „Von Büchern habe ich im Moment genug.“

Markus stürmte aus dem Laden. Die Glocke hinter ihm schlug wie wild.

Cäcilia und Max warteten auf der Straße und froren.

„Und? Was hat er gesagt?“, riefen sie ihm im Chor entgegen.

„Ach, nichts!“, antwortete Markus. „Nichts Wichtiges!“

Die Freunde gaben sich mit der Antwort zufrieden.

Markus und Max nahmen Cäcilia in die Mitte. Sie gingen die Straße hinauf Richtung Weihnachtsmarkt. Es hatte begonnen zu schneien. Dicke Flocken versprachen eine weiße Weihnacht.

Oben auf dem Heiligen Berg hüllte der Schnee das Grab des Mönches in eine weiße Decke. Darunter wachte der tote Abt über sein Geheimnis. Innozenz schlief ruhig unter der Schneedecke.

Ein paar Fußstapfen im frischen Schnee zeigten, dass er erst kürzlich Besuch hatte.

-Ende-

Danksagung

Danke an meine Assistentin Anaïd Reuther für ihre liebevoll-kritische Begleitung durch die Welt der Worte, Satz für Satz und Wort für Wort.

Danke an meine Frau Irina für ihren Mut und den unbeirrbaren Glauben an die Geschichte.

Danke an meinen Freund Peter Krebs, der als Lektor sich den Weg durch das Labyrinth der Sätze bahnte.

Danke an meine Agenten Simone Hasselmann und Isabel Schickinger und Lianne Kolf, die den „König der Ratten" zu ihrer Herzensangelegenheit machten.

Danke an die wunderbaren Menschen von Heidelberg und an eine Stadt, die mehr Geheimnisse birgt, als eine Truhe voller Schätze.